MICHAEL CONNELLY

The Last Coyote

라스트 코요테

The Last Coyote

BOSCH

MICHAEL CONNELLY

마이클 코넬리 지음 | 이창식 옮김

RHK
알에이치코리아

Media Review

앤서니 상 후보작(1996), **해밋 상 후보작**(1995)

"현대 범죄소설에 깊이를 추구하며 하드보일드 경찰소설을 새로운 경지로 끌어올린 작품." _**보스턴 글로브**

"마이클 코넬리는 신중하고 매력적으로 보슈의 정신세계를 풀어낼 뿐만 아니라 고전 추리소설의 기법에도 충실하다. 《라스트 코요테》의 마지막 문장은… 정말 좋다." _**올랜도 센티널**

"에드거 상을 수상한 코넬리는 이 작품 속에서 형사 해리 보슈의 정신 치료 과정을 자연스럽고도 드라마틱하게 묘사한다. 여느 살인사건보다 이 작품에서 중시 다루어지는 미스터리는 바로 해리 보슈, 그 자신이다."
_**퍼블리셔스 위클리**

"독자들은 코넬리를 읽으며 굳이 레이먼드 챈들러를 떠올리지 않을 것이다. 마이클 코넬리는 이 작품을 통해 이제 자신 본연의 스타일을 창조했다." _**로스앤젤레스 타임스**

"터프하고 팽팽한 긴장감이 넘치는 소설." _**뉴욕 타임스**

—

"힘이 넘치는 소설. 코넬리의 숙련되고도 창의적인 이야기는 그의 명성을 한층 더 높일 것이다."_휴스턴 클로니클

"군더더기 없고 신속하면서도 우아한 산문체, 거장의 솜씨로 얽힌 플롯, 땀을 쥐는 서스펜스 모든 것이 갖추어진 소설이다."_라이브러리 저널

"파워풀하고, 정말 풍부하며, 서스펜스 넘치고, 몰입도 강한, 정성스러운 스릴러. 코넬리를 동시대 최고의 스릴러 작가 중 하나로 평하고 싶지 않다. 코넬리는 그냥 최고의 작가다."_미스터리 뉴스

"《라스트 코요테》는 당신을 붙잡고 마구 흔들어댈 것이다. 이 책을 읽은 후 남은 감정은, '정말 훌륭하다'이다."_커커스 리뷰

"《라스트 코요테》에서 코넬리는 정말 훌륭한 반전을 보여주었다. 언제나 코넬리와 함께 하길. 그는 절대 실망시키는 법이 없으니까."_북페이지

"이 작품에서 해리 보슈는 그의 과거를 이야기하고 과거로 인한 피해를 인정하며 자신을 치유해간다. 해리 보슈 시리즈는 단연코 동시대 경찰소설의 최고봉이지만 코넬리는 거기에 스타일과 품위까지 더했다."_북리스트

—

Contents

마커스 그루파에게 이 책을 바칩니다.

01 모두 중요하거나 아무도 중요하지 않다

"무슨 얘기부터 해야 할지, 좋은 생각 있어요?"

"무슨 생각이오?"

"글쎄, 무엇이든. 그 일에 대해서요."

"그 일에 대해? 아, 생각이야 많죠."

여자는 기다렸지만 보슈는 입을 다물었다. 차이나타운에 도착하기 전부터 그런 식으로 대응하기로 작심했던 것이다. 여자는 그에게서 한 마디씩 일일이 끌어내지 않으면 안 될 것이다. 그녀가 마침내 물었다.

"당신 생각을 말씀해 보시겠어요, 보슈 형사? 그 목적이…."

"내 생각에 이건 전부 헛소리예요. 엉터리라고요. 그게 전부예요."

"잠깐, 헛소리란 게 무슨 뜻이죠?"

"그건, 좋아요. 내가 그를 밀쳤소. 한 대 친 것 같기도 하고. 정확히는 모르겠지만 내가 한 짓을 부인하고 싶진 않아요. 그러니까 직무를 정지시키든, 전출을 명하든, 인사위원회에 회부하든 맘대로 하시라는 거죠.

그렇지만 이런 방식은 엉터리예요. 나를 잘 알지도 못하는 당신을 내가 왜 일주일에 세 번씩이나 찾아와야 합니까? 왜 당신과 상담을 해야 하냐고요? 당신이 왜 내 일을 승인해야만 합니까?"

"그 질문에 대한 기술적 대답은 당신에게 제공한 설명서에 그대로 나와 있잖아요. LA 경찰국이 당신에게 내리길 원하는 징계보다 더 나은 방법을 찾기 위해서죠. 당신은 심한 스트레스로 인해 정직 처분을 받았어요. 그건 곧…."

"무슨 뜻인지 알아요. 그게 순 엉터리란 얘깁니다. 누군가가 제멋대로 나를 심한 스트레스 상태에 있다고 진단하고 무기한 업무를 정지시키거나 명령에 고분고분해질 때까지는 출근하지 못하도록 할 권리를 경찰국에 부여했거든요."

"제멋대로 내린 진단은 아니죠. 당신이 한 행동들을 근거로 내린 진단이에요. 내가 보기에도 분명…."

"그 일은 스트레스와는 아무 상관없었어요. 그런 일이 벌어지게 된 건… 에이, 관둡시다. 아까도 말했듯이 이건 다 헛소리예요. 그러니까 단도직입적으로 말해 봐요. 내 자리로 돌아가기 위해 내가 어떻게 해야 됩니까?"

여자의 눈에서 분노의 빛이 타오르는 걸 그는 보았다. 그녀의 과학적 지식과 기술을 깡그리 무시하려고 드니 자존심이 몹시 상한 듯했다. 그렇지만 여자는 곧 분노를 감추었다. 경찰들을 노상 상대해봐서 그런 감정 조절에는 익숙해져 있었다.

"이게 모두 당신 자신의 안녕을 위한 것임을 모르세요? 나는 당신이 소중한 자산임을 LA 경찰국 고위 관리자들에게 설득시켜야만 했어요. 그러지 않았다면 여기까지 오지도 못하고 곧바로 징계 절차를 밟았을 거예요. 그러는 대신 그들은 지금 당신의 경력과 재임 가치를 지켜주려고 하는 겁니다."

"소중한 자산이라고요? 난 경찰입니다, 자산이 아니라. 그리고 저 바깥 거리에 나가면 재임 가치 따위를 생각하는 사람은 아무도 없어요. 그게 대체 무슨 뜻입니까? 내가 여기서 그런 어려운 말이나 듣고 있어야 합니까?"

여자는 목을 가다듬은 뒤 엄숙하게 말했다.

"당신에겐 문제가 있어요, 보슈 형사. 당신에게 정직 처분을 내리게 만든 그 일이 일어나기 훨씬 이전부터 말이죠. 그런 문제 때문에 이 상담 과정이 마련되어 있는 겁니다. 아시겠어요? 그 일은 특별하지 않아요. 당신에겐 이전부터 문제가 있었으니까. 당신을 일터로 돌려보내기 위한 서류에 서명하기 전에 내가 해야 할 일은 당신이 자신을 직시하도록 만드는 거예요. 당신은 무엇을 하고 있나? 또 무엇을 할 것인가? 왜 이런 문제들이 당신한테 일어나고 있는가? 나는 이 상담 과정에서 열린 대화를 통해 질문을 던지고 당신의 대답을 듣고 싶어요. 나와 내 전문성을 무시하거나 경찰 당국의 리더십을 모독하는 말을 듣고 싶은 것이 아니라, 나는 당신 얘기를 듣고 싶다고요. 여기서 얘기하고자 하는 사람은 다른 사람이 아닌 당신이니까요."

해리 보슈는 여자를 조용히 바라보기만 했다. 담배 생각이 간절했지만 여자한테 허락을 구할 생각은 도무지 없었다. 그런 나쁜 습관이 있다는 걸 알면 여자는 곧 구강고착(oral- fixation: 손가락을 깨물거나 물건을 씹는 등의 나쁜 버릇-옮긴이)이나 니코틴 중독에 대해 잔소리를 늘어놓을지 모른다. 그는 한숨을 길게 내쉬곤 책상 너머 앉아 있는 여자를 바라보았다. 카르멘 히노조스는 상냥한 얼굴과 태도를 지닌 아담한 흑인 여자였다. 나쁜 여자가 아니라는 건 보슈도 잘 알고 있었다. 그동안 차이나타운을 다녀온 다른 동료들을 통해 좋은 얘길 많이 들었던 것이다.

히노조스는 단지 자신의 소임을 다하고 있을 뿐이었고, 보슈의 분노는 사실 그녀를 향한 것이 아니었다. 그녀도 그 정도는 알 만큼 똑똑해 보였다.

"미안해요, 그런 노골적인 질문으로 시작하는 게 아니었는데."

여자가 부드럽게 말했다.

"당신 감정을 건드린 것 같군요. 처음부터 다시 시작하죠. 그런데 담배를 피우고 싶으면 피워도 돼요."

"그런 내용도 파일에 적혀 있소?"

"파일엔 없어요. 있을 필요도 없고. 당신 손만 봐도 알겠는데요, 뭐. 연신 입으로 오르내리고 있잖아요. 담배를 끊으려는 중인가요?"

"아뇨. 사무실 안에선 금연이 원칙이잖소."

궁색한 변명이었다. 할리우드 경찰서에선 날마다 그 원칙을 깨면서.

"여긴 그런 원칙 없습니다. 이곳을 파커 센터(LA 경찰본부 - 옮긴이)나 시에 소속된 부서로 착각하는 걸 난 원치 않아요. 그래서 그런 곳들과 멀찌감치 떨어져 있는 거예요. 금연 원칙 같은 거 여긴 없습니다."

"장소는 중요하지 않죠. 어쨌거나 당신은 LAPD를 위해 일하고 있지 않습니까?"

"로스앤젤레스 경찰국을 벗어나 있다고 믿어 보세요. 여기 있을 때는 그냥 친구를 만나러 왔다고 생각하시라고요. 얘길 나누려고요. 여기선 무슨 얘기든 할 수 있습니다."

하지만 아무리 봐도 그녀가 친구처럼 보이진 않았다. 절대로. 그 말을 믿기엔 너무 위험했다. 여자를 기쁘게 해주기 위해 그는 고개를 끄덕여 주었다.

"별로 믿기지 않는 모양이군요."

보슈는 두 어깨를 추켜올렸다. 그게 자신이 보여줄 수 있는 최선의 표현 방식이라는 듯. 실제로 그렇기도 했다.

“하지만 당신에게 최면을 걸 수 있도록 해준다면 니코틴 중독에서 해방시켜 드릴 수도 있는데.”

“끊고 싶었다면 진작 끊었을 겁니다. 담배를 피우는 사람도 있고 안 피우는 사람도 있죠. 난 전자일 뿐이라고요.”

“그렇죠. 하지만 그게 자기파괴성을 드러내는 가장 분명한 증상인 것 같아요.”

“혹시 내가 담배를 피운다고 정직 처분을 내린 겁니까? 그래서 지금 이러는 거요?”

“왜 이러는지는 잘 아실 텐데요.”

보슈는 최소한의 말만 하겠다는 결심을 되살리며 입을 다물었다. 그러자 여자는 다시 질문하기 시작했다.

“자, 그럼 계속하죠. 그러니까 당신은 화요일부터 일주일 동안 휴가 중이었죠?”

“맞아요.”

“그동안 뭐하고 지냈나요?”

“연방재난관리청(FEMA)의 서류들을 작성하며 보냈죠.”

“연방재난관리청이라고요?”

“내 집에 철거명령이 내렸습니다.”

“지진은 석 달 전에 일어났잖아요. 왜 지금까지 미뤄왔죠?”

“바빴어요. 일하느라고.”

“알겠습니다. 보험은 드셨나요?”

“알겠다고 말하지 말아요. 잘 알지도 못하면서. 당신은 사물을 보는 눈이 나와 달라요. 난 보험에 들지 않았소. 다른 대부분의 사람들처럼 나도 부정적인 삶을 살았거든요. 당신들은 그렇게 부르지 않겠죠. 당신은 틀림없이 보험에 들었겠죠?"

"그럼요. 집은 얼마나 피해를 입었죠?"

"누구한테 물어보느냐에 달렸죠. 시 검사관은 전파(全破)로 판정하고 집 안에 들어갈 생각도 말라더군요. 난 괜찮다고 생각하는데 말이오. 조금만 손보면 돼요. 홈디포(Home Depot: 가재도구 대형 할인점-옮긴이)에 가면 사람들이 내 이름을 알아요. 그들에게 수리를 맡긴 것도 있으니까. 수리가 끝나면 철거명령 철회를 요청할 거요. 변호사도 고용했소."

"아직 그 집에서 살고 있단 말예요?"

그는 고개를 끄덕였다.

"그게 바로 부정적인 삶이에요, 보슈 형사. 그래선 안 된다고 생각합니다."

"난 당신이 경찰국 업무 이외에 내가 하는 일에 대해 간섭해선 안 된다고 생각하는데요."

카르멘 히노조스는 졌다는 듯이 두 손을 들었다.

"좋아요. 당신이 그 집에서 하는 일을 용인할 순 없지만, 정직 처분의 목적에는 부합할 것 같군요. 당신 마음을 붙잡아두기엔 그만일 것 같아요. 운동이나 취미활동, 다른 도시로의 여행 같은 게 좋겠지만, 당신을 바쁘게 만들어 그 일을 잊게 해주는 것이 더 중요하죠."

보슈는 피식 웃었다.

"왜 웃죠?"

"다들 그 일 그 일 하는데, 난 영문을 모르겠소. 베트남 전쟁을 베트남 충돌이라고 부득부득 우기던 사람들이 생각나는군요."

"그러면 당신은 그 일을 뭐라고 부르고 싶은데요?"

"모르겠소. 하지만 그 일이라니? 눈 가리고 아웅 하는 것 같아서, 원. 하던 얘기나 계속하시죠, 박사님. 난 여행 같은 건 하고 싶지 않거든요.

난 살인반 형사이고, 하고 싶은 일도 그겁니다. 정말 그 자리로 돌아가고 싶어요. 그리고 아주 멋진 솜씨를 보여드릴 수도 있을 겁니다."

"LA 경찰국이 그러라고 하면요."

"당신이 그러라고 해야죠. 당신한테 달렸다는 걸 잘 알잖아요."

"어쩌면요. 당신은 자신의 직업을 무슨 사명처럼 얘기한다는 사실을 아세요?"

"아마 그럴 겁니다. 성배처럼 얘기하죠."

보슈는 자조적으로 대답했다. 이제 겨우 첫 번째 과정에 돌입했을 뿐인데도 벌써 견디기가 어려웠다.

"그래요? 일생의 사명이 살인사건 해결과 나쁜 놈들을 감옥에 집어넣는 것이라고 믿고 있단 말이죠?"

그는 모르겠다는 말 대신 양쪽 어깨만 으쓱했다. 그리곤 자리에서 일어나 창문 앞으로 걸어가더니 힐 스트리트를 내려다보았다. 보도는 행인들로 북적거렸다. 아시아인들의 물결 속을 걸어가는 백인 여자 두 명의 얼굴이 특히 눈에 띄었다. 그들은 중국인 정육점 쇼윈도 앞을 지나가고 있었다. 쇼윈도에는 훈제한 오리들이 일렬로 목이 매달려 있었다.

도로 위쪽 멀리 할리우드 고가도로가 지나가고, 그 뒤로는 낡은 보안관서 감옥과 형사법원 건물이 서 있었다. 그 왼쪽으로 시청 타워가 눈에 들어왔다. 꼭대기 층 주위로 공사장의 검정색 방수포가 둘러쳐져 있었다. 마치 애도하는 것 같은 분위기를 자아내고 있지만 그 방수포는 지진 피해 복구공사를 하는 동안 떨어지는 건축 폐기물을 막기 위한 것이었다. 시청 너머로 보슈는 유리로 지어진 건물을 볼 수 있었다. LA 경찰국 본부인 파커 센터였다.

"당신의 사명이 뭔지 말해 주세요."

그의 등 뒤에서 히노조스가 조용히 말했다.

"당신 입으로 하는 말을 듣고 싶군요."

보슈는 의자로 다시 돌아와 앉아 그것에 대한 답변을 곰곰이 생각해 봤지만 결국 고개를 젓고 말았다.

"설명할 수가 없어요."

"그러지 말고 잘 생각해 봐요, 당신 사명에 대해. 정말 뭐라고 생각하시죠? 잘 생각해 보세요."

"당신 사명은 뭡니까?"

"그건 지금 우리 관심사가 아니잖아요."

"당연히 관심사죠."

"보슈 형사, 이런 질문에 개인적으로 대답하긴 처음이에요. 이 상담은 날 위한 것이 아니라 당신을 위한 것이기 때문이죠. 나의 사명은 LA 경찰국에 근무하는 남녀 모두를 도와주는 것이라 믿고 있어요. 좁게 보면 그렇다는 거예요. 좀 더 크게 보면 이 사회와 이 도시의 시민들을 돕고 있는 거죠. 거리의 경찰들이 좋아질수록 우리 모두도 좋아질 테니까요. 더 안전해질 거고요. 답변이 됐나요?"

"그럼요. 내 사명에 대해 말할 때도 그렇게 한두 문장으로 압축해서 사전을 읽는 것처럼 들리도록 연습하길 바라십니까?"

"미스터 에… 보슈 형사, 시종일관 그렇게 삐딱하게 말꼬리만 잡고 늘어지면 우린 어떤 결론에도 이르지 못해요. 그건 당신이 불원간 복직할 수 없다는 뜻이 되죠. 그걸 바라세요?"

그는 항복 표시로 두 손을 들었다. 여자는 책상 위에 올려놓은 노란 메모첩을 내려다보았다. 그 틈을 이용하여 보슈는 그녀를 살펴볼 수 있었다. 카르멘 히노조스는 조그마한 갈색 두 손을 책상 위에 올려놓고 있었는데, 어느 손가락에도 반지가 보이지 않았다. 오른손에 든 볼펜은 꽤 고급품처럼 보였다. 비싼 필기구를 사용하는 사람들은 이미지를 지나치게 중시한다고 항상 생각해왔지만, 이 여자는 안 그럴지도 모른다는 생각이 들었다. 짙은 갈색 머리카락을 뒤로 질끈 매고 가느다란 귀갑테 안경을 쓰고 있었다. 어릴 때 치아교정을 하지 않아 이는 삐뚤빼뚤했다. 그녀가 메모첩에서 눈을 드는 바람에 두 사람의 눈길이 서로 딱 마주쳤다.

"나는 그 일… 그 상황이 로맨틱한 관계의 파탄과 거의 동시에 벌어졌다는 얘길 들었어요."

"누가 그러던가요?"

"내게 제출된 배경 자료 안에 언급되어 있죠. 자료의 출처는 중요하지 않아요."

"아니, 중요합니다. 왜냐하면 엉터리 자료니까요. 그 일과는 아무 상관도 없어요. 당신이 말한 그 파탄은 거의 석 달 전 일이니까 말입니다."

"그런 일들로 인한 고통은 그보다 더 오래갈 수도 있죠. 물론 개인적 일이라 어렵겠지만 우린 그 얘기부터 시작해야 할 것 같은데요. 공격이 일어난 당시 당신의 감정 상태를 근본적으로 이해하는 데 도움을 줄 것 같기 때문이죠. 문제가 있나요?"

보슈는 손사래를 쳐서 질문을 계속하도록 했다.

"관계는 얼마나 지속되었습니까?"

"1년쯤이오."

"결혼했나요?"

"아뇨."

"결혼하자는 얘긴 있었나요?"

"아뇨. 입 밖에 낸 적도 없었소."

"동거했어요?"

"가끔은요. 우린 각자의 집이 있었죠."

"결국 헤어진 거예요?"

"그런 것 같소."

보슈는 자신의 인생에서 실비아 무어가 영영 사라졌다고 큰 소리로 말하긴 이때가 처음인 것 같았다.

"서로 동의 하에 헤어졌나요?"

보슈는 목을 가다듬었다. 그 질문에 대한 대답은 하고 싶지 않지만 한편으론 극복하고 싶은 문제이기도 했다.

"서로 동의했다고 말할 수 있지만 난 그녀가 짐을 싼 후에야 알았습니다. 석 달 전까지만 해도 우린 지진으로 집이 흔들리는 가운데 침대 안에서 서로 끌어안고 있었거든요. 그러니까 그녀는 여진이 끝나기도 전에 떠나버린 겁니다."

"여진은 아직도 끝나지 않았죠."

"비유적으로 말했을 뿐입니다."

"그녀와의 결별이 지진 때문이라는 거예요?"

"아니, 그런 소리가 아닙니다. 때맞춰서 그런 일이 일어났다는 거죠. 지진 직후에. 그녀는 밸리에 있던 고등학교 교사였는데 이번 지진에 건물이 무너졌거든요. 아이들은 다른 학교들로 다 전학하고 그 지역엔 교사가 많이 필요 없게 되었죠. 당국에서 안식기간을 제공하자 그녀는 받아들이고 이 도시를 떠났습니다."

"또 다른 지진이 두려웠을까요, 아니면 당신이 두려웠을까요?"

히노조스는 그를 똑바로 바라보았다.

"왜 나를 두려워합니까?"

자기 말투가 약간 방어적으로 느껴진다고 보슈는 생각했다.

"나야 모르죠. 그냥 물어봤을 뿐이에요. 그녀에게 두려움을 안겨준 적이 있나요?"

보슈는 망설였다. 실비아와의 결별에 대해 혼자 가슴앓이를 해왔지만 그녀에게 두려움을 안겨줬던가, 하는 생각은 한 번도 해본 적이 없었다.

"폭력적인 걸 의미한다면 그건 아닙니다. 그녀가 두려워할 만한 짓은 한 적 없어요."

히노조스는 머리를 끄덕이곤 메모지에다 무언가를 적었다. 보슈는 이런 얘기를 기록으로 남기는 것이 마음에 걸렸다.

"박사님, 이런 얘기는 지난 주 경찰서에서 벌어졌던 일과는 아무 상관도 없습니다."

"그녀는 왜 떠났나요? 진짜 이유가 뭐죠?"

보슈는 고개를 돌렸다. 은근히 부아가 치밀어 올랐다. 이런 식으로 나갈 줄 진작부터 알고 있었지. 이 여자는 자기 기분 내키는 대로 질문하고 틈만 보이면 내 속으로 비집고 들어올 모양이로군.

"모르겠소."

"그런 대답은 여기서 용납되지 않아요. 난 당신이 알고 있다고 생각해요. 아니면 적어도 그녀가 떠난 이유를 짐작은 하고 있다고 믿어요. 그래야만 하고요."

"그녀는 나의 실체를 발견했던 겁니다."

"당신의 실체를 발견했다는 것이 무슨 뜻이죠?"

"직접 물어봐야 할 거예요. 그녀가 그렇게 말했으니까. 하지만 지금은 이탈리아 베니스에 가 있소."

"그렇군요, 그렇다면 당신 생각엔 그녀가 무슨 뜻으로 그렇게 말한 것 같아요?"

"내 생각은 중요하지 않아요. 그렇게 말하고 떠난 사람은 내가 아니라 그녀이니까."

"나와 싸우려들지 말아요, 보슈 형사. 제발요. 지금 내겐 당신을 일자리로 돌려보내는 것보다 더 중요한 일은 없어요. 그게 내 사명이라고 말했잖아요. 당신이 갈 수만 있다면 그곳으로 돌려보내고 싶어요. 그런데 당신이 자꾸 까다롭게 굴어 그걸 어렵게 만들고 있어요."

"아마 나의 그런 점을 그녀도 발견했던 모양이군요. 그게 바로 나의 실체인지도 모르죠."

"그처럼 단순한 이유 때문인 것 같진 않아요."

"가끔은 그럴 수도 있죠."

카르멘 히노조스는 시계를 들여다본 뒤 불만스런 표정으로 상체를 앞으로 숙였다.

"좋아요, 보슈 형사. 당신 심기가 얼마나 불편한지 알겠어요. 다음 과정으로 넘어갑시다. 하지만 이 문제는 나중에 다시 얘기해야 할 테니 생각을 좀 해두세요. 당신 느낌을 말로 정리해 보시라고요."

히노조스는 보슈가 뭐라고 대꾸하길 기다렸지만 아무 소리도 듣지 못했다.

"지난주에 있었던 그 일에 대해 다시 얘기해 보죠. 매춘부 살인사건 때문에 벌어진 일로 알고 있습니다만."

"그렇소."

"잔혹했나요?"

"말하기에 달렸죠. 사건마다 사람마다 보는 시각이 다 다르니까요."

"맞아요. 하지만 당신이 보기에 잔혹한 살인사건이었습니까?"

"잔혹했죠. 살인사건들은 대부분 그런 것 같아요. 누군가가 죽었으니 잔혹할 수밖에 없죠. 죽은 자들에겐 말입니다."

"그래서 용의자를 구속했나요?"

"그랬죠. 파트너와 내가요. 하지만 체포한 게 아니라 용의자가 제 발로 걸어 들어와 신문을 받았어요."

"이 사건이 당신에게 미친 영향이 과거의 다른 사건들보다 컸나요?"

"그럴지도 모르겠소."

"왜 그럴까요?"

"내가 왜 매춘부 따위에 신경 쓰느냐는 뜻입니까? 난 그런 적 없어요. 다른 피살자들과 똑같이 대했지. 그렇지만 살인사건을 맡았을 땐 내겐 한 가지 원칙이 있습니다."

"어떤 원칙이죠?"

"모두 중요하거나 아무도 중요하지 않다."

"무슨 뜻이에요?"

"말 그대로요. 모든 사람이 다 중요하거나 아무도 중요하지 않다는 뜻이죠. 매춘부든 시장 부인이든 난 최선을 다해 수사할 뿐입니다. 그게 내 원칙이에요."

"알았어요. 그러면 이제 그 특별한 일에 대해 얘기해 보죠. 용의자 체포 이후에 벌어졌던 일과 할리우드 경찰서에서 당신이 과격한 행동을 한 이유에 대해 듣고 싶어요."

"이거 지금 녹음 중입니까?"

"아니에요, 보슈 형사. 당신이 말한 어떤 내용도 철저히 보호해 드리죠. 이 상담 과정이 끝나면 나는 어빙 부국장에게 추천장 한 장만 띄우면 끝납니다. 이 과정의 세부적 얘기는 일절 공개하지 않아요. 내가 작성하는 추천장은 항상 반 페이지도 안 되고 대화 내용은 한 줄도 들어가지 않습니다."

"그 반 페이지로 엄청난 힘을 휘두르는군요."

여자는 대꾸하지 않았다. 보슈는 그녀를 바라보며 잠시 생각에 잠겼다. 이 여자라면 믿어도 되겠다 싶으면서도 그의 본능과 경험은 아무도 믿지 말라고 경고하고 있었다. 여자는 그의 그런 딜레마를 감지한 듯 잠자코 기다리기만 했다.

"그 일에 대한 내 생각을 듣고 싶은 겁니까?"

"그래요."

"좋습니다, 얘기해 드리죠."

02 사명

줄담배를 피우며 집으로 돌아가던 보슈는 정작 필요한 것은 니코틴이 아니라 날카로운 신경을 잠재울 술이란 걸 깨달았다. 하지만 시계를 들여다보니 술집에 들르기엔 아직 너무 이른 시각이었다. 그래서 담배를 새로 붙여 물고 계속 집으로 차를 몰았다.

우드로 윌슨 거리의 집에서 반 블록쯤 더 올라간 도로가에 차를 세운 뒤 그는 걸어서 내려왔다. 이웃집에서 연주하는 피아노 클래식 곡이 흘러나왔지만 어느 집인지는 알 수 없었다. 사실 그는 이웃에 어떤 사람들이 사는지, 어느 가정에 피아노 연주자가 있는지도 알지 못했다. 건물 앞에 쳐놓은 노란색 출입금지 테이프 아래로 기어든 그는 간이주차장 문을 열고 안으로 들어갔다.

자기 집에서 살고 있다는 사실을 감추기 위해 차를 거리 위쪽에 세워두고 이런 식으로 드나드는 것이 요즘 그가 날마다 하는 짓이었다. 지진이 일어난 후 시에서 나온 검사관은 그의 집을 더 이상 사람이 살 수 없는 곳으로 판정하고 철거명령을 내렸다. 하지만 보슈는 그런 명령을 무시하고 벌써 석 달째 이 집에서 살아오고 있었다.

중생대와 신생대를 거치며 사막에서 솟아오른 산타모니카 산맥에 형성된 퇴적암 위에 철주들을 박아 삼나무 외장재로 세운 조그마한 집이었다. 지진이 났을 때 암반에 박은 철주들은 굳건히 버텨주었지만, 그 위에 지은 집이 움직이며 철주 일부와 방진용 볼트들을 부러뜨렸다. 겨우 5센티쯤 미끄러졌지만 그 정도만으로도 충격은 충분했다. 집 안의 목재 골격은 구부러지고 창문틀과 문틀의 직사각형은 모두 마름모꼴로 변했다. 유리창은 박살나고 북쪽으로 향한 현관문은 문틀에 꽉 끼어 아예 열리지도 않았다. 그 문을 열려면 불도저의 힘이라도 빌려야 할 판이었다. 실제로 간이주차장 문을 열 때도 보슈는 쇠지레를 사용해야만 했다. 지금은 그 문이 집으로 드나드는 현관문이 되었다.

보슈는 5센티 미끄러진 집을 들어 올려 제자리로 옮기는 비용으로 계약자에게 5천 달러나 지불했다. 그런 다음 철주들을 볼트로 다시 고정시켰고 창문이나 방문들은 시간이 나는 대로 손수 수리하고 있었다. 유리를 주문하여 창문들을 먼저 수리했고 몇 달 후엔 방문들도 모두 수리했다. 목수 일에 대한 책들을 참고하여 작업했지만 제대로 안 될 때는 혼자 낑낑대며 고친 적도 두세 차례 있었다. 그러다 보니 일에 재미를 붙이게 되고 정신 건강에도 도움이 된다는 걸 알았다. 자기 손으로 하는 노동이 살인반 업무에 대한 기분전환이 되었다. 그는 자연의 힘에 대한 경의의 표시로 현관문은 고치지 않고 그대로 두는 것이 옳다고 생각했다. 그리고 차고 문을 통해 옆문으로 드나드는 것으로 만족했다.

하지만 그런 모든 수고에도 불구하고 그의 집은 시의 철거대상 건물에서 제외되지 않았다. 그 지역을 담당하고 있는 시청 건축물 검사관인 고디란 사내는 보슈가 집수리를 다 마쳤다고 주장했을 때에도 철거명령을 철회하지 않았다. 보슈가 외국 영사관의 스파이처럼 자기 집을 몰래 들락거리는 숨바꼭질을 시작하게 된 것은 그때부터였다. 그는 앞쪽 창문에 검정색 비닐 테이프를 붙여 불빛이 밖으로 새어나가지 않도록 막았다. 그리고 고디에 대한 감시를 게을리하지 않았다. 고디가 그에겐 불구대천의 원수였다.

그러는 한편 보슈는 변호사를 고용하여 검사관의 철거명령을 취소시키기 위한 소를 법원에 제기토록 했다.

간이주차장의 문은 곧바로 부엌으로 통하게 되어 있었다. 보슈는 냉장고 문을 열고 코카콜라 한 캔을 꺼내들었다. 그리곤 낡은 냉장고에서 나오는 시원한 바람에 몸을 식히면서 저녁거리로 적합한 것이 뭐가 있나 하고 안에 든 내용물들을 점검했다. 냉장고 선반 위와 서랍 안에 뭐가 들었는지 정확히 알고 있었지만, 혹시나 까맣게 잊고 있었던 스테이크나 닭 가슴살이라도 튀어나와 즐겁게 해주지나 않을까 하고 살펴보는 것이었다. 혼자 사는 사내라면 누구나 다 한 번씩 해보는 짓이다.

뒤쪽 데크에서 보슈는 닷새 묵은 빵에 플라스틱 용기에서 꺼낸 고기를 끼운 샌드위치를 물어뜯은 뒤 소다수를 마셨다. 샌드위치 하나로 저녁을 때우면 밤늦은 시각에 허기가 찾아올 것이 빤해서 감자튀김을 곁들이고 싶은 생각이 간절했다.

데크 난간에 기대서서 할리우드 고속도로를 내려다보니 월요일 오후 퇴근 차량들이 밀려들고 있었다. 러시아워의 홍수가 몰려오기 직전에 시내를 빠져나오길 잘했다 싶었다. 심리학자와 씨름하는 상담치료가 시간을 초과하지 않도록 저항한 덕분이었다. 스케줄은 월, 수, 금요일 오후 3시 30분으로 잡혀 있었다. 카르멘 히노조스가 상담 시간을 초과한 적이 있을까? 아니면 그녀의 근무시간이 오전 9시부터 오후 5시로 잡혀 있었을까?

지금 그가 서 있는 산 위에서는 카후엥가 고개를 관통하여 샌퍼낸도 밸리로 이어지는 고속도로 북쪽 노선이 한눈에 들어왔다. 그는 상담 과정에서 주고받은 얘기들을 다시 떠올리며 그것이 자신에게 이로운 건지 해로운 건지 판단하려고 애썼다. 그렇지만 생각이 갈피를 잡지 못하고 자꾸만 흩어졌다. 그래서 카후엥가 고개를 올라가는 고속도로 쪽으로 시선을 집중하기 시작했다. 그는 무심코 데크에서 바라보이는 1.5킬로미터쯤 되는 고속도로 구간을 달려오는 두 대의 차량을 주시했다. 운전하는 사람이 누군지도 모르지만 그 두 대의 차량은 서로 경주하듯 마지막 구간을 질주하여 랭커심 대로 출구로 빠져나갔다.

잠시 후 문득 자신을 되돌아본 그는 고속도로에서 눈길을 돌리며 소리쳤다.

"제기랄!"

살인반을 떠나서는 아무리 용빼는 재주를 부려봤자 별 볼일 없겠다는 생각이 들었다. 집 안으로 들어간 그는 냉장고에서 맥주를 한 병 꺼내들었다. 병마개를 따자마자 전화벨이 울렸다. 그의 파트너 제리 에드거가 걸어온 전화는 적막강산 같은 집 안 분위기를 일시에 날려버려 주었다.

"해리, 차이나타운에서의 일은 어땠어?"

경찰이면 누구나 업무상 압박감으로 인해 어느 날 갑자기 머리가 돌아버려서 경찰국 행동과학부(BSS)에서 상담치료 과정을 밟아야 할 처지가 될까 봐 은근히 두려워하기 때문에 그 부서를 정식 명칭으로 부르는 경우가 드물었다. 그래서 BSS 상담치료 과정에 참가하는 것을 '차이나타운에 간다'고 돌려서 말할 때가 더 많았다. BSS 사무실이 파커 센터에서 여러 블록 떨어진 힐 스트리트에 있기 때문이었다. 어느 경찰이 그곳으로 간다는 것이 알려지면 "그 친구 힐 스트리트 우울증에 걸렸다."는 소문이 쫙 퍼지곤 했다. BSS 사무실이 들어 있는 6층짜리 건물은 "50-1-50" 빌딩으로 알려졌는데, 그 숫자는 건물의 주소가 아니라 미친 사람을 가리키는 경찰끼리의 무선 암호 숫자였다. 이런 암호들은 그들의 두려움을 보다 쉽사리 감추는 동시에 하찮은 것처럼 만들기 위해 사용하는 일종의 방패막인 셈이었다.

"차이나타운 정말 끝내주더군."

보슈는 자조적으로 대꾸했다.

"자네도 언젠가 한번 가보라고. 나더러는 여기 앉아 고속도로로 지나가는 차량들이나 세어보라고 하더군."

"지루하진 않겠네, 뭐."

"그렇지. 자넨 어떻게 하고 있나?"

"파운즈가 마침내 해치웠어."

"뭘 해치워?"

"날 새내기와 엮어버렸다고."

보슈는 잠시 침묵했다. 그 소릴 듣고 나니 이젠 정말 끝장인가 싶었다. 어쩌면 살인반으로 다시는 돌아갈 수 없을지 모른다는 생각이 가슴 속으로 스며들었다.

"그랬단 말이지?"

"기어이. 오늘 아침 사건을 하나 던져주며 제 새끼 한 마리를 나한테 붙여주더군. 번즈란 놈 있잖아."

"번즈라고? 교통반에 있던? 살인반에서 근무한 적이 없는 놈이잖아. 캡스(CAPS: 대인범죄담당부서 – 옮긴이)에서도 일해본 적 없는 놈이야."

경찰국 내에서 형사들은 항상 두 라인 중 한 라인을 따라 이동했다. 한 라인은 재산범죄, 다른 하나는 대인범죄였다. 대인범죄에는 살인, 강간, 강도 전담팀이 포함되어 있었다. 대인범죄담당부서 형사들은 주로 강력범 사건들을 다루었고, 재산범죄 수사관들을 사무직원처럼 얕보는 경향이 있었다. LA에는 재산범죄가 넘쳐날 지경이었고, 그래서 수사관들은 보고서를 접수하고 이따금씩 범인들을 체포하는 일로 대부분의 시간을 소비했다. 그래서 실제로 수사업무에 들일 시간은 거의 없었다.

"줄곧 서류정리만 하던 놈이야."

에드거도 한심하다는 투로 말했다.

"하지만 파운즈에겐 그게 중요하지 않지. 그가 신경 쓰는 건 자기한테 엿 먹이지 않을 놈을 살인반에 박아두는 것뿐이라고. 번즈가 바로 그런 놈이지. 놈은 아마 자네에 대한 소문을 듣자마자 이 자리를 꿰차려고 로비를 벌였을걸."

"제기랄. 암튼 난 그 자리로 돌아갈 거고, 그 자식은 교통계로 다시 꺼져야 할 거야."

에드거는 잠시 생각하는 듯했다. 보슈의 말을 수긍하기가 어려운 모양이었다.

"정말 그렇게 생각해, 해리? 파운즈가 자네의 복직을 원하지 않을 텐데. 자네한테 그런 꼴을 당했으니 말이야. 번즈를 파트너로 명했을 때 나는 해리 보슈가 돌아올 때까지 기다리겠다고 했지. 그랬더니 파운즈는 내가 늙어빠질 때까지 기다려도 그런 일은 없을 거라고 했거든."

"그래? 그 자식도 엿이나 먹으라고 해. 나도 파커 센터에 친구가 한두 명쯤은 있다고."

"어빙은 자네한테 빚이 있지, 안 그래?"

"찾아보면 있겠지."

그 문제에 대해선 보슈도 더 이상 얘기하고 싶지 않았다. 화제를 바꿔야겠다고 생각했다. 에드거가 파트너이긴 하지만, 그와는 완전한 신뢰 관계가 형성되지 않았다. 지금까지 그의 멘토 역할을 해오면서 목숨을 걸 만큼 서로 신뢰해 왔지만, 그건 거리에 나갔을 때 얘기였다. 경찰국 안에서는 문제가 달랐다. 보슈는 아무도 믿지 않았고 아무한테도 기대지 않았다. 이제 와서 그런 생각을 바꾸고 싶진 않았다.

"새로 맡았다는 사건은 어떤 거야?"

그는 화제를 돌리기 위해 물었다.

"참, 자네한테 그 얘길 한다는 것이. 정말 괴상한 사건이야. 우선 사람이 괴상하게 죽었고, 그다음에 일어난 일도 괴상해. 신고를 해온 곳은 시에라 보니타 거리에 있는 한 주택이었어. 새벽 5시경이었고. 신고자는 무언가로 막은 듯한 총성 비슷한 것을 들었다고 했네. 그래서 옷장에 넣어둔 엽총을 꺼내 들고 밖으로 나갔다는 거야. 그 동네가 최근 마약중독자들한테 깨끗이 털렸다는 거 알아? 그가 사는 블록에서만도 이달 들어 네 집이나 털렸기 때문에 엽총을 준비해 두고 있었다더군. 암튼 그 친구는 총을 들고 진입로를 따라 내려갔는데, 차고 앞에 세워둔 자동차 문이 열려 있고 문 밖으로 다리 두 개가 나와 있는 것을 발견했다는 거야."

"그래서 쏴버렸대?"

"아니, 그건 미친 짓이지. 총을 겨누고 다가가 보니 차 안에 있는 사내는 이미 죽어 있었다는군. 드라이버에 가슴을 찔린 상태로."

보슈는 무슨 소린지 알 수가 없었다. 사태를 파악하지 못해 입 다물고 조용히 있자 에드거가 설명했다.

"에어백이 그를 죽였던 거야, 해리."

"무슨 소리야, 에어백이 그를 죽였다니?"

"그 멍청한 마약중독자가 운전대의 에어백을 훔쳐내려다 잘못 건드려 터뜨린 거지. 그것이 급속하게 팽창하면서 드라이버를 그의 가슴에 꽂았던 것 같아. 그런 경우는 생전 첨 봤어. 드라이버를 거꾸로 들고 있었거나 손잡이로 운전대를 두드리다 그런 일을 당했겠지. 아직 그것까진 확인을 못했어. 크라이슬러 직원한테 문의했더니 그 멍청이처럼 보호막을 벗겨냈을 땐 가벼운 정전기에도 에어백이 터질 수 있다고 하더군. 죽은 친구가 스웨터를 입고 있었다고 하니 정전기를 일으킬 수도 있었겠지, 뭐. 번즈 녀석이 정전기 때문에 죽은 놈은 그자가 1호라고 하더군."

에드거가 자기 새 파트너의 농담을 전하며 껄껄 웃는 동안 보슈는 이야기 내용을 곰곰이 따져보고 있었다. 그러자 지난해에 경찰국에서 발송한 에어백 절도에 관한 회보가 떠올랐다. 암시장에서 에어백이 인기 품목으로 부상하면서 도둑들은 에어백 하나에 3백 달러씩 받고 있다는 정보였다. 장물을 사들인 불법 자동차 정비소들은 그것을 고객의 자동차에 설치해주고 개당 9백 달러씩 받아 챙긴다고 했다. 그것은 제조회사에 주문하는 것보다 이윤이 배로 남는 장사였다.

"그러면 사고로 처리되겠네?"

"그럼, 사고사지. 그런데 얘긴 거기서 끝나지 않아. 자동차 문이 양쪽 다 열려 있었거든."

"죽은 놈한테 동료가 있었단 얘기군."

"그게 우리 생각이었지. 그놈만 찾아내면 중범죄로 기소할 수 있겠더라고. 그래서 과학수사과 요원들을 불러 자동차 내부에 남은 지문들을 싹 훑었지. 그것들을 AFIS(자동지문식별체계-옮긴이)에 넣고 돌렸더니, 뭐가 나왔는지 알아?"

"죽은 놈 동료가 나왔단 말이야?"

"바로 그거야. AFIS 컴퓨터는 안 미치는 데가 없더라니까. 그 중 하나가 세인트루이스에 있는 미군신원확인센터(USMIC)야. 거기서 그놈 지문과 일치하는 걸 찾아냈지. 10년 전 군 복무기록에서 말이지. 놈의 신원과 차량등록국에서 확인한 주소를 이용해서 오늘 연행해온 거야. 오는 길에 다 불었어. 이제 당분간 어디 좀 들어가 있어야겠지."

"일진이 좋았던 모양이군."

"그런데 그게 끝이 아니었어. 진짜 괴상한 부분은 아직 말하지 않았다고."

"그럼 빨리 말해 봐."

"자동차 내부의 지문들을 싹 훑었다고 했지?"

"그랬지."

"그 가운데서 또 하나가 나왔단 소리야. 이 지문은 범죄목록에 올라 있는 것과 일치했어. 미시시피에서 일어났던 사건이지. 해리, 매일이 오늘 같기만 하다면야 이 짓도 해먹을 만하겠더라고."

"일치했다는 게 뭔데?"

보슈가 물었다. 그는 얘기를 한꺼번에 쏟아놓지 않고 자꾸만 뜸을 들이는 에드거에게 짜증이 슬슬 나기 시작했다.

"7년 전에 구축된 '남부 5개 주 범죄자 신원자료'라는 데이터베이스에 그 지문들을 입력해 봤지. 인구가 LA의 절반 정도에서 더 이상 늘지 않는 주들이야. 암튼 오늘 입력한 그 지문들 중 하나가 76년도 빌럭시에서 일어난 겹치기 살인사건 용의자의 지문과 일치했다는 거 아니겠어? 범인이 두 여자를 살해한 날짜가 7월 4일이라고 해서 그곳 신문사의 어떤 기자가 놈에게 '2백 주년 백정'이란 별명을 붙여줬더라고."

"차 주인 얘기야? 총을 들고 나갔던 놈?"

"당연하지. 그자의 지문이 피살된 한 여자의 두개골에 박혔던 식칼에 남아 있었거든. 오늘 오후에 다시 집으로 찾아가자 놈은 깜짝 놀라더군. 그래서 '어이, 자네 차에서 뒈진 놈의 동료를 찾아냈어. 그런데 네놈도 잡아가야겠더라고. 두 여자를 죽여 비닐 백에 담아 버린 혐의로 말이야.' 내 말에 놈은 아주 돌아버릴 것 같은 표정을 짓더라고. 자네도 그 표정을 봤어야 하는데."

에드거는 전화기에 대고 큰 소리로 웃어댔다. 보슈는 물먹기 시작한 지 일주일밖에 안 되었는데도 제자리로 돌아가고 싶은 생각이 너무나 간절했다.

"놈이 불었어?"

"아니, 입을 꽉 다물고 있어. 두 차례나 살인을 저지르고도 20년 가까이나 피신할 수 있었다니, 진짜 기똥찬 놈이지."

"정말이야. 그 친군 뭘 하고 지냈대?"

"그냥 납작 엎드려 있었던 모양이야. 산타모니카에서 철물점을 운영하면서. 결혼해서 아이도 있고 강아지도 키운대. 완전한 변신이지. 하지만 이제 빌럭시로 돌아가야겠지. 남부 음식이 입에 맞아야 할 텐데. 당분간 돌아오긴 어려울 테니 말이야."

에드거는 다시 껄껄 웃었다. 보슈는 아무 말도 하지 않았다. 그런 얘기를 듣고 나니 그 자신이 더 이상 하지 못하고 있는 일들이 생각나서 우울해졌다. 동시에 그 자신의 사명이 뭐냐고 묻던 히노조스의 얼굴이 떠올랐다. 에드거가 계속 말했다.

"내일 미시시피 주 기마 경관이 몇 명 나올 거야. 조금 전에 그들과 통화했는데, 행복한 캠핑 족이더군."

보슈가 계속 침묵하고 있자 에드거가 물었다.

"해리, 듣고 있는 거야?"

"그래, 뭘 좀 생각하느라고. 범죄와의 전쟁이 치열했던 날이었군. 그래, 겁 없는 대장님은 뭐라고 하던가?"

"파운즈 말이야? 말도 마. 이 일로 얼마나 흥분하고 있는지 몰라. 무슨 짓을 꾸미고 있는지 알아? 세 건을 모두 해결한 것처럼 점수 딸 궁리를 하고 있어. 빌럭시 사건을 우리 것으로 돌리려는 심산이지."

보슈로선 놀랄 일도 아니었다. 경찰국 내의 관리자들과 통계사들 사이에는 기회만 있으면 사건해결 비율을 올리려고 하는 관행이 널리 퍼져 있었다. 에어백 사건의 경우 실제로 살인한 자는 없었다. 따라서 사건이라기보다는 사고라고 해야 옳았다. 그러나 범행 도중에 죽임을 당했기 때문에, 캘리포니아 법률은 공범자에게 동료의 죽음에 대한 죄를 물을 수 있다고 보았다. 보슈는 파운즈가 그 사건을 살인사건 해결로 처리할 심산임을 알았다. 그렇지만 에어백으로 인한 사망은 어디까지나 사고이기 때문에, 파운즈는 이것을 살인사건 발생 건수에는 포함시키지 않을 것이었다. 이런 통계상의 조작으로 할리우드 경찰서의 살인사건 해결 비율은 약간 높아질 것이다. 최근 몇 년 동안 그 비율은 50퍼센트 이하로 곤두박질치고 있었다.

그렇지만 속임수 계산으로 한 건 올리는 것만으로는 만족할 수가 없어서, 파운즈 경위는 대담하게 빌럭시에서 발생했던 두 건의 살인사건도 해결 목록에 올리려는 것이었다. 반론의 여지는 있겠지만 어쨌거나 그의 살인반이 두 건의 살인사건을 더 해결한 건 분명한 사실이었다. 발생 건수를 더하지 않고 도합 세 건의 살인사건을 해결했으니 전체 성적이 치솟을 수밖에 없었고, 덩달아 형사과장으로서 파운즈의 이미지도 그만큼 상승하는 게 당연했다. 이날 올린 실적으로 파운즈가 얼마나 희희낙락했을지 보슈는 충분히 알 수 있었다.

"파운즈 말로는 우리 성적이 6점쯤 올라갈 거라더군."

에드거는 계속 지껄여댔다.

"그친 아주 신바람이 났다니까, 해리. 그 친구를 행복하게 해준 것에 대해 새로 온 내 파트너 녀석도 덩달아 신이 났어."

"더 이상 듣고 싶지 않아."

"그 생각은 못했군. 그래, 고속도로를 달리는 자동차들을 세는 일 말고는 무슨 짓으로 시간을 보내고 있나? 자네 성격상 심심해 죽을 지경일 텐데, 해리."

"그 정도는 아니야."

보슈는 거짓말을 했다.

"지난주엔 데크를 수리했지. 이번 주엔…."

"해리, 그래봤자 돈과 시간만 낭비할 거라니까 그러네. 자네가 거기 있는 걸 검사관이 발견하면 엉덩이 차서 내쫓을 거야. 그리고 그 집을 직접 철거하고 청구서를 자네한테 보낼 걸세. 그땐 자네의 집과 그 데크는 모두 덤프트럭 짐칸에 실릴 거야."

"그래서 변호사를 고용했지."

"변호사가 뭘 어쩌겠어?"

"모르지. 철거명령을 취소시킬 소송을 원한다고 하자 변호사는 가능하다고 했어."

"나도 그러길 바라네. 하지만 지금이라도 포기하고 새로 시작해야 한다고 생각해."

"내가 로또에 당첨되기라도 한 줄 아나?"

"연방정부에서 충분히 대출해 주잖아. 자네라면 얼마든지…."

"신청은 했어, 제리. 그렇지만 난 내 집을 이대로 소유하고 싶어."

"알았네, 해리. 자네 변호사가 일을 제대로 해주면 좋겠군. 난 이제 가봐야 해. 번즈 녀석이 숏스탑에서 맥주 한잔하고 싶대. 거기서 지금 기다리고 있어."

경찰대학과 다저스타디움 근처에 있는 그 비좁고 어둑어둑한 술집에 보슈가 최근 들렀을 때만 해도 '나는 게이츠 국장을 지지한다!'는 범퍼스티커들이 여전히 벽에 붙어 있었다. 대부분의 경찰들에게 대럴 게이츠(로드니 킹 사건 당시 LAPD 국장-옮긴이)는 꺼져가는 과거의 불씨일 뿐이지만, 그래도 구닥다리들은 숏스탑으로 몰려가 맥주를 들이켜며 옛날의 LA 경찰국 시절을 그리워하곤 했다.

"가서 신나게 마셔, 제리."

"조심하게, 친구."

보슈는 카운터에 기대어 손에 들고 있던 맥주를 마셨다. 그러니까 에드거가 전화한 이유는 그 자신은 이제 어느 편인지 결정되었으니 너도 알아서 처신하라는 뜻을 은연중 전달하기 위해서였던 것 같았다. 그거야 어쩔 수 없는 일이지, 하고 보슈는 생각했다. 위태로울 수도 있는 직장에서 살아남기 위해 에드거가 가장 먼저 충성해야 할 대상은 그 자신일 수밖에 없었다. 그런 그를 비난할 순 없었다.

보슈는 전자레인지 유리문에 비친 자기 얼굴을 살펴보았다. 어스름 속에서도 두 눈과 턱의 선을 볼 수 있었다. 이제 마흔네 살이지만 보기에 따라선 더 늙어 보였다. 갈색 곱슬머리가 아직 머리 전체를 덮고 있지만 머리카락과 턱수염이 회색으로 변하는 중이었다. 암갈색 눈동자는 피로하고 지쳐 보였다. 피부는 야간 경비원처럼 창백했다. 아직도 몸매가 날씬해서 몸에 걸치고 있는 옷들이 헐렁하여 시내 근무용으로 지급한 옷을 입었거나 최근에 호된 병을 앓은 사람처럼 보였다.

그는 전자레인지에서 물러나 냉장고 문을 열고 맥주를 한 병 더 꺼냈다. 데크로 나오자 하늘은 파스텔 색조의 황혼으로 환히 빛나고 있었다. 이제 곧 어두워질 것이었다. 그러나 저 아래 고속도로는 잠시도 그치지 않는 차량들의 불빛으로 환한 강물처럼 보였다.

월요일 밤의 퇴근 차량들을 바라보며 보슈는 그것들이 마치 열을 지어 개미탑을 올라가고 있는 일개미들 같다고 생각했다. 누군가가 혹은 어떤 힘이 그 개미탑을 다시 발로 걷어찰 것이다. 그러면 고속도로는 파괴되고 주택들은 무너지겠지만, 개미들은 곧 복구하고 다시 대열을 지어 행진할 것이다.

짜증이 몰려왔지만 보슈는 그 이유를 분명히 찍어낼 수가 없었다. 생각들이 머릿속에서 어지럽게 뒤엉겼다. 그는 에드거가 자기 사건에 대해 얘기한 것을 히노조스가 했던 말의 맥락 속에서 이해하기 시작했다. 그것들 사이에는 어떤 연결선이나 다리가 있는 것이 분명한데도 그게 뭔지 알 수가 없었다.

맥주를 다 마신 그는 두 병이면 충분하다고 생각했다. 안락의자로 가서 두 발을 공중으로 쳐들고 앉았다. 자신이 진정 원하는 것은 휴식이란 생각이 들었다. 몸과 마음을 편안하게 쉬게 하는 것. 눈을 들자 구름들은 이제 석양에 오렌지색으로 물들어 있었다. 마치 녹은 용암처럼 천천히 하늘을 흘러가고 있었다.

졸음 속으로 떨어지기 직전에 어떤 생각이 용암 속으로 밀려들어갔다. 모두 중요하거나 아무도 중요하지 않다. 잠에 빠지기 직전의 명징한 순간에, 그는 자신의 생각 속으로 흘러든 그 연결선이 무엇인지 알았다. 그리고 자신의 사명이 무엇인지 깨달았다.

03 당신들의 날이 끝날 때 우리의 날은 시작된다

다음 날 아침 보슈는 샤워도 하지 않고 옷을 입었다. 즉시 집수리에 열중함으로써 전날 밤의 잡다한 생각들을 떨쳐버리기 위해서였다.

그렇지만 잡념을 떨쳐버리기가 그리 쉽지 않았다. 래커 묻은 낡은 청바지를 꿰입고 화장대 위의 깨어진 거울을 살펴보던 그는 티셔츠를 뒤쪽으로 돌려 입고 있다는 걸 알았다. 그 바람에 하얀 셔츠의 가슴을 가로질러 강도 살인반의 모토가 찍혀 있었다.

당신들의 날이 끝날 때 우리의 날은 시작된다

당연히 셔츠의 등에 찍혀 있어야 할 것이었다. 그는 셔츠를 벗어 돌려 입었다. 그제야 보여야 할 것이 제대로 보였다. 셔츠의 왼쪽 가슴 부분에 배지의 모형과 'LAPD 살인반'이라는 작은 글씨가 찍혀 있었다.

그는 커피포트와 머그잔을 들고 데크로 나갔다. 그리곤 도구함과 홈디포에서 구입한 침실용 새 문을 운반했다. 준비가 끝나자 김이 모락모락 나는 커피를 가득 담은 머그잔을 들고 안락의자 발판에 앉았다. 원래의 침실 문은 지진으로 경첩 부분이 떨어져 나가버렸다. 그래서 며칠 전에 새로 사온 문으로 교체하려 했지만 너무 커서 문틀에 맞지 않았다. 그래서 문 바깥쪽을 대패로 3센티쯤 깎아낼 생각이었다. 대패를 앞뒤로 천천히 밀고 당기자 대팻밥이 종이처럼 말려 떨어졌다. 이따금씩 그는 대패질을 멈추고 문의 깎인 정도를 손으로 어루만져 확인하곤 했다. 자신이 하는 일의 진척을 확인할 수 있다는 것이 아주 마음에 들었다.

하지만 오랫동안은 일에 집중할 수가 없었다. 전날 밤 그를 괴롭혔던 생각들이 불쑥불쑥 뛰어드는 바람에 문짝에 초점을 맞추기가 어려웠다. 모두 중요하거나 아무도 중요하지 않다. 그가 히노조스에게 한 말이었다. 자신의 신념을 그녀에게 말했던 것이다. 하지만 정말 그런가, 하고 그는 자문했다. 그 말이 내게 어떤 의미가 있지? 내 셔츠의 등에 새겨져 있는 슬로건과 같은 건가, 아니면 나의 생활신조라도 된단 말인가? 이런 질문들이 전날 밤 에드거와 주고받았던 대화들과 뒤섞여 메아리처럼 울려왔다. 그리고 그가 항상 품고 있었던 더 깊은 생각들을 떠올리게 했다.

대패를 문 모서리에 놓고 매끈하게 밀린 목재 면을 손으로 다시 만져보았다. 그만하면 되었다 싶어서 문을 안고 거실 안으로 들어갔다. 목공작업을 하기 위해 헝겊을 깔아놓은 바닥에서 그는 문의 가장자리가 완전히 매끈해지도록 결이 고운 사포로 문질렀다.

문을 수직으로 들고 문틀에 맞춘 다음 경첩에 밀어 넣고 핀들을 끼웠다. 그리곤 망치로 톡톡 두드리자 쉽사리 들어갔다. 경첩과 핀에 기름칠을 미리 해뒀기 때문에 침실문은 이제 소리 없이 열리고 닫혔다. 그보다 더 중요한 것은 문틀에 끼지 않고 똑바로 닫히고 열린다는 점이었다. 그는 문을 몇 차례 더 여닫아본 뒤 자신이 해놓은 일에 흐뭇한 기쁨을 느꼈다.

하지만 한 가지 일을 끝내고 나자 다음엔 또 뭘 할까 하는 생각 때문에 그로 인한 성취감은 오래 가지 않았다. 데크로 돌아오자 다른 생각들이 떠올랐고, 그는 곧 숲에서 전지한 가지들을 한 곳에 모아 쌓아두었다.

히노조스는 그에게 몸을 바쁘게 굴리라고 말했다. 보슈는 이제 그 요령을 터득한 것 같았다. 하지만 그 순간 아무리 많은 일거리를 찾아내어 시간을 죽인다 하더라도 한 가지 일만은 끝내 남아 있을 것임을 깨달았다. 그는 빗자루를 벽에 기대 놓고 집 안으로 들어가서 준비 작업에 착수했다.

04 마지막 반출자

LA 경찰국 저장시설과 파이퍼 테크로 알려진 공중지원팀 본부는 파커 센터에서 그다지 멀지 않은 라미레즈 가에 있었다. 양복에 넥타이 차림인 보슈는 11시 직전에 정문에 도착했다. LAPD 신분증을 창문 밖으로 내밀자 재빨리 들어가라는 수신호가 떨어졌다. 지금 그가 가진 것이라곤 경찰 신분증밖에 없었다. 지난주 정직 처분을 받았을 때는 그 신분증도 배지와 권총과 함께 반납했어야만 했다. 그런데 카르멘 히노조스에게 스트레스 상담을 받으려면 행동과학부를 출입해야 하기 때문에 나중에 신분증만 돌려주었다.

주차를 한 뒤 보슈는 LA 폭력의 역사가 보관되어 있는 베이지색 창고로 발걸음을 옮겼다. 1천 제곱미터 규모의 저장실 안에는 해결 미해결 가릴 것 없이 LAPD의 모든 사건 파일들이 보관되어 있었다. 일단 이 안으로 들어온 사건 파일들에 대해서는 아무도 더 이상 신경을 쓰지 않았다.

현관 카운터에서 민간 사무원이 카트에 파일들을 잔뜩 싣고 있었다. 문서고 안으로 실려 들어가서 각 선반으로 분류되면 망각 속으로 사라지는 것이다. 여자가 의아한 표정으로 보슈를 살펴보았다. 개인적으로 이곳까지 찾아오는 사람은 드물기 때문이었다. 대개는 전화로 해결하거나 배달원들을 이용했다.

"혹시 민원실을 찾고 계시다면 주차장 건너편에 있는 A 건물입니다. 갈색 테두리가 있는 건물이에요."

보슈는 신분증을 들어 보이며 말했다.

"아닙니다. 난 사건파일을 찾아보려고 왔어요."

사무원이 카운터로 다가와 신분증을 확인하는 동안 보슈는 코트 주머니 속으로 손을 넣었다. 안경을 쓴 흑인 여자는 몸집이 조그마했고 머리카락이 희끗희끗했다. 블라우스에 매달린 명찰에는 제니버 보프레라는 이름이 새겨져 있었다.

"할리우드 경찰서군요."

그녀가 말했다.

"발송을 요청하시지 그랬어요? 이런 일은 급할 것도 없을 텐데."

"파커 센터에서 나온 길이오. 가급적 빨리 보고 싶어서."

"네, 사건 번호는 알고 계신가요?"

그는 주머니 속에서 꺼낸 종이쪽지를 펴보였다. 여자는 거기 적힌 61-743이란 번호를 보자 고개를 반짝 쳐들며 물었다.

"1961년도에요? 아니, 그런 옛날 사건을… 61년도 파일은 어디 있는지도 모르겠는데요."

"여기 있어요. 전에도 그 파일을 살펴본 적 있으니까. 그땐 다른 직원이 사무를 보고 있었지만. 암튼 여기 있는 건 확실해요."

"그렇담 찾아볼게요. 기다리시겠어요?"

"기다리죠."

그 말에 여자는 실망한 표정을 지었지만 보슈는 최대한 상냥한 미소를 지어 보였다. 그녀는 종이쪽지를 들고 선반들 사이로 사라졌다. 보슈는 카운터 부근을 잠시 오락가락하며 기다리다가 담배나 한 대 피울까 하고 밖으로 나갔다. 정체를 알 수 없는 묘한 불안감이 그를 사로잡고 있었다. 그는 계속 서성거렸다.

"해리 보슈!"

부르는 소리에 뒤를 돌아보니 헬리콥터 격납고에서 한 사내가 걸어 나오고 있었다. 분명히 아는 얼굴인데 어디서 봤는지 금방 기억이 나지 않았다. 그러나 곧 생각났다. 아, 댄 워싱턴 비행대장. 이전엔 할리우드 경찰서 순찰과장이었지만 지금은 경찰국 비행대장을 하고 있는 사내였다. 보슈는 정직 상태에 있는 자신의 처지를 굳이 그에게 알리고 싶지 않았다.

"할리우드는 잘 돌아가나?"

"여전하죠 뭐, 대장."

"그 시절이 가끔 그립다니깐."

"그리울 것도 많네요. 그래, 여긴 어떻습니까?"

"투덜댈 순 없지. 디테일한 건 좋지만 경찰이 아니라 공항 관리인 같아. 다른 곳들 못지않게 납작 엎드려 있긴 좋은 곳이지."

보슈는 워싱턴이 경찰국에 영향력을 지닌 쓰레기 정치꾼한테 찍혀 생존수단으로 전직을 택했던 일을 떠올렸다. 경찰국에는 워싱턴처럼 밀어낼 수 있는 한직이 여남은 군데는 있었고, 그런 곳으로 밀려난 자는 자신에게 정치적 행운이 돌아올 때까지 조용히 기다렸다가 이동하곤 했다.

"그래, 여긴 무슨 일로 왔나?"

바로 그게 문제였다. 정직 처분을 받았다고 워싱턴에게 말하는 것은 명령을 어기고 묵은 사건 파일을 뒤지고 있었음을 인정하는 거나 다름없었다. 그렇지만 비행대에서의 그의 지위가 증명하듯 워싱턴은 원칙주의자가 아니었다. 보슈는 위험을 무릅쓰기로 결심했다.

"옛날 사건을 좀 찾아보려고요. 시간이 나서 몇 가지 체크해볼 생각입니다."

워싱턴의 눈이 가느다래지는 것을 보고 보슈는 그가 눈치를 챘다는 걸 알았다.

"아, 그래. 난 급히 가봐야 해. 그런데 자네 거기서 물러서지 마. 책상물림들한테 굴복하지 말란 말이야."

그는 보슈에게 윙크를 한 뒤 돌아섰다.

"굴복할 생각 없어요. 대장님도 물러서지 마세요."

보슈는 워싱턴이 여기서 자기를 봤다는 얘기를 아무한테도 하지 않을 거란 확신이 들었다. 그렇지만 담배를 발로 비벼 끄고 카운터로 돌아가며 그는 자신을 나무랐다. 그새 못 참아서 밖으로 걸어 나와 자기가 여기 온 사실을 남한테 광고하고 말았던 것이다. 5분쯤 지나자 선반들 사이 복도에서 삐걱거리는 소리가 들리더니 곧이어 제니버 보프레가 파란 바인더를 실은 카트를 밀고 나왔다.

두께가 5센티는 넘어 보이는 살인사건 바인더였다. 먼지가 쌓인 몸통 가운데를 고무밴드로 묶고, 그 사이에 오래 묵은 초록색 점검 카드를 끼워 놓았다.

"찾았어요."

여자의 목소리에 승리감이 배어 있었다. 아마 오늘 한 일 중에서 가장 힘들었을 것이다.

"대단하군요."

여자는 묵직한 바인더를 카운터 위에 올려놓았다.

"마저리 로우. 1961년, 살인사건. 그러면…."

그녀는 바인더에서 카드를 빼내어 살펴보았다.

"아, 마지막 반출자도 당신이었군요. 그러니까 5년 전이네. 그땐 LAPD 강도 살인반에 계셨는데…."

"맞아요. 지금은 할리우드 경찰서에 있죠. 다시 서명해야 합니까?"

여자는 카드를 그의 앞에 내려놓았다.

"네. 신분증 번호도 함께요."

시키는 대로 서명하자 여자가 유심히 살펴보며 말했다.

"왼손잡이시군요."

"네."

보슈는 카운터 위로 카드를 밀어 주었다.

"감사합니다, 제니버."

그는 다른 말이 하고 싶어 여자를 잠시 바라봤지만 실수를 저지를 것 같아 입을 다물었다. 그의 표정을 본 제니버가 할머니처럼 미소를 지으며 말했다.

"무슨 일이신지는 모르겠지만 행운을 빌어요, 보슈 형사님. 5년 만에 다시 찾아오신 걸 보면 몹시 중요한 일 같은데 말이죠."

"그보다 더 전에 있었던 일이에요, 제니버. 훨씬 더 전에요."

05 마저리 로우

보슈는 식당 테이블 위에 쌓인 오래된 우편물과 목공에 관한 서적들을 모조리 쓸어내고 파란 바인더와 수첩을 올려놓았다. 그리곤 스트레오로 걸어가서 클리포드 브라운이 스트링 오케스트라와 함께 연주한 1955년 작 〈클리포드 브라운과 스트링즈Clifford Brown with Strings〉 콤팩트디스크를 재생했다. 그는 부엌에서 재떨이를 들고 나와 테이블에 놓고 파란 바인더 앞에 앉아 한참 동안 꼼짝 않고 바라보기만 했다. 5년 전 이 파일을 반출했을 때는 페이지를 휙휙 넘기며 대충 훑어보기만 했다. 그땐 마음의 준비가 전혀 안 되어 있었기 때문에 그런 식으로 보고 반납하고 말았다.

그러나 이번엔 파일을 열기 전에 마음의 준비가 되어 있는지 먼저 확인하고 싶었고, 그래서 자신이 찾는 단서를 붙잡고 있을 갈라진 비닐 표지만 한동안 살펴보며 앉아 있었다. 그의 마음속에 어떤 기억이 떠올랐다. 열한 살짜리 소년이 수영장 가장자리 철제 사다리에 매달려 숨넘어갈 것처럼 울고 있는 모습이었다. 젖은 머리에서 떨어지는 물방울 때문에 눈물은 가려졌다. 소년은 혼자였고 무서웠다. 아이는 풀장이 자기가 건너야 할 거대한 바다 같다고 생각했다.

브라우니는 '버들은 날 위해 울고Willow weep for me'를 연주하고 있었다. 그의 트럼펫 선율이 초상화가의 붓끝처럼 부드럽게 느껴졌다. 보슈는 5년 전 자기 손으로 끼웠던 바인더의 고무 밴드를 손으로 잡았다. 그것은 힘을 가하기도 전에 툭 끊어졌다. 그는 다시 머뭇거리다가 먼지를 훅 불고는 바인더를 열었다.

그 안에는 마저리 필립스 로우 피살에 대한 1961년 10월 28일자 사건 파일이 들어 있었다. 그의 어머니였던 여자.

파일의 페이지들은 오랜 세월을 지나며 누렇고 뻣뻣하게 변해 있었다. 그 페이지들을 넘기며 보슈는 35년이란 세월이 흘렀음에도 불구하고 변한 것이 별로 없다는 사실에 놀랐다. 바인더에 철해진 많은 수사 양식들은 지금도 사용되고 있는 것들이었다. 기초보고서와 수사관의 시차별 보고서도 법원 규정이나 정치적 의미에 부합하기 위한 용어 변경을 제외하곤 현재 사용되고 있는 것과 똑같았다. 설명상 '니그로'라고 표기했던 것이 '흑인'이나 '아프리카계 미국인'으로 변경되는 식이었다. 사건 기초조사 차트의 동기 리스트에 지금은 포함시키고 있는 '가정폭력'이나 '증오/편견' 분류를 그 당시엔 하지 않았다. 면담 약식보고서에도 미란다 원칙 낭독 여부를 체크하는 칸이 마련되어 있지 않았다.

그런 정도의 변경 외에는 보고서 양식들이 별로 달라진 것이 없어서, 보슈는 그 당시나 지금이나 살인사건 수사는 대체로 같다는 결론에 도달했다. 물론 지난 35년 동안 눈부신 기술 발전을 이루어왔지만, 그래도 언제나 변함없이 똑같은 것은 있는 법이며 앞으로도 그럴 것이다. 발품을 팔아야 하는 일, 면담 기술과 상대방 말을 듣는 방법, 예감과 육감을 믿어야 할 때를 아는 것 등은 세월이 아무리 흘러도 달라지지 않고 변할 수도 없다.

사건은 그 당시 할리우드 경찰서 살인반 두 형사에게 할당되었다. 클로드 에노와 제이크 매키트릭 형사. 그들이 작성한 시차별 보고서들이 바인더에 차례대로 철해져 있었다. 기초보고서에 피살자의 이름이 적힌 것은 신분이 즉시 확인되었다는 뜻이었다. 발견된 장소는 할리우드 대로 뒤쪽 비스타와 고어 골목 사이로 기록되어 있었다. 치마와 속옷이 찢겨 나간 걸로 봐서 여자는 괴한에게 강간당한 뒤 교살된 듯했다. 시체는 '스타트타임 기프트 & 개그'라는 기념품 가게 뒤에 놓인 쓰레기통 안에서 아침 7시 35분경 순찰 경관에 의해 발견되었다. 그 경관은 매일 아침 임무교대에 들어가면 대로 뒷골목들을 도보로 순찰하는 것으로 일과를 시작한다고 되어 있었다. 피살자의 핸드백은 현장에서 발견되지 않았지만, 순찰 경관이 익히 아는 여자였기 때문에 신원은 금방 밝혀졌다. 경관이 그 여자를 잘 아는 이유는 그다음 페이지에 기술되어 있었다.

> 피살자는 할리우드 거리를 배회하다 체포된 전과가 여러 차례 있음(AR 55-002, 55-913, 56-111, 59-056, 60-815, 60-1121 참조). 마약반 형사 길크라이스트와 스태너는 피살자가 할리우드 일대에서 정기적으로 일하는 매춘부로 여러 차례 경고를 받았다고 진술했음. 거주지는 현장에서 북쪽으로 두 블록 떨어진 곳에 있는 엘리오 간이 아파트. 최근까지 콜걸 매춘행위를 해온 것으로 믿어짐. 보고자 1906은 과거 여러 해 동안 그 일대에서 피살자를 보아왔기 때문에 즉시 신원을 확인할 수 있었음.

보슈는 보고서를 올린 경관의 일련번호를 보았다. 1906은 그 당시 한 순찰 경관에게 주어졌던 번호였는데, 그 사람이 지금은 LA 경찰국에서 가장 막강한 실력자가 되어 있었다. 어빈 S. 어빙 부국장. 언젠가 그

어빙이 보슈에게 마저리 로우를 알고 있었고 그녀의 시체를 발견한 경관이 바로 그 자신이었다고 실토한 적이 있었다.

보슈는 담배에 불을 붙이고 보고서들을 읽기 시작했다. 무성의하게 형식적으로 작성해서 도처에 오자들이 난무했다. 에노와 매키트릭이 이 사건에 시간과 노력을 전혀 들이지 않았다는 건 한눈에 알 수 있었다. 매춘부가 하나 죽었을 뿐이었다. 그런 직업을 가진 여자에겐 위험도 따르기 마련이지. 두 형사에겐 그런 썩은 내 나는 사건 말고도 더 재미있는 일들이 수두룩했을 것이다.

그는 검시보고서에 첨부된 친인척 리스트를 보았다.

> 히에로니머스 보슈(해리), 아들, 11살, 맥클라렌 고아원. 10월 28일 1500시에 통지. 1960년 7월부터 사회복지과에서 보호 중—UM. (피살자의 체포보고서 60-815, 60-1121 참조) 부친 미상. 아들은 양부모가 정해질 때까지 보호될 것임.

보고서에 나타난 축약어나 번역어들을 보슈는 쉽사리 이해할 수 있었다. UM은 부적격 엄마(Unfit Mother)란 뜻이었다. 그렇게 많은 세월이 흘렀음에도 불구하고 그때 느꼈던 아이러니가 여전히 가슴속에 남아 있었다. 부적격한 엄마로부터 떼어낸 아이는 똑같이 부적격한 시스템인 고아원으로 넘겨졌던 것이다. 그의 기억에 가장 강렬하게 남아 있는 것은 그곳의 소음이었다. 항상 시끄러웠다. 감옥처럼.

고아원으로 찾아왔던 형사는 제이크 매키트릭이었다고 보슈는 기억하고 있었다. 수영하는 계절이라 실내 풀장엔 백여 명의 아이들이 물장구를 치며 소리를 질러대고 있었다. 물에서 끌려 나온 해리의 어깨에 하얀 타월이 씌워졌다. 수없이 세탁하고 말렸던 것이라 마분지처럼 뻣뻣해진 타월이었다. 매키트릭에게서 소식을 전해들은 소년은 풀장으로 돌아갔고, 그의 울음소리는 아이들의 소음과 물장구 소리에 파묻혀 들리지 않았다.

피살자가 이전에 체포되었던 전과에 대한 보충 자료들은 재빨리 넘기고 보슈는 곧장 검시보고서로 들어갔다. 세부적인 설명은 알 필요가 없기 때문에 대충 넘기고 요약문을 읽어 내려가던 그는 몇 가지 놀라운 사실을 발견했다. 사망시각이 시체 발견 일곱 시간 내지 아홉 시간 전으로 기록되어 있었다. 그렇다면 자정 무렵이란 얘기였다. 놀랍게도 공식 사인은 둔기로 머리를 강타당한 외상으로 나와 있었다. 보고서에는 오른쪽 귀 위에 심한 타박상이 있었지만 뇌에서 치명적 출혈을 초래할 정도로 터지거나 찢어진 상처는 없었던 것으로 설명되어 있었다. 그리고 살인자는 마저리 로우를 기절시킨 후 교살했다고 믿었을지 모르지만, 부검의는 범인이 그녀의 벨트로 목을 졸랐을 땐 이미 사망한 뒤였다는 결론을 내렸다. 여자의 질 속에서 정액을 추출하긴 했지만, 강간과 관련해 일반적으로 나타나는 상처는 발견되지 않았다고 설명되어 있었다.

수사관의 눈으로 요약문을 읽어본 보슈는 부검의의 결론도 애초에 두 형사가 내린 결론에다 약간의 물을 탄 것임을 알 수 있었다. 시체의 외양을 보고 맨 처음 추정한 것은 마저리 로우가 성범죄 희생자란 사실이었다. 그것은 그녀가 직업상 성교를 한 남자들 중 임의의 상대자가 그녀를 죽였다는 주장을 대두시켰다. 그렇지만 사망한 후에 목을 졸랐다는 사실과 강간을 한 물리적 증거가 없었다는 것은 또 다른 가능성도 있음을 시사했다. 그런 요소들은 여자를 살해한 범인이 성범죄의 임의성 속에 자신의 살인 동기와 관련 사실을 감추려 했다는 추정도 해볼 수 있게 했다. 그게 만약 사실이라면 딱 한 가지 이유 때문일 거라고 보슈는 생각했다. 살인자는 그녀와 아는 사이였던 것이다. 혹시 매키트릭과 에노 형사도 자기와 같은 결론을 내렸는지 보슈는 그 점이 궁금해졌다.

파일 옆에 20×22센티 규격의 봉투가 하나 있었다. 범죄현장 사진과 검시 사진들이 담긴 것이었다. 보슈는 한참 동안 생각하다가 봉투를 옆으로 밀어 놓았다. 지난번에 문서고에서 바인더를 반출했을 때도 차마 볼 수가 없었다.

그다음 봉투에는 증거물 리스트가 붙어 있었지만 대부분 비어 있었다.

발견된 증거물

사건 61-743

은빛 조가비 장식 가죽 벨트에서 채취한 잔류지문들.

SID 보고서 no. 1114 61/11/06

발견된 살인무기—조가비 장식 검은 가죽 벨트. 피살자 소유물.

피살자의 의복, 소지품. 증거물 관리자에게 이관—LAPD 본부 라커 73B

흰 블라우스 1벌—핏자국

검정색 스커트 1벌—솔기가 타짐

검정색 하이힐 1켤레

찢어진 검정색 스타킹 1켤레

찢어진 내의 1벌

금도금 귀걸이 1쌍

금도금 팔찌 1개

하얀 십자가가 매달린 금줄 목걸이 1개

그게 전부였다. 보슈는 리스트를 한참 응시하다가 수첩에 몇 가지를 적어 넣었다. 그 중에서 신경을 건드리는 것이 있었지만 꼭 찍어낼 수가 없었다. 지금은 너무 많은 정보들을 한꺼번에 흡수하고 있기 때문에 건더기가 수면에 떠오를 때까지 기다리자면 시간이 좀 필요했다.

리스트를 내려놓고 증거물 봉투를 열어 보기로 했다. 그는 오랜 세월로 인해 잔금이 간 빨간색 봉인 테이프를 뜯어냈다. 속에서 나온 노르스름하게 변색된 지문 카드에는 엄지와 검지의 완벽한 지문과 여러 개의 부분 지문들이 보존되어 있었다. 벨트에서 블랙 파우더로 떠낸 뒤 테이프를 붙여둔 것이었다. 봉투 안에는 증거물 로커 안에 보관해둔 피살자의 의류들을 체크한 분홍색 카드도 들어 있었다. 그러나 사건 자체를 취급하지 않았기 때문에 그 의류들을 회수한 적이 한 번도 없었다. 봉투를 리스트와 함께 한쪽으로 밀어놓으며 보슈는 피살자의 의류들은 어떻게 되었을까 하고 생각했다. 60년대 중반에 파커 센터가 완공되자 경찰국은 본부를 새 건물로 옮겼다. 낡은 건물은 쇠공에 맞아 박살난 지 옛날이었다. 미결사건들의 증거물들은 어떻게 처리했을까?

파일 속에는 수사 첫날 실시한 면담에 대한 요약 보고서들도 첨부되어 있었다. 대부분 피살자나 범죄현장 주위 사람들을 상대로 조사한 것들이었다. 엘리오 간이 아파트의 주민들이거나 피살자와 같은 직업을 가진 여자들이었다. 그 중 짤막한 보고서 하나가 보슈의 눈길을 끌었다. 살인사건이 일어난 지 사흘 후 메러디스 로만이라는 여자와 면담한 내용이었다. 보고서는 로만을 피살자의 동료 혹은 룸메이트로 설명하고 있었고, 작성 당시에는 그녀도 엘리오 아파트에서 피살자보다 한 층 위에 살고 있었던 것으로 확인되었다. 보고서 타이핑은 에노 형사가 했는데, 사건을 담당한 두 형사의 보고서를 비교한 결과 문맹의 심각성은 에노가 압도적이었다.

메러디스 로만(10-9-30)과의 면담이 금일 그녀의 엘리오 간이 아파트에서 이루어졌다. 로만 양은 피살자가 살았던 아파트 바로 위층에서 살고 있었다. 지난 한 주 동안 마저리 로우의 행동이나 생활에 대해 로만 양은 본 수사관에게 그다지 유익한 정보를 제공하지 못했다.

로만 양은 피살자와 지난 8년 동안 친구로 지내면서 매춘행위를 무수히 했지만 전과는 없다고 말했고, 그 점은 나중에 확인되었다. 또한 그런 매춘행위는 할리우드 이바 스트리트 1110번지에 사는 자니 폭스(2-2-33)라는 사내가 주선했다고 담당 형사에게 말했다. 28세의 폭스는 체포된 적은 없지만 마약반 정보원이 확인해준 바에 의하면 포주, 폭행, 헤로인 거래 혐의자로 수사 선상에 올랐던 자였다.

로만 양은 피살자를 마지막으로 본 곳이 10월 21일 루즈벨트 호텔 2층 파티 장소였다고 진술하고 있다. 그녀 자신은 파티에 참석하지 않았지만 거기서 피살자와 잠시 만나 몇 마디 대화를 나누었다.

로만 양은 이제 곧 매춘업계에서 은퇴하고 로스앤젤레스를 떠날 계획이라고 한다. 그렇지만 연락할 필요가 있을 경우를 생각하여 형사에게 새 주소와 전화번호를 알려주겠다고 했다. 담당 형사한테 대한 그녀의 태도는 협조적이었다.

보슈는 즉시 자니 폭스에 대한 보고서가 있는지 찾아보았지만 한 장도 없었다. 바인더 앞쪽을 넘겨 시차별 보고서 목록에 폭스와 대담한 기록이라도 있는지 찾아보았다. 거기엔 다른 보고서들에 대한 제목들만 죽 나열되어 있었다. 다음 장을 넘기자 딱 한 줄로 된 기록이 눈에 들어왔다.

11-3 800-2000 폭스의 아파트를 감시했지만 나타나지 않았음.

보고서에 폭스에 관한 다른 언급은 보이지 않았다. 하지만 보슈가 시차별 보고서를 끝까지 읽고 나자 다른 한 줄의 기록이 눈에 들어왔다.

11–5 940 A. 콘클린이 일정회의를 소집했다.

보슈도 아는 이름이었다. 아노 콘클린은 1960년대 로스앤젤레스 지방검사로 있었던 인물이었다. 1961년도라면 지방검사가 되기엔 너무 이르지만 그래도 고참 검사들 중 한 명이었던 것으로 기억되었다. 그런 인물이 매춘부 살인사건에 흥미를 보였다는 사실이 보슈에겐 의아하게 느껴졌다. 하지만 그런 의문을 풀어줄 만한 자료가 바인더에 남아 있지 않았다. 콘클린이 소집했다는 일정회의 요약 보고서도 한 장 없었다.

보슈는 시차별 보고서에서 일정이라는 뜻을 지닌 단어 'schedule'을 'skedule'이라고 틀리게 타이핑한 것을 발견하자 에노 형사가 작성한 로만과의 면담 보고서에서도 똑같은 실수를 발견했던 일을 떠올렸다. 그렇다면 콘클린이 회의를 소집하긴 했는데 에노는 그 중요성을 인식하지 못했다는 소리였다. 보슈는 수첩에다 콘클린이란 이름을 기록했다.

보슈는 에노와 매키트릭 형사가 자니 폭스와 면담은커녕 그를 찾아내지도 못했다는 사실을 이해할 수가 없었다. 피살자의 포주인 폭스가 살인 용의자가 되는 건 자연스러워 보이는데, 실제로 그와 면담을 했다면 수사상 중요한 그 부분이 왜 바인더에 없는 걸까?

보슈는 의자에 등을 기대고 담배를 붙여 물었다. 사건에서 무언가가 빠져 있다는 의심으로 그는 이미 긴장하고 있었다. 가슴속에서 분노가 꿈틀거리는 것을 느꼈다. 보고서를 읽으면 읽을수록 사건을 처음부터 엉터리로 처리했다고 믿게 되었다.

그는 담배를 피우며 테이블에 다시 머리를 처박고 바인더의 페이지들을 넘겨댔다. 그 밖에도 별 의미 없는 면담 요약 보고서들이 끼워져 있었다. 단지 페이지 수를 늘리기 위한 것들이었다. 바인더를 두툼하게 하여 수사를 철저히 한 것처럼 보이기 위한 이런 보고서는 경찰이라면 누구나 할 수 있는 일이었다. 매키트릭과 에노 형사는 그런 방면엔 도사였던 모양이지만, 강도 살인반 물을 먹은 형사라면 척 보면 알 수 있는 것이었다. 보슈가 발견한 것이 바로 그런 보고서들이었다. 창자 속이 텅 빈 것 같은 느낌이 더 강해져 왔다.

마침내 살인사건에 대한 첫 번째 후속 보고서가 나왔다. 사건 발생 일주일 후 날짜로 매키트릭 형사가 작성한 것이었다.

마저리 필립스 로우 피살사건은 용의자가 밝혀지지 않은 상태에서 여전히 미결로 남아 있다.

지금까지의 수사 결과 피살자는 할리우드 일대에서 매춘행위를 하다가 신원미상의 고객에게 살해된 것으로 결론이 내려졌다.

용의 선상에 떠올랐던 존 폭스는 혐의를 부인했고, 지문대조와 증인들을 통한 알리바이 확인으로 방면되었다.

지금까지 신원이 확인된 용의자는 없었다. 존 폭스는 11월 30일 금요일 2100시경에 피살자가 매춘을 하기 위해 자신의 거주지인 엘리오 아파트를 나섰다고 진술하고 있다. 행선지는 밝혀지지 않았다. 고객과의 약속은 피살자 자신이 했고 폭스에겐 말해주지 않았다. 그에게 알려주지도 않고 피살자가 고객을 만나러 나간 것은 규칙에 어긋난 일이라고 한다.

피살자의 내의는 찢긴 상태로 시체와 함께 발견되었다. 그러나 피살자의 스타킹은 찢어지지 않은 걸로 보아 자발적으로 벗은 듯하다.

수사관들의 경험과 육감에 의하면 피살자는 미지의 장소에 자발적으로 도착한 뒤 옷을 몇 가지 벗고 공격을 당했던 것으로 보인다. 그런 다음 시체는 비스타와 고어 사이에 있는 골목 안 쓰레기통으로 옮겨졌으며 그다음 날 아침에 발견되었다.

증인 메러디스 로만은 금일 두 번째 면담에서 지난번에 했던 진술을 수정해 달라고 요청했다. 로만 양은 본 수사관에게 피살자가 시체로 발견되기 전날 밤에 간 파티 장소는 핸콕 파크 같다고 말했다. 정확한 장소 이름이나 주소는 모르며, 원래는 피살자와 함께 참석하려고 했지만 저녁 무렵 존 폭스와 돈 문제로 다투는 바람에 못

갔다고 했다. 다투는 과정에서 얼굴을 얻어맞아 멍이 들었기 때문이다(이어진 전화 인터뷰에서 폭스는 로만을 때린 사실을 인정했고, 로만은 그를 처벌하고 싶지 않다고 말했다). 수사는 지금까지 더 이상의 진척이 없이 답보상태에 있다. 담당 수사관들은 유사한 사건들이나 용의자들을 알고 있는 마약반 형사들의 도움을 구하고 있다.

보슈는 그 보고서를 처음부터 다시 읽으며 사건에 대해 무슨 얘길 하고 있는지 이해하려 애썼다. 한 가지 분명한 사실은 바인더 속에 면담 요약 보고서가 있든 없든, 에노와 매키트릭 형사는 자니 폭스와 틀림없이 면담을 했다는 것이었다. 그리고는 그를 방면했다. 보슈가 의심하는 것은 두 형사가 왜 면담 요약 보고서를 남기지 않았는지, 아니면 보고서를 작성했지만 나중에 바인더에서 빼내어 없애버렸을까 하는 점이었다. 만약 그렇다면 누가 왜 없애버린 것일까?

마지막으로 보슈가 의아해하는 것은 아노 콘클린에 대한 언급이 시차별 보고서를 제외한 어느 문서에도 없다는 점이었다. 어쩌면 폭스의 면담 요약 보고서뿐만 아니라 다른 문서들도 바인더에서 제거되었을지 모른다고 보슈는 생각했다. 그는 일어나 부엌문 옆으로 걸어가서 카운터 위에 올려둔 서류가방 속의 전화번호 수첩을 꺼내들었다. LAPD 문서고 번호를 모르기 때문에 대표전화를 통해 연결했다. 신호가 아홉 번 울린 다음에야 여자 목소리가 흘러나왔다.

"보프레 부인? 제니버?"

"그런데요?"

"안녕하세요, 해리 보슈예요. 오늘 아침 사건 파일을 가지러 거기 갔었죠."

"아, 할리우드 경찰서에서 오셨던 분."

"뭣 좀 물어보려고요. 혹시 대출 카드가 카운터 위에 그냥 있습니까?"

"잠시만 기다려요. 벌써 꽂아뒀죠."

잠시 후 여자는 돌아와서 말했다.

"네, 여기 가져왔는데요."

"과거에 누가 이 바인더를 반출했는지 말씀해 주실 수 있습니까?"

"그걸 왜 아셔야 하나요?"

"파일에서 사라진 페이지들이 있어서요, 보프레 부인. 누가 빼냈는지 알고 싶습니다."

"결국 발견하셨군요. 저도 그 문제에 대해…."

"압니다. 5년쯤 전이죠. 그때 전후로 반출된 기록이 있습니까? 오늘 제가 그 카드에 서명할 때는 유의해 보지 않았는데."

"잠시만 기다려 주세요. 한번 보죠."

잠시 기다리자 여자가 재빨리 돌아와서 말했다.

"네, 찾았어요. 이 카드에 의하면 그때 전후로 이 파일이 반출된 적은 1972년 한 번뿐이에요. 옛날 이야기죠."

"누가 가져갔습니까?"

"여기 서명이 되어 있네요. 휘갈겨 쓴 거라 알아보기 어려운데…. 잭 매킬릭 같은데요."

"제이크 매키트릭 아닌가요?"

"그럴 수도 있겠네요."

보슈는 어떻게 생각해야 할지 갈피를 잡을 수 없었다. 매키트릭이 마지막으로 파일을 가져갔는데 그건 살인사건이 일어난 지 10년도 더 지난 때였다. 그게 무엇을 의미하는 걸까? 보슈는 혼란이 엄습해 오는 느낌이었다. 무엇을 기대하고 있었는지 자신도 몰랐지만 20년도 더 이전에 휘갈겨 쓴 서명 하나만 달랑 나타날 줄이야.

"감사합니다, 보프레 부인."

"만약 당신이 없어진 페이지들을 찾아내신다면 저는 보고서를 작성하여 아길라 씨에게 올리겠어요."

"그러실 것까진 없을 것 같습니다, 부인. 제가 잘못 봤을 수도 있고요. 제가 마지막으로 본 이후 아무도 반출한 사람이 없다면 페이지들이 없어질 수가 없다는 뜻이죠."

그는 여자에게 한 번 더 고맙다고 말한 뒤 전화를 끊었다. 그 정도로 얼버무려 놨으니 보프레 부인도 그 문제는 그쯤 덮어두길 바라면서. 그는 냉장고 문을 열고 안을 한 번 들여다본 뒤 테이블로 돌아갔다.

살인사건 수사 파일 마지막 페이지들은 1962년 11월 3일에 작성된 정식 보고서였다. 경찰국의 강도 살인반 형사들은 새로 팀을 짠 다음 지난 1년 동안 해결하지 못한 사건들을 모두 모아놓고 과거에 놓쳐버린 단서들을 새로운 시각으로 살펴보게 되어 있었다. 하지만 실제로는 그것도 요식행위에 지나지 않았다. 형사들도 자기 동료들의 실수를 찾아내는 일이 달가울 리 없었다. 게다가 각자에게 지워진 사건들을 추스르기에도 벅찰 지경이었다. 정식 보고서가 할당되면 형사들은 대충 읽어본 뒤 목격자들에게 전화를 한두 통 하고는 바인더를 문서고로 보내는 것이 상례였다.

이 경우 로버츠와 조던이라는 새로운 형사들이 작성한 정식 보고서도 매키트릭과 에노 형사가 작성했던 보고서와 똑같은 결론을 내렸다. 그것은 최초의 수사관들이 했던 것처럼 똑같은 증거물과 면담 내용을 두 쪽이나 자세히 풀어 놓은 다음, 사건의 '성공적 해결'을 위한 유력한 단서나 예측은 기대할 수 없다고 결론지었다. 정식 보고서란 게 그 모양이었다.

보슈는 살인사건 바인더를 덮었다. 그는 로버츠와 조던이 작성한 보고서가 첨가된 바인더는 문서고로 보내져서 사건은 미결로 남게 되었음을 알 수 있었다. 대출 카드에 의하면 그것은 선반 위에 먼지를 뒤집어쓰고 있다가 1972년 어떤 이유에선지는 몰라도 매키트릭이 반출한 것으로 되어 있었다. 보슈는 수첩에 적은 콘클린 아래 매키트릭이란 이름도 적어 넣었다. 그리고 면담을 해볼 가치가 있다고 생각되는 다른 이름들도 함께 적어두었다. 그들이 아직 살아 있고 찾을 수만 있다면 만나볼 생각이었다.

의자에 등을 기대며 그는 언제 끝났는지도 모르게 음악이 끝났다는 것을 알았다. 시계를 보니 오후 2시 반이었다. 아직 오후 시간이 고스란히 남아 있는데 무슨 일을 하며 보내야 할지 알 수가 없었다.

침실로 간 그는 옷장 선반에서 구두상자를 내렸다. 그 상자 속에는 지금까지 살아오면서 간직하고 싶었던 편지나 카드, 사진들이 들어 있었다. 심지어 베트남 시절의 물건들도 있었다. 상자를 열어 보는 일은 거의 없지만 그 안에 있는 물건들은 그의 마음속에 거의 완벽하게 입력되어 있었다. 그 하나하나가 보관해야 할 이유를 지니고 있었다.

가장 위에 있는 것이 최근에 추가한 것이었다. 베니스에서 온 그림엽서였다. 실비아가 보낸 것으로 그녀가 도제 궁전 안에서 본 그림을 담고 있었다. 화가 히에로니머스 보슈가 그린 '축복받은 자와 저주받은 자'라는 그림이었다. 그림에서는 한 천사가 축복받은 자를 데리고 터널을 지나 천국의 빛으로 인도하고 있었다. 둘 다 하늘을 향해 날아오르고 있었다. 이 그림엽서가 실비아로부터 받은 마지막 기별이었다. 그는 카드 뒷면에 적힌 글을 읽어 보았다.

> 해리, 당신 이름과 똑같은 화가가 그린 이 그림에 대해 흥미를 느낄 것 같아서요. 도제 궁전 안에서 발견했는데 아름다운 그림이에요. 난 베니스가 너무너무 좋아요! 여기라면 언제까지라도 살 수 있을 것 같다니까요! S.

그렇지만 당신은 이제 날 사랑하지 않지. 보슈는 엽서를 한쪽으로 치우고 상자 속을 다시 뒤지기 시작했다. 그는 더 이상 다른 것에 마음을 빼앗기지 않았다. 그리고 상자 속의 물건들 가운데서 마침내 찾고 있던 것을 발견했다.

06 파티 걸

산타모니카로의 한낮 운전은 지루하게 느껴졌다. 10번 도로가 재개통되려면 아직 일주일이나 남았기 때문에, 보슈는 101번 도로에서 405번 도로로 돌아서 가지 않으면 안 되었다. 그가 선셋 파크에 도달한 시각은 오후 3시가 지난 무렵이었다. 그가 찾는 집은 파이어 스트리트에 있었다. 산마루에 지은 아담한 저택으로, 현관을 돌아가는 난간을 따라 빨간 부겐빌레아가 피어 있었다. 우편함에 주소가 적혀 있었다. 차를 도로가에 세운 뒤 옆 좌석에 놓아둔 크리스마스카드 봉투를 집어 들고 살펴보았다. 5년 전에 받은 그 카드 봉투에는 LAPD 주소와 그의 이름이 기재되어 있었다. 카드를 받기만 하고 답장은 하지 않았다. 지금까지도.

차에서 내리자 바다 냄새가 났다. 저택의 북쪽 창문으로 내다보면 바다 한 자락이 보일 것이란 생각이 들었다. 그의 집이 있는 곳보다 기온이 3, 4도 낮은 것 같아 차문을 다시 열고 스포츠 코트를 꺼냈다. 그리고 코트를 걸치며 현관 쪽으로 걸어갔다.

하얀 문을 노크하자 금방 대답하며 나온 여자는 60대 중반쯤 되어 보였다. 가녀린 몸매에 검은 머리카락이었지만 뿌리 부분이 허옇게 자라 올라 다시 염색할 때가 되었음을 알 수 있었다. 새빨간 립스틱을 칠하고 해마가 그려진 하얀 실크 블라우스에 남색 슬랙스를 받쳐 입은 모습이었다. 여자는 가식 없는 미소로 그를 맞았다. 보슈는 여자를 알아볼 수 있었지만, 그녀에게 그는 생판 모르는 얼굴일 것이었다. 그녀가 보슈를 마지막으로 본 것은 거의 35년 전이니까. 암튼 그도 여자에게 미소를 지어 보이며 물었다.

"메러디스 로만 부인이시죠?"

여자는 미소를 싹 지우고 딱딱한 목소리로 대답했다.

"아닌데요. 사람을 잘못 찾아오셨어요."

여자가 문을 닫으려 하자 보슈는 얼른 손을 내밀어 막았다. 최대한 겁을 주지 않으려고 조심했는데도 여자의 눈에 공포의 그림자가 드리우기 시작했다.

"저 해리 보슈예요."

그가 재빨리 말하자 여자는 흠칫 놀라며 얼굴을 빤히 살펴보았다. 눈에서 두려움이 사라지는 대신 기억과 인지가 눈물처럼 고이고 있었다. 미소가 돌아왔다.

"해리라고? 꼬마 해리?"

그는 고개를 끄덕였다.

"오, 해리, 어서 와."

그녀는 보슈를 꼭 끌어안으며 말했다.

"이게 대체 얼마만이냐. 어디 보자, 우리 아기."

보슈를 뒤로 밀어낸 여자는 전시장에 가득한 그림들을 한꺼번에 감상하듯 두 팔을 활짝 펼쳤다. 두 눈은 진정한 기쁨으로 빛나고 있었다.

그것을 본 보슈는 기쁨과 슬픔을 동시에 느꼈다. 너무 오랜 세월이 지나도록 찾아오지 않았던 것이 미안했다. 오늘 이런 용건을 들고 찾아올 것이 아니라, 다른 어떤 이유로 왔어야만 했는데.

"어서 들어오렴, 해리. 어서 들어와."

거실 안으로 들어가니 멋진 가구들이 놓여 있었다. 바닥은 빨간 오크나무였고, 치장벽토 벽도 하얗고 깨끗했다. 가구들도 거기에 맞게 하얀 등나무로 만든 것들이었다. 환하고 밝은 곳에 어둠을 몰고 왔다는 걸 보슈는 알았다.

"메러디스 로만이란 이름은 이제 안 쓰나요?"

"안 쓴 지 오래야, 해리."

"그러면 지금은 뭐라고 불러요?"

"캐서린. K로 시작되는 캐서린이야. 캐서린 리지스터. 스펠은 레지스터(register)로 쓰지만 발음은 리지스터로 읽지. 생전에 남편이 날 그렇게 불렀거든. 말도 마, 얼마나 강직한 남자였는데. 그 사람이 한 불법적인 일에 가장 가까운 일이라곤 나를 그렇게 불렀다는 것밖에 없었어."

"생전에 말이에요?"

"앉아, 해리. 커다랗게 울려면. 남편은 5년 전 추수감사절에 죽었어."

보슈가 소파에 앉자 그녀도 유리 커피 탁자 건너편에 있는 의자에 앉았다.

"죄송해요."

"괜찮아. 넌 몰랐잖아. 그 사람을 본 적도 없었지. 난 오랫동안 다른 사람으로 살았고. 마실 거라도 좀 내올까? 커피나 위스키?"

그러자 보슈는 그녀가 자기 남편이 사망한 후 찾아온 첫 크리스마스에 그에게 카드를 보냈을 거라는 생각이 들었다. 답장을 보내지 않은 것에 대한 죄책감이 다시 밀려왔다.

"해리?"

"아, 네, 생각이 없어요. 그러면 새로운 이름으로 불러야 하나요?"

그녀가 우스꽝스럽다는 듯 웃음을 터뜨리자 보슈도 따라 웃었다.

"네 마음대로 불러."

캐서린 리지스터/메러디스 로만은 소녀처럼 깔깔 웃었다. 옛날에 본 기억이 있는 웃음이었다.

"널 다시 보니 정말 기쁘다. 네가 이렇게…."

"불쑥 나타나서요?"

그녀는 다시 깔깔 웃었다.

"그래. 네가 경찰이 된 건 알고 있었어. 신문에서 네 이름을 본 적이 있거든."

"그러신 줄 알았어요. 경찰서로 보내주신 크리스마스카드를 받았죠. 남편 되시는 분이 돌아가신 직후였던 것 같군요. 답장도 보내고 진작 방문했어야 하는 건데, 죄송해요."

"괜찮아, 해리. 네가 일 때문에 노상 바빴다는 걸 알고 있으니까. 카드를 받았다니 기뻐. 가족은 있니?"

"아, 아뇨. 당신은요? 자녀들이 있어요?"

"아냐. 아이는 없어. 부인은 있겠지? 너처럼 잘생긴 남자가 혼자 살진 않겠지?"

"아뇨. 지금은 혼자예요."

그녀는 머리를 끄덕였다. 보슈가 고작 개인적인 얘기나 하려고 찾아오진 않았을 거라는 짐작을 하는 듯했다. 두 사람은 한참 동안 서로 바라보기만 했다. 보슈는 자신이 경찰이 된 것에 대해 그녀가 어떻게 생각할지 궁금했다. 처음에 만나서 반가웠던 기분은 옛날 비밀들이 수면 위로 떠오르기 시작하자 줄어들기 시작했다.

"제가 생각하기엔…."

보슈는 생각이 중간에 끊어졌다. 대화의 통로를 찾으려고 모색했지만 지금까지 익힌 면담 기술은 전혀 도움이 되지 않았다. 겨우 생각해낸 것이 물 한 잔이었다.

"너무 번거롭지 않으시다면 물 한 잔만 주시겠어요?"

"금방 가져올게."

그녀는 얼른 일어나 부엌으로 들어갔다. 곧이어 냉장고 트레이에서 얼음을 꺼내는 소리가 들려왔다. 보슈는 그 사이에 생각할 여유를 가질 수 있었다. 이곳까지 차를 몰고 달려오는 한 시간 동안 이 만남이 과연 어떠할지, 그녀에게 묻고 싶은 것들을 어떻게 꺼내야 할지 도무지 궁리가 서지 않았던 것이다. 캐서린은 얼음물을 들고 돌아왔다. 물잔을 보슈에게 건넨 뒤 유리 탁자 위에 코르크로 만든 동그란 컵 받침대를 놓아주며 말했다.

"혹시 배고프면 크래커와 치즈를 내올 수 있는데, 네가 시간이 있을지 몰라서…."

"아니, 생각이 없어요. 물이면 돼요. 고마워요."

그는 물잔을 들어 인사한 뒤 반쯤 마시고 탁자 위에 놓았다.

"해리, 받침대를 사용해. 유리 탁자에 동그란 자국들이 남으면 귀찮아."

보슈는 자신이 내려놓은 물잔을 내려다보았다.

"아, 미안해요."

그는 물잔을 다시 들어 받침대 위에 놓았다.

"형사라고."

"네, 할리우드 경찰서에 있어요. 그런데 지금은 휴가 중이죠."

"오, 그럼 즐겁겠구나."

어쩌면 무슨 용무가 있어서 온 것이 아닐 수도 있겠다고 생각했는지 그녀의 표정이 약간 밝아졌다. 보슈는 이제 본론을 꺼낼 때가 되었다고 생각했다.

"음, 메러-아니, 캐서린, 물어볼 것이 있어요."

"뭔데, 해리?"

"여기 와보니 당신은 좋은 집도 갖고 있고 다른 이름으로 다른 삶을 살고 있군요. 이런 얘긴 할 필요 없겠지만 이제 더 이상 메러디스 로만이 아니에요. 그런 당신과 과거 얘기를 하긴 어려울 것 같다는 생각이 드네요. 제 이기심 때문이란 거 압니다. 그렇지만 당신에게 어떤 상처든 주고 싶지 않다는 건 믿어주셨으면 해요."

"엄마 얘기를 하려고 날 찾아왔구나."

그는 고개를 끄덕이곤 코르크 받침대 위에 놓인 물잔을 내려다보았다.

"네 엄마와 난 가장 가까운 친구였어. 가끔은 네 엄마와 마찬가지로 널 키운다고 생각하기도 했지. 그 사람들이 네 엄마와 내 품에서 널 빼앗아가기 전까진 말이야."

보슈는 캐서린을 다시 쳐다보았다. 옛날 기억을 되살리느라 진지해진 눈빛으로 그녀는 말을 계속했다.

"단 하루도 네 엄마를 생각하지 않은 날은 없었던 것 같아. 우린 어린 애였어. 그냥 즐겁게 살았단다. 우리가 그런 해코지를 당할 줄은 상상도 못했지."

그녀가 갑자기 일어나며 말했다.

"해리, 이리 와 봐. 너한테 보여줄 것이 있어."

카펫이 깔린 복도를 따라 침실 안으로 들어가니 연한 푸른색 덮개가 깔린 침대 옆에 보조탁자와 함께 오크 목재 화장대가 놓여 있었다. 캐서린 리지스터는 화장대를 가리켰다. 그 위에는 사진들이 담긴 장식 액자들이 여러 개 놓여 있었다. 대부분은 캐서린과 그녀보다 훨씬 늙어

보이는 한 남자를 찍은 사진들이었다. 그녀의 남편이었을 거라고 보슈는 짐작했다. 하지만 캐서린이 가리킨 액자는 그 오른쪽에 있는 낡고 탈색된 사진이 담긴 것이었다. 서너 살 먹은 어린애와 두 여자를 찍은 사진이었다.

"항상 저기 올려두고 있었단다, 해리. 내 남편이 살아 있었을 때도 말이야. 그는 내 과거를 알고 있었어. 내가 다 얘기했거든. 그건 중요하지 않았어. 우린 23년간 멋지게 살았지. 과거란 네가 들출 때만 있는 거야. 과거로 네 자신이나 다른 사람들을 다치게 할 수도 있지만, 네 자신을 더 강하게 만들 수도 있지. 나는 강해, 해리. 그러니까 무슨 일로 날 찾아왔는지 어서 말해 봐."

보슈는 탈색된 사진이 담긴 액자를 집어 들었다.

"저는…."

그는 사진에서 눈을 떼고 캐서린을 바라보았다.

"제 어머니를 죽인 자를 찾아내려고 합니다."

캐서린은 잠시 미묘한 표정을 짓더니 말없이 그의 손에서 사진 액자를 받아 제자리에 올려놓았다. 그리곤 그를 다시 힘껏 껴안고는 가슴에 얼굴을 묻었다. 보슈는 그녀를 안고 있는 자기 모습을 화장대 거울에서 볼 수 있었다. 캐서린이 얼굴을 들고 그를 바라봤을 때 그녀의 뺨으로 눈물이 흘러내렸고 아랫입술은 가늘게 떨리고 있었다.

"저리 가서 앉자."

캐서린은 화장대 위의 박스에서 티슈 두 장을 뽑아 거실로 나갔다.

"물 한 잔 갖다 드릴까요?"

보슈의 물음에 그녀는 고개를 저은 뒤 티슈로 눈물을 닦았다.

"아니, 괜찮아. 그만 울게. 미안해."

보슈는 소파로 가서 앉았다.

"우리 두 여자는 이총사라고 부르곤 했어. 멍청한 소리지만 그만큼 어리고 서로 가까웠단 얘기지."

캐서린의 말에 고개를 끄덕인 뒤 보슈는 말했다.

"수사 보고서부터 뒤져 보기 시작했어요, 캐서린. 옛날 파일들을 찾아냈죠."

캐서린은 어림없다는 듯이 고개를 저었다.

"수사하지도 않았는데 무슨 수사 보고서? 그건 쓰레기야."

"제 느낌도 그랬습니다. 하지만 이유를 모르겠어요."

"해리, 네 엄마가 무슨 일 했는지 알잖아."

그가 고개를 끄덕이자 캐서린은 계속했다.

"마저리는 파티 걸이었어. 우리 둘 다. 너도 알겠지만 좋게 말해서 파티 걸이었지. 경찰들은 우리 따윈 하나쯤 죽어나가도 눈도 깜짝 안 했어. 그냥 보고서만 그럴듯하게 써 올렸지. 너도 경찰이라니까 하는 말이지만, 그땐 다 그런 식이었다고. 마저리에 대해선 신경도 쓰지 않았어."

"알아요. 안 믿으실지 모르지만 요즘도 그때와 크게 다르지 않을 겁니다. 오히려 그보다 더한 점도 있었을 거예요."

"네 엄마에 대해 얼마만큼 알고 싶은 건지 모르겠구나. 해리."

그녀를 바라보며 보슈는 말했다.

"과거는 저도 강하게 만들었어요. 충분히 감당할 수 있습니다."

"그랬을 거야. 그들이 널 데려갔던 고아원을 아직 기억하고 있어. 매커보이 고아원인가 하는 곳 말이야."

"맥클라렌이었죠."

"맞아, 맥클라렌. 정말 끔찍한 곳이었지. 네 엄마는 거기 가서 널 보고 올 때마다 눈알이 빠지도록 울곤 했지."

"화제를 돌리지 마세요, 캐서린. 제가 어머니에 대해 꼭 알아야 할 것이 뭐죠?"

그녀는 머리를 끄덕였지만 잠시 망설인 뒤에야 얘기를 계속했다.

"마저리는 경찰 몇 명을 알고 있었어. 이해하겠니?"

보슈는 머리를 끄덕였다.

"나도 그랬지. 그래야 일이 되었으니까. 그 일을 하자면 그들과 잘 지내야만 했어. 하지만 그런 상황에서 마저리가 피살되자 경찰 입장에서는 재빨리 덮어버리는 것이 최상의 방법이었지. 진부한 표현이긴 하지만 잠든 개는 건드리지 않는다고 그들은 말하더군. 괜히 헤집어서 누군가를 곤혹스럽게 만들고 싶지 않았던 거야."

"그 짓을 한 자가 경찰이라는 거예요?"

"아니야. 그런 얘긴 아니지. 누가 그 짓을 했는지는 나도 몰라, 해리. 알면 좋겠지만 몰라서 미안해. 하지만 사건을 담당한 두 형사는 왜 그런 일이 벌어졌는지 알면서도 제대로 수사하지 않았다고 생각해. 그러는 편이 경찰국에 앉아 있는 그들을 위해 좋았을 테니까. 아까 말했듯이 마저리는 파티 걸이었고, 그들은 신경도 쓰지 않았어. 아무도 신경 쓰지 않았지. 그런 여자 하나 죽었다고 뭐가 대수냐는 식이었어."

보슈는 다음 질문을 생각하며 방 안을 한 번 둘러보았다.

"어머니가 알았다는 경찰들 이름을 혹시 기억하세요?"

"너무 오래전 일이야."

"그들과 같은 일을 하던 경찰들 중 아는 자가 있을 것 아니에요?"

"있지. 그래야만 일할 수 있었으니까. 감옥에 안 가려면 그들과 연락해야만 했어. 그땐 모두가 다 그랬어. 제각기 요구하는 것이 달랐지. 어떤 놈들은 돈을 요구했고, 다른 놈들은 몸을 요구했어."

"사건 파일을 보니 당신은 전과가 전혀 없더군요."

"그래, 난 운이 좋았지. 몇 차례 달려가긴 했지만 한 번도 처벌받지 않았거든. 내가 전화만 하면 경찰은 순순히 날 풀어줬어. 전과가 없는 것은 많은 경찰들을 알고 있었던 덕분이었단다. 이해가 되니?"

"네, 알 것 같아요."

그런 얘기를 하면서도 캐서린은 얼굴을 돌리지 않았다. 오랜 세월 동안 제대로 살아왔으면서도 여전히 매춘부의 자존심을 간직하고 있었다. 그녀는 자기 인생의 맨 밑바닥을 얘기하면서도 조금도 위축되지 않았고 눈도 깜짝 하지 않았다. 그런 생활을 깨끗이 청산했을 뿐만 아니라 그 속에도 존엄성이 있었기 때문이었다. 여생 동안 간직하기에도 좋을 만한 존엄성이었다.

"담배 피워도 괜찮겠니, 해리?"

"그럼요. 저도 한 대 피울게요."

그들은 각자의 담배를 꺼내 물었다. 보슈가 그녀의 담배에 불을 붙여 주었다.

"보조탁자 위에 있는 재떨이를 이용하렴. 융단에다 재를 떨지 말고."

캐서린은 소파 옆 탁자 위에 있는 작은 유리그릇을 가리켰다. 보슈는 손을 뻗어 그것을 한 손으로 잡고 다른 손으로 담배를 피웠다. 그는 재떨이를 들여다보며 말했다.

"당신이 알았던 경찰들과 어머니가 알았던 경찰들 중에서 기억나는 이름 없어요?"

"너무 오래전 얘기라고 했잖아. 그리고 그들이 네 엄마한테 일어났던 일과 무슨 상관이 있었을 것 같지도 않아."

"어빈 S. 어빙이란 이름은 기억하세요?"

캐서린은 그 이름이 머릿속으로 굴러 들어오자 잠시 망설였다.

"그 사람은 알아. 마저리도 알았을 거야. 할리우드 대로를 담당한 순찰 경관이었어. 마저리가 그를 모르긴 어려웠을 거야. 하지만 나도 확실히는 몰라. 내가 틀렸을 수도 있지."

보슈는 고개를 끄덕였다.

"현장에서 시신을 발견한 경관이었어요."

캐서린은 그럴 줄 알았다는 듯이 양어깨를 추켜올렸다.

"누구든 발견하게 되어 있었지. 그렇게 트인 장소에 시신을 버렸으니."

"마약반 형사 길 크라이스트와 스태너는 모르세요?"

그녀는 잠시 머뭇거리다 대답했다.

"그들도 알아. 아주 야비한 놈들이었지."

"어머니도 그들을 알았을까요? 그런 식으로 말예요."

캐서린은 고개를 끄덕였다.

"야비하다는 건 무슨 뜻이죠? 어떤 식으로 야비했습니까?"

"그놈들은 우릴 인간 취급도 안 했어. 만약 원하는 것이 있으면, 그게 사소한 정보든 그보다 더한 개인적인 것이든, 아무 때나 찾아와 무조건 빼앗았지. 아주 거칠게 나올 때도 있었어. 난 그놈들을 몹시 증오했어."

"그렇다면 그들이…."

"살인자들일 수도 있냐고? 그때나 지금이나 내 느낌으로는 아니야. 그놈들은 네 엄마를 죽이지 않았어, 해리. 그냥 경찰이었다고. 챙길 것 있으면 어김없이 챙기는 그런 놈들이었지만, 그땐 다들 그랬으니까, 뭐. 그렇지만 요즘에 신문에서 보는 것처럼 경찰이 살해나 구타 사건으로 재판을 당하는 경우와는 달랐지. 미안해."

"괜찮아요. 그 외에 기억나는 사람 없어요?"

"없는데."

"이름은요?"

"이미 오래전에 기억에서 모두 지워버렸어."

"좋아요."

보슈는 수첩을 꺼내고 싶었지만 캐서린에게 면담하는 기분을 주고 싶지 않았다. 그는 궁금한 것들을 질문하기 위해 살인사건 파일에서 읽은 것들을 기억해 내려고 애썼다.

“자니 폭스라는 포주가 있었죠?”

“그래. 형사들한테 그에 대해 얘기해줬더니 막 흥분하더라고. 그리곤 아무 일도 없었어. 그를 체포하지도 않았고.”

“체포는 했는데 곧 방면된 것 같아요. 폭스의 지문이 살인자의 것과 일치하지 않았죠.”

캐서린은 눈썹을 치켜떴다.

“그 얘긴 첨 듣는데. 그들은 나한테 지문 얘긴 한마디도 안 했거든.”

“두 번째 면담을 한 매키트릭 형사를 기억하세요?”

“아니. 그냥 경찰을 만났던 것만 기억해. 두 형사 중 하나는 다른 사람보다 더 영리했어. 그런데 누가 누군지는 몰라. 멍청한 쪽이 담당자처럼 보였는데, 그 당시는 그게 전형이었던 모양이야.”

“암튼 매키트릭이 두 번째 면담을 했어요. 보고서에 의하면 당신이 진술을 바꾸어 파티 장소를 핸콕 파크로 수정했다고 되어 있던데요.”

“아, 그 파티에 난 갈 수 없었어. 왜냐하면… 자니 폭스가 전날 밤 날 때려서 볼에 멍이 시퍼렇게 들었거든. 화장으로 멍을 가릴 수 있었지만 부어오른 건 방법이 없었지. 얼굴에 멍이 든 파티 걸은 핸콕 파크에 가도 환영받을 수 없어.”

“누가 연 파티였습니까?”

“기억이 안 나. 누가 연 파티인지 들었더라도 난 모르는 사람이었을 거야.”

캐서린이 대답하는 방식에 보슈의 신경을 거스르는 어떤 것이 있었다. 목소리의 억양이 변하면서 미리 연습을 한 듯한 대답이 흘러나왔다.

"정말 기억이 안 납니까?"

"그렇다니까."

캐서린은 의자에서 일어나며 말했다.

"나도 물을 한 잔 마셔야겠어."

그녀는 보슈의 물잔도 다시 채워주기 위해 들고 나갔다. 보슈는 여자와 함께 있을 때 느끼는 친밀감과 오랜 세월 뒤에 그녀를 다시 만난 감정 등으로 인해 수사관의 육감이 대체로 무뎌진 기분이었다. 어쩐지 진실이 느껴지지 않았다. 캐서린에게 그 이상으로 더 얘기해줄 것이 있지 않느냐고 따질 수가 없었다. 그는 화제를 파티로 되돌리기로 했다. 캐서린이 여러 해 전에 있었던 일에 대해 그보다는 더 많이 알고 있을 거라는 생각에서였다.

그녀는 얼음물을 담은 잔 두 개를 들고 돌아와서 보슈의 것은 코르크 받침대 위에 놓아 주었다. 조심스럽게 잔을 내려놓는 동작을 통해 보슈는 그녀가 아직 말하지 않은 어떤 것이 있다는 것을 알았다. 그것은 그녀가 현재 수준의 삶을 획득하기 위해 열심히 일했던 것처럼 단순한 것이었다. 유리 커피 탁자나 플러시 카펫처럼 그것이 가져다준 물질과 현재의 위치는 그녀에겐 소중하고 간직해야 할 것이었다.

의자에 앉은 캐서린은 물을 길게 들이켠 다음 말했다.

"내 얘길 들어 봐, 해리. 난 형사들에게 모두 털어놓지 않았어. 거짓말을 하진 않았지만 다 털어놓지도 않았지. 난 무서웠단다."

"뭐가 무서웠습니까?"

"경찰이 네 엄마를 발견하던 날 난 무서워졌어. 그날 아침 전화를 받았거든. 마저리에게 무슨 일이 일어났는지 알기도 전에 말이다. 처음 듣는 남자 목소리였어. 내가 입만 뻥긋하면 그다음 차례는 나라고 겁을 주더라고. 그리곤 '내가 아가씨한테 조언하겠는데 말이야, 거기서 빨리 도망쳐.'라고 말했어. 얼마 후 경찰이 들이닥치고 마저리의 아파트에 들어갔다는 소리를 들었지. 그리고 그녀가 죽었다는 소리도 들려왔고. 그래서 난 그 남자가 조언한 대로 거길 떠났던 거야. 일주일쯤 지나자 경찰이 나에 대한 조사는 끝났다고 하더라. 그래서 난 롱비치로 옮겨가서 이름을 바꾸고 생활도 바꿨어. 거기서 남편을 만나고 여러 해가 지난 뒤 이곳으로 이사왔지. 난 말이야, 할리우드엔 절대 돌아가지 않았어. 자동차로 통과한 적도 없어. 너무 끔찍한 곳이라서."

"에노와 매키트릭 형사에게 말하지 않았던 것이 뭡니까?"

캐서린은 자기 손을 내려다보며 말했다.

"너무 무서워 다 말하진 못했지만… 난 마저리가 파티에서 누굴 만나려고 하는지 알고 있었어. 우린 자매 같았으니까. 같은 아파트에서 옷과 비밀과 모든 것을 함께 나누며 살았지. 매일 아침 커피를 마시며 대화를 나누었어. 둘 사이에 비밀이란 없었지. 파티에도 같이 가기로 했던 거였어. 자니가 나를 때리는 바람에 마저리 혼자만 가게 되었지만."

"파티에서 누굴 만나기로 했습니까, 캐서린?"

보슈는 다그쳤다.

"넌 그 질문이 당연하다는 걸 아는구나. 그런데 형사들은 한 번도 그렇게 묻지 않았어. 그들은 단지 누가 연 파티이고 장소가 어딘지만 알고 싶어 했지. 그건 중요하지 않았어. 마저리가 거기서 누굴 만나려고 했는지가 중요했는데, 그들은 끝내 묻지 않았다고."

"누굴 만나러 갔습니까?"

캐서린은 손에서 눈길을 돌려 벽난로를 바라보았다. 타다 남은 새까만 장작을 응시하는 눈길이 마치 활활 타오르는 불길에 넋을 빼앗긴 사람의 눈 같았다.

"아노 콘클린이란 남자였어. LA 검찰청에서 아주 잘나가는…."

"누군지 알아요."

"알아?"

"수사 보고서에 이름이 나오더군요. 얘기 내용은 다르지만요. 그런 얘길 왜 경찰에 하지 않았습니까?"

캐서린은 날카로운 눈으로 돌아보았다.

"그런 눈으로 날 보지 마. 말했잖니, 무서웠다고. 협박을 받았어. 그리고 얘기해봤자 경찰은 아무 조처도 안 취했을 거야. 그들은 콘클린 밑에서 벌어먹고 사는 사람들이야. 직접 본 것도 없이 이름만 겨우 아는 콜걸의 제보만 받고서는 콘클린 근처에도 안 갔을 거라고. 난 내 자신을 생각해야만 했어. 네 엄마는 이미 죽었고, 내가 할 수 있는 일은 아무것도 없었어, 해리."

보슈는 여자의 화난 눈초리를 보았다. 비록 그를 향하고 있었지만 그녀 자신에게 더 따갑게 느껴질 그런 눈초리였다. 그녀는 온갖 이유들을 큰 소리로 나열할 수 있겠지만, 마음속으로는 마땅히 해야 할 일을 하지 않았던 것에 대해 날마다 고통을 치렀을 것이라고 보슈는 생각했다.

"콘클린이 죽였다고 생각하세요?"

"모르겠어. 내가 아는 거라곤 마저리가 전에도 그를 만난 적 있지만 폭력적인 면은 전혀 없었다는 거야. 그러니까 난 몰라."

"당신한테 전화했던 사람이 누군지 지금은 아세요?"

"아니, 모르겠어."

"콘클린은 아니고요?"

"모르겠어. 그의 목소리를 들어본 적이 없었으니까."

"두 사람이 함께 있는 걸 본 적은 있나요? 어머니와 그가."

"머사닉 무도장에서 딱 한 번. 그게 첫 만남이었을 거야. 자니 폭스가 두 사람을 소개했지. 아노는 마저리에 대해 전혀 몰랐던 것 같아. 적어도 그때까진."

"당신한테 전화한 남자가 폭스일 가능성도 있습니까?"

"없어. 그 사람 목소리라면 내가 알아들었겠지."

보슈는 잠시 생각한 뒤 다시 물었다.

"그날 아침 이후로 폭스를 만난 적이 있었나요?"

"아니, 내가 그를 일주일쯤 피했어. 그가 경찰에게 무언가를 감추고 있다고 생각했기 때문에 그러는 편이 편했거든. 그 후에 난 할리우드를 떠났어. 전화한 남자가 누구였든 그는 신에 대한 두려움을 내게 안겨주었어. 경찰이 나에 대한 조사가 끝났다고 말한 당일에 나는 롱비치로 도망갔지. 가방 하나에 짐을 쑤셔 넣고 버스를 타고 말이야. 네 엄마 아파트에도 내 옷이 몇 벌 남아 있었던 걸로 기억해. 마저리가 빌려간 옷들이었지. 난 그것들을 찾아올 생각조차 못 했어. 그냥 내 방에 있는 것들만 대충 챙겨서 떠났다고."

보슈는 침묵에 빠져들었다. 더 이상 물어볼 것이 없었다.

"그 당시 일에 대해 생각을 많이 한단다."

캐서린이 말을 이어나갔다.

"우린 시궁창 인생이었어. 네 엄마와 나 말이다. 그렇지만 우린 좋은 친구였고 즐거운 일도 많았단다."

"제 기억으로도… 당신들은 매우 즐겁게 지냈어요. 당신은 항상 제 어머니랑 함께 있었고요."

"삶이 좀 고달프긴 했어도 우린 늘 웃으며 살았지."

캐서린은 쾌활하게 말했다.

"그리고 너, 넌 모든 일의 중심이었어. 그들이 너를 빼앗아가자 네 엄마는 금방이라도 죽을 것 같더라. 널 찾아오려고 안 한 짓이 없었어, 해리. 너도 아마 알 거야. 엄마는 널 사랑했어. 나도 널 사랑했고."

"네, 잘 알아요."

"그렇지만 널 빼앗긴 이후론 마저리도 변했단다. 가끔은 네 엄마에게 그런 일이 일어난 건 불가피했다는 생각이 들어. 네 엄마가 오래전부터 그 골목을 향해 걸어가고 있었다는 생각이 들기도 해."

보슈는 여자의 눈에 고인 슬픔을 들여다보며 소파에서 일어났다.

"가봐야겠군요. 무슨 일이 있으면 연락드릴게요."

"그래주면 고맙지. 나도 계속 연락하고 싶어."

"저도요."

문 쪽으로 걸어가며 그는 말처럼 그렇게 되진 않을 거라는 생각이 들었다. 오랜 세월은 그들 사이의 유대감을 갉아먹었다. 그들은 같은 사건에 대해 이야기를 나눈 타인들이었다. 바깥 계단에서 그는 여자를 돌아보며 말했다.

"크리스마스카드를 보냈을 때 말예요, 저더러 이 사건을 뒤져보라는 뜻 아니었나요?"

캐서린은 다시 모호한 미소를 지어 보였다.

"모르겠어. 남편이 죽자 난 주위를 돌아보게 되었지. 그러자 마저리 생각이 났어. 네 생각도 났고. 꼬마 해리를 찾아낸 것이 난 정말 자랑스러워. 그리고 마저리와 네가 누릴 수 있었던 것에 대해 생각하게 됐고. 난 아직도 화가 나. 마저리를 죽인 놈이 누구든 그자는 마땅히…."

캐서린은 말을 끝내지 못했지만 보슈는 머리를 끄덕였다.

"잘 가, 해리."

"캐서린, 우리 엄마는 좋은 친구를 뒀던 것 같아요."

"고마워."

07 멋진 세상

자동차로 돌아온 보슈는 수첩을 꺼내어 적어 놓은 명단들을 보았다.

콘클린

매키트릭 & 에노

메러디스 로만

자니 폭스

그는 메러디스 로만이란 이름을 줄로 그어 지워버린 뒤 남은 이름들을 다시 살펴보았다. 애초에 명단을 작성할 때 면담 순서를 감안하고 적은 것은 아니었다. 콘클린에게 접근하려면, 혹은 매키트릭이나 에노를 만나보려면 더 많은 정보가 필요하다는 걸 보슈는 잘 알고 있었다.

코트 주머니에서 전화번호부를 꺼낸 그는 가방 속에서 휴대전화기를 꺼내들었다. 새크라멘토에 있는 차량등록국에 전화를 걸어 직원에게 하비 파운즈 경위라고 사칭했다. 그리곤 파운즈의 일련번호를 대며 자니 폭스의 운전면허를 조회했다. 그는 수첩에서 자니 폭스의 생년월일을 불러 주었다. 그러면서 얼핏 계산해 보니 그 포주의 나이가 벌써 예순한 살이나 되었다는 걸 알았다.

한 달쯤 후 파운즈가 이 조회에 대한 해명을 해야 할 것을 생각하며 보슈는 혼자 히죽 웃었다. 경찰 당국은 최근 차량등록국(DMV) 추적 서비스 이용에 대한 감사에 착수했다. 왜냐하면 〈데일리 뉴스〉에서 LA 경찰국의 모든 경찰들이 가까운 기자들과 사립 탐정들을 은밀하게 추적하고 있다는 기사를 내보냈기 때문이었다. 그래서 새 국장은 DMV로 가는 전화나 컴퓨터 연결은 모조리 새로 마련된 DMVT 양식에 해당 사건 및 목적을 기재한 뒤 추적 신청을 하도록 단속하고 있었다. 그 양식이 파커 센터에 전해지면 매월 차량등록국에서 제공되는 추적 명단과 비교하며 감사를 실시했다. 다음 감사에서 경위의 이름이 DMV 명단에 뜨고 해당 DMVT 양식은 보이지 않으면, 감사자는 파운즈에게 전화를 걸어 이유를 추궁할 것이다.

보슈는 어느 날 파운즈가 경찰증을 꽂은 채 사무실 밖 옷걸이에 상의를 걸어뒀을 때 그의 일련번호를 입수했다. 그것을 본 순간 언젠가 편리하게 이용할 날이 꼭 있을 것 같은 강한 예감에 사로잡혀 전화번호부에 적어 두었던 것이다.

차량등록국 직원이 마침내 전화기로 돌아와서 보슈가 제시한 생년월일로 발급된 자니 폭스란 자의 운전면허증은 없다고 대답했다.

“비슷한 것도 없소?”

“없어요, 자기.”

“경위라고 해야죠, 미스.”

보슈는 엄격하게 말했다.

"파운즈 경위요."

"미즈라고 하셔야죠, 경위님. 미즈 샤프예요."

"그러시겠지. 미즈 샤프, 그 컴퓨터는 가동한 지 얼마나 됐죠?"

"7년요. 질문이 또 있나요?"

"7년 이전의 것은 어떻게 체크할 수 있소?"

"체크할 수 없어요. 수기한 자료 검색을 원하신다면 서면으로 요청해 주세요, 겨엉위이님! 그러면 열흘 내지 두 주일쯤 걸립니다. 경위님의 경우엔 두 주일 잡아야 할 거예요. 시키실 게 또 있나요?"

"없소. 그런데 당신 태도가 마음에 안 드는군."

"피장파장이에요. 안녕."

보슈는 전화기를 닫고 소리내어 웃었다. 이젠 추적이 중간에서 실종되진 않을 것 같았다. 미즈 샤프에게 보여줘야지. 리스트가 파커 센터에 도착했을 때는 파운즈란 이름이 맨 꼭대기에 올라 있을 것이다. 보슈는 다시 살인반 에드거의 전화번호를 눌러댔다. 전화를 받은 에드거는 하루 일을 마치고 사무실을 떠나기 직전이라고 말했다.

"그런데 무슨 일이야, 해리?"

"자네 지금 바빠?"

"별로. 새로 맡은 건 없어."

"이름 하나 추적해 줄래? 차량등록국엔 이미 해봤지만 컴퓨터를 아는 사람이 필요해."

"어…."

"할 수 있어, 없어? 파운즈가 겁나서 못하겠다면 그땐…."

"진정하라고, 해리. 뭘 잘못 먹었어? 내가 언제 못한다고 했나? 이름을 대 봐."

보슈는 에드거의 태도가 왜 자신을 화나게 만드는지 이해할 수 없었다. 그는 한숨을 내쉬곤 냉정하려고 애썼다.

"존 폭스란 놈이야. 자니라고도 불리지."

"젠장, 존 폭스란 이름을 가진 놈은 백 명도 넘을 거야. 생년월일은 알고 있나?"

"그럼, 알고 있지."

보슈는 수첩을 뒤져 생년월일을 불러 주었다.

"이 친구가 자네한테 뭘 어쨌는데? 자넨 어떻게 지내?"

"재미있어. 나중에 얘기해 줄게. 그 친구 추적할 거야?"

"하겠다고 했잖아."

"좋아, 그럼 내 휴대전화 번호를 적어 놔. 만약 연락이 안 되면 집전화로 메시지를 남겨."

"시간 나는 대로 찾아볼게, 해리."

"뭐라고? 아무 일도 없다고 했잖아?"

"지금은 없지만 일거리가 곧 생기지. 자네 일만 하고 돌아다닐 순 없잖아."

보슈는 잠시 침묵 속으로 빠졌다.

"이봐, 제리. 엿이나 먹어. 내가 직접 할 테니 관둬."

"해리, 안 하겠다는 얘기가 아니잖아."

"됐어. 그만 잊어 달라고. 난 네놈의 새 파트너나 겁대가리 없는 상사와 화해할 생각이 전혀 없어. 이건 진심이라고. 결국 그 말을 기다렸던 거잖아, 안 그래? 그러니까 망할 일거리 핑계대지 마. 넌 지금 일하고 있지도 않아. 방금 전에 퇴근하려 한다고 했잖아. 아니면 번즈 녀석과 오늘 밤도 한잔하기로 했나."

"해리…."

"그럼 잘해봐."

보슈는 전화를 끊고 라디에이터에서 김이 새어나가듯 화가 몸에서 빠져나가길 기다렸다. 손에 들고 있는 전화기가 울리자 그는 금방 기분이 나아졌다. 전화기를 열고 말했다.

"이봐, 미안해. 응? 잊어버려."

긴 침묵이 이어졌다.

"여보세요?"

여자 목소리였다. 보슈는 창피한 생각이 왈칵 들었다.

"네?"

"보슈 형사님이시죠?"

"네, 죄송합니다. 다른 사람인줄 알았어요."

"누구 말예요?"

"그런데 누구시죠?"

"닥터 히노조스예요."

"아아."

보슈는 눈을 질끈 감았다. 분노가 되살아났다.

"무슨 일입니까?"

"내일 상담치료가 있다는 걸 알려주려고 전화했어요. 3시 30분인데, 나오실 거죠?"

"나한텐 선택권이 없잖아요, 안 그래요? 구태여 알려주실 필요가 없죠. 나한테도 약속을 기입한 달력과 손목시계가 있고 알람시계 같은 것도 있습니다."

다 지껄이고 나니 그는 자기가 너무 심했나 싶었다.

"기분이 아주 나쁠 때 내가 전화한 모양이군요. 그렇다면…."

"맞아요."

"…전화를 끊죠. 내일 봐요, 보슈 형사님."

"안녕."

그는 전화기를 닫아 옆 좌석에 던진 뒤 시동을 걸었다. 오션 파크를 빠져나와 반디 드라이브로 가서 10번 도로를 향해 올라갔다. 고속도로 고가로 접근하던 그는 동쪽으로 가는 차들이 움직이지 않는 것을 보았다. 경사로에는 빼곡하니 늘어선 자동차들이 하염없이 기다리고 있었다.

"빌어먹을!"

그는 고함을 버럭 질렀다. 방향을 바꾸지 않고 고속도로 경사로를 지나 고가 아래로 들어갔다. 반디 드라이브에서 윌셔 거리로 들어가서 산타모니카 시내로 향했다. 15분쯤 달려가자 산타모니카 최대 번화가인 서드 스트리트 프로미네이드 근처에 있는 노상주차장이 눈에 들어왔다. LA 지진 이후로 주차 빌딩에 차를 두는 것을 피해온 그는 새삼 다시 그 일을 시작하고 싶지는 않았다.

걸어 다니는 모순 덩어리(walking contradiction: 록그룹 그린데이의 노래 제목-옮긴이)라더니. 주차 지점을 찾기 위해 연석을 따라 차를 슬슬 몰면서 보슈는 생각했다. 검사관이 위험 판정을 내린 집에서 살다가 산비탈로 무너져 내리는 한이 있더라도 주차 빌딩에는 들어가고 싶지 않단 말이지. 프로미네이드에서 한 블록쯤 떨어진 지점에 있는 포르노 극장 맞은편에서 그는 마침내 주차공간을 발견했다.

보슈는 세 블록에 걸쳐 있는 레스토랑과 상점들, 극장 앞을 오락가락하며 러시아워를 보냈다. 서부 LA 지구대 형사들의 집합소로 알려진 산타모니카에 있는 킹 조지에도 들어가 보았지만 아는 얼굴은 보이지 않았다. 피자 가게에서 피자를 하나 먹은 뒤에는 거리 공연을 관람했다. 고기 써는 칼 다섯 개를 한꺼번에 빙글빙글 돌리는 사내의 공연이었다. 사내의 기분을 조금은 알 것 같다는 생각이 들었다.

벤치에 앉아 줄지어 지나가는 사람들을 물끄러미 바라보기도 했다.

그에게 관심을 보이며 걸음을 멈추는 사람이라곤 거지들뿐이었다. 주머니 속에 있던 동전들과 1달러짜리 지폐가 순식간에 동이 났다. 외롭다는 생각이 들었다. 캐서린 리지스터와 그녀가 얘기한 과거에 대해 생각해 보았다. 그녀는 강해졌다고 말했지만 그런 위안과 힘은 결국 슬픔에서 나온 것임을 보슈는 알고 있었다. 그녀가 품고 있던 것도 슬픔이었다.

보슈는 캐서린이 5년 전에 했던 일에 대해 생각해 보았다. 남편이 죽자 그녀는 새삼 자신의 처지를 돌아보게 되었을 것이다. 그러자 기억 속의 상처를 깨닫게 되었겠지. 아픈 상처. 그래서 꼬마 해리가 이젠 뭔가를 해줄 수 있지 않을까 하는 마음에서 그에게 크리스마스카드를 보내지 않았을까? 결국 약간의 효과는 있었던 셈이었다. 보슈는 문서고에서 살인사건 바인더를 반출하긴 했지만 아직은 어떻게 해볼 힘이 없었다. 보기에 따라서는 배짱이 없었다고 할 수도 있겠지.

어두워진 뒤에 그는 브로드웨이로 걸어 내려가 '미스터 B'로 들어갔다. 바에서 의자를 하나 차지하고 앉아 생맥주와 잭 대니얼 폭뢰를 주문했다. 뒤쪽에 있는 조그마한 무대에서 테너 색소폰을 리더로 한 5인조가 연주하고 있었다. '내가 연락할 때까지 꼼짝 말아요Do Nothing Till You Hear From Me'란 곡이 끝나가는 걸 보면 긴 연주곡의 막바지에 왔음을 알 수 있었다. 색소폰 소리가 늘어졌다. 깨끗한 음이 아니었다.

실망한 보슈는 연주 그룹에서 눈길을 돌리고 맥주를 한입 가득 들이마셨다. 손목시계를 들여다보니 지금 나서면 맑은 정신으로 운전할 수 있을 것 같았다. 그렇지만 의자에서 일어나지 않았다. 그 대신 폭뢰를 집어 맥주잔 속에 퐁당 담근 뒤 폭탄주를 벌컥벌컥 들이켰다. 5인조 그룹은 '정말 멋진 세상이야What a Wonderful World'를 연주하기 시작했다. 하지만 그들 중 아무도 앞으로 걸어 나와 노래를 부르는 사람은 없었다. 하긴 누가 불러도 루이 암스트롱의 목소리는 흉내도 내기 어려울 것이었다. 그래도 상관없었다. 보슈도 그 노래 가사 정도는 알고 있었다.

푸른 숲을 보네
붉은 장미들도
그것들이 너와 나를 위해
피어난다는 걸 알아
그래서 난 생각하지
정말 멋진 세상이야

이 노래는 그를 외롭고 슬프게 만들었지만 그딴 건 아무래도 좋았다. 외로움은 그가 평생 끌어안고 살아온 불 지핀 쓰레기통 같은 것이었으니까. 그것에 다시 익숙해지고 있을 뿐이었다. 실비아를 만나기 이전에도 그랬고, 이제 다시 그런 식으로 굴러갈 수도 있었다. 그녀를 떠나보낸 아픔이 가라앉으려면 세월이 좀 걸릴 터였다.

실비아 무어는 떠난 지 석 달이 지난 후 그림엽서 한 장만 달랑 보내고는 소식이 끊어졌다. 그녀의 부재는 보슈의 삶에서 지속성을 파괴해 버렸다. 실비아를 만나기 전엔 보슈의 직장생활이 철로처럼 탄탄하고 태평양에 떠오르는 태양처럼 확실했다. 하지만 그녀를 만나자 그는 트랙을 자꾸만 바꾸려고 애썼고, 이전엔 하지 않았던 과감한 점프까지 시도했다. 문제는 그랬음에도 불구하고 실패했다는 사실이었다. 그것만으로는 실비아를 붙잡을 수 없었고, 그래서 그녀는 떠나가 버렸다. 이제 그는 완전히 탈선한 기분이었다. 지진 난 LA 도시처럼 그의 마음속도 박살이 난 느낌이었다. 갈가리 찢기고 부서진 것이었다.

가까운 자리에서 노래를 부르는 여자 목소리가 들려왔다. 돌아보니

의자 몇 개 건너편에서 젊은 여자 하나가 눈을 감고 연주에 맞춰 부드럽게 노래를 부르고 있었다. 여자는 혼자 도취해 부르고 있었지만 보슈의 귀에도 또렷이 잘 들렸다.

> 푸른 하늘을 보네
>
> 하얀 구름들도
>
> 환하고 은혜로운 낮
>
> 어둡고 신성한 밤
>
> 그래서 난 생각하지
>
> 정말 멋진 세상이야

여자는 하얀 티셔츠와 환한 색깔의 조끼를 입고 있었다. 나이는 스물다섯을 넘지 않은 것 같은데, 이 노래를 부를 줄 안다는 것만으로도 보슈는 호감을 느꼈다. 그녀는 다리를 꼬고 똑바로 앉아 색소폰 소리에 맞춰 상체를 앞뒤로 천천히 흔들고 있었다. 갈색 머리카락으로 감싼 얼굴을 위로 조금 쳐들고 입술을 약간 벌린 거의 천사 같은 모습이었다. 음악의 장엄함에 넋을 잃은 그녀의 모습이 무척 아름다워 보였다. 늘어지든 말든 색소폰 소리는 그녀를 완전히 사로잡았고, 그런 여자의 모습에 보슈는 매료되었다. 지금 그녀의 얼굴에 담긴 표정은 남자와 사랑을 나눌 때 나타나는 표정과 같을 것이란 생각이 들었다. 소위 경찰들이 말하는 무사통과형 얼굴이었다. 너무나 아름답기 때문에 항상 방패막이가 된다는 뜻이다. 무슨 일을 하든 무슨 일을 겪든, 그녀의 얼굴은 무사통과 티켓이 되어 준다. 그녀의 얼굴 앞에서 모든 문들은 열리고 그녀의 등 뒤로 모든 문들은 닫힌다.

연주가 끝나자 여자는 눈을 뜨고 박수를 쳤다. 그러자 보슈를 포함한 모든 사람들이 따라서 박수를 쳤다. 이런 것이 무사통과형 얼굴의 위력이다. 보슈는 바텐더를 돌아보며 폭리와 맥주를 하나 더 주문했다. 그것들이 자기 앞 테이블에 놓이자 그는 여자 쪽을 돌아보았다. 그녀는 가고 없었다. 출입구 쪽을 재빨리 돌아보니 문이 막 닫히고 있었다. 그는 여자를 놓쳐버렸다.

08 푸른 코요테

집으로 돌아가는 길에 보슈는 선셋 대로를 따라 올라가서 시내로 들어갔다. 차량들이 드물었다. 예정보다 많이 늦었다. 그는 담배를 피우며 라디오의 모든 뉴스 채널들을 돌려댔다. 밸리에 있는 그랜트 고등학교가 복구되어 다시 문을 열었다는 소식도 있었다. 실비아 무어가 가르치던 학교였다. 베니스로 떠나기 전에.

보슈는 피곤했다. 음주 운전자를 단속하는 경관이 측정기를 들이대면 걸려들 것 같았다. 선셋 대로를 따라 비벌리힐스를 가로지를 때는 제한속도를 넘지 않도록 차를 천천히 몰았다. 이곳 경찰들이 그를 세워 음주측정을 하진 않을 것이었지만, 본인 의사와는 전혀 무관하게 정직처분을 받은 그로서는 만에 하나라도 그런 망신은 피하고 싶었다.

로럴 캐니언에서 좌회전한 그는 구불구불한 도로를 따라 언덕을 올라갔다. 멀홀랜드에서 빨간 신호등을 보고 우회전하기 위해 좌측 차량을 체크하던 그는 갑자기 그 자리에 얼어붙었다. 도로 왼쪽의 협곡 덤

불 속에서 코요테 한 마리가 걸어 나와 교차로 주위를 조심스레 살펴보고 있었다. 다른 차들은 한 대도 없었다. 보슈 혼자만 그것을 보았다.

코요테는 교외 야산에서 살아남기 위해 악전고투한 탓인지 깡마르고 초췌해 보였다. 협곡에서 피어오른 하얀 안개에 휩싸인 가로등 불빛이 푸르스름한 빛을 코요테에게 던지고 있었다. 녀석은 빨간 신호등의 반사광을 두 눈에 담고 보슈의 차를 잠시 관찰하는 듯했다. 한순간 보슈는 코요테가 자신을 똑바로 노려보고 있다는 느낌이 들었다. 그러자 녀석은 천천히 돌아서서 푸른 안개 속으로 사라졌다.

뒤쪽에서 차가 한 대 다가오며 경적을 울렸다. 신호등이 초록색으로 바뀌어 있었다. 그는 손을 흔들고 멀홀랜드 쪽으로 방향을 돌렸다. 그러나 곧 도로 가장자리로 차를 몰아 근처 공원에 세운 뒤 차에서 내렸다.

밤기운이 써늘했다. 푸른 코요테를 본 교차로 근처까지 걸어가는 동안 보슈는 추위를 느꼈다. 뭘 하자는 짓인지 모르겠지만 두렵지는 않았다. 단지 그 짐승을 다시 한 번 보고 싶을 뿐이었다. 급경사면 가장자리까지 간 그는 걸음을 멈추고 컴컴한 아래쪽을 내려다보았다. 푸른 안개가 그를 온통 둘러싸고 있었다. 뒤쪽으로 차가 한 대 지나갔고, 그 소음이 가라앉았을 때 그는 청각을 곤두세우고 어둠 속을 뚫어지게 노려보았다. 하지만 아무 소리도 들리지 않았고, 녀석의 그림자도 보이지 않았다. 코요테는 가버렸다. 보슈는 차로 돌아가서 멀홀랜드로 다시 향했다. 그리고 우드로 윌슨 드라이브를 지나 자기 집으로 갔다.

얼마 후 맥주를 몇 잔 더 마시고 불을 켜둔 채 침대에 드러누웠을 때, 그는 마지막 담배를 붙여 물고 천장을 멍하니 바라보았다. 불을 켜둔 채지만 그의 생각은 캄캄하고 성스러운 밤 속을 헤매고 있었다. 그는 푸른 코요테를 보고 있었다. 그리고 무사통과형 얼굴을 지닌 그 여자를 보고 있었다. 하지만 그런 생각들도 곧 그와 함께 어둠 속으로 사라졌다.

09 케이샤 러셀

보슈는 자는 둥 마는 둥 하다가 해가 뜨기 전에 일어났다. 간밤에 마지막으로 붙여 물었던 담배가 그의 생애 마지막 담배가 될 뻔했다. 그걸 손가락 사이에 끼운 채 잠들었다가 인두로 지지는 듯한 통증에 번쩍 깨어났던 것이다. 두 손가락에 입은 화상을 치료하고 다시 침대에 누워 봤지만 잠은 오지 않았다. 담뱃불에 덴 자리가 콕콕 쑤셔서 그가 과거에 조사했던 화재 현장의 시체들이 자꾸만 떠올랐다. 대개는 술에 취해 불을 내는 바람에 그들 자신을 태워 죽인 사건들이었다. 그런 멍청한 행동을 카르멘 히노조스는 뭐라고 설명할 것인가? 자기파괴 증후군?

마침내 여명이 방 안으로 새어들기 시작하자 그는 잠을 포기하고 침대에서 일어났다. 부엌에서 커피가 끓는 동안 덴 손가락들의 반창고를 갈기 위해 화장실로 들어갔다. 새 가제를 손가락에 감으며 거울에 비친 자기 모습을 보자 눈알이 한 발이나 쑥 들어간 꼴이 정말 가관이었다. 그는 혀를 찼다.

"젠장, 이게 다 무슨 꼴이야!"

블랙커피를 들고 뒤쪽 데크로 나가 잠에서 깨어나는 고요한 도시를 바라보며 천천히 마셨다. 대기에서는 오슬오슬한 한기가 느껴졌고, 고개 아래 울창한 숲에서 풍겨 오는 유칼립투스 향기가 코끝으로 밀려들었다. 산과 계곡을 가득 채운 해무(海霧)가 신비한 실루엣들을 형성하고 있었다. 그는 데크의 안락의자에 앉아 아침이 열리는 광경을 한 시간 가량 넋 놓고 바라보았다.

커피를 한 잔 더 마시려고 집 안으로 들어갔을 때에야 자동응답기의 빨간 램프가 깜박이는 것이 눈에 띄었다. 메시지가 두 통 들어와 있었다. 전날 들어왔던 것들인데 간밤엔 발견하지 못했던 것이다. 그는 재생 버튼을 눌렀다.

"보슈, 파운즈 경위야. 지금 시각은 화요일 3시 35분이고. 자넨 현재 정직 상태니까 본부에서 보직 명령이 떨어질 때까지 자네가 사용 중인 차량을 할리우드 경찰서 차고로 반납해야 한다는 것을 통보해야겠네. 차량 번호는 하나-애덤-애덤-셋-넷-제로-둘. 즉시 차량을 반납하고 명령을 이행하기 바라네. 이 명령은 표준실천강령 3-13조에 따른 것으로, 위반 시엔 정직 및 해고 처분을 받을 수 있어. 이 명령은 파운즈 경위가 내렸고, 현재 시각은 화요일 3시 36분이야. 만약 이 명령에서 이해하지 못할 부분이 있다면, 언제든지 과장실로 전화하여 나를 찾기 바란다. 이상."

자동응답기 기록을 보니 메시지는 실제로 화요일 오후 4시로 찍혀 있었다. 파운즈가 하루 일과를 끝내고 집으로 돌아가기 직전이었을 것이다. 망할 자식! 차를 반납하란 소리는 정말 개똥 같은 수작이었다. 보슈는 그 차를 계속 몰고 다닐 수 있었다.

두 번째 메시지는 에드거가 보낸 것이었다.

"해리, 거기 없나? 나 에드거야. 좋아, 잘 들어. 오늘 했던 말은 다 잊어버려, 알겠지? 진짜야. 그냥 내가 멍청했고 네가 멍청했고 우리 둘 다 멍청해서 그런 소릴 지껄인 걸로 해두고 다 잊어버리잔 말이야. 자네가 다시 내 파트너로 돌아오든 말든 난 자네한테 빚을 많이 졌어. 내가 만약 그걸 깜박 잊어버린 것처럼 행동하면 오늘 자네가 했던 것처럼 대가릴 가끔 쥐어박아주게. 자, 나쁜 소식부터 전하겠네. 자네가 말한 그 자니 폭스란 놈에 대해 모조리 뒤져봤는데 말이야, 아무것도 안 나오더라고. 연방범죄정보센터(NCIC), 미 법무부(DOJ), DPP, 교정부, 연방영장부 등을 다 뒤졌어. 이 친구가 아직 살아 있다면 깨끗하단 얘기야. 이자가 운전면허증도 없다는 자네 말을 듣고 생각한 건데, 그 이름이 가명이거나 어쩌면 이미 죽었을 수도 있겠다는 거야. 자네가 무슨 생각을 하고 있는진 모르지만, 혹시 다른 요구사항이 있으면 전화해. 그리고 난 지금부터 텐-세븐으로 들어가니 연락할 것이 있으면 집으로…."

메시지는 거기서 끊어졌다. 에드거가 시간을 넘겼던 것이다. 보슈는 테이프를 되감고 컵에다 커피를 따랐다. 데크로 돌아오며 그는 자니 폭스의 행방에 대해 곰곰이 생각해 보았다. 차량등록국의 추적에서 아무것도 안 나왔을 때 그는 폭스가 감옥에 있을지도 모르겠다는 생각을 했다. 감옥 안에 있는 자들에겐 운전면허증이 발급되지도 않고 필요도 없으니까. 하지만 에드거는 폭스를 감옥 안에서 찾아내지 못했을 뿐만 아니라, 범죄자들을 추적하는 연방의 어떤 컴퓨터에서도 그의 이름을 발견하지 못했다는 것이다. 그렇다면 자니 폭스가 세상을 똑바로 살아왔거나, 아니면 에드거의 추측대로 이미 죽은 사람으로 생각할 수밖에 없었다. 만약 내기를 한다면 보슈는 후자에다 돈을 걸었을 것이다. 자니 폭스 같은 인간이 세상을 똑바로 살았을 리는 없다.

보슈가 할 수 있는 일이라곤 로스앤젤레스 카운티 등록실로 가서 사망확인서를 찾아보는 수밖에 없는데, 사망날짜를 모르면 건초더미 속에서 바늘 찾기나 마찬가지였다. 그 일만으로도 여러 날이 걸릴 판이라 그 방법을 시도하기 전에 그는 좀 더 쉬운 길을 뚫기로 했다. 〈LA 타임스〉 기자를 이용하는 방법이었다.

그는 다시 집 안으로 들어가 전화기를 들고 케이샤 러셀의 전화번호를 눌러댔다. 신출내기 경찰출입 기자로 아직도 한참 헤매고 있는 여자였다. 몇 달 전 보슈를 제보자로 낚으려고 미묘한 시도를 해온 적이 있었다. 이럴 때 기자들이 주로 쓰는 수법은 별로 대단한 관심을 끌지도 못하는 범죄에 대해 지나치게 많은 기사들을 쓰는 것이었다. 하지만 그 과정에서 담당 형사와 지속적으로 연락하게 되고, 그러다보면 수사관의 환심을 사서 미래의 정보원으로 활용할 기회도 생기는 법이었다.

러셀은 보슈가 담당한 한 사건에 대해 일주일 동안 다섯 번이나 기사를 날렸다. 가정폭력 사건으로 어떤 남편이 법원이 내린 일시적 접근금지 명령을 어기고 프랭클린에서 별거 중인 아내의 아파트로 찾아가서 그녀를 5층 베란다 아래로 던져버린 뒤 자동차로 갈아버렸다. 러셀은 연장 기사들을 쓰면서 보슈에게 반복적으로 말을 걸었고, 결과적으로 나온 기사들은 철저하고 완벽했다. 그처럼 훌륭한 솜씨를 보임으로써 그녀는 보슈의 신임을 얻기 시작했다. 하지만 그런 기사들과 관심끌기가 수사관과의 긴 교분을 원하는 그녀의 기초 작업이란 사실을 보슈는 잘 알고 있었다. 그 이후로는 시시껄렁한 일에서부터 밖에서 주워들은 경찰 당국에 대한 가십에 이르기까지 매주 한두 차례 전화하지 않고 넘어갈 때가 없었다. 그런 얘기들 끝에 이어지는 것이 바로 기자들이 죽고 사는 문제가 걸린 "무슨 건수 없어요?"라는 질문이었다.

케이샤 러셀은 첫 번째 신호가 떨어지자마자 전화를 받았다. 음성 사서함에 메시지를 남길 생각이었던 보슈는 그녀가 그처럼 일찍 출근해 있는 것에 약간 놀랐다.

"케이샤, 나 보슈요."

"안녕하세요, 보슈. 어떻게 지내세요?"

"뭐, 그럭저럭. 내 소문을 들은 모양이군."

"다는 아니예요. 잠시 휴가 중이란 말만 들었죠. 그런데 이유는 아무도 얘기 안 해 줘요. 혹시 그 얘길 하시려고요?"

"아니오. 적어도 지금은 그럴 기분이 아니라고. 부탁할 게 있어 전화했소. 제대로 돌아가면 기사는 당신한테 주죠. 나는 다른 기자들하고도 이런 식으로 거래해 왔으니까."

"제가 뭘 어떻게 해야 하죠?"

"안치소에 잠시 들어가면 돼요."

러셀은 앓는 소리를 냈다.

"신문 안치소 말이오. 거기 〈타임스〉에 있는."

"아, 좀 낫네요. 뭐가 필요한데요?"

"한 사내를 찾고 있소. 오래전 사내죠. 50년대나 60년대 초에 굴러다녔던 쓰레긴데, 그 이후로는 행방이 묘연해요. 내 육감으로는 벌써 죽었을 것 같소."

"부고 기사를 찾는 거예요?"

"그런 쓰레기가 죽었다고 해서 〈타임스〉가 부고 기사를 올릴 것 같진 않고. 내가 아는 한 아주 형편없는 피라미거든. 그렇지만 사내가 시기적으로 부적절하게 죽었다면 신문에 무슨 기사라도 나지 않았을까 하는 생각이오."

"비명횡사했을 경우 말이군요."

"바로 그거요."

"알았어요. 한번 뒤져보죠."

보슈는 그녀가 열성을 보이고 있음을 느꼈다. 그의 부탁을 들어줌으로써 우호관계를 더욱 돈독히 하면 머잖은 미래에 어떤 식으로든 결실이 맺어질 것으로 생각하는 것이 분명했다. 그녀가 그런 기대를 갖는 것을 보슈는 절대로 말리고 싶지 않았다.

"그 남자 이름이 뭐죠?"

"존 폭스. 자니라고 불렀소. 내가 추적하기론 1961년에 포주 노릇을 했다는 정보가 마지막이오. 전형적인 인간 쓰레기였지."

"백인이에요? 아니면 흑인이나 황인종?"

"전형적인 백인 쓰레기로 보면 돼요."

"생년월일은요? 그걸 알면 범위를 대폭 좁힐 수 있는데. 자니 폭스란 이름을 가진 남자가 어디 한둘이겠어요?"

보슈는 생년월일을 불러 주었다.

"좋아요, 어디 있을 거예요?"

휴대전화 번호를 러셀에게 불러주며 그는 이제 그 번호는 그녀의 컴퓨터 정보원 리스트에 곧바로 저장될 것임을 알았다. 그녀의 보석함에 간직되는 금귀고리처럼. 언제 어디서든 연락할 수 있는 그의 전화번호를 입수하는 것은 시체안치소를 뒤질 만큼의 가치가 있었다.

"알았어요. 이제 곧 편집자 회의가 있어요. 그래서 이렇게 일찍 출근했죠. 회의 끝나면 곧바로 찾아볼게요. 뭔가 발견하면 즉시 전화할게요."

"좋아요."

전화를 끊은 뒤 보슈는 냉장고에서 콘플레이크를 꺼내어 먹기 시작했다. 그리곤 라디오 뉴스를 틀었다. 지진 이후에 신문구독을 중단한 것은 시청 건축물 검사관 고디가 우연히 지나가다 현관에서 신문을 발견할 경우 사람이 살아서는 안 되는 위험한 주택에서 살았다고 문제 삼을 수 있기 때문이었다. 뉴스 타이틀들 중에서 보슈의 흥미를 끄는 내용은 없었다. 적어도 할리우드에서 살인사건이 일어났다는 방송은 없었다. 그는 어떤 뉴스도 흘려듣지 않았다.

교통정보 방송이 끝나자 그의 호기심을 끈 뉴스가 하나 있었다. 산 페드로 수족관에 전시 중인 문어가 물을 회전시키는 튜브에 촉수를 끼워 넣어 뽑아내는 바람에 수족관 물이 다 빠져나가 결국 죽고 말았다는 얘기였다. 환경단체에서는 그것을 두고 문어가 너무 비좁은 곳에 자신을 가둬둔 것에 항의하여 자살한 것이라고 주장했다. LA에서나 있을 수 있는 일이지, 하고 생각하며 보슈는 라디오를 껐다. 필사적으로 살아야 하는 곳이니 바다 생물까지도 자살해버린 거라고.

그는 눈을 감고 얼굴을 샤워 꼭지 밑에 똑바로 댄 체 오랫동안 샤워를 했다. 그런 다음 거울 앞에 서서 면도를 했다. 눈 아래 생긴 거무스름한 그늘을 다시 살펴보지 않을 수 없었다. 이전에 생겼던 것들보다 한결 더 심해 보였고, 전날 밤 마신 술로 인해 충혈된 눈과 아주 잘 어울리는 것 같았다.

면도기를 싱크대 가장자리에 내려놓고 거울 앞으로 얼굴을 바싹 들이밀었다. 안색이 재생한 종이접시처럼 창백했다. 한때는 잘생겼다는 소리를 들은 남자의 얼굴이 겨우 이 지경이란 말인가. 누군가에게 흠씬 두들겨 맞은 꼬락서니였다. 갑자기 바짝 늙어버린 것처럼 보였고, 이전에 여러 번 목격한 적 있었던 침대에서 죽은 채 발견된 노인들의 얼굴을 닮아 있었다. 초라한 쪽방에 누워 있던 시체들과 냉장고 박스 안에서 살다 간 노인들이 떠올랐다. 그 자신의 얼굴도 산 자라기보다 죽은 자의 것에 더 가까워 보였다.

약장 문을 열자 얼굴 영상은 사라졌다. 그는 유리 선반 위에 놓인 여러 가지 약들 중에서 안약 병을 꺼내 들었다. 충혈된 눈에 안약을 듬뿍 떨어뜨린 후 흘러내린 것을 타월로 잘 닦아냈다. 그리곤 거울에 자기 얼굴이 다시 비치는 것이 싫어 약장 문을 열어둔 채 화장실을 나와 버렸다.

그는 자기가 가진 가장 좋은 회색 투피스 양복 안에다 하얀 버튼다운 셔츠를 받쳐 입었다. 거기에다 검투사 투구가 수놓인 적갈색 넥타이를 맸다. 가장 좋아하는 넥타이였다. 가장 오래된 것이기도 했다. 가장자리가 닳아 헤어졌지만 일주일에 두세 번씩은 꼭 매고 나갔다. 10년 전 강도 살인반으로 처음 발령받았을 때 구입한 넥타이였다. 그는 살인에 관한 캘리포니아 형법 187조 숫자를 본떠 만든 금제 넥타이핀으로 셔츠에 고정시켰다. 그러는 과정에서 통제력이 차츰 돌아오는 느낌이 들었다. 기분이 좋아지기 시작하면서 동시에 분노가 느껴졌다. 이제 그는 세상 속으로 걸어 나갈 준비가 되었다. 세상이 그를 받아들일 준비가 되어 있든 안 되어 있든.

10 반납

할리우드 경찰서 뒷문을 열기 전에 보슈는 넥타이 매듭을 다시 단단히 조여 맸다. 복도를 지나 형사과 뒤쪽으로 들어간 다음 책상들 사이로 걸어 앞쪽으로 나갔다. 파운즈가 앉아 있는 과장실은 그 앞쪽에 유리벽을 사이에 두고 부하 형사들을 마주 보고 있었다. 보슈가 나타나자 절도반 형사들의 머리가 불쑥불쑥 올라오더니 뒤이어 강도 살인반 형사들도 고개를 기웃거렸다. 그는 아무도 아는 체하지 않았지만 살인반 자기 책상에 앉아 있는 사내를 보는 순간 하마터면 허방을 딛을 뻔했다. 번즈였다. 에드거도 제자리에 있었지만 앞쪽을 보고 앉아 있었기 때문에 보슈가 들어오는 것을 보지 못했다.

그렇지만 파운즈는 보았다. 유리벽을 통해 보슈가 과장실로 다가오는 것을 보자 자기 책상 뒤에서 벌떡 일어났다.

보슈가 과장실로 접근하며 가장 먼저 확인한 것은 한 주일 전에 그가 박살냈던 유리 패널이 말끔하게 교체되어 있다는 사실이었다. 그보다 더 시급히 교체해야 할 것들, 일테면 총탄에 맞아 거미집처럼 갈라진 순찰차 앞유리 같은 것도 테이프나 종이를 붙이고 한 달씩 기다려야 하는 판국에 일개 과장실 유리 패널 따위를 이처럼 빨리 교체할 수 있다는 건 아무래도 이상하다는 생각이 들었다. 하지만 이 경찰서에서 우선순위를 점하고 있는 것은 그런 것들이었다.

"헨리! 이리 들어와요!"

파운즈가 고함을 버럭 질렀다.

프런트 카운터에서 일반전화를 받고 안내를 해주는 노인이 화들짝 놀라 일어나더니 과장실로 허둥지둥 뛰어갔다. 그는 경찰서에서 일하는 시민 자원봉사자의 한 사람이었다. 대부분 은퇴한 경찰들로 구성된 이들은 통칭 민병대 대원이라 불렸다.

보슈는 그 노인을 따라 과장실로 들어간 뒤 서류가방을 바닥에 내려놓았다. 그러자 파운즈가 그에게 소리쳤다.

"보슈! 여기 증인이 있어!"

그는 헨리 노인을 가리킨 뒤 유리벽 너머를 가리키며 말했다.

"저 밖에도 목격자들이 있다고!"

"무슨 목격자?"

"자네가 여기서 하는 짓을 다 보고 있다고."

보슈는 노인을 돌아보며 말했다.

"헨리, 당신은 이제 나가도 됩니다. 난 경위와 얘기만 할 거요."

"헨리, 그대로 있어요."

파운즈가 명령했다.

"그가 하는 말을 당신도 들어야 해."

"노인이 내 말을 어떻게 다 기억하겠나, 파운즈? 걸려온 전화도 제대로 연결하지 못하는 양반이야."

보슈가 헨리를 다시 노려보자 노인은 뻣뻣하게 굳었다. 여기서 주도권을 쥐고 있는 사람이 누군지 의심할 여지 없게 만드는 눈초리였다.

"나가신 다음 문을 꼭 닫아 주세요."

헨리는 겁먹은 표정으로 파운즈를 힐끗 돌아봤지만 서둘러 문 쪽으로 걸어갔다. 그리곤 보슈가 시킨 대로 밖으로 나간 뒤 문을 꼭 닫았다. 보슈는 다시 파운즈 쪽으로 돌아섰다.

경위는 개 앞으로 지나가는 고양이처럼 조심스럽게 몸을 낮추며 의자에 앉았다. 보슈와 얼굴을 마주하고 서 있는 것보다 자세를 낮추는 편이 더 안전하다는 것을 미리 당해봐서 잘 알고 있는 것처럼 보였다. 해리가 내려다보니 책상 위에 책이 한 권 펼쳐져 있었다. 그는 손을 뻗어 책의 표지가 나오도록 뒤집었다.

"서장님이 되시려고 시험공부 하는 거요, 경위님?"

파운즈는 보슈의 손이 미치지 않을 만큼 몸을 움츠렸다. 책 내용을 살펴보니 서장 시험문제집이 아니라, 프로 농구 코치가 쓴 동기부여 기술에 관한 책이었다. 보슈는 껄껄 웃은 뒤 머리를 살래살래 흔들었다.

"파운즈, 당신 진짜 물건이네. 상당히 재미있어. 그 점은 인정하지."

파운즈는 책을 빼앗아 서랍 속에 집어넣으며 물었다.

"무슨 용무야? 자넨 여기 들어올 일이 없을 텐데. 지금 정직 상태잖아."

"당신이 불렀잖아. 까먹었어?"

"난 부른 적 없어."

"자동차. 내 자동차를 원한다며?"

"차고에 반납하라고 했지, 여기 들어오란 말은 안 했어. 당장 나가주게!"

보슈는 경위의 얼굴이 분노로 시뻘게지는 것을 보면서도 냉정을 유지할 수 있었다. 그는 이것을 스트레스가 감소하는 조짐으로 받아들였다. 주머니 속에서 자동차 열쇠를 꺼내어 파운즈 앞 책상 위에 뚝 떨어뜨린 뒤 그는 말했다.

"드렁크 탱크(임시 유치장-옮긴이) 정문 옆에 세워뒀어. 당신이 돌려받겠다는데 누가 말려. 그렇지만 차고에서 확인하고 받아야지. 그건 경찰 일이 아니야. 관료 찌꺼기나 하는 일이지."

보슈는 바닥에 놓아둔 가방을 집어 들고 돌아섰다. 과장실 문을 힘껏 열어젖히자 사납게 돌아간 문이 유리 패널을 꽝 때렸다. 사무실 전체가 흔들렸지만 부서진 것은 없었다. 카운터로 걸어간 그는 노인을 쳐다보지도 않고 말했다.

"미안해요, 헨리."

그리곤 프런트 홀을 향해 걸어갔다. 몇 분 후 그는 경찰서 앞 윌콕스 도로변에 서 있었다. 휴대전화로 부른 택시를 기다리고 있는데 방금 전에 그가 반납한 회색 카프리스와 똑같이 생긴 차가 굴러와 멈췄다. 안을 들여다보니 제리 에드거가 웃고 있었다. 창문을 내리고 그가 물었다.

"태워줄까 말까, 거친 친구?"

보슈는 문을 열고 올라탔다.

"라브레아 거리에 허츠 렌트카가 하나 있어."

"알아."

몇 분간 침묵 속에서 차를 몰던 에드거가 갑자기 낄낄 웃으며 머리를 흔들어댔다.

"왜 그래?"

"별거 아냐. 번즈 그 친구 말이야. 자네가 과장실로 들어가는 걸 보며 오줌을 지리는 것 같더라고. 자네가 곧 튀어나와 자네 책상에 앉은 자기를 차 던질 것 같았나 봐. 불쌍해서 못 봐주겠더라고."

"젠장, 그 생각을 못했네. 그랬어야 했는데."

다시 침묵이 찾아왔다. 그들을 태운 차는 선셋 대로에서 라브레아로 올라가고 있었다.

"해리, 중이 제 머리를 못 깎는다고, 자네가 꼭 그 짝이란 걸 아나?"

"그럴지도 모르지."

"손은 또 왜 그래?"

보슈는 화상 입은 손을 들고 붕대를 살펴보았다.

"아, 지난주에 데크를 고치다 망치로 때렸어. 더럽게 아프더군."

"자네 조심하는 게 좋아. 파운즈가 진짜 더럽게 나올 것 같던데."

"벌써 더럽게 나왔어."

"그 친구는 좀팽이야. 그냥 무시해버려. 자넨…."

"자네야말로 그들이 나한테 보내준 정신과 의사처럼 지껄이는군. 오늘은 자네한테 상담을 받아도 되겠어. 어떻게 생각해?"

"그 여자가 자네한테 입바른 소릴 좀 하는 모양이군."

"택시를 탈 걸 잘못했네."

"자넨 친구가 누군지 구분한 뒤 그들의 말에 귀를 좀 기울여야 해."

"저기 있네."

보슈가 렌터카 대리점을 가리키자 에드거는 차 속력을 줄인 뒤 그 앞에 세웠다. 보슈는 차가 완전히 서기도 전에 문을 열고 내렸다.

"해리, 잠깐만."

보슈가 돌아보자 에드거가 물었다.

"폭스란 놈은 무슨 짓을 한 거야? 그자가 누구지?"

"아직 말할 수 없어, 제리. 이런 식으로 가는 게 좋아."

"정말이야?"

보슈는 서류가방 속에서 전화기가 울리는 소리를 들었다.

"태워줘서 고마워."

그는 에드거에게 소리친 뒤 차문을 닫았다.

11 양방향 통행

전화는 〈LA 타임스〉의 케이샤 러셀이 걸어온 것이었다. 안치소에서 폭스에 관한 짤막한 기사를 찾아냈는데, 보슈를 만나 직접 전해주고 싶다는 것이었다. 그게 게임의 일부라는 걸 그는 알고 있었다. 협정체결의 한 과정인 셈이다. 시계를 보니 기사 내용을 미리 알아야 할 만큼 급하진 않았다. 러셀 기자에게 시내 팬트리에서 점심을 사겠다고 말했다.

40분쯤 후 식당에 도착해 보니 그녀가 먼저 와서 계산대 근처 자리에 앉아 있었다. 보슈가 맞은편에 앉자 그녀는 말했다.

"늦으셨네요."

"미안. 차를 렌트하느라고."

"차도 빼앗아 갔단 말예요? 심각한 모양이네."

"그 얘길 하러 만난 게 아니잖소."

"알아요. 여기 주인이 누군지 아세요?"

"그럼. 시장이죠. 그렇다고 음식이 나쁘진 않소."

러셀은 식당 안이 개미떼로 들끓기라도 하는 듯 입술을 일그러뜨리고 둘러보았다. 시장은 공화당원이었다. 〈LA 타임스〉는 민주당으로 기울었다. 그녀의 마음에 더욱 안 드는 것은 시장이 경찰국의 후원자란 사실이었다. 기자들은 그런 꼴을 못 봐준다. 지루하기 때문이다. 그들은 시청이 내분과 논란과 스캔들로 들끓길 원했다. 그래야 훨씬 더 재미있으니까.

"미안해요."

보슈가 말했다.

"고르키스나 좀 더 자유로운 곳을 권할 수도 있었는데."

"괜찮아요, 보슈. 그냥 당신을 좀 놀려본 것뿐이에요."

많아야 스물다섯 살 정도일 거라고 그는 생각했다. 검은 피부의 흑인 여성으로 아름답고 우아한 분위기를 풍겼다. 어디 출신인지 짐작할 수 없지만 LA는 아닌 것 같았다. 말투에서는 카리브해 연안 사람들의 억양이 묻어났다. 스스로 매끄럽게 잘 교정한 것 같지만 여전히 그런 느낌이 남아 있었다. 보슈의 이름을 부를 때도 그녀의 입을 통해 파장이 깨어지며 약간 이국적으로 들렸다. 그것이 마음에 들었다. 그래서 자기 나이의 절반을 약간 넘긴 어린 여자가 보슈라고 성만 마구 불러댔지만 그는 개의치 않았다.

"고향이 어디죠, 케이샤?"

"왜요?"

"왜냐고요? 나는 모든 것에 관심이 있기 때문이오. 당신은 경찰출입기자잖소. 내가 상대하는 사람이 누군지 알고 싶소."

"내 고향은 여기예요, 보슈. 다섯 살 때 자메이카에서 건너왔거든요. 남가주대학을 다녔죠. 당신은 어디 출신이죠?"

"여기요. 평생 여기서 살았지."

그는 노스캐롤라이나에서 9개월 동안 훈련받고 베트남으로 파병되어 땅굴 속에서 15개월 동안 베트콩과 싸우며 보냈다는 얘긴 입에 올리지 않기로 했다.

"손은 왜 그래요?"

"집에서 일하다가 다쳤소. 노는 동안 괴상한 일을 좀 하고 있죠. 그래, 브레머 자리를 꿰차고 경찰을 들락거리는 재미가 어때요? 그 친구 오랫동안 들락거렸는데."

"알아요. 그동안 힘들었지만 천천히 익혀가고 있어요. 친구들도 사귀고요. 당신도 제 친구가 되어 주세요, 보슈."

"그러죠. 그럴 수만 있다면. 자, 가져온 걸 좀 볼까요?"

러셀은 가져온 마닐라 파일을 테이블 위에 올려놓았다. 그러나 파일을 열려고 하자 왁스로 콧수염을 세운 대머리 웨이터가 주문을 받으러 왔다. 그녀는 계란 샐러드 샌드위치를, 보슈는 웰던 햄버거와 튀김을 주문했다. 여자가 이맛살을 찌푸리는 걸 본 그는 이유를 눈치채고 물었다.

"채식주의자로군요?"

"네."

"미안. 다음엔 당신이 장소를 정해요."

"그러죠."

여자가 파일을 열 때 보슈는 그녀의 왼쪽 손목을 장식하고 있는 여러 개의 팔찌들을 보았다. 여러 가지 밝은 색깔의 실로 꼰 것들이었다. 파일 안에는 조그마한 신문 쪼가리를 복사한 것이 들어 있었다. 쪼가리 크기로 보아 신문 뒷면에 파묻혀 있었던 짤막한 기사들 중 하나였던 것 같았다. 러셀이 그것을 보슈에게 건네주며 말했다.

"이게 당신이 찾는 자니 폭스 같아요. 나이는 일치하는데 내용은 당신이 설명했던 것과 달라요. 백인 쓰레기라고 말했잖아요."

보슈는 기사를 읽어보았다. 1962년 9월 30일자였다.

빵소니차에 희생된 선거운동원

몬테 킴 스탭 기자

토요일 로스앤젤레스 경찰이 발표한 바에 의하면 검찰총장 후보를 위해 뛰던 한 선거운동원(29)이 할리우드 거리에서 과속 차량에 치여 숨진 사고가 발생했다. 사망자의 신원은 할리우드 이바 거리의 한 아파트에서 살던 자니 폭스로 확인되었다. 경찰은 폭스가 할리우드 대로와 라브레아 거리에서 아노 콘클린을 지지하는 선거홍보물을 배포하며 도로를 건너다 과속 차량에 치여 숨졌다고 말했다. 폭스는 이날 오후 2시경 라브레아 남쪽 방향으로 길을 건너다 참변을 당한 것으로 알려졌다. 경찰은 폭스가 즉사한 것으로 보이며 그의 시체는 자동차에 의해 7~8미터쯤 끌려간 것으로 확인되었다고 말했다.

목격자들이 경찰에 제보한 바에 의하면, 폭스를 친 차량은 충돌 후 잠시 멈춰 서는 듯했으나 곧 전속력으로 달아났다고 한다. 라브레아 남쪽 방향으로 빵소니친 차를 경찰은 아직 찾지 못했고, 목격자들은 차량의 모델이나 제조회사를 정확히 설명하지 못했다. 경찰은 현재 수사가 진행 중이라고 한다.

콘클린 선거운동 본부장 고던 미텔 씨는 폭스가 선거운동에 참여한 지는 겨우 일주일밖에 안 되었다고 했다. 은퇴하는 검찰총장 존 찰스 스톡 밑에서 특별수사 팀장으로 일하는 콘클린은 사무실로 돌아오자 자신은 폭스를 만나본 적도 없지만 그의 죽음에 애도를 표한다고 말했다. 하지만 더 이상 언급하기를 거부했다.

보슈는 복사한 기사를 다 읽은 후에도 한참 동안 그것을 살펴보았다.

"몬테 킴이란 이 친구 아직 신문사에 다녀요?"

"농담하세요? 천 년 전 얘기예요. 그 시절엔 뉴스 룸에 하얀 셔츠를 입고 넥타이를 맨 백인 사내들만 앉아 있었다고요."

보슈는 자신이 입고 있는 셔츠를 살펴본 뒤 그녀를 쳐다보았다.

"미안해요."

케이샤 러셀이 말했다.

"암튼 그런 사람 없어요. 콘클린이란 사람도 모르고요. 내 앞 세대 사람이겠죠. 선거에선 이겼나요?"

"그럼. 재선까지 했던 걸로 아는데. 그다음에 검찰총장에 출마했다가 고배를 마셨든가 그랬소 아마. 난 그때 여기 없었지만."

"여기서 평생 살았다고 했잖아요."

"잠시 나갔다 왔거든."

"베트남이죠?"

"맞아요."

"당신 연배의 경찰들 중엔 베트남 다녀온 분이 많더군요. 경유지였나 봐요. 그래서 다들 경찰이 된 걸까요? 평소에도 총을 계속 가지고 다니고 싶어서?"

"그럴지도 모르죠."

"어쨌거나 콘클린이 살아 있다면 노인이 되었겠죠. 하지만 고던 미텔은 아직 건재해요. 잘 아시겠지만 시장과 함께 식사하는 사람들 중 한 명이죠."

러셀이 웃었지만 보슈는 무시하고 말했다.

"맞아요, 거물이 됐소. 그에 대한 기사는 어때요?"

"미텔? 모르죠. 시내 대형 로펌의 사장인데, 주지사와 상원의원들 같은 막강한 친구들을 거느리고 있어요. 최근엔 로버트 세퍼드의 자금관리를 해주고 있다는 소리도 들리더군요."

"로버트 세퍼드라고? 컴퓨터 재벌 말이오?"

"컴퓨터 재벌 정도가 아니죠. 신문 못 봤어요? 선거에는 출마하고 싶은데 자기 돈을 쓰고 싶진 않은 거죠. 그런 세퍼드를 위해 고던 미텔이 모금활동을 벌이고 있다더군요."

"무슨 선거?"

"세상에, 보슈. 신문도 안 읽고 TV도 안 봐요?"

"좀 바빴소. 무슨 선거 말이오?"

"병적으로 자기중심적인 사람이거든요. 대통령에 출마하고 싶겠지만 당장은 상원 의석을 노리고 있죠. 세퍼드는 제3당 후보 자리를 원해요. 공화당은 너무 우경화됐고 민주당은 너무 좌경화됐다는 주장이에요. 그 자신은 중도 노선을 취하고 있죠. 그가 제3당 후보로 뛸 수 있게 모금해줄 사람은 미텔밖에 없다고 들었어요."

"그러니까 미텔은 대통령이 되고 싶은 거로군?"

"그럴 거예요. 그런데 그에 대해선 왜 묻죠? 전 경찰출입 기자고 당신은 경찰이에요. 이것이 고던 미텔과 무슨 상관이 있죠?"

러셀은 복사한 기사를 가리키며 물었다. 보슈는 자기가 너무 많은 질문을 받았다는 사실을 깨달았다.

"그냥 몰라서 물어본 것뿐이에요. 한동안 신문들을 읽지 못했거든."

"신문들이 아니라 신문이겠죠."

러셀은 웃으며 말했다.

"시시콜콜한 기사들까지 다 따지지 않는 게 좋겠네요."

"기자가 한을 품으면 오뉴월에도 서리가 내린다면서?"

"그런 얘기도 있죠."

보슈는 그녀의 의혹을 해소해 주었다고 생각했다. 복사한 기사를 집어 들며 그는 물었다.

"후속기사는 없었소? 체포된 사람도 없고?"

"그런 것 같아요."

"이건 내가 가져도 돼요?"

"그럼요."

"안치소에 다시 가야 할 것 같지는 않소?"

"왜요?"

"콘클린에 관한 기사들 때문에."

"그건 수백 건도 넘을 텐데요, 보슈. 검찰총장을 두 번이나 했다고 했잖아요."

"그 자리에 당선되기 이전의 기사들만 필요해요. 시간이 나면 미텔에 관한 기사들도 좀 검색해 봐요."

"주문이 너무 많군요. 경찰을 위해 기사들을 검색하다 걸리면 골치 아파져요."

그녀가 입술을 삐쭉 내밀었지만 보슈는 못 본 척했다. 무슨 수작을 부리려고 하는지 잘 알고 있었기 때문이다.

"이런 작업을 하는 이유를 설명하고 싶지 않나요, 보슈?"

그래도 그는 말하지 않았다.

"그럴 줄 알았어요. 오후에 인터뷰가 두 건 있어서 가봐야 해요. 제가 할 수 있는 방법은 인턴사원을 시켜 그 기사들을 스크랩하게 한 뒤 경비원이 있는 글로브 로비에 놓아두면 당신이 찾아가는 거예요. 그래도 괜찮겠어요?"

보슈는 고개를 끄덕였다. 타임스 스퀘어에는 몇 차례 가본 적 있었다. 주로 기자회견 때문이었다. 한 블록을 다 차지할 만큼 큰 건물로 로비가 두 군데 있었다. 분수대가 있는 첫 번째 출입구로 들어가는 로비는 중앙 장식물이 쉴 새 없이 돌아가는 거대한 글로브(지구의)였다. 마치 뉴스가 쉴 새 없이 발생하듯이.

"봉투에 내 이름을 적어두면 당신한테 문제가 발생하지 않을까요? 경찰과 너무 친한 척하면 안 된다면서? 그쪽 규정에 위배되는 일일 텐데."

그의 냉소적인 말투에 여기자는 미소를 지었다.

"걱정 마세요. 편집자나 누가 물어보면 미래를 위한 투자라고 말할 테니까요. 잘 기억해야 해요, 보슈. 우정은 양방향 통행이라는 걸."

"염려 말아요. 절대 안 잊을 테니."

보슈는 테이블 위로 상체를 바짝 내밀고 러셀의 얼굴을 바라보며 말했다.

"당신도 기억해야 할 게 있어요. 내가 이 자료들의 용도를 설명하지 않는 이유는 이것들이 지닌 의미를 확실히 모르기 때문이오. 어떤 의미가 있다면 말이죠. 하지만 너무 궁금해하진 말아요. 여기저기 전화질도 하지 말고. 그러다 일을 망치게 될지도 몰라. 내가 다칠 수 있고, 당신도 다칠 수 있어요. 알겠죠?"

"알았어요."

콧수염에 왁스칠을 한 사내가 그들이 주문한 음식들을 들고 테이블 옆에 나타났다.

12 블루 앙스트

"오늘은 일찍 도착하신 것 같은데, 여기 있고 싶다는 신호로 봐도 되겠어요?"

카르멘 히노조스가 자기 책상에 앉은 채 물었다.

"꼭 그런 건 아니에요. 시내에서 친구랑 점심 식사를 했는데, 내친 김에 온 겁니다."

"친구랑 외출하셨다니 반갑군요. 좋은 일 같아요."

정신과 의사는 책상 위에 수첩을 펼쳐놓고 있었지만 두 손은 앞으로 모아 쥐고 있었다. 대화를 위협하는 것으로 해석될 수 있는 행동은 일절 하지 않겠다는 것처럼 보였다.

"손은 왜 그래요?"

보슈는 손가락에 감은 붕대를 살펴보았다.

"망치로 쳤어요. 집수리를 하고 있거든요."

"저런, 저런, 너무 심하지 않았으면 좋겠군요."

"괜찮을 거예요."

"정장 차림에 넥타이까지 매셨군요. 여기 오실 때는 그럴 필요가 없는데."

"아, 그냥 매일 하던 대로 했을 뿐입니다. 출근할 때도 항상 이런 옷차림이죠."

"그러시군요."

그녀는 커피나 물이라도 한 잔 할 거냐고 물어본 뒤 보슈가 사양하자 상담치료를 계속했다.

"오늘은 무슨 얘길 하고 싶으세요?"

"모르겠어요. 당신이 주도자니까 당신 맘이죠."

"우리 관계를 그런 식으로 보지 말아 주세요, 보슈 형사. 난 당신 위에 있지 않아요. 당신이 마음의 짐을 털어버리고 마음껏 얘기할 수 있도록 도와주는 사람일 뿐이에요."

보슈는 입을 다물었다. 자발적으로 얘기하고 싶은 생각은 전혀 없었다. 히노조스는 연필로 노란 메모지첩을 톡톡 두드리다 그에게 물었다.

"얘기하고 싶은 게 없나요?"

"생각나는 게 없네요."

"그러면 어제 일에 대해 얘기해 봐요. 제가 오늘 상담에 대해 알려주려고 전화했을 때 당신은 분명 화가 나 있었어요. 망치로 손가락을 때린 것이 그때였나요?"

"아닙니다."

그는 다시 입을 다물었지만 히노조스도 아무 말을 않자 조금만 물러서기로 했다. 그녀에게 호감을 느끼지 않을 수 없었다. 그녀는 어떤 위협도 가하지 않았고, 그를 돕고 싶다는 말에서도 진심이 느껴졌다.

"당신이 전화했을 때 나는 내 파트너가 이미 새 파트너를 맞았다는 걸 알았죠. 내 자리를 다른 형사가 벌써 꿰차버린 겁니다."

"그래서 당신 기분이 어땠나요?"

"당신도 들었잖소. 당연히 화가 났죠. 누구라도 그랬을 겁니다. 그 뒤에 파트너한테 전화를 했더니 날 대하는 태도가 영 트릿한 거예요. 내가 데리고 다니며 가르친 친군데 막상 그런 식으로 나오니까…."

"어떻던가요?"

"글쎄 뭐랄까, 영 씁쓸하더군요."

"알겠어요."

"아뇨, 모르실 겁니다. 당신이 그 기분을 알려면 내가 되어야 할 테니까요."

"그렇겠군요. 그렇지만 공감할 순 있죠. 그 문젠 그 정도로 해두고, 이런 질문을 하나 해볼까요? 당신의 파트너에게 새 파트너가 생길 것을 예상하지 못했습니까? 형사들은 짝을 지어 근무하도록 규정되어 있잖아요. 당신은 현재 무기한 정직 상태에 있고요. 당신 파트너에게 새 파트너가 정해지는 건 당연하지 않나요?"

"그렇겠죠."

"파트너와 함께 근무하는 것이 더 안전하잖아요?"

"그렇죠."

"당신 경험으로는 어때요? 혼자 뛰어들 때보다 파트너와 함께하는 편이 더 안전하게 느껴지지 않던가요?"

"더 안전하게 느껴졌어요."

"그처럼 불가피하고 논쟁의 여지도 없는 일에 대해 화를 낸 이유가 뭐죠?"

"그 때문에 화낸 건 아닙니다. 나를 화나게 만든 건 내 전화를 받은 파트너의 말투와 태도였어요. 이젠 별 볼일 없다는 식이었거든요. 그 친구에게 뭘 좀 해달라고 부탁했더니…."

"그가 뭐랬는데요?"

"망설이더라고요. 파트너는 안 그러거든요. 서로 안 그래요. 서로를 위해 존재하는 게 파트너죠. 결혼한 사이나 비슷해요. 난 아직 결혼해본 적은 없지만."

히노조스가 메모하는 것을 보며 보슈는 자기가 한 말 중 그렇게 중요한 게 뭘까 궁금한 생각이 들었다. 그녀는 계속 끼적이며 말했다.

"당신은 참을성이 좀 없어 보여요."

그 말에 보슈는 울화통이 불끈 치밀어 올랐지만 그대로 터트렸다간 그녀의 말을 인정하는 꼴이 된다는 걸 알았다. 어쩌면 그런 반응을 이끌어내기 위한 트릭일 수도 있었다. 그래서 성질을 가라앉히려고 애쓰며 절제된 목소리로 반문했다.

"다들 그렇지 않아요?"

"어느 정도까진 그렇죠. 당신에 관한 기록을 받아 보니 베트남전 시기에 군복무를 했던데, 전투 장면을 목격한 적 있나요?"

"전투 장면을 봤냐고요? 그럼요, 보고말고요. 전투 한가운데 있었죠. 아니, 전투 하에 있었다고 해야 하나. 사람들은 왜 걸핏하면 전투 장면을 본 적 있느냐고 묻죠? 무슨 멋진 영화라도 본 것처럼 말입니다."

카르멘 히노조스는 끼적이던 것도 멈추고 한동안 조용히 앉아 있었다. 그의 분노가 가라앉기를 기다리는 것 같았다. 보슈는 화가 이미 가라앉았으며 오히려 미안하다는 듯이 손을 내저으며 말했다.

"미안해요."

그녀는 여전히 아무 말 없이 바라보기만 했다. 여자의 시선이 무겁게 느껴지자 보슈는 사무실 벽에 둘러선 책장들로 고개를 돌렸다. 가죽장정의 두꺼운 정신의학 서적들이 빼곡하게 꽂혀 있었다.

"내가 미안해요, 민감한 부분을 건드려서. 그런 질문을 한 이유는…."

"그러기 위해 이런 상담을 하는 거 아닌가요? 당신은 그런 일을 할 수 있는 면허증을 가졌고, 난 그냥 속수무책이죠."

"그렇다면 받아들여요."

히노조스는 단호하게 말했다.

"이 얘긴 전번에 끝냈던 걸로 아는데요. 당신을 도우려면 당신에 대해 얘길 나눠야만 해요. 그걸 받아들여야 우린 앞으로 나갈 수 있어요. 내가 전쟁 얘기를 꺼낸 건 당신한테 외상 후 스트레스 장애에 대해 아는지 물어보기 위해서였죠. 그런 말 들어보신 적 있나요?"

보슈는 여자를 돌아보았다. 그녀가 무슨 얘길 하려는지는 빤했다.

"물론이죠. 들어본 적 있습니다."

"과거엔 그것이 전쟁에서 돌아온 군인들한테만 주로 나타났지만 이젠 전쟁뿐만 아니라 스트레스를 주는 모든 환경에서 발생할 수 있답니다. 모든 환경에서 말이죠. 그리고 당신은 그런 스트레스 장애의 살아 움직이는 모델이라고 말할 수 있어요."

"세상에…."

보슈는 머리를 절레절레 흔들었다. 의자에서 약간 돌아앉자 히노조스나 그녀의 책장이 시야에서 벗어났다. 그는 창문을 통해 하늘을 바라보았다. 구름 한 점 없었다.

"당신들은 이런 사무실에 앉아 고작 생각한다는 것이…."

그는 말을 끝마치지 않았다. 머리만 다시 흔들었을 뿐이었다. 그는 넥타이를 약간 느슨하게 풀었다. 목이 조여 공기를 충분히 들이마시지 못하는 것 같았다.

"내 말 좀 들어봐요, 보슈 형사. 이 도시에서 일어난 일들만 살펴봐요. 지난 수 년 동안 경찰보다 더 스트레스 주는 것을 생각해낼 수 있어요?

로드니 킹 사건과 그것을 초래한 악행과 철저한 조사, 폭동, 화재, 홍수, 지진 등을 겪은 경관들은 스트레스 관리에 대한 책이라도 써야 할 거예요. 물론 실수한 사례에 대해서 말이죠."

"살인범을 빠뜨렸소."

"난 진지하게 얘기하고 있어요."

"나도 진지해요. 뉴스에 나왔던 겁니다."

"이 도시에서 일어난 그 모든 사건과 재난의 중심에 있었던 사람이 누구죠? 경찰이었어요. 수습해야만 했던 사람들이죠. 끝날 때까지 집 안에 숨어서 기다릴 수 없었던 사람들 말입니다. 그런 일반적인 얘기에서 개인적인 얘기로 옮겨가자고요. 당신은 그런 모든 위기의 최전선에 섰던 도전자였어요, 보슈 형사. 동시에 경쟁력 있는 보직을 담당해 왔죠. 강도 살인반은 경찰국에서도 스트레스를 가장 많이 받는 곳이잖아요. 최근 3년 동안 수사한 살인사건이 몇 건이나 되죠?"

"나도 무슨 변명거리를 찾고 있는 건 아닙니다. 전에도 말했지만 나는 이 짓이 하고 싶어서 했다고요. 폭동이나 뭐 그런 것들과는 아무 상관없습니다."

"시체들을 대체 몇 구나 봤죠? 내가 묻는 말에만 대답해 줘요. 시체를 몇 구나 봤어요? 당신이 뉴스에 내보낸 과부들이 몇 명이나 되나요? 얼마나 많은 어머니들한테 그들의 죽은 아이들에 관한 소식을 전해야만 했죠?"

보슈는 두 손으로 자기 얼굴을 문질렀다. 이 여자로부터 숨고 싶다는 생각밖에 나지 않았다.

"많죠."

마침내 기어드는 목소리로 대답한 뒤 그는 길게 한숨을 토해냈다.

"대답해 줘서 고마워요. 당신을 코너로 몰려는 게 아니에요. 내 질문의 요지는 당신은 누구보다도 그런 상황들을 더 많이 겪어왔다는 겁니다. 거기엔 베트남에서 짊어지고 온 짐과 사랑하는 연인을 떠나보낸 상실감은 포함시키지 않았어요. 이유야 무엇이든 스트레스 장애를 보이고 있어요. 불 보듯 뻔한 사실이죠. 인내심 상실, 좌절감 극복 능력 부재, 심지어 상사를 폭행하는 일에 이르기까지."

그녀가 말을 멈추었지만 보슈는 입을 열지 않았다. 아직 할 말이 남았을 거라는 느낌이 들었기 때문이다. 역시 그랬다.

"다른 조짐들도 보여요."

정신과 의사는 계속했다.

"지진으로 파손된 집에서 떠나기를 거부하는 것은 당신 주위에서 일어나는 일들을 부정하는 형태로 감지될 수 있습니다. 신체적 증상도 드러나요. 최근에 거울을 들여다본 적이 있어요? 술을 너무 많이 마시고 있다는 건 물어보지 않아도 알겠군요. 당신 손도 그래요. 그건 망치로 때린 게 아니에요. 불붙인 담배를 손가락 사이에 낀 채 잠들었던 거죠. 그게 화상이란 것에 내 면허증을 걸어도 좋아요."

히노조스는 서랍을 열고 플라스틱 컵 두 개와 물병을 꺼냈다. 양쪽 컵에다 물을 따른 뒤 하나를 책상 위로 밀어주었다. 평화 제의. 보슈는 말없이 그녀를 바라보았다. 짙은 피로감이 몰려왔다. 동시에 그 자신을 그처럼 능숙하게 절개해버린 그녀의 솜씨에 감탄하지 않을 수 없었다. 여자는 물을 한 모금 마신 뒤 얘기를 계속했다.

"이런 것들은 모두 외상 후 스트레스 장애를 나타냅니다. 그렇지만 한 가지 문제점이 있어요. 그런 증상에 '후'라는 말을 사용하는 것은 스트레스 기간이 지났다는 뜻이죠. 여기서 일어난 사건이 아니에요. LA에서가 아니고, 당신 직업에서 발생한 일도 아니에요. 해리, 당신은 연속적으로 압력을 받는 밥솥이나 같아요. 숨 쉴 구멍이 필요하죠. 그래서 정직 처분을 내린 겁니다. 숨구멍을 터주기 위해. 회복하고 만회할 시간을 주기 위해. 그러니까 저항하지 말고 붙잡아요. 그게 내가 당신에게 해줄 수 있는 최상의 충고예요. 그것을 꽉 붙잡고 사용해요. 당신 자신을 구하라고요."

보슈는 무거운 한숨을 토해낸 뒤 붕대 감은 손을 쳐들며 말했다.

"면허증은 지킬 수 있겠네요."

"고마워요."

잠시 숨을 돌린 뒤 히노조스는 보슈를 달래려는 목소리로 얘기를 계속했다.

"당신이 또 한 가지 알아야 할 것은 당신은 혼자가 아니라는 사실이에요. 이런 상담치료를 받는 것을 부끄러워할 이유도 없고요. 지난 3년 사이에 경관들의 스트레스로 인한 사고가 급격히 증가했어요. 행동과학부는 시의회에 다섯 명의 심리학자 증원을 요청해 놓은 상태죠. 1990년도 상담치료 과정에서 우리에게 주어졌던 1천8백 건의 업무량이 작년엔 두 배 이상으로 늘어났어요. 그래서 여기서 일어나는 일에 대한 명칭까지 생겨났죠. 블루 앙스트(Blue angst: 우울한 고뇌-옮긴이)라고. 당신이 바로 그 증상이에요, 해리."

보슈는 미소를 지으며 그래도 아니라는 듯 고개를 저었다.

"블루 앙스트라. 왬보(Joseph Wambaugh: 미국 스릴러 소설가-옮긴이)의 소설 제목처럼 들리지 않아요?"

히노조스는 대꾸하지 않았다.

"그러니까 당신 말은 내가 제자리로 돌아갈 수 없다는 건가요?"

"난 그런 말 한 적 없어요. 단지 우리 앞에 할 일이 많이 쌓여 있다는 거죠."

"세계 챔피언한테 흠씬 두들겨 맞은 기분이네요. 자백을 안 하려고 버티는 놈이 있을 때마다 당신한테 전화해도 되겠소?"

"그렇게 말한 것만으로도 우린 시작할 수 있어요."

"내가 어떻게 하길 원하십니까?"

"난 당신이 여기 오고 싶도록 만들고 싶어요. 그게 전부예요. 그걸 벌이라고 생각지 말아요. 나와 맞서는 게 아니라 나와 함께 일한다고 생각하길 바라는 거죠. 함께 얘기할 때는 거리낌 없이 다 털어놓길 원해요. 생각나는 건 뭐든지. 숨기는 것 없이. 또 한 가지가 있어요. 술을 완전히 끊으라는 얘긴 아니지만 어느 정도 삼가야만 해요. 맑은 정신을 유지해야 하는데, 당신도 알다시피 전날 밤에 마신 술은 그다음 날까지도 영향을 미치잖아요."

"노력하겠소. 모두 다."

"내 요구는 그게 전부예요. 당신이 갑자기 의욕을 보이니 다른 생각이 나네요. 내일 오후 3시로 예약되어 있는 상담이 취소됐어요. 당신이 대체할 수 있겠죠?"

보슈는 망설이며 대답을 못했다.

"우린 이제야 잘 해낼 수 있을 것처럼 보이고, 내일 나오는 편이 유리할 거예요. 우리 일을 빨리 끝낼수록 당신도 빨리 업무에 복귀할 수 있죠. 어떡하실 거예요?"

"3시에요?"

"네."

"알았습니다. 나오죠."

"좋아요. 그러면 다시 대화로 돌아가죠. 뭐든 얘기하고 싶은 걸 꺼내봐요."

보슈는 상체를 앞으로 숙이고 물 컵을 집어 들었다. 히노조스를 바라보며 물을 한 모금 마신 뒤 컵을 내려놓았다.

"아무 얘기나 하라고요?"

"그럼요. 당신 삶 속이나 마음속에서 일어난 일들 중 얘기하고 싶은 걸 해봐요."

보슈는 한참 생각한 뒤에 말했다.

"어젯밤 코요테 한 마리를 봤습니다. 내 집 근처에서. 난… 취해 있었던 것 같아요. 그렇지만 분명히 봤습니다."

"그게 왜 당신한테 중요하죠?"

그는 적절한 대답을 생각해내려고 애썼다.

"모르겠어요. 이 도시의 계곡엔 이제 별로 남아 있지 않은 것 같아서…. 적어도 내가 사는 근방엔 말이죠. 그래서 코요테를 만날 때마다 어쩌면 이놈이 마지막일지도 모른다는 느낌이 들곤 했습니다. 아시겠어요? 마지막 코요테 말입니다. 그게 자꾸만 마음에 걸리는 거예요. 정말 그렇게 된다면 다시는 코요테를 못 보게 될 거라는 생각이 말입니다."

히노조스는 보슈가 그 자신도 모르는 게임에서 점수를 따내기라도 한 것처럼 고개를 끄덕였다.

"내가 사는 집 아래쪽 계곡에 코요테가 살고 있어서 가끔 보곤 했죠."

"어젯밤에 본 코요테가 그놈인 줄은 어떻게 알아요? 그리고 그놈이라고 말했는데, 암컷인지 수컷인지는 어떻게 알아요?"

"확실히는 모르죠. 짐작일 뿐이지."

"좋아요. 계속해 봐요."

"집 아래쪽 계곡에서 가끔 보이던 녀석이 지진 이후부터 모습을 감췄어요. 무슨 일을 당했는지 난 모르죠. 그러다 어젯밤 그 녀석을 본 겁니다. 가로등 불빛과 안개 속에서 털이 푸른빛을 띠고 있었죠. 녀석은 굶주린 것처럼 보였어요. 뭐라고 할까, 슬프고 동시에 위험해 보이기도 했습니다. 무슨 뜻인지 아시겠어요?"

"네, 알 것 같아요."

"그런데 집으로 돌아와서 잠자리에 들었는데도 녀석 생각이 끊이지 않는 겁니다. 그러다 손가락까지 지지게 됐죠. 담배를 붙여 들고 잠에 빠져들었거든요. 잠에서 깨어나기 전에 꿈을 꿨습니다. 마치 깨어 있는 상태에서 꾸는 백일몽 같았어요. 그 꿈속에서 코요테가 다시 나타났던 겁니다. 그런데 나와 함께 있었어요. 거기가 계곡인지 산인지 다른 어딘지는 잘 모르겠지만요."

보슈는 붕대 감은 손가락을 쳐들며 말했다.

"그 순간 '앗 뜨거라!' 싶었죠."

히노조스가 말없이 고개만 끄덕이자 그가 물었다.

"그 꿈에 대해 어떻게 생각하세요?"

"글쎄, 해몽은 내 전공이 아니지만 솔직히 그 꿈에 어떤 가치를 부여하긴 어렵겠군요. 그보다는 당신이 나한테 기꺼이 얘기하기 시작했다는 것이 진짜 가치 있는 일이라고 생각해요. 왜냐하면 상담에 임하는 당신의 자세가 180도 전환되었음을 보여주는 거니까요. 또 한 가지 가치 있다고 생각되는 점은 당신이 자신의 정체성을 그 코요테에게서 발견한 것이 분명하다는 거죠. 당신 같은 경찰도 많이 남아 있지 않을 것이고, 당신도 자신의 생존과 사명에 대해 똑같은 위험을 느끼고 있을 테니까요. 나도 잘은 모르지만, 당신이 한 말들을 생각해 봐요. 코요테가 슬프고 동시에 위험해 보인다고 했잖아요. 당신도 같은 처지라고 말할 수 있지 않나요?"

보슈는 컵의 물을 한 모금 마신 뒤 대답했다.

"전엔 슬펐지만 이젠 그 속에서 위안을 찾았소."

두 사람은 대화 내용을 되씹으며 잠시 침묵 속으로 빠져들었다. 히노조스가 손목시계를 들여다보더니 말했다.

“아직 시간이 좀 남았네요. 그 외에 또 얘기하고 싶은 건 없나요? 코요테 얘기와 관련된 얘기라도?”

보슈는 잠시 생각한 뒤 담배를 꺼내며 물었다.

“시간이 얼마나 남았는데요?”

“당신이 원하는 만큼. 시간은 걱정하지 마세요. 난 이 일을 하고 싶으니까.”

“사명에 대해 말한 적 있죠. 내 사명이 뭔지 생각해 보라고. 조금 전에도 그 말을 꺼냈잖아요.”

“그랬죠.”

그는 잠시 망설였다.

“내가 여기서 말한 내용은 보호받을 수 있습니까?”

여자는 눈살을 찌푸렸다.

“불법적인 얘기를 하려는 건 아닙니다. 그렇지만 여기서 얘기한 내용이 다른 사람들에게 전해지진 않는지 알고 싶어요. 일테면 어빙 같은 사람에게 말이죠.”

“그런 일은 없어요. 여기서 얘기한 내용은 여기서 끝나는 게 철칙이에요. 말씀드렸잖아요. 내가 어빙 부국장한테 올릴 보고서 내용은 당신 복직에 대해 한 줄로 압축한 의견뿐이라고요. 사실입니다.”

보슈는 고개를 끄덕이곤 잠시 동안 망설이다가 마침내 얘기하기로 결심했다.

“당신이 내 사명이나 당신 자신의 사명을 입에 올렸으니 하는 말인데, 사실 오랫동안 생각해온 것이 있습니다. 단지 내가 몰랐거나 받아들이지 않았을 뿐이었죠. 모르는 척 해왔을 수도 있고. 제대로 설명할 수가 없네요. 뭔가 두려워서 미뤄왔던지도 모릅니다. 수십 년 동안이나 말이죠. 암튼 내가 말하려는 건 이제 그것을 받아들였다는 겁니다.”

"무슨 얘긴지 못 알아듣겠군요. 해리, 솔직히 드러내놓고 얘기해 보시죠."

히노조스의 말에 그는 앞에 깔린 회색 양탄자로 시선을 던졌다. 그녀의 얼굴에 대고 얘기하기 어려워서 그는 양탄자를 내려다보며 말했다.

"난 고아였소. 아버지가 누군지는 아예 모르고, 어머니는 내가 어릴 때 할리우드에서 살해당했죠. 범인은 체포되지 않았고."

"그 살인범을 찾고 있군요?"

보슈는 그녀를 쳐다본 뒤 고개를 끄덕였다.

"지금은 그게 나의 사명인 셈이죠."

여자는 놀란 표정을 전혀 보이지 않았다. 보슈에겐 그게 오히려 놀라웠다. 마치 그가 방금 얘기한 것을 기다리고 있었던 것처럼 보였다.

"자세히 얘기해 봐요."

13 콘클린 특공대

보슈는 자기 집 식당 테이블에 수첩과 신문 스크랩을 꺼내놓고 앉아 있었다. 〈LA 타임스〉 기자인 케이샤 러셀이 인턴을 시켜 복사한 기사들이었다. 한 무더기는 아노 콘클린에 관한 기사들이고 다른 무더기는 고던 미텔에 관한 기사들이었다. 그 옆에는 보슈가 저녁 내내 감기약 시럽처럼 홀짝홀짝 마시던 맥주도 한 병 놓여 있었다. 지금은 맥주 한 병이 그에게 허용될 수 있는 최대의 주량이었다. 재떨이엔 담배꽁초가 수북했고 책상 주위엔 푸른 연기가 자욱했다. 담배만큼은 무한정 피우기로 했고, 히노조스도 흡연에 대해서는 아무 말도 하지 않았다.

그렇지만 보슈의 사명에 대해서는 히노조스도 말이 많았다. 그녀는 보슈에게 그 자신이 발견한 것과 대면할 준비가 더 완벽하게 갖춰질 때까지 행동을 중단하라고 단호하게 조언했다. 보슈는 그녀에게 이미 너무 깊숙이 들어와서 중단할 수 없다고 말했다. 하지만 보슈는 그녀가 한 말을 집으로 돌아오는 차 안에서 내내 생각하지 않을 수 없었고, 지금까지도 그것 때문에 마음이 불편했다. 그녀는 이렇게 말했다.

"이 일에 대해 깊이 생각하고 정말 자신이 원하는 건지 판단해야만 해요. 의식하든 않든 당신은 평생 동안 이 작업을 해왔어요. 당신의 존재 이유일 수도 있다는 거죠. 경찰로서, 살인반 형사로서 말예요. 어머님의 죽음을 밝히는 일은 경찰로서의 당신의 필요성을 밝히는 일이기도 해요. 그것이 당신의 의지와 사명감을 앗아갈 수도 있어요. 당신은 그에 대한 준비를 하든지, 아니면 아예 돌아서야만 해요."

보슈는 히노조스의 말이 옳다고 생각했다. 뿐만 아니라 평생 동안 그 생각을 가슴속에 품고 살아왔다는 것을 알았다. 어머니에게 일어났던 일은 그 이후 그가 한 모든 행동들을 정의하는 데 도움을 주었다. 그의 마음 어두운 구석에 늘 웅크리고 있었던 것은 살인자를 찾아내겠다는 약속, 복수하겠다는 약속이었다. 그렇지만 단 한 번도 그것에 대해 큰 목소리로 말한 적이 없고 집중적으로 생각해본 적도 없었다. 약속을 지키려면 계획이 필요한데, 그 일은 늘 우선순위에서 밀려나 있었기 때문이다. 하지만 그 자신이 지금 하고 있는 일은 불가피한 것이며 오래전부터 보이지 않는 손에 의해 인도되어 왔다는 강렬한 느낌을 가지고 있었다.

보슈의 생각은 히노조스를 떠나 한 가지 기억에 초점을 맞추었다. 그는 수면 아래서 눈을 뜨고 풀장 위쪽의 불빛을 쳐다보고 있었다. 그러자 위쪽에 선 어떤 물체에 의해 불빛이 가려졌다. 흐릿하고 검은 천사의 그림자가 어른거렸다. 그는 바닥을 차고 그 그림자를 향해 올라갔다.

보슈는 맥주병을 들고 남은 맥주를 한입에 들이켰다. 그리곤 눈앞에 펼쳐놓은 신문 기사에 정신을 다시 집중했다. 아노 콘클린이 검찰총장이란 감투를 쓰기 이전에도 자주 신문에 오르내렸다는 사실이 보슈를 놀라게 했다. 기사들을 읽어보니 대개가 콘클린이 법정에서 검사 업무를 수행한 일상적 내용들이었다. 하지만 그가 취급한 사건들을 통해 그의 인격이나 검사 스타일을 짐작해볼 수 있었다. 널리 알려진 일련의 사건들을 담당하면서 대중의 시선을 사로잡았고 검찰청 내에서도 성과를 높였던 것이 분명했다.

기사들은 사건 발생 순서대로 철해져 있었는데, 첫 번째 것이 1953년에 한 여자가 자기 부모를 독살하여 자동차 트렁크에 처박은 채 차고 안에 방치했던 사건이었다. 한 달쯤 지나자 악취를 못 견딘 이웃 사람들이 경찰에 신고를 했다. 콘클린 검사에 대한 언급은 그 사건에 대한 여러 기사에서 나타났다. 그를 '멋쟁이 차장 검사'라고 표현한 기사도 있었다. 그 사건은 정신착란 방어(Insanity defense: 정신장애에 따른 피고 무죄항변 사유—옮긴이)의 선례 중 하나로서, 피고측 변호인은 여자의 지능이 현저히 떨어진다고 주장했다. 그러나 기사의 숫자로 봐서 사건에 대한 시민들의 분노로 인해 배심원들이 유죄 평결을 내리는 데는 반 시간도 안 걸렸을 것 같았다. 피고는 사형선고를 받았고, 국민의 안전을 지키고 정의를 추구하는 콘클린의 공적 지위는 확고해졌다. 선고 이후 기자들과 얘기하는 그의 모습을 담은 사진도 있었다. 그를 멋쟁이 차장 검사라고 표현했던 기사처럼 그는 정말 완벽해 보였다. 짙은 색 양복에 조끼를 받쳐 입고 짤막한 금발에 매끈하게 면도한 얼굴. 호리호리하게 큰 키에다 성형외과에 수천 달러는 갖다 바쳤을 것 같은 배우처럼 잘생긴 얼굴. 아노 콘클린도 제 나름대로는 스타였다.

스크랩에는 첫 번째 기사 외에도 여러 건의 다른 살인사건 기사들이 함께 철해져 있었다. 콘클린은 그 모든 사건에서 승소했다. 그리고 언제나 극형을 요청했고 사형선고를 받아냈다. 보슈는 그가 50년대 후반부터 승승장구하여 차장 검사로 승진한 뒤 50년대 말에는 지방검찰청 고위직인 검찰총장이 되었다는 것을 알았다. 그런 식으로 단기간에 샛별처럼 떠오른 존재였다.

한 기자회견에서 지방검사 찰스 스톡이 콘클린에게 특별수사팀을 맡겨서 LA 카운티를 위협하고 있는 복잡한 마약 문제들을 처리하도록 했다는 보고서가 있었다. "나는 항상 가장 어려운 문제들만 들고 아노 콘클린을 찾아갔었죠."라고 지방검사는 말했다. "그런데 또 그를 찾아갑니다. 로스앤젤레스 지역사회 주민들은 깨끗한 사회를 원하고 있고, 다행히도 우린 그런 사회를 만들 수 있어요. 우리 손을 필요로 하는 사람들은 LA를 떠나라고 충고하고 싶군요. 샌프란시스코는 그들을 받아줄 겁니다. 샌디에이고도 받아줄 거고요. 그렇지만 천사의 도시는 그들을 받아주지 않을 겁니다!"

그다음으로는 지난 수 년 동안 단속해온 도박장, 파이프 댄, 사창가, 거리의 매춘행위에 대한 기사들이 요란한 헤드라인들을 달고 이어졌다. 콘클린은 카운티 내의 모든 경찰서에서 차출한 40명의 수사관들로 편성된 특별수사팀을 지휘했다. 〈LA 타임스〉가 "콘클린 특공대"라 호칭한 특별수사팀의 주요 타깃은 할리우드였지만, 법의 채찍은 카운티 내의 모든 악당들에게 가해졌다. 적어도 신문기사가 전하는 말에 의하면, 롱비치에서 사막 지역에 이르기까지 못된 짓을 해서 먹고살던 놈들은 모조리 움츠러들었다. 보슈는 콘클린의 도덕특공대가 겨냥했던 마약사범 단속도 마찬가지로 실시되었을 것이고, 그물에 걸려든 자들은 기껏해야 밑바닥 인생들이나 대체가능한 종업원들뿐이었을 거라고 확신했다.

스크랩에 철해진 콘클린의 마지막 기사는 1962년 2월 1일자로 발표한 그의 검찰총장 출마에 관한 내용이었다. 그는 위대한 사회를 위협하는 악덕 행위를 카운티에서 몰아내자는 운동을 다시 강조했다. 보슈는 콘클린이 올드 다운타운 법원 건물 계단에서 엄숙하게 행한 연설문의 일부가 이미 잘 알려진 경찰 철학임에도 불구하고 마치 그 자신이나 연설문 작성자가 새로 생각해낸 내용처럼 도용되고 있다는 걸 알았다.

> 사람들은 가끔 나에게 묻습니다. "웬 소란이야, 아노? 이런 범죄엔 피해자가 없잖아. 한 남자가 도박을 하거나 돈 내고 여자와 자고 싶다는데 그게 왜 나쁘지? 피해당한 사람이 없잖아?" 자, 여러분, 그게 왜 나쁜지, 또 피해자가 누군지 제가 말씀드리겠습니다. 우리들이 바로 피해잡니다. 우리 모두가요. 그런 행위를 용인하면, 그래서 우리가 잠시 한눈을 팔기만 하면, 그것은 우리 모두를 약화시킵니다. 우리 모두를 말이죠.
>
> 저는 그것을 이렇게 봅니다. 이런 사소한 범죄들은 마치 빈집의 깨어진 창문 하나와도 같다고 말이죠. 큰 문제처럼 보이진 않아요, 그렇죠? 아닙니다. 그 창문을 수리하지 않으면 아이들이 지나가다 보고 아무도 개의치 않는 줄 알고 돌을 던져 다른 유리창들을 깨기 시작합니다. 그다음엔 도둑이 거리를 지나가다 보고 역시 아무도 없는 줄 알고 침입하게 될 겁니다. 주인이 일하고 있는 동안 집에서는 이런 일들이 벌어질 수 있다는 거죠.
>
> 그다음엔 다른 악당이 찾아와 건너편 도로에 세워둔 자동차들을 훔쳐갑니다. 이런 일들이 계속해서 일어나죠. 그러면 주민들은 자기 이웃을 무관심한 눈으로 보게 됩니다. 아무도 신경 쓰지 않는데 난들 알게 뭐야? 그렇게 생각하며 그 달을 보낸 뒤 잔디 깎을 때나 되어서야 눈길을 한 번 주죠. 모퉁이에서 악동들이 담배를 피우고 있어도 학교로 돌아가란 말도 하지 않습니다. 그렇게 조금씩 썩어가는 거죠. 이런 일들이 이 위대한 나라 도처에서 일어나고 있습니다. 우리 정원을 잠식해 들어오고 있는 잡초들처럼 말이죠. 여러분, 제가 검찰총장이 되면 그 잡초들을 뿌리째 뽑아버릴 것입니다.

기사는 콘클린이 자기 사무실에서 일하던 젊은 "선동가" 미텔을 선거운동 본부장으로 선정했다는 내용으로 끝을 맺었다. 그는 고던 미텔이 검찰청에서 사직하는 즉시 자기를 위해 일할 것이라고 발표했다. 보슈는 그 기사를 다시 읽다가 처음 읽을 땐 보지 못했던 내용을 발견하곤 갑자기 몸이 굳었다. 그것은 두 번째 단락이었다.

일반에게나 지면상으로도 잘 알려진 아노 콘클린이 공직에 출마하는 것은 이번이 처음이다. 핸콕 파크에서 거주하는 35세 독신남인 그는 출마를 위해 오랜 기간 준비해왔으며 존 찰스 스톡 현 검찰총장의 지지를 받고 있다고 말했다. 은퇴를 앞둔 스톡도 이날 기자회견에 함께 참석했다.

보슈는 수첩 속에서 전에 적어둔 명단을 찾아 콘클린 이름 뒤에 "핸콕 파크"라고 적어 넣었다. 대단한 건 아니지만 캐서린 리지스터가 한 얘기를 확인해 주는 작은 단서였다. 보슈에겐 그것만으로도 충분했다. 적어도 물줄기는 잡았다는 느낌이 들었던 것이다.

"위선자!"

그는 욕설을 내뱉으며 수첩에 적힌 콘클린이란 이름에 동그라미를 쳤다. 그리곤 무의식적으로 동그라미를 계속 치며 머릿속으로 다음 행동을 계획하고 있었다.

마저리 로우의 마지막 행선지로 알려진 곳이 핸콕 파크의 파티 장소였다. 캐서린 리지스터의 말에 의하면 콘클린을 만나러 갔다고 하는 편이 더 정확했다. 마저리가 피살된 후 콘클린은 형사들에게 사건을 수사하도록 지시했지만, 목격자나 주위 사람들과 면담한 기록이 전혀 남아 있지 않았다. 여러 사실들의 상관관계를 따져봐야 알겠지만, 그것만으로도 보슈는 맨 처음 살인사건 파일을 뒤져봤던 날 밤에 품었던 의혹이 더 깊어지고 견고해지는 느낌이었다. 어쩐지 이 사건은 처리가 잘못되었고 구린 냄새를 피우고 있었다. 콘클린이란 놈도 생각하면 생각할수록 악당이란 확신이 들었다.

보슈는 의자 등받이에 걸쳐놓은 재킷 주머니에서 작은 전화번호부를 꺼내들고 부엌으로 건너가 로저 고프 차장검사 집으로 전화를 걸었다. 고프도 보슈처럼 테너 색소폰을 엄청 좋아하는 친구였다. 둘은 많은 날을 법정에 나란히 앉아 재판을 겪었고, 그보다 더 많은 밤을 재즈 바의 의자에 나란히 앉아 시간을 보냈다. 고프는 검찰청에서만 30년 가까이 근무한 구닥다리 검사였다. 검찰청 안에서나 밖에서나 정치적 야심 같은 걸 드러낸 적이 없었다. 그냥 자기 직업을 좋아할 뿐이었고, 그 일에 질려본 적이 없는 희귀한 남자였다. 무수한 차장검사들이 검찰청으로 왔다가는 진이 빠져 일반 기업으로 탈출하는 것을 지켜보면서도 로저 고프는 제자리를 지켰다. 지금 그는 형사법원 건물에서 자기보다 스무 살이나 어린 검사들과 국선변호사들을 상대로 일하고 있었다. 집요하면서도 강직한 성격이 다운타운 법조계와 법집행기관 내부에서 그를 전설적인 존재로 만들었다. 그는 보슈가 무조건 존경할 수 있는 몇 안 되는 검사 중 한 명이기도 했다.

"로저, 해리 보슈예요."

"웬일이야. 그래 어떻게 지내?"

"잘 지내죠. 뭐하고 있어요?"

"다들 그러듯 텔레비전 보고 있지, 뭐. 자넨 뭐하고 있나?"

"아무것도 안 해요. 그냥 멍하니 생각하고 있죠. 글로리아 제프리스 기억해요?"

"글로리아? 물론 기억하지. 그러니까 그 여자가… 맞아, 오토바이 사고로 사지가 마비된 남편을 죽인 여자 아냐, 그렇지?"

그 사건을 떠올리며 고프는 자신의 노란 메모첩을 뒤적이고 있는 것 같았다.

"남편 간호가 지겨워진 그 여잔 어느 날 침대에 누워 있는 남편 얼굴을 깔고 앉아 질식사시켰지. 하마터면 자연사로 처리될 뻔했는데 해리 보슈라는 형사가 끝까지 의심을 거두지 않았어. 그는 결국 글로리아가 모든 걸 털어놓았다는 증인을 찾아냈지. 배심원단을 사로잡은 결정적 증언은 글로리아가 그 증인에게 '질식사하는 순간 내가 뭘 느꼈는지 알아? 그 인간이 내게 한 번도 준 적이 없는 오르가슴을 처음으로 느꼈다고!'라는 말이었지. 어때, 내 기억 끝내주지?"

"진짜 끝내주네요."

"그래, 그 여자가 어쨌다는 건가?"

"프론테라에서 나옵니다. 보석 심의 중이에요. 그래서 서신을 한 통 작성할 시간이 있는지 알아보려고요."

"젠장, 벌써 그렇게 됐나? 그게 언제였지? 3, 4년 됐나?"

"한 5년 되어 갑니다. 그 여자도 이젠 성서를 받았고 다음 달 보석위원회로 넘어간다는 얘길 들었어요. 나도 편지를 쓰겠지만 검사 서신도 도착하면 좋을 것 같아서요."

"걱정 말게. 내 컴퓨터에 표준 양식이 있으니까. 이름과 죄목을 바꾸고 끔찍한 세부 사항 몇 줄만 입력하면 돼. 기본 내용은 너무 극악무도한 범죄라 아직은 사면을 고려할 때가 아니라는 거지. 내일 당장 보내겠네. 보내면 효과는 항상 최고지."

"그럼요. 감사합니다."

"당국은 그 여자들한테 성서를 주는 것을 중단시켰다더군. 보석위원회에 오면 모두 독실한 신자처럼 된다는 거야. 그곳 청문회에 나가본 적 있나?"

"두어 번요."

"시간 나면 그들과 한나절만 같이 있어 보게. 특별히 위험하단 느낌이 들지 않을 때가 많아. 맨슨 집안의 딸이 하나 들어갔을 때 그들이 나를 프론테라로 보낸 적 있지. 그런 거물일 경우에는 편지 대신 사람을 보내거든. 그래서 십여 차례 내가 나가 그 여자가 나오길 기다리곤 했어. 그런데 모두가 고린도서와 요한계시록, 마테, 바울, 요한 3장 16절, 요한 여기저기를 인용하더군. 그런데 그게 먹힌다니까! 웃기게도 먹혀. 보석위원회의 그 늙다리들은 그런 개똥 같은 소릴 귀담아들더라고. 게다가 이런 여자들이 자기들 앞에서 설설 기는 걸 보며 사타구니 물건을 세우는 것 같기도 했어. 암튼 자네가 날 부추겼네, 해리. 그러니까 자네 잘못이야. 내 잘못이 아니라."

"그 점은 미안해요."

"괜찮아. 또 다른 뉴스는 없나? 요즘 법원에서도 안 보이던데, 나하곤 무슨 볼일이 없나?"

그 질문은 보슈가 기다리던 것이었다. 고프가 그렇게 말하면 자연스럽게 아노 콘클린에 관한 대화로 이끌 수가 있다.

"네, 요즘 좀 한가해요. 참, 한 가지 물어볼 게 있어요. 아노 콘클린이란 사람 알아요?"

"아노 콘클린? 당연히 알지. 날 고용했던 사람이야. 그에 관해 뭘 알고 싶은데?"

"없어요. 그냥 캐비닛을 정리하다 옛날 파일 속에서 신문 스크랩을 발견했죠. 그 사람에 대한 기사들이었는데 당신 생각이 나더군요. 시작한 시기가 비슷했거든요."

"그래, 아노 그 친구 좋은 놈이 되려고 애는 썼지. 내 취향에 비하면 약간 높고 막강한 편이긴 했지만 대체로 괜찮은 사내였어. 특히 정치가이자 법조인이었다는 점을 감안한다면 말이지."

고프는 자기 혼자 신나 껄껄 웃었지만 보슈는 침묵하고 있었다. 고프는 과거시제를 사용하고 있었다. 현재에 대한 묵직한 느낌이 가슴을 가득 채우며 복수심이 얼마나 강렬할 수 있었는지 그제야 실감되었다.

"그 사람 죽었어요?"

보슈는 눈을 감았다. 자신도 모르게 목소리에 다급함이 묻어난 것을 고프가 눈치채지 못했기를 바랐다.

"오, 아니야. 안 죽었어. 내가 그를 알았을 때 그랬다는 뜻이지. 그땐 좋은 사람이었어."

"그럼 아직 어디서 법조계 일을 하고 있나요?"

"아니야, 이젠 늙어서 은퇴했어. 일 년에 한 번씩 휠체어에 실려 검사들의 만찬장에 나타나곤 하지. 손수 아노 콘클린 상을 수여하기도 하고 말이지."

"그게 무슨 상인데요?"

"믿기 어렵겠지만 그해의 행정 검사에게 수여하는 상패라네. 나무판대기에 청동판을 입힌 건데 그 친구가 남긴 유산이지. 한 해 동안 법원에 발걸음을 하지 않은 검사에게 준다는데 부서장들 중 한 사람에게 항상 돌아간다더군. 어떤 기준으로 뽑는지는 나도 몰라. 1년 동안 검찰총장에게 알랑방귀를 가장 안 뀌는 놈을 찍는지도 모르지."

보슈는 웃음을 터트렸다. 그 말이 그렇게 웃겨서가 아니라, 콘클린이 아직 살아 있다는 사실에 안도해서였다.

"웃을 일이 아니야, 해리. 마땅히 슬퍼해야 할 일이라고. 행정 검사라니, 그런 소리 들어본 적이나 있어? 모순어법이지. 앤드루와 그의 시나리오처럼. 그 친구가 스튜디오 사람들을 창의적 운영진이라 부르거든. 고전적 모순이지. 또 시작이군, 해리. 자넨 또 나를 부추기고 있어."

보슈는 앤드루가 로저 고프의 룸메이트란 건 알지만 한 번도 만나본 적 없었다.

"미안해요, 로저. 그런데 콘클린이 휠체어에 실려 나온다는 말은 무슨 뜻입니까?"

"아노 말인가? 말 그대로 휠체어 신세를 지고 있다는 뜻이지. 늙은이라고 했잖아. 노인들을 수발해 주는 은퇴자 전용 아파트에 산단 소릴 들었어. 파크 라브레아에 있는 전형적인 아파트지. 언젠가는 한 번 방문하겠다고 늘 말은 하지. 옛날 나를 고용해준 것에 대해 감사하며 말이야. 자칫하다 내가 그런 상을 받게 될지도 모르잖아."

"꽤 재미있는 사람이군요. 고던 미텔이 그의 앞잡이 노릇을 했다고 하던데."

"맞아. 문밖에 세워둔 불독이었지. 그의 선거운동 본부장이었어. 미텔은 그렇게 출발했어. 난 그자가 법조계에서 정계로 옮긴 걸 기쁘게 생각해. 그런 놈과 법정에서 맞서면 기분 정말 엿 같을 거야."

"나도 그런 얘기 들었어요."

"자네가 들은 얘기의 두 배라고 생각하면 될 거야."

"미텔을 아세요?"

"지금은 몰라. 그때도 잘 몰랐지만. 그저 조금 아는 정도였지. 내가 검찰청에 들어갔을 때 그는 이미 나간 후였거든. 그렇지만 이러저런 얘기들이 돌아다녔어. 아노가 예상 후계자임을 다 알고 있던 그때부터 많은 모략들이 난무했지. 그다음 자리를 차지하려는 자가 하나 있었어. 이름이 싱클레어였던 것 같은데, 아노의 선거운동에도 뛰어들 참이었어. 그런데 어느 날 밤 청소부 아줌마가 그의 책상을 닦다가 압지 밑에서 포르노 사진들을 발견한 거야. 내부감사 결과 그 사진들은 다른 검사의 사건 파일에서 도난당한 것들로 밝혀졌어. 싱클레어만 날벼락을 맞았지. 그는 끝까지 미텔이 꾸민 짓이라고 주장했어."

"그가 꾸민 짓이라고 생각하세요?"

"응. 미텔의 스타일이 그렇거든. 그렇지만 알 수 없는 일이지."

보슈는 그만하면 지나가는 얘기나 가십으로는 충분하다는 느낌이 들었다. 더 이상 캐고 들면 고프도 의심을 품게 될 것이다. 그래서 화제를 돌렸다.

"그래, 어떻습니까? 오늘 밤은 막을 내린 건지 아니면 캐털리나에서 바람이라도 쐬고 싶은가요? 시내 레드먼즈에서 레노 쇼를 한다던데. 그와 브랜포드가 와서 야간 무대에 앉으면 틀림없이 입장료가 있을 겁니다."

"솔깃한데, 해리. 그렇지만 오늘은 앤드루가 만찬을 준비 중이라 집에 있어야 할 것 같아. 그 친구는 그걸 정말 중요하게 생각하거든. 괜찮겠나?"

"그럼요. 나도 오래 있진 않을 겁니다. 쉬어야 하거든요."

전화기를 내려놓자 보슈는 수첩을 책상 위에 펼쳐놓고 고프와 대화한 내용 중 중요한 부분을 기록했다. 그리곤 미텔에 관한 기사 스크랩을 앞으로 끌어당겼다. 미텔은 한참 후에야 명성을 얻었기 때문에 이 기사들은 콘클린의 기사들보다 최근 내용들을 담고 있었다. 미텔에겐 콘클린이 사다리의 첫 단계였다. 대부분의 기사들은 미텔이 비벌리힐스에서 벌어진 다양한 경축행사에 참석했다거나 선거운동이나 자선 만찬을 주관했다는 등의 얘기였다. 처음부터 그는 웨스트사이드 소수 부유층에 그물을 던지고 싶어 하는 정치가나 자선단체 사람들처럼 자금 담당으로 출발했던 것이다. 그는 공화당과 민주당 양쪽에 다리를 걸치고 있었고, 그것은 별로 문제되지 않았던 것처럼 보였다. 그렇지만 보다 광역의 후보자들을 위해 일하기 시작하면서 그의 경력도 함께 성장했다. 현 주지사가 그의 고객이 되었다. 다른 서부 주 출신 하원의원과 상원의원 몇 명도 고객으로 확보했다.

여러 해 전의 그의 프로필이 헤드라인 아래 찍혀 있었는데, 물론 그의 협조를 받진 않았겠지만 '대통령의 주요 자금담당'이라고 되어 있었다. 기사 내용은 미텔이 대통령의 재선을 돕기 위한 캘리포니아 주 기부자 명단에 올랐다는 것과, 그 주가 전국 선거운동 자금계획에 하나의 초석을 이루었다는 것이었다.

기사는 또한 유명세를 드러내는 정계에서 미텔이 은둔자에 지나지 않는 것은 아이러니라고 지적했다. 미텔은 각광 받기를 싫어하는 막후 실력자였다. 지금까지 그는 자기가 선거를 도와준 사람들이 제의한 이권들을 수없이 거절해왔다. 대신 그 자신이 설립 파트너이기도 한 강력하고 자금력이 풍부한 '미텔, 앤더슨, 제닝스 & 라운트리' 로펌이 있는 로스앤젤레스에 머물기로 했다.

그렇지만 보슈가 보기에는 예일대학을 나온 이 법조인은 법과는 별로 상관이 없는 사람 같았다. 그는 미텔이 여러 해 동안 법정에 한 번이라도 들어온 적이 있을지 의심스러웠다. 그러자 보슈는 아노 콘클린 상이 생각나서 미소 지었다. 미텔이 검찰청을 나간 것이 너무 애석하게 느껴졌다. 언젠가는 그 상의 주인이 되고도 남았을 인물인데 말이야.

프로필과 함께 사진도 한 컷 실려 있었다. 미텔이 LA 공항에서 에어포스원 계단 아래에 서서 그 당시 대통령을 맞이하는 사진이었다. 몇 년 전 기사이긴 하지만 사진 속의 미텔 모습이 너무 젊어 보여서 보슈는 깜짝 놀랐다. 그는 기사를 다시 훑어보며 미텔의 나이를 확인했다. 얼핏 계산해 보니 지금은 예순 살쯤 된 것 같았다.

보슈는 신문 스크랩을 밀쳐놓고 일어났다. 데크로 나가는 미닫이문 앞에 서서 고개를 넘어가는 자동차 불빛들을 한참 동안 응시했다. 그는 서른세 살의 환경에 대해 생각하기 시작했다. 캐서린 리지스터의 말에 의하면 콘클린은 마저리 로우를 알고 있었다. 살인사건 파일을 보면 콘클린은 이유는 알 수 없지만 그녀의 파살 사건을 수사했던 것이 분명했다. 그런데 역시 알려지지 않은 이유로 사건을 덮어버린 것이 분명했다.

그런 일이 일어났던 것은 콘클린이 검찰총장 출마를 선언하기 불과 석 달 전이었고, 수사의 핵심인물인 자니 폭스가 그의 선거운동원으로 활동하다 죽은 지 1년도 채 되지 않은 시점이었다.

보슈는 선거운동 본부장이었던 미텔은 분명 폭스를 알고 있었을 것이라고 생각했다. 따라서 콘클린이 했던 일이나 알고 있었던 일은 무엇이든, 그의 선거운동 본부장인 미텔도 알고 있었을 것이란 결론에 도달했다.

보슈는 테이블로 돌아가서 수첩 속의 명단을 펼쳐 놓았다. 그리고 이번엔 볼펜을 집어 미텔의 이름에도 동그라미를 쳤다. 그러자 맥주를 한 병 더 마시고 싶은 충동이 일었지만, 그는 담배 한 대로 가라앉혔다.

14 관료주의의 벽

아침이 되자 보슈는 LA 경찰국 인사과로 전화를 걸어 클로드 에노와 제이크 매키트릭 형사가 아직 현역으로 뛰고 있는지 체크해 달라고 요청했다. 지금까지 경찰에 몸담고 있을 것으론 생각되지 않지만 확인할 필요가 있었다. 무턱대고 찾아 나섰다가 둘 중 하나라도 현재 근무 중인 것을 알게 되면 당혹스러울 것이다. 직원은 급여 명부를 체크한 뒤 그런 경관은 재직하지 않는다고 대답했다.

보슈는 하비 파운즈 경위 흉내를 또 좀 내야겠다고 생각했다. 새크라멘토에 있는 차량등록국으로 전화한 뒤 경위의 이름을 팔아 미즈 샤프를 다시 찾았다. 전화기를 들고 "여보세요." 하고 묘하게 잡아 비트는 목소리만 듣고도 그녀가 그 자신을 기억하고 있다는 걸 알 수 있었다.

"미즈 샤프?"

"그 여자를 찾으셨다면서요, 아닌가요?"

"그랬죠, 확실하게."

"그래서 이렇게 대령했죠, 확실하게. 뭘 도와드릴까요?"

"말하자면 난 우리 사이의 울타리를 허물고 싶은 겁니다. 운전면허증을 확인해야 할 자가 두어 명 있는데, 당신을 통하면 더 빨리 처리할 수 있고 우리 사이의 업무관계도 회복할 수 있지 않을까 생각했죠."

"자기, 우리 사이에 업무관계 같은 건 없어요. 잠시만 기다려요."

그녀는 보슈가 뭐라고 대꾸하기도 전에 버튼을 눌러버렸다. 전화가 너무 오래 통하지 않자 파운즈를 엿 먹이려던 계획이 말짱 도루묵이 되는 거 아닌가 싶었다. 마침내 다른 여직원이 나오더니 도와드리라는 미즈 샤프의 지시를 받았다고 말했다. 보슈는 파운즈의 일련번호를 대고 고던 미텔과 아노 콘클린, 클로드 에노와 제이크 매키트릭의 현주소를 확인해 줄 것을 요청했다.

다시 기다려야 했다. 전화기를 어깨와 귀 사이에 끼우고 기다리면서 그는 스토브 위에 팬을 올려놓고 계란 프라이를 만들기 시작했다. 하얀 토스트 위에 계란 프라이를 놓고 냉장고에서 콜드 살사 소스를 꺼내어 뿌린 뒤 샌드위치를 만들었다. 그리곤 싱크대에 기대어 서서 소스가 흐르는 샌드위치를 베어 물었다. 입가를 훔친 뒤 두 잔째 커피를 따르고 있을 때 마침내 여직원이 다시 나왔다.

"오래 기다리게 해서 죄송합니다."

"괜찮소."

보슈는 자신이 파운드를 사칭했다는 걸 기억하곤 괜히 그런 짓을 했다고 후회했다.

여직원은 에노와 매키트릭의 현주소나 운전면허증은 찾지 못했지만 콘클린과 미텔에 대한 정보는 알려줄 수 있다고 했다. 콘클린이 파크 라브레아에서 살았다는 로저 고프의 말은 옳았다. 미텔은 할리우드 위쪽 허큘러스 거리에 있는 마운트 올림퍼스라 불리는 개발지역에서 살고 있었다.

보슈는 그런 사실들에 너무 열중하다 보니 파운즈 흉내를 제대로 내기가 어려웠다. 그래서 더 이상 모험하지 않기로 결심하고 여직원에게 감사 인사를 한 뒤 전화를 끊었다. 이제부턴 어떻게 할 것인가, 하고 그는 생각했다. 에노와 매키트릭은 죽었거나 다른 주로 옮겨간 것 같았다. 경찰국 인사과를 통해 그들의 주소를 알아낼 수 있겠지만 하루 종일 매달려야 할 것이다. 그는 다시 전화기를 집어 들고 강도 살인반으로 전화하여 르로이 루벤 형사를 찾았다. 루벤은 경찰국에서 40년 가까이 근무했고 그 절반을 강도 살인반에서 보냈다. 그라면 에노와 매키트릭에 대해 알 것 같았다. 그리고 보슈 자신이 정직 상태에 있다는 얘기도 들었을 것이다.

"루벤입니다. 뭘 도와드릴까요?"

"르로이, 해리 보슈입니다. 뭘 알고 있는데요?"

"별로 없네, 해리. 즐겁게 살고 있나?"

그는 곧이어 보슈의 현재 처지를 잘 알고 있다고 말했다. 상대가 그렇게 나오자 보슈는 톡 까놓고 얘기하는 수밖에 없다고 생각했다.

"그렇게 나쁘진 않아요, 르로이. 최소한 매일 늦잠을 자진 않죠."

"그래? 일찍 일어나서 뭐해?"

"일종의 프리랜서로 묵은 사건을 작업하고 있어요. 실은 그 문제로 전화했습니다. 추적하고 싶은 친구가 몇 있는데 선배라면 알 것 같아서요. 지금 할리우드엔 없어요."

"어떤 놈들인데?"

"클로드 에노와 제이크 매키트릭이란 친군데, 혹시 기억나요?"

"에노와 매키트릭이라…. 아, 매키트릭이란 친구는 생각나는군. 10년이나 15년쯤 전에 그만두고 나갔어. 플로리다로 낙향했다던 것 같은데.

맞아, 이곳 강도 살인반에서 1년 남짓 근무하다 플로리다에서 끝장났지. 그런데 에노란 친구는 기억나지 않아."

"그래도 전화한 보람이 있네요. 뭐가 나올지 플로리다를 뒤져봐야겠어요. 고마워요, 르로이."

"이봐, 해리. 도대체 무슨 일이야?"

"케케묵은 사건 하나 보고 있다니까요. 그걸 들여다보다 뭔가 할 일이 생겼어요."

"위에선 아무 말 없고?"

"아직은요. 나를 정신과 의사한테 보냈습니다. 그 여자에게 내 방식을 설득할 수 있다면 내 자리로 돌아가게 되겠죠. 두고 보세요."

"좋아, 행운을 비네. 나와 여기 있는 친구들은 그 얘길 듣고 배꼽을 잡았어. 파운즈란 놈에 대해서도 들었네. 아주 개자식이더군. 아주 잘했어, 친구."

"아이고, 너무 잘해서 모가지나 안 달아났으면 좋겠습니다."

"염려 붙들어 매시게. 자넬 한두 차례 차이나타운에 보내서 먼지를 털어낸 다음 다시 링으로 올려 보낼 테니 걱정하지 마."

"고마워요, 르로이."

전화기를 내려놓은 보슈는 외출복으로 갈아입었다. 셔츠는 새것이지만 양복은 전날 입었던 것 그대로였다. 렌트한 무스탕을 몰고 시내로 들어간 그는 관료주의의 미궁 속을 두 시간 동안이나 헤맸다. 맨 처음 들른 파커 센터 인사과에서 그는 직원에게 자신이 원하는 것을 설명한 뒤 그의 대답을 기다리느라 30분이나 기다려야 했다. 그 직원은 보슈에게 시간만 허비했다고 말하며 그가 원하는 정보는 시청에 있다고 가르쳐주었다.

보슈는 도로를 가로질러 시청 부속 건물로 걸어간 다음 계단을 올라가 메인 스트리트를 지나는 전철 노선을 가로질러 시청의 하얀 오벨리스크 안으로 들어갔다. 엘리베이터를 타고 자금부가 있는 9층까지 올라가서 카운터 직원에게 신분증을 제시한 뒤 먼저 상사와 얘기하고 싶다고 말했다.

플라스틱 의자에 앉아 20분쯤 기다린 후 책상 두 개와 파일 캐비닛 네 개, 바닥에 쌓은 여러 개의 상자들로 빼곡한 작은 사무실로 안내되었다. 검은 머리에 귀밑털과 보드라운 콧수염까지 살짝 난 뚱뚱한 백인 여자가 책상 뒤에 앉아 있었다. 캘린더 압지에는 이전에 흘린 음식 국물 자국이 보였고, 그 옆에는 재사용할 수 있는 플라스틱 소다수 통과 빨대가 놓여 있었다. 책상 위에 놓인 플라스틱 명패에는 모나 토지라는 이름이 새겨져 있었다.

"제가 칼라의 상사예요. 경관님이라고 하셨던가요?"

"형사요."

보슈는 빈 책상의 의자를 당겨놓고 뚱보 여자 앞에 앉았다.

"죄송하지만 캐시디가 돌아오면 그 의자에 앉아야 하는데요. 그녀의 책상이거든요."

"언제 돌아오는데요?"

"지금이라도요. 커피 뽑으러 갔어요."

"아, 일을 좀 서두르면 그때까진 일을 끝내고 난 여기서 나갈 수 있을 거요."

그러자 뚱보 여자는 '뭐 이딴 게 다 있어?' 하는 표정으로 콧방귀를 뀌었다.

"주소 한두 군데 확인하려고 한 시간 반이나 기다리는 동안 시청 직원들은 나를 이 사람 저 사람한테 빙빙 돌리며 마냥 기다리게만 했소. 웃기는 건 나 자신도 시를 위해 본분을 다하려고 하는데 시가 도대체 기회를 줘야 해먹지. 정신과 의사는 나더러 외상 후 스트레스 장애에 시달리고 있으니 흥분하지 말라고 그러던데, 모나, 여기서 이런 꼴을 당하니 기분이 엿 같아 정말 미칠 것만 같소."

뚱보는 보슈를 잠시 바라보았다. 그가 갑자기 미쳐서 달려들기라도 하면 문밖으로 대피할 수 있을지 가늠하는 것처럼 보였다. 여자가 입을 지퍼처럼 채우자 희미하던 콧수염 자국이 여봐란 듯 선명해졌다. 그녀는 빨대를 소다수 통에 꽂고 한 모금 세게 빨아 당겼다. 보슈는 피 색깔의 액체가 빨대를 통해 여자의 입속으로 들어가는 것을 보았다. 여자가 목소리를 가다듬은 다음 부드럽게 말했다.

"형사님이 찾고 있는 게 뭔지 말씀해 보시죠."

보슈는 희망적인 표정을 지어보이며 말했다.

"좋아요. 누군가 신경 써줄 사람이 있을 줄 알았지. 나는 은퇴한 두 경관에게 연금 수표가 매달 어느 주소로 전달되는지 알고 싶소."

여자가 눈살을 찌푸리자 두 눈썹이 달라붙었다.

"죄송하지만 그런 주소는 철저한 비밀에 붙여져 있어요. 특히 시 내부에선요."

"모나, 내 말 좀 들어봐요. 난 살인반 형삽니다. 당신처럼 나도 시 공무원이에요. 지금 오래된 미제 살인사건의 단서를 잡고 추적 중입니다. 맨 처음 사건을 맡았던 형사들을 만나 상의할 일이 있어요. 한 여자가 피살된 30년도 넘은 사건이에요, 모나. 담당 형사들을 찾다가 경찰국 인사과에서 여기 가보라고 해서 왔어요. 연금을 보낸 주소가 필요해요. 날 도와주지 않겠소?"

"보오쉬 형사님이라 하셨나요?"

"보슈요."

"보슈 형사님, 제 말도 들어보세요. 같은 시 공무원이라고 해서 비밀

파일을 볼 수 있는 건 아니잖아요. 저도 파커 센터로 가서 이런저런 걸 보여 달라고 하진 않아요. 각자의 프라이버시가 있죠. 이렇게 해드릴 순 있어요. 그 두 사람의 이름을 말해주시면 제가 그들에게 메일을 보내 당신에게 전화하라고 하겠습니다. 그러면 당신은 원하는 정보를 얻게 되고 저는 비밀을 지킬 수 있을 테니까요. 어때요? 메일은 오늘 즉시 보내겠습니다. 약속하죠."

여자는 미소를 지어 보였지만 그건 보슈가 최근 며칠 동안 본 미소 중 가장 위선적인 것이었다.

"아니, 그런 식으론 안 되겠소, 모나. 정말 실망했는데요."

"어쩔 수 없어요."

"어쩔 수 있지. 당신은 알고 있잖소?"

"전 할 일이 있어요, 형사님. 이메일을 보내도록 하고 싶으면 이름을 불러주시든가, 그게 싫으면 마음대로 하세요."

보슈는 알았다는 듯 고개를 끄덕인 후 바닥에 놓아둔 서류가방을 무릎 위로 올렸다. 그가 화난 듯 가방을 열자 뚱보 여자는 놀란 표정을 지었다. 그는 가방 속에서 전화기를 꺼내들었다. 그리곤 집 전화번호를 누르고 자동응답기가 나오길 기다렸다.

모나가 짜증난 목소리로 물었다.

"뭐 하시는 거예요?"

보슈는 조용하라는 듯 손을 들어 올렸다.

"네, 화이티 스프링어 좀 바꿔주시겠소?"

그는 천연덕스럽게 자동응답기에 대고 말한 뒤 뚱보의 반응을 슬쩍 살폈다. 〈LA 타임스〉 시청출입 기자인 스프링어를 그녀가 모를 리 없었다. 이 기자의 전문분야가 자질구레한 관료주의 악몽에 대한 반체제 성격의 칼럼 쓰기였다. 공무원 보호법에 의해 관료들은 이런 악몽을 아무

처벌도 받지 않고 양산할 수 있지만, 스프링어의 칼럼을 읽는 정치가들은 후원업체나 시청에서의 전출과 좌천 등에 막강한 영향력을 행사했다. 스프링어 칼럼에 두들겨 맞은 관료는 모가지가 잘리진 않지만 승진은 불가능했다. 또 시의원이 감사에 불려가거나 국회 참관인으로 불려가 구석자리에 앉아 있어야만 했다. 스프링어의 칼럼에 오르지 않는 것이 현명하다는 사실은 모나를 포함한 모두가 잘 알고 있었다.

"아, 네, 기다릴게요."

보슈는 전화기에 대고 말한 뒤 모나를 돌아보며 말했다.

"이런 얘길 들으면 무척 좋아할 거요. 살인사건을 해결하려고 동분서주하는 한 형사와 살인자가 누군지 알고 싶어 하며 33년이나 기다려온 한 가족에 대한 이야기. 형사는 사건을 맨 처음 수사한 형사들과 상의할 필요가 있어서 그들의 주소를 조회했는데, 어떤 관료는 자리에 앉아 과일 주스나 빨면서 한 시간 반이나 질질 끌고 있더란 얘기. 난 신문기자는 아니지만 이런 얘기가 진짜 칼럼 같아. 스프링어가 들으면 뛸 듯이 좋아할걸. 당신은 어떻게 생각해요?"

그는 빙글빙글 웃으며 여자 얼굴이 자기가 마신 과일 주스처럼 새빨개지는 것을 보았다. 이만하면 충분히 씨가 먹힐 것이라고 생각한 순간 뚱보가 소리쳤다.

"좋아요. 전화 끊으세요."

"뭐? 왜요?"

"끊어요! 그러면 정보를 찾아올 테니까."

보슈는 전화기 폴더를 닫았다.

"이름을 불러 봐요."

이름을 불러주자 여자는 화난 동작으로 일어나더니 사무실을 조용히 나갔다. 너무 비대해서 책상과 의자 사이에 꽉 찼지만 마치 발레리나처럼 우아하게 빠져나가는 걸 보면 수만 번 반복된 연습으로 그녀의 몸이 미세한 간격을 잘 기억하고 있는 것처럼 보였다.

"얼마나 오래 걸릴 것 같소?"

그가 여자에게 물었다.

"걸릴 만큼 걸리겠죠."

관료의 오만성을 회복한 뚱보가 문간에서 시큰둥하게 대답했다.

"안 돼요, 모나. 10분을 주겠소. 그 이상은 안 돼. 10분 후엔 아예 돌아오지 않는 편이 좋을 거요. 스프링어 기자가 여기 앉아 당신을 기다리고 있을 테니까."

여자가 걸음을 멈추고 돌아보자 보슈는 윙크를 보냈다. 그녀가 나가자 그는 의자에서 일어나 책상 옆으로 돌아갔다. 그리곤 책상을 벽 쪽으로 5센티쯤 밀어붙여 의자와의 간격을 좁혀 놓았다.

뚱보는 7분 만에 돌아왔다. 종이 한 장을 들고 있었지만 보슈는 문제가 있다는 걸 금방 알았다. 모나의 얼굴이 승리감으로 빛났다. 그러자 자기 남편 페니스를 잘라버리려고 오랫동안 벼르고 벼르다 마침내 성공했다던 한 여자의 얼굴이 떠올랐다. 그걸 손에 들고 문밖으로 뛰어나올 때의 그 여자 얼굴이 꼭 저랬을 거라고 보슈는 생각했다.

"보슈 형사님, 문제가 좀 있네요."

"무슨 문젭니까?"

모나는 책상을 돌아 들어가다 즉시 호마이카 모서리에 두꺼운 허벅지가 꽉 끼었다. 아픈 것보다는 더 곤혹스러운 표정이었다. 충격으로 책상이 흔들리며 주스 통이 쓰러졌고, 빨간 액체가 압지 위로 줄줄 흘러나오기 시작했다. 뚱보는 몸의 균형을 잡기 위해 두 팔을 허공에 휘두르며 소리쳤다.

"젠장!"

여자는 뚱뚱한 몸을 급히 움직여 책상 위에 쓰러진 주스 통을 바로잡았다. 그리고 의자에 앉기 전에 책상이 옮겨졌는지 의심하는 눈으로 살펴보았다.

"괜찮소? 그래, 문제는 뭐요?"

보슈가 물었다.

모나는 그의 첫 번째 질문은 무시하고 내가 언제 당황했느냐는 듯 미소 지으며 보슈를 바라보았다. 그녀는 책상 서랍을 열고 식당에서 훔친 냅킨 뭉치를 꺼내며 말했다.

"클로드 에노 형사에 관한 한 더 이상 얘기할 일이 없을 거라는 뜻이죠. 적어도 제 생각으론 그래요."

"죽었단 말이군."

여자는 엎질러진 주스를 냅킨으로 닦았다.

"그래요. 연금 수표는 그의 미망인에게 전달되고 있어요."

"매키트릭은 어떻소?"

"제이크 매키트릭은 아직 가망성이 있어요. 주소도 여기 있고요. 베니스에서 살고 있더군요."

"베니스? 그게 왜 문제요?"

"플로리다 주에 있는 베니스예요."

여자는 혼자 즐거운 듯 웃었다.

"플로리다 주?"

보슈는 고개를 갸웃했다. 플로리다 주에도 베니스가 있었던가?

"정반대쪽에 있는 주죠."

"플로리다는 나도 알아요."

"아, 또 한 가지가 있어요. 제가 찾아낸 주소는 사서함 번호뿐이에요. 유감스럽게도."

"내 그럴 줄 알았지. 전화번호는 없었소?"

뚱보는 젖은 냅킨을 사무실 구석에 있는 휴지통에 던졌다.

"전화번호는 없었어요. 안내에다 물어봐요."

"그러겠소. 퇴직한 날짜도 나와 있던가요?"

"그런 건 묻지도 않았잖아요."

"그러면 알아낸 것만이라도 건네주시오."

보슈는 더 다그치면 전화번호와 다른 정보들도 알아낼 수 있겠다 싶었지만, 이건 허가받지 않은 수사라는 핸디캡이 있었다. 너무 무리하게 밀고 나갔다간 들통이 나서 제지당할 우려가 있었다.

모나가 책상 너머로 종이를 던져 주었다. 보슈가 살펴보니 두 군데 주소가 적혀 있었다. 매키트릭의 사서함 번호와 에노의 미망인이 사는 라스베이거스 거리의 주소. 그녀의 이름은 올리브였다. 보슈가 생각나서 물었다.

"수표들은 언제 발행됩니까?"

"그걸 묻다니, 재밌네요."

"왜요?"

"오늘이 월말이거든요. 수표는 매월 말에 발행돼요."

그것으로 얘긴 끝났고, 보슈도 그만하면 만족했다. 여자가 건네준 종이를 집어 서류가방에 넣고 의자에서 일어서며 그는 말했다.

"시청 공무원과 함께 일하면 언제나 즐거워요."

"저도 그래요. 그런데 보슈 형사님, 의자를 제자리에 돌려주시겠어요? 캐시디가 곧 사용할 거니까요."

"물론이죠, 모나. 내 건망증을 너그러이 이해하시길."

15 기회

관료주의의 벽과 한바탕 혈투를 벌이고 난 보슈는 기분전환이 절대 필요하다고 생각했다. 엘리베이터를 타고 로비로 내려와서 중앙 출입문을 통해 스프링 스트리트로 걸어갔다. 밖으로 나오자 경비원이 큰 건물로 들어가는 계단 오른쪽으로 가도록 유도했다. 왼쪽에서는 영화 현지촬영이 진행 중이었기 때문이다. 계단을 내려오며 그들이 하는 짓을 지켜보던 보슈는 담배나 한 대 피우며 잠시 쉬기로 했다.

그는 계단을 따라 내려오는 콘크리트 난간에 걸터앉아 담배를 붙여 물었다. 영화 촬영은 기자로 분장한 일단의 배우들이 시청 계단을 우루루 달려 내려가 방금 차에서 내린 두 남자를 에워싸고 질문을 던지는 장면이었다. 보슈가 거기 앉아 담배 두 개비를 피우는 동안 그들은 리허설을 두 차례 한 뒤 촬영을 두 번 반복했다. 그때마다 기자로 분한 배우들은 두 남자를 향해 똑같은 대사를 외쳐댔다.

"바즈 씨, 바즈 씨, 당신이 했습니까? 당신이 그랬습니까?"

두 남자는 대답하지 않고 그들을 지나 계단으로 올라갔고, 그러면 기자들은 그 뒤를 따라 우루루 몰려갔다. 그때 기자 하나가 뒷걸음질을 치다 계단 위로 넘어졌고, 다른 기자들 발에 밟히는 사태가 벌어졌다. 그래도 감독은 그 장면이 현장감을 더해준다고 생각했는지 촬영을 중지시키지 않았다.

보슈는 영화제작자들이 시청 계단과 건물 전면을 법원 무대로 사용하고 있다는 걸 알았다. 차에서 내린 두 남자는 피고와 수임료가 비싼 그의 변호사였다. 시청 건물이 그런 촬영에 자주 이용되는 이유는 실제로 시내에 있는 어떤 법원 건물보다 더 법원처럼 생겼기 때문이었다.

두 번째 컷을 찍는 것을 보고난 보슈는 그 뒤로도 많이 남아 있다는 걸 알았지만 지겨워졌다. 그만 일어나서 퍼스트 스트리트로 걸어 내려간 다음 로스앤젤레스 거리로 건너갔다. 파커 센터까지 걸어가는 동안 "한 푼 줍쇼."라는 소리를 네 번 들었다. 시내에서 그 정도라면 적은 편이었고, 경제가 조금씩 나아지는 조짐일 수도 있다는 생각이 들었다.

경찰본부 로비로 들어가서 공중전화 앞을 지나치던 그는 즉흥적으로 전화기를 하나 집어 들고 305-555-1212번을 눌러댔다. 마이애미 메트로데이드 경찰국과는 과거 여러 차례 업무 협조한 적이 있지만 지역번호 305는 플로리다 지역에 국한된 것으로 기억에 떠올랐다. 교환원이 나오자 그는 베니스로 연결해 줄 것을 요청했다. 그러자 교환원은 정확한 지역번호가 813이라고 알려주었다.

보슈는 다시 다이얼을 눌러 베니스 교환대를 불러냈다. 그리곤 교환원에게 대뜸 베니스에서 가장 가까운 대도시가 어디냐고 물었다. 교환원이 새러소타(Sarasota: 플로리다 중서부 휴양도시 – 옮긴이)라고 대답하자, 거기서 가장 가까운 대도시는 어디냐고 그는 다시 물었다. 그녀가 세인트 피터스버그라고 하자 그제야 대충 감이 잡혀왔다. 지도상에 세인트 피터스버그가 있는 플로리다 서해안을 알고 있었다. 다저스 팀이 가끔 여름 훈련장으로 사용하는 곳이라 그도 한 번 가본 적이 있기 때문이다.

교환에게 매키트릭의 이름을 불러주자 즉시 고객의 요구에 따라 전화번호가 리스트에 올라 있지 않다는 테이프 녹음이 흘러나왔다. 보슈는 자기와 전화로 협조한 적이 있는 메트로데이드 형사라면 누구라도 그 전화번호를 알아줄 수 있지 않을까 생각되었다. 그는 아직도 베니스가 어디에 있는지, 마이애미에서 얼마나 떨어져 있는지 알 수 없었다. 그래서 그냥 내버려두기로 했다. 매키트릭은 다른 사람들이 접촉하기 어렵도록 하기 위해 사서함을 개설하고 전화번호까지 리스트에 올리지 않은 것이었다. 은퇴한 경찰이 자신이 근무했던 곳에서 5천 킬로미터나 떨어진 주로 옮겨가서 그런 조처를 취해야만 하는 이유를 보슈는 이해할 수가 없었다. 그렇지만 매키트릭을 만나려면 직접 찾아가는 것이 최상의 방법 같았다. 그의 전화번호를 알아내더라도 막상 전화하면 피하기가 쉬웠다. 그렇지만 찾아온 사람을 문전박대하긴 어려운 법이다. 게다가 보슈는 운 좋게도 매키트릭의 연금 수표가 사서함으로 우송된다는 걸 알았다. 그걸 이용하면 옛날 그 형사를 찾아낼 수 있을 것이다.

그는 신분증을 착용하고 과학수사과로 올라갔다. 카운터 뒤에 앉은 여자에게 잠재지문반 직원과 상의할 것이 있다고 말한 뒤 언제나 그랬듯 들어가라는 말도 떨어지기 전에 지문연구실이 있는 복도 쪽으로 문을 열고 들어갔다.

커다란 연구실 안에 테이블이 두 줄로 놓였고 머리 위로 형광등 불빛이 쏟아져 내렸다. 방 안쪽에 놓인 두 테이블 위에 AFIS(자동지문식별체계-옮긴이) 컴퓨터 터미널들이 설치되어 있었다. 그 뒤의 유리방 안에 있는 것이 중앙컴퓨터였다. 중앙컴퓨터실은 연구실의 나머지 부분보다 낮은 온도를 유지해야 하기 때문에 유리벽에 물방울들이 맺혔다.

점심시간이라 연구실엔 기술자 한 명만 남아 있었는데, 보슈는 전혀 모르는 사람이었다. 그냥 돌아서서 나갔다가 아는 직원이 있을 때 다시 올까 생각하고 있을 때 그 기술자가 컴퓨터 터미널에서 눈을 떼고 그를 돌아보았다. 훌쭉하고 비쩍 마른 안경잡이 사내는 젊었을 때의 여드름 자국으로 얼굴이 황폐했고, 그 바람에 평생 시무룩한 표정으로 살아가야 할 것처럼 보였다.

"무슨 일이죠?"

"아, 예, 안녕하세요?"

"네, 안녕하세요. 뭘 도와드릴까요?"

"할리우드 경찰서의 해리 보슈요."

그가 손을 내밀자 상대방은 머뭇거리다가 조심스레 악수를 했다.

"브래드 허쉬라고 합니다."

"아, 성함은 들어본 것 같군요. 함께 일한 적은 없지만 앞으로 기회가 있겠죠. 살인반에서 일하다 보니 아무래도 여기 계신 분들과 만날 일이 많은 것 같습니다."

"그러시겠죠."

보슈는 컴퓨터 모듈 옆에 있는 의자에 앉아 서류가방을 무릎 위에 올려놓았다. 그리곤 파란 컴퓨터 화면을 들여다보고 있는 허쉬를 관찰했다. 그는 보슈를 상대하는 것보다 화면을 들여다보는 쪽이 훨씬 편안해 보였다.

"내가 여기 온 이유는 현재 틴슬타운(Tinseltown: 번쩍이는 도시. 할리우드 별칭-옮긴이)이 점점 빠르게 돌아가는 통에 묵은 사건들까지 뒤지고 있어요. 이 사건은 1961년도에 발생했던 겁니다."

"1961년도라고요?"

"네, 오래됐죠. 한 여자의… 사인이 둔기로 인한 외상이었는데, 범인은 교살한 것처럼 꾸며서 성범죄처럼 보이도록 했어요. 암튼 이 일로 체포된 사람은 아무도 없었습니다. 어떤 결말도 없었어요. 실제로 62년도에 격식에 따라 처리한 뒤로는 아무도 거들떠보지 않았다고 생각합니다. 오랜 세월 동안 말이죠. 하지만 그 당시 담당 경찰들은 사건현장에서 훌륭한 지문들을 채취했어요. 부분적인 것들도 있었지만 완전한 지문들도 있었죠. 내가 그것들을 여기 가져왔습니다."

보슈는 누렇게 바랜 지문 카드를 서류가방에서 꺼내어 사내 앞에 내밀었다. 허쉬는 그것을 빤히 보기만 하고 손으로 잡지는 않았다. 사내가 다시 컴퓨터 화면으로 시선을 돌리자 보슈는 지문 카드를 그의 키보드 위에 올려놓으며 말했다.

"당신도 알겠지만 그건 이런 멋진 컴퓨터들과 현재 당신들이 지닌 첨단기술이 없던 시절의 일이었죠. 그 당시 경찰이 한 유일한 일은 이 지문 카드를 혐의자의 지문과 비교한 것뿐이었소. 그런데 일치하지 않자 혐의자를 석방했고, 그 이후 이것들을 봉투에 담아 사건파일 안에 방치해 왔습니다. 그래서 내가 생각한 것은…."

"이걸 AFIS에 넣고 돌리고 싶은 거겠죠."

"맞아요. 한 바퀴 돌려주시오. 주사위를 굴려보자는 거지. 재수 좋으면 정보 고속도로에서 무임승차를 할 수도 있지 않겠소. 전에도 그런 일이 있었으니까. 이번 주만 해도 할리우드 살인반의 에드거와 번즈 형사가 자동지문인식 시스템에 조회하여 범인 한 놈을 찍어냈다고 하더군요. 에드거의 말에 의하면 당신 동료 도노반이 이곳 컴퓨터는 미국 전역에 걸친 수백만 개의 지문들을 저장하고 있다고 했다던데."

열의 없이 고개만 끄덕이는 허쉬에게 보슈는 물었다.

"게다가 범죄자들 지문 파일만 있는 건 아니라고 하던데, 정말이오?

군인, 경찰, 공무원들까지 모두 포함되어 있다면서요?"

"네, 맞아요. 하지만 보슈 형사, 우리는…."

"해리라고 불러주시오."

"좋아요, 해리. 이 시스템은 중요한 일에만 사용해야 하는 위대한 도구예요. 당신 말은 다 옳지만 여기엔 인력과 시간이 들어가죠. 지문대조는 스캐닝과 암호 작업을 거쳐서 컴퓨터에 입력해야 합니다. 그런데 우리는 지금 12일치 작업이 밀려 있어요."

허쉬는 컴퓨터 위쪽 벽을 가리켰다. 거기엔 숫자를 바꿔 끼울 수 있게 만든 표지판이 붙어 있었다. 노동조합 사무실에서 볼 수 있는 "조업중단 후 ( )일 경과"라는 형식의 표지판과 흡사한 것이었다.

자동지문인식 시스템

조회는 예외 없이 12일 걸립니다!

"자, 이제 이곳으로 걸어 들어온 사람들의 요청을 먼저 들어줄 수는 없다는 걸 아셨겠죠? 만약 신청서를 제출하시겠다면…."

"하지만 예외가 있다는 걸 난 알아요. 특히 살인사건일 경우엔 말이죠. 지난번엔 에드거와 번즈를 위해 특별히 봐준 사람이 있었지. 그들은 12일이나 기다리지 않았소. 조회를 요청한 즉시 받아들여졌고, 그래서 살인사건을 세 건이나 해결했어요."

보슈는 손가락 관절을 우두둑 꺾었다. 허쉬는 그를 쳐다본 뒤 컴퓨터로 시선을 돌렸다.

"예외가 있긴 하죠. 하지만 그런 지시는 위에서 내려옵니다. 르밸리 반장을 만나 얘기하면 혹시 허락할지도 모르죠."

"번즈와 에드거는 르밸리 반장을 만나지 않았습니다. 누군가가 그냥 해줬어요."

"그랬다면 규정을 위반했군요. 그 사람을 알고 있었겠죠."

"나도 당신을 알고 있잖소, 허쉬."

"신청서를 제출하시죠. 그러면 내가…."

"얼마나 걸릴까요? 10분쯤?"

"아뇨. 이 경우는 더 걸립니다. 당신이 가져온 지문 카드는 골동품에 가깝거든요. 구식이에요. 이 지문들을 사용하려면 지문입력장치에 넣어 암호들을 배정받아야 합니다. 그런 다음 그 암호들을 손으로 일일이 입력해야 하죠. 당신이 제시하는 조건에 달렸겠지만 그러자면 시간이…."

"조건은 없소. 데이터베이스 전체와 대조해 주길 바랍니다."

"그러자면 컴퓨터 작업 시간이 30분 내지 40분은 걸릴 겁니다."

브래드 허쉬는 규정을 어겨가며 그런 짓은 할 수 없다는 단호한 표정으로 코끝에 내려온 안경을 손가락으로 밀어 올렸다.

"그렇군요, 브래드."

보슈는 고개를 끄덕이며 말했다.

"문제는 내가 이 사건에 투입할 시간이 많지 않다는 겁니다. 12일씩이나 기다릴 순 없어요. 절대로. 내가 이 작업을 시작한 건 이제 겨우 시간이 났기 때문입니다. 새로운 사건들이 떨어지면 또 손을 놔야 해요. 살인반 일이란 게 그렇잖소? 그러니까 지금 즉시 처리할 방법이 정말 없겠어요?"

허쉬는 꼼짝 않고 파란 스크린만 응시할 뿐이었다. 그것을 보자 보슈는 고아원에서 왈패들이 놀리면 아이들이 꿔다 놓은 보릿자루처럼 가만히 있던 일이 생각났다.

"지금 하는 일이 있습니까, 허쉬? 내 일을 지금 해주면 안 되겠소?"

허쉬는 그를 한참 동안 바라본 뒤 대답했다.

"나는 바빠요. 그런데 보슈, 내가 당신을 모르겠어요? 옛날 사건들을 뒤진다는 건 흥미로운 얘기지만, 난 그게 거짓말이란 걸 알아요. 당신이 정직 처분을 받은 것도 알고. 소문이 돌고 있으니까요. 당신은 여기 와서도 안 되고, 난 당신과 얘기해서도 안 되죠. 그러니까 날 좀 내버려두시겠어요? 말썽 나는 건 싫으니까요. 다른 사람들이 오해할까 두렵습니다. 아시겠어요?"

보슈가 정색하고 바라보자 허쉬는 다시 컴퓨터 스크린으로 눈을 돌려버렸다.

"좋아요, 허쉬. 내 톡 까놓고 얘기하겠소. 나는…."

"더 이상 듣고 싶지 않은데요. 그냥 신청서나…."

"이 얘기만 하고 물러가죠. 됐습니까? 더는 말 않겠소."

"좋습니다, 보슈. 얘기해 보세요."

보슈는 허쉬가 고개를 돌리고 눈을 마주쳐 주길 조용히 기다렸다. 그러나 잠재지문 기술자의 시선은 컴퓨터 화면에서 떨어질 줄 몰랐다. 보슈는 꾹 참고 입을 열었다.

"아주 오래전, 내가 열두 살 되어가던 무렵의 얘기요. 풀장에서 수영을 하다가 물속에서 눈을 뜨고 위를 쳐다봤죠. 그때 풀장 가장자리로 검은 그림자 하나가 어른거렸지. 물결 때문에 형체를 알아보기 어려웠지만 성인 남자라는 걸 알 수 있었소. 숨을 쉬기 위해 수면 위로 올라와 보니 검은 정장 차림의 낯선 남자였어요. 사내가 손을 내밀어 내 손목을 잡아 올렸소. 난 비쩍 마른 꼬마였기 때문에 어려울 것도 없었어요. 가볍게 건져낸 뒤 내 어깨에 타월을 한 장 걸쳐줬어요. 그리곤 의자로 데려가서 앉히더니… 내 엄마가 죽었다고 전해주더군요. 살해당했다고. 누가 죽였는지는 아직 모르지만, 살인자가 지문을 남겼다고 하면서 '얘야, 걱정하지 마. 지문이 아주 선명해서 범인을 곧 잡을 수 있을 거야.'

하더라고요. 나는 그 말을 똑똑히 기억합니다. '범인을 곧 잡을 수 있을 거야.' 그런데 끝내 못 잡았소. 그래서 내가 나서려는 겁니다. 그건 바로 내 얘기요, 허쉬."

허쉬의 시선이 키보드 위에 놓인 누런 지문 카드로 떨어졌다.

"보슈, 그건 슬픈 얘기지만 그렇다고 해서 내가 이 일을 해줄 순 없습니다."

보슈는 기술자를 잠시 노려본 뒤 천천히 의자에서 일어났다.

"카드 잊어버리지 마세요."

허쉬가 지문 카드를 집어 보슈에게 내밀며 말했다.

"여기 두고 가겠소. 당신은 옳은 일을 할 거라고 믿어요, 허쉬."

"아닙니다, 난 할 수 없어요."

"여기 두고 가겠다고요!"

충동적으로 고함을 버럭 질러 놓고는 보슈 자신도 놀랐다. 허쉬도 겁에 질린 표정으로 지문 카드를 다시 키보드 위에 내려놓았다. 잠시 침묵이 흐른 뒤 보슈는 상체를 앞으로 숙이고 조용히 말했다.

"모든 사람들은 옳은 일을 할 기회가 오길 기다려요, 허쉬. 하고 나면 기분이 좋아지기 때문이죠. 설사 내부 규정에 약간 어긋나더라도, 가끔은 마음속에서 들려오는 목소리에 따라야 할 때가 있는 법입니다."

보슈는 주머니에서 지갑과 볼펜을 꺼내들었다. 그리곤 명함 뒤에 전화번호를 적어 키보드 위의 지문 카드 옆에 놓았다.

"내 휴대전화와 집 전화번호요. 사무실에는 없는 줄 아시니 그쪽으론 전화하지 마시오. 연락 기다릴게요, 허쉬."

보슈는 천천히 연구실을 걸어 나왔다.

16 증거물 보관함

엘리베이터를 기다리며 보슈는 브래드 허쉬에 대한 설득은 소귀에 경 읽기나 다름없었다는 생각을 하고 있었다. 그런 인간은 외부로 드러난 흉터보다 내부의 상처가 훨씬 더 깊은 유형이다. 경찰국 내에는 그런 타입의 인간들이 상당히 많다. 허쉬는 제풀에 겁을 집어먹었다. 그 자신의 직책이나 규정의 한계에서 벗어나는 행동은 절대 하지 않을 위인이었다. 경찰국 소속 로봇들 중의 하나에 불과했다. 그에게 옳은 일이란 것은 보슈의 요청을 무시하는 것이었다. 아예 그를 고발하거나.

손가락으로 엘리베이터 버튼을 다시 누르며 이제 할 수 있는 일이 뭔지 생각해 보았다. AFIS 조회는 가능성이 희박한 방법이긴 하지만 그래도 꼭 시도해 보고 싶었다. 그것은 미진한 부분이었고, 철저한 수사는 원래 미진한 부분에 더 신경을 쓰는 법이다. 그는 허쉬에게 하루쯤 시간을 준 뒤 다시 시도해 보기로 했다. 그래도 씨가 먹히지 않으면 다른 기술자에게 요청할 수밖에 없다. 살인자의 지문이 자동지문식별체계를 통과할 때까지 모든 기술자들에게 계속 요청할 생각이었다.

마침내 엘리베이터 문이 열려서 그는 안으로 비집고 들어갔다. 이 엘리베이터도 파커 센터에 하나밖에 없는 것들 중의 하나였다. 경찰들이 오르락내리락하고 서장들과 힘 있는 정치가들까지 이용하지만 엘리베이터는 항상 만원에다 느릿느릿 움직였다. 문이 닫히자 보슈는 불이 들어와 있지 않은 B 버튼을 눌렀다. 엘리베이터가 내려가기 시작하자 사람들은 불 켜진 버튼들만 멍하니 쳐다보았다. 좁은 공간에서 입을 여는 사람은 아무도 없었다. 그런데 다음 층에 멈춰 섰을 때 등 뒤에서 그의 이름을 부르는 소리가 들렸다.

보슈는 누가 자기 이름을 부르는지, 아니면 다른 누군가에게 얘길 건네고 있는 건지 확인하려고 고개를 살짝 돌려 보았다. 엘리베이터 맨 뒤쪽에 어빈 어빙 부국장이 서 있었다. 두 사람이 서로 고개를 끄덕여 아는 척하는 사이에 1층에 도착한 엘리베이터 문이 열렸다. 보슈는 자기가 지하실 버튼을 누르는 걸 부국장이 봤는지 궁금했다. 정직 처분을 받은 형사가 지하실로 내려갈 이유는 없기 때문이었다.

보슈는 엘리베이터 안이 너무 붐벼서 지하실 버튼을 누르는 걸 어빙 부국장은 못 봤을 거라고 판단하고 1층에서 내렸다. 로비로 걸어 나오자 부국장이 뒤따라왔다.

"무슨 일로 들어왔나, 해리?"

"아, 부국장님."

일상적인 질문이었지만 어빙의 말투에는 그 이상의 호기심이 담겨 있는 것처럼 느껴졌다. 두 사람은 출입구를 향해 걸어갔다. 보슈는 머리를 재빨리 굴려야만 했다.

"차이나타운에 가는 길에 급여 담당한테 잠시 들렀죠. 언제 업무에 복귀할지 모르니까 급여 수표를 할리우드로 보내지 않고 저희 집으로 보내는지 확인하고 싶어서요."

어빙이 고개를 끄덕여서 보슈는 자기 말을 그대로 곧이들은 모양이라고 생각했다. 덩치는 보슈와 비슷하지만 머리카락을 깨끗이 밀어버린 부국장의 외모는 튀는 편이었다. 그런 외모와 부패 경관을 용서하지 않는 강직한 성품 때문에 경찰국 내에서는 '미스터 클린'이란 별명으로 통했다.

"오늘 차이나타운으로 간다고? 나는 월수금(月水金)으로 알고 있는데? 내가 승인한 스케줄은 월수금이었어."

"네, 그랬죠. 하지만 히노조스가 오늘 예약 하나가 취소되었다고 나더러 대신 나오라고 했습니다."

"어, 그래, 자네가 그처럼 협조적이라니 듣던 중 반가운 소리로군. 손은 왜 그런가?"

"아, 이거요?"

보슈는 마치 남의 손이 자기 팔 끝에 매달려 있는 것을 발견한 듯한 표정으로 손을 쳐들며 말했다.

"시간이 좀 남아돌아서 집수리를 하다가 유리조각에 베었습니다. 지진 뒤처리가 아직 안 끝나서요."

"그랬군."

그 말은 부국장도 곧이듣지 않는 것 같았지만 보슈는 아랑곳하지 않았다. 어빙이 그에게 물었다.

"페더럴 플라자에서 점심이나 할까 하는데, 같이 가겠나?

"감사합니다만 부국장님, 벌써 먹었습니다."

"그래, 알았네. 몸조심하게. 진심으로 하는 말이야."

"그러겠습니다. 감사합니다."

어빙은 발걸음을 옮겨놓다 말고 다시 돌아보았다.

"이봐, 우린 자네의 이번 일을 약간 다르게 취급하고 있네. 계급이나 보직의 변동 없이 할리우드 살인반으로 복귀시키고 싶어서야. 히노조스의 연락만 기다리고 있네만, 적어도 몇 주일은 더 걸릴 것으로 알고 있어."

"의사도 그렇게 말했습니다."

"자네가 그럴 맘만 있다면 파운즈 경위에게 사과문을 보내는 것이 유리할 거야. 상황이 급해지면 난 그 친구에게 자넬 복직시키라고 할 생각인데, 그 부분이 어려울 거야. 히노조스에게 추천장을 쓰게 하는 건 어렵지 않아. 내가 명령을 내리면 파운즈는 받아들일 수밖에 없겠지만, 그런다고 긴장감이 해소되는 건 아니거든. 나는 그 친구가 자넬 받아들이고 두 사람 모두 행복해지는 쪽으로 일을 처리하고 싶네."

"듣기로는 그 친구는 벌써 제 자리를 다른 사람으로 채웠다던데요."

"파운즈가?"

"네. 교통반 인원으로 제 파트너와 함께 배치했습니다. 제가 복귀하는 걸 바라지도 않고 그럴 계획도 없단 소리죠."

"그건 금시초문인데. 그 문제에 대해선 그 친구와 얘기해 보지. 그런데 사과문에 대해선 어떻게 생각하나? 자네 처지를 돕는 데 오랜 시간이 걸릴 수도 있어."

보슈는 대답을 망설였다. 어빙이 돕고 싶어 한다는 건 알 수 있었다. 두 사람 사이에는 암묵적인 연대감이 존재했다. 한때 경찰국 내에서 서로 적대시한 적도 있었지만, 긴 휴전기를 거치면서 경멸감은 사라지고 서로에 대한 조심스런 존경심이 그 자리를 채우고 있었다.

"사과문은 좀 생각해본 뒤 보고 올리겠습니다, 부국장님."

그는 마침내 그렇게 대답하고 말았다.

"좋아, 해리. 자존심은 많은 경우 옳은 판단을 방해한다네. 자넨 그러지 말게."

"잘 생각하겠습니다."

보슈는 임무 수행 중 피살된 경관들을 추모하기 위한 기념 분수대를 돌아가는 부국장을 지켜보았다. 템플 거리에 이른 어빙은 로스앤젤레스 스트리트를 건너 패스트푸드점들이 늘어선 페더럴 플라자를 향해 걷기 시작했다. 그의 모습이 완전히 보이지 않게 되자 보슈는 안도하며 건물 안으로 다시 들어갔다.

그는 엘리베이터를 또 기다리기가 싫어 곧장 계단으로 내려갔다.

파커 센터의 지하층 대부분은 증거물 보관반이 차지하고 있었다. 도주범 전담반 같은 다른 부서들도 있지만 대체로 조용한 층이었다. 노란 리놀륨을 깐 긴 복도를 지나다니는 사람들은 거의 없어서 보슈는 아는 얼굴과 마주치지 않고 증거물 보관반의 철제문 앞까지 무사히 도달할 수 있었다.

경찰 당국은 아직 지방검사나 시 검사에게 보내지 않은 수사상의 물질적 증거물을 보관하고 있었다. 일단 보내고 나면 증거물은 항상 검찰청에서 보관했다. 증거물 보관반이 이 도시의 실패작이 된 주원인이 그것이었다. 보슈가 연 철제문 뒤에는 수천 건의 미제사건들에서 수집한 물질적 증거물들이 쌓여 있었다. 한 번도 기소된 적이 없는 사건들이었다. 실패의 냄새까지 풍기는 사건들. 건물 맨 밑바닥 층에 있기 때문에 음습하고 퀴퀴한 냄새가 나서 보슈는 항상 악취와 태만과 부패와 절망으로 가득한 층이라고 생각해 왔다.

그는 철망으로 만든 우리처럼 생긴 작은 방으로 들어갔다. 맞은편에 다른 문이 보였지만 위쪽에 '반원 외 출입금지'란 표지판이 붙어 있었다. 두 개의 창문 중 하나는 닫혔고 다른 창문 뒤에는 정복 경관이 앉아 낱말 맞추기 게임에 열중하고 있었다. 두 창문 사이에 붙은 또 다른 표지판에는 '장전된 총기 지참불가'라고 적혀 있었다. 보슈는 열린 창문으로 다가가서 카운터 위로 몸을 숙였다. 경관은 퍼즐의 단어 하나를 다 적어 넣은 뒤 그를 쳐다보았다. 가슴에 달린 이름표를 보니 넬슨이었다. 그는 보슈가 내민 신분증을 살펴보았다. 따로 소개할 것도 없이 잘 먹혀들었다.

"히어…로… 어떻게 읽죠?"

"히에로니머스라고 읽습니다."

"히에로니머스라. 로큰롤 밴드 이름으로 들어본 것 같은데요?"

"그럴 수도 있죠."

"뭘 도와드릴까요, 할리우드 경찰서의 히에로니머스 형사님?"

"질문이 하나 있소."

"해보세요."

보슈는 분홍색 증거물 점검표를 카운터에 올려놓으며 말했다.

"이 사건에 대한 증거물 상자를 보고 싶소. 꽤 오래된 거요. 아직 여기 어디에 있을까요?"

경관은 점검표에 적힌 연도를 보더니 휘파람을 날렸다. 사건번호를 장부에 기입하며 그가 말했다.

"당연히 있어야죠. 없을 이유가 없어요. 하나도 버린 게 없으니까. 블랙 달리아 사건파일을 보고 싶다면 그것도 찾아줄 수 있어요. 50년도 넘은 사건이지만 말이죠. 그보다 더 이전 것들도 있습니다. 해결되지 않은 사건이라면 여기 있기 마련이죠."

넬슨은 보슈를 쳐다보며 윙크를 했다.

"금방 돌아올게요. 그동안 양식에 기입이나 하시죠."

그는 볼펜으로 신청서 양식이 놓여 있는 카운터를 가리킨 뒤 자리에서 일어났다. 보슈는 그가 안쪽으로 들어가며 누군가를 외쳐 부르는 소리를 들었다.

"찰리! 여기 봐요, 찰리!"

안쪽에서 누가 큰 소리로 대답하는 소리가 들려왔고, 그러자 넬슨이 다시 소리쳤다.

"접수창구를 맡아요. 난 지금 타임머신을 타야 하니까."

보슈도 타임머신에 대해 들어본 적이 있었다. 보관 시설 깊숙한 곳으로 들어갈 때 사용하는 골프 카트를 그들은 그렇게 불렀다. 오래된 사건파일일수록 접수창구로부터 멀리 떨어진 곳에 보관되어 있었다. 타임머신이 접수담당 경관을 그곳까지 실어 날랐다.

보슈는 카운터에서 신청서 양식을 작성한 다음 접수창구로 돌아와 낱말 맞추기 위에다 올려놓았다. 기다리는 동안 주위를 둘러보니 뒤쪽 벽에 '마약류 증거물 반출은 양식 492 제출이 필수입니다.'라는 또 하나의 표지판이 붙어 있었다. 그게 도대체 어떻게 생겨먹은 양식인지 알 수가 없었다.

한 사내가 철제문을 열고 들어왔다. 손에 살인사건 파일을 들고 있는 걸 보면 형사 같은데 보슈는 모르는 얼굴이었다. 사내는 카운터 위에서 파일을 열고 신청서 양식에 사건번호를 기입한 뒤 접수창구로 다가갔다. 찰리는 아직 나타나지 않았다. 몇 분 지나자 사내는 보슈를 돌아보며 물었다.

"저 안에 근무자가 있습니까?"

"그럼요. 자료를 찾으러 갔습니다. 다른 근무자가 접수창구로 나온다고 했는데, 어디 있는지는 모르겠소."

"젠장."

사내는 손가락 관절로 카운터를 신경질적으로 두드렸다. 잠시 후 제복 차림의 다른 경관 하나가 접수창구에 나타났다. 비만형에 머리카락이 하얀 노인이었다. 보슈는 그가 여러 해 동안 지하실에서 근무했다는 걸 알 수 있었다. 안색이 흡혈귀처럼 창백했다. 그는 사내가 내민 신청서 쪽지를 들고 안으로 사라졌다. 보슈와 사내는 계속 기다렸다. 보슈는 자기를 슬쩍슬쩍 살피고 있는 사내를 눈치챘다.

"할리우드 경찰서의 보슈 형사 아닙니까?"

사내가 마침내 물었다.

보슈는 고개를 끄덕였다. 사내가 손을 내밀며 환하게 웃었다.

"퍼시픽 경찰국의 톰 노스 형삽니다. 우린 초면이죠."

"그런 것 같군요."

보슈는 사내와 악수하면서도 반가운 척은 하지 않았다.

"퍼시픽 살인반으로 가기 전엔 데번셔 절도반에서 6년 동안 근무했죠. 그때 내 직속상관이 누구였는지 아십니까?"

보슈는 머리를 저었다. 알 리도 없지만 알고 싶지도 않았다. 그런데 노스는 그런 건 알 바 아니라는 듯이 말했다.

"파운즈였소. 하비 '98' 파운즈 경위 말이오. 그 염병할 놈이 내 직속상관이었다니까. 그런데 듣자하니 당신이 그 녀석 엉덩이를 걷어차 주었다더군요. 낯짝이 유리창을 통과했다고 하던가? 정말 잘했소. 그 소문을 듣고 내가 얼마나 신나게 웃었던지. 아주 통쾌해서 죽는 줄 알았다니까."

"그렇게 즐거웠다니 기쁘군요."

"즐거운 정도가 아니었죠. 그 때문에 곤욕을 치르고 있단 소문도 들었습니다. 그렇지만 난 당신 때문에 하루 종일 행복했고, 많은 사람들이 당신 편이 되었다고 말해 주고 싶었소."

"고맙소."

"그런데 여기서 뭐 하시는 겁니까? 듣자하니 그들이 당신을 50-1-

50 리스트에 올렸다고 하던데."

보슈는 자신에게 발생한 일과 현재 처지에 대해서 경찰국 내 일면식도 없는 사람들까지 다 알고 있다는 사실에 짜증이 났다. 그래도 최대한 차분하게 대꾸하려고 애썼다.

"이봐요, 나는…."

"보슈! 당신이 신청한 박스를 찾았어요!"

시간여행을 떠났던 넬슨 경관이었다. 그는 구두상자만 한 파르스름한 보관함 하나를 접수창구를 통해 내밀었다. 오랜 세월에 박스를 밀봉한 빨간 테이프가 탁탁 갈라졌고 먼지가 뽀얗게 앉아 있었다. 보슈는 하던 말을 마저 할 생각도 않고 노스 곁을 떠나 보관함 앞으로 다가갔다.

"여기 서명하세요."

넬슨이 보관함 위에 노란 종이를 올려놓으며 말했다. 뽀얀 먼지가 풀썩 일자 보슈는 손을 내저어 밀어냈다. 서명을 한 뒤 상자를 두 손으로 들고 돌아서자 노스 형사가 보고 있었다. 노스는 고개만 한 번 까딱했다. 질문을 던질 상황이 아님을 눈치챈 것 같았다. 보슈도 고개만 까딱하고 문 쪽으로 걸어갔다.

"음, 보슈?"

노스가 그를 불러 세웠다.

"아까 한 말은 그냥 해본 소리였소. 리스트 운운 한 것 말입니다. 당신 기분을 상하게 할 마음은 털끝만큼도 없었어요."

보슈는 등으로 문을 밀어 열고 나가며 사내를 조용히 응시했다. 그러나 아무 말도 하지 않았다. 복도로 나간 그는 소중한 물건이라도 든 것처럼 박스를 두 손으로 받쳐 들고 걷기 시작했다.

17 모성애

몇 분 뒤 보슈가 방문했을 때 카르멘 히노조스는 대기실에 앉아 있었다. 그녀는 늦어서 죄송하다는 보슈의 사과를 별것 아니라는 듯 받아넘기며 그를 맞아들였다. 암청색 정장 차림의 그녀에게서는 향긋한 비누 냄새가 났다. 보슈는 창문 옆 책상 오른쪽에 있는 의자에 다시 앉았다.

히노조스가 미소 짓는 것을 본 보슈는 의아한 기분이었다. 책상 왼쪽에도 의자가 두 개 놓여 있었다. 지금까지 세 차례 만나는 동안 보슈는 늘 같은 의자에만 앉았다. 창문에서 가장 가까운 곳에 있는 의자였다. 히노조스는 그것을 유의해 보았던 걸까? 그래서 거기에 어떤 의미를 부여한 것일까? 그녀가 불쑥 물었다.

"피곤해요? 어젯밤 잠을 별로 못 주무신 것 같은데."

"아, 네, 별로."

"개인적인 수사는 계속하고 있나요?"

"아직은요."

여자는 그럴 줄 알았다는 듯이 고개를 끄덕였다.

"오늘은 당신 어머님에 대해 얘기하고 싶은데요."

"왜죠? 그건 내가 여기 온 것이나 정직을 당한 일과는 아무 상관없잖아요."

"나는 그게 중요하다고 생각해요. 당신에게 일어나고 있는 일들과 개인적인 수사를 벌이게 된 이유를 설명하는 데 도움이 될 것 같거든요. 당신의 최근 행동들을 설명해 줄지도 모르죠."

"설마요. 뭘 알고 싶습니까?"

"어제 대화할 때 어머님에 대해 자주 언급하면서도 직업이나 기타 구체적인 얘긴 한마디도 안 하셨잖아요. 상담이 끝나고 생각해 보니 혹시 당신이 어머님의 직업을 받아들이는 데 거부감을 가지고 있는 걸까 싶었어요. 특히 어머님이…."

"매춘부였다는 데 대해서요? 그렇다고 말하지 않았소. 매춘부였어요. 난 성인입니다, 박사님. 진실은 받아들여요. 진실하기만 하다면 말이죠. 그렇게 생각했다면 너무 지레짐작하신 겁니다."

"그럴지도 모르죠. 지금은 어머님에 대해 어떻게 생각하세요?"

"무슨 뜻입니까?"

"분노? 증오? 사랑?"

"그런 생각 안 해요. 분노는 확실히 아닙니다. 난 그때 엄마를 사랑했으니까. 돌아가신 이후에도 변하진 않았어요."

"버림받은 느낌은 들지 않았나요?"

"그러기엔 너무 늙었죠."

"그때 말이에요. 그런 일이 일어났을 때."

보슈는 잠시 생각해본 뒤 대답했다.

"그땐 그런 감정이 분명 있었어요. 엄마의 생활방식이나 직업이 결국 당신을 죽음으로 몰아넣었고, 그 결과 나를 담장 안에 가둬버린 셈이니까. 그래서 화를 내고 버림받은 느낌이 들었던 것 같아요. 상처도 입었죠. 그 상처가 가장 나빴습니다. 엄마는 나를 사랑했거든요."

"담장 안에 가뒀다는 건 무슨 뜻이죠?"

"어제 얘기했잖아요. 맥클라렌 고아원에 있었다고."

"맞아요. 어머님이 돌아가셔서 거길 나올 수 없었겠군요?"

"얼마 동안 그랬죠."

"얼마나요?"

"열여섯 살까지는 들락날락했어요. 두 차례나 양부모에게 입양되어 몇 달씩 살았지만 결국 고아원으로 돌려보내지곤 했죠. 그러다가 열여섯 살이 되었을 때 다른 부부가 날 데려갔어요. 열일곱 살 때 그 집에서 나왔는데, 그 후에도 그들 부부가 DPSS 수표를 계속 받아먹고 있다는 걸 알았죠."

"DPSS?"

"사회복지과 말입니다. 지금은 청소년봉사과라고 부르죠. 암튼 양부모로 아이를 입양하면 매월 지원금을 받게 됩니다. 그 수표를 받기 위해 아이들을 입양하는 사람들도 많아요. 나를 입양했던 부부도 그런 사람이라는 뜻은 아니지만, 암튼 내가 그 집을 나온 뒤에도 그들은 사회복지과에 신고하지 않았던 거죠."

"알겠어요. 그래서 어디로 갔죠?"

"베트남이오."

"잠깐만요. 조금 전에 두 집으로 입양되었다가 고아원으로 돌려보내졌다고 했는데, 무슨 일이 있었나요? 그 이유가 뭐였습니까?"

"모르겠어요. 양부모들이 나를 싫어했습니다. 잘 안 된다고 하더군요. 그래서 고아원으로 돌아와서 기다렸습니다. 10대 소년을 입양시키는 일은 바퀴 없는 자동차를 팔아먹는 것보다 더 어려운 일 같아요. 양부모들은 항상 어린애만 원하니까요."

"고아원에서 도망친 적도 있나요?"

"두어 차례 그랬죠. 그런데 항상 할리우드에서 붙잡혔어요."

"10대 소년 입양이 그처럼 어렵다면 세 번째는 어떻게 성공했죠? 그땐 나이가 더 많은 열여섯 살이었는데."

보슈는 풀썩 웃으며 머리를 흔들어댔다.

"그 얘길 들으면 포복절도할 걸요. 그들은 내가 왼손잡이라서 입양했던 겁니다."

"왼손잡이라서? 무슨 소린지 모르겠는데요."

"난 왼손잡이인데다 강속구를 꽤 잘 뿌렸거든요."

"무슨 뜻이에요?"

"이런, 그러니까 이런 얘기예요. 그 당시 다저스 팀엔 샌디 코팩스(Sandy Koufax: 메이저 리그의 전설적 좌완 투수-옮긴이)가 있었는데, 연봉이 아마 엄청난 액수였을 겁니다. 나를 입양한 얼 모스라는 남자는 세미프로 야구팀에서 뛰었지만 끝까지 빛을 못 봤어요. 그래서 왼손잡이 메이저 리그 유망주를 발굴하고 싶었던 모양이에요. 그 당시엔 쓸 만한 왼손잡이가 드물었거든요. 최고가로 팔렸어요. 그 점에 착안했던 거죠. 얼은 소질 있는 아이를 찾아 조련하면 나중에 그의 매니저나 에이전트로 계약할 수 있다고 생각했어요. 그것이 자기가 게임으로 돌아갈 수 있는 길이라고 본 거죠. 광적이었지만 그는 자신의 메이저 리그에 대한 꿈이 사라졌다는 걸 알았던 것 같아요. 그래서 맥클라렌 고아원으로 와서 아이들을 한 무리 데리고 들판으로 나가 캐치볼을 시킨 겁니다. 우린 야구팀을 만들었고, 다른 고아원 팀들과 시합도 벌였고, 가끔 밸리에 있는 학교들과도 게임을 했습니다. 암튼 얼은 우리들을 데리고 나가 공을 던지게 했는데, 그 당시는 그것이 테스트인 줄 우린 몰랐죠. 나도 나중에야 그런 생각이 들었습니다. 내가 왼손잡이에다 공을 좀 던질 줄 안다는 걸 알자 얼이 다가오더군요. 그는 다른 아이들에 대해서는 지난 시즌 프로그램처럼 까맣게 잊어버렸습니다."

보슈는 다시 머리를 흔들었다.

"그래서 어떻게 됐죠? 그를 따라갔나요?"

"따라갔죠. 그의 아내도 있었어요. 그 여잔 나한테나 남편한테 별로 말이 없었어요. 얼은 나한테 뒤뜰에 매달아 놓은 타이어를 향해 매일 백 번씩 공을 던지도록 했습니다. 그리고 매일 저녁 나한테 야구 강의를 했죠. 나는 1년쯤 참고 견디다 그만두고 나왔습니다."

"도망친 거예요?"

"그런 셈이죠. 입대했으니까. 그렇지만 얼에게 입대원서에 서명하도록 했어요. 처음엔 안 하려고 하더군요. 나를 메이저 리그에 보낼 생각이었으니까. 그렇지만 죽을 때까지 야구공은 다시 던지지 않겠다고 하자 서명을 하더군요. 그 대신 내가 베트남에 있는 동안 DPSS 수표는 그들 부부가 챙기도록 내버려두었습니다. 그 정도면 메이저 리그 유망주를 잃은 보상은 어느 정도 되었겠죠."

카르멘 히노조스는 한참 동안 침묵을 지켰다. 메모지에 적힌 것을 읽고 있는 것 같았는데, 보슈는 상담 도중 그녀가 기록하는 걸 보지 못했다는 생각이 들었다. 침묵을 깨고 그는 말했다.

"10년쯤 지난 후 순찰 경관으로 근무하던 시절, 나는 할리우드 프리웨이에서 선셋 대로로 건너오는 음주운전 차량을 갓길로 인도했습니다. 운전자는 그 일대를 난장판으로 만들었죠. 간신히 차를 갓길에 세우고 창문으로 다가가 들여다봤더니 얼 모스가 운전석에 앉아 있더군요. 일요일이었어요. 다저스 경기를 보고 귀가하던 길이었죠. 좌석 위에 프로그램이 던져져 있었습니다."

정신과 의사는 보슈를 힐긋 쳐다보았지만 아무 말도 하지 않았다. 그가 여전히 기억 속을 헤매고 있는 것 같았기 때문이다.

"얼은 그때까지도 유망한 좌완투수를 발견하지 못했던 것 같았어요. 암튼 너무 취해서 나를 알아보지도 못했죠."

"그래서 어떻게 했나요?"

"자동차 열쇠를 빼앗고 그의 아내에게 연락했죠. 그게 내가 그에게 준 유일한 휴식이었던 것 같군요."

히노조스는 메모지를 들여다보며 다음 질문을 던졌다.

"당신의 생부에 대해선 어떻게 생각하세요?"

"뭘 어떻게 생각해요?"

"그가 누군지는 아세요? 한 번도 만난 적 없고요?"

"한 번 만났죠. 베트남에서 돌아오기 전까진 아무 흥미도 느끼지 못했는데, 추적해 보니 어머니가 고용했던 변호사였어요. 가족과 모든 것을 가진 남자였죠. 내가 만났을 땐 해골처럼 변해 죽어가고 있었어요. 그를 알 기회가 끝내 없었죠."

"그분의 성이 보슈였나요?"

"아니에요. 내 성은 어머니가 멋대로 붙여준 겁니다. 화가 이름에서 따온 거죠. 어머니는 LA가 그 사람 그림을 많이 닮았다고 생각했죠. 온갖 편집증과 공포로 만연한 도시 말입니다. 언젠가 그 화가의 그림첩을 내게 선물한 적도 있어요."

그 얘기를 듣고 난 정신과 의사는 더 긴 침묵에 빠져들었다. 그녀가 마침내 입을 열었다.

"이런 얘기들은 말예요, 해리. 사람 가슴을 아프게 해요. 어른으로 성장한 한 소년을 내게 보여주는군요. 그리고 당신 어머님의 죽음이 남긴 깊은 상처도 보여주고요. 당신은 어머니를 얼마든지 원망할 수 있고, 아무도 그러는 당신을 비난할 수 없어요."

보슈는 마음속으로 대꾸할 말을 생각하며 여자를 똑바로 바라보았다.

"난 엄마를 조금도 원망하지 않아요. 내게서 엄마를 빼앗아간 남자를 원망하죠. 이런 얘기들은 나에 관한 겁니다. 어머니에 관한 게 아니에요. 당신은 내 어머니를 느낄 수 없습니다. 나만큼 알 수도 없고요. 어머니가 나를 그곳에서 데려나오기 위해 최선을 다했다는 걸 난 알고 있어요. 나한테도 항상 그렇게 말했고요. 한 번도 포기한 적 없었어요. 단지 시간이 없었을 뿐이죠."

히노조스는 알 만하다는 듯이 고개를 끄덕였다. 잠시 후 그녀는 다시 물었다.

"어머님이 무슨 일로 생계를 꾸리는지 얘기할 기회가 있었나요?"

"없었죠."

"그러면 어떻게 알았어요?"

"기억나지 않아요. 첨엔 몰랐다가 엄마가 피살되고 내가 더 자란 다음에야 알게 되었을 겁니다. 그들이 날 데려갔을 때 난 열 살이었어요. 이유도 몰랐죠."

"어머니와 함께 살 때 남자들이 들락거렸어요?"

"그런 일은 한 번도 없었어요."

"그렇지만 어머니가 영위하는 삶에 대해 어떤 생각은 있었겠죠. 두 사람의 삶에 대해."

"엄마는 웨이트리스로 일한다고 했어요. 밤에 일을 나갔죠. 호텔에 방을 잡고 있던 드트레 부인한테 나를 맡긴 뒤 출근하곤 했는데, 그녀는 같은 일을 하는 엄마들의 아이 네댓 명을 돌봐주고 있었습니다. 우린 서로 모르는 사이였어요."

보슈는 거기서 얘기를 마쳤다. 그러나 히노조스가 아무 말도 않자 그는 얘기를 계속하라는 뜻으로 알았다.

"어느 날 밤 나는 그 늙은 부인이 잠든 틈을 이용하여 호텔을 빠져나왔습니다. 어머니가 일한다는 대로변의 커피숍을 찾아갔지만 엄마는 거기 없었어요. 사람들한테 물어봤지만 아무도 엄마를 알지 못했죠."

"나중에 엄마한테 그 이유를 물어봤어요?"

"아뇨. 그다음 날 나는 엄마 뒤를 밟았어요. 웨이트리스 유니폼을 입고 나간 엄마는 가장 가까운 친구 메러디스 로만이 사는 위층으로 올라갔죠. 얼마 후 두 여자는 드레스 차림에 화장을 요란하게 하고 나왔습니다. 그리곤 택시를 타고 가버렸기 때문에 더 이상 쫓을 수가 없었죠."

"그렇지만 당신은 알았군요."

"뭔가 알았겠지만 겨우 아홉 살이었어요. 그 나이에 알면 얼마나 알았겠소?"

"매일 밤 웨이트리스로 위장하는 어머니의 행동에 분노를 느꼈나요?"

"아뇨, 반대였어요. 잘 모르지만 엄마가 저러는 건 나를 위해서라고 생각했습니다. 엄마는 나름대로 나를 보호하고 있었으니까요."

히노조스는 무슨 얘긴지 알아들었다는 듯 고개를 끄덕였다.

"눈을 감으세요."

"눈을 감아요?"

"네, 눈을 감고 소년이었던 그 당시로 천천히 돌아가서 생각해 보세요. 어서요."

"이건 또 뭡니까?"

"그냥 하라는 대로 해요, 제발."

보슈는 성가시다는 듯 머리를 흔들었지만 여자가 시키는 대로 했다. 멍청이가 된 기분으로 그는 말했다.

"좋아요."

"자, 이제 당신 어머님에 대한 얘기를 들려주세요. 당신 마음속에 가장 선명하게 남아 있는 이미지나 에피소드 등, 무엇이나 좋아요."

보슈는 곰곰이 생각했다. 어머니에 대한 이미지들은 모두 지워지고 사라졌다. 그렇지만 한 가지는 남아 있었다.

"좋습니다."

"네, 얘기해 봐요."

"맥클라렌에 있을 때였어요. 엄마가 찾아와서 우린 야구장 펜스 밖으로 나갔죠."

"그 일은 어떻게 기억하고 있죠?"

"모르겠어요. 엄마가 거기 있다고 생각하면 늘 기분이 좋았으니까. 헤어질 땐 항상 울었지만 말이죠. 면회일에 그곳에서 벌어지는 장면을 당신도 봤어야 하는 건데. 온통 울음바다로 변하곤 했죠. 내 기억에 남아 있는 건 그때가 마지막 무렵이어서 그럴 겁니다. 그 후 얼마 안 되어 돌아가셨으니까. 한두 달쯤 후에."

"그때 무슨 얘길 했는지 기억나요?"

"많죠. 야구 얘기, 엄마는 다저스 팬이었어요. 엄마가 생일 선물로 사준 운동화를 나보다 나이 많은 애가 빼앗아 갔던 일도 기억나요. 엄마는 내가 운동화를 안 신고 나온 걸 보자 이유를 물었죠. 그리고 빼앗아 간 아이에 대해 몹시 화를 냈어요."

"나이 많은 아이가 운동화를 왜 빼앗아 갔죠?"

"엄마도 그렇게 물었소."

"뭐라고 대답했나요?"

"그 아이가 나보다 힘이 세기 때문에 빼앗아 간 거라고 했죠. 어른들이 그곳을 어떤 이름으로 부르든, 근본적으로는 아이들의 감옥에 지나지 않았어요. 감옥과 똑같은 사회 구조에다 지배하는 패거리와 복종하는 아이들이 있었죠."

"당신은 어느 부류에 속했나요?"

"글쎄요, 나 자신을 지킬 정도는 됐죠. 하지만 나보다 나이 많고 힘도 센 아이가 운동화를 빼앗아 갈 때는 순종할 수밖에 없었습니다. 그게 생존을 위한 방법이었으니까."

"어머님이 그 말을 듣고 슬퍼했겠군요?"

"그랬죠. 하지만 실태를 몰랐어요. 고아원측에 불만을 제기하려 했지만 그랬다간 내 처지만 더 힘들어진다는 걸 몰랐죠. 내 설명을 듣고서야 그걸 깨닫고 울음을 터트렸어요."

보슈는 그 당시 광경을 마음속에 선명하게 떠올리며 침묵에 빠져들었다. 그 당시 인근 숲에서 풍겨오던 오렌지 꽃향내와 습한 공기가 기억났다.

히노조스가 잔기침을 하며 그의 주의를 돌렸다.

"어머니가 우실 때 당신은 무엇을 했습니까?"

"나도 울었겠죠, 뭐. 언제나 그랬으니까. 엄마를 슬프게 하긴 싫었지만 나한테 어떤 일이 벌어지고 있는지 알리고 나니 위로가 되었습니다. 엄마들만 그런 일을 할 수 있다는 거, 알아요? 우리가 슬플 때 위로할 수 있는 사람 말입니다."

보슈는 여전히 눈을 감고 기억 속을 헤매고 있었다.

"어머님은 뭐라 하셨어요?"

"엄마는… 나를 거기서 데리고 나오겠다고만 했어요. 양육권 박탈과 부적합한 어머니 판정을 내린 것에 대해 변호사가 곧 법정에 제소할 거라고 하면서요. 다른 방법도 있다고 했어요. 요점은 나를 데리고 나가겠다는 거였죠."

"그 변호사가 당신 생부였나요?"

"네, 하지만 난 몰랐소. 내가 하려는 말은 법원이 어머니를 잘못 판단했다는 겁니다. 그게 내 마음에 걸려요. 어머니는 나한테 잘해줬는데 그들은 그것을 몰랐어요. 나는 엄마가 자기 의무를 다하겠다고 약속했던 걸 기억합니다. 나를 고아원에서 데리고 나오려고 했어요."

"하지만 끝내 못했죠."

"네. 그럴 시간이 없었죠."

"정말 유감이에요."

보슈는 눈을 뜨고 히노조스를 바라보았다.

"정말입니다."

18 외로운 새

보슈는 힐 스트리트 공용 주차장에 차를 세워둔 죄로 주차요금 12달러를 물어야만 했다. 거기서 빠져나온 그는 101번 도로를 타고 북쪽 산악지대로 달렸다. 차를 몰며 이따금씩 옆 좌석에 올려둔 파르스름한 상자를 돌아보곤 했지만 열어 보진 않았다. 열어 봐야 한다는 건 알지만 집에 도착할 때까지 기다릴 생각이었다.

라디오를 틀자 디제이가 애비 링컨(시카고 태생의 재즈 가수-옮긴이)이 부른 노래를 소개하고 있었다. 한 번도 들어본 적 없는 노래였지만 보슈는 금방 그 가사와 여자의 허스키한 목소리가 좋아졌다.

외로운 새는 비통하게 울며
힘든 세상에서 솟아올라
구름 낀 하늘을 뚫고
하늘 높이 날아간다

우드로 윌슨 드라이브에 도착한 보슈는 늘 하던 대로 차를 집에서 반 블록쯤 떨어진 곳에 주차한 뒤 상자를 안고 안으로 들어갔다. 상자를 식탁 위에 올려놓고 담배를 붙여 문 그는 방 안을 오락가락하며 가끔 그것을 돌아보았다. 그 안에 뭐가 들었는지는 이미 알고 있었다. 살인사건 파일에서 증거물 리스트를 봤기 때문이다. 그렇지만 상자를 열면 어떤 비밀을 침범하고 그 자신도 모르는 죄를 범하게 될 거라는 느낌을 극복할 수가 없었다.

마침내 그는 열쇠를 꺼내들었다. 열쇠고리에 매달린 작은 펜나이프로 상자를 봉하고 있는 빨간 테이프를 잘랐다. 그리곤 나이프를 식탁에 내려놓고 더 이상 생각하지 않고 상자 뚜껑을 열어 젖혔다.

피살자의 옷과 소지품들이 비닐봉지에 낱낱이 포장되어 상자 안에 담겨 있었다. 보슈는 하나씩 차례대로 꺼내어 식탁 위에 늘어놓았다. 투명 비닐이 누렇게 변색했지만 속에 든 물건은 잘 보였다. 그는 살균 처리된 내용물을 꺼내지는 않고 비닐봉지를 하나하나 들고 살펴보았다.

살인사건 파일을 열고 증거물 명단과 대조한 결과 없어진 증거물은 없다는 것이 확인되었다. 다 그대로 있었다. 그는 금귀고리가 담긴 비닐가방을 들고 불빛에 비춰 보았다. 얼어붙은 눈물방울처럼 보였다. 그것을 상자 밑바닥에 돌려놓을 때 깨끗하게 갠 블라우스가 담긴 비닐가방이 눈에 들어왔다. 증거물 보고서에 기록된 대로 왼쪽 젖가슴 5센티미터 아래쪽에 핏자국이 남아 있었다.

보슈는 손가락으로 핏자국 위의 비닐 부분을 어루만졌다. 그 순간 바로 그 생각이 떠올랐다. 다른 곳엔 아무데도 핏자국이 보이지 않았다. 살인사건 파일을 읽을 때 어딘지 좀 이상하다는 생각이 들었지만 미처 깨닫지 못했던 것이다. 이제야 그 이유를 알았다. 속옷에도, 스커트나 스타킹에도, 신발에도 핏자국이 전혀 보이지 않았다. 단지 블라우스에만 있었다.

검시보고서에도 시체에 열상은 없다고 기재되어 있다는 걸 보슈는 알고 있었다. 그렇다면 블라우스의 피는 어디서 나온 것일까? 범죄현장 사진과 부검 사진을 보고 싶지만 볼 수가 없었다. 그것들이 담긴 봉투를 열 수 있는 방법이 그에겐 없었다.

블라우스가 담긴 비닐봉투를 상자에서 꺼내어 증거물 꼬리표와 다른 표시들을 살펴보았지만 혈액을 분석했다는 언급은 한마디도 없었다. 그것은 보슈를 고무시켰다. 블라우스에 묻은 피가 피살자의 것이 아니라 살인자의 것일 가능성이 컸다. 이렇게 오래된 피에서도 혈액형 구분이나 DNA 분석이 가능한지 알 수 없지만 그는 방법을 찾아볼 생각이었다. 문제는 비교 자료를 구하는 일이었다. 혈액형 구분이나 DNA 분석을 아무리 잘해도 비교할 자료가 없으면 아무 소용이 없다. 아노 콘클린이나 고던 미텔의 혈액을 채취하려면 법원의 명령이 필요했다. 그리고 영장을 받아내려면 증거가 있어야만 했다. 혐의나 육감만으로는 될 일이 아니었다.

증거물이 담긴 비닐봉투들을 상자 속으로 다시 담던 보슈는 이전엔 눈여겨보지 않았던 물건을 발견하고 손길을 멈추었다. 살인자가 피살자를 교살할 때 사용했던 벨트였다. 잠시 살펴본 다음 그는 마치 뱀을 집어 들듯 조심스럽게 손을 내밀어 상자 속에서 그것을 집어 들었다. 벨트 구멍 하나에 증거물 꼬리표가 꿰어져 있었다. 매끈한 은빛 조가비로 장식된 버클에 검은 가루가 묻어 있었고, 아직도 지문의 일부가 남아 있었다.

보슈는 벨트를 들고 불빛에 비춰 보았다. 그것을 살펴보는 건 고통스런 일이지만 어쩔 수 없었다. 폭이 3센티도 안 되는 그 까만 가죽 벨트는 버클을 장식한 커다란 조가비 외에도 혁대를 따라 조그마한 조가비

들이 장식되어 있었다. 그것을 보자 한 가지 추억이 떠올랐다. 그 벨트는 사실 보슈가 선택한 물건이 아니었다. 메러디스 로만이 그를 윌셔 대로의 메이 컴퍼니로 데려갔을 때였다. 그녀는 다른 많은 벨트들과 함께 진열대에 있던 그것을 발견하자 그의 엄마가 아주 좋아할 것이라고 말했다. 그리곤 자기가 돈을 치르고 그 벨트를 구입하여 보슈에게 건네며 엄마에게 생일선물로 주라고 했다. 메러디스의 말이 옳았다. 그의 어머니는 그 벨트를 자주 착용했을 뿐만 아니라, 법원이 모자 사이를 갈라놓은 후엔 아들을 방문할 때마다 그것을 매고 왔다. 그녀가 살해되었던 날 밤까지도.

보슈가 증거물 꼬리표를 살펴보았지만 거기 적힌 것이라곤 사건번호와 매키트릭이란 이름뿐이었다. 벨트를 착용할 때 버클의 걸림쇠에 걸려 두 번째 구멍과 네 번째 구멍이 늘어져 있었다. 보슈는 어머니가 누군가에게 잘 보이고 싶을 때는 벨트를 꽉 조였다가 보통 때는 다른 옷들 위에 느슨하게 매었던 모양이라고 생각했다. 이제 그는 이 벨트에 대한 모든 것을 알았다. 어떤 놈이 어머니를 죽이는 데 이것을 사용했다는 사실만 제외하고.

그러자 경찰이 이 벨트를 집어 들기 전에 마지막으로 손에 잡았던 놈은 한 생명을 앗아가고 보슈 자신의 삶까지도 완전히 바꿔버렸다는 것을 깨달았다. 그는 그것을 조심스럽게 상자 속에 넣고 다른 옷가지들을 그 위에 올려놓았다. 그리고는 뚜껑을 닫았다.

보슈는 더 이상 집 안에 머물러 있을 수가 없었다. 무조건 밖으로 나가야 할 것만 같았다. 옷을 갈아입을 생각도 않고 무스탕에 올라 시동을 걸었다. 그리고 어두워진 카후엥가 언덕을 내려와 할리우드로 들어갔다. 그는 자신에게 어디로 가든 알 게 뭐냐고 속으로 말했지만 그건 거짓말이었다. 어디로 가는지 잘 알고 있었다. 할리우드 대로로 들어서

자 그는 동쪽으로 방향을 꺾었다.

비스타에 도착하자 다시 북쪽으로 돌아 첫 번째 골목으로 꺾어 들었다. 전조등이 어둠을 가르자 부랑자들의 작은 야영장이 드러났다. 마분지 상자로 달아낸 조그마한 공간에 한 사내와 한 여자가 웅크리고 있었다. 그 옆에도 담요와 신문지로 몸뚱이를 둘둘 만 두 사람이 누워 있었다. 쓰레기통에서 타다 남은 불길이 발그레하게 빛났다. 보슈는 살인사건 파일에서 본 범죄현장 그림을 떠올리며 골목 안쪽을 향해 차를 천천히 몰았다.

할리우드 기념품점은 이제 성인잡지 및 비디오 대여점으로 바뀌었다. 부끄러워하는 고객들을 위해 골목 안쪽에 출입구가 마련되어 있었고, 건물 뒤쪽으로는 여러 대의 차량들이 주차되어 있었다. 보슈는 출입구 곁에 차를 세우고 전조등을 껐다. 밖으로 나갈 필요성을 못 느껴서 차 안에 그대로 앉아 있었다. 지금까지 한 번도 이 골목 안의 범죄현장에 와본 적이 없었기 때문에, 그는 잠시 이곳에 앉아 지켜보며 느끼고 싶을 뿐이었다.

담배를 피우며 지켜보는 사이에 비닐봉투를 든 한 사내가 성인용품점에서 나오더니 골목 끝에 세워둔 자동차로 재빨리 걸어갔다.

보슈는 어머니와 함께 살던 어린 시절의 한때를 떠올렸다. 그때는 캠로즈에 있는 조그마한 아파트에서 살았고, 여름철 어머니가 일을 하지 않는 날이나 일요일 밤에는 뒤뜰에 앉아 할리우드 볼(할리우드 원형극장－옮긴이)에서 들려오는 음악에 귀를 기울이곤 했다. 자동차 소리와 도시의 소음으로 인해 음악이 제대로 들리지 않았지만 고음은 비교적 깨끗했다. 보슈가 좋아했던 것은 음악이 아니라 엄마와 함께 있는 것이었다. 모자가 함께하는 시간이었다. 어머니는 아들에게 언젠가는 원형극장으로 데려가서 그녀가 가장 좋아하는 '세헤라자데'를 들려주겠다고 약속하곤 했다. 하지만 그런 기회는 끝내 오지 않았다. 법원은 아들을 어머니로부터 빼앗아갔고, 어머니는 아들을 되찾기도 전에 살해당했다.

보슈는 실비아와 함께 지내던 해에 마침내 필하모니가 연주하는 '세헤라자데'를 들었다. 눈물이 그렁그렁한 그의 눈을 본 실비아는 음악의 순수한 아름다움 때문일 거라고 생각했다. 그는 그게 아니라 다른 이유 때문이라고 설명할 엄두가 나지 않았다.

흐릿한 움직임이 시야를 지나더니 누군가가 주먹으로 운전석 옆 창문을 두드렸다. 보슈의 왼손이 본능적으로 옆구리를 더듬었지만 권총은 거기에 없었다. 고개를 들고 창문을 보니 얼굴에 주름살이 자글자글한 노파 하나가 그를 들여다보고 있었다. 옷을 세 겹으로 껴입은 것처럼 보이는 노파는 노크하던 손을 앞으로 내밀었다. 보슈는 놀란 상태에서 주머니에 손을 집어넣어 5달러짜리 지폐를 한 장 꺼냈다. 자동차 시동을 걸고 창문을 내린 다음 노파에게 돈을 건네주었다. 노파는 아무 말도 하지 않았다. 그냥 돈만 받아 들고 어디론가 걸어가기 시작했다. 보슈는 노파를 바라보며 그녀가 이 골목에서 어떤 모습으로 생을 마감할까 하고 생각했다. 또한 그 자신은 어떤 모습으로 끝날까 하는 생각이 들었다.

차를 몰고 골목을 빠져나와 할리우드 대로로 나간 그는 다시 천천히 달리기 시작했다. 처음엔 아무 목적도 없었지만 곧 그것을 발견했다. 아직은 콘클린과 미텔을 대적할 준비가 안 되었지만 그들이 어디에 있는지는 알고 있었다. 이젠 그들의 가정과 삶, 그들의 종착역을 꼭 보고 싶었다.

그는 할리우드 대로를 따라 알바라도 거리까지 간 다음 3번가로 내려가서 서쪽으로 핸들을 꺾었다. 그 거리는 리틀 살바도르로 알려진 3세계 빈민지역과 핸콕 파크의 쇠퇴한 저택들을 지나 거대한 아파트 단지와 콘도미니엄, 간병인이 보살피는 노인요양소로 이루어진 파크 라브레아로 이어졌다.

오그던 드라이브가 나오자 보슈는 차의 속력을 줄여 파크 라브레아 요양원까지 천천히 굴러갔다. 요양원은 무슨 얼어 죽을, 하고 그는 생각했다. 환자가 죽어 가면 그 자리를 다음 환자에게 팔아먹을 궁리만 하고 있는 곳이 무슨 요양원이란 말인가?

콘크리트와 유리로 지은 12층짜리 평범한 건물이었다. 보슈는 로비 전면의 유리를 통해 경비원이 서 있는 것을 보았다. 이 도시에서는 노인과 환자들조차도 안전하지가 않다. 건물 전면을 쳐다보니 대부분의 창문들이 캄캄했다. 오후 9시밖에 안 되었는데 이곳은 이미 죽은 지대였다. 뒤쪽에서 경적 소리가 들려와서 그는 가속 페달을 밟았다. 콘클린의 삶은 과연 어떤 것일까? 지금 자기 방에 있을 그 노인은 지난 수십 년 동안 살아오면서 단 한 번이라도 마저리 로우에 대해 생각해본 적이 있을까?

보슈가 다음에 차를 세운 곳은 모던한 로마식 저택들이 솟아 있는 마운트 올림퍼스 거리였다. 신고전주의 양식으로 보이는 거대한 고급 저택들이 이빨처럼 빼곡하게 박혀 있었다. 장식 기둥들과 조각상들이 있었지만 이 일대에서 고전적으로 보이는 유일한 것은 저질의 예술품이었다. 보슈는 마운트 올림퍼스 거리에서 로럴 캐니언으로 내려온 뒤 일렉트라에서 방향을 꺾어 허큘러스 거리로 들어갔다. 차를 천천히 몰면서 그날 아침 수첩에 적었던 주소와 일치하는 집을 찾기 시작했다.

고던 미텔의 저택을 발견한 순간 보슈는 놀라 차를 길가에 세웠다. 아는 집이었다. 물론 들어가 본 적은 없었다. 하지만 누구나 다 아는 집이었다. 원형의 그 저택은 할리우드 언덕에서 가장 잘 드러난 꼭대기 위에 앉아 있었다. 보슈는 저택의 내부 규모와 바다와 산을 내려다보는 외부 광경을 상상하며 경외심에 사로잡혀 바라보았다. 저택의 둥근 벽들이 외부에서 쏜 하얀 빛에 반사되어 산꼭대기에 올려놓은 우주선처럼 보였고, 다시 한 번 공중으로 날아오를 준비를 하고 있는 것 같았다. 이건 고전적 저질 예술품이 아니었다. 이것은 소유주의 힘과 영향력에 맞추어 건축한 저택이었다.

언덕을 올라가서 저택에 이르는 긴 진입로를 철문이 가로막고 있었다. 그렇지만 오늘 밤엔 그 철문이 열려 있었고, 적어도 세 대의 리무진을 포함한 여러 대의 자동차들이 진입로 한쪽으로 주차되어 있었다. 보슈는 산꼭대기 원형 주차장에도 여러 대의 차들이 서 있는 것을 보았다. 그제야 저택 안에서 무슨 파티가 벌어지고 있는 모양이라는 생각이 들었다. 불그레한 빛이 차창 밖에서 어른거리더니 갑자기 차문이 덜컥 열렸다. 고개를 돌리자 하얀 셔츠에 빨간 조끼를 입은 라틴계 남자의 거무스레한 얼굴이 그를 보고 있었다.

"안녕하세요, 손님. 차는 저한테 맡기시고 진입로 왼쪽으로 걸어 올라가시면 안내원이 기다리고 있을 겁니다."

보슈는 사내를 빤히 쳐다보며 움직이지 않았다.

"손님?"

다시 재촉을 받고서야 보슈는 조심스레 차에서 내렸다. 빨간 조끼 사내는 번호가 매겨진 종이쪽지 하나를 보슈에게 건네주곤 무스탕에 올라타더니 시동을 걸었다. 보슈는 그 자리에 선 채 이젠 일이 터지는 대로 맡겨둘 수밖에 없다고 생각했다. 어쩌면 피했어야 할 일이었다. 그는 잠시 망설이며 사라져가는 무스탕 미등을 다시 돌아보았다. 하지만 곧 마음이 이끄는 대로 따라갔다.

진입로를 따라 걸어 올라가며 보슈는 상의 맨 위의 단추를 채우고 넥타이도 단정하게 당겨 맸다. 일단의 빨간 조끼 사내들을 지나치고 주차되어 있는 리무진들을 지나자 불빛이 환한 도시의 멋진 전경이 한눈에 들어왔다. 그는 걸음을 멈추고 잠시 바라보았다. 한쪽으로는 달빛에 물든 태평양을, 다른 쪽으로는 도심의 첨탑들을 볼 수 있었다. 저택 가격이 몇 백만 달러나 될지 모르지만, 그 전경만으로도 그 정도 가치는 될 듯했다.

왼쪽에서 부드러운 음악과 웃음, 얘기소리가 들려왔다. 보슈는 저택의 형태를 따라 휘어진 돌길을 돌아갔다. 언덕 아래를 향한 저택들의 급경사면은 아찔할 정도로 가팔랐다. 마침내 불을 환하게 밝힌 평평한 정원에 이르자 달처럼 하얀 텐트 아래 사람들이 바글거리고 있었다. 얼핏 보기에도 150명쯤 되는 잘 차려입은 사람들이 칵테일을 찔끔거리거나, 짤막한 검은 드레스에 하얀 앞치마를 두르고 얇은 스타킹을 신은 젊은 여성들이 나르는 오르되브르 전채(前菜) 요리를 먹고 있었다.

보슈는 빨간 조끼 사내들이 자동차를 다 어디로 몰아넣었는지 알 수가 없었다. 갑자기 발가벗겨진 기분이었고 무단침입자라는 것이 금방 들통 날 것만 같았다. 그렇지만 별천지처럼 보이는 어떤 것이 그의 마음을 사로잡았다.

정장 차림의 서퍼가 그에게 다가왔다. 나이는 스물다섯쯤 되어 보였고, 피부는 서핑으로 검게 그을고 짤막한 머리카락은 햇볕에 바랜 것처럼 보였다. 입고 있는 맞춤 양복은 보슈가 가진 옷의 가격을 모조리 다 합쳐도 살 수 없을 만큼 비싸 보였다. 밝은 갈색이지만 옷 주인은 그것을 코코아 색이라고 표현할 것이다. 사내는 적들이 미소 짓는 것처럼 웃으며 보슈에게 물었다.

“어서 오십시오, 손님. 오늘 밤 기분은 어떻습니까?”

“난 좋아. 그런데 자넨 초면인 것 같군.”

서퍼는 그 말에 더 환하게 웃으며 말했다.

"저는 오늘 밤 보안을 책임지고 있는 존슨입니다. 초대장 좀 보여주시겠습니까?"

보슈는 별 망설임 없이 대답했다.

"오, 미안. 그걸 가져와야 하는 줄은 몰랐어. 난 고던이 이 정도로 보안을 챙길 거라곤 생각지 않았네."

미텔의 이름을 입에 올리면 함부로 성급한 행동은 못할 거라고 보슈는 생각했다. 존슨이라는 서퍼는 눈살을 살짝 찌푸렸다가 곧 말했다.

"그러시다면 여기 서명 좀 해 주시겠어요?"

"물론이지."

보슈는 입구 가장자리에 있는 테이블로 따라갔다. 테이블 앞쪽에 붙어 있는 빨강, 하양, 파랑의 현수막에는 온통 "이번엔 로버트 세퍼드를!"이란 글씨가 적혀 있었다. 그것만 봐도 오늘 밤 행사의 목적이 뭔지 알고도 남을 정도였다.

테이블 위에는 방명록이 놓여 있었고 그 뒤에 앉아 있는 검정색 크러쉬드 벨벳 칵테일 드레스 차림의 여자는 젖가슴을 거의 다 드러낸 모습이었다. 존슨은 보슈가 하비 파운즈라고 서명한 방명록보다 여자의 젖가슴을 더 열심히 보고 있는 듯했다.

서명을 하던 보슈는 테이블 위에 쌓여 있는 서약서와 연필들을 빼곡하게 꽂아 놓은 샴페인 술잔을 보았다. 그는 정보지를 한 장 집어 들고 발표되지 않은 후보자의 경력에 대해 읽기 시작했다. 여자의 젖가슴에서 간신히 눈을 뗀 존슨이 보슈가 서명한 방명록을 확인하곤 말했다.

"감사합니다, 파운즈 씨. 즐거운 시간 보내세요."

그는 곧 사람들 속으로 사라졌다. 초청자 명단에 하비 파운즈란 이름이 있는지 확인하러 가는 듯했다. 보슈는 존슨이 다시 찾아오기 전에 미텔 얼굴이나 확인하고 자리를 뜰 생각이었다. 그는 텐트 아래서 나와 입구를 벗어났다. 잘 깎은 잔디밭을 가로질러 담장 쪽으로 다가간 다음 절경을 감상하는 척했다. 실제로 장관이었다. 그보다 더 나은 장관은 LA 국제공항으로 들어오는 제트기 안에서 내려다보는 경치겠지만, 그 대신 기내에서는 넓은 시야와 시원한 바람, 도시에서 들려오는 소리를 즐길 수 없을 것이다.

보슈는 텐트 아래 있는 사람들을 돌아보았다. 얼굴들을 하나하나 살폈지만 고던 미텔의 모습은 보이지 않았다. 텐트 가운데 부분에 여러 명이 모여 있었는데, 다들 발표되지 않은 후보자와 손을 잡으려는 사람들 같았다. 아니면 보슈가 세퍼드라고 짐작하고 있는 사람과 줄을 대려는 사람들이거나. 그들은 모두 부유층이라는 연대감을 과시하고 있었지만 연령은 다양해 보였다. 그리고 대부분 세퍼드 못지않게 미텔을 만나려고 온 사람들이었다.

까맣고 하얀 옷차림을 한 여자 하나가 샴페인 잔들을 담은 쟁반을 들고 차양에서 나오더니 보슈를 향해 다가왔다. 그는 잔을 하나 집어 들고 여자에게 고맙다는 말을 건넨 뒤 다시 경치를 돌아보았다. 샴페인을 한 모금 맛보았다. 최고급 샴페인이겠지만 그는 솔직히 구분할 수 없었다. 단번에 마신 뒤 자리를 뜨려고 할 때 옆에서 누가 말을 걸어 왔다.

"멋진 경치죠? 영화보다 더 아름다워요. 여기 서 있으면 시간 가는 줄 모릅니다."

보슈는 고개를 돌려 상대를 쳐다보진 않았다. 휩쓸리기 싫어서였다.

"네, 멋지군요. 하지만 난 내가 살고 있는 산이 좋아요."

"그래요? 거기가 어딥니까?"

"이 언덕 너머에 있는 우드로 윌슨이죠."

"맞아. 거기도 멋진 저택들이 있죠."

내 건 아니지, 하고 보슈는 생각했다. 지진이 한바탕 흔들고 지나간 걸 보면 그딴 소리도 쏙 들어갈걸.

"햇빛 속의 샌 게이브리얼은 눈부시더군요."

말을 걸어온 사내가 계속했다.

"거기도 가 봤지만 난 이곳에서 집을 샀소."

보슈는 고개를 돌렸다. 고던 미텔이었다. 집주인이 손을 내밀었다.

"고던 미텔이오."

보슈는 잠시 망설였다. 하지만 미텔은 자신이 등장하면 머뭇거리거나 말을 더듬는 사람들을 자주 봤을 거라는 생각이 들었다.

"하비 파운즈라고 합니다."

사내의 손을 잡으며 보슈가 말했다.

미텔은 검은 턱시도 차림이었다. 손님들을 위해 정장을 한 그에 비해 보슈의 옷차림은 약간 초라해 보였다. 미텔은 희끗희끗한 머리를 짧게 치고 피부는 태닝 기계로 매끈하게 그을린 모습이었다. 몸매도 날씬하고 고무줄처럼 탄력이 넘쳐 실제 나이보다 다섯 살 내지 열 살은 더 젊어 보였다.

"만나서 반갑습니다, 파운즈 씨. 어려운 걸음 해주셨소. 로버트는 만나 보셨습니까?"

미텔이 물었다.

"아뇨. 여러 사람들이 에워싸고 있더군요."

"아, 맞아요. 그렇지만 당신을 만나면 좋아할 겁니다."

"내가 건네는 수표도 좋아하겠죠."

"그럼요."

미텔은 미소를 지은 뒤 말했다.

"당신이 정말 도와주셔야 합니다. 로버트는 꼭 당선시켜야 할 훌륭한 친구요."

그의 미소가 하도 위선적이어서 보슈는 혹시 자기 정체를 눈치챈 것이 아닐까 싶었다. 그래도 미소로 답하며 상의 오른쪽 가슴을 툭툭 치고 말했다.

"난 수표책을 여기 넣고 다니죠."

그 순간 주머니에 실제로 들어 있는 것이 기억나며 아이디어가 하나 떠올랐다. 한 잔밖에 안 마셨지만 샴페인 기운이 그를 부추겼다. 갑자기 미텔에게 겁을 주어 그의 본색을 보고 싶다는 생각이 들었던 것이다.

"말해 봐요. 세퍼드가 그 사람입니까?"

그는 미텔에게 물었다.

"무슨 소린지 모르겠는데."

"그 사람이 언젠가는 백악관 주인이 될 겁니까? 당신을 등에 업고 말이죠."

미텔이 짜증인지 고통인지 모를 표정을 살짝 지었다.

"두고 봐야죠. 우선은 그를 상원에 보내야 합니다. 그게 중요해요."

보슈는 고개를 끄덕이며 몰려든 사람들을 살펴보는 척했다.

"당신이 사람을 제대로 데려온 것 같군요. 그런데 아노 콘클린은 왜 안 보이죠? 아직도 그 사람을 지지합니까? 원래는 당신이 첫 번째로 꼽던 사람이었잖아요?"

미텔은 이마에 깊은 주름을 잡았다.

"글쎄요…."

심기가 불편한 듯해 보였지만 그리 오래가진 않았다.

"솔직히 대화한 지 오래됩니다. 그분은 은퇴했소. 휠체어 신세를 지는 노인이죠. 아노를 잘 아십니까?"

"한 번도 만난 적 없어요."

"그러면 왜 갑자기 옛날 얘기를 꺼낸 거요?"

보슈는 어깨를 으쓱했다.

"내가 원래 역사학도라서 그런가 보죠."

"무슨 일을 하고 계십니까, 파운즈 씨? 설마 만년 학도는 아니겠죠?"

"법을 집행하고 있습니다."

"그렇다면 우린 공통점이 있네요."

"설마요."

"난 스탠포드 출신이오. 당신은 어디요?"

보슈는 잠시 생각한 뒤 대답했다.

"베트남 출신입니다."

미텔은 다시 눈살을 찌푸렸다. 그의 눈에서 호기심이 밀물처럼 사라지는 것을 보슈는 보았다.

"자, 난 손님들과 좀 더 어울려야겠소. 샴페인을 마음껏 즐기시고, 운전하기가 좀 뭣하시면 우리 애들을 불러요. 댁까지 잘 모셔다 드릴 겁니다. 매뉴얼을 찾아요."

"빨간 조끼 입은 친구."

"맞아요. 그들 중 한 녀석."

보슈는 술잔을 들어 보이며 말했다.

"걱정 마십시오. 이게 겨우 세 잔째니까."

미텔은 고개를 끄덕인 뒤 사람들 뒤로 사라졌다. 보슈는 그가 텐트 아래로 지나가며 몇 사람과 악수를 교환한 뒤 집 쪽으로 걸어가는 것을 지켜보았다. 그는 두 짝으로 된 유리문을 통해 거실이나 전망대처럼 보이는 곳으로 들어갔다. 그리곤 소파에 앉아 있는 정장 차림의 사내에게 다가가더니 고개를 숙이고 귓속말을 건네는 것 같았다. 사내는 미텔과 비슷한 연배로 보였지만 훨씬 더 강인한 외모를 지니고 있었다. 인상이 날카로웠고, 앉아 있는데도 덩치가 크고 묵직해 보였다. 젊었을 때는 두뇌보다 주로 완력으로 일을 해결했을 것 같았다. 사내가 고개만 끄덕이자 미텔은 곧 집 안쪽으로 사라졌다.

보슈는 잔에 남은 샴페인을 입에 털어 넣고 텐트 아래를 지나 집 쪽으로 다가갔다. 두 짝으로 된 유리문에 접근하자 까맣고 하얀 유니폼 차림의 여자가 도움이 필요하냐고 물었다. 화장실을 찾는다고 하자 여자는 왼쪽에 있는 다른 문을 가리켰다. 보슈가 다가가서 문을 열려고 하자 안으로 잠겨 있었다. 몇 분쯤 기다리자 마침내 문이 열리고 한 쌍의 남녀가 튀어나왔다. 그들은 보슈가 기다리고 있는 것을 보곤 낄낄 웃으며 텐트로 돌아갔다.

화장실 안으로 들어간 보슈는 상의 왼쪽 안주머니에서 접힌 종이를 꺼냈다. 케이샤 러셀 〈LA 타임스〉 기자한테서 받은 자니 폭스에 대한 기사 복사본이었다. 그것을 펴 놓고 볼펜을 꺼내어 자니 폭스, 아노 콘클린, 고던 미텔이란 이름에 동그라미를 그렸다. 그리고 기사 맨 아래쪽 여백에다 "무슨 경력을 근거로 자니에게 그 일을 맡겼을까?"라고 적었다. 그는 종이를 두 번 다시 접은 뒤 접힌 부분을 손가락으로 단단히 누르고 겉에다 "고던 미텔 친전!"이라고 적었다. 그리고 텐트 아래로 돌아가서 유니폼 차림의 여자에게 접은 종이를 주며 말했다.

"이걸 미텔 씨에게 즉시 전해요. 지금 기다리고 있을 테니까."

그는 여자가 집 안으로 들어가는 것을 지켜본 뒤 사람들 사이를 뚫고 방명록 테이블이 있던 입구로 나갔다. 그리고 방명록에다 자기 어머니의 이름을 재빨리 휘갈겨 썼다. 그러자 테이블에 앉아 있던 여자가 조금 전에 이미 서명했는데 왜 또 하느냐고 따졌다.

"이건 다른 사람 대신에 한 거요."

그는 얼렁뚱땅 둘러대곤 주소란에 할리우드와 비스타라고 적어 넣었다. 그리고 전화번호를 적는 칸은 비워두었다. 사람들이 모인 곳을 돌아보니 미텔도 종이쪽지를 준 여자도 보이지 않았다. 그래서 창문을 통해 거실 안쪽을 살펴보자 종이쪽지를 손에 든 미텔이 나타났다. 쪽지를 읽으며 천천히 거실로 들어오고 있었다. 그의 시선 각도로 보아 종이의 아랫부분에 볼펜으로 갈겨놓은 글을 읽고 있는 듯했다. 가짜 선탠을 한 얼굴이지만 하얗게 질린 것처럼 보였다.

보슈는 입구의 쑥 들어간 부분으로 한 걸음 물러서서 계속 관찰했다. 심장박동이 빨라지는 것을 느낄 수 있었다. 마치 무대 위에서 펼쳐지는 비밀스런 연극을 보고 있는 기분이었다. 미텔의 얼굴에 분노와 당혹감이 떠올랐다. 보슈는 그가 쿠션 의자에 앉아 있는 거친 인상의 사내에게 종이쪽지를 내미는 것을 보았다. 미텔이 창문을 통해 텐트 아래 모여 있는 사람들을 살펴보았다. 그가 뭐라고 소리쳤을 때, 보슈는 그의 입술 움직임을 보고 "개새끼!"라고 소리쳤다는 걸 알았다.

미텔이 입술을 더 빠르게 움직이며 큰 소리로 명령을 내리기 시작했다. 의자에 앉아 있던 사내가 일어서는 것을 보고 보슈의 본능은 이제 떠나야 할 때가 왔음을 감지했다. 재빨리 진입로로 걸어 나간 뒤 빨간 조끼를 입은 사내들 쪽으로 다가갔다. 그들 중 하나에게 주차표와 10달러 지폐를 건네주며 스페인어로 매우 급하다고 소리쳤다.

그랬는데도 기다리는 시간이 영원처럼 느껴졌다. 자동차가 오길 기다리며 보슈는 연신 집 쪽을 돌아보았다. 당장에라도 그 거친 사내가 나타날 것만 같았다. 빨간 조끼가 자동차를 가지러 간 방향을 바라보며 보슈는 여차하면 달려 나갈 채비를 하고 있었다. 권총을 가져왔어야만 했는데. 그것을 쓰고 안 쓰고는 중요하지 않았다. 이런 상황에서 권총을 소지하고 있으면 훨씬 더 안전한 느낌이 드는데, 그것이 없으니 발가벗은 기분이었다.

정장 차림의 서퍼가 진입로 꼭대기에 나타나더니 보슈를 향해 걸어왔다. 그와 동시에 보슈의 무스탕이 굴러왔다. 그는 도로로 걸어 나가 차를 탈 준비를 했다. 서퍼가 그를 붙잡으며 말했다.

"잠깐만요, 손님."

보슈는 갑자기 돌아서며 사내의 턱을 주먹으로 강타했다. 서퍼는 진입로로 나뒹굴며 두 손으로 턱을 감싸 쥐고 신음했다. 턱이 부러졌다면 십중팔구 탈골했을 것 같았다. 손이 아파 흔들고 있는 그의 앞에 무스탕이 급정거했다.

빨간 조끼가 운전석에서 내리지 않고 꾸물거리자 보슈가 차문을 열고 끌어내린 뒤 뛰어올랐다. 운전석에 자리 잡고 앉아 진입로 위쪽을 보니 거친 인상의 그 사내가 내려오고 있었다. 사내는 서퍼가 바닥에 쓰러져 있는 것을 보자 달리기 시작했다. 그렇지만 내리막길이라 발걸음이 불안정했고, 사내가 입고 있는 바지도 굵은 허벅지로 터질 듯이 팽팽했다. 보슈는 사내가 갑자기 미끄러져 넘어지는 것을 보았다. 빨간 조끼 두 명이 달려가서 도와주려고 하자, 사내는 화를 내며 뿌리쳤다.

보슈는 시동을 걸고 차를 출발시켰다. 그리고 멀홀랜드까지 내처 달린 다음 동쪽으로 꺾어 집으로 향했다. 아드레날린이 혈관 속을 폭주하는 느낌이었다. 그들로부터 도망쳤을 뿐만 아니라 그들의 신경을 바짝 긁어준 셈이었다. 미텔은 그것에 대해 생각 좀 해봐야 할 거야. 진땀깨나 흘려야 할걸. 보슈는 차 안에서 소리를 버럭 질렀다. 비록 자기 혼자밖에 아무도 듣는 사람이 없었지만.

"간담이 서늘했겠지, 안 그래? 이 망할 새끼!"

그는 승리감에 취해 손바닥으로 운전대를 팡팡 때렸다.

19 경찰 배지

그는 다시 코요테에 대한 꿈을 꾸었다. 그 녀석은 집도 차도 사람도 없는 산길에 혼자 있었다. 어딘가로 도망치려는 듯이 어둠 속을 빠르게 움직였다. 하지만 그 산길과 그곳은 원래 녀석의 것이었다. 녀석은 그곳을 잘 알고 있기 때문에 문제없이 도망칠 수 있다고 생각했다. 하지만 자기를 쫓는 자가 누군지는 늘 불분명했고 한 번도 본 적이 없었다. 그렇지만 그놈은 항상 그의 뒤쪽 어둠 속에 숨어 있었다. 그래서 코요테는 본능적으로 도망쳐야 한다는 걸 알았다.

칼이 종이를 찌르고 들어가듯 전화벨 소리가 꿈을 찢고 들어왔다. 보슈는 머리에서 베개를 빼며 몸을 오른쪽으로 굴렸다. 환한 새벽빛이 즉시 그의 두 눈을 찔렀다. 블라인드를 내리는 걸 잊어버렸던 것이다. 바닥에 있는 전화기를 집어 들고 그는 말했다.

“잠시만요.”

전화기를 침대 위에 놓고 한 손으로 얼굴을 문지르며 시계를 흘끗 보았다. 7시 10분이었다. 잔기침을 하여 목을 가다듬은 뒤 전화기를 다시 집어 들었다.

"여보세요."

"보슈 형사요?"

"네."

"브래드 허쉬예요. 너무 일찍 전화해서 죄송합니다."

보슈는 얼핏 떠오르지 않았다. 브래드 허쉬라고? 그게 누구였더라?

"네, 괜찮습니다."

그렇게 대꾸한 뒤에도 머릿속으로는 계속 그런 이름을 뒤지고 있었다. 잠시 침묵이 이어졌다.

"잠재지문반에 근무하는… 기억나요?"

"허쉬? 그럼요. 기억하고말고. 무슨 일입니까, 허쉬?"

"당신이 의뢰한 지문을 자동지문식별체계에 넣고 검색했습니다. 일찍 출근해서 데번셔 살인사건과 함께 처리했죠. 덕분에 아무도 모를 것 같군요."

보슈는 침대 가장자리를 두 발로 차고 일어나 침대 탁자의 서랍을 열고 메모지와 볼펜을 꺼내들었다. 메모지를 보니 라구나 비치에 있는 서프 앤 샌드 호텔에서 가져온 것이었다. 지난해 실비아와 함께 거기서 며칠 보냈던 기억이 떠올랐다.

"검색 결과 뭐가 좀 나왔습니까?"

"글쎄, 그게 좀 그래요. 미안하지만 나온 게 없거든요."

보슈는 메모지를 서랍 속에 던져 넣고 침대로 벌렁 드러누웠다.

"아무것도 안 나왔나요?"

"후보자 두 명이 나와서 눈으로 비교해봤는데 일치하지 않았습니다. 미안해요. 내가 알기엔 이런 경우는…."

허쉬는 말을 끝내지 않았다.

"모든 데이터베이스를 다 거쳤습니까?"

"우리측 네트워크는 다 거쳤죠."

"몇 가지 물어봅시다. 거기엔 지방검찰청 직원들과 LA 경찰국 인원도 다 포함된 겁니까?"

침묵이 길게 이어지는 걸 보면 허쉬가 그 질문의 의미에 대해 심사숙고하고 있는 듯했다.

"내 말을 듣고 있습니까, 허쉬?"

"그렇습니다. 다 포함된 겁니다."

"언제까지 소급된 겁니까? 무슨 뜻인지 아시죠? 이 데이터베이스의 지문들은 언제부터 입력한 겁니까?"

"그야 각 데이터마다 다르죠. LAPD 데이터는 광범위합니다. 아마 제2차 세계대전 이래 여기서 근무한 모든 사람들의 지문이 입력되어 있을 걸요."

그렇다면 어빙과 다른 경찰들은 모두 결백하다는 얘기군, 하고 보슈는 생각했다. 하지만 그건 별로 거슬리지 않았다. 그가 노리는 것은 전혀 다른 곳이었다.

"지방검찰청 직원들은 어떻소?"

"거긴 다를 겁니다."

허쉬가 대답했다.

"60년대 중반까진 직원들의 지문을 입력하지 않았던 걸로 알고 있습니다."

콘클린은 그때까지 검찰청에 있었지만 이미 검찰총장에 당선됐다는 걸 보슈는 알았다. 그렇다면 그는 자신의 지문을 제출하지 않았던 것처럼 보였고, 특히 살인사건 파일 속에 그의 지문과 일치하는 지문 카드가 있다는 걸 알았던 것 같았다.

보슈는 미텔에 대해 생각해 보았다. 그자는 검찰청 직원들의 지문을 정식으로 등록하기 시작하던 무렵 그곳을 나갔을 것이다.

"연방 데이터베이스는 어떻습니까?"

보슈는 허쉬에게 물었다.

"대통령을 보좌하고 백악관을 드나드는 인가를 받은 사람들이라면 데이터베이스에 지문이 입력되어 있겠죠?"

"물론이죠. 그들은 이중으로 입력되어 있습니다. 연방 직원 베이스와 FBI 베이스에 말이죠. 그러니까 배경조사를 한 직원들은 모두 지문을 등록하고 있습니다. 그렇지만 대통령을 방문한다고 해서 모두 지문을 등록해야 한다는 뜻은 아닙니다."

그렇다면 미텔도 거의 손에 들어온 거나 다름없다는 생각이 들었다.

"그러니까 1961년부터 완전한 데이터 파일이 있든 없든, 내가 당신한테 건네준 그 지문들은 그 이후로 등록된 적이 없다는 얘긴가요?"

"백 퍼센트 그렇단 얘긴 아니지만 거의 그렇습니다. 이 지문을 남긴 사람은 데이터뱅크에 제출하려는 생각은 아니었던 것 같군요. 우리가 확인할 수 있는 건 거기까집니다. 이런저런 방법으로 이 나라 국민 50명당 한 명 꼴로 지문을 추출할 수 있는데, 이번엔 아무것도 건져내지 못해 미안합니다."

"괜찮습니다, 허쉬. 일단 시도는 했잖아요."

"이젠 근무로 돌아가야겠군요. 지문 카드는 어떻게 할까요?"

보슈는 잠시 생각해 보았다. 더 이상 추적해볼 만한 곳이 없을 것 같았다.

"거기 좀 보관해 주겠어요? 시간 나면 연구실에 들러 가져갈 테니까요. 오늘 늦은 시각이 될 겁니다."

"알았어요. 내가 없을 때를 감안해서 봉투에 담아두죠. 그럼."

"그런데 허쉬?"

"네?"

"기분이 좋죠, 아닌가요?"

"무슨 뜻이죠?"

"옳은 일을 했잖아요. 일치되는 지문을 찾진 못했지만 결국 옳은 일을 했어요."

"아, 그런가요."

그는 부끄러워 못 알아들은 척했지만 이해하고 있었다.

"그래요. 나중에 봅시다, 허쉬."

전화를 끊고 침대에 걸터앉은 채 보슈는 오늘 하루를 어떻게 보낼 것인지 생각했다. 허쉬의 보고는 좋지 않았지만 실망할 일은 아니었다. 아노 콘클린의 혐의를 벗겨낸 것도 아니고, 고던 미텔의 결백을 증명한 것도 아니었다. 미텔이 대통령과 상원의원들을 위해 일할 때 지문 검사를 받았는지 안 받았는지 확인할 수가 없었다. 보슈는 자기 수사가 아직 좌초된 것은 아니라고 생각했다. 그래서 계획을 바꿀 생각이 전혀 없었다.

그는 전날 밤 기분 내키는 대로 미텔과 맞섰던 일을 떠올렸다. 자신의 무모함에 저절로 웃음이 나왔고 히노조스가 그 얘길 들으면 어떤 반응을 보일지 궁금했다. 보나마나 그가 지닌 문제의 증후군이라 하겠지만. 그녀는 그것을 변죽을 울리기 위한 교묘한 수단으로 봐주진 않을 것이다.

하루를 시작하기 위해 침대에서 일어나 커피를 올려놓고 샤워와 면도를 했다. 냉장고에서 시리얼 상자를 꺼내어 커피와 함께 들고 데크로 나갔다. 스트레오를 듣기 위해 미닫이문은 열어두었다. 그는 KFWB(LA

지역 뉴스 전문 채널 - 옮긴이) 뉴스를 틀었다.

바깥 공기가 시원하고 상쾌했다. 그렇지만 오후엔 또 더워질 것이다. 어치들이 데크 아래 계곡으로 넘나들고 동전 크기만 한 흑색종 벌들이 노란 재스민 속을 붕붕거렸다.

라디오에서는 10번 프리웨이 재건축을 예정보다 석 달 앞당겨 완공한 건설회사가 1천4백만 달러를 보너스로 벌었다는 뉴스가 흘러나왔다. 공학기술의 개가로 선언하기 위해 모여든 관리들은 무너진 프리웨이를 도시 자체에 비견했다. 이제 프리웨이가 재건되었으니 도시도 재건되었다는 식이었다. 하지만 도시는 다시 흔들리기 시작했다. 그들이 교훈을 얻으려면 한참 멀었다고 보슈는 생각했다.

잠시 후 그는 부엌으로 들어가서 전화번호부를 펴놓고 전화를 걸기 시작했다. 주요 항공사들을 불러 플로리다 행 티켓을 예매하는 일이었다. 그렇지만 하루 전에 예매하자니 아무리 싸게 하려고 해도 7백 달러였다. 그로서는 무리깨나 하는 금액이었다. 하는 수 없이 할부를 하기 위해 신용 카드로 긁었다. 그 외에도 탬파 국제공항에서 사용할 렌터카도 예약해야만 했다.

예약이 끝나자 그는 다시 데크로 나와 그다음 할 일을 생각했다. 경찰 배지가 필요했다. 배지가 있으면 안전하다는 느낌이 들어 필요한 건지, 아니면 자신의 사명을 완수하기 위해선 그게 정말 필요한 건지, 그는 의자에 앉은 채 한참 동안 생각해 보았다. 20년도 넘게 몸에 지니고 다녔던 권총과 배지를 반납하고 돌아다닌 이번 주 동안 그는 완전히 발가벗은 것처럼 취약한 기분이었다. 현관문 옆 벽장 속에 둔 비상용 권총을 가지고 다니고 싶은 유혹을 간신히 뿌리쳤다. 그러나 권총은 소지할 수도 있지만 배지는 달랐다. 권총과는 달리 배지는 그의 직업을 상징하는 것이었다. 배지는 어떤 열쇠보다 문을 잘 열었고, 어떤 말이나

무기보다도 더한 권위를 그에게 부여했다. 그래서 배지는 꼭 필요하다고 생각했다. 플로리다로 가서 매키트릭에게 사기를 치려면 합법적으로 보여야만 했다. 그러자면 배지가 있어야 했다.

하지만 그의 배지는 어빈 S. 어빙 부국장의 책상 서랍 속에 있을 것이었다. 거기에 들키지 않고 들어갈 방법은 없었다. 그렇지만 보슈는 그와 비슷한 효과를 발휘할 수 있는 다른 배지가 어디에 있는지는 알고 있었다.

그는 자기 시계를 보았다. 9시 15분. 할리우드 경찰서에서 일일지휘관회의가 열릴 시간이 45분 남았다. 시간은 충분했다.

20 배지 도둑

보슈가 경찰서 뒤쪽 주차장에 차를 댄 시각은 10시 5분이었다. 매사에 정확한 파운즈는 벌써 야근일지들을 들고 서장실로 가는 복도를 걸어가고 있을 것이 분명했다. 매일 열리는 지휘관회의에는 서장을 위시하여 순찰과장, 당직사령관, 형사과장인 파운즈 등이 참석하게 되어 있었다. 매일 반복하는 일인지라 20분을 초과한 적이 없었다. 경찰서 지휘관들이 그냥 둘러앉아 커피를 마시며 야근보고서를 검토하고 진행 중인 사건, 불만 사항, 특별히 유의해야 할 수사 등에 대해 얘기를 나누었다.

보슈는 드렁크 탱크 옆의 뒷문으로 들어가서 복도를 통해 형사과로 들어갔다. 바쁜 아침이었다. 복도 벤치에는 수갑을 찬 사내들이 벌써 네 명이나 앉아 있었다. 그 중 한 놈이 보슈에게 담배 한 대만 달라고 요청했다. 경찰서에서 만난 마약중독자로 신뢰할 순 없지만 가끔 정보원으로 써먹던 놈이었다. 시 소유의 건물 안에서 담배를 피우는 건 불법이다. 그렇지만 보슈는 담배에 불을 붙여 사내의 입술에 물려주었다. 바늘 자국이 빼곡한 두 팔이 등 뒤로 돌려진 채 수갑이 채워져 있었기 때문이다.

"이번엔 무슨 일로 또 들어왔어, 할리?"

보슈가 사내에게 물었다.

"젠장, 어떤 새끼가 차고 문을 열어놨잖아. 날더러 들어오라는 소리지 뭐요?"

"판사한테도 그 말을 꼭 해."

그렇게 말해 주고 가는데 복도 맨 끝 벤치에 매달려 있던 놈이 그에게 소리쳤다.

"씨발, 인간 차별해? 나도 한 대 피우고 싶다고!"

"미안, 담배가 떨어졌어."

보슈가 대꾸했다.

"좆 까는 소리 하고 자빠졌네."

"맞아. 나도 그렇게 생각해."

뒷문을 통해 형사과로 들어간 보슈는 맨 먼저 파운즈의 유리벽 사무실이 비어 있는지부터 확인했다. 그는 지휘자회의에 참석하고 있었다. 앞쪽에 있는 코트걸이를 보니 근무 중임이 분명했다. 수사 테이블들로 만들어진 통로를 따라 걸어가며 보슈는 눈길이 마주치는 다른 형사들에게 고개를 끄덕였다.

살인반의 에드거는 보슈가 사용하던 책상에 앉은 새 파트너와 마주 보고 앉아 있었다. 그는 다른 형사가 "안녕, 해리." 하고 인사하는 소리를 듣고 돌아앉았다.

"무슨 일이야, 해리?"

"아, 몇 가지 가져갈 게 있어 들어왔지. 잠시면 돼. 바깥은 무지 더워."

보슈는 형사과 앞쪽으로 걸어갔다. 민병대원인 헨리 영감이 카운터 뒤에 앉아 낱말 맞추기를 하고 있었다. 여러 차례 지워서 네모 칸들이 희미하게 변했다.

"별일 없죠, 헨리? 그걸 어디나 들고 다녀요?"

"보슈 형사."

보슈는 스포츠 코트를 벗어 옷걸이로 가져가서 회색 교차선 무늬의 재킷 옆에 걸었다. 그 재킷이 파운즈의 것임을 알고 있었기 때문이다. 그는 자기 코트를 걸면서 헨리와 다른 형사들이 보지 못하게 돌아선 자세로 파운즈의 재킷 속주머니 속에 손을 슬쩍 집어넣어 그의 배지 지갑을 꺼냈다. 파운즈는 습관에 충실한 인간인지라 지갑을 항상 그 주머니에만 넣어두는 줄 알고 있었던 것이다. 헨리가 뭐라고 계속 얘기하는 동안 보슈는 순식간에 파운즈의 지갑을 자기 바지 주머니에 넣고 돌아섰다. 그런 심각한 행동을 하면서도 그는 거의 머뭇거리지 않았다. 다른 경찰의 배지를 훔치는 일은 범죄 행위지만, 보슈가 자기 배지를 압수당하게 된 데는 파운즈의 책임도 있었다. 보슈의 도덕적 잣대로 재면 파운즈가 그에게 한 짓도 똑같이 나쁜 일이었다.

"경위님을 만나려면 회의실로 가셔야 할 겁니다."

헨리가 말했다.

"아니에요, 헨리. 난 경위한테 볼일 없어요. 아예 내가 여기 왔단 말도 하지 마세요. 그 친구 혈압 올릴 일 없습니다. 내 소지품 몇 가지만 가지고 나갈 테니까요. 아셨죠?"

"그러죠, 뭐. 나도 그 양반 성질 돋우고 싶지 않아요."

보슈는 자기가 들어온 것에 대해 다른 형사들이 파운즈에게 보고할까 봐 걱정하진 않았다. 그래서 헨리의 입만 봉하면 된다고 생각하며 노인의 어깨를 다정하게 토닥거려 주었다. 보슈가 살인반으로 다가가자 그의 의자에 앉아 있던 번즈가 엉거주춤 일어서며 물었다.

"여기 뒤질 일이 있습니까, 해리?"

목소리에 주눅이 잔뜩 들어 있었다. 보슈는 그의 난처한 입장을 이해하고 더 이상 힘들게 만들지 않기로 했다.

"그래, 괜찮다면 잠시 나와 주겠나? 내 개인용품들을 몇 가지 꺼낸 뒤에 곧 비켜주겠네."

보슈는 테이블을 돌아 들어가서 서랍을 열었다. 오래전에 처박아둔 서류더미 위에 주니어민트 초콜릿 두 상자가 놓여 있었다.

"아, 그건 제 겁니다. 미안해요."

번즈가 소리치며 손을 내밀었다. 보슈가 서류더미를 뒤지는 동안 그는 양복 입은 아이처럼 초콜릿 상자를 들고 테이블 옆에 서서 기다렸다. 사실 서류를 뒤진 건 쇼였다. 보슈는 서류 몇 가지를 마닐라 파일에 끼워 넣은 뒤 번즈에게 초콜릿 상자를 다시 넣어도 좋다고 손짓하며 말했다.

"조심하게, 밥."

"빌입니다. 뭘 조심해요?"

"개미가 몰려들지 몰라."

보슈는 벽을 따라 죽 세워진 파일 캐비닛 앞으로 걸어가 문을 열고 자기 명함이 붙여진 서랍을 열었다. 높이가 허리쯤 오는 밑에서 세 번째 서랍으로 속이 거의 비어 있다는 걸 알고 있었다. 그는 테이블을 등지고 돌아서서 주머니에서 배지 지갑을 꺼내어 서랍 속으로 가져갔다. 서랍 깊숙이 보이지 않는 곳에서 지갑을 열고 골드 배지를 빼내어 다른 주머니에 넣고 지갑은 다시 접어 원래 주머니에 넣었다. 그리곤 태연하게 파일을 꺼낸 다음 서랍을 닫았다. 그는 돌아서서 제리 에드거를 보며 말했다.

"그래, 바로 이거야. 내 개인적으로 필요한 것. 진행 중인 사건 있나?"

"아니, 조용해."

코트걸이로 돌아간 보슈는 다시 형사과를 등지고 서서 한 손으로 자기 코트를 벗기며 다른 손으로는 주머니의 지갑을 꺼내어 파운즈의 코트 안주머니에 슬쩍 돌려주었다. 그는 코트를 입고 헨리에게 작별 인사를 한 뒤 살인반으로 다시 돌아갔다.

"가봐야겠어."

그는 뽑아둔 파일 두 개를 집어 들며 에드거와 번즈에게 말했다.

"98파운즈가 나 보고 발작을 일으키는 꼴 보고 싶지 않아. 잘들 해 봐."

나오는 길에 보슈는 마약중독자에게 담배 한 대를 더 물려주었다. 복도 끝 벤치에서 소리치던 놈은 벌써 어디론가 끌려가고 없었다. 있으면 그놈한테도 한 대 물려줄 텐데.

무스탕으로 돌아온 보슈는 파일을 뒷좌석에 던져버리고 서류가방 속에서 자신의 빈 지갑을 꺼냈다. 그리곤 그의 경찰증 옆 빈자리에 파운즈의 배지를 끼워 넣었다. 자세히 들여다보지만 않으면 누구라도 깜박 속을 만했다. 다만 배지에는 경위란 단어가 새겨져 있는데, 보슈의 경찰증에는 형사로 되어 있었다. 그 정도 차이는 새 발의 피라고 생각하며 보슈는 희희낙락했다. 게다가 파운즈는 자기 배지가 사라진 줄 당분간은 눈치도 채지 못할 것이었다. 경찰서 밖으로 나가는 경우도 드물고 지갑을 열고 배지를 보여줄 일은 더더욱 없기 때문이었다. 어쩌면 보슈가 그것을 다 써먹고 제자리에 돌려놓을 때까지도 없어진 줄 모를 가능성이 매우 컸다.

21 매드 미닛

보슈가 오후 상담치료를 받기 위해 카르멘 히노조스 사무실 앞에 도착했을 때는 아직 이른 시각이었다. 그는 정확히 3시 30분까지 기다렸다가 문을 노크했다. 문을 열고 들어가자 히노조스는 미소로 맞았다. 늦은 오후의 햇살이 창문으로 들어와 그녀의 책상 위로 환하게 비쳤다. 보슈는 항상 앉던 의자가 있는 쪽으로 걸어가다가 갑자기 멈춰서더니 책상 왼쪽에 있는 의자로 가서 앉았다. 히노조스는 이마를 찡그리고 학생을 바라보듯 그를 보며 말했다.

"당신이 어느 의자에 앉든 내가 신경 쓸 거라 생각한다면 그건 착각이에요."

"그래요? 좋습니다."

그는 일어나 다른 쪽 의자로 갔다. 창문 옆에 있는 것이 항상 좋았다.

"월요일엔 못 나올 것 같습니다."

그의 말에 히노조스는 더 심하게 이마를 찡그렸다.

"왜요?"

"어디 좀 갈 데가 있어서요. 시간 전에 돌아오도록 노력은 하겠지만."

"어딜 가시게요? 수사에 진전이 있었나요?"

"약간요. 최초 수사관을 찾아 플로리다로 갈 생각입니다. 한 명은 죽었고 다른 한 명은 플로리다에 있대요. 그 사람을 만나야 합니다."

"전화로 해결하면 되잖아요?"

"그러고 싶진 않아요. 그에게 날 뿌리칠 기회를 주고 싶지 않거든요."

정신과 의사는 머리를 끄덕였다.

"언제 출발할 거예요?"

"오늘 밤에요. 탬파 행 야간 항공기를 타려고요."

"해리, 거울을 좀 봐요. 걸어 다니는 송장 같다고요. 오늘 밤 푹 자고 내일 아침 비행기로 가면 안 돼요?"

"안 됩니다. 우편물보다 내가 먼저 도착해야 하거든요."

"그건 또 무슨 말이죠?"

"설명하자면 좀 깁니다. 암튼 당신한테 부탁할 게 있어요. 도움이 필요해요."

히노조스는 거기서 잠시 생각하는 표정을 지었다. 얼마나 깊은지도 모르고 풀장 안으로 마냥 따라 들어갈 것인지 재는 눈치였다.

"원하는 게 뭐예요?"

"혹시 경찰국 의뢰로 법의학적 일을 해본 적 있습니까?"

여자는 실눈을 뜨고 보슈가 무슨 얘길 꺼내려는 걸까 생각하는 표정이었다.

"약간은요. 가끔 거기 사람이 내게 뭘 보내오거나 혐의자에 대한 프로파일링 작업을 의뢰해올 때가 있었죠. 하지만 대개의 경우 경찰국은 외부 계약자들을 이용해요. 그 분야에 경험이 있는 법의학 정신과 의사들 말입니다."

"그렇지만 사건현장에는 나가보셨겠죠?"

"사실은 없어요. 그들이 보내온 사진들만 보며 작업했죠."

"완벽하군요."

보슈는 서류가방을 무릎 위에 올려놓고 열었다. 그리곤 살인사건 파일 속에 있던 현장 사진과 부검 사진이 든 봉투를 꺼내어 책상 위에 놓으며 말했다.

"그 사건에 관한 사진들입니다. 나는 보고 싶지 않아요. 볼 수가 없습니다. 누가 대신 좀 봐주면 좋겠어요. 거기 뭐가 담겨 있는지. 물론 아무것도 없을 수 있지만, 난 다른 의견을 듣고 싶습니다. 그 사건을 수사했던 두 형사는 말하자면… 아무 수사도 안 했던 거나 다름없어요."

"오, 해리."

히노조스는 머리를 흔들었다.

"이건 현명한 짓 같지 않아요. 왜 나한테 부탁하죠?"

"내가 하는 일을 알고 있으니까요. 그리고 당신을 믿으니까요. 다른 사람들은 신뢰할 수가 없습니다."

"여기서 한 얘기를 다른 사람에게 옮길 수 없다는 윤리적 제약이 나한테 없다면 그래도 날 신뢰할 수 있겠어요?"

보슈는 그녀의 얼굴을 빤히 바라보다가 마침내 대답했다.

"잘 모르겠어요."

"그럴 줄 알았어요."

히노조스는 봉투를 책상 가장자리로 밀어놓았다.

"이건 이제 밀쳐두고 상담치료로 들어갈까요? 이건 좀 생각해봐야겠어요."

"알았습니다. 그건 당신이 보관했다가 결과를 알려주세요. 난 단지 그것에 대한 당신의 느낌을 알고 싶어요. 정신과 의사와 한 여성으로서의 느낌 말입니다."

"두고 보죠."

"오늘은 무슨 얘길 할까요?"

"수사는 어떻게 되어가고 있죠?"

"그건 직업적 질문입니까, 박사님? 아니면 그 사건에 대한 단순한 호기심입니까?"

"그게 아니라 당신에 대한 호기심 때문이죠. 난 당신이 걱정돼요. 당신이 하고 있는 일이 정신적으로나 육체적으로 안전하다는 확신이 서지 않거든요. 힘센 자들 삶 속에 뛰어들어 철벅거리는 것 같아서 말이죠. 나도 함께 말려들었고요. 당신이 무엇을 하는지는 알지만 당신을 제지할 힘은 내게 거의 없어요. 당신이 나를 속이지 않았는지 두려워요."

"당신을 속여요?"

"나를 이 사건에 끌어들였잖아요. 사건 수사에 대해 내게 얘기한 이후 이 사진들을 보여주고 싶었겠죠."

"맞아요. 하지만 거기에 속임수는 없었습니다. 여기서는 무슨 얘기든 할 수 있다고 생각했을 뿐이죠. 당신이 그렇게 말하지 않았나요?"

"좋아요. 난 속은 게 아니라 인도받았을 뿐이에요. 단지 미리 알고 있었어야 했는데. 진도 나갈까요. 난 그 사건 수사에 대한 당신의 정서적 면을 듣고 싶어요. 수십 년이 지난 지금에 와서 그 살인자를 찾아내는 일이 당신한테 왜 그렇게 중요하죠?"

"그건 분명하죠."

"나한테도 분명하게 이해시켜 줘요."

"말로 설명하기가 어려워요. 내가 아는 것은 어머니가 피살된 이후 나의 모든 것이 변했다는 사실이죠. 어머니가 피살되지 않았다면 어떻게 되었을지 모르지만, 암튼 나의 모든 것이 변했습니다."

"보슈 형사님. 지금 무슨 얘기를 하시는지, 또 그게 무슨 뜻인지 알고 있나요? 당신은 자기 인생을 두 부분으로 보고 있어요. 하나는 어머님과 함께한 행복이 가득한 인생인데, 과연 언제나 행복했는지는 잘 모르겠어요. 두 번째는 어머님이 돌아가신 이후의 당신 인생인데, 아주 기대에 못 미치고 불만족스러운 것처럼 얘기해요. 어쩌면 그 긴 세월 동안 내내 당신은 불행했을 거예요. 최근 당신이 쌓아온 인간관계가 중요한 부분일 수도 있는데, 당신은 여전히 불행한 남자로 살아왔을 거란 생각이 드는군요."

히노조스가 말을 멈췄지만 보슈는 입을 열지 않았다. 그녀가 아직 말을 다 끝내지 않았음을 알았기 때문이었다.

"당신 개인이나 당신이 속한 공동체에서 지난 몇 년 동안 받았던 외상들이 자신을 돌아보게 했는지도 모르죠. 그래서 어머니에게 일어났던 일을 정의의 이름으로 바로잡음으로써 당신 자신의 인생도 바로잡을 수 있다고 믿고 있는 건 아닌지, 나는 그게 두려워요. 문제점도 있고요. 당신이 개인적으로 어떻게 수사를 하든 결과를 바꾸진 못할 거란 점이죠. 그런 일은 일어날 리 없어요."

"내가 형사라서 그때 일어났던 일을 비난할 수 없다는 얘깁니까?"

"아니죠. 잘 들어요, 해리. 내 말은 당신이 하나의 집합체가 아니라 많은 부분들의 집합체라는 겁니다. 도미노처럼. 당신이 지금 가리키는 종점에 도달하기 위해서는 여러 개의 다른 블록들이 서로 건드려 줘야만 해요. 첫 번째 도미노에서 마지막 단계로 단번에 점프할 순 없어요."

"그렇다면 난 포기해야 합니까? 그냥 흘려보내고 말아요?"

"그런 얘긴 아니에요. 하지만 난 당신이 이 수사에서 어떤 정서적 이익이나 치유도 얻기 어렵다고 봐요. 치유는커녕 오히려 더 심한 상처를 입을 가능성이 클 것 같아요. 내 말이 타당하게 들려요?"

보슈는 의자에서 일어나 창문 쪽으로 걸어갔다. 창밖을 내다보았지만 눈에 들어오는 게 없었다. 따뜻한 햇살이 몸에 느껴졌다. 그는 히노조스를 돌아보지 않고 말했다.

"뭐가 타당한지 모르겠군요. 내가 아는 건 어느 모로 봐도 지금 하는 일이 타당해 보일 거라는 사실입니다. 이런 말이 어울릴지는 모르겠지만, 사실 난 부끄러움을 느끼고 있는지 몰라요. 오래전에 진작 했어야만 할 일이었거든요. 많은 세월이 흘렀는데도 난 그냥 방치했죠. 어쩐지 어머니를 조용히 버려두고 싶었어요. 나 자신도요."

"그건 이해할 수…."

"첫날 내가 한 말을 기억해요? 모두 중요하거나 아무도 중요하지 않다. 그러니까, 우리 엄마는 오랫동안 중요하지 않았던 거죠. LA 경찰국에도, 이 사회에도, 심지어 나한테까지도 중요하지 않았던 겁니다. 나한테까지 중요하지 않았다는 사실을 난 인정해야만 해요. 그랬는데 이번 주에 그 파일을 열어보고 어머니의 죽음이 무시되었다는 걸 알게 됐죠. 그냥 묻혀진 거예요. 내가 묻어버렸던 것처럼. 중요하지 않은 여자니까 누군가가 미결로 처리해버렸어요. 그렇게 할 수 있는 자리에 있던 어떤 사람들이 그랬겠죠. 내가 그것을 얼마나 오래 방치했던가 생각해 보니 뭐랄까…. 쥐구멍이라도 있으면 숨고 싶은 심정이더군요."

그는 자신이 표현하고 싶은 말을 찾지 못해 잠시 입을 다물었다. 아래쪽으로 보이는 정육점을 살펴보던 그는 쇼윈도 안에 걸려 있던 오리들이 없어졌다는 걸 알아차렸다.

"어머니는 그런 직업의 여자였는지 모르지만 가끔 나는 그나마도 고마웠다는 생각이… 나는 내게 주어진 복에 따라 살았다고 생각해요."

그는 창밖에 시선을 고정한 채 히노조스를 돌아보지 않았다. 한참 후에야 그녀가 입을 열었다.

"당신은 자신에게 너무 가혹하다는 사실을 지적해야 할 것 같군요. 그런 태도는 도움이 되지 않는다고 생각해요."

"그렇죠. 그럴 겁니다."

"이리 와서 앉아주실래요?"

보슈는 정신과 의사가 요구한 대로 의자로 돌아와 앉았다. 마침내 서로 눈길이 마주치자 그녀가 먼저 말했다.

"내가 말하고 싶은 건 당신이 혼돈에 빠져 있다는 거예요. 수레를 말 앞에다 매려는 격이죠. 그 사건이 은폐되었다고 당신이 자책할 필요는 없어요. 첫째, 당신은 그것과 관계가 없고, 둘째, 이번 주 사건파일을 읽기 전까지 당신은 몰랐어요."

"그게 말이 돼요? 왜 진작 보지 않았느냐고 한다면? 난 신참이 아닙니다. 20년 경력의 경찰이라고요. 이전에 이미 읽어봤어야 했죠. 세부적인 내용을 몰랐다는 것이 뭐가 중요합니까? 어머니가 살해되었는데 아무 수사도 이루어지지 않았다는 걸 알고 있었어요. 그것만으로도 충분했습니다."

"해리, 내 말에 대해 생각을 좀 해봐요, 알겠어요? 오늘 밤 비행기 안에서 곰곰이 생각해 보시라고요. 당신이 비록 고상한 가치를 추구하더라도 자신에게 더 깊은 상처를 입힐 일은 피해야죠. 결국 그럴 만한 가치가 없는 일이니까요. 그 일로 당신이 대가를 지불할 필요는 없어요."

"가치가 없다고요? 저 밖에 살인자가 활보하고 있습니다. 그는 아무 대가도 치르지 않고 그 일을 해치웠다고 생각하고 있어요. 지난 수십 년 동안 그렇게 생각했겠죠. 나는 그걸 고쳐주려는 겁니다."

"내 말을 이해 못하시는군요. 범죄자가, 특히 살인자가 활개치고 다니는 건 나도 원치 않아요. 내가 얘기하는 건 당신이에요. 나의 유일한 관심사는 당신이라고요. 자연의 기본법칙이라는 게 있잖아요. 어떤 동물도 불필요하게 자신을 희생하거나 다치게 하진 않는다. 이게 생존본능인데, 당신이 살아온 환경은 그런 생존 기술을 무디게 한 것 같아 걱정스러워요. 이 사건을 수사하면서 정신적으로나 육체적으로 무슨 일이 벌어지든 신경 쓰지 않는 것 같거든요. 난 당신이 다치는 걸 보고 싶지 않아요."

정신과 의사는 잠시 숨을 돌렸다. 보슈가 아무 말도 않자 그녀는 조용히 말을 이었다.

"나는 이 수사가 몹시 걱정돼요. 이곳에서 지난 9년 동안 수많은 경찰들과 상담해 왔지만 이런 경우는 처음이에요."

"나쁜 소식이 하나 있어요."

보슈는 미소를 지으며 말했다.

"어젯밤 미텔이 연 파티에 불청객으로 참석했죠. 그 친구 아마 겁먹었을 겁니다. 아니면 내가 겁먹었거나."

"제기랄!"

"그거 새로 나온 정신의학 용어요? 처음 들어보는 말인데."

"하나도 재미없어요. 왜 그런 짓을 했죠?"

보슈는 잠시 생각해본 뒤 대답했다.

"모르겠소. 즉흥적 행동이었죠. 차를 몰고 그의 집 앞으로 지나가는데 파티가 열리고 있었어요. 슬며시 부아가 나더라고요. 우리 엄마는 피살되었는데 저 자식은 파티나 열고 있나 싶은 게…."

"그에게 사건 얘기를 했나요?"

"아뇨. 내 이름도 말 안 했어요. 그냥 몇 분 얘길 주고받다가 그에게 뭘 하나 건네주고 왔죠. 수요일에 보여줬던 신문기사 쪽지 생각나요? 그걸 줬더니 읽어보더군요. 아마 신경이 곤두섰을 겁니다."

히노조스는 한숨을 요란하게 토해냈다.

“이제 당신 자신을 떠나 제3의 입장에서 그 일을 생각해 봐요. 그럴 수 있다면 말이죠. 그런 식으로 거기 간 게 현명한 일 같아요?”

“벌써 생각해 봤는데, 현명하지 못했어요. 실수였죠. 미텔은 아마 콘클린한테 경고해 줄 겁니다. 그러면 두 사람 모두 누군가가 자신들을 노리고 있다는 걸 알게 되겠죠. 그들은 똘똘 뭉칠 겁니다.”

“내가 하고 싶은 말을 잘도 하시네요. 그런 어리석은 짓 다시는 하지 않겠다고 약속해 주세요.”

“못합니다.”

“환자가 자신이나 다른 사람을 위험하게 만든다고 의사가 확신하게 되면 의사 대 환자 관계는 깨어질 수도 있다는 말을 하지 않을 수 없군요. 나는 당신 행동을 제지할 힘이 없다고 이미 말했죠? 완전히는 말입니다.”

“어빙에게 보고할 겁니까?”

“당신이 무모하다고 느껴지면 보고해야죠.”

보슈는 자신과 자신이 하는 일을 히노조스가 전적으로 통제하고 있다는 것을 깨닫자 화가 치밀어 올랐다. 하지만 분노를 삼키고 졌다는 듯이 두 손을 쳐들었다.

“좋아요. 앞으로는 어떤 파티에도 쳐들어가지 않겠소.”

“그 정도론 안 되겠어요. 그 사건에 관련되었다고 생각하는 모든 사람들과 접촉하지 않겠다고 약속해요.”

“모든 증거를 입수하기 전까진 그들과 접촉하지 않겠다고 약속한 겁니다.”

“농담 아니에요.”

“나도 그렇습니다.”

"그래야만 해요."

두 사람은 한참 동안 침묵에 빠져들었다. 냉각기간이 필요한 것 같았다. 히노조스가 그를 돌아보지 않은 채 앉은 자세를 약간 바꾸었다. 다음엔 무슨 얘기를 할까 하고 생각하는 것 같았다. 마침내 그녀가 입을 열었다.

"진도 나가요. 당신이 추진하는 이 수사가 우리가 여기서 하게 되어 있는 일을 방해하고 있다는 거 알아요?"

"압니다."

"그러니까 내 평가를 연장하고 있다는 얘기에요."

"그건 더 이상 신경 쓰이지 않아요. 이 일을 하려면 난 업무를 쉴 필요가 있으니까."

"그래도 행복하다면야 그렇겠죠."

히노조스는 냉소적으로 말했다.

"좋아요. 이제 난 당신을 여기로 보낸 그 사건 얘기로 돌아가고 싶어요. 지난번에 왔을 땐 벌어진 일에 대해 일반적이고 아주 간략하게 설명했죠. 이유는 알아요. 그 점에서 우리는 서로 공감하고 있다고 생각합니다. 하지만 이젠 그 단계는 한참 지났어요. 나는 얘기 전부를 듣고 싶어요. 전날 당신은 파운즈 경위가 그런 사태를 촉발했다고 했죠?"

"맞아요."

"어떻게 말이죠?"

"우선 그는 형사를 한 번도 해본 적이 없는 형사과장이에요. 그 계열의 책상에 앉아 몇 달 보낸 걸 이력서에 올려놓았지만 근본적으로 사무직이었어요. 우리가 로봇 관료라 부르는 인간이죠. 배지를 지닌 관료란 뜻입니다. 사건 처리에 대한 기본도 몰라요. 딱 한 가지 아는 거라곤 사무실에 비치한 조그마한 차트에서 해결된 사건에 줄을 쳐서 지우는 일

뿐입니다. 면담과 신문의 차이도 모르는 놈이에요. 거기까진 좋아요, 뭐. 경찰국 내엔 그런 인간들이 바글바글하니까. 내가 하고 싶은 말은 그들은 자기 일들이나 하고 내 일은 내가 하도록 내버려두란 겁니다. 문제는 이 파운즈란 친구, 자신이 뭘 잘하고 뭘 못하는지 몰라요. 그래서 전에도 말썽을 일으킨 적 있었습니다. 다툼이 벌어지고 마침내 사건으로 비화되는 거죠."

"그가 어떻게 했습니까?"

"내가 연행한 협의자를 건드렸어요."

"그게 무슨 뜻인지 설명해 봐요."

"사건을 맡아 협의자를 데려오면 담당자가 전적으로 처리해야 합니다. 아무도 그 협의자와 접촉해선 안 돼요. 삐끗한 말 한마디, 엉뚱한 질문 하나로 사건 해결을 망칠 수 있습니다. 그건 불문율이에요. 다른 동료의 협의자를 건드리지 마라. 이건 경위든 소장이든 예외가 아니에요. 개목걸이를 쥔 형사가 누군지 체크하기 전엔 손도 대지 말아야 해요."

"그래서 무슨 일이 벌어졌나요?"

"전날 얘기했던 대로 내 파트너 에드거와 함께 그 협의자를 연행해 왔었죠. 한 여자가 살해됐거든요. 거리에서 파는 섹스 잡지에 광고를 싣는 여자들 중 하나였죠. 선셋 대로에 있는 한 모텔 방에 불려 들어가서 섹스를 한 뒤 칼에 찔려 죽었습니다. 간단히 얘기하면 그래요. 오른쪽 가슴 위에 찔린 상처가 있었죠. 그렇지만 사내는 아주 영악하게 굴었어요. 경찰을 불러 그 칼은 여자 것이라고 말한 뒤 여자가 그 칼로 강도짓을 하려 했다고 진술했습니다. 그래서 여자의 팔을 꺾어 그녀의 몸에 칼날이 박히도록 했다고 주장했어요. 정당방위라는 거였죠. 하지만 에드거와 내가 가서 살펴본 결과 그의 주장과 맞지 않는 부분들이 있다는 걸 금방 알 수 있었습니다."

"어떤 것들이요?"

"우선 여자 덩치가 남자보다 턱없이 작았어요. 남자한테 칼 들고 달려들 것처럼 보이지 않았죠. 그리고 그 칼도 이상했습니다. 톱니가 있는 스테이크 나이프였는데, 길이가 20센티쯤 됐어요. 여자가 지닌 지갑은 어깨끈 없는 작은 거였고요."

"손지갑이군요."

"그럴 겁니다. 암튼 칼이 그 지갑 안에 들어가지 않았어요. 그렇다면 여자는 그 칼을 어떻게 가져왔을까요? 거리의 여자들이 흔히 그렇듯 여자의 옷차림도 그녀의 지갑 속에 든 콘돔처럼 꽉 끼는 것이라, 칼을 옷 속에 감출 수도 없었습니다. 그 외에도 또 있어요. 여자의 목적이 사내를 찌르는 거였다면 그 전에 섹스는 왜 했을까요? 곧바로 칼을 꺼내어 사내를 골로 보내면 끝나잖아요? 하지만 그렇게 하지 않았어요. 사내 얘기로는 섹스를 먼저 한 뒤 여자가 칼을 꺼내 달려들었고, 그래서 여자가 나체 상태란 겁니다. 당연히 또 다른 의문이 생길 밖에요. 왜 하필 발가벗었을 때 남자를 강탈하려 했느냐는 거죠. 그런 상태로 어디 도망이나 칠 수 있겠어요?"

"남자가 거짓말 하고 있군요."

"분명하죠. 그 외에도 또 있었습니다. 여자의 지갑 속에 모텔 이름과 방 번호가 적인 쪽지가 들어 있었어요. 오른손잡이 남자가 쓴 글씨체였죠. 피살자의 자상은 오른쪽 가슴 위에 있었어요. 그러니까 맞지 않죠. 여자가 사내에게 대들었다면 칼은 오른손에 들고 있었을 겁니다. 사내가 여자의 팔을 꺾어서 찔렀다면 상처는 여자의 오른쪽 가슴이 아니라 왼쪽에 있기가 쉽겠죠."

보슈는 오른손으로 자신의 오른쪽 가슴을 찔러 보이면서 그 동작이 얼마나 거북한지 보여 주었다.

"아퀴가 안 맞는 게 한두 가지가 아닙니다. 상처가 위에서 아래쪽으로 난 것도 그녀의 손과 안 맞아요. 밑에서 위쪽으로 나야 맞거든요."

히노조스는 무슨 말인지 알아들었는지 고개를 끄덕였다.

"문제는 그의 주장을 뒤집을 물적 증거가 없다는 겁니다. 단 하나도. 단지 사내가 주장한 것처럼 그런 식으로 여자가 하진 않았을 거라는 추측뿐이었죠. 상처 모양만으로 단정할 순 없었어요. 게다가 사내에게 유리한 점은 침대 위에 있던 칼이었죠. 피와 함께 지문이 남아 있었는데, 보나마나 여자 것이 분명했어요. 여자를 죽인 뒤 그런 걸 만들기는 쉽죠. 내겐 별로 중요한 증거가 아니었습니다. 문제는 지방검사가 그걸 어떻게 볼 것인가, 그 뒤에 배심원단이 어떻게 생각할 것이냐 하는 겁니다. 합리적 의심은 이처럼 사건들을 삼켜버리는 거대한 블랙홀 같은 거예요. 우린 증거가 더 필요했습니다."

"그래서 어떻게 됐어요?"

"황당한 경우란 이걸 두고 하는 말일 겁니다. 사내의 주장이 현상과 일치하지 않는데 여자는 이미 죽어버렸으니까요. 일을 더 어렵게 하는 건, 사내의 주장 외에 다른 어떤 증거도 없다는 거죠. 이런 경우 우리가 할 수 있는 일이라곤 사내를 쥐어짜는 것밖에 없습니다. 돌려놔야죠. 방법은 많아요. 그러자면 우선 그를 방 안에 격리시키는 것이 기본입니다. 우리는…."

"무슨 방?"

"신문실 말입니다. 형사과에 있는. 그래서 사내를 거기 넣었어요. 증인 신분으로 말입니다. 우린 그를 정식으로 체포하지 않았어요. 그에게 와 달라고 부탁했고, 여자가 한 일들 중 몇 가지를 바로잡겠다고 하자 그도 좋다고 했습니다. 아주 협조적이고 쿨하게 행동하더라고요. 그래서 에드거와 나는 그를 신문실에 앉혀두고 커피를 가지러 당직실로 건너갔습니다. 거기 가면 이번 지진에 무너진 레스토랑들이 기증한 커다란 주전자에 아주 맛있는 커피가 끓고 있거든요. 다들 거기 들어가서 커피를 마시죠. 우린 커피를 마시며 그 사내를 어떻게 요리할 건지, 누가 먼저 시작할 건지 등에 대해 얘길 나누었습니다. 그 사이에 빌어먹을 파운즈 자식이… 죄송합니다, 신문실 작은 창문을 통해 사내가 앉아 있는 것을 보고 안으로 들어가서 그에게 알려준 겁니다."

"그에게 알려주다뇨?"

"그의 권리를 읽어줬다는 뜻입니다. 사내는 우리들의 증인인데 쥐뿔도 모르는 파운즈는 우리가 그런 절차를 잊었다고 생각하고 사내에게 나발을 불어댔던 거죠."

보슈는 화난 얼굴로 히노조스를 바라보았지만 곧 그녀가 자기 말을 이해하지 못했다는 걸 알았다. 아니나 다를까, 여자가 물었다.

"그렇게 하는 게 맞지 않나요? 경찰은 피의자들에게 그들의 권리를 알려주도록 법적으로 정해져 있잖아요?"

보슈는 울화통을 억누르며 히노조스는 LA 경찰국을 위해 일하지만 어디까지나 외부인이란 사실을 떠올렸다. 경찰 업무에 대한 그녀의 인식은 현실보다는 매체들에 그 바탕을 두고 있었다.

"법과 현실에 대해 간단한 교훈을 드리죠. 우리 경찰은 불리한 패를 쥐고 있어요. 미란다와 다른 모든 법률과 규정들은 유죄임을 알고 있거나 적어도 유죄로 생각되는 자들만 체포해야 한다고 정해 놓았습니다. 그래서 우리가 '이봐, 우린 네가 그 짓을 했다고 생각하고 있어. 법원과 세상의 모든 변호사들이 우리와 대화하지 말라고 조언하는데도 우리와 얘기할 거야?'라고 말해본들 씨가 먹힐 리 없죠. 우회하는 방법을 써야 해요. 속임수와 과장과 감언이설이 필요하죠. 법은 우리가 건너야 할 밧줄과도 같은 겁니다. 아주 조심해야 하지만 성공적으로 건너갈 가능성도 있어요. 그런데 쥐뿔도 모르는 놈이 뛰어들어 내 혐의자에게 권리를 알려주면, 사건 해결은 고사하고 그날 하루를 아주 망쳐 놓는 거죠."

보슈는 말을 그치고 히노조스의 얼굴을 살펴보았다. 여전히 미심쩍은 표정이었다. 그러니까 결국 이 여자도 자신이 그런 꼴을 당할까 봐 두려워하는 또 하나의 시민일 뿐이라는 것을 보슈는 알았다.

"권리를 알려주면 그걸로 끝나버려요."

그는 얘기를 계속했다.

"에드거와 내가 커피를 마시고 돌아오니 사내가 대뜸 변호사 타령을 하는 겁니다. 그래서 내가 '무슨 변호사? 누가 그딴 소릴 해? 당신은 증인이야, 혐의자가 아니라.'라고 했더니, 사내는 방금 경위가 들어와서 권리를 읽어주고 갔다는 거예요. 그 순간 나는 여자를 죽인 그 사내를 더 미워해야 할지, 생각 없이 주둥이를 나불거린 파운즈를 더 증오해야 할지 하나도 모르겠더라고요."

"만약 파운즈가 그런 짓을 하지 않았다면 어떤 일이 일어났을지 얘기해 봐요."

"우린 사내에게 친절하게 대했을 겁니다. 그리고 자초지종을 세밀하게 얘기하도록 요청했겠죠. 그런 다음 경관들에게 진술한 내용과 일치되지 않는 점을 찾아내어 그를 혐의자로 체포할 계획이었습니다. 그의 권리도 그때 읽어주고 일관성 없는 진술과 우리가 사건현장에서 발견한 문제점들을 캐낼 수도 있었겠죠. 아마 그의 자백을 받아낼 수 있었을 겁니다. 우린 그 사내에게 얘기만 시킬 뿐이에요. 텔레비전에서 보는 그런 것과는 다릅니다. 그런 건 사실보다 백 배는 더 심하고 더럽게 부풀렸어요. 당신이 하는 일처럼 우리가 하는 일도 사람들에게 얘기를 시키는 겁니다. 암튼 그게 내 소신이에요. 그렇지만 파운즈가 그런 식으로 나오면 이젠 어떤 일이 벌어질지 알 수 없습니다."

"파운즈가 사내에게 권리를 알려준 것을 알자 어떤 일이 벌어졌죠?

"나는 신문실을 나와 곧장 파운즈의 사무실로 갔습니다. 사태가 심상찮은 것을 안 그가 의자에서 벌떡 일어나더군요. 그건 기억나네요. 나는 내 혐의자에게 권리를 알려줬느냐고 파운즈에게 물었고, 그가 그렇다고 대답하자마자 난장판이 벌어졌죠. 우린 서로 고함을 지르고 비명을 질러대고…. 그다음엔 어떻게 됐는지 기억도 안 납니다. 아무 변명도 하고 싶지 않소. 자세한 건 기억나지도 않고. 손에 잡히는 대로 밀어붙였던 것 같은데, 그 친구 얼굴이 유리창을 뚫고 나간 모양이더군요."

"그다음엔 어떻게 됐나요?"

"다른 친구들이 달려 들어와 나를 끌어냈죠. 서장은 나를 귀가시켰습니다. 파운즈는 부러진 코를 수술하기 위해 병원으로 실려 가야 했고요. 내사과는 그의 진술을 받고 내게 대기발령을 내렸습니다. 그러자 어빙이 그것을 정직으로 변경해서 여기 오게 된 겁니다."

"그 사건은 어떻게 처리됐습니까?"

"사내는 끝내 입을 열지 않았어요. 변호사가 와서 데리고 나갈 때까지 버텼죠. 에드거는 지난 금요일 지방검사한테 영장을 청구했다가 기각 당했습니다. 증인도 없고 일관성도 없는 한두 가지 심증만으로는 기소할 수 없다는 거죠. 칼에서 여자의 지문이 나왔거든요. 놀라 자빠질 일이죠. 결론적으로 말해 그 여잔 중요하지 않았다는 겁니다. 적어도 그들이 패소를 무릅쓸 만큼 중요하진 않았다는 거죠."

두 사람 모두 잠시 침묵에 빠져들었다. 보슈는 자신의 어머니와 이 사건과의 관련성에 대해 히노조스가 생각하고 있다는 생각이 들었다. 그가 마침내 말했다.

"결국 살인자는 지금도 저 거리를 활보하고 있고, 그놈을 놓아준 사내는 아무 일 없었다는 듯 자기 책상으로 돌아가 앉아 있고, 박살난 유리창은 새로 교체되었고, 업무는 여전히 잘 돌아가고 있습니다. 이게 우리 조직이에요. 그것에 대해 분노했던 나한테 돌아온 게 뭔지 보세요. 정직을 당해 모가지까지 간당간당하는 판입니다."

히노조스는 잔기침을 두어 번 한 뒤 보슈의 이야기에 대한 평가에 들어갔다.

"일의 자초지종에 대해 다 듣고 나니 당신의 분노를 이해하기가 한결 쉬워졌어요. 하지만 당신의 극단적 행동은 이해할 수 없어요. 혹시 '매드 미닛(mad minute)'이란 말 들어봤어요?"

보슈는 고개를 저었다.

"여러 스트레스가 쌓여서 갑자기 폭발하는 순간을 가리키죠. 그런데 종종 스트레스 요인과는 별 상관 없는 대상을 향해 폭발하기도 해요."

"파운즈가 죄 없는 희생자라고 말하고 싶다면 난 더 이상 얘기하지 않겠소."

"그렇게 말하고 싶진 않아요. 난 당신이 이 상황을 살펴보고 어떻게 그런 일이 벌어졌는지 깨닫길 바랄 뿐예요."

"난 모르겠어요. 난장판은 원래 그런 거죠."

"상대방을 신체적으로 공격할 땐 당신 자신도 풀려난 그 사내와 마찬가지로 추락하는 느낌이 들지 않던가요?"

"절대로 그렇지 않아요, 박사님. 당신은 내 인생의 모든 부분을 살펴볼 수 있고 거기에 지진과 화재, 홍수, 폭동, 베트남전까지 포함시킬 수 있겠지만, 그 유리방 안에서 나와 파운즈 사이에 일어난 일엔 그딴 것들이 하나도 중요하지 않았습니다. 그것을 매드 미닛이라 부르든 말든 당신 마음대로 하세요. 하지만 가끔 그런 순간이 가장 중요할 때가 있고, 그럴 때 나는 옳게 행동합니다. 만약 이 상담치료가 나의 그런 행동이 틀렸다고 깨닫게 하기 위한 거라면 단념하세요. 전날 어빙 부국장도 파운즈에게 사과할 생각 없느냐고 내게 묻더군요. 제길! 난 옳은 행동을 했다고요."

정신과 의사는 고개를 끄덕인 뒤 앉은 자세를 바꾸었다. 보슈의 긴 불평을 듣고 나서 그런지 표정이 더 불편해 보였다. 그녀가 손목시계를 들여다보자 보슈도 자기 시계를 보았다. 일어나야 할 시각이었다.

"아무래도 내가 심리치료의 요인을 백 년쯤 되돌려놓은 것 같군요."

그의 말에 히노조스는 머리를 살래살래 흔들었다.

"천만에요. 사람에 대해 더 많이 알수록, 그리고 사건에 대해 더 많이 알수록 어떻게 그런 일이 일어나게 되었는지 더 잘 이해하게 되죠. 그게 내가 이 직업을 좋아하는 이유예요."

"나도 마찬가지지요."

"그 사건 이후 파운즈 과장과 얘기한 적 있나요?"

"자동차 열쇠를 돌려주려고 들렀을 때 그를 만났죠. 차를 반납하라고 해서요. 그의 사무실로 갔더니 몹시 신경질적인 반응을 보였습니다. 아주 좁쌀 같은 친구예요. 자기 자신도 잘 알겠지만."

"그들은 항상 그렇죠."

보슈는 의자에서 일어나려고 상체를 앞으로 숙이다가 책상 가장자리로 밀려난 봉투에 시선을 고정시켰다.

"사진들은 어떻게 할까요?"

"당신이 그 문제를 다시 제기할 줄 알았어요."

히노조스는 봉투를 돌아보며 이마를 찌푸렸다.

"생각을 좀 해봐야겠어요. 여러 각도로. 플로리다에 가는 동안 내가 가지고 있어도 될까요? 아니면 당신에게 필요한 건가요?"

"당신이 가지고 있어요."

22 재즈

캘리포니아 시각으로 새벽 4시 40분에 비행기는 탬파 국제공항에 내렸다. 보슈는 게슴츠레한 눈을 객실 유리창에 대고 플로리다 하늘로 떠오르는 아침 해를 바라보았다. 비행기가 멈추자 그는 시계를 풀어 시계바늘을 세 시간 앞으로 당겨 놓았다. 생각 같아서는 가까운 모텔로 직행해서 푹 자고 싶었지만 그럴 시간이 없다는 걸 잘 알고 있었다. 가방에 담아 온 AAA(미국자동차협회 – 옮긴이) 지도에 의하면 베니스까지는 자동차로 최소한 두 시간은 달려야 할 것 같았다.

"파란 하늘을 보니 좋군요."

복도측 좌석에 앉은 부인이 보슈 쪽으로 상체를 숙여 창밖을 내다보며 말했다. 40대 중반쯤 되어 보이는 여자로, 머리카락이 너무 일찍 세어 거의 하얘 보였다. 나란히 앉아 오면서 몇 마디 주고받았기 때문에, 보슈는 그녀가 자기처럼 플로리다에 볼일을 보러 가는 것이 아니라 귀향 도중임을 알고 있었다. 여자는 LA에서 5년을 살고 나니 완전히 질리더라고 했다. 그래서 집으로 돌아가는 중이었다. 보슈는 여자에게 집에 가면 누가 혹은 무엇이 기다리고 있느냐고 묻지 않았다. 그렇지만 5년 전 LA에 처음 발을 내딛던 순간에도 머리카락이 그렇게 하얗게 세어 있었는지는 궁금했다.

"네, 야간비행은 너무 지루하죠."

그가 대꾸했다.

"아니, 그런 말이 아니에요. 스모그가 없다는 뜻이죠."

보슈는 여자 얼굴을 바라본 뒤 창밖으로 눈을 돌렸다.

"아직은 없군요."

여자의 말이 옳았다. LA에서는 좀체 볼 수 없었던 푸른 하늘이었다. 풀장처럼 파란 하늘의 상층에는 하얀 뭉게구름들이 꿈처럼 흘러갔다.

승객들이 천천히 빠져나가기 시작했다. 보슈는 마지막까지 기다렸다 좌석에서 일어나 등을 뒤로 쭉 펴며 굳은 근육을 풀었다. 등뼈 마디들이 도미노 쓰러지는 소리를 냈다. 그는 머리 위의 보관함에서 여행가방을 꺼내들고 출입구로 걸어 나갔다.

기체에서 제트웨이 통로 속으로 발을 내딛자 후텁지근한 공기가 젖은 타월처럼 온몸을 감쌌다. 냉방 장치가 되어 있는 터미널까지 걸어가는 동안 그는 컨버터블을 렌트하려던 계획을 취소하기로 했다.

30분 뒤 그는 새로 렌트한 무스탕으로 탬파 만을 가로지르는 275번 프리웨이를 질주하고 있었다. 창문을 닫고 에어컨을 켰는데도 아직 습기에 적응하지 못한 그의 몸에서는 땀이 삐질삐질 흘렀다.

초행길인 플로리다에서 그에게 가장 인상적인 것은 끝없이 펼쳐진 평지였다. 45분간 달리는 동안 언덕 하나 보이지 않다가 마침내 도착한 곳이 스카이웨이 다리라 불리는 콘크리트와 강철 산이었다. 보슈는 만 입구를 가로지르는 가파른 다리가 허물어진 것을 임시로 대체했다는 것을 알면서도 겁 없이 제한속도 이상으로 달려갔다. 그로 말하자면 지진으로 박살난 로스앤젤레스에서 오신 몸이고, 거기서는 다리 아래나 고가도로를 통과하는 비공식 제한속도가 여기보다 훨씬 높으니까.

스카이웨이를 지나자 프리웨이는 75번 도로와 합쳐졌고, 공항에 내린 지 두 시간 만에 그는 베니스에 도착했다. 태미애미 트레일을 천천히 순회하던 그는 파스텔 색조의 작은 모텔을 발견하자 피로가 한꺼번에 몰려왔지만 꾹 눌러 참고 선물용품점과 공중전화를 찾아 계속 차를 몰았다.

코랄 리프 쇼핑 플라자에서 마침내 그 두 가지를 다 찾았다. 태키즈 선물용품점은 10시에 문을 열었고, 보슈에겐 시간이 5분밖에 남아 있지 않았다. 그는 모래 색깔의 플라자 외벽에 부착된 공중전화로 달려가 전화번호부 속에서 우체국을 찾았다. 시내에 두 군데가 있었다. 보슈는 수첩을 꺼내어 제이크 매키트릭의 사서함 번호를 살펴보았다. 우체국 한 곳에 전화해서 직원에게 물어보니 거기 관할 사서함이 아니란 대답이 돌아왔다. 감사하다고 말한 뒤 전화를 끊었다.

선물용품점이 문을 열자 보슈는 카드 진열대로 가서 분홍색 봉투가 딸린 생일축하 카드를 한 장 구입했다. 그는 카드 안팎에 인쇄된 글을 읽어 보지도 않고 카운터로 가져갔다. 그리고 현금등록기 옆에 진열된 지역도로망 지도도 한 장 집어 함께 내밀었다.

"멋진 카드예요."

늙수그레한 여자가 계산기를 두드리며 말했다.

"그녀가 틀림없이 좋아할 거예요."

노파가 마치 물속에서 흐느적거리는 것처럼 행동해서 보슈는 손을 뻗어 계산기를 직접 때려주고 싶은 기분이었다.

무스탕으로 돌아온 그는 카드에 서명도 않고 봉투에 넣어 봉한 다음 매키트릭이란 이름과 사서함 번호를 봉투 앞면에 적어 넣었다. 그런 다음 차에 시동을 걸고 도로로 나왔다. 그리고 15분 동안 지도와 씨름한 끝에 웨스트 베니스 거리에 있는 문제의 우체국을 찾았다.

우체국 안으로 들어가니 썰렁한 느낌이었다. 노인 하나가 테이블 앞에 서서 봉투에다 주소를 천천히 적어 넣고 있었고, 카운터 서비스 앞에는 두 노파가 차례를 기다리고 있었다. 보슈는 그들 뒤에 섰다. 그러자 플로리다에 도착한 지 몇 시간 되지도 않았는데 상당히 많은 늙은 시민들을 보았다는 것을 깨달았다. 그것은 언제나 들어온 그대로였다.

보슈는 주위를 돌아보다가 카운터 뒤쪽 벽에 설치되어 있는 비디오 카메라를 발견했다. 작업장 전체 광경이 잡히긴 하겠지만 카메라 위치만 봐도 직원감시용이 아니라 고객들과 혹시 있을지도 모르는 강도들을 찍기 위한 것임을 알 수 있었다. 그렇다고 포기할 순 없지. 보슈는 주머니에서 10달러짜리 지폐를 한 장 꺼내어 반으로 접은 뒤 분홍색 봉투 밑에 살짝 감추었다. 그런 다음 우편요금은 잔돈으로 준비했다. 앞에 선 두 노파의 일을 직원이 처리하는 시간이 몹시도 길게 느껴졌다.

"다음 손님."

보슈 차례였다. 그는 직원이 기다리는 카운터로 다가갔다. 60대의 백발노인이었다. 몸집은 비대했고 피부는 보슈에 비해 너무 붉어 보였다. 얼핏 보면 화난 사람 같았다.

"이걸 부칠 우표가 필요합니다."

보슈는 잔돈과 봉투를 내려놓았다. 반으로 접은 10달러짜리 지폐를 봉투 위에 놓았지만 우체국 직원은 못 본 체했다.

"사서함들 속의 우편물들은 벌써 걷어갔습니까?"

"지금 와서 수거 중이에요."

노인은 보슈에게 우표를 건네주곤 잔돈을 쓸어 담았다. 그렇지만 10달러짜리와 분홍색 봉투는 건드리지 않았다.

"아, 그래요?"

보슈는 봉투를 집어 들고 우표에 침을 발라 붙였다. 그런 다음 봉투를 10달러짜리 위에 슬쩍 놓았다. 그는 우체국 직원이 보고 있다는 걸 확신했다.

"이런 세상에, 이 카드를 무슨 일이 있어도 제이크 삼촌에게 보내고 싶은데. 오늘이 그분 생신이거든요. 혹시 그쪽으로 가실 분이 없을까요? 삼촌이 오늘 돌아와서 받아볼 수 있게 하고 싶은데. 제가 직접 전하고 싶지만 일 때문에 돌아가 봐야 합니다."

10달러짜리 지폐를 밑에 깐 봉투를 앞으로 슬쩍 들이밀자 마침내 노인이 말했다.

"글쎄요, 방법을 한번 찾아보죠."

우체국 직원은 몸을 왼쪽으로 약간 틀어 거래 현장이 비디오카메라에 잡히지 않도록 가렸다. 그리곤 재빠른 동작으로 봉투와 10달러를 카운터에서 집어 들더니 지폐는 다른 손으로 잡아 주머니 속에 쑥 집어넣었다.

"금방 돌아오겠소."

노인은 그렇게 말한 뒤 안쪽으로 사라졌다.

로비로 나온 보슈는 사서함 313번의 작은 유리문을 통해 분홍색 봉투가 두 통의 하얀 봉투와 함께 들어 있는 것을 발견했다. 하얀 봉투 하나는 거꾸로 세워져 있어서 발신인 주소의 일부분이 보였다.

시

부

사서함

로스앤젤

90021-3

보슈는 그 봉투 속에 매키트릭의 연금 수표가 들어 있다는 걸 알 수 있었다. 그가 한발 빨랐던 것이다. 우체국을 나온 그는 근처 편의점에서 커피 두 컵과 도넛 한 상자를 사들고 무스탕으로 돌아갔다. 점점 뜨거워지는 열기 속에서 기다리자니, 아직 5월도 되지 않았는데 이 정도면 한여름은 과연 어떨지 상상이 되지 않았다.

한 시간이 지나도록 우체국 문만 쳐다보다 지루해진 보슈는 라디오를 켰다. 남부 복음주의자들의 설교를 방송하는 채널이었는데, 주제가 로스앤젤레스 지진에 관한 것임을 곧 알 수 있었다. 채널을 바꾸지 않고 그냥 두었다.

"그래서 묻고 싶습니다. 이런 엄청난 재난이 하필 이 나라 공업도시의 최고 중심부에만 집중된 것이 과연 우연의 일치일까요? 나는 그렇게 생각지 않습니다. 나는 위대하신 신께서 이런 부도덕한 일에 종사하며 수십억 달러씩 벌어들이는 무신론자들에게 무자비한 철퇴를 내려친 것이라고 믿습니다. 그것은 앞으로 닥쳐올 일에 대한 징후입니다, 형제자매님들. 여기서 하는 일들이 다 옳지는 않다는 조짐…."

보슈는 라디오를 껐다. 한 여자가 다른 우편물들 사이에 낀 분홍색 봉투를 안고 우체국에서 걸어 나왔다. 보슈는 그녀가 주차장을 가로질러 은색 링컨 타운카로 다가가는 것을 지켜보았다. 이 지역 경찰 조직에는 그를 위해 자동차를 조회해 줄 친구가 없지만 손은 본능적으로 차량번호를 수첩에 적고 있었다. 여자 나이는 60대 중반으로 보였다. 보슈가 기다린 건 남자였지만, 여자의 나이를 감안하면 수긍이 갔다. 무스탕에 시동을 걸고 여자가 차를 몰고 나가길 기다렸다.

여자는 고속도로를 타고 북쪽 새러소타를 향해 달려갔다. 차량들은 느리게 흘러갔다. 15분쯤 달려 3킬로미터를 지났을 때 타운카는 왼쪽으로 꺾어 배모 로드로 들어가더니 곧바로 우회전하여 키 큰 나무들과 잡목들로 가려진 개인도로로 사라졌다. 보슈는 10초쯤 뒤처져서 따라갔다. 진입로 앞을 지나갈 때 속도를 줄였지만 안으로 들어가진 않았다. 숲 속에 표지판 하나가 서 있었다.

환영

펠리컨 코브

콘도미니엄, 선착장

타운카는 경비실 앞의 빨갛고 하얀 줄이 쳐진 차단봉을 통과했다.

"빌어먹을!"

아파트 단지 정문 같은 것이 기다리고 있을 줄은 예상 못 했다. 로스앤젤레스 외곽에는 그런 게 드물 줄 알았는데. 그는 표지판을 다시 살펴본 뒤 차를 돌려 주도로로 나갔다. 그러자 배모 로드로 꺾기 직전에 본 쇼핑 플라자가 떠올랐다.

〈새러소타 헤럴드 트리뷴〉지의 매물란에 올라 있는 펠리컨 코브의 콘도미니엄은 모두 여덟 채였지만 집주인이 직접 매물로 내놓은 건 세 채뿐이었다. 보슈는 플라자 안에 있는 공중전화로 가서 그 중 첫 번째 집에 전화를 걸었다. 그러자 자동응답기가 대답했다. 두 번째 집으로 전화를 걸자 여자가 받더니 남편이 골프하러 나갔기 때문에 혼자서 집을 보여주기가 불안하다고 말했다. 세 번째 전화를 받은 여자는 보슈에게 즉시 오라고 말했을 뿐만 아니라 그를 위해 레모네이드를 준비하겠다고 말했다.

보슈는 오로지 자기 집을 팔기 위해 그러는 사람을 악용하는 것 같아 잠시 죄책감에 사로잡혔다. 그렇지만 매키트릭을 찾기 위해서는 다른 방법이 없고, 여자도 자신이 그런 식으로 이용당한 줄은 절대 모를 것이란 생각이 들자 죄책감은 금방 사라졌다.

정문을 통과할 때 수위에게 레모네이드 부인의 콘도가 있는 방향을 물어본 보슈는 짙은 숲 속의 복합단지를 돌며 은색 타운카를 찾았다. 콘도 단지가 대부분 은퇴한 사람들을 위한 실버타운임을 금방 알 수 있었다. 차를 타거나 걸어가는 사람들을 여럿 만났는데, 대개 하얀 머리카락에다 햇볕에 그은 갈색 피부를 하고 있었다. 타운카를 재빨리 찾아낸 뒤 경비실에서 준 지도로 위치를 확인한 다음 의심을 받지 않기 위해 레모네이드 부인의 콘도미니엄을 찾아 나섰다. 그런데 그때 또 한 대의 은색 타운카가 눈에 띄었다. 인기 차종이었던 구 모델이었다. 수첩을 꺼내어 적어둔 차량번호를 확인해 보니 두 대 모두 그가 미행했던 차가 아니었다.

그는 문제의 타운카를 찾아 단지 안을 빙빙 돌다가 마침내 깊숙한 곳에 숨겨져 있는 것을 발견했다. 오크 나무와 종이나무로 둘러싸인 2층짜리 검은 목재 건물 앞이었다. 건물은 여섯 채의 콘도미니엄으로 이뤄져 있는 것처럼 보였다. 찾긴 쉽겠군. 보슈는 지도로 위치를 확인한 뒤 다시 레모네이드 부인을 찾아 나섰다. 그녀의 콘도미니엄은 단지 다른 쪽에 있는 건물 2층에 있었다.

"젊은 분이시군요."

그를 맞은 여자가 말했다. 방문 목적을 다시 말하려던 보슈는 입이 금방 떨어지지 않았다. 상대방 여자가 단지 안에서 지금까지 보아온 다른 사람들에 비해 서른 살 정도는 젊은 30대 후반으로 보였기 때문이다. 적당히 그은 매력적인 얼굴을 어깨까지 내려오는 갈색 머리카락이 감싸고 있었다. 청바지에 푸른 옥스퍼드 셔츠를 받쳐 입고 앞부분이 알록달록한 까만 조끼를 걸친 모습이었다. 화장을 별로 안 한 얼굴이 보슈의 마음에 들었고, 진지한 초록빛 눈동자도 싫어하기 어려운 부분이었다.

"재스민이에요. 당신이 보슈 씨?"

"네, 해리라고 합니다."

"빨리 오셨네요."

"근방에 있었거든요."

재스민은 그를 안으로 들어오게 한 뒤 설명하기 시작했다.

"신문에서도 말했듯이 침실은 세 개예요. 안방에는 욕실이 따로 있죠. 복도 끝에도 욕실이 있고요. 장소가 장소라 경치는 끝내줘요."

여자는 맹그로브 숲의 섬들이 점점이 흩어져 있는 광활한 바다가 내다보이는 미닫이 유리문을 가리켰다. 아무도 살지 않는 섬들의 숲 속에 무수한 새들이 둥우리를 틀고 있었다. 여자 말대로 경치는 정말 아름다웠다.

"저건 무슨 바다죠?"

여자는 보슈를 돌아보았다.

"이 지역 분이 아니시군요? 저긴 리틀 새러소타 만이에요."

보슈는 머리를 끄덕이며 괜히 쓸데없는 질문을 불쑥 내뱉은 것을 후회했다.

"네, 이 지방 사람은 아닙니다. 이쪽으로 옮겨볼까 하고요."

"어디 사시는데요?"

"로스앤젤레스요."

"아, 네. 얘긴 들었어요. 여진이 그치지 않아 많은 사람들이 나오고 있다죠."

"그런 것 같습니다."

재스민은 복도를 통해 안방으로 그를 안내했다. 얼핏 봐도 그녀에겐 어울리지 않는 방임을 알 수 있었다. 온통 우중충하고 어두운 느낌을 주었다. 마호가니 화장대는 무게가 1톤은 나갈 것 같았고, 침대 곁탁자들 위에는 양단으로 만든 전등갓을 쓴 장식 램프들이 놓여 있었다. 퀴퀴한 냄새도 풍겼다. 이 여자가 잠자는 방은 절대 아닐 거라는 생각이 들었다.

문 옆의 벽에 걸린 유화 초상화가 눈에 들어왔다. 지금 옆에 서 있는 여자의 얼굴 같은데, 더 젊고 수척하고 표정도 엄해 보였다. 무슨 여자가 자기 초상화를 침실에 걸어두고 있을까 하는 생각으로 살펴보던 그는 그림 속에서 '재즈'라는 서명을 발견하고 재스민에게 물었다.

"재즈가 당신입니까?"

"네. 아빠가 저기 걸어야 한다고 자꾸 우기셔서요. 진작 내렸어야 하는 건데."

여자는 초상화 앞으로 걸어가서 내리려고 했다.

"부친께서요?"

보슈는 그녀 반대쪽으로 걸어가서 그림을 마주잡아 주었다.

"네. 오래전에 이 그림을 드렸거든요. 그 당시는 아빠 친구들이 보는 거실에다 걸지 않은 것만으로도 감사했죠. 여기도 좀 그렇지만요."

여자는 그림을 뒤쪽으로 돌려서 벽에 기대 세웠다. 보슈는 그녀가 한 말들을 종합하여 판단을 내렸다.

"그러니까 여긴 아버님 집이군요."

"네, 맞아요. 신문에 광고 나가는 동안은 제가 지키기로 했죠. 안방 욕실을 보실래요? 광고엔 없지만 자쿠지(jacuzzi: 가정용 스파 욕조－옮긴이) 욕조예요."

보슈는 여자가 서 있는 욕실 문 쪽으로 다가갔다. 본능적으로 그녀의 두 손을 슬쩍 살펴봤지만 반지를 낀 손가락은 없었다. 앞으로 지나가며 냄새를 맡아보니 그녀의 이름과 같은 향수 냄새가 났다. 재스민. 그는 여자에게 묘한 매력을 느끼기 시작했다. 하지만 사지도 않을 집을 사는 척 기만하는 간지러움 때문인지 진심으로 끌리기 때문인지 판단하기 어려웠다. 그는 피곤했고, 그 때문이라고 생각하기로 했다. 긴장감도 풀어진 그는 욕실을 한 번 슬쩍 들여다보곤 돌아서 버렸다.

"멋지군요. 부친께선 이 집에 혼자 사셨습니까?"

"우리 아빠 말예요? 네, 혼자 사셨어요. 엄마는 제가 어릴 때 돌아가셨거든요. 아빤 지난 크리스마스에 돌아가셨고요."

"그것도 모르고… 죄송합니다."

"괜찮아요. 더 아시고 싶은 것 있으세요?"

"없습니다. 저는 누가 이 집에서 사는지 궁금했을 뿐입니다."

"아니, 그게 아니라 이 집에 관해 더 아시고 싶은 게 있냐고요."

"아, 됐습니다. 아주 멋진 집이네요. 지금은 단지 둘러보고 있는 중이라 어떻게 할 것인지는…."

"여기 찾아온 진짜 목적이 뭐죠, 보슈 씨?"

"무슨 말씀이죠?"

"여기서 무슨 일을 꾸미고 있느냐고요? 당신은 콘도를 구입하러 오지 않았어요. 집을 살펴보지도 않고 있잖아요."

여자의 목소리에서 분노는 느껴지지 않았다. 사람을 제대로 본 자신감이 담겨 있었다. 보슈는 얼굴이 화끈거리는 걸 느꼈다. 이렇게 쉽사리 들통이 나다니.

"나는 단지… 집을 좀 살펴보러 왔습니다."

너무나 허약한 변명임을 그도 모르지 않았다. 그렇지만 다른 말은 한

마디도 생각나지 않는 터라 어쩔 수가 없었다. 여자도 그가 곤경에 빠진 것을 알고 더 이상 몰아세우지 않았다.

"그래요, 제가 댁을 무안하게 했다면 미안해요. 다른 방들도 살펴보고 싶으세요?"

"네, 아, 침실이 모두 세 개라고 하셨나요? 제겐 방이 너무 많은 것 같군요."

"네, 세 개예요. 그건 신문 광고에도 밝혔는데요."

다행히도 보슈의 얼굴은 이미 더 이상 빨개질 것이 없을 정도였다. 그는 머리를 긁적이며 말했다.

"아, 이런. 그걸 못 봤군요. 암튼 집을 보여주셔서 감사합니다. 아주 멋진 집이에요."

그는 빠른 걸음으로 거실에서 문 쪽으로 이동했다. 문을 열며 뒤를 돌아보자 여자가 그에게 말했다.

"어쩐지 재미있는 얘기가 숨어 있을 것 같네요."

"무슨 얘기 말입니까?"

"당신이 꾸미고 있는 일 말예요. 만약 고백하고 싶은 생각이 들면 전화번호는 신문에 있어요. 당신도 이미 알고 있고요."

보슈는 고개만 끄덕였다. 할 말이 하나도 생각나지 않았던 것이다. 그냥 조용히 밖으로 나가 등 뒤로 문을 닫았다.

타운카를 봐둔 곳까지 돌아왔을 때는 얼굴 색도 제대로 돌아왔지만, 여자한테 마구 내몰렸던 창피한 느낌은 여전히 가시지 않았다. 보슈는 그 기분을 떨치고 당장 눈앞에 닥친 일에 집중하려고 애썼다. 차를 주차한 뒤 타운카에서 가장 가까운 1층 문으로 걸어가 노크를 했다. 이윽고 노파 하나가 문을 열더니 놀란 눈으로 그를 바라보았다. 한 손으로는 산소병이 실린 조그마한 카트 손잡이를 쥐고 있었다. 투명한 비닐 관 두 줄기가 노파의 양쪽 귀를 타고 볼을 지나 콧구멍 속으로 사라졌다.

"번거롭게 해서 죄송합니다. 매키트릭 씨 댁을 찾는데요."

보슈는 재빨리 말했다.

노파는 가냘픈 손을 들어 엄지손가락으로 천장을 가리켰다. 동시에 그녀의 눈도 천장을 향했다.

"2층입니까?"

노파는 고개를 끄덕였다. 그는 고맙다고 말한 뒤 계단 쪽으로 걸음을 옮겼다.

2층 현관문을 노크하자 분홍색 봉투를 가져갔던 바로 그 여자가 문을 열었다. 보슈는 평생 찾아다녔던 여자를 만난 것처럼 안도의 한숨을 토해냈다. 거의 그런 기분이었다.

"매키트릭 부인이세요?"

"그런데요?"

보슈는 지갑을 꺼내어 배지를 보였다. 그렇지만 '경위'란 글씨가 새겨진 부분은 손가락으로 가려 보이지 않게 했다.

"LA 경찰국의 해리 보슈 형삽니다. 남편 되시는 분과 잠시 얘기할 것이 있는데, 지금 안에 계신가요?"

여자의 표정이 금방 흐려졌다.

"LA 경찰국이라고요? 그인 거기 안 나간 지 20년도 넘었는데."

"옛날 사건에 관해 문의할 게 있어서요."

"전화로 하면 되잖아요."

"번호가 없었습니다. 안에 계시죠?"

"아뇨. 보트로 내려갔어요. 낚시를 하려고요."

"거기가 어딥니까? 따라잡을 수 있을지 모르죠."

"놀라는 거 싫어하는 양반인데."

"부인께서 전하시건 제가 말하건 놀라긴 마찬가질 겁니다. 전 아무래도 상관없어요. 그분과 꼭 얘기해야 합니다, 매키트릭 부인."

여자는 저항을 용납하지 않는 경찰의 말투에 익숙해져 있는 것 같았다. 금방 꼬리를 내리고 말했다.

"저 건물을 돌아 똑바로 걸어가다 세 번째 건물을 지나 왼쪽으로 가세요. 선착장이 보일 거예요."

"그분 보트는 어느 쪽에 있습니까?"

"6번 선착장이에요. 옆구리에 '트로피'란 글자가 새겨져 있어서 금방 찾을 수 있어요. 내가 점심을 가져가기로 했으니 아직 출발하지 않았을 거예요."

"감사합니다, 부인."

보슈가 돌아서서 건물 옆쪽으로 걸어가고 있을 때 여자가 뒤에서 불렀다.

"보슈 형사님? 한참 걸릴 건가요? 댁이 드실 샌드위치도 준비해요?"

"얼마나 걸릴지 모르지만 그래주시면 고맙죠."

선착장으로 내려가면서 보슈는 재스민이란 여자가 레모네이드를 한 잔 주겠다고 약속해 놓고 지키지 않았다는 것을 기억해냈다.

23 그 아이

선착장이 있는 작은 만을 찾아내기까지 15분이 걸렸다. 그 대신 매키트릭은 눈에 금방 들어왔다. 선착장에 있는 40여 대의 보트 중 사람이 타고 있는 것은 한 척뿐이었다. 선미에 앉아 선외 엔진을 굽어보는 시커멓게 그은 사내는 하얀 머리카락 때문에 유난히 튀었다. 보슈는 가까이 다가가며 사내를 유심히 살펴봤지만 전혀 안면이 없었다. 보슈의 기억 속에 각인되어 있는 어린 시절 그를 풀장에서 끌어올려 줬던 남자와는 전혀 다른 인상이었다.

사내는 엔진 커버를 벗겨놓고 드라이버로 작업을 하고 있었다. 카키 반바지에 하얀 골프 셔츠를 입었는데, 너무 낡고 더러워서 그 차림으로 골프는 어렵겠지만 낚시질 하는 덴 아무 상관없을 것 같았다. 보트는 길이가 6미터쯤 되어 보였고 키가 있는 뱃머리 쪽에 작은 함교가 있었다. 보트 양쪽에 두 개씩 설치된 지지대에는 낚싯대가 꽂혀 있었다.

보슈는 일부러 보트 뱃머리 쪽 선창에 멈춰 섰다. 매키트릭에게 배지를 보여줄 때 적당한 거리를 유지하고 싶었다. 그는 미소를 지으며 말했다.

"고향 같은 할리우드 경찰서에서 이 먼 곳까지 누가 만나러 올 줄은 상상도 못했겠죠?"

"아니지, 여기가 내 고향이야. 내가 거기 있을 때 오히려 멀리 떠나 있었던 거지."

보슈는 지당하신 말씀이란 듯 고개를 끄덕이며 배지를 내보였다. 매키트릭 부인에게 보여준 것과 같은 수법이었다.

"할리우드 살인반의 해리 보슈라고 합니다."

"나도 그렇게 들었네."

놀란 쪽은 오히려 보슈였다. 그가 이쪽으로 온다는 정보를 매키트릭에게 제보할 만한 LA 쪽 사람이 얼핏 떠오르지 않았다. 히노조스 외엔 아무한테도 말한 적 없었다. 그 여자가 환자를 배신했으리라곤 생각하기 어려웠다.

매키트릭이 보트의 대시보드 위에 있는 휴대전화기를 가리키며 그를 안심시켰다.

"와이프가 전화했더군."

"아아."

"그래, 대체 무슨 일로 여기까지 납시었나, 보슈 형사? 내가 거기 있을 땐 파트너랑 같이 움직였는데. 그게 더 안전했거든. 이젠 인원이 없어 혼자 뛰게 된 건가?"

"그게 아니라 제 파트너는 다른 사건을 추적하고 있습니다. 가망성이 별로 없는 옛날 사건들에 두 명씩이나 보내서 비용을 낭비할 순 없다는 거죠."

"그 사건을 나한테 설명하겠다는 거군."

"네, 그렇습니다. 거기 내려가서 말씀드려도 되겠습니까?"

"편한 대로 하시게. 난 와이프가 음식을 가져오면 떠나려고 준비하고 있지."

보슈는 선창을 따라 매키트릭의 보트 옆구리로 다가갔다. 배 안으로 뛰어내리자 그 무게로 선체가 아래위로 약간 흔들리다 차츰 안정되었다. 매키트릭은 엔진 커버를 들어 제자리에 끼워 넣기 시작했다. 보슈는 생판 엉뚱한 곳에 와 있는 느낌이었다. 운동화를 신고 검정색 진에 국방색 티셔츠와 검은 스포츠 재킷 차림이었다. 그는 너무 더워서 재킷을 벗어 조타실 의자에 올려놓았다.

"뭘 낚으러 가십니까?"

"아무거나 무는 대로. 자넨 뭘 낚으러 왔나?"

매키트릭은 그렇게 반문하며 보슈를 똑바로 바라보았다. 그의 눈동자가 맥주병처럼 갈색이었다.

"지진에 대한 소식은 들었겠죠?"

"당연하지. 난 지진과 허리케인을 모두 겪은 사람이니 지진 얘긴 그만두게. 적어도 허리케인은 오는 것을 볼 수나 있지. 앤드루는 엄청난 파괴를 가져왔지만, 만약 그것이 오는 줄 몰랐다면 그 피해가 얼마나 더 컸을지 생각해 봐. 지진으로 LA가 당한 피해가 바로 그런 경우지."

앤드루가 몇 년 전 남부 플로리다 해안을 강타했던 허리케인 이름이란 걸 보슈가 깨닫는 데는 약간의 시간이 걸렸다. 세상에서 일어난 온갖 재앙들을 모두 기억하기도 어렵다. LA에서 일어나는 일만으로도 넘칠 지경인데. 보슈는 작은 만을 돌아보았다. 물고기 한 마리가 수면 위로 뛰어올랐다가 떨어지자 다른 물고기들도 경쟁하듯 공중으로 뛰어올랐다. 매키트릭에게 저것 좀 보라고 얘기하려다가 그라면 날마다 보는 장면이겠다 싶어 그만두었다.

“LA를 떠나신 게 언제였습니까?”

“21년 전이야. 20년간 쌓은 공든 탑이 한 방에 날아갔지. LA에서도 당할 수 있네, 보슈. 난 실마 지진이 일어났던 71년도에 거기 있었어. 병원이 무너지고 고속도로들이 주저앉았지. 그때 우리는 진앙지에서 불과 몇 킬로미터 떨어진 투정가에서 살고 있었네. 젠장, 그때 일을 절대 잊지 못할 거야. 마치 신과 악마가 방 안에서 맞붙었는데 나는 심판을 보고 있는 기분이었지. 빌어먹을…. 그런데 지진이 자네가 여기 온 것과 무슨 상관있나?”

“그게 좀 이상한 현상이긴 하지만, 암튼 살인사건 비율이 좀 떨어졌습니다. 시민의식이 좀 강해졌다고나 할까요. 그래서 우리는….”

“살인할 정도의 가치 있는 물건이 남아나지 않았단 뜻이겠지.”

“그런지도 모르죠. 암튼 우리 경찰국에선 매년 70 내지 80건의 살인사건을 취급합니다. 선배님 시절에는 어땠는지 모르지만….”

“그 절반도 안 됐어. 쉬웠지.”

“그런데 금년엔 평균치 이하로 내려가서 옛날 사건들을 뒤져볼 시간적 여유가 생겼죠. 그래서 각자 몇 건씩 분담하게 되었는데, 제게 떨어진 것들 중에 선배님이 담당했던 사건이 있었습니다. 그 당시 파트너였던 분이 돌아가신 건 알고 계시죠?”

“에노가 죽었어? 이런, 젠장! 그것도 모르고 있었네. 내겐 누가 연락을 했어야지. 그게 중요하고 않고를 떠나서 말이야.”

“네, 모르고 계셨군요. 유감입니다. 그분의 부인이 연금을 수령하고 있습니다.”

“이미 지난 일이니 어쩔 수 없지. 에노와 내가 파트너였던 것도 지난 과거사고.”

“네, 그래서 제가 이리 온 겁니다. 그분은 돌아가셔서 안 계시니.”

"그래, 무슨 사건인가?"

"마저리 로우 사건입니다."

매키트릭의 얼굴에서 어떤 반응이 있기를 기다렸지만 전혀 없었다.

"기억나세요? 골목 안 쓰레기통에서 시체로 발견된 여자."

"비스타였지. 할리우드 대로 뒤쪽의 비스타와 고어 사이에 있었어. 난 모두 기억하고 있네, 보슈. 해결되었건 안 되었건 모조리 다 기억하고 있어."

그렇지만 날 기억하진 못하잖아. 보슈는 그렇게 생각했지만 말하진 않았다.

"네, 그 여잡니다. 비스타와 고어 사이에 있었던."

"그 사건이 어쨌다는 건가?"

"끝내 해결되지 않았습니다."

"그건 나도 알아."

매키트릭의 목소리가 커졌다.

"7년 동안 살인반에서 근무하며 총 63건을 다뤘어. 할리우드와 윌셔에서 일하다가 강도 살인반으로 들어갔지. 총 56건을 해결했고. 누구보다 높은 실적이었어. 요즘 형사들은 그 절반도 어려울걸. 자네들과 경쟁해도 꿀리지 않아."

"선배님이 이기죠. 대단한 기록이에요. 전 선배님 문제로 온 게 아닙니다, 제이크. 그 사건 때문에 왔어요."

"날 제이크라 부르지 말게. 난 자넬 몰라. 지금까지 한 번도 본 적이 없어. 잠깐만…."

보슈는 그가 갑자기 풀장을 떠올렸나 하고 놀라며 바라보았다. 하지만 곧 선착장으로 다가오는 자기 아내를 보고 그랬다는 걸 알았다. 그녀는 플라스틱 냉장 박스를 들고 왔다. 매키트릭은 아내가 그것을 보트 옆 선착장에 내려놓을 때까지 조용히 기다렸다가 보트로 옮겨 실었다.

“오, 보슈 형사님. 그런 차림으로는 너무 더울 텐데요.”

매키트릭 부인이 말했다.

“제이크의 반바지와 하얀 티셔츠를 한 벌 빌려 입는 게 어때요?”

보슈는 매키트릭을 돌아본 뒤 그의 부인에게 대답했다.

“아닙니다, 부인. 전 괜찮습니다.”

“낚시하러 가실 거잖아요?”

“아니, 아직 그런 초대를 받지 못했습니다. 그래서 저는….”

“오, 제이크. 같이 가자고 해요. 같이 갈 사람을 늘 찾았잖아요. 게다가 당신이 오매불망하던 할리우드의 피비린내 나는 소식도 들을 수 있을 테고요.”

매키트릭이 아내를 쳐다보았다. 보슈는 그가 성질을 억누르려고 애쓰고 있음을 알 수 있었다. 그는 조용한 목소리로 아내에게 말했다.

“메리, 샌드위치 잘 먹을게. 나 이 사람과 할 얘기가 있으니 집으로 좀 가줄래?”

여자는 찌푸린 눈으로 남편을 돌아보더니 못 말릴 위인이라는 듯 머리를 살래살래 흔들었다. 그리곤 한마디도 대꾸 않고 왔던 길을 돌아갔다. 보트에 남은 두 남자는 잠시 침묵에 빠졌다. 보슈가 분위기를 되돌리기 위해 먼저 입을 열었다.

“선배님, 저는 그 사건에 대해 몇 가지 질문할 게 있어 찾아왔을 뿐입니다. 선배들이 뭔가 잘못 처리했다고 따지러 온 게 아니에요. 사건을 재수사하고 있을 뿐이라고요.”

“그런데 한 가지를 뺐지.”

“그게 뭡니까?”

“자네가 똥 덩어리라는 얘기.”

속에서 불덩이가 확 치밀어 올랐다. 사실 은퇴한 이 늙은 형사의 판단이 틀린 건 아니지만 그래도 자신의 동기를 의심하는 것에 대해서는 화가 났다. 착한 후배 행세는 이제 그만 때려치우고 단도직입적으로 들어갈까, 하는 충동이 일었지만 보슈도 그 정도로 순진하진 않았다. 매키트릭이 이런 식으로 나올 때는 그만한 이유가 있을 거란 생각이 들었다. 어쩌면 옛날 그 사건이 그의 신발 속에 든 자갈 같은 존재였는지도 모른다. 걸을 때 발바닥이 아프지 않도록 그는 자갈을 한쪽으로 밀쳐두었다. 하지만 그것은 여전히 신발 안에 있을 것이었다. 보슈는 그가 그것을 꺼내고 싶도록 만들어야 했다. 그래서 분노를 꿀꺽 삼키고 차분하게 대꾸했다.

"내가 왜 똥 덩어립니까?"

매키트릭이 돌아앉더니 조타장치 아래로 손을 뻗었다. 보슈의 눈에는 그가 하는 행동이 보이지 않았기 때문에, 그 아래 감춰둔 보트 키를 찾는 줄로만 알았다.

"자네가 왜 똥 덩어리냐고?"

전직 형사가 다시 돌아앉으며 말했다.

"내가 그 이유를 설명해 주지. 자네가 여기 내려오기 전에 나한테 보여준 그 개똥 같은 배지 때문이야. 자네한테 배지가 없다는 건 우리 둘 다 아는 사실이잖나."

매키트릭은 베레타 22를 보슈에게 겨누고 있었다. 조그마한 것이지만 이런 가까운 거리에서는 충분히 위력을 발휘할 수 있고, 매키트릭이라면 그것을 사용할 줄 안다고 믿어야만 했다.

"세상에, 어디 잘못된 거 아닙니까, 선배님?"

"자네가 나타나기 전까진 말짱했어."

보슈는 두 손을 번쩍 들고 아무 위협도 가하지 않았다.

"진정하세요, 선배님."

"자네나 진정하고 그 손 내려. 난 배지를 다시 봐야겠어. 그걸 꺼내 이쪽으로 던지게. 천천히."

보슈는 상대가 시키는 대로 하며 고개를 약간만 돌려 선착장 주위를 살펴보았다. 사람이라곤 그림자도 보이지 않았다. 여기까지 혼자 내려오면서 무기도 소지하지 않은 것을 후회하며 배지 지갑을 꺼내어 매키트릭의 발치에 던졌다.

"이제 함교를 돌아 선수 쪽으로 올라가게. 내가 볼 수 있도록 난간에 기대어 서라고. 언젠가는 나를 엿 먹이러 올 놈이 있을 줄 알았어. 그런데 자넨 상대를 잘못 골라잡았어. 날도 잘못 잡았고."

보슈는 그가 시키는 대로 선수 쪽으로 걸어 올라가서 난간을 잡고 기대며 뒤돌아섰다. 매키트릭은 눈길을 보슈에게 고정한 채 지갑을 주워 올렸다. 그리곤 조타실 안으로 들어가더니 콘솔 위에 권총을 내려놓았다. 보슈는 그 권총을 잡으려고 돌진했다간 매키트릭보다 늦을 것임을 알았다. 은퇴한 형사가 아래쪽으로 손을 뻗어 무언가를 돌리자 엔진이 작동하기 시작했다.

"뭐 하려는 겁니까, 매키트릭?"

"오, 이젠 매키트릭이라 부르는군. 아깐 친한 체하며 제이크라 부르더니. 뭐 하려느냐고? 우린 낚시하러 갈 거야. 자네도 하고 싶어 했잖아. 만약 물속으로 뛰어내리면 그냥 쏴버리겠어. 난 상관 안 해."

"난 아무데도 안 갈 테니 안심하세요."

"자, 그 밧줄걸이에서 줄을 풀어 선착장 위로 던져."

보슈가 시키는 대로 하자 매키트릭은 권총을 집어 들고 선미 쪽으로 세 걸음 물러간 뒤 다른 쪽 밧줄을 풀고 철탑에서 밀어냈다. 그리곤 조타실로 돌아와 보트를 조심스레 후진시켰다. 보트가 선착장을 빠져나오자 그는 보트를 앞쪽으로 돌리고 운하 입구를 향해 만을 가로지르기 시작했다. 보슈는 소금기가 밴 따뜻한 바람에 피부의 땀이 마르는 걸 느꼈다. 그는 보트가 사방이 트인 바다에 이르거나 다른 사람들이 탄 배를 만나는 즉시 물속으로 뛰어들 생각이었다.

"무기를 휴대하지 않은 건 놀랄 일이야. 총도 없는 놈을 누가 경찰이라 하겠나?"

"난 경찰입니다, 매키트릭. 설명할 시간을 줘요."

"그럴 필요 없어. 이미 알고 있으니까. 자네에 대해 모두 알고 있어."

매키트릭은 배지 지갑을 열고는 보슈의 경찰증과 경위의 골드 배지를 들여다본 뒤 콘솔 위에 휙 던져버렸다.

"나에 대해 뭘 알고 있습니까, 매키트릭?"

"걱정 말게, 보슈. 난 아직 이빨 몇 개가 남았거든. 경찰국에 아는 친구들이 몇 명 남아 있단 말이야. 마누라 전화를 받고 내 친구 하나를 불렀지. 자네에 관한 모든 걸 알고 있더군. 자넨 정직 상태야, 보슈. 그러니까 자네가 지껄인 지진 어쩌고 하는 얘긴 말짱 개소리가 되는 거지. 노는 동안 프리랜스 일을 하나 맡은 모양인데, 아닌가?"

"잘못 짚었습니다, 선배님."

"그래, 어디 두고 보지. 먼 바다로 나가면 널 보낸 놈이 누군지 말해야 할 거야. 싫으면 물고기 밥이 되든지. 난 아무래도 상관없어."

"날 보낸 놈은 없어요. 내 발로 걸어 왔다고요."

매키트릭이 스로틀 레버를 손바닥으로 탁 치자 보트가 빠른 속도로 질주하기 시작했다. 뱃머리가 위로 들리는 느낌에 보슈는 두 손으로 난간을 꽉 붙잡았다.

"개소리!"

매키트릭이 엔진 소리보다 더 크게 외쳤다.

"네놈은 거짓말쟁이야! 아까도 거짓말을 하더니 지금도 거짓말만 하고 있어!"

"내 말 좀 들어봐요!"

보슈도 맞고함을 질러댔다.

"당신은 모든 사건을 다 기억한다고 했잖아요!"

"물론이야, 젠장! 난 하나도 잊을 수 없어."

"속도 줄여요!"

매키트릭이 스로틀을 당기자 보트가 속력이 느려지며 엔진 소음도 잦아들었다.

"마저리 사건에서 선배님은 더러운 일을 맡았어요. 그거 기억해요? 우리가 더러운 일이라고 부르는 게 뭔지 기억하냐고요? 당신은 친척한테 그녀의 죽음을 알려야만 했죠. 그녀의 아이한테 말입니다. 맥클라렌 고아원까지 찾아가서."

"그건 우리 보고서에도 적혀 있어, 보슈. 그러니까…."

매키트릭은 갑자기 말을 끊고 보슈를 눈 빠지게 노려보았다. 그러더니 배지 지갑을 열고 거기 적힌 이름을 들여다보았다. 그가 다시 보슈를 노려보며 말했다.

"이 이름 기억나. 그 풀장도. 네가 바로 그 아이였군."

"내가 바로 그 아이였습니다."

24 오래된 습관

보슈가 그간의 사연을 구구절절 늘어놓는 동안 매키트릭은 보트가 새러소타 만의 조류에 떠내려가도록 내버려두었다. 그는 질문도 하지 않고 듣기만 했다. 보슈가 얘기를 잠시 멈추었을 때 그는 자기 아내가 가져다 준 냉장 박스를 열고 맥주 캔 두 개를 꺼내어 보슈에게 하나 건넸다. 얼음처럼 차가운 캔이 손바닥에 전해졌다.

보슈는 자기 얘기를 다 끝낸 다음에야 맥주 캔을 땄다. 그는 자기가 알고 있는 모든 것을 매키트릭에게 얘기했을 뿐만 아니라, 불필요한 부분인 파운즈와의 충돌 사건까지도 털어놓았다. 은퇴한 늙은 전직 경관이 화를 내며 이상한 행동을 하는 것을 본 보슈는 그에 대한 자신의 선입견이 잘못 되었을 수도 있다는 예감이 들었다. 플로리다로 날아오면서 보슈가 떠올렸던 그에 대한 이미지는 어느 쪽이 더 싫은지는 모르지만 부패한 경찰 아니면 멍청한 경찰이었던 것이다. 그런데 이제 보니 매키트릭은 수십 년 전에 범한 잘못된 선택들에 대한 기억으로 고통받고 있는 사람처럼 보였다. 그의 신발 속에는 아직도 까칠까칠한 자갈이 들어 있었고, 그걸 빼낼 수 있는 최상의 방법은 그 자신의 정직성뿐일 것이라고 보슈는 생각했다.

"제 얘기는 다 끝났습니다."

보슈는 그렇게 말한 뒤 맥주를 단숨에 3분의 1쯤을 마셨다. 오후의 땡볕 아래 마신 맥주가 목구멍 아래로 상쾌하게 내려갔다.

"설마 부인께서 맥주를 딱 두 개만 넣어 주신 건 아니겠죠?"

"그럼, 아직 많이 남아 있네."

매키트릭이 대답했다.

"샌드위치 하나 들어 보겠나?"

"이따가요."

"흠, 자네가 원하는 건 내 얘기겠지."

"그것 때문에 왔습니다."

"그래, 일단 고기가 있는 저쪽으로 나가지."

은퇴한 늙은 형사는 엔진을 다시 가동한 뒤 운하 표시를 따라 만 남쪽으로 배를 몰았다. 보슈는 그제야 스포츠 코트 주머니에 선글라스가 있다는 걸 기억해 내곤 꺼내어 썼다. 바람은 사방에서 불어오는 것 같았고, 이따금 바다 수면에서 올라온 바람은 한결 시원하게 느껴졌다. 보슈는 보트를 타고 낚시를 나선 지가 오래된 느낌이었다. 20분 전에 그를 향해 권총을 겨눴던 사내가 지금은 꽤 괜찮게 느껴졌기 때문이었다.

보트가 만을 지나 운하 속으로 들어가자 매키트릭은 스로틀을 당겨 속력을 줄였다. 그는 해변 레스토랑 바깥에 정박한 커다란 요트의 함교에 있는 사내를 향해 손을 흔들었다. 그 사내와 잘 아는 사이인지 아니면 그냥 인사로 그러는 건지 보슈로서는 판단할 수 없었다.

"다리 위의 랜턴과 수직이 되게 키를 잡게."

매키트릭이 그에게 말했다.

“뭐라고요?”

“이걸 잡으라고.”

매키트릭은 키를 놓고 선미 쪽으로 물러섰다. 보슈는 재빨리 키를 잡은 뒤 1킬로미터쯤 전방에 있는 도개교 중간 지점의 빨간 랜턴과 일직선이 되도록 보트 방향을 조정했다. 뒤를 돌아보니 매키트릭은 갑판 아래서 죽은 작은 물고기들이 담긴 비닐백을 하나 꺼냈다.

“오늘은 어떤 녀석들이 왔는지 보자.”

그는 혼자 중얼거리며 뱃전으로 가더니 상체를 기울이고 물속을 살펴보았다. 그리곤 손바닥으로 보트 옆구리를 두들기기 시작했다. 상체를 펴고 물속을 살피며 10초쯤 기다린 뒤 두들기는 동작을 반복했다.

“뭐 하는 겁니까?”

보슈가 물었다. 그 순간 매키트릭이 서 있는 곳에서 2미터도 채 안 되는 수면에서 돌고래 한 마리가 공중으로 뛰어 올랐다가 입수했다. 미끄러운 회색 물체의 그림자만 얼핏 본 보슈는 처음엔 그게 뭔지 알아차리지 못했다. 그러나 돌고래는 보트 바로 옆에 다시 주둥이를 내밀고 솟아올라 뭐라고 재재거렸다. 꼭 웃는 소리처럼 들렸다. 매키트릭이 물고기 두 마리를 돌고래 입안에 넣어 주었다.

“저놈이 경사야. 흉터 봤어?”

보슈는 재빨리 도개교를 돌아보고 보트가 똑바로 가고 있는지 확인한 다음 선미 쪽으로 걸어 나왔다. 돌고래는 아직 거기 있었다. 매키트릭이 등지느러미 아래쪽을 가리켰다. 보슈는 돌고래의 매끄러운 회색 등을 가로지른 하얀 줄무늬 세 개를 보았다.

“프로펠러에 너무 가까이 다가왔다가 잘린 상처야. 모트해양연구소(새러소타에 있는 해양연구소 겸 수족관—옮긴이) 사람들이 치료해 줬지만 경사 계급장처럼 흉터가 남았지."

보슈는 매키트릭이 경사 입에 물고기를 또 넣어주는 것을 바라보며 고개를 끄덕였다. 은퇴한 경찰은 보트가 코스를 벗어났는지 확인하지도 않고 보슈에게 말했다.

"가서 키를 잡는 게 좋겠어."

조타실로 돌아온 보슈는 보트가 진로를 많이 벗어났다는 걸 알았다. 그는 키를 돌려 방향을 바로잡았다. 매키트릭이 선미에서 돌고래에게 물고기를 계속 던져주는 동안 보슈는 보트가 도개교를 통과할 때까지 키를 붙잡고 있었다. 보슈는 그가 얘기할 때까지 기다릴 수 있었다. 배를 타고 나가며 얘기하든 돌아오며 얘기하든 아무 상관없었다. 암튼 매키트릭의 얘기를 꼭 듣고야 말 생각이었다. 듣지 않고는 떠나지 않을 것이었다.

도개교를 통과한 지 10분 후 그들은 멕시코 만으로 나가는 운하로 들어갔다. 매키트릭은 두 개의 낚시에 미끼를 달아 물속에 던진 후 줄을 각각 1백 미터쯤 풀어놓았다. 그리곤 보슈에게서 키를 돌려받으며 바람 소리와 엔진 소리 속에서 고함을 질러댔다.

"암초 수역을 벗어나야 해. 안전한 곳까지 나간 다음 조류에 배를 맡겨 놓고 낚시질을 하는 거지. 얘기는 그때 하자고."

"좋은 생각 같아요."

보슈도 고함으로 대답했다.

양쪽 낚시 모두 미끼를 무는 기척이 없었다. 해변에서 3킬로미터쯤 나간 지점에서 매키트릭은 보트의 엔진을 끄고 낚싯줄 하나를 당기기 시작했다. 다른 하나는 보슈에게 당기라고 했다. 왼손잡이인 보슈가 오른손잡이들이 사용하도록 만들어진 릴을 손에 익히는 데는 약간의 시간이 필요했다. 그는 미소를 지으며 말했다.

"어린 시절에 해본 뒤론 이게 첨이네요. 맥클라렌에서는 이따금씩 아이들을 버스에 태우고 말리부 부두로 데려가곤 했어요."

"세상에, 그 부두가 아직도 거기 있나?"

"그럼요."

"지금은 시궁창에서 낚시하는 것 같겠군."

"그렇겠죠."

매키트릭이 껄껄 웃고 나서 고개를 저으며 물었다.

"왜 거기 매달려 사나, 보슈? 그들이 특별히 자넬 원하는 것 같지도 않은데."

보슈는 대답하기 전에 잠시 생각해 보았다. 말에서 가시가 느껴졌기 때문이다. 그 가시가 매키트릭의 것인지, 아니면 그가 전화를 걸었다는 친구한테서 건네받은 것인지는 알 수 없었다.

"누구한테 들은 얘깁니까?"

"그건 말할 수 없네. 그 친구도 내가 말하지 않을 것으로 믿고 알려준 거니까."

보슈는 이해한다는 뜻으로 고개를 끄덕였다.

"선배님 말이 옳아요. 그들은 내가 돌아오길 특별히 원하진 않을 겁니다. 하지만 모르겠어요. 그들이 나를 한쪽으로 밀어내면 밀어낼수록 나는 반대쪽으로 더 세게 밀어붙이는 형국입니다. 만약 그들이 나더러 떠나도록 요구하거나 강요하길 그만둔다면 그땐 내가 떠나고 싶어질지도 모르죠."

"무슨 소린지 알 만해."

매키트릭은 지금까지 사용한 낚싯대 두 개를 거둬들이고 다른 두 개에다 낚싯바늘과 추를 달기 시작했다.

"이제부터는 숭어를 사용할 거야."

보슈는 고개를 끄덕였다. 미끼에 관해서는 하나도 아는 것이 없었다. 하지만 매키트릭의 동작을 자세히 살피며 그는 이제 슬슬 시작할 때가 되었다고 생각했다.

"LA에서 20년 근무하다 그만둔 후로는 무슨 일을 하셨습니까?"

"지금 보고 있잖나. 이곳으로 돌아와 보트를 한 척 사서 낚시 가이드가 되었지. 난 원래 저 위쪽 해변에 있는 팔레토 마을 출신이거든. 가이드 노릇 20년쯤 한 뒤엔 그것도 은퇴해서 이젠 나 혼자 낚시질이나 다니고 있어."

보슈는 미소 지으며 물었다.

"팔메토라고요? 그건 커다란 바퀴벌레 이름 아닌가요?"

"아니야. 아, 그렇지. 맞아. 그리고 야자수 이름이기도 하지. 그렇지만 마을 이름이야. 벌레 이름이 아니라."

보슈는 머리를 끄덕이며 매키트릭이 미끼가 든 가방을 열고 숭어 토막을 꺼내어 낚시에 끼우는 것을 관찰했다. 낚싯줄을 보트 양쪽으로 내던진 뒤 두 사람은 맥주 캔을 새로 따 들고 뱃전에 기대앉아 고기가 물길 기다렸다.

"LA에는 어쩌다 가게 됐습니까?"

보슈가 물었다.

"서부로 가는 젊은이에 대해 사람들은 뭐라고 하지? 일본이 항복한 뒤 귀향하던 나는 LA를 지나가게 됐어. 바다를 따라가며 하늘로 치솟은 산들을 보았지. 세상에…. 시내에서 첫날 밤을 보내며 나는 더비에서 저녁을 먹었어. 지갑을 탈탈 털 작정을 하고 있었는데 군복 차림의 나를 보고 대신 계산한 사람이 누군지 알아? 그 멋진 클라크 게이블(영화 〈바람과 함께 사라지다〉의 '레트 버틀러' 역 배우—옮긴이)이었어. 이거 농담 아니야. 난 그곳이 사정없이 좋아졌어. 그리고 LA에서 태어나고 자랐다는 메리를 발견하기까지 30년이 걸렸지. 아내는 이곳으로 나온 것을 좋아해."

매키트릭은 정말 그렇다는 듯 머리를 끄덕였다. 그가 옛 추억을 더듬는 동안 보슈는 아무 말 없이 기다렸다.

"정말 멋진 친구였어."

"누구 말입니까?"

"클라크 게이블."

보슈는 손에 들고 있던 빈 맥주 캔을 우그러뜨리고 새 캔을 집어 들었다. 그것을 따며 은퇴한 형사에게 그는 말했다.

"그 사건에 대해 말씀해 보시죠. 무슨 일이 있었습니까?"

"보고서를 봤으면 알 것 아닌가. 거기 다 적혀 있어. 그냥 내팽개친 거지, 뭐. 어느 날 수사를 시작했는데, 바로 그다음 날 '이 사건은 증거가 없음.'이라는 보고서를 올렸어. 장난도 아니었지. 그래서 아직 또렷하게 기억하고 있는 거라고. 그자들은 그래선 안 됐어."

"그자들이 누굽니까?"

"알잖아. 거물들 말이야."

"그자들이 어떻게 했는데요?"

"어떻게 하긴, 우리 손에서 사건을 빼앗아 갔지. 에노에게 거래하자고 한 모양인데, 단칼에 잘랐다고 하더군. 빌어먹을."

매키트릭은 얼굴을 찡그리며 머리를 설레설레 저었다.

"제이크."

보슈는 다시 그의 이름을 불러보았지만 이번엔 반발하지 않았다.

"자초지종을 좀 얘기해 주시죠. 난 최대한 많은 것을 알 필요가 있습니다."

매키트릭은 말없이 낚싯줄만 감아 들였다. 미끼는 그대로 있었다. 그는 다시 던져 넣고 낚싯대를 뱃전의 지지대에 꽂은 뒤 새 맥주 캔을 집어 들었다. 그리곤 콘솔 아래서 탬파 만 등대 모자를 꺼내어 머리에 썼다. 뱃전에 기대앉아 보슈를 돌아보며 그가 마침내 입을 열었다.

"좋아, 잘 듣게. 난 자네 모친한테 잘못한 것 없어. 그 당시 있었던 일을 그대로 얘기할 테니까, 알겠나?"

"제가 바라는 게 그겁니다."

"모자 하나 빌려줄까? 햇볕에 얼굴이 탈 텐데."

"괜찮습니다."

매키트릭은 고개를 끄덕인 뒤 얘기를 시작했다.

"그래, 우린 집에서 그 전화를 받고 뛰어나갔어. 토요일 아침이었지. 도보순찰 경관 하나가 그녀를 발견했다네. 하지만 그녀는 그 골목에서 살해된 게 아니었어. 그것만은 분명했지. 그곳으로 옮겨와서 버렸던 거야. 투정가를 출발한 내가 그곳에 도착했을 땐 이미 현장조사가 진행되고 있었네. 내 파트너 에노 형사도 먼저 나와 있었고. 나보다 연장자인 그에게 사건이 맡겨졌지."

보슈는 낚싯대를 지지대에 꽂고 재킷을 가지러 가며 물었다.

"수첩에 메모 좀 해도 되겠죠?"

"물론이야. 좋을 대로 하게. 난 그 사건에서 손을 뗀 이래 줄곧 누군가가 재조사를 해주길 기다리고 있었던 것 같아."

"계속하시죠. 클로드 에노가 담당 형사였군요."

"맞아. 그가 담당이었어. 자넨 이걸 알아야 해. 우린 그때 서너 달 동안만 한 팀이었어. 그다지 친밀하지도 못했네. 그 사건 이후로는 아주 멀어졌지. 난 1년쯤 후 교체되었어. 그들이 나를 윌셔 경찰서 살인반으로 보내버렸거든. 그래서 에노와는 더 이상 만날 일이 없었지. 그도 나와 만날 일이 없어졌고."

"알겠습니다. 수사는 어떻게 했습니까?"

"다른 사건들과 마찬가지로 했지. 우린 일상적으로 업무를 수행했어. 풍기단속반을 통해 수집한 그녀의 동료 명단을 이용해서 수사를 진행하고 있었지."

"그 명단에 고객들도 포함되어 있었나요? 살인사건 파일에는 명단이 보이지 않던데요."

"고객 이름도 몇 개 있었던 것 같아. 그리고 명단은 파일에 첨부하지 않았다고 에노가 말했어. 그가 담당 형사였다는 거, 잊지 마."

"그랬군요. 자니 폭스도 그 명단에 있었나요?"

"그래. 그자는 맨 꼭대기에 있었어. 폭스는 그녀의… 음, 매니저였지."

"포주였다는 얘기겠죠."

매키트릭은 그를 쳐다보았다.

"그래. 그잔 포주였어. 난 자네가 에…."

"됐어요. 얘기나 계속해 봐요."

"그녀를 아는 사람들을 모조리 조사해 봤더니 모두 하나같이 폭스를 아주 비열한 놈이라고 하더군. 전과도 있었어."

보슈는 그에게 구타당했다고 진술한 메러디스 로만의 보고서를 떠올렸다.

"그녀가 그자의 손아귀에서 벗어나려 했다는 얘기도 들렸어. 포주 없이 혼자 영업하려고 그랬는지, 아니면 그 생활을 청산할 생각이었는지 모르지만 말이야. 누가 알겠어? 우리가 듣기로는…."

"어머닌 올바른 시민이 되고 싶어 했어요."

보슈는 불쑥 끼어들었다.

"그래야만 나를 고아원에서 데려나올 수 있었거든요."

그렇게 말하고 나니 자신이 바보처럼 느껴졌다. 별로 확신도 없는 것처럼 들렸다.

"그래, 그랬겠지."

매키트릭이 머리를 끄덕이며 말했다.

"문제는 폭스가 그걸 마뜩찮게 여겼단 사실이야. 그래서 그자 이름을 우리 명단 맨 꼭대기에 올렸던 것이고."

"그렇지만 폭스를 끝내 찾아내지 못했나요? 시차별 보고서에는 그의 집을 감시했던 걸로 되어 있던데."

"아니, 그자는 우리 손아귀 안에 있었어. 살인무기인 벨트에서 채취한 지문을 확보하고 있었거든. 그런데 지문을 대조할 자료가 없었어. 자니는 과거 수차례 연행된 적 있지만 한 번도 전과 기록을 남기지 않았어. 당연히 지문도 없었지. 그래서 무슨 일이 있어도 그자를 연행할 필요가 있었어."

"그자가 체포된 적이 있는데도 전과 기록이 없다는 건 어떻게 아셨습니까?"

매키트릭은 빈 맥주 캔을 손으로 우그러뜨린 뒤 갑판 모퉁이에 있는 쓰레기통으로 걸어가서 던져 넣었다.

"솔직히 말하면 그 당시엔 꿈에도 몰랐어. 지금은 물론 분명해졌지. 그에겐 수호천사가 있었던 거야."

"누군데요?"

"들어 봐. 폭스의 집을 감시하며 그자가 나타나기만을 기다리고 있던 어느 날 무전기를 통해 아노 콘클린에게 연락하라는 메시지가 떨어졌어. 가급적 빨리 그 사건에 대해 얘기하고 싶다는 거야. 이런 호출은 한마디로 개수작이라고. 두 가지 이유에서. 첫째, 콘클린은 그 당시 거물이 되어가고 있었어. 시립 도덕특공대를 운영하고 있었고, 1년 후로 다가온 검찰총장 선거에서 당선이 유력시되는 인물이었지. 둘째 이유는 우리가 그 사건을 수사한 지 하루 이틀밖에 안 되었고, 그동안은 검찰청 근처에 얼씬도 안 했다는 사실이야. 그런데 갑자기 거기서 가장 막강한 사내가 우릴 보자고 한 거야. 난 생각하고 자시고 할 것도 없이 금방 알아차렸지. 이봐, 물고기가 물었어!"

매키트릭이 얘기를 하다 말고 낚싯대를 가리키며 소리쳤다. 보슈가 돌아보니 팽팽해진 낚싯줄에 낚싯대가 금방 부러질 듯 위태롭게 휘어져 있었다. 물고기가 미끼를 끌어당기자 릴이 돌아가기 시작했다. 보슈는 낚싯대를 지지대에서 뽑아 들고 잡아당겼다. 낚싯바늘이 제대로 박힌 것 같았다. 릴을 돌려 줄을 감았지만 물고기의 저항이 만만치 않았다. 감은 줄보다 오히려 풀려나간 줄이 더 길었다. 매키트릭이 달려와 릴의 제동장치를 조이자 낚싯대가 더 가파르게 휘어졌다.

"낚싯대를 위로 들어. 위쪽으로 들라고!"

매키트릭이 재빨리 조언했다. 보슈는 낚싯대를 위로 쳐들고 물고기와 5분간이나 더 씨름해야만 했다. 양쪽 팔이 아프고 허리까지 뻐근해올 무렵 물고기가 마침내 항복했는지 보트 옆까지 끌려왔다. 그러자 매키트릭이 장갑을 끼더니 손가락을 물고기 아가미 속으로 쑥 집어넣어 갑판 위로 끌어올렸다. 보슈는 햇볕 아래 아름답게 빛나는 검푸른 물고기를 보았다.

"와후야."

매키트릭이 말했다.

"뭐라고요?"

매키트릭은 물고기를 수평으로 들어 보였다.

"와후라고. LA 레스토랑에서는 오노라고 부르기도 하지. 여기선 와후라고 불러. 요리하면 넙치처럼 살이 하얘지지. 가져갈 거야?"

"아뇨. 놔 줍시다. 아름다운데요."

매키트릭은 물고기 아가리에서 낚싯바늘을 사납게 빼내더니 보슈에게 내밀며 물었다.

"한번 들어 보겠나? 5킬로그램 정도는 거뜬히 나가겠어."

"아니, 들어볼 필요까진 없습니다."

그는 한 걸음 다가와서 손가락으로 미끈한 물고기 껍질을 쓰다듬었다. 껍질에 그의 그림자가 어릴 정도였다. 그가 고개를 끄덕이자 매키트릭은 물고기를 다시 물속에 던져 넣었다. 그것은 수면 아래 50센티미터쯤 되는 곳에서 한참 동안 꼼짝도 하지 않았다. 외상 후 스트레스 장애인 모양이군, 하고 보슈는 생각했다. 마침내 그것에서 깨어난 물고기가 물속으로 헤엄쳐 사라졌다. 보슈는 낚싯바늘을 구멍에 끼운 뒤 낚싯대를 지지대에 꽂았다. 낚시는 끝낸 것이다. 그는 냉장 상자에서 새 맥주 캔을 꺼내 들었다.

"샌드위치 생각 있으면 들게."

매키트릭이 말했다.

"아뇨, 괜찮습니다."

보슈는 괜히 물고기가 낚이는 바람에 대화가 끊어진 것이 언짢았다.

"아노 콘클린의 호출을 받았다는 곳까지 얘기했습니다."

"맞아. 그런데 내가 착각했어. 그가 만나자고 한 사람은 에노 형사뿐이었거든. 난 아니었어. 그래서 에노 혼자만 갔지."

"왜 에노 형사만 불렀을까요?"

"모르지. 에노도 몰랐던 것처럼 행동했어. 난 에노와 콘클린 사이에 모종의 관계가 있었던 모양이라고만 짐작했을 뿐이지."

"무슨 관계인지는 끝내 알 수 없었고요?"

"없었어. 클로드 에노는 나보다 열 살쯤 많았지. 관록 있는 형사였어."

"그래서 무슨 일이 있었습니까?"

"무슨 일이 있었는지 난 말해 줄 수가 없고, 내 파트너가 한 말을 전해줄 수는 있지. 무슨 말인지 알겠나?"

결국 자기 파트너를 신뢰할 수 없었다는 소리였다. 보슈 자신도 그런 기분이 들 때가 가끔 있었으므로 충분히 이해할 수 있었다. 그는 고개를 끄덕이며 말했다.

"얘기해 보세요."

"콘클린을 만나고 돌아온 에노는 폭스를 가만히 내버려두라는 명령을 받았다고 말했어. 폭스는 그 사건과 무관할 뿐만 아니라 도덕특공대 수사를 위한 정보원으로 활약하고 있다는 것이 그 이유였지. 콘클린은 폭스가 자기에겐 중요한 사람이며 특히 그가 하지도 않은 범죄로 인해 이미지를 구기거나 두들겨 맞는 꼴은 보고 싶지 않다고 말했대."

"폭스가 하지 않았다고 그처럼 확신한 이유는 뭐래요?"

"모르지. 그래서 에노는 콘클린에게 검사는 경찰이 잡아온 사람의 유무죄를 결정하는 사람이 아니며, 우리는 폭스를 직접 신문하기 전엔 물러서지 않겠다고 말했다더군. 그러자 콘클린은 폭스와 면담하고 지문을 채취하도록 해줄 수 있다면서 단지 자기 영역에서만 허락하겠다고 나왔어."

"자기 영역이라뇨?"

"구 법원 안에 있던 자기 사무실 말이야. 지금은 없어졌지. 내가 나오기 직전 그 자리엔 커다란 건물이 들어섰어. 흉하게 생긴."

"사무실에서 무슨 일이 있었죠? 거기 가셨습니까?"

"갔지만 아무 일도 없었어. 우린 폭스와 면담을 했지. 그 자리엔 콘클린과 나치도 함께 있었어."

"나치라고요?"

"콘클린의 오른팔 고던 미텔 말이야."

"그자도 있었습니까?"

"그렇다니까. 내가 보기에 미텔은 콘클린을 어려워하고, 콘클린은 폭스를 조심하는 것 같더군."

보슈는 놀란 표정을 짓지 않았다.

"그래서 폭스는 뭐라고 했습니까?"

"별말 없었다고 했잖아. 내 기억으론 그래. 자기 알리바이를 제시하고 그것을 증언해줄 사람들 이름을 대더군. 난 그자의 지문을 받아두었고."

"피살자에 대해선 뭐라던가요?"

"우리가 피살자의 친구를 통해 들었던 말과 별 차이 없었어."

"메러디스 로만 말인가요?"

"맞아. 그 여자 같군. 폭스는 피살자가 파티에 나갔다고 했어. 남자들 팔에 안겨 춤을 춰주는 장식물 정도로 고용되었던 거야. 장소는 핸콕 파크였다는데 주소는 모른다고 했어. 폭스 자신은 파티 개최와 아무 상관없다고 했지만 우린 납득하기 어려웠지. 포주가 자기 여자 간 곳을 몰랐다는 게 사실 좀 그렇잖아? 우리 생각은 그렇지만 그 문제에 대해 폭스를 좀 족치려고 하면 콘클린이 심판처럼 개입하더라고."

"족치지 못하도록 방해했단 말이군요."

"그런 미친놈은 처음 봤어. 검찰총장이 되겠다는 놈이 말이야. 그자가 다음 선거에 출마한다는 건 모든 사람들이 알고 있었어. 그런데도 폭스 같은 개새끼를 감싸고돌더라니까. 욕을 해서 미안하네."

"상관없어요."

"그 똥 덩어리 같은 포주 놈이 거기 앉아 이쑤시개를 물고 빙글빙글 웃고 있는 동안 콘클린은 우리가 헛수고를 하고 있다고 열을 올리더라고. 30년 전 일인데도 난 아직 그자의 이쑤시개를 기억하고 있어. 속에서 똥물이 다 올라오더라니까. 간단히 얘기하자면 우린 폭스를 족쳐서 피살자와의 관계를 밝혀내지 못했어."

보트가 높은 파도에 흔들리는 것을 느끼고 보슈는 주위를 돌아보았지만 다른 배들의 모습은 눈에 띄지 않았다. 기분이 좀 묘했다. 수면 위를 살펴본 그는 그제야 물빛이 태평양과는 다른 것을 알았다. 태평양의 물빛은 차갑고 시퍼렇지만, 만의 물빛은 사람 마음을 끌어당기는 따스한 초록빛을 띠고 있었다.

"우린 그냥 나오고 말았어."

매키트릭이 얘기를 계속했다.

"하지만 폭스를 때려잡을 다른 방법이 있다고 생각했지. 우리는 놈의 알리바이를 조사하기 시작했어. 그런데 완벽한 거야. 증언자들이 그렇게 말했기 때문에 완벽하다는 뜻이 아니야. 우린 폭스를 잘 모르는 사람들을 찾아내서 그의 알리바이를 확인했거든. 내가 기억하기로는 철벽같았어."

"폭스가 있었다던 장소들은 기억나세요?"

"그날 밤엔 포주들이 노는 할리우드 이바 거리에 있는 술집에서 시간을 보냈다는데, 술집 이름은 생각나지 않는군. 거기서 나온 폭스는 벤투라로 차를 몰고 나가 도박장에서 밤을 새다가 전화를 받고 나갔대. 중요한 건 그의 이런 행동이 알리바이를 조작하기 위한 것처럼 보이진 않는다는 거야. 일상적인 행동이었거든. 그런 곳에선 아주 잘 알려진 놈이더라고."

"전화는 무슨 전화였습니까?"

"그야 모르지. 놈의 알리바이를 조사할 때에야 누가 그런 말을 해줘서 알았으니까. 폭스한테 물어보지도 못했어. 그렇지만 솔직히 말해 우린 그 점에 대해 별로 신경 쓰지 않았어. 아까 말한 대로 그의 알리바이는 완벽했고, 그가 전화를 받고 나간 시각은 다음 날 새벽 네댓 시경이었으니까. 피살자… 자네 어머님의 사망시각은 그보다 훨씬 전인 자정 무렵으로 밝혀졌거든. 그 전화는 중요하지 않았네."

보슈는 고개를 끄덕였지만 만약 자신이 수사했더라면 전화 내용을 밝히지 않고 그냥 넘기진 않았을 거란 생각이 들었다. 그 내용이 너무 궁금했다. 그처럼 이른 새벽 시각에 포커 룸으로 전화를 건 사람은 누구였을까? 도대체 무슨 내용이었기에 폭스를 노름판에서 일으켜 세워 자리를 뜨게 만들었을까?

"지문은 어떻게 했습니까?"

"당연히 체크했지. 그런데 벨트에서 채취한 것과 일치하지 않았네. 그는 결백했어. 쓰레기 같은 놈이지만 죄는 없었다고."

보슈는 뭔가를 생각하는 표정으로 물었다.

"벨트에서 채취한 지문을 피살자의 지문과도 대조했겠죠, 맞습니까?"

"이봐, 보슈. 자네처럼 잘난 친구들이 자기를 최고로 생각한다는 건 알아. 그렇지만 우리도 그 시절엔 한가락씩 다 했다고."

"죄송합니다."

"피살자의 지문은 버클에 한두 개 남아 있었을 뿐이야. 나머진 모두 살인자의 지문들이 분명했어. 그 위치가 증명했지. 우린 두 지점에서 손으로 벨트를 잡은 것이 분명한 손자국과 지문 조각들을 찾아냈어. 벨트를 자기 몸에 찰 때는 그런 식으로 잡지 않아. 상대방 목을 조일 때 그런 식으로 잡지."

두 사람은 잠시 침묵에 빠져들었다. 보슈는 매키트릭이 무슨 소릴 하는지 알아들을 수 없었다. 어쩐지 기운이 쭉 빠지는 느낌이었다. 매키트릭의 입만 열면 폭스든 콘클린이든 다른 어떤 놈이든 밝혀질 것이라고 생각했던 것이다. 그런데 이 은퇴한 늙은 경관은 보슈에게 아무런 도움도 주지 않고 있었다.

"그렇게 세세한 부분까지 어떻게 기억하고 있죠, 제이크? 오랜 세월이 지났는데도 말입니다."

"그 사건에 대해 오랫동안 생각해왔거든. 자네도 은퇴해 보면 알게 될 거야. 그런 게 꼭 하나씩은 남아. 뇌리를 떠나지 않고 항상 머물러 있는 어떤 사건 말이야. 내겐 마저리 사건이 그랬어."

"그래서 선배님이 내린 최종 결론은 뭡니까?"

"최종 결론? 글쎄, 난 콘클린의 사무실에서 그들과 만났던 일을 잊을 수가 없어. 자네도 그 자리에 있었어야 하는 건데…. 암튼 그 자리를 지배한 사람은 폭스처럼 보였다니까. 마치 그 자식이 거물들을 소집한 것 같았어."

보슈는 머리를 끄덕였다. 그는 매키트릭이 자기 기분을 설명하려고 머리를 쥐어짜고 있다는 걸 알 수 있었다.

"용의자를 신문할 때 변호사가 톡톡 끼어들어 이건 대답해라, 저건 대답하지 마라는 식으로 간섭을 당해본 적 있나?"

"노상 당했죠, 뭐."

"그래, 딱 그 꼴이었어. 다음 검찰총장을 하겠다는 그 똥 덩어리 콘클린이 우리가 폭스에게 하는 질문마다 그런 식으로 제동을 걸더라니까. 그러니까 콘클린이 누군지, 그곳이 어딘지 모르는 사람한테 물어보면 그 자식을 폭스의 변호사라고 대답했을 거야. 미텔도 마찬가지였어. 그래서 나는 콘클린이 폭스한테 단단히 엮였다는 걸 알았지. 아야 소리도 못할 정도로 말이야. 내 생각이 옳았어. 나중에 다 밝혀졌지만."

"폭스가 죽었을 때 말인가요?"

"그렇지. 콘클린을 위한 선거운동을 하다가 뺑소니 차량에 치여 죽었잖아. 그렇지만 신문기사에는 폭스가 포주였다거나 할리우드 거리의 깡패였다는 얘긴 한 마디도 없었지. 그냥 뺑소니 사고로 사망한 무고한 시민이라고만 했지. 그 기사 때문에 콘클린은 돈깨나 썼을 거야. 덕분에 기자 한 놈은 주머니가 두둑해졌을 테고."

보슈는 얘기가 더 있을 것으로 짐작하고 입 다물고 기다렸다. 매키트릭이 계속했다.

"난 그때 월셔 경찰서에 있었어. 하지만 그 얘길 듣자 이상하단 생각이 들었지. 그래서 담당 형사가 누굴까 하고 할리우드 경찰서로 전화했더니 에노 형사였어. 놀라 자빠질 뻔했지. 그는 사건을 유야무야했어. 난 그걸 보고 그에 대한 내 판단이 옳았다는 걸 확신할 수 있었네."

매키트릭은 석양이 낮게 드리운 수평선 너머를 잠시 응시한 뒤 빈 맥주 캔을 쓰레기통에 던져 넣었다.

"젠장, 이젠 돌아가야겠는데."

그는 낚싯줄을 감기 시작했다.

"그 모든 대가로 에노가 받아낸 게 뭐라고 생각하세요?"

"정확히는 모르겠지만 아무래도 잘 봐줬겠지. 에노가 치부를 했다는 말이 아니라, 그 거래에서 뭐든 받았을 거란 뜻이지. 공짜로 그런 서비스를 하진 않았을 테니까. 뭘 받았는지는 나도 몰라."

매키트릭은 지지대에서 낚싯대를 뽑아 선미에 달린 고리에 걸었다.

"1972년도에 문서고에서 또다시 살인 파일을 꺼내 보셨던데, 왜 그랬습니까?"

매키트릭이 의아한 눈초리로 바라보자 보슈는 설명했다.

"저도 며칠 전에 같은 대출 카드에 서명했거든요. 선배님 서명이 그대로 남아 있었죠."

은퇴한 늙은 형사는 고개를 끄덕였다.

"맞아. 내 보고서를 포함시킨 직후였지. 떠나는 마당에 내 파일들과 증거물을 살펴보고 있었어. 벨트에서 채취한 지문들이 마음에 걸렸거든. 그래서 지문 카드를 챙겨두고 싶었어. 벨트와 함께."

"왜요?"

"빤하잖아. 그런 걸 파일이나 증거물 보관실에 두는 건 안전하지 않다고 생각했어. 지방검사인 콘클린도 미덥지 않았고, 그에게 호의를 베푼 에노 형사도 신뢰할 수 없었지. 그래서 증거물도 내가 챙겼어. 몇 년 지난 뒤 내가 플로리다로 떠날 때 쓰레기들을 정리하며 보니 그것들이 있더라고. 그래서 은퇴하기 직전에 지문 카드를 살인 파일에 다시 철하고 벨트도 증거물 상자에 원위치 시켰지. 그때 에노는 이미 은퇴해서 라스베이거스에서 살고 있었고, 콘클린도 추락해서 정계에서 밀려난 다음이었어. 마저리 사건은 까맣게 잊혀진 지 오래고. 증거물을 제자리에 되돌려 놓으며 나는 언젠가는 자네 같은 사람이 나타나 그것을 봐주길 바랐어."

"선배님은 어떻게 하셨죠? 지문 카드를 다시 철할 때 파일을 살펴보지 않았나요?"

"당연히 봤지. 그리고 내가 정말 잘했다는 걸 알았어. 누군가가 파일을 뒤져 폭스와의 면담 보고서를 찢어 갔더라고. 아마 에노였을 거야."

"그 사건의 두 번째 담당형사로서 선배님도 보고서를 작성했을 것 아닙니까?"

"물론이지. 보고서 대부분을 내가 작성했어."

"폭스 면담 요약보고서에 무슨 내용을 포함시켰기에 에노 형사가 찢어내야만 했을까요?"

"세부적인 건 기억 못 해. 다만 폭스가 거짓말을 하고 있고, 콘클린은 비정상적인 행동을 하고 있다는 내용이었지."

"없어진 것 중에서 기억나는 건 없습니까?"

"중요한 건 없어. 에노는 단지 파일에서 콘클린이란 이름을 없애고 싶었을 거야."

"그렇지만 그는 빠뜨린 게 있었어요. 선배님은 그의 이름을 시차별 보고서에 기록해 놓았습니다. 그래서 저도 알게 됐죠."

"내가? 아, 다행이군. 그래서 자네가 여기 올 수 있었군."

"그렇죠."

"좋아, 이제 돌아가세. 오늘은 고기들이 물지 않아 유감이야."

"전 불만 없는데요. 한 마리 낚았으니까."

매키트릭은 조종간 뒤로 가서 시동을 걸려다가 생각났다는 듯이 말했다.

"아참, 잊은 게 있군. 메리를 실망시키고 싶진 않아."

그는 냉장 박스로 걸어가서 뚜껑을 열고 아내가 만들어 준 샌드위치를 꺼내들었다.

"배고프지 않나?"

"안 고픈데요."

"나도 그래."

그는 비닐봉지 속에서 샌드위치를 꺼내어 뱃전 밖으로 던져버렸다. 보슈가 그를 지켜보며 물었다.

"제이크, 권총을 겨눌 때는 저를 누구로 생각했습니까?"

매키트릭은 아무 대답 없이 비닐봉지를 깨끗하게 접어 냉장 박스 안에 도로 넣었다. 허리를 펴고 보슈를 바라보며 그가 말했다.

"몰랐어. 그냥 여기로 싣고 나와 저 샌드위치처럼 바다에 던져버릴 생각이었지. 남은 평생 동안 여기 숨어 살면서 누군가가 나를 죽이려고 보낼 사람을 기다리고 있었던 것 같아."

"그렇게 오랜 세월을 지낸 뒤 이처럼 먼 곳까지 사람을 보낼 것이라고 생각하세요?"

"알 수 없는 일이지. 세월이 흐를수록 그럴 리는 없다는 생각이 드는데, 오래된 습관은 고치기 어려워. 권총을 언제나 가까운 곳에 둔다고. 대개의 경우 그 이유마저 기억하지 못하는데도 말이야."

그들은 부드러운 물보라를 얼굴에 맞으며 엔진 소리 요란하게 만을 가로질렀다. 더 이상 말이 없었다. 대화는 끝났다. 보슈는 이따금 매키트릭을 건너다보았다. 그의 늙은 얼굴에 모자챙 그늘이 드리워져 있었다. 그러나 보슈는 그의 눈이 오래전에 일어났던 일, 더 이상 변할 수 없는 어떤 것을 바라보고 있음을 알 수 있었다.

25 안개

보트에서 내린 보슈는 두통이 밀려오는 걸 느꼈다. 맥주를 많이 마신 데다 폭양 아래 너무 오래 있었기 때문이었다. 매키트릭이 저녁 식사나 같이 하자고 청했지만 그는 너무 피곤해서 쉬고 싶다며 정중히 사양했다. 자동차로 돌아오자마자 여행가방에서 타이레놀 두 알을 꺼내어 물도 없이 삼켰다. 이걸로 좀 가라앉아 주기를 바라며 그는 두통을 달랬다. 그리곤 수첩을 펴놓고 매키트릭의 얘기를 메모한 것들을 찬찬히 살펴보았다.

낚시질이 끝날 무렵엔 은퇴한 그 늙은 형사가 슬슬 좋아지기 시작했다. 그에게서 나 자신의 말년 모습을 본 걸까, 하고 보슈는 생각했다. 매키트릭은 그 사건을 흘려보낸 것에 대해 죄책감을 지니고 있었다. 일을 올바로 처리하지 못했던 것이다. 보슈 자신도 오랜 세월 동안 그 사건이 자기 손길을 기다리고 있는 줄 알면서도 줄곧 무시해왔던 것에 대해 죄책감을 안고 있었다. 이제 그 가책을 덜어내고 싶었고, 매키트릭도 내막을 털어놓음으로써 죄책감을 덜었을 것이다. 하지만 두 사람 모두 지금 와서 손을 쓰기엔 너무 늦었다는 생각을 하고 있었다.

보슈는 로스앤젤레스로 돌아가서 취할 그다음 행동이 떠오르지 않았다. 콘클린과 대면하는 수밖에 달리 선택의 여지가 없어 보였다. 그렇지만 확증도 없이 심증만으로 대들었다간 헛발질로 끝나기 십상이므로 망설여졌다. 콘클린의 반격도 만만찮을 것이다.

좌절감이 밀려왔다. 사건을 이런 식으로 끌고 가고 싶지가 않았다. 콘클린은 35년 세월에도 별로 위축되지 않았을 것이다. 보슈를 만나더라도 눈 하나 깜짝하지 않을 것 같았다. 뭔가 다른 필살의 무기가 필요한데, 지금 그의 손엔 아무것도 없었다.

자동차 시동을 걸고 에어컨을 최대한 세게 틀었다. 그리고 매키트릭이 얘기한 내용 중에서 빠진 것들을 수첩에 보충해서 적어 넣은 뒤 가능한 이론을 수립하기 시작했다. 보슈에게 있어서는 이것이 살인사건 수사의 요체였다. 사실들을 수집하여 그것들을 근거로 가설을 세운다. 열쇠는 어느 한 가지 이론에만 경도되지 않는 데에 있다. 이론은 늘 변하기 마련이고, 따라서 거기에 맞춰 사람의 생각도 변해야만 한다.

매키트릭이 제공한 정보에 의하면 폭스가 콘클린의 약점을 꽉 틀어쥐고 있었던 게 분명해 보였다. 그게 뭐였을까? 하긴 폭스가 다뤘던 상품이 여자였으니까. 게다가 그 당시 기사를 보면 콘클린은 총각이었다. 공직자이자 검찰총장에 출마하려는 사람이 꼭 순결을 지켜야 할 필요는 없겠지만, 그래도 최소한 자신이 공적으로 척결하고 있는 범죄에 굴복할 순 없는 일이었다. 그 당시도 지금처럼 공무원의 도덕성에 대한 잣대는 엄격했을 테니까. 만약 그런 짓을 했다가 드러났을 경우엔 정계 진출은 고사하고 지방검사 자리보전조차 어려울 판이었다. 그래서 보슈는 콘클린의 약점이 그런 것이고 폭스가 그것을 제공한 장본인이라면 콘클린은 그가 이끄는 대로 끌려갈 수밖에 없었을 거라는 결론에 도달했다. 그것은 매키트릭과 에노 형사가 폭스를 신문했을 때의 그 해괴망측한 분위기를 이해할 수 있게 해주었다.

만약 콘클린이 그런 성범죄에 굴복한 것에서 한 걸음 더 나아가 폭스가 보낸 여자 마저리 로우를 살해했을 경우엔 그 이론이 더 잘 들어맞는다는 것을 보슈는 깨달았다. 첫째 콘클린은 자신이 살인자이므로 폭스에겐 살인 혐의가 없다는 걸 누구보다 잘 알고 있었고, 둘째 폭스가 자신에 대한 신문을 방해하도록 콘클린에게 압력을 가하고 나중엔 그의 선거운동원으로 고용하도록 만들 수 있었던 이유를 그 이론은 잘 설명하고 있었다. 결론적으로 말해 콘클린이 살인자였다면 폭스는 그의 불알을 꽉 틀어쥐고 마음대로 조종할 수 있었다는 얘기였다. 콘클린은 마치 낚싯바늘에 꿰어 도망칠 수도 없는 가여운 물고기 와후와도 같은 신세였던 것이다.

하지만 그런 상황도 낚싯대를 쥐고 있던 자가 어찌된 셈인지 갑자기 비명횡사함으로써 끝장났다는 걸 보슈는 알았다. 폭스의 죽음에 대해 생각해 보면 앞뒤가 딱 맞아떨어졌다. 콘클린은 여자의 죽음과 폭스의 죽음 사이에 간격을 좀 두고 싶었던 것이다. 그래서 낚싯바늘에 꿰인 물고기 시늉도 하고 심지어 선거운동원으로 채용해 달라는 폭스의 요구까지 받아들였지만, 일단 사건이 마무리된 것처럼 보이자 폭스를 거리에서 해치운 것 같았다. 폭스의 배경에 대해 아는 기자가 있었다면 그의 입을 틀어막기 위해 돈이 좀 들었을 터였다. 그리고 몇 개월 후 콘클린은 검찰총장이 되었다.

그렇다면 고던 미텔은 이 이론의 어디에 들어맞는 인물일까. 보슈는 생각해 보았다. 이런 모든 일들이 외부와 안전히 단절된 상태에서 일어났을 것 같진 않았다. 콘클린의 오른팔 노릇을 했던 미텔이라면 보스가 한 일을 대부분 알고 있을 거란 짐작이 들었다.

보슈는 자신이 세운 이론이 마음에 들었지만 그것이 말 그대로 이론일 뿐이라는 사실에 화가 치밀었다. 모두 말뿐이었고, 증거라곤 하나도 없었다. 결국 제자리로 돌아왔을 뿐이라는 생각에 그는 머리를 흔들어 댔다. 더 이상 생각하기도 싫어 당분간은 한쪽으로 밀어 놓기로 했다.

햇볕에 탄 피부에 공기가 너무 차갑게 느껴져 에어컨을 약간 줄였다. 그런데 기어를 넣고 차를 펠리컨 코브 경비실을 향해 천천히 몰고 나올 때 갑자기 자기 아버지 콘도를 팔려고 했던 재스민이란 여자가 생각났다. 자신이 그린 초상화에 '재즈'라고 서명했던 여자. 그는 재즈를 좋아했다.

그는 차를 돌려 그 여자의 콘도 쪽으로 몰고 갔다. 아직도 낮이라 콘도 건물의 창문들 중에 불을 밝힌 곳은 없었다. 그러니 창문 뒤에 그 여자가 서 있는지 여부는 확인할 길 없었다. 그는 가까운 지점에 차를 세우고 어떻게 할 것인지 한참 고민하며 창문만 쳐다보고 있었다.

15분쯤 지나 우유부단함이 보슈를 마비시킬 지경이 되었을 때 그 여자가 현관문을 열고 나오는 것이 보였다. 그가 다른 두 차량 사이에 차를 주차한 곳으로부터 20미터쯤 떨어진 거리였다. 여자의 눈에 띄지 않으려고 뻣뻣해진 몸을 운전석 아래로 미끄러뜨리기는 아주 쉬웠다. 여자가 주차장 안으로 걸어와서 자동차들 뒤로 돌아갔다. 그는 여자를 따라 몸이나 고개를 돌리지 않고 조용히 듣고만 있었다. 여자가 곧 자기 자동차에 시동을 걸 것이라고 예상했다. 그러면 어쩔 건데, 하고 그는 자문했다. 여자를 따라갈 건가? 도대체 뭘 하자는 거야?

바로 옆에서 창문 때리는 소리가 나서 그는 상체를 벌떡 일으켰다. 그 여자였다. 재스민. 보슈는 당황해서 허둥지둥 시동을 걸고 창문을 내렸다.

"네?"

"보슈 씨, 여기서 뭐 하시는 거예요?"

"왜 그러세요?"

"여기에 죽치고 계시는 걸 저 위에서 봤어요."

"나는…."

너무 창피해서 말이 나오지 않았다.

"경비원을 불러야 할지 모르겠군요."

"아, 아닙니다. 나는 단지… 당신 집으로 가려던 중이에요. 당신한테 사과하려고."

"사과요? 무슨 일로요?"

"오늘 일로요. 당신 집에 들어갔던 것. 당신 말이 옳았어요. 난 콘도를 사려고 들어갔던 게 아니었습니다."

"그러면 왜 들어오셨죠?"

보슈는 차문을 열고 밖으로 나왔다. 차 안에 있는 그 자신을 여자가 내려다보고 있는 모양새로는 어쩐지 불리하게 느껴졌기 때문이었다.

"실은 경찰입니다. 누굴 찾으러 여기 들어올 필요가 있었어요. 당신을 이용해서 미안합니다. 당신 부친이나 다른 모든 것에 대해 전혀 알지 못했어요."

여자는 미소를 지으며 머리를 살래살래 흔들었다.

"이런 황당한 얘긴 첨 들어요. LA에 관한 얘기도 그 일부였나요?"

"아닙니다. LA에서 왔어요. 거기 경찰입니다."

"내가 당신이라면 그런 걸 사과하기 위해 돌아올 것 같진 않은데요. 남자들은 참 이상하군요."

"네, 압니다. 그렇지만…."

그는 용기가 치솟는 걸 느꼈다. 내일 아침이면 비행기를 타고 날아가버릴 테고, 그러면 이곳에 다시 올 일도 없고 이 여자를 다시 만날 가망도 영영 없을 테니 아무래도 좋다는 기분이 들었다.

"그전에 레모네이드를 한 잔 주겠다 하시곤 안 주셨거든요. 그래서 사과 말씀도 드릴 겸 레모네이드나 한 잔 얻어 마실까 하고 다시 왔습니다."

그는 여자의 콘도 문 쪽을 바라보았다.

"LA 경찰은 뻔뻔하군요."

재스민이 웃으며 말했다.

"레모네이드 한 잔에 더 자세한 얘기를 들을 수 있다면 괜찮은 거래군요. 그런 다음엔 같이 나오는 거예요. 난 오늘 밤 탬파까지 차를 몰아야 해요."

두 사람은 콘도 현관을 향해 걸어갔다. 보슈는 미소를 짓고 있는 자신을 발견했다.

"탬파엔 왜 가죠?"

"거기서 사니까요. 빨리 돌아가고 싶어요. 콘도를 매물로 내놓은 후엔 거기보다 여기서 더 많이 지냈죠. 일요일은 내 집과 내 스튜디오에서 보내려고요."

"맞아, 화가셨죠."

"되려고 노력 중이죠."

여자는 문을 열어 보슈를 먼저 들어가게 했다.

"아무래도 좋습니다. 나도 오늘 밤까진 탬파에 도착해야 하니까. 내일 아침 비행기거든요."

기다란 유리잔에 담긴 레모네이드를 마시며 보슈는 자신이 찾는 인물을 만나려고 콘도 단지 안으로 들어오기 위해 그녀를 감쪽같이 속여먹은 얘기를 털어놓았다. 그런데도 여자는 화를 내긴 커녕, 그의 천재적

기만술에 오히려 탄복하는 듯했다. 그래도 보슈는 그 젖값으로 매키트릭한테 총을 맞을 뻔했다는 얘긴 하지 않았다. 사건에 관해서도 대강의 윤곽만 얘기하고 그 자신과 얽힌 인간관계에 대해서는 한마디도 하지 않았다. 여자는 33년 전에 일어났던 살인사건을 해결하기 위해 내려왔다는 얘기만으로도 완전히 매혹당한 것처럼 보였다.

레모네이드 한 잔은 넉 잔으로 늘어났고 그나마 마지막 두 잔은 보드카까지 듬뿍 넣은 것이었다. 덕분에 보슈의 뇌리에 남아 있던 두통이 산화되면서 멋진 꽃망울을 터뜨리는 것 같은 느낌이었다. 도중에 여자가 담배를 피워도 되느냐고 묻자 보슈는 라이터로 두 사람의 담배에 불을 붙였다. 맹그로브 숲 위로 땅거미가 내릴 무렵에야 보슈는 화제를 여자에게로 돌렸다. 그녀에게선 어쩐지 고독하면서도 정체를 알 수 없는 묘한 느낌이 전해져 왔다. 예쁘장한 얼굴 뒤에 보이지 않는 상처들이 숨어 있을 것만 같았다.

이름은 재스민 코리언이지만 친구들은 모두 재즈라고 부른다고 했다. 플로리다 햇볕 속에서 성장하면서 한 번도 떠나고 싶다는 생각은 들지 않았다고 말했다. 오래전 옛날 결혼했다가 헤어진 이후로는 줄곧 혼자 살아왔지만 이젠 익숙해졌다. 오로지 예술에 자기 삶의 대부분을 쏟아 붓고 있다는데, 보슈도 나름대로 이해 못할 바는 아니었다. 그 자신도 예술—그걸 예술이라 부를 사람은 드물겠지만—이라 생각하는 수사에 삶의 대부분을 바치고 있지 않는가?

"무엇을 그리죠?"

"주로 초상화예요."

"어떤 사람들을 그립니까?"

"그냥 내가 아는 사람들. 언젠가는 당신을 그릴지도 몰라요, 보슈."

보슈는 뭐라고 대꾸해야 할지 몰라 안전한 화제로 슬쩍 돌렸다.

"이 집을 부동산회사에 내놓으면 될 텐데요. 그러면 탬파에서 살며 계속 그림을 그릴 수 있잖아요."

"기분전환이 필요해서요. 부동산회사에 수수료 5퍼센트를 바치기도 싫고요. 여기 콘도들은 부동산회사에 내놓지 않아도 잘 팔리는 편이에요. 캐나다 인들이 많이 투자하죠. 이번 주에 처음으로 광고에 냈는데, 쉽게 팔 수 있을 것 같아요."

보슈는 고개를 끄덕였지만 부동산보다는 그녀의 그림에 대해 계속 얘기하고 싶었다. 그는 어색한 기분을 밀어내고 그녀에게 말했다.

"저녁 식사를 함께 하면 어떨까 생각 중인데요."

여자는 그를 진지한 표정으로 바라보았다. 그의 요청과 그녀 자신의 대답에 깊은 암시가 있는지 생각하는 듯했다. 아마 있을 것이었다. 적어도 보슈는 그렇게 생각했다.

"어디로 갈까요?"

시간을 끌기 위한 질문이었지만 보슈는 계속 밀고 나갔다.

"난 모르죠. 여긴 우리 동네가 아니니까. 당신이 골라잡아요. 이 부근이나 탬파로 가는 도중도 상관없고. 난 함께 가는 게 좋아요. 당신이 원한다면 말이죠."

"여자와 함께 지낸 지 얼마나 되죠? 데이트한 지 말예요."

"데이트요? 글쎄, 서너 달 됐나? 그렇지만 난 운수 사나운 남잔 아니에요. 그냥 우연히 이 마을에 혼자 오게 되었고, 당신도…."

"됐어요, 해리. 가요."

"식사하러요?"

"그래요, 식사하러. 좋은 곳을 알고 있어요. 롱보트 위쪽에. 나만 따라오면 돼요."

딱정벌레 같은 그녀의 폭스바겐 컨버터블은 푸르스름한 색깔에 펜더만 빨갰다. 폭풍우 속에서도 잃어버리기 어려운 차를 천천히 달리는 플로리다 고속도로 상에서 놓칠 염려는 없었다.

도개교를 두 개나 건넌 다음에야 롱보트 키에 도착했다. 거기서 북쪽으로 섬을 가로질러 애너 마리아 섬으로 들어가는 다리를 건너 마침내 샌드바라고 불리는 곳에서 차를 세웠다. 차에서 내린 두 사람은 바를 걸어서 통과하여 만이 내려다보이는 데크에 자리를 잡고 앉았다. 그리고 시원한 대기 속에서 게와 굴 요리를 먹고 멕시코산 맥주를 마셨다. 보슈는 음식이 아주 만족스러웠다.

그들은 많은 얘기를 하지 않았고 그럴 필요도 느끼지 않았다. 특히 보슈는 자기 인생 속으로 걸어 들어오는 여자들과는 침묵 속에 있을 때가 가장 편안했다. 아까 마신 보드카와 맥주가 서로 상승작용을 일으키는지 그녀에 대한 욕망이 뜨거워지면서 밤을 향한 예민한 감정들이 무뎌지는 느낌이었다. 매키트릭과 그 사건은 그의 마음속 어두운 곳으로 밀려났다.

"굉장히 맛있는데요. 최고예요."

어지간히 먹고 마신 그가 감탄하며 말했다.

"네, 여긴 제대로 해요. 얘기 하나 할까요, 보슈?"

"하세요."

"전에 LA 경찰에 대해 얘기한 건 그냥 농담이었어요. 그런데 당신은… 내가 알던 경찰들과는 좀 다른 것 같군요. 뭐라고 꼭 찍어 말할 순 없지만 뭐랄까, 자신을 너무 많이 억제하고 있는 듯한 느낌을 줘요. 본인도 아세요?"

"그럴 걸요."

그는 머리를 끄덕였다.

"지적해줘서 고맙소."

둘은 동시에 웃음을 터뜨렸다. 여자가 잠시 망설이더니 재빨리 그의 입술에 키스했다. 너무 멋진 키스라 보슈는 미소를 지었다. 여자의 입에서 마늘 맛이 났다.

"미리 햇볕에 타서 다행이군요. 안 그랬으면 다시 얼굴이 빨개졌을 텐데."

"그럴 리가요. 하지만 멋진 말이군요."

"우리 집에 가고 싶어요, 보슈?"

이번엔 그가 망설였다. 어떻게 대답할까 고민이 되어서가 아니라, 여자가 너무 빨리 제의했다 싶어서 철회할 기회를 주기 위해서였다. 그녀가 계속 입을 다물고 있자 그는 미소를 지으며 고개를 끄덕였다.

"네, 그러고 싶어요."

그곳을 나온 두 사람은 섬을 가로질러 고속도로로 빠져나갔다. 보슈는 폭스바겐의 꽁무니를 쫓아가며 이제라도 여자가 마음이 변해 계획을 취소하지 않을까 걱정되었다. 하지만 그런 걱정은 스카이웨이 다리에 도착했을 때 저절로 풀렸다. 요금을 들고 톨게이트로 다가가는 그에게 직원이 머리를 저으며 통과 신호를 보내왔던 것이다.

"딱정벌레를 타고 간 숙녀가 이미 지불했소."

"그래요?"

"그렇다니까. 그 여자 몰라요?"

"아직은요."

"그럼 곧 알게 되겠군. 행운을 빌겠소."

"감사합니다."

26 새로운 인연

이제 보슈는 눈보라 속이라도 그녀를 잃어버릴 수 없었다. 주행거리가 늘어날수록 마음은 사춘기 소년처럼 달콤한 기대감에 달뜨기 시작했다. 여자의 직선적인 성격에 완전히 매료되었고, 그녀와 사랑을 나눌 때 그런 성격이 어떤 형태로 표현될지 궁금해졌다.

여자는 그를 북쪽 탬파로 끌고 가더니 하이드 파크라 불리는 지역으로 들어갔다. 그 동네는 옛 빅토리아식 저택들과 앞 베란다가 널찍한 공예가 스타일의 주택들로 형성되어 있었다. 그녀의 집은 초록색 테를 두른 회색 빅토리아 저택의 뒤쪽에 있는 자동차 세 대가 들어가는 차고 위 옥탑집이었다.

계단을 끝까지 올라간 여자가 열쇠를 문손잡이 구멍으로 밀어 넣었을 때에야 보슈는 갑자기 그 생각이 떠올랐다. 이걸 어떡하나, 하고 있는데 문을 연 여자가 그를 돌아보고 의아한 표정으로 물었다.

"왜 그래요?"

"별거 아닙니다. 근처 약국엘 잠시 다녀와야 할 것 같은데요."

"걱정 말아요. 당신이 필요로 하는 건 나한테도 있으니까. 그런데 여기서 잠시만 기다려 줄 수 있죠? 얼른 들어가서 뭘 좀 치워야 할 것 같으니까."

보슈는 여자를 쳐다보며 말했다.

"난 그런 건 개의치 않아요."

"잠시면 돼요."

"알았어요."

기다린 지 3분쯤 지나자 여자가 문을 열고 그를 들어오게 했다. 그 사이에 뭔가를 치웠다면 캄캄한 가운데서 했다는 얘기였다. 보슈가 밖에서 불이 켜진 곳을 본 것은 부엌뿐이었다. 여자는 그의 손을 잡고 부엌을 지나 컴컴한 복도를 통해 자기 침실로 이끌었다. 불을 켜자 가구들이 드문드문 놓인 침실이 드러났다. 가장 쓸 만해 보이는 가구는 덮개가 있는 철제 침대였다. 그 옆에는 목재 보조탁자와 세트를 이루는 화장대가 있었고, 골동품 싱거 미싱 테이블 위에 놓인 파란 화병의 꽃들은 시든 상태였다. 벽에는 아무것도 걸려 있지 않았지만, 보슈는 화병 위쪽의 회벽에 박혀 있는 못대가리를 발견했다. 재스민은 시든 꽃을 발견하자 재빨리 화병을 들고 문 쪽으로 걸어가며 말했다.

"버려야겠네요. 일주일 만에 돌아와 교체할 겨를이 없었어요."

시든 꽃에서 시큼한 냄새가 살짝 풍겼다. 그녀가 나간 뒤 보슈는 벽에 박힌 못대가리를 자세히 살펴보았다. 그 아래로 직사각형의 커다란 자국이 벽에 남아 있었다. 그림이 걸려 있었던 자리가 분명했다. 재스민은 방 안을 정리하려고 먼저 들어갔던 것이 아니었다. 그랬다면 시든 꽃부터 치웠을 터였다. 그녀는 그림을 내리려고 들어왔던 것이다.

침실로 돌아온 재스민은 빈 화병을 탁자 위에 올려놓고 물었다.

"맥주 한잔 더 할래요? 와인도 있는데."

보슈는 그녀의 미스터리에 더 매료된 기분으로 다가갔다.

"아니, 됐어요."

두 사람은 더 이상 아무 말 없이 서로를 포옹했다. 키스를 하자 여자의 입에서 맥주와 마늘과 담배 맛이 났지만 그는 개의치 않았다. 여자도 그의 입에서 똑같은 맛을 느낄 것임을 알고 있기 때문이었다. 여자 뺨에 자기 뺨을 밀착시킨 채 코끝으로 목덜미를 문지르던 그는 그곳에서 그녀의 향기를 맡았다. 나이트 블루밍 재스민(夜來香) 향수 냄새였다.

둘은 뜨거운 키스를 주고받으며 서로의 옷을 하나씩 벗겨주었다. 햇볕에 그은 자국이 선명한 여자의 알몸은 아름다웠다. 그는 여자의 아담한 젖가슴에 키스하며 부드럽게 침대에 뉘었다. 그녀는 잠깐 기다리라고 한 뒤 침대 옆 보조탁자 서랍에서 세 개들이 콘돔 패키지를 꺼내어 그에게 건넸다.

"이게 잘하는 짓일까요?"

보슈가 농담조로 물었다. 둘은 동시에 웃음을 터뜨렸고, 그러고 나자 분위기가 한결 부드러워졌다.

"모르겠어요. 이제 두고 봐야죠."

보슈에게 있어서 섹스는 언제나 타이밍 문제였다. 두 개인의 욕망은 각자의 기분이나 컨디션에 따라 오르내린다. 정서적 욕구는 육체적 욕구와는 별개이다. 그런데 이 욕구들은 가끔 한꺼번에 일어나며, 상대방과 동시에 일어날 때도 있다. 보슈와 재스민 코리언의 경우가 그런 것 같았다. 그들의 섹스는 서로를 침범하지 않는 세계를 창조했다. 너무 활기차서 한 시간을 끌었을 수도 있고 혹은 몇 분 만에 끝났을 수도 있었겠지만, 보슈는 그 차이를 알 수 없었을 것이다. 마지막으로 보슈가 위에서 그녀의 눈을 들여다보았을 때, 재스민은 그의 두 팔을 부둥켜안고 죽을힘을 다해 매달렸다. 두 사람의 육체는 동시에 격렬하게 전율했고, 폭풍우가 한바탕 지나가자 그는 여자의 목과 어깨 사이로 가쁜 숨을 몰아쉬며 한동안 조용히 엎드려 있었다. 그는 너무 기분이 좋아 커다란 소리로 웃고 싶은 충동을 느꼈지만 여자가 이상하게 생각할 것 같아 꾹 눌러 참았다. 그런데 터지려는 웃음을 억지로 참자니 기침이 터져 나왔다.

"왜 그래요?"

여자가 조그만 소리로 물었다.

"좋아서요. 이렇게 기분 좋은 적은 없었습니다."

마침내 그는 여자의 몸 위에서 내려왔다. 양쪽 젖가슴에 키스를 한 뒤 여자의 두 다리 사이에서 돌아앉아 보이지 않게 콘돔을 빼냈다. 그리곤 화장실인 줄 알고 가서 문을 열었더니 벽장이었다. 그다음 문을 열자 화장실이 나타났다. 콘돔을 변기에 버리고 물을 내린 뒤, 그는 그것이 탬파 만 어딘가로 흘러들 거라는 멍청한 생각을 잠시 하고 서 있었다.

침대로 돌아와 보니 여자는 시트를 허리에 둘둘 감고 앉아 있었다. 그는 침실 바닥에 벗어 놓은 스포츠 코트 주머니에서 담배를 꺼내어 여자에게 한 개비 물린 다음 불을 붙여 주었다. 그리곤 젖가슴에 다시 키스를 하자 여자는 깔깔 웃었다. 그녀의 웃음은 전염성이 강해서 보슈도 따라 웃지 않을 수 없었다.

"있잖아요, 난 당신이 장비도 없이 온 것이 마음에 들었어요."

"장비? 무슨 장비 말입니까?"

"약국에 다녀온다고 할 때 당신이 어떤 남잔지 알아봤죠."

"무슨 뜻입니까?"

"LA에서 여기 오면서 지갑 속에 콘돔을 챙겨 왔다면 첨부터 준비했단 얘기잖아요. 바람둥이 남자들처럼 말이죠. 모든 게 자연스럽지 않았을 거예요. 당신이 그런 남자가 아니라서 다행이에요, 해리 보슈."

그는 여자의 생각을 따라잡으려고 애쓰며 머리를 끄덕였다. 하지만 그녀의 말을 확실히 이해했는지 자신이 없었다. 그렇다면 여자가 장비를 갖추고 있었다는 사실은 어떻게 해석해야만 하나? 그만 생각은 집어치우기로 하고 담배나 한 대 붙여 물었다.

"손은 어쩌다 그랬어요?"

여자가 보슈의 손가락 흉터를 가리키며 물었다. 비행기를 타고 오면서 밴드를 떼어냈기 때문에 발갛게 아물어가는 화상이 드러나 있었다.

"담배 때문에. 깜박 잠이 들었거든요."

"세상에, 끔찍하군요."

"다신 안 그래야죠."

"오늘 밤 여기서 자고 갈래요?"

그는 여자에게 바짝 다가가 목에 키스한 뒤 속삭였다.

"그래요."

재스민은 손을 뻗어 그의 왼쪽 어깨에 난 흉터를 만졌다. 그는 자기와 침대에 든 여자들은 다 그런다는 걸 알았다. 보기 흉한 흉터일 뿐인데, 여자들은 왜 거기에다 손을 대고 싶어 할까?

"총에 맞았어요?"

"네."

"그건 더 끔찍하네요."

그는 어깨를 감추었다. 그것은 더 이상 생각하고 싶지 않은 그의 역사였다.

"내가 말하고 싶은 건 당신은 대부분의 다른 경찰들과 다르다는 거죠. 당신은 인간적인 면이 너무 많이 남아 있어요. 어째서 그렇죠?"

보슈는 다시 어깨를 으쓱했다.

"당신 괜찮아요?"

그는 담배를 비벼 껐다.

"그럼요. 왜요?"

"글쎄요. 마빈 게이라는 가수가 무슨 노래를 불렀는지 알아요? 자기 아버지한테 피살되기 전에 말예요. 성적인 치유에 대해 노래했어요. 섹스가 영혼에 이롭다는 그런 내용이었죠. 암튼 난 그 말을 믿어요. 당신도 믿나요?"

"아마 그럴 걸요."

"난 당신의 삶을 치유할 필요가 있다고 생각해요, 보슈. 그런 느낌을 받고 있어요."

"이제 그만 자고 싶지 않소?"

재스민은 다시 침대에 누워 시트를 끌어당겼다. 그는 알몸으로 침대를 돌아가서 불을 껐다. 어둠 속에서 시트 아래로 들어가자 여자가 돌아누운 자세로 안아달라고 말했다. 그는 여자에게 몸을 밀착시키며 두 팔로 껴안았다. 그녀의 냄새가 너무 좋았다.

"사람들이 왜 당신을 재즈라고 부르죠?"

"모르겠어요. 그냥 그렇게들 불러요. 아마 내 이름 때문이겠죠."

잠시 후 여자는 그에게 왜 그런 걸 묻느냐고 물었다.

"왜냐하면 당신에게선 그 두 가지 향기가 다 나니까. 재스민 꽃향기와 재즈 음악의 향기."

"재즈 향기는 어떤데요?"

"매캐하면서도 은밀하죠."

침묵이 길게 이어지자 보슈는 마침내 여자가 잠들었다고 생각했다. 하지만 그는 여전히 상념을 끊을 수 없었다. 누운 채 눈을 멀거니 뜨고 방 안의 그림자들을 보고 있는데 여자가 그에게 속삭여 왔다.

"보슈, 당신 자신에게 한 가장 나쁜 짓은 뭐였죠?"

"그게 무슨 소리예요?"

"무슨 말인지 알잖아요. 최악의 행위가 뭐였어요? 그 생각만 하면 밤에 잠을 이루지 못하는 그런 짓 말예요."

그는 잠시 생각해본 뒤 대답했다.

"글쎄요."

어쩐지 헛웃음이 터져 나왔다.

"난 못된 짓을 하도 많이 해놔서. 그 중 많은 것들은 자해행위 같았어요. 적어도 내가 생각하기엔 많은 것들이…."

"그 중에 하나만 꼽는다면 어떤 거예요?"

하나만 꼽을 수도 있었다. 그녀에겐 무슨 얘기든 다 해도 심한 비판을 당하진 않을 것 같았다.

"난 어린 시절 대부분을 고아원에서 자랐거든요. 맨 처음 고아원에 들어가자 나보다 큰 아이가 내 운동화를 빼앗아 갔어요. 자기 발에 맞지도 않는데 단지 그렇게 할 수 있다는 이유만으로 빼앗아 간 거예요. 그곳 통치자 중 한 명이었으니까. 그런데도 난 반항 한 번 못했고, 그게 몹시 속상했어요."

"그렇지만 당신은 그러지 않았죠. 내가 듣고 싶은 건…."

"아니, 얘기 아직 안 끝났어요. 바로 그 부분을 들려주고 싶어서 얘길 꺼낸 겁니다. 나중에 내가 자라서 그곳을 휘어잡게 되었을 때, 나도 똑같은 짓을 했어요. 나보다 작은 아이의 운동화를 빼앗았단 말입니다. 작아서 신을 수도 없는 것을 빼앗아 어딘가에 버렸을 거요. 단지 내가 그렇게 할 수 있다는 이유만으로 옛날에 당했던 걸 그대로 돌려준 겁니다. 지금도 가끔 그 일을 생각하면 속이 쓰려요."

재스민은 그의 아픈 마음을 위로라도 하듯 손을 꼭 잡아 주었다.

"당신이 듣고 싶은 얘기가 그런 거였어요?"

그녀는 다시 그의 손만 꽉 쥐었다. 잠시 후 그가 말했다.

"그렇지만 가장 후회스러운 건 여자를 떠나보냈던 일 같아요."

"어떤 여자였는데요?"

"서로 사랑하던 사이였죠. 그런데 여자가 떠나고 싶어 했을 때, 난 정말 아무것도 하지 않았어요. 따지거나 붙잡지도 않았고. 가끔 그런 생각이 들 때가 있어요. 그때 만약 내가 따지며 붙잡았더라면 그녀가 마음을 돌렸을지도 모르는데 하고 말이죠."

"왜 떠나는지 이유는 말해 주던가요?"

"그 여잔 나를 너무 잘 알아버렸던 것뿐입니다. 그래서 난 그녀를 조금도 원망하지 않아요. 나처럼 속에 응어리를 지닌 남자를 선택하긴 어려울 테니까. 난 평생을 거의 독신으로 살아왔거든요."

침묵이 다시 방 안을 채웠다. 보슈는 그녀가 더 얘기하고 싶거나 물어봐 주기를 기다리는 것 같은 느낌이 들었다. 하지만 막상 그녀의 입에서 흘러나온 말은 자신에 대한 얘긴지 그에게 하는 소린지 분간하기 어려웠다.

"고양이가 자기를 달래주고 사랑해 주려는 사람들한테도 마구 할퀴며 성깔을 부리는 것은 새끼 시절에 충분히 안아주지 않았기 때문이라고 하더군요."

"그런 말은 들어본 적 없는데."

"암튼 진실일 거라고 생각해요."

보슈는 잠시 조용히 있다가 그녀의 젖가슴 위로 손을 옮기며 물었다.

"당신 이야기요? 충분히 안기지 못했다는 얘기?"

"그럴지도 모르죠."

"당신 자신에게 행한 가장 나쁜 짓은 뭐였소, 재스민? 나한테 얘기하고 싶을 것 같은데."

보슈는 그녀가 그렇게 물어봐 주길 원하고 있다는 걸 알았다. 지금은 고백의 시간이었고, 그녀는 바로 이 질문에 도달하기 위해 오늘 밤 내내 달려온 것처럼 느껴지기 시작했다.

"당신은 껴안아야 할 사람을 안지 않았고, 난 껴안지 말아야 할 사람을 안았던 것 같군요. 난 너무 오래 매달렸죠. 문제는 밑바닥까지 추락할 줄 알면서도 그랬다는 거예요. 마치 철로에 서서 자기를 향해 달려오는 기차를 바라보면서도 너무 밝은 불빛에 질려 꼼짝도 못하고 있는 상황과 흡사했죠."

그는 어둠 속에서 여전히 눈을 뜨고 있었지만 여자의 어깨와 뺨 윤곽이 잘 보이지 않았다. 그녀의 등에 찰싹 달라붙으며 목덜미에 키스한 뒤 귀에 대고 속삭였다.

"그렇지만 헤치고 나왔잖아요. 그게 중요한 거죠."

"그래요, 헤치고 나왔죠."

여자는 쾌활하게 대꾸했다. 그리곤 한동안 조용히 있다가 시트 아래로 손을 뻗어 그의 손을 잡았다. 자기 젖가슴 위에 있는 그의 손이었다. 그녀는 그의 손 위에 자기 손을 포개놓곤 말했다.

"잘 자요, 해리."

얼마 후 여자는 잠이 들면서 숨소리가 규칙적으로 잦아들었다. 보슈도 그제야 잠 속으로 빠져들 수 있었다. 하지만 이번엔 꿈을 꾸지 않았다. 그냥 어둡고 따스한 잠이었다.

27 살인의 회상

아침이 되자 보슈가 먼저 일어났다. 재스민의 허락도 안 받고 그녀의 칫솔로 양치질을 한 뒤 샤워를 했다. 그리곤 전날 입었던 옷을 그대로 주워 입고 여행가방을 가지러 자기 자동차로 갔다. 깨끗한 옷으로 갈아입은 뒤엔 커피를 찾아 부엌으로 침입했다. 그렇지만 아무리 찾아도 티백뿐이었다.

커피 마실 생각을 접고 집 안을 돌아보기로 했다. 오래된 소나무 목재 바닥을 밟자 삐걱거리는 소리가 났다. 거실은 침실과 분리되어 있었고, 누르스름한 담요를 깐 소파와 커피 테이블이 놓여 있었다. 낡은 스트레오와 카세트는 있는데 시디 플레이어는 보이지 않았다. 텔레비전도 없었다. 거실 벽에도 그림은 걸려 있지 않았지만, 걸었던 자국은 선명하게 남아 있었다. 회벽에 박힌 두 개의 못이 증명했다. 녹슬지도 않고 페인트칠도 안 된 걸 보면 박은 지 얼마 안 된 못들이었다.

두 짝 유리문을 통해 거실에서 유리창으로 둘러싸인 베란다로 나가자, 등나무 가구들과 화분들이 몇 개 놓여 있었다. 조그마한 오렌지 나무에는 열매들도 달려 있었는데, 베란다 전체가 그 향기로 가득했다. 유리창으로 바짝 다가가서 건물 뒤쪽 골목 남쪽으로 내려다보니 만이 눈에 들어왔다. 수면에 반사된 아침 햇빛이 하얗게 빛났다.

그는 거실로 돌아와 두 짝 유리문 반대쪽에 있는 문으로 다가갔다. 문을 열자마자 그림물감과 테레빈유 냄새가 코를 찔렀다. 재스민이 그림을 그리는 방이었다. 그는 잠시 머뭇거리다 안으로 들어갔다. 가장 먼저 눈에 띈 것은 창문이었다. 그 창문을 통해 골목 아래쪽에 있는 서너 집의 차고들과 뒤뜰들을 가로질러 만의 경관이 바로 내려다보였다. 그녀가 왜 이 방을 화실로 정했는지 금방 알 수 있을 만큼 장관이었다. 물감받이 헝겊이 깔린 한가운데에 이젤이 놓여 있었는데 의자는 없었다. 서서 그린다는 얘기였다. 방 안에는 오버헤드 램프나 다른 어떤 인위적 광원도 보이지 않았다. 그녀는 오직 자연광 아래서만 그림을 그렸다.

이젤 곁으로 다가간 그는 캔버스에 화가가 손을 댄 흔적이 전혀 없다는 걸 알아차렸다. 한쪽 벽을 따라 설치된 높은 작업대에는 여러 가지 물감 튜브들이 어지러운 가운데 팔레트와 붓, 커피 캔들이 쌓여 있었다. 작업대 끝에 설치된 커다란 싱크대는 세탁용처럼 보였다.

보슈는 카운터 아래 벽에 기대 놓은 여러 개의 캔버스들을 발견했다. 모두 뒤쪽으로 기대어져 있어서 이젤 위의 캔버스처럼 사용하지 않은 것들 같았다. 그렇지만 혹시나 하는 생각이 들었다. 다른 방들의 벽에서 본 못대가리들이 여기선 보이지 않았다. 그는 카운터 아래에서 캔버스 몇 장을 뽑아냈다. 그러자 마치 어떤 사건 속에 숨겨진 미스터리를 풀고 있는 느낌이 들었다.

그가 뽑아낸 세 장의 초상화는 어두운 색조를 띠고 있었다. 한 사람이 그린 건 분명하지만 서명이 없었다. 물론 재스민의 작품들이었다. 스타일이 그녀의 아버지 집에서 본 그림과 똑같다는 걸 알 수 있었다. 날카로운 선들과 검은 색조. 첫 번째 그림은 얼굴을 화가로부터 어둠 속으로 돌린 여자의 누드였다. 보슈의 느낌으로는 여자가 어둠 속으로 고개를 돌렸다기보다는 어둠이 그녀를 잠식한 것 같았다. 여자의 입이 어둠 속에 완전히 묻혀버려서 마치 침묵하고 있는 듯했다. 그림 속의 여자가 재스민이란 걸 보슈는 알 수 있었다.

두 번째 그림은 첫 번째 그림과 같은 시도였던 것처럼 보였다. 어둠 속의 같은 누드지만 이번엔 얼굴을 화가 쪽으로 돌리고 있었다. 그리고 실제보다 젖가슴을 약간 더 풍만하게 그려놓은 것이 눈에 띄었다. 그게 어떤 의미를 가지고 의도적으로 한 것인지, 아니면 화가가 부지불식간에 자신보다 낫게 그리게 된 것인지는 알 수 없었다. 보슈는 그림에 대해 잘 모르지만 이런 걸 바로 검은 자화상이라 부른다는 정도는 알고 있었다.

세 번째 그림은 재스민의 누드화란 점만 빼면 처음 두 그림과는 전혀 다른 시도라고 말할 수 있었다. 하지만 이 그림은 보슈가 볼 때마다 매료되곤 했지만 책에서만 보았던 에드바르 뭉크(노르웨이 표현주의 화가-옮긴이)의 '절규'를 재해석한 것임을 분명히 알 수 있었다. 그림 속에서 놀란 표정을 짓고 있는 여자는 재스민이었다. 배경은 뭉크의 무섭게 소용돌이치는 꿈속 풍경에서 스카이웨이 다리로 바꾸었다. 다리의 경간(徑間)을 잇고 있는 샛노란 수직 파이프들을 확연히 알아볼 수 있었다.

"여기서 뭐 하세요?"

그는 등을 찔린 것처럼 화들짝 놀랐다. 스튜디오 문 앞에 재스민이 서 있었다. 실크 가운 차림으로 팔짱을 끼고 있었다. 방금 깨어난 것을 말해주듯 눈두덩이 부은 모습이었다.

"당신 작품을 보고 있어요. 괜찮죠?"

"문이 잠겨 있었을 텐데요."

"아니, 열려 있었어요."

재스민은 그의 주장을 확인이라도 하듯 문손잡이를 돌려 보았다.

"잠겨 있지 않았어요, 재즈. 미안해요. 당신이 싫어할 줄은 몰랐소."

"그것들을 제자리로 돌려놔 주시겠어요?"

"그러죠. 하지만 그림들을 왜 벽에서 내렸습니까?"

"그런 적 없는데요."

"그림들이 누드라서 그랬나요, 아니면 다른 의미가 있어섭니까?"

"제발 그런 건 묻지 마시고 제자리에 돌려놔 주세요."

여자가 문에서 돌아서 가자 보슈는 그림들을 원래 자리로 돌려놓았다. 방으로 돌아가 보니 재스민은 부엌에서 찻주전자에 물을 담고 있었다. 등을 돌리고 있어서 그는 천천히 다가가 그녀의 어깨에 손을 가볍게 올려놓았다. 그러자 여자는 흠칫 놀랐다.

"재즈, 정말 미안해요. 경찰이라 호기심이 너무 많은가 봐요."

"됐어요."

"정말 괜찮아요?"

"됐다니까요. 차 한 잔 줄까요?"

그녀는 주전자에 물을 다 채우고도 돌아서거나 스토브로 가져가지 않았다.

"아뇨. 난 당신과 아침 식사를 하러 나갈 수 있으면 좋겠는데."

"그럼 언제 갈 건데요? 오늘 아침 비행기라고 하지 않았어요?"

"그런데 생각이 좀 바뀌고 있어요. 당신만 좋다고 하면 하루쯤 더 묵다가 내일 떠나도 괜찮겠다 싶거든요. 물론 당신이 꼴도 보기 싫다고 하면 당장 떠나야겠지만."

그제야 여자가 돌아서서 그를 쳐다보았다.

"꼴도 보기 싫진 않아요."

둘은 웃으며 포옹한 뒤 입을 맞추었다. 여자가 재빨리 그를 밀어내며 말했다.

"이건 불공평해요. 당신은 양치질을 했는데 난 안 했잖아요."

"그렇군. 하지만 난 당신 칫솔을 사용했으니까 비긴 걸로 합시다."

"우웩! 당장 새 칫솔로 바꿔야겠어요."

"그래야 할 거요."

그가 히죽 웃자 재스민은 그의 목을 힘껏 껴안았다. 자기 스튜디오를 침범한 사실은 벌써 까맣게 잊어버린 듯했다.

"외출 준비를 하는 동안 항공사에 전화해요. 멋진 레스토랑을 알고 있어요."

여자가 빠져나가려고 하자 보슈는 꼭 끌어안고 놔주지 않았다. 그 문제를 다시 꺼내고 싶어 참을 수가 없었다.

"한 가지 물어볼 게 있는데."

"뭔데요?"

"저 그림들에는 왜 서명이 안 되어 있죠?"

"아직 서명할 만한 수준이 안 돼요."

"아버님 댁에 걸린 그림에는 서명이 되어 있었는데."

"그건 아버지에게 드린 그림이니까요. 여기 그림들은 나를 위한 것들이에요."

"다리 위에 서 있는 여자 말인데, 아래로 뛰어내릴 건가요?"

여자는 그를 한참 동안 쳐다본 후에야 대답했다.

"모르겠어요. 가끔 그 여잘 보면 뛰어내릴 것 같기도 하고. 그런 생각이 있긴 한 모양인데, 아무도 모를 일이죠."

"그런 일은 절대 없어요, 재즈."

"왜요?"

"있을 수가 없으니까."

"준비하고 나올게요."

여자는 그를 밀어내고 부엌에서 나갔다.

보슈는 냉장고 옆의 벽에 걸린 전화기를 집어 들고 항공사 전화번호를 찍어 넣었다. 월요일 아침 비행 시각을 조정하던 그는 갑자기 라스베이거스를 경유해서 로스앤젤레스로 돌아가는 방법은 없느냐고 직원에게 물었다. 항공사 여직원은 경유지에서 세 시간 14분을 기다려야만 다음 비행기로 연결된다고 대답했다. 보슈는 그렇게 하겠다고 말했다. 하지만 그렇게 조정하는 데는 이미 지불한 7백 달러에다 추가로 50달러를 더 지불해야만 했다. 그는 신용 카드로 결재했다.

전화를 끊으며 그는 라스베이거스에 대해 생각했다. 클로드 에노 형사는 죽었지만 그의 아내는 아직 그의 연금 수표를 받고 있었다. 그 여자를 만나보는 일이 50달러 이상의 가치는 있어야 할 텐데.

"준비됐어요?"

거실에서 재스민이 소리쳤다. 보슈가 부엌에서 나가보니 그녀는 컷오프 청바지 위에 탱크톱을 받쳐 입고 단추를 열어 놓은 흰 셔츠 앞자락을 허리에서 질끈 맨 차림새로 기다리고 있었다. 선글라스까지 끼고 있었다.

그녀가 보슈를 데려간 곳에서 두 사람은 꿀을 바른 비스킷과 버터에 튀긴 옥수수, 계란 등을 먹었다. 보슈는 베닝 훈련소에서 기초훈련을 받을 때 먹은 이후로는 버터에 튀긴 옥수수를 먹지 않았다. 음식은 아주 맛있었고, 두 사람은 별 말 없이 부지런히 먹었다. 그림에 대해서나 전날 밤 잠들기 전에 주고받은 얘기들은 더 이상 입에 올리지 않았다. 그런 얘기들은 어두운 밤을 위해 남겨두는 편이 나을 것 같았다.

커피를 다 마시고 나자 재스민은 자기가 계산하겠다고 고집했다. 보슈는 팁만 지불했다. 그들은 천장을 내린 폭스바겐을 타고 드라이브를 하며 저녁 시간을 보냈다. 여자가 그를 태우고 이보 시티에서 세인트 피터스버그 비치까지 돌아다니는 동안 가스 한 통과 담배 두 갑이 연소되었다. 오후 늦은 시각에 두 사람은 인디언 락스 비치라 불리는 곳에 앉아 만 위로 지는 석양을 바라보고 있었다.

"여러 곳을 다녀봤지만 난 이곳 광선을 가장 좋아해요."

화가가 말했다.

"캘리포니아로 나가본 적 있어요?"

보슈가 물었다.

"아뇨, 아직."

"석양이 마치 도시 위로 흘러내리는 용암처럼 보일 때가 있죠."

"엄청 아름답겠군요."

"보고만 있어도 많은 걸 용서하고 많은 걸 잊게 해주죠. 그게 로스앤젤레스란 곳이에요. 무수한 깨어진 조각들로 형성되어 있지만, 아직 노력하는 자들은 정말 열심히 일합니다."

"무슨 뜻인지 알 것 같아요."

"궁금한 게 있어요."

"또 시작이셔. 뭔데요?"

"그림을 아무한테도 안 보여주면 생활비는 어디서 나오죠?"

갑자기 튀어나온 소리 같지만 하루 종일 그의 머리에서 떠나지 않았던 생각이었다.

"아빠가 주셨죠. 돌아가시기 전부터요. 많은 돈은 아니지만, 난 많이 필요하지 않으니까 그만하면 충분하죠. 나는 그림을 완성했을 때 팔고 싶지 않은 기분이 들어요. 그래서 지금처럼 타협하지 않을 거예요. 순수한 마음이죠."

보슈에게 그 말은 자신을 드러내기 두려워하는 마음을 변명하는 것처럼 들렸다. 그 정도로 지나가려고 했는데 이번엔 여자가 가만두지 않았다.

"항상 그렇게 경찰 티를 내요? 항상 그렇게 질문하느냐고요?"

"아뇨. 누군가를 걱정할 때만 그러죠."

여자는 그에게 재빨리 키스한 뒤 자동차를 세워둔 곳으로 돌아갔다.

옷을 갈아입기 위해 그녀의 집에 잠시 들렀다가, 두 사람은 탬파 스테이크 하우스에서 저녁 식사를 했다. 그곳의 와인 리스트는 한 권의 책처럼 두꺼웠다. 레스토랑은 금박 입힌 로코코 양식에 섹시한 빨간 벨벳을 혼합하고, 클래식한 조각상들과 그림들로 환상적인 이태리식 장식을 시도한 것 같았다. 재스민이 그에게 추천할 만한 그런 곳이었다. 육식가의 왕궁 같은 이 레스토랑 주인이 사실은 채식주의자라고 그녀는 말했다.

"캘리포니아에서 온 누구 같죠."

재스민은 그렇게 말한 후 한참 동안 조용히 먹기만 했다. 보슈의 생각은 자연스럽게 마저리 사건으로 흘러갔다. 그 사건에 대해 까맣게 잊어버린 상태로 벌써 하루를 몽땅 소비했다는 걸 알았다. 그러자 가슴속에서 따끔한 죄책감이 일었다. 재스민과 재미 보느라고 바빠서 어머니에 대한 생각을 한쪽으로 밀쳐놓았던 느낌이었다. 그가 다른 문제로 갈등하고 있는 것을 눈치챈 재스민이 물었다.

"하루 더 있다 가도 돼요, 해리?"

그는 미소를 지으며 고개를 저었다.

"안 돼요. 가야 해. 하지만 돌아올 거요. 최대한 빨리."

신용 카드로 저녁 값을 계산하며 보슈는 한도금액이 다 되었을 거라는 생각을 했다. 그녀의 집으로 돌아온 두 사람은 헤어질 시간이 가까워 온다는 생각에 곧바로 잠자리에 들어 사랑을 나누었다.

재스민의 육체가 주는 감촉과 맛, 향기는 완벽하다고 보슈는 생각했다. 이런 순간이 영원히 끝나지 않기를 그는 진심으로 바랐다. 지금까지 살아오면서 한눈에 반한 여자들과 금방 사랑에 빠져든 적은 많았지만, 이번처럼 완벽하게 호감을 느낀 경우는 없었다. 이것은 그녀에 대해 아는 것이 별로 없기 때문일 거라고 그는 생각했다. 그것이 낚싯바늘이었다. 여자가 미스터리라는 것. 육체적으로는 더 이상 가까워질 수 없을 만큼 다가갔지만 그녀에겐 여전히 감춰진 부분, 알아내지 못한 부분들이 많았다. 그들은 부드러운 리듬을 타며 사랑을 나눈 뒤 마지막은 서로 힘껏 껴안은 채 길고 깊은 키스로 마감했다.

한참 후 보슈는 재스민 옆에 모로 누워 그녀의 납작한 배 위에 손을 올려놓고 있었다. 여자의 한쪽 손이 그의 머리카락 속을 어루만지기 시작했다. 진실한 고백의 시간이었다.

"있잖아요, 난 지금까지 많은 남자들과 사귀진 않았어요."

그는 아무 대꾸도 하지 않았다. 어떤 반응을 보여야 할지 판단이 서지 않았기 때문이다. 건강 문제만 아니라면 여자의 남성 편력에 관해서는 대범하게 들어 넘기는 편이었다.

"당신은 어때요?"

여자의 물음에 그는 농담으로 대꾸하고 싶어졌다.

"나도 많은 남자들과 사귀진 않았어요. 실은 하나도 안 사귀었지. 내가 아는 한."

재스민은 그의 어깨를 때렸다.

"무슨 소린지 잘 알면서."

"나도 그래요. 여자들을 많이 사귀진 않았어. 충분하지 않았다고 해야 하나."

"암튼 내가 만난 남자들은 내게 없는 어떤 것들을 원했어요. 난 그게 뭔지 몰랐고 가지고 있지도 않았죠. 그래서 난 너무 일찍 떠나거나 너무 늦게까지 머물러 있어야만 했죠."

보슈는 한쪽 팔꿈치를 짚고 상체를 일으켜 여자를 내려다보았다.

"나는 가끔 나 자신보다도 다른 사람들을 더 잘 안다고 생각할 때가 있어요. 내 직업을 통해 사람에 관한 많은 것을 배우죠. 어떤 때는 나 자신의 삶은 없는 것 같아. 그들의 삶만 있고… 내가 무슨 소릴 하고 있는지 모르겠네."

"그렇지 않아요. 난 이해해요. 어쩌면 우리 모두가 그런지도 모르지."

"글쎄. 그렇진 않을 걸요."

둘은 잠시 조용해졌다. 보슈는 고개를 숙여 여자의 젖가슴에 키스했다. 그리곤 입술 사이에 젖꼭지를 물고 한참 동안 가만히 있었다. 여자가 두 손으로 그의 머리를 끌어안고 가슴에 눌렀다. 그는 재스민 향기를 맡았다.

"해리, 권총을 사용해야만 했던 적도 있었나요?"

그는 머리를 쳐들었다. 느닷없는 질문이었던 것이다. 그렇지만 어둠 속에서 그는 대답을 기다리며 자기를 쳐다보고 있는 그녀의 눈을 볼 수 있었다.

"있었죠."

"누군가를 죽였군요."

질문이 아니었다.

"맞아요."

여자는 더 이상 말하지 않았다.

"그건 왜 물어요, 재즈?"

"아무것도 아니에요. 그냥 그 기분이 어땠을까 싶어서."

"굉장히 아프다는 말밖에 할 수가 없어요. 선택의 여지가 없어서 그랬다 하더라도 마음이 아주 아프죠. 그냥 견딜 수밖에 없어요."

여자는 침묵했다. 그녀가 듣고 싶었던 말이 무엇이었든, 보슈는 그것으로 되었기를 바랐다. 그는 혼란스러웠다. 그녀가 왜 그런 질문을 했는지, 혹시 그 자신을 테스트하고 있는 것인지 판단할 수가 없었다. 베개를 베고 잠을 청했지만 혼란스런 마음은 가시지 않았다. 얼마 후 여자가 돌아누우며 그의 몸 위에 팔을 올려놓았다. 그리곤 그의 귀에 대고 속삭였다.

"당신은 좋은 사람 같아요."

"내가요?"

"네. 여기 또 올 거죠?"

"그럼. 그럴 거예요."

28 새 사냥꾼

보슈는 라스베이거스의 매캐런 국제공항에서 렌트카 회사들을 모조리 뒤졌지만 자동차가 한 대도 남아 있지 않았다. 예약을 하지 않았던 자신을 조용히 나무라며 터미널에서 상쾌한 대기 속으로 걸어 나가 택시를 잡았다. 택시기사는 여자였는데, 보슈가 론 마운틴 드라이브로 가자고 하자 실망한 표정을 백미러에 드러냈다. 행선지가 호텔이 아니라서 돌아올 땐 공치게 생겼기 때문이었다.

"걱정 말아요. 조금만 기다려주면 나를 다시 공항으로 데려올 수 있을 테니."

"얼마나 걸릴 건데요? 론 마운틴은 모래구덩이 속을 한참 달려가야 하거든요."

"빠르면 5분도 안 걸릴 테고, 길어야 30분을 넘기지 않아요."

"대기시간도 계산해 주실 건가요?"

"당신이 하자는 대로 하겠소."

여기사는 잠시 생각한 뒤 택시를 출발시켰다.

"그런데 렌터카는 다 어디로 갔습니까?"

"시내로 다 몰려갔어요. 전자전시회라나 뭐라나."

반 시간쯤 달리자 북서쪽 사막 길로 들어섰다. 네온과 유리로 된 건물들이 뒤로 물러나고 주거지역을 지나자 주택들도 차츰 드물어졌다. 들쑥날쑥한 갈색 대지 여기저기에 잡목 숲들이 자리 잡고 있었다. 잡목 뿌리들은 메마른 땅속을 파고들어 남은 수분을 모조리 빨아들이고 있었고, 그 결과 땅은 황량하게 죽어가고 있는 것처럼 보였다.

집들도 무인지대에 세워 놓은 외곽 초소처럼 한 채씩 드문드문 나타났다. 도로들은 오래전에 포장했지만 신흥도시 라스베이거스의 물결은 아직 밀어닥치지 않았다. 그렇지만 곧 밀려올 것이었다. 도시는 잡초처럼 번식하고 있었다.

도로가 코코아 색깔의 산을 향해 올라가기 시작했다. 운전기사가 말한 모래구덩이에서 모래를 잔뜩 퍼 담은 바퀴 열여덟 개짜리 덤프트럭들이 천둥소리를 내며 옆으로 지나가자 택시 차체가 마구 흔들렸다. 잠시 후 포장도로는 자갈길로 바뀌었고, 택시 꽁무니에는 먼지구름이 일어났다. 보슈는 지나치게 나긋나긋하던 시청 여직원이 가짜 주소를 적어준 게 아닐까 하는 의심이 들기 시작했다. 그 순간 그 집이 나타났다.

클로드 에노의 연금 수표가 매달 우송된다는 주소에는 뿌연 타일 지붕을 인 빨간 치장벽토의 농장 스타일 주택이 한 채 웅크리고 있었다. 방금 지나온 자갈길도 거기서 끝났지만 보슈는 그 집 앞을 지나는 순간 즉시 알 수 있었다. 도로의 끝이었다. 클로드 에노보다 더 멀리 떨어진 곳에서 사는 사람은 없었다.

"정말 알 수가 없네요."

택시기사가 쫑알댔다.

"여기서 기다리란 말예요? 달나라처럼 황량한 이곳에서?"

그녀는 진입로로 들어가서 1970년대 후반 모델 올즈 커틀래스 뒤에 차를 세웠다. 방수포를 씌운 간이차고 안에 또 한 대의 차가 서 있었다. 푸른색으로 보였지만 햇볕에 바랜 표면이 거의 흰색으로 보였다.

보슈는 돈을 꺼내어 택시요금으로 35달러를 지불했다. 그리곤 20달러짜리 지폐 두 장을 절반으로 찢어 한쪽 부분을 기사에게 건네며 말했다.

"기다리고 있으면 나머지 부분을 주겠소."

"공항까지 돌아가는 요금을 거기에 보태야죠."

"그럽시다."

택시에서 내리며 보슈는 만약 문을 노크해도 아무도 대답하지 않으면 눈 깜짝할 사이에 40달러가 날아가겠다고 생각했다. 그렇지만 행운이 그를 따랐다. 노크도 하기 전에 60대 후반으로 보이는 여자가 문을 열고 나왔던 것이다. 하긴, 하고 그는 고개를 끄덕였다. 집 안에서도 방문객이 탄 차가 1킬로미터 밖에서부터 보였을 테니까.

여자가 문을 열자 에어컨 바람이 보슈의 얼굴을 시원하게 때렸다.

"에노 부인이세요?

"아닌데요."

보슈는 수첩을 열고 거기 적힌 주소와 현관문 옆 벽에 박힌 검은 숫자들을 대조해 보았다. 주소는 일치했다.

"올리브 에노 씨 댁 아닙니까?"

"그렇게 묻지 않았잖아요. 난 에노 부인이 아니에요."

"그러면 에노 부인과 얘기 좀 할 수 있을까요?"

쓸데없이 정확한 척하는 여자에게 짜증이 난 보슈는 경찰 배지를 내보였다. 보트놀이가 다 끝나고 매키트릭으로부터 돌려받은 것이었다.

"경찰입니다."

"해보시죠. 언니는 지난 3년 동안 누구와도 얘기하지 않았어요. 기억에 없는 사람과는 말이죠."

여자가 안으로 들어오라는 몸짓을 해서 그는 시원한 집 안으로 걸어 들어갔다.

"난 동생인데 언니를 돌봐주고 있죠. 언닌 부엌에 있어요. 점심 식사를 하다가 도로에서 먼지를 일으키며 달려오는 당신 차를 봤죠."

보슈는 그녀를 따라 타일 입힌 복도를 통해 부엌으로 들어갔다. 오래된 집 안처럼 먼지와 곰팡이, 지린내가 났다. 부엌에는 땅속 요정처럼 생긴 작은 노파가 하얀 모자를 쓰고 휠체어에 앉아 있었다. 몸집이 하도 작아 휠체어 공간의 절반을 겨우 차지할 정도였다. 휠체어 앞쪽에 달린 각도조절용 트레이 위에 노파는 뼈만 남은 하얀 두 손을 올려놓고 있었다. 양쪽 눈에는 푸르스름한 백내장이 끼어 있어서 외부 세계와는 단절되어 있는 것처럼 보였다. 보슈는 가까운 식탁 위에 놓인 사과 소스 사발을 주목했다. 상황을 파악하는 데는 몇 초밖에 걸리지 않았다.

"10월이 오면 아흔이 돼요. 그때까지 산다면 말이죠."

동생이라는 여자가 말했다.

"언제부터 이랬습니까?"

"오래전부터죠. 내가 돌본 지도 3년이나 됐어요."

여자는 땅속 요정의 얼굴을 들여다보며 큰 소리로 말했다.

"그렇지, 올리브?"

고함 소리에 자극을 받았는지 올리브는 움직이기 시작했지만 알아들을 수 있는 소리는 하나도 나오지 않았다. 잠시 후 노파가 그런 노력을 중단하자 동생이라는 여자가 상황을 정돈했다.

"걱정 마, 올리브. 언니가 날 사랑하는 줄 아니까."

여자는 그 말은 커다랗게 하지 않았다. 혹시 올리브가 그 말을 부정하는 말을 투덜거리기라도 할까 봐 겁내는 것 같았다.

"당신 이름은 뭡니까?"

보슈가 물었다.

"엘리자베스 시본이에요. 무슨 일로 왔죠? 당신 배지에는 라스베이거스가 아니라 로스앤젤레스로 되어 있던데. 가끔 이곳에 들르던 분 아니세요?"

"아닙니다. 실은 그녀의 남편 문제로 왔습니다. 옛날 사건 때문에요."

"클로드는 죽은 지 5년째 되어가요."

"어떻게 죽었습니까?"

"그냥 죽었죠, 뭐. 심장박동이 그쳤어요. 지금 당신이 서 있는 그 바닥에서 죽었어요."

두 사람은 클로드 에노의 시신이 아직 거기 있기라도 한 것처럼 바닥을 내려다보았다. 보슈가 시본이란 여자에게 말했다.

"그분의 유품을 조사하러 왔습니다."

"무슨 유품 말예요?"

"모르죠. 그분이 경찰이었을 당시의 사건 파일들이 있을 걸로 보고 있습니다."

"무슨 일로 왔는지 솔직히 말하는 편이 좋아요. 방금 그 말은 곧이들리지 않으니까."

"에노 씨가 1961년도에 맡았던 사건을 수사하고 있습니다. 아직 해결되지 않았어요. 그런데 사건 파일들이 없어져서 그분이 가져갔을 거라고 생각한 거죠. 집에다 보관하고 싶은 중요한 내용이 있었을 겁니다. 확실한 건 아니지만 일단 조사해볼 가치가 있어요."

어떻게 생각해야 할지 몰라 갈팡질팡하던 여자가 갑자기 무슨 기억을 떠올렸는지 긴장된 눈빛으로 그를 바라보았다.

"그런 것이 있는 모양이군요. 그렇죠?"

보슈가 다그치자 여자는 머리를 살래살래 저었다.

"아뇨. 이제 그만 가주셔야겠어요."

"큰 집이에요. 서재가 따로 있습니까?"

"클로드는 30년 전에 경찰을 떠났어요. 그 모든 것으로부터 떠나기 위해 아무도 없는 이곳에다 집을 지었다고요."

"이곳으로 이사한 후엔 무슨 일을 했습니까?"

"카지노 경비원으로 일했죠. 샌즈에서 한두 해, 플라밍고에서 20년. 연금을 두 군데서 받아 올리브를 잘 돌볼 수 있었어요."

"말이 나온 김에 묻겠는데, 요즘은 연금 수표에 누가 서명합니까?"

보슈는 질문의 진의를 분명히 하기 위해 올리브 에노를 바라보았다. 시본이라는 여자는 한참 동안 침묵하고 있더니 변명하기 시작했다.

"위임을 받아 내가 대리할 수 있었어요. 언니를 좀 봐요. 그래도 아무 문제없어요. 내가 돌봐주고 있다니까요, 형사님."

"알아요. 노파에게 사과 소스를 먹이고 있는 것도."

"그게 어때서요? 난 감춘 게 없어요."

"다른 사람을 불러 확인할까요, 아니면 여기서 끝내고 싶소? 난 당신이 하고 있는 일에 전혀 관심 없습니다. 당신이 올리브의 진짜 동생인지 아닌지조차도 관심 없어요. 그렇지만 동생이 아니라는 것에 돈을 걸라면 걸죠. 그런데 지금은 장난칠 시간이 없습니다. 난 바빠요. 잠시 에노의 유품만 훑어보면 됩니다."

보슈는 그쯤 해두고 여자에게 생각할 시간을 주었다. 그리고 손목시계를 슬쩍 들여다보았다.

"그렇다면 영장을 가져오진 않았군요?"

"영장 따윈 없어요. 택시 기사가 날 기다리고 있습니다. 만약 영장을 가져오라고 하면 나도 착한 놈 노릇은 그만두겠소."

여자의 눈이 그를 아래위로 훑어보며 얼마나 좋은 놈인지 나쁜 놈인지 나름대로 가늠하는 것 같았다.

"서재는 이쪽이에요."

그녀는 마치 판자를 씹어뱉듯 말했다. 그리곤 재빨리 보슈를 복도로 안내하여 서재로 데려갔다. 방 안에 있는 가구로는 낡은 철제 책상과 여분의 의자 하나, 서랍이 네 개씩 달린 파일 캐비닛 두 개가 전부였다.

"클로드가 사망하자 올리브와 나는 모든 유품들을 이 파일 캐비닛 안에 처넣곤 거들떠보지도 않았어요."

"서랍들이 모두 가득 찼습니까?"

"모두 여덟 개예요. 열어 보세요."

보슈는 주머니에서 20달러짜리 지폐를 또 한 장 꺼냈다. 그것을 절반으로 찢어 반쪽을 시본에게 내밀며 말했다.

"이걸 택시 기사에게 갖다 주고 예상보다 시간이 좀 더 걸리겠다고 전해줘요."

여자는 요란하게 한숨을 토해낸 후 반쪽짜리 지폐를 낚아채어 방을 나갔다. 그녀가 나가자 보슈는 철제 책상으로 다가가 서랍들을 하나하나 열어보았다. 처음 두 개는 텅 비어 있었다. 그 아래 서랍엔 문구류와 사무용품들로 가득했다. 네 번째 서랍엔 수표책이 들어 있었다. 재빨리 넘겨보니 가계비로 지출한 것들이었다. 영수증들과 다른 기록들을 첨부한 파일도 하나 발견했다. 책상 맨 아래 서랍은 잠겨 있었다.

파일 캐비닛은 맨 아래쪽 서랍에서 위쪽으로 뒤지기 시작했다. 처음 몇 개의 서랍에는 보슈가 찾는 것과는 전혀 관계없는 파일들만 들어 있었다. 카지노들과 도박 업체들의 이름이 붙은 파일들이었다. 다른 서랍 안에 든 파일들에는 사람 이름들이 붙어 있었다. 몇 개 살펴보니 카지노 사기꾼들에 대한 정보 파일들이었다. 에노가 집 안에다 정보 파일 도서관을 만들었다는 사실을 알 수 있었다. 그러자 택시기사한테 심부름을 보냈던 시본이 돌아왔다. 그녀는 책상 맞은편 의자에 앉아 보슈를 감시하기 시작했다. 그는 여자에게 가벼운 질문들을 던지며 계속 서랍들을 뒤져나갔다.

"클로드가 카지노에서 한 일이 뭡니까?"

"새 사냥꾼이었어요."

"그게 뭐죠?"

"끄나풀 같은 거죠. 손님들 속에 섞여 카지노 칩으로 도박도 하고 사기꾼들을 감시하기도 했죠. 사기꾼들을 찍어내고 어떤 속임수를 썼는지 알아내는 데는 도사였어요."

"그런 걸 통해 서로 알게 되는 거지, 안 그렇소?"

"그게 무슨 소리예요? 그는 맡은 일을 아주 잘했어요."

"그랬겠죠. 그러다 당신을 만난 겁니까?"

"당신이 묻는다고 다 대답하진 않겠어요."

"좋아요, 좋아."

맨 위 서랍 두 개만 남았다. 하나를 여니 파일은 하나도 없고 책상 위에 놓여 있었음직한 먼지투성이 낡은 명함꽂이와 잡동사니들만 들어 있었다. 재떨이와 에노의 이름이 새겨진 목재 연필꽂이. 보슈는 명함꽂이를 꺼내어 캐비닛 꼭대기에 올려놓았다. 먼지를 훅 불어내고 'C'자로 시작되는 이름이 나올 때까지 넘긴 뒤 살펴보았지만 아노 콘클린의 명함은 없었다. 고던 미텔의 명함을 찾아봐도 없기는 마찬가지였다.

"그걸 모조리 뒤져볼 생각은 아니겠죠?"

시본이 화난 목소리로 물었다.

"아니죠. 그냥 몽땅 가져갈 겁니다."

"오, 안 돼요. 그럴 순 없어. 이렇게 무작정 쳐들어와서…."

"가져갈 겁니다. 고발하고 싶으면 맘대로 하세요. 그러면 나도 당신을 고발할 테니까."

그러자 여자는 조용해졌다. 보슈는 다음 서랍을 열었다. 그 안에는 1950년대에서 60년대 전반까지의 LAPD 사건들에 대한 파일 열두 개가 들어 있었다. 파일 안을 들여다볼 시간이 없어 라벨만 죽 살펴보았지만 '마저리 로우'라고 표시된 건 눈에 띄지 않았다. 몇 개의 파일을 임의로 빼내어 넘겨본 결과 에노는 LA 경찰국을 떠날 때 자신이 맡았던 사건들의 복사본을 만들었던 게 분명했다. 임의로 뽑아낸 파일들은 매춘부 피살사건 두 건을 포함한 모두가 살인사건이었고, 그 중 한 건만 종료된 것으로 나타났다.

"이 파일들을 담을 상자나 가방 같은 걸 좀 갖다 줘요."

보슈가 어깨 너머로 시본에게 말했다. 여자가 움직이는 기척을 안 보이자 그는 소리를 버럭 질렀다.

"빨리 가져와요!"

여자는 의자에서 일어나 방을 나갔다. 보슈는 선 채 파일을 들여다보며 생각했다. 이것들이 중요한지 아닌지 판단하기 어려웠다. 어떤 의미를 지녔는지조차 알 수 없었다. 혹시나 중요한 것으로 드러날 경우를 생각해서 일단 가져가야겠다는 것뿐이었다. 하지만 그 파일들이 지닌 의미보다 더 신경 쓰이는 것은 무언가를 분명히 빠뜨린 것 같은 느낌이었다. 이런 느낌은 매키트릭에 대한 믿음을 기반으로 한 것이었다. 은퇴한 그 형사는 자기 파트너였던 에노가 콘클린의 불알을 잡고 있거나 최소한 어떤 거래를 했을 거라고 확신하고 있었던 것이다. 그런데 지금 여기서 눈 씻고 찾아봐도 그런 흔적을 발견할 수가 없었다. 보슈가 생각하기엔 에노가 콘클린의 약점을 잡고 있었다면 그것이 아직 여기 있을 것만 같았다. 그가 옛날 LAPD 파일들을 보관하고 있는 걸 보면 콘클린에 대한 어떤 약점을 쥐고 있는 것은 분명해 보였다. 그렇다면 안전한 곳에 그것을 보관하고 있을 것이다. 그곳이 어딜까?

여자가 들고 온 박스를 바닥에 내려놓았다. 맥주를 담았던 상자처럼 보였다. 보슈는 명함꽂이와 부피가 30센티쯤 되는 파일들을 그 안에 쓸어 담으며 시본에게 물었다.

"보관증을 써 드릴까요?"

"아뇨. 당신한텐 아무것도 받고 싶지 않아요."

"난 아직 당신한테 받고 싶은 게 있습니다."

"그걸로 끝나지 않겠죠?"

"난 끝내고 싶습니다만."

"원하는 게 뭐죠?"

"에노가 사망했을 때 당신이 저 노파… 당신 언니라고 했던가? 여하튼 노파를 도와 그의 안전금고를 정리했죠?"

"그걸 어떻게…."

여자는 황급히 입을 다물었지만 이미 늦었다.

"어떻게 알았냐고요? 그야 뻔하죠. 내가 찾고 있는 걸 에노는 가장 안전한 곳에 보관했을 테니까. 그래, 그것들을 어떻게 했습니까?"

"다 내다버렸죠. 아무 의미 없는 것들이었어요. 낡은 파일 몇 개와 입출금내역서들이었죠. 자기가 뭘 하는지도 모를 정도로 그는 늙어버렸거든요."

보슈는 손목시계를 들여다보았다. 비행기 탑승 시각이 가까워오고 있었다.

"이 책상 서랍을 열 열쇠를 가져오세요."

여자는 움직이지 않았다.

"서둘러요, 난 시간이 없으니까. 당신이 안 열면 내가 열 겁니다. 그런데 내가 열면 서랍을 못 쓰게 될 거요."

시본은 실내복 주머니에서 열쇠를 꺼내더니 서랍 자물쇠를 열고 물러섰다.

"우린 그게 뭔지, 무슨 의미가 있는지도 몰랐어요."

"그래도 괜찮소."

보슈는 서랍을 열고 안을 들여다보았다. 얄팍한 마닐라 파일 두 개와 고무 밴드로 묶은 봉투 두 무더기가 들어 있었다. 첫 번째 파일을 열어보니 에노의 출생확인서와 여권, 결혼증명서, 각종 개인 서류들이 철해져 있었다. 그것을 서랍에 되돌려 놓고 두 번째 파일을 꺼내어 펼치자 눈에 익은 LAPD 양식들이 와락 달려들었다. 한눈에 봐도 마저리 살인 사건 파일에서 사라졌던 보고서와 서류들임을 알아볼 수 있었다. 이것들을 지금 읽어볼 시간은 없다고 판단한 보슈는 다른 파일들과 함께 맥주 박스에 담았다.

첫 번째 봉투 무더기를 묶은 고무밴드를 빼려고 하자 툭 끊어졌다. 보슈는 사건 파일들이 담긴 파란 바인더를 묶고 있던 고무밴드가 떠올랐다. 이 사건에 관한 모든 것들이 너무 오래되어 끊어지기 직전이로군, 하고 그는 생각했다.

봉투들은 모두 셔먼 옥스 지역에 있는 웰즈 파고 은행 지점에서 보낸 것들이었고, 내용물은 매케이지 주식회사 명의로 된 예금계좌의 입출금확인서들이었다. 회사 주소도 같은 셔먼 옥스 지역에 있는 사서함으로 대신하고 있었다. 보슈는 무더기 중에서 임의로 세 개를 뽑아 서로 대조해 보았다. 1960년대 후반의 연도는 각기 달라도 입출금 내역은 기본적으로 똑같았다. 매월 10일에 1천 달러씩 입금되면 같은 달 15일에 라스베이거스에 있는 네바다 세이빙스 앤드 론 지점으로 동일한 금액이 이체되었다.

더 이상 살펴볼 것도 없이 그 입출금확인서들은 에노가 보관한 일종의 급료 기록부라는 결론에 도달했다. 그는 가장 최근에 온 봉투를 찾기 위해 소인들을 살펴보았다. 1980년대 후반에 도착한 것이 가장 최근이었다.

"이 봉투들은 어떻게 된 겁니까? 언제부터 끊어졌죠?"

"보시는 대로예요. 그의 박스를 드릴로 열고 그것들을 꺼냈을 때 올리브와 나는 뭔지도 몰랐어요."

"드릴로 열었어요?"

"네, 올리브는 안전금고를 사용한 적 없거든요. 클로드 혼자만 사용했죠. 그가 사망한 후 우린 금고 열쇠를 찾을 수가 없었어요. 그래서 드릴을 사용해야만 했죠."

"그 안엔 돈도 있었겠죠, 아닌가요?"

여자는 보슈가 돈을 내놓으라고 할까 봐 걱정되는지 잠시 눈치를 살폈다.

"약간요. 하지만 너무 늦었어요. 이미 다 써버렸으니까."

"그건 상관 안 해요. 얼마나 들어 있었습니까?"

여자는 입술을 꾹 다물고 기억을 더듬는 척했지만 더럽게도 서툰 연기였다.

"바른대로 말해요. 난 돈 때문에 여기 오지 않았고 국세청 직원도 아닙니다."

"1만 8천 달러쯤 됐어요."

그때 밖에서 경적 소리가 들려왔다. 택시기사가 안달이 난 모양이었다. 보슈는 시계를 보았다. 가야 할 시간이었다. 봉투 무더기를 박스 안에 던져 넣은 뒤 여자에게 물었다.

"네바다 세이빙스 앤드 론 지점에 있던 에노의 계좌엔 얼마나 들어 있었죠?"

셔먼 옥스에서 이체된 돈은 에노의 것이라 짐작하고 슬쩍 한 번 찔러본 것인데 시본은 이번에도 망설였다. 하지만 다시 터진 경적 소리에 여자는 얼른 대답했다.

"5만 달러 정도요. 그 돈도 대부분 썼어요. 올리브를 돌보느라고, 아시겠어요?"

"네, 그랬겠죠. 그 돈과 연금까지 알뜰히 챙기느라 몹시 바빴겠소."

보슈는 잔뜩 비꼬는 투로 말했다.

"그 대신 당신 계좌들은 두툼해졌겠지."

"이봐요, 형사님. 자신을 누구로 착각하고 그러는지 모르겠지만, 난 올리브를 보살펴줄 이 세상에 하나밖에 없는 사람이에요. 중요한 건 바로 그 점이죠."

"그게 중요한지 아닌지 결정한 사람이 올리브가 아니라 당신인 것이 문제죠. 내 한 가지만 물을 테니 대답한 뒤 당신이 올리브에게 하던 일을 계속하든 말든 하시오. 당신은 누굽니까? 올리브의 동생은 절대 아니오. 당신은 누구죠?"

"당신이 상관할 일 아니에요."

"맞아요. 하지만 상관할 일로 만들 순 있죠."

여자는 보슈를 바라보았다. 보슈는 자신이 한 말이 그녀의 민감한 감정에 상처를 냈다는 걸 알았다. 하지만 여자는 금방 자존심을 회복한 것처럼 보였다. 자신이 누구든 그녀는 자긍심을 드러내며 말했다.

"내가 누군지 알고 싶어요? 나는 클로드가 가장 좋아했던 여자예요. 그와 함께 오랫동안 살았죠. 올리브는 그로부터 결혼반지를 받았지만,

난 그의 가슴을 받았어요. 그들이 모두 늙어 죽을 때가 가까워 오자 그건 중요하지 않게 되었죠. 그는 가식을 벗고 나를 이곳으로 데리고 들어왔어요. 우린 함께 살았고, 결국 내가 그들 부부를 보살피게 되었죠. 그러니까 나더러 결정권이 없느니 하는 따위의 소린 집어치워요."

보슈는 고개를 끄덕이기만 했다. 여자의 얘기는 진실처럼 들렸다. 내용이 다소 비도덕적이긴 해도 진실을 얘기했다는 점만은 높이 사줘야 할 것 같았다.

"어떻게 만났습니까?"

"그가 플라밍고에 근무할 때였죠. 나도 거기 딜러로 있었어요. 아까도 말했지만 그는 새 사냥꾼이었어요."

"LA에 있을 때의 사건이나 사람들에 관해 얘기한 적은 없었습니까?"

"한 번도 없었어요. 그 시절은 완전히 끝난 장이라고 항상 말했죠."

보슈는 박스 속에 쌓인 봉투 무더기를 가리켰다.

"저기 적힌 매케이지란 이름 보고 생각나는 건 없나요?"

"없어요."

"봉투 안에 든 입출금확인서들은요?"

"안전금고를 열기 전까지 우린 그런 걸 본 적도 없었어요. 클로드가 네바다 세이빙스에 계좌를 가지고 있는 줄도 몰랐죠. 그는 비밀이 많았어요. 나한테도 말해주지 않았죠."

29 환희

공항에 도착하자 보슈는 택시기사에게 요금을 지불한 뒤 여행가방과 파일 따위가 담긴 맥주 박스를 끌어안고 터미널로 비집고 들어갔다. 메인 터미널 몰의 한 상점에서 싸구려 캔버스 가방을 하나 구입하여 에노의 서재에서 수집한 물건들을 옮겨 담았다. 검사를 받지 않아도 될 만큼 작은 가방이었다. 겉면에는 '라스베이거스-태양과 오락의 땅!'이라고 찍혀 있고, 한 쌍의 주사위 위로 빛나는 태양 로고가 그려져 있었다.

게이트 앞에 도착해서 시계를 보니 비행기 도착 시간 30분 전이었다. 그래서 둥그런 터미널 한가운데서 시끄러운 불협화음을 일으키고 있는 슬롯머신들로부터 가급적 멀찌감치 떨어진 곳에 있는 빈자리를 찾아갔다.

의자에 앉자 캔버스 가방 속의 파일들을 뒤지기 시작했다. 가장 궁금한 것은 마저리 로우 살인사건 바인더에서 훔쳐낸 기록들을 철한 파일이었다. 하지만 서류들을 훑어봐도 이상하거나 예상외의 내용은 전혀 눈에 띄지 않았다.

매키트릭과 에노 형사가 아노 콘클린과 고던 미텔이 참석한 자리에서 자니 폭스를 면담한 내용을 요약한 것을 보니, 매키트릭이 그것을 작성하면서 느꼈던 분노를 감지할 수 있었다. 마지막 문단에서는 더 이상 참지 못해 터뜨리고 있었다.

> 용의자와의 면담은 A. 콘클린과 G. 미텔의 간섭으로 인해 아무 성과도 거둘 수 없었다고 아래의 서명자는 생각하는 바이다. 위의 두 '검찰관'은 '그들의' 증인이 신문에 충분히 대답하지 못하게 했고, 서명자의 진실에 대한 의견 개진도 막았다. J. 폭스는 자신의 알리바이를 증명하거나 지문분석이 끝날 때까지는 아직 용의자로 남아 있다.

서류들 속에 다른 기록은 보이지 않았다. 콘클린이 사건에 개입한 언급이 있다는 이유만으로 에노가 그것들을 없애버렸다는 사실을 보슈는 알 수 있었다. 에노는 콘클린을 보호하고 있었던 것이다. 왜 그랬을까? 그런 질문을 떠올린 순간 보슈는 안전금고 안에 있었다던 입출금확인서와 분실 서류들이 생각났다. 그것들이 거래의 기록이었다.

보슈는 봉투들을 꺼내어 소인을 확인하며 날짜별로 정리하기 시작했다. 매케이지 회사 사서함으로 가장 먼저 우송됐던 날짜는 1962년 11월이었다. 그때는 마저리 로우가 피살된 지 1년 후였고, 자니 폭스가 사망한 지는 두 달 후였다. 에노는 마저리 로우 사건을 담당했고, 매키트릭의 말에 의하면 폭스의 죽음에 대해서도 수사했다.

보슈는 자기 추측이 적중했다는 느낌이 들었다. 에노는 콘클린을 쥐어짰을 것이다. 아니면 미텔을 쥐어짰거나. 그런데 에노는 매키트릭이 몰랐던 것을 알고 있었다. 콘클린이 마저리 로우 피살사건에 관련되어 있다는 사실, 어쩌면 콘클린이 그녀를 죽였을지도 모른다는 사실이었다. 그 정도면 에노는 콘클린의 목숨 값으로 매월 1천 달러쯤 요구했을 수 있었다. 그다지 큰 액수도 아니었다. 1960년대 초반에 매월 1천 달러라면 에노의 월급보다 훨씬 많은 금액일지 모르지만, 그다지 탐욕적이라고 말할 순 없었다. 하지만 금액은 보슈에게 중요하지 않았다. 지불했다는 사실이 중요했다. 그것은 인정한다는 얘기니까. 보슈는 흥분되는 것을 느꼈다. 5년 전에 죽은 한 부패한 경관이 숨겨놓은 기록들은 이제 그가 콘클린과 충돌할 때 필요로 하는 유일한 무기일 수도 있었다.

갑자기 생각난 것이 있어 그는 공중전화를 찾아 주위를 두리번거렸다. 손목시계를 본 뒤 게이트 쪽을 살펴보았다. 사람들이 탑승하기 위해 몰려들어 안달하기 시작했다. 보슈는 파일과 봉투들을 캔버스 가방에 담아 들고 공중전화 쪽으로 걸어갔다. AT&T 카드를 이용하여 새크라멘토 교환대를 통해 주정부의 법인등록처를 불렀다. 3분 후 그는 매케이지라는 주식회사는 캘리포니아에 없으며, 최소한 1971년까지는 기록상으로 존재하지 않았다는 사실을 확인했다. 전화를 끊고 이번엔 카슨시티에 있는 네바다 주정부로 똑같은 과정을 되풀이했다.

전화를 받은 여직원은 매케이지 주식회사는 파산하고 없는데, 그래도 주정부가 가진 정보를 원하느냐고 물었다. 보슈가 몹시 반기며 원한다고 하자 그녀는 마이크로필름을 뒤져야 하므로 몇 분쯤 걸린다고 말했다. 보슈는 기다리는 동안 수첩을 꺼내 놓고 받아 적을 준비를 했다. 게이트가 열리고 탑승할 승객들이 들어가기 시작했지만 그는 개의치 않았다. 비행기를 놓치게 되더라고 어쩔 수 없다고 생각했다. 이런 극적인 순간에 수화기를 놓고 돌아설 수는 없는 노릇이었다.

터미널 한가운데 늘어서 있는 슬롯머신들을 돌아보았다. 떠나기 전에 마지막 행운의 기회를 잡으려는 사람들과 세계 도처의 나라에서 날아와 비행기에서 내리자마자 자신들의 첫 번째 행운을 시험해 보려는 사람들로 온통 북새통을 이루고 있었다. 기계를 상대로 도박을 벌이는 짓은 보슈에겐 늘 심드렁하게만 느껴졌다. 그런 것에 매달리는 사람들을 도무지 이해할 수가 없었다. 형사가 아니라도 그들의 얼굴 표정만 보면 돈을 땄는지 잃었는지 금방 가려낼 수가 있었다. 보슈는 테디 베어 곰인형을 겨드랑이에 낀 한 여자가 기계 두 대를 한꺼번에 돌리고 있는 것을 보았다. 그래봤자 돈 잃는 속도만 두 배로 빨라졌을 뿐이었다. 그녀의 왼쪽에는 까만 카우보이 모자를 쓴 사내가 기계 속으로 동전을 밀어 넣으며 엄청 빠른 속도로 손잡이를 잡아당기고 있었다. 보슈는 사내가 1달러짜리 기계에 한 롤마다 최대한 5달러까지 투입하는 게임을 하고 있음을 볼 수 있었다. 지켜보는 몇 분 사이에 사내는 한 푼도 건진 것 없이 60달러쯤 날려버린 것 같았다. 그래도 사내는 동물 인형까지 끌어안고 있진 않았다.

보슈는 게이트를 돌아보았다. 탑승자들이 서 있던 곳에는 이제 몇 명의 지각생들만 눈에 띄었다. 이제 비행기는 놓칠 수밖에 없다는 생각이 들었지만 그는 계속 전화기를 붙들고 차분하게 기다렸다.

갑자기 고함이 터져 나와 돌아봤더니 카우보이 모자를 쓰고 있던 사내가 그것을 벗어들고 미친 듯 흔들어대고 있었다. 그가 돌리던 기계가 대박을 터트렸던 것이다. 테디 베어를 안고 있던 여자는 기계에서 물러나 우울한 표정으로 대박을 지켜보았다. 좌르르 하고 트레이에 떨어지는 1달러짜리 코인들의 소리가 그녀의 머릿속에서는 천둥처럼 울릴 것이었다. 자기가 잃어버린 돈을 끊임없이 생각나게 해줄 테니까.

"나 좀 봐요, 여러분!"

카우보이가 환호성을 내질렀다. 딱히 누굴 겨냥해서 지른 소리는 아닌 것 같았다. 그는 허리를 굽히고 코인들을 카우보이 모자에 쓸어 담기 시작했다. 테디 베어를 안은 여자는 다시 돈을 걸기 위해 자기 기계로 돌아갔다.

게이트 문이 닫히려는 순간 들고 있던 전화기에서 말소리가 흘러나왔다. 돌아온 여직원은 보슈에게 기록상 매케이지 주식회사는 1962년도에 설립되어 28년 간 존속하다가 1년이 경과하도록 세금을 납부하지 않고 허가갱신을 요청하지도 않았기 때문에 주정부가 폐업 조치한 것이라고 말했다. 보슈는 그 이유를 에노의 죽음 때문일 거라고 단정했다.

"임원들의 이름을 알고 싶어요?"

여직원이 물었다.

"네, 감사합니다."

"사장이자 대표 임원은 클로드 에노, 스펠은 E-N-O예요. 부사장은 고던 미텔. T자가 두 개 들어가요. 회계이사는 아노 콘클린으로 되어 있어요. 이름의 스펠은…."

"알아요. 감사합니다."

보슈는 전화기를 내려놓고 여행가방과 캔버스 가방을 든 채 게이트를 향해 뛰었다.

"아슬아슬하게 오셨군요."

여승무원이 짜증 섞인 목소리로 말했다.

"외팔이 강도(슬롯머신)를 그냥 지나치지 못했던 모양이죠?"

"그러게요."

보슈는 대충 대꾸했다.

그녀가 문을 열어주어 보슈는 복도를 통해 비행기로 올라갔다. 좌석은 절반밖에 차지 않았다. 그는 지정좌석을 무시하고 승객이 없는 줄로 들어갔다. 가방들을 머리 위 보관함에 우겨넣을 때 어떤 생각이 떠올랐다. 좌석에 앉아 수첩을 꺼내 든 그는 조금 전 주정부 여직원과 통화하며 메모한 페이지를 펼쳐 놓고 약자로 적은 단어들을 곰곰이 들여다보았다.

Prez., CEO-C.E.

VP-G.M.

Treas.-A.C.

그는 이름의 이니셜만 한 줄로 적어 보았다.

CE GM AC

그것을 한참 들여다보던 그의 입가에 미소가 번지기 시작했다. 그리곤 찾아낸 애너그램을 그 아래 한 줄로 다시 적었다.

MC CAGE

혈관 속에서 피가 환호성을 지르며 내달리는 것 같았다. 이제 끝이 보이기 시작하는 느낌이었다. 터미널 안에서 슬롯머신을 하고 있는 모든 사람들을 연달아 이기는 기분이었다. 사막 안에 있는 모든 카지노의 어떤 사람도 이런 기분은 결코 이해할 수 없을 것 같았다. 주사위 게임에서 아무리 많은 7자가 떠올라도, 혹은 아무리 많은 블랙잭을 터트려도 절대 느낄 수 없는 환희였다. 보슈는 살인자에게 다가가고 있었고, 그것은 이 지구상에서 어떤 대박을 터트린 사람보다도 더 그를 흥분시키고 있었다.

30 살인 혐의

한 시간쯤 뒤 무스탕을 몰고 LA 국제공항을 빠져나온 보슈는 창문을 내리고 시원하고 건조한 바람을 얼굴에 쐬었다. 공항 출입구 일대의 유칼립투스 숲을 지나는 산들바람 소리는 언제나 그를 반갑게 맞아주었다. 여행에서 돌아올 때마다 그에게 안도감을 안겨주는 것이었다. 산들바람 소리는 그가 LA 시에서 가장 좋아하는 것들 중 하나였고, 그것의 마중을 받을 때마다 기쁨을 느꼈다.

세풀베다에서 신호등에 걸리자 그 틈을 이용해서 그는 손목시계의 시간을 조정했다. 2시 5분이었다. 그렇다면 집에 들러 옷을 갈아입고 먹을 걸 좀 챙긴 다음 파커 센터로 갔다가 카르멘 히노조스에게 가도 약속시간에 늦지 않겠다는 계산이 섰다.

그는 405번 고가도로 밑을 재빨리 지나 차량들이 붐비는 프리웨이 진입 차선으로 휘어져 들어갔다. 방향을 꺾으려고 핸들을 돌리자 팔 위쪽의 이두박근이 찌르듯이 아파왔다. 토요일에 만에서 와후라는 물고

기와 씨름을 해서 그런지, 아니면 재스민과 사랑을 나눌 때 그녀가 너무 죽자 사자 매달려서 그런 건지 알 수가 없었다. 그녀에 대해 잠시 더 생각한 그는 집에 도착하면 전화부터 해야겠다고 작정했다. 그녀와 아침에 헤어졌을 뿐인데도 벌써 한참이나 지난 것처럼 느껴졌다. 최대한 빠른 시일 내에 다시 만나기로 약속했는데, 그 약속만은 제대로 지키고 싶었다. 그 여잔 그에게 미스터리였고, 아직 껍질 한 꺼풀도 벗겨보지 못한 미지의 존재였다.

10번 도로는 다음 날에나 재개통될 예정이어서 보슈는 출구를 지나 계속 405번을 타고 달려가다 산타모니카 마운틴으로 올라간 뒤 밸리로 내려갔다. 먼 길을 일부러 돌아간 것은 그 편이 더 빠르다는 걸 알기 때문이었다. 게다가 스튜디오 시티에는 우체국이 빨간 딱지가 붙은 건물에는 우편물을 배달하지 않겠다고 한 이후부터 그가 사용해온 사서함이 있기 때문이기도 했다.

101번 도로로 갈아타자마자 여섯 개 차선에 빼곡하니 들어찬 차량들의 벽과 마주쳤다. 거북이걸음으로 따라가자니 인내심이 금방 바닥나고 말았다. 그래서 콜드워터 캐니언 대로로 빠져나가 일반도로를 타기 시작했다. 무어파크 로드를 지나며 그는 빨간 딱지와 노란 테이프를 부착한 지 여러 달이 지나 거의 하얗게 탈색했지만 여전히 허물지도 않고 수리하지도 않은 상태로 있는 아파트 건물들을 여러 동 보았다. 불량 판정을 받은 많은 건물들은 아직도 '500달러면 입주 가능!' 혹은 '리모델링했음' 따위의 표지판을 붙이고 있었다. 아래위로 심한 균열이 가서 빨간 딱지를 붙이고 있는 한 건물에는 누군가가 스프레이로 슬로건을 하나 휘갈겨 놓았는데, 지진이 일어난 후 몇 달 지나자 많은 사람들은 그것을 이 도시의 묘비명쯤으로 알게 되었다.

뚱뚱한 여자가 노래했다(오페라는 끝났다는 뜻 – 옮긴이)

그래, 언젠가는 끝장났음을 믿지 않을 수 없을 것이다. 하지만 보슈는 소신을 지키려고 애썼다. 누군가는 그래야만 했다. 신문에서는 떠나는 사람들이 돌아오는 사람들보다 많다고 보도했다. 아무리 떠들어대도 난 안 떠날 거야. 보슈는 생각했다.

그는 벤투라로 가로질러 들어가서 사서함 취급소 앞에 차를 세웠다. 사서함 안에는 청구서와 광고지밖에 들어 있지 않았다. 옆에 있는 식당에 들러 밀가루 빵에 터키 고기를 얹고 아보카드와 숙주나물을 곁들인 특별 메뉴를 주문했다. 그런 다음 벤투라를 떠나 카후엥가 고개를 넘고 우드로 윌슨 드라이브로 방향을 꺾어 집으로 올라갔다. 첫 번째 모퉁이를 돌아간 비좁은 도로에서 LAPD 순찰차를 만나 간신히 통과했다. 그는 손을 흔들었지만 순찰차 안의 경찰들은 그를 모르는 듯했다. 아마도 북부 할리우드 경찰서에서 나온 모양이었다. 그들은 손을 흔들지 않았다.

그는 늘 하던 대로 집에서 반 블록쯤 떨어진 곳에 차를 주차한 뒤 집까지 걸어 내려갔다. 캔버스 가방을 자동차 트렁크에 그냥 두기로 한 이유는 그 안에 든 파일 등은 나중에 본부로 들어갔을 때 필요하기 때문이었다. 그래서 여행가방과 샌드위치 봉투만 양손에 들고 집을 향해 터덜터덜 걸어갔다.

간이차고가 있는 곳까지 걸어갔을 때 그는 도로를 올라오는 순찰차를 발견했다. 탑승자를 자세히 살펴보니 바로 조금 전에 지나쳤던 두 순찰경관이었다. 무슨 이유인지는 몰라도 그들은 갔던 길을 되돌아오고 있었다. 보슈는 불량 판정을 받은 집으로 들어가는 모습을 그들에게 보이고 싶지 않아 도로 가에서 기다렸다. 혹시 그들이 방향을 묻거나 아까 그가 손을 흔든 이유를 물어볼지 모른다고 생각했다. 그러나 두 경관은 그를 거들떠보지도 않고 지나갔다. 운전석에 앉은 경관은 도로만 똑바로 바라보았고, 옆자리의 경관은 무전기에 대고 뭐라 지껄이고 있었다. 호출이 있은 모양이라고 보슈는 생각했다. 그는 순찰차가 모퉁이를 돌아갈 때까지 기다렸다가 간이차고 안으로 걸어 들어갔다.

부엌문을 열고 안으로 들어가자마자 뭔가 이상하다는 예감이 들었다. 두 걸음 더 걸어 들어가자 그것의 정체를 알았다. 집 안에, 적어도 부엌 안에 낯선 향기가 감돌고 있었다. 향수 냄새가 분명했다. 정확히 말하면 오드콜로뉴 향기. 그걸 얼굴에 바른 사내가 방금 들어왔다 나갔거나 아직 집 안에 있다는 얘기였다.

보슈는 여행가방과 샌드위치 봉투를 부엌 바닥에 살그머니 내려놓고 허리춤으로 손을 가져갔다. 오랜 습관은 쉽게 고쳐지지 않는다. 하지만 권총은 거기 없었고 보조용 총은 현관문 옆 벽장 안 선반 위에 보관하고 있었다. 순간 그는 거리로 달려 나가 순찰차를 부를까, 하는 생각이 들었지만 이미 멀리 가버리고 없을 것 같았다.

그는 조용히 서랍을 열고 조그마한 과도 하나를 꺼내 들었다. 칼날이 긴 것도 있지만 짧은 것이 다루기엔 더 좋은 법이다. 과도를 꼬나들고 부엌에서 현관으로 나가는 아치형 입구로 살금살금 걸어갔다. 문지방 앞에서 걸음을 멈추고 몸은 숨긴 채 머리만 앞으로 숙이고 귀를 기울였다. 집 뒤쪽 언덕 아래로 통과하는 고속도로에서 차량들이 내는 소음만 나지막하게 웅웅거릴 뿐, 집 안에서는 아무 소리도 들리지 않았다. 침묵 속에서 1분쯤 흘러갔다. 그가 막 부엌에서 걸어 나가려는 순간 무슨 소리가 들려왔다. 옷깃이 서로 스치는 소리였다. 누가 다리를 접었거나 폈을 것이다. 거실에 누가 있다는 것을 그는 알았다. 그리고 그들도 이미 그 자신이 낌새를 챘다는 걸 알고 있는 것 같았다.

"보슈 형사."

조용한 집 안에서 목소리가 울렸다.

“자넨 안전해. 이제 그만 나오게.”

보슈는 그 목소리를 알아들었지만 신경을 바짝 곤두세우고 있던 참이라 누군지는 금방 떠오르지 않았다. 하지만 이전에 들어본 적이 있는 건 분명했다.

“어빙 부국장이야, 보슈 형사.”

그 목소리가 다시 들려왔다.

“이제 그만 나오라니까. 그래야 자네나 우리나 서로 다치지 않아.”

맞아, 어빙의 목소리였지. 보슈는 긴장을 풀었다. 과도를 카운터 위에 내려놓고 샌드위치 봉투는 냉장고 안에 넣은 뒤 부엌에서 천천히 걸어 나갔다. 어빙이 거실 의자에 앉아 있었다. 소파에도 보슈가 모르는 정장 차림의 두 사내가 앉아 있었다. 커피 탁자 위에는 벽장 안에 있어야 할 그의 편지와 엽서 상자가 놓여 있었고, 식탁 위에 놓아두고 나갔던 살인사건 파일이 낯선 한 사내의 무릎 위에 놓여 있었다. 그들은 보슈의 집을 수색하던 중이었던 것이다. 그제야 바깥 도로에서 만났던 순찰차의 의미를 알 수 있었다.

“바깥에서 망보던 친구들을 만났어요. 무슨 일인지 설명해 주시겠습니까?”

“어디서 오는 길이오, 보슈 형사?”

정장 차림의 사내 하나가 불쑥 물었다.

보슈는 그를 바라보았다. 사내의 표정에서 티끌만큼도 눈치를 챈 티가 보이지 않았다.

“당신은 도대체 누구야?”

보슈는 그렇게 반문한 뒤 사내 앞에 놓인 커피 탁자에서 편지와 엽서가 담긴 상자를 집어 들었다. 그러자 어빙이 말했다.

"보슈 형사, 이쪽은 앤젤 브로크먼 경위야. 여긴 얼 사이즈모어 형사."

보슈는 고개를 끄덕였다. 둘 중 하나는 이름을 들어본 적 있었다. 그는 브로크먼을 바라보며 말했다.

"당신 이름은 들어본 적 있소. 빌 커노스를 벽장으로 보낸 분이시지. 내사과의 이달의 인물로 선정되고도 남았을걸. 엄청 영광스러웠겠소."

보슈는 작심한 듯 비꼬는 목소리로 말했다. 벽장은 정직당한 경찰들이 무기를 반납하는 곳을 가리켰다. 따라서 벽장으로 간다는 말은 경찰이 자살한다는 뜻으로 경찰국 내부에서 사용되는 은어였다. 할리우드 경찰서 소속의 늙은 순찰 경관이었던 커노스는 지난해 가출 소녀들에게 섹스 대가로 헤로인을 공급했다는 혐의를 받고 내사과 수사를 받던 도중 자살했다. 그가 사망한 후 가출 소녀들은 커노스가 자기 순찰구역을 떠나라고 그들을 달달 볶았기 때문에 그런 혐의를 뒤집어씌웠다고 자백했다. 그는 좋은 사람이었지만 모든 것이 자기한테 불리한 것을 알자 벽장으로 갈 결심을 했던 것이다.

"그건 그 자신의 선택이었어, 보슈. 이젠 당신이 선택해야 할 차례지. 지난 24시간 동안 어디 있었는지 말해 주겠나?"

앤젤 브로크먼 경위가 말했다.

"이게 다 무슨 소동인지부터 설명해 주겠소?"

그때 침실에서 덜커덕거리는 소리가 들려왔다.

"저건 또 무슨 소리야?"

보슈는 침실 문 쪽으로 걸어갔다. 정장 차림의 또 다른 사내가 보조탁자 서랍을 열어 놓고 들여다보고 있었다.

"어이, 얼간이. 거기서 나와. 당장 못 나와?"

그는 방 안으로 걸어 들어가 서랍을 발로 꽝 차서 닫았다. 사내는 포로처럼 두 손을 들고 뒷걸음질을 치며 거실로 나갔다.

"아, 이 친구는 제리 톨리버라고 하지."

어빙이 추가로 소개했다.

"브로크먼과 함께 내사과에 있어. 사이즈모어 형사는 강도 살인반에서 나왔고."

"환상적인 팀이네요."

보슈가 이죽거렸다.

"자, 이제 누군지는 다들 알았으니 무슨 일인지 말해 보시죠."

그는 어빙을 바라보며 말했다. 거기서 제대로 된 대답을 해줄 사람은 아무래도 그밖에 없다고 믿었기 때문이다. 지금까지 어빙은 보슈와 얘기할 때만큼은 대체로 솔직했다.

"해리, 자네한테 몇 가지 물어볼 것이 있네. 설명은 그 뒤에 하는 편이 좋겠어."

보슈는 부국장이 진지하게 말하고 있다는 걸 느낄 수 있었다.

"수색영장은 가지고 여기 들어왔습니까?"

"그건 나중에 보여주겠네. 나가지."

브로크먼이 대신 말했다.

"어디로 가자는 거요?"

"본부에."

내사과와 많이 싸워본 보슈는 지금 여기선 뭔가 다르게 진행되고 있다는 걸 알 수 있었다. LA 경찰국에서 두 번째 높은 자리에 있는 어빙이 함께 왔다는 사실만으로도 사안의 중대성을 말해주고도 남았다. 이건 단지 보슈 자신이 개인적 수사를 벌이고 있다는 사실을 발견한 정도가 아니라 그 이상의 무엇이 있음을 짐작케 했다.

"좋아요, 누가 죽었습니까?"

그는 불쑥 물었다. 네 명의 얼굴이 동시에 돌처럼 굳어지는 것을 보자 보슈는 정말 누가 죽었다는 것을 알았다. 그러자 비로소 가슴이 꽉 죄어오며 무서운 생각이 들기 시작했다. 그가 접촉했던 사람들의 얼굴과 이름들이 머리에 떠올랐다. 메러디스 로만, 제이크 매키트릭, 케이샤 러셀, 라스베이거스의 두 여자. 또 누가 있었지? 재즈? 내가 그녀를 위험에 몰아넣었던가? 그러자 그의 뇌리를 치는 것이 있었다. 케이샤 러셀. 그가 하지 말라고 신신당부했던 말을 그 여기자는 해버렸을지도 모른다. 콘클린이나 미텔을 찾아가서 보슈 형사에게 이런저런 옛 기사들을 복사해 줬다고 하며 무슨 일이냐고 물어봤을 것이다. 그런 맹목적인 모험을 한 대가로 죽음을 맞았을 것이다.

"케이샤 러셀입니까?"

그가 다시 물었지만 아무도 대답해 주지 않았다. 어빙이 일어서자 다른 사내들도 따라 일어났다. 사이즈모어는 살인사건 파일을 손에 들고 있었다. 가져갈 모양이었다. 브로크먼은 부엌으로 들어가서 보슈의 여행가방을 집어 들고 문 쪽으로 걸어갔다.

"해리, 자넨 얼과 함께 내 차를 타게."

어빙이 보슈에게 말했다.

"본부서 만나면 어때요?"

"나랑 함께 타."

강경한 말투여서 실랑이를 할 여지가 없었다. 보슈는 알았다는 듯 두 손을 쳐들고 문 쪽으로 걸어갔다.

보슈는 사이즈모어의 LTD 뒷좌석에 앉았다. 어빙 바로 뒤였다. 차가 언덕을 내려갈 때 그는 창밖을 내다보았다. 젊은 여기자의 얼굴이 눈앞에서 사라지지 않았다. 그녀는 지나친 열정으로 인해 죽임을 당했지만 보슈는 일부 책임을 느끼지 않을 수 없었다. 그녀의 가슴에 미스터리의 씨앗을 심었던 사람은 그 자신이었고, 그 씨앗이 싹을 틔우고 자라자 그녀는 억제할 수 없었을 것이다.

"그녀의 시체는 어디서 발견했습니까?"

보슈가 물었지만 대답 대신 침묵만 돌아왔다. 그들이 왜 대답하지 않는지 이해할 수가 없었다. 특히 어빙의 침묵은 이상했다. 지금까지 부국장과는 서로 좋아하진 않았을망정 그래도 말은 통한다고 믿어왔다.

"그 여자에게 어떤 행동도 하지 말라고 경고했습니다. 며칠 동안만 깔고 앉아 있으라고 했다고요."

어빙이 뒤에 앉은 보슈의 얼굴을 일부라도 볼 수 있을 만큼 살짝 돌아앉았다.

"보슈 형사, 난 자네가 도대체 누구 얘길 하는지 모르겠어."

"케이샤 러셀 기자 얘깁니다."

"난 그 여자 몰라."

부국장은 몸을 돌려 바로 앉았다. 보슈는 멍청해진 기분이었다. 사람들의 이름과 얼굴들이 다시 머릿속으로 지나가기 시작했다. 재스민을 다시 떠올렸지만 고개를 저었다. 그녀는 사건에 대해 아무것도 몰랐다.

"그러면 매키트릭입니까?"

"보슈 형사."

어빙은 다시 보슈를 보기 위해 낑낑대며 몸을 돌렸다.

"우린 지금 하비 파운즈 경위 살인사건을 수사하고 있는 중이야. 자네가 말한 그 사람들은 명단에 포함되지 않았어. 만약 그들도 만나봐야 할 사람들이라면 이따가 올려주게."

보슈는 뒤통수를 얻어맞은 것 같아 아무 대꾸도 하지 못했다. 하비 파운즈라고? 그건 말도 안 돼. 파운즈는 그 사건과 아무 관련 없고 전혀 알지도 못했다. 그 병신은 사무실에서 잘 나가지도 않는 놈인데 어떻게 위험에 빠질 수 있었을까? 그러자 차가운 냉기를 머금은 파도처럼 그를 덮쳐오는 것이 있었다. 그래, 그거야. 그러면 말이 되지. 그것을 깨닫는 순간 보슈는 자신이 처한 곤경뿐만 아니라 책임까지도 깨닫게 되었다.

"그러면 내가…?"

그는 말을 끝맺지 못했다.

"그래."

어빙이 대답했다.

"자넨 지금 유력한 혐의자야. 그러니까 정식 신문을 받을 때까지 좀 조용히 기다리고 있게."

보슈는 머리를 창문에 기대며 눈을 감았다.

"이런, 세상에…."

그는 늙은 경관을 벽장으로 보낸 브로크먼보다 자신이 나을 것도 없다는 걸 깨달았다. 가슴속 어두운 부분에서 자신에게 책임이 있음을 느꼈다. 언제 어떻게 그렇게 되었는지는 모르겠지만, 자신에게 책임이 있다는 건 알 수 있었다.

하비 파운즈는 내가 죽였어. 그 증거로 내 주머니 속엔 그의 배지가 들어 있잖아.

31 브로크먼

보슈는 자기 주위에서 일어나는 대부분의 일에 대해 무감각했다. 파커 센터에 도착하자 6층에 있는 어빙의 사무실로 안내되었고, 곧바로 옆에 있는 회의실로 들어갔다. 혼자 의자에 앉아 멍청하게 30분쯤 기다리자 브로크먼과 톨리버가 들어왔다. 경위가 맞은편 의자에 앉자 톨리버는 보슈 오른쪽에 앉았다. 내사과 면담실이 아닌 부국장 회의실에서 신문을 한다는 것은 어빙이 이 사건을 단단히 챙기겠다는 뜻이었다. 만약 경찰이 경찰을 죽인 사건으로 드러날 경우, 어빙은 자기 역량을 총동원하여 조용하게 수습할 필요가 있었다. 자칫하면 로드니 킹 사건 때의 대소동을 능가할 수도 있는 사건이었다.

어질어질하게 어른거리는 파운즈의 죽은 모습을 통해 마침내 뚜렷한 자각이 보슈를 사로잡았다. 자신이 지금 매우 심각한 상황에 처해 있다는 사실이었다. 그는 절대 껍질 속으로 숨으면 안 된다고 자신을 다잡았다. 정신을 바짝 차려야만 해. 내 앞에 앉아 있는 이 개자식은 내 목을 매달 수만 있다면 무슨 짓이든 기꺼이 할 놈이야. 내가 적어도 육체적으로는 파운즈를 죽이지 않았다는 사실을 알고 있다는 것만으로는 충분하지 않아. 나는 나를 지켜야만 해. 그래서 보슈는 브로크먼에게 아무것도 보여주지 않을 작정이었다. 그는 방 안에 있는 누구보다도 강경하게 나갈 것이었다. 그래서 잔기침을 두어 번 한 뒤 브로크먼이 시작하기 전에 먼저 질문을 던졌다.

"언제 벌어진 일입니까?"

"질문은 내가 할 거야."

"시간을 절약할 수 있어요, 브로크먼. 언제 일어난 일인지 말하면 그때 내가 어디 있었는지 말해 주겠소. 그러면 금방 끝날 일이지. 내가 왜 의심받고 있는지 잘 알아요. 그 때문에 당신을 나쁘게 생각하진 않지만 이건 시간낭비일 뿐입니다."

"보슈, 당신은 아무 감정도 없나? 사람이 죽었어. 당신과 함께 일하던 사람이."

보슈는 상대를 한참 노려본 뒤 차분한 목소리로 대답했다.

"내 감정은 중요하지 않아요, 브로크먼. 죽어 마땅한 사람은 없겠지만, 난 그 사람 자체나 그와 함께 일했던 걸 그리워하진 않을 겁니다."

"세상에."

브로크먼은 고개를 저었다.

"그 친구에겐 아내와 대학 다니는 아이도 있어."

"어쩌면 그들도 그 친구를 그리워하지 않을지 모르죠. 직장에서 그는 멍청했어요. 가정에서라고 달랐을까. 당신 부인은 당신을 어떻게 생각합니까, 브로크먼?"

"그만해, 보슈. 난 당신의 유도신문 따위에 나가떨어질…."

"신을 믿습니까, 브리크먼?"

보슈는 브로크먼 대신 그의 별명인 브리크먼(Brickman: 벽돌공-옮긴이)이라고 불렀다. 죽은 빌 커노스에게 했던 것처럼, 다른 경관들을 제물로 자기 실적을 차곡차곡 쌓아올리는 그에게 붙여진 별명이었다.

"지금 신에 대해 얘기하자는 게 아니잖나, 보슈. 당신 얘기를 하고 있는 거야."

"맞아요. 나에 관해 얘기하고 있죠. 그래서 내 생각을 얘기하자면, 내가 뭘 믿고 있는지 모르겠어요. 내 인생도 이제 절반 이상 지났는데, 아직도 그게 뭔지 모르겠단 말입니다. 그렇지만 내 마음을 사로잡고 있는 이론은 지구상의 모든 인간들에겐 현재의 자신을 만들고 있는 에너지 같은 게 있다는 거죠. 모든 게 에너지죠. 그래서 사람이 죽으면 그 에너지는 다른 곳으로 흘러갑니다. 파운즈는 어떻게 됐을까? 그는 나쁜 에너지였지만 지금은 다른 곳으로 흘러갔겠죠. 그래서 당신 질문에 대답하자면 나는 그가 죽은 것이 그다지 슬프지 않아요. 그렇지만 그 나쁜 에너지가 어디로 흘러갔는지는 알고 싶소. 설마 당신에게 간 건 아니겠죠, 브리크먼? 당신은 이미 넘치게 지니고 있거든."

마지막으로 슬쩍 던진 독설의 의미를 금방 이해하지 못해 곤혹스런 표정을 짓고 있는 내사과 경위의 얼굴을 향해 보슈는 슬쩍 윙크를 날렸다. 브로크먼은 떨쳐버리고 신문이나 계속하고 싶은 모양이었다.

"개똥 같은 소리 그만하지. 화요일에 파운즈의 사무실로 찾아간 이유가 뭔가? 정직 상태인 당신한테 거긴 출입금지 구역일 텐데."

"그러니까 그건 일종의 딜레마였죠. 내게 거긴 분명 출입금지 구역이었지만, 직속상관인 파운즈의 명령이니 어쩝니까? 그가 나를 불러 자동차를 반납하라고 명령했거든요. 나쁜 에너지란 늘 그렇게 작용하는 겁니다. 난 이미 정직까지 당했는데, 그자는 그런 나도 가만히 내버려둘 수 없었던 거죠. 내 자동차까지 기어이 빼앗아야겠다는 거지. 그래서 자동차 열쇠를 반납하러 갔던 거요. 그는 나의 상관이었고, 그건 명령이었으니까. 따라서 거기 가는 건 위법이지만, 안 가는 것도 위법이었죠."

"그를 위협한 이유는 뭔가?"

"그런 적 없소."

"그가 두 주일 전 공격에 대한 고발장에 추가 보고서를 첨부해 왔어.

"그가 첨부한 보고서 따위는 신경 안 써요. 위협은 없었으니까. 그 친구는 워낙 비겁자라 위협을 느꼈을지 몰라도 난 위협한 적 없소. 그건 다른 얘기지."

보슈는 다른 정장 차림의 톨리버를 돌아보았다. 그는 시종 침묵하기로 한 모양이었다. 그게 그의 역할이었다. 그는 마치 텔레비전 화면을 들여다보듯 보슈의 얼굴을 빤히 바라보고 있었다.

보슈는 방 안을 둘러보다가 테이블 왼쪽의 긴의자에 놓인 전화기를 발견했다. 회의용 전화를 가리키는 초록색 불이 켜져 있었다. 신문 내용이 회의실 밖으로 새어나가 녹음기로 흘러들 것이다. 옆방 자기 사무실에서 어빙이 듣고 있다는 소리였다.

"증인이 있네."

브로크먼이 말했다.

"무슨 증인?"

"위협하는 걸 봤다는 사람 말이야."

"잘 들어요, 경위. 그 위협에 대해 정확히 설명해 줘야 도대체 무슨 소린지 알아들을 거 아닙니까? 당신이 그렇게 철석같이 믿고 있다면, 내가 그걸 알아서 안 될 이유가 뭐요?"

브로크먼은 그것에 대해 잠시 생각해본 뒤 대답했다.

"간단한 얘기지. 대개 그렇듯이 말이야. 그 친구에게 한 번만 더 엿 먹이면 죽여 버리겠다고 했겠지. 꼭 이대로 말하진 않았겠지만."

"정말 엿 같은 소리 하고 있네. 난 그런 소리 한 적 없어, 브로크먼. 그 새끼가 그런 보고서를 추가한 건 이상한 일도 아니지. 그게 그의 스타일이니까. 그렇지만 당신이 말한 증인 따위는 말짱 개똥이야."

"헨리 코치마르를 알고 있나?"

"헨리 코치마르?"

보슈는 도대체 누굴 얘기하는 건지 알 수가 없었다. 그러나 곧 민병대에서 차출된 헨리 노인을 기억에 떠올렸다. 하지만 노인의 성씨는 들어본 적이 없었기 때문에 이런 상황에서 들으니 생소하게 느껴졌던 것이다.

"그 늙은이? 그 노인은 사무실 안에 있지도 않았소. 증인은 무슨 얼어 죽을. 나는 노인에게 나가라고 말했고, 그는 즉시 나갔소. 그 늙은이가 무슨 얘길 했는지 모르지만, 파운즈한테 겁을 먹고 한 소릴 거요. 그러나 노인은 그 자리에 없었어. 당신이 그 영감을 끌고 나온다면, 난 그 사무실 유리를 통해 자초지종을 다 보고 있었던 형사과 직원들을 한 다스쯤 증인으로 내세울 수 있소. 그러면 그들은 이구동성으로 헨리는 그 자리에 없었고, 파운즈는 거짓말쟁이라고 증언할걸. 누구나 다 아는 얘기야. 그러니 당신이 말한 위협은 도대체 어떤 걸 가리키는 거지?"

브로크먼이 아무 대꾸 못하고 침묵하자 보슈가 계속했다.

"이봐요, 일을 제대로 안 했군. 형사과의 모든 직원들이 당신을 이 바닥의 양아치로 생각한다는 걸 당신 자신도 잘 알고 있을 텐데. 그들은 자신들이 감옥에 처넣은 인간들을 당신보다 더 존경해. 그걸 알고 있으니까 그들 곁으로 가기가 두려운 거지, 브리크먼? 그 대신 헨리 같은 늙은이가 한 말에 의존하고 있는 거야. 당신이 그런 얘길 할 때 노인은 파운즈가 이미 죽었는지도 모르고 있었을 거고, 안 그래?"

보슈는 자신이 노려볼 때 브로크먼이 눈길을 피해 고개를 돌리는 걸 보자 확신할 수 있었다. 승리감에 기운을 얻어 의자에서 벌떡 일어난 그는 문 쪽으로 걸어갔다.

"어디 가는 거야?"

"물 좀 마시러 갑니다."

"제리, 함께 가."

보슈는 문 앞에서 걸음을 멈추고 돌아보았다.

"내가 도망이라도 칠 것 같소, 브로크먼? 정말 그렇게 생각한다면 나란 인간을 몰라도 한참 모르는 거야. 이 신문을 위한 준비가 전혀 안 되어 있다는 증거이기도 하고. 언제 시간 좀 내어 할리우드 경찰서로 오시면 내가 살인 용의자 신문 방법을 제대로 가르쳐 드리지. 물론 공짜로 말이오."

보슈가 밖으로 나가자 톨리버가 따라왔다. 복도 끝에 있는 식수대로 걸어간 그는 물을 벌컥벌컥 들이켠 뒤 손등으로 입을 쓱 닦았다. 아무래도 신경이 쓰이고 피곤했다. 그 자신이 수사하고 있는 사건을 브로크먼이 간파하기까지 얼마나 오래 걸릴지 알 수 없었다. 회의실로 돌아가자 톨리버도 세 발짝쯤 떨어져서 따라왔다.

"아직 젊군."

그는 어깨 너머로 말했다.

"자네한테도 기회가 올 거야, 톨리버."

보슈가 회의실로 막 들어섰을 때 브로크먼이 다른 방문을 통해 나왔다. 어빙의 사무실로 통하는 문이었다. 한때 이 방에서 어빙의 지휘 하에 연쇄살인범을 수사한 적 있어서 잘 알고 있었다. 그는 다시 브로크먼과 마주 앉았다.

"자, 이제 당신 권리를 읽어주겠어, 보슈 형사."

경위는 그렇게 말한 뒤 지갑에서 작은 카드를 꺼내더니 미란다 원칙을 읽기 시작했다. 보슈는 그 소리가 전화선을 타고 녹음기로 흘러간다는 걸 알고 있었다. 읽기를 마친 브로크먼이 보슈에게 물었다.

"자, 권리들을 다 포기하고 이 상황에 대해 진술하겠나?"

"이젠 상황이란 말이군? 난 살인사건인 줄 알았는데. 좋소, 권리는 다 포기하지."

"제리, 내려가서 포기각서 양식 한 장 가져와."

제리 톨리버가 의자에서 일어나 복도로 걸어 나갔다. 보슈는 리놀륨 위를 재빠르게 걸어가는 그의 발자국 소리와 뒤이어 문이 열리는 소리를 들었다. 5층 내사과로 내려가는 계단 문이었다.

"자, 그러면 슬슬 시작해 볼까?"

"당신 증인이 돌아올 때까지 기다리고 싶지 않소? 아니면 나 모르게 이 과정을 녹음하고 있는 거요?"

그 말에 브로크먼은 당황하며 변명했다.

"그렇지, 참. 녹음을 하고 있네, 보슈. 하지만 비밀리에 하는 건 아니야. 우린 당신한테 시작하기 전에 녹음을 한다고 말하지 않았던가?"

"멋진 거짓말이오, 경위. 특히 그 마지막 말이 멋졌어. 잘 기억해둬야겠군."

"자, 그러면 시작을…."

문이 열리고 톨리버가 종이 한 장을 들고 들어왔다. 그것을 브로크먼에게 건네자 경위는 양식을 확인한 뒤 테이블 위로 보슈에게 밀어 보냈다. 보슈는 서명란에 재빨리 휘갈겨 썼다. 그에겐 익숙한 양식이었다. 브로크먼에게 도로 밀어 보내자 그는 보지도 않고 옆으로 밀쳐놓았다. 그 바람에 보슈가 서명란에 휘갈겨놓은 "좆 까지 마!"라는 글씨를 보지 못했다.

"좋아. 이제 시작하지. 보슈, 지난 72시간 동안 어디 있었는지 말해주겠나?"

"먼저 몸수색부터 하고 싶지 않소? 자네 생각은 어때, 제리?"

보슈는 일어나서 윗도리를 열고 무기가 없다는 걸 보여주었다. 이런 식으로 조롱하면 반대로 꼼꼼한 수색은 하지 않을 거라는 계산에서 한 쇼였다. 지갑 속에 든 파운즈의 배지를 그들이 찾아낸다면 결정적 증거물로 생각할 것이고, 그러면 심한 곤경에 처하게 된다.

"앉아, 보슈!"

브로크먼이 소리쳤다.

"당신 몸까지 뒤질 생각은 없어. 우린 최대한 편의를 봐주려고 애쓰는데 자넨 오히려 우릴 무척 어렵게 만드는군."

보슈는 의자에 기대앉아 잠시 느긋한 표정을 지었다.

"자, 다녀온 곳들을 얘기해 봐. 시간이 무한정 있는 건 아냐."

보슈는 잠시 생각해 보았다. 그들이 원하는 그의 알리바이 범위가 72시간이나 된다는 것이 우선 놀라웠다. 도대체 파운즈에게 어떤 일이 벌어졌기에 그의 사망시간 범위를 좀 더 좁힐 수가 없었던 걸까?

"72시간 전이라. 그렇다면 금요일 오후가 되겠군. 난 그때 차이나타운의 50-1-50 빌딩에 있었소. 그러고 보니 깜박 잊고 있었네. 난 10분 내로 거기 출석해야 합니다. 자, 그럼 이만 실례하겠소."

그는 엉거주춤 일어섰다.

"앉게, 보슈. 그 문젠 우리가 처리해 줄 테니 앉아."

보슈는 다시 앉아 입을 꾹 다물었다. 그렇지만 카르멘 히노조스의 상담치료를 빼먹게 된 것은 진심으로 서운하게 느껴졌다.

"빨리 불어 봐, 보슈. 그 후엔 어디 갔었어?"

"시시콜콜 다 기억하진 못하지만 그날 저녁 식사는 레드 윈드에서 했소. 그다음 에피센터로 가서 술도 몇 잔 걸쳤지. 그리고 10시쯤 공항으로 가서 야간 비행기를 타고 플로리다 주 탬파로 날아갔죠. 거기서 주말을 보내고 한 시간 반쯤 전에 집으로 돌아와 봤더니 당신들이 불법침입을 했더군."

"불법침입 아니야. 영장이 있어."

"난 못 봤는데."

"신경 꺼. 플로리다엔 왜 갔나?"

"그냥 갔던 것 같은데. 내가 왜 갔을 것 같습니까?"

"증명할 수는 있나?"

보슈는 주머니 속에 손을 집어넣더니 탑승권 영수증이 꽂힌 항공사 폴더를 꺼내어 경위에게 건네주었다.

"우선 탑승권 영수증이 그 안에 있을 거고, 아마 렌터카 영수증도 함께 있을 거요."

브로크먼은 재빨리 폴더를 열고 내용물을 살펴보았다. 그리곤 고개를 숙인 채 물었다.

"거기서 뭘 하고 있었나?"

"정신과 의사인 히노조스가 나더러 나가보라고 했소. 그래서 나는 플로리다가 어떨까 생각했죠. 거긴 한 번도 가본 적이 없고, 난 평생 오렌지 주스를 좋아했거든. 그래서 플로리다로 가서 안 될 것 없지, 라고 생각했죠."

브로크먼은 다시 당황했다. 얘기가 이런 식으로 돌아갈 줄은 몰랐던 것이다. 보슈의 눈에는 빤히 보였다. 대부분의 경찰들은 용의자나 증인과의 첫 번째 신문이 얼마나 중요한지 결코 깨닫지 못한다. 첫 번째 신문은 다른 신문들에 정보를 제공할 뿐만 아니라 뒤이은 법정 증언에도 영향을 미친다. 그래서 단단히 준비해야 하는 것이다. 법관들과 마찬가지로 신문하는 형사도 질문을 던지기 전에 그에 대한 대답을 미리 알고 있어야만 한다. 내사과에 소속된 형사들은 부서 자체의 위압감에 많이 의존하기 때문에 신문에 대비한 준비자세가 거의 되어 있지 않았다. 그래서 지금처럼 벽에 부딪히면 어찌할 바를 몰라 당황했다.

"좋아, 보슈. 음, 플로리다에선 뭘 했지?"

"마빈 게이가 부른 노래 들어본 적 있어요? 그가 살해되기 전에 불렀다는 노래. 그걸 뭐라고 하더라…."

"도대체 무슨 소릴 하고 있는 거야?"

"성적인 치유. 섹스가 영혼에 이롭다고 했어요."

"들어본 적 있어요."

톨리버가 쏙 끼어들자 브로크먼과 보슈가 동시에 그를 돌아보았다.

"죄송해요."

그는 금방 꼬리를 내렸다.

"그게 무슨 소리냐고 물었네, 보슈 형사."

브로크먼이 다시 다그쳤다.

"나는 지금 대부분의 시간을 거기서 사귄 한 여자와 보냈다는 얘길 하고 있는 겁니다. 그리고 나머지 시간은 낚시 가이드와 보트를 타고 멕시코 만에서 보냈어요. 그러니까 대부분의 시간을 사람들과 함께 있었다는 말이지. 나 혼자 있었던 시간은 너무 짧아서 여기까지 날아와 파운즈를 죽일 순 없다는 계산이 나오지. 난 그가 언제 죽었는지도 모르지만 당신이 지금 헛다리를 짚고 있다는 건 알아, 브로크먼. 왜냐하면 엉뚱한 사람을 붙잡고 실랑이를 하고 있으니 말이오."

보슈는 말을 조심스럽게 가려서 했다. 자신의 개인적 수사에 대해 그들이 얼마나 알고 있는지 모르는 상태에서 불가피한 경우가 아니면 한 마디도 건네주고 싶지 않았기 때문이다. 그들은 살인사건 파일과 증거물 상자를 가지고 있지만, 그것들에 대해서는 어떤 식으로든 설명할 수 있을 거란 생각이 들었다. 공항에서 여행가방에 쑤셔 넣은 수첩도 지금 그들의 손아귀에 있었다. 거기엔 재스민과 매키트릭의 주소 및 전화번호, 라스베이거스에 있는 에노의 집 주소, 사건에 대한 여러 가지 메모들이 적혀 있었다. 하지만 그들은 그 기록들의 의미를 읽어내지 못할지도 모른다고 그는 생각했다. 행운이 그에게 있다면.

브로크먼이 윗도리 안주머니에서 수첩과 볼펜을 꺼내놓고 말했다.

"좋아, 보슈. 그 여자와 낚시 가이드의 이름을 불러 봐. 난 그들의 전화번호와 모든 정보들이 필요해."

"난 그렇게 생각 안 합니다."

브로크먼의 눈이 쟁반만 해졌다.

"당신이 어떻게 생각하든 상관없어. 이름들을 대."

보슈는 테이블만 빤히 바라보며 입을 꾹 다물고 있었다.

"보슈, 당신이 간 곳들을 다 얘기했으니 이제 우리가 그 확인을 해봐야지."

"내가 어디 있었는지 다 알고 있고, 난 그걸로 충분하다고 생각합니다."

"당신이 주장하는 것처럼 깨끗하다면 우리가 검증할 수 있도록 해줘야지. 그래야 조사가 진척될 것 아닌가?"

"비행기 탑승권과 렌터카 영수증을 건네줬잖소. 나는 불필요하게 그 사람들을 이런 일에 끌어들이고 싶지 않소. 그들은 좋은 사람들이고, 당신과는 달리 나를 좋아하는 사람들이오. 나와 그들 사이의 인간관계를 당신이 마구 짓밟도록 내버려둘 수는 없죠."

"당신한테는 선택권이 없어, 보슈."

"천만에, 있지. 지금은 있어. 당신이 나를 입건하고 싶다면 맘대로 해요. 그때 나도 그들을 불러들여 당신 불알을 걷어차게 해줄 테니까. 당신이 빌 커노스를 벽장에 보냈을 때 경찰국 내에서 당신의 인간관계가 얼마나 더러워졌는지 기억해요? 이 사건을 그런 식으로 다뤘다간 더 지독한 문제를 겪게 될 거요. 난 그 사람들 이름을 말해 줄 수 없어. 당신 수첩에 꼭 적고 싶다면 내가 '좆 까지 마.'라고 진술했다고 적으시오. 그걸로 다 커버될 테니까."

브로크먼 경위는 얼굴이 붉으락푸르락해지며 한동안 말을 내뱉지 못했다.

"내 생각을 알고 싶나? 난 아직도 당신이 죽였다고 생각해. 사람을 고용해서 그를 해치우고 당신은 플로리다로 살짝 도망가서 이 근처엔 얼씬도 안 했겠지. 낚시 가이드라고? 그런 개똥 같은 소릴 우리한테 믿으라는 거야? 여자랑 시간을 보냈다고? 그게 누군데? 기껏해야 술집에서 꿴 창녀겠지. 50달러 주고 알리바이를 제공하기로 했나? 아니면 백 달러까지 올려줬나?"

단 한 차례의 폭발적인 동작으로 보슈는 테이블을 왈칵 떠밀어 눈 깜짝할 사이에 브로크먼을 사정없이 박아버렸다. 미끄러져 나간 테이블이 그의 가슴을 후려치자 앉아 있던 의자가 벽 쪽으로 기울어졌다. 보슈는 테이블을 두 손으로 밀어 브로크먼이 벽에 꼭 끼어 꼼짝달싹 못하게 만들었다. 그리곤 반대쪽 벽에 닿을 때까지 자기가 앉은 의자를 뒤로 쭉 빼더니 왼쪽 발을 들어 올려 테이블을 괴었다. 숨을 쉴 수 없게 된 브로크먼의 얼굴이 더 처참하게 일그러졌다. 눈알도 곧 튀어나올 것만 같았다. 그렇지만 버틸 곳이 없는 상태라 자신만의 힘으로는 테이블을 밀어낼 수가 없었다.

톨리버는 반응이 느렸다. 그는 깜짝 놀라 한참 동안 브로크먼을 쳐다보며 명령을 기다리는 것 같았다. 그러다 벌떡 일어나 보슈에게 대들었을 때는 이미 늦었다. 젊은이의 주먹을 살짝 피한 보슈는 그를 회의실 구석에 있는 야자나무 화분 위로 던져버렸다. 그 순간 옆 사무실 문이 열리며 어떤 사람이 들어오는 것이 보슈의 시야 한 끝에 잡혔다. 하지만 톨리버를 던져버린 힘의 반작용으로 앉아 있던 의자가 뒤로 넘어지며 그의 육중한 몸집이 그 사람 위로 무너지고 말았다. 고개를 돌리고 뒤를 살펴보니 어빙 부국장이었다.

"움직이지 마, 보슈!"

어빙이 그의 귀에 대고 소리쳤다.

"이제 그만 진정하라고!"

보슈가 명령에 복종하며 양순한 태도를 보이자 어빙은 그를 놓아주었다. 보슈는 그래도 잠시 누워 있다가 테이블 모서리를 붙잡고 몸을 일으켰다. 일어나서 보니까 브로크먼이 두 손으로 가슴을 붙잡고 캑캑거리며 가쁜 숨을 몰아쉬고 있었다. 어빙이 진정하라는 듯 보슈의 가슴을 손으로 밀며 그가 다시 브로크먼에게 달려들지 못하게 막았다. 톨리버는 쓰러진 야자나무 화분을 일으켜 세우고 있었다. 그런데 뿌리째 뽑혀버려서 잘 세워지지 않았다. 톨리버는 하는 수 없이 나무를 벽에 기대어 세웠다. 어빙이 그를 가리키며 소리쳤다.

"너, 나가."

"네, 부국장님. 그런데…."

"나가라니까!"

톨리버는 재빨리 문을 열고 복도로 나가버렸다. 브로크먼은 그제야 간신히 제 목소리를 회복했다.

"보… 보슈, 이 개자식, 네놈을… 감옥에 처넣고야 말겠어. 너…."

"아무도 감옥에 안 가."

어빙이 엄숙하게 말했다.

"감옥에 갈 사람은 없다고."

부국장은 심호흡을 하기 위해 잠시 쉬었다. 보슈는 어빙이 방 안에 있던 다른 사람들 못지않게 숨차 한다는 걸 알았다.

"이 문제에 대해선 아무 추궁도 않겠어."

어빙이 마침내 말을 이었다.

"경위, 자넨 그의 화를 돋우다가 그 꼴을 당한 거야."

어빙의 말투는 더 이상의 논쟁을 허락하지 않았다. 브로크먼은 여전히 헐떡이며 두 팔꿈치를 테이블 위에 올려놓고 손가락으로 머리를 빗어 올렸다. 제 딴은 아직 평상심을 잃지 않았다는 걸 보여주려고 애쓰는 모양이었지만 누가 봐도 그에게 남은 건 패배뿐이었다. 보슈를 돌아보는 어빙의 얼굴에는 분노가 어려 있었다.

"그리고 보슈, 자넨 도대체 어떻게 해야 좋을지 모르겠어. 말썽을 꽁무니에 달고 다니니 말이야. 저 친구가 하는 일을 잘 알잖아? 자네 자신도 하는 일이니까. 그런데 거기 앉아 그걸 못 참아내나? 도대체 어떻게 되어먹은 인간이야?"

보슈는 아무 대꾸도 하지 않았다. 어빙이 대답을 듣고 싶어 하는 것 같진 않았기 때문이다. 브로크먼이 기침을 하자 어빙이 돌아보며 물었다.

"괜찮아?"

"그런 것 같습니다."

"병원에 가서 체크를 해 봐."

"아닙니다. 괜찮습니다."

"좋아. 그러면 사무실로 내려가서 좀 쉬게. 나는 보슈와 대면시켜야 할 또 한 사람이 있으니까."

"저는 신문을 계속하고 싶습니다만…."

"신문은 끝났네, 경위. 자네가 날려버렸어."

그리곤 보슈를 돌아보며 말했다.

"자네도 마찬가지야."

32 위험하고 사악한 존재

어빙은 보슈를 회의실에 혼자 남겨두고 나가버렸다. 그러자 잠시 후 카르멘 히노조스가 문을 열고 들어왔다. 그녀는 브로크먼이 앉았던 의자에 앉더니 분노와 실망이 담긴 듯한 눈으로 보슈를 바라보았다. 그렇지만 보슈는 그녀의 눈길에 조금도 위축되지 않았다.

"해리, 난 정말 믿을 수가…."

그는 손가락을 자기 입술로 가져가며 그녀를 침묵시켰다.

"뭐예요?"

"우리들의 상담치료는 아직도 비밀입니까?"

"물론이죠."

"여기서도 말입니까?"

"그럼요. 왜 그러세요?"

보슈는 일어나서 카운터 위의 전화기로 걸어갔다. 그리곤 회의용 전화로 연결된 버튼을 눌러 꺼버린 뒤 제자리로 돌아왔다.

"고의로 켜둔 건 아닐 거예요. 안 그래도 어빙 부국장한테 말하려던 참이었어요."

"당신은 즉시 말하려고 했겠죠. 저 전화기의 목적은 너무 분명하니까. 아마 이 방엔 도청장치가 되어 있을 겁니다."

"설마요, 해리. 여긴 CIA가 아니에요."

"네, 아니죠. 하지만 더 나쁠 때도 있어요. 내 말은 어빙이나 내사과에서 아직 엿듣고 있을지 모른다는 겁니다. 그러니까 말조심해요."

카르멘 히노조스는 화난 것처럼 보였다.

"난 편집증 환자가 아니에요, 박사님. 이전에 당했던 일입니다."

"좋아요. 걱정 마세요. 누가 엿듣건 말건 상관없어요. 난 당신이 한 행동을 믿을 수 없어요. 무척 슬프고 실망스러웠죠. 우리들의 상담은 뭐였죠? 아무것도 아니었나요? 나는 저 방에 앉아 당신을 나한테 맨 처음 오게 만들었던 행동과 똑같은 폭력에 의존하는 소리를 듣고 있었어요. 해리, 이건 장난이 아니에요. 엄연한 현실이라고요. 그리고 나는 당신의 미래를 결정할 수도 있는 판단을 내려야만 해요. 이런 행동은 그것을 더욱 어렵게 만들어요."

보슈는 그녀의 말이 다 끝날 때까지 기다렸다가 물었다.

"저 방에서 어빙과 줄곧 같이 있었습니까?"

"네. 그가 전화를 해서 상황을 설명한 뒤 들어와 달라고 청했어요. 그래서 나는…."

"잠깐만요. 시작하기 전에 몇 가지만 물어보죠. 어빙과 얘기를 나눴습니까? 우리들의 상담치료에 대해서 말입니다."

"아니죠. 물론 아니에요."

"좋아요. 환자와 의사 관계에서 나에 대한 보호를 포기하지 않는다는 점을 다시 확인하고 싶어요. 그 점에선 아무 문제가 없겠죠?"

그러자 여자는 얼굴을 돌렸다. 보슈는 그녀의 얼굴에 어린 분노를 볼 수 있었다.

"나한테 그런 말을 하는 게 얼마나 큰 모욕인지 아세요? 부국장이 명령한다고 해서 상담치료에 대해 내가 그에게 말할 것 같은가요?"

"그런 명령을 했습니까?"

"나를 전혀 신뢰하지 않는군요."

"명령했어요?"

"안 했어요."

"다행이군요."

"나만 안 믿는 게 아니라 모든 사람을 안 믿는군요."

보슈는 말이 빗나갔다는 것을 알았다. 그렇지만 히노조스의 표정엔 분노보다 고통이 더 많이 어려 있음을 알 수 있었다.

"미안합니다. 당신 말이 옳아요. 그런 말은 하는 게 아니었는데. 난 단지… 모르겠군요. 난 여기서 코너에 몰렸어요, 박사님. 그럴 경우엔 누가 내 편인지 내 편이 아닌지 잊어버릴 때가 많잖아요."

"그렇죠. 그리고 내 편이 아니라고 여겨지는 사람들에겐 당연한 것처럼 폭력으로 대응하고 있어요. 이건 보기에 좋지 않네요. 아주 많이 실망스러워요."

보슈는 그녀로부터 눈길을 돌려 구석에 있는 야자나무 화분을 보았다. 어빙은 회의실에서 나가기 전에 자기 손을 검은 흙으로 더럽혀가며 나무를 다시 심었다. 그런데도 보슈의 눈에는 나무가 약간 왼쪽으로 기울어져 보였다.

"그래서 당신은 여기서 뭐 하는 겁니까?"

그는 히노조스에게 물었다.

"어빙이 원하는 게 뭐죠?"

"그는 내게 자기 사무실로 와서 회의용 전화를 통해 당신과의 신문 과정을 들어보라고 했어요. 파운즈 경위의 죽음에 대한 당신의 대답을 듣고 나서 나의 견해를 말해 달라고 하면서요. 그런데 당신이 신문자를 공격한 덕분에 그는 나의 견해가 필요 없게 되었죠. 현시점에서 당신은 동료 경관들에게 폭력을 휘두르는 경향이 있다는 건 분명해요."

"그건 헛소리요. 당신도 그걸 알아. 젠장, 내가 여기서 경관인양 가장하고 있는 그 자식한테 한 행동은 그들이 내가 했다고 생각하는 것과는 전혀 달라요. 당신은 아주 동떨어진 얘기를 하고 있고, 그걸 깨닫지 못한다면 당신은 전혀 맞지 않는 일로 생계를 꾸려가고 있는 겁니다."

"난 그렇게 생각하지 않아요."

"사람을 죽여본 적 있습니까, 박사님?"

그 질문을 던지고 나자 재스민에게 털어놓았던 고백이 떠올랐다.

"그야 없죠."

"난 있어요. 그 기분은 정장 차림으로 잘난 척하는 뺀질이를 두들겨 패는 것과는 많이 다르죠. 엄청 달라요. 뺀질이를 한두 대 팰 수 있다고 살인도 할 수 있을 거라고 생각한다면, 그 사람은 아직 한참 더 배워야 합니다."

두 사람은 잠시 동안 침묵 속으로 빠져들며 분노가 가라앉기를 기다렸다.

"그래서 어떻게 하기로 했죠?"

그가 마침내 물었다.

"모르겠어요. 부국장은 당신을 진정시켜 달라고만 했어요. 그는 다음 단계를 생각하고 있는 것 같아요. 그렇지만 나는 당신을 제대로 진정시키지 못하고 있는 것 같군요."

"맨 처음 여기 와서 신문 과정을 들어보라고 부탁할 땐 뭐라고 하던가요?"

"그냥 나한테 전화해서 상황을 설명한 뒤 이 과정에 참석해 달라고 했어요. 그런데 이걸 이해해야만 해요. 당신이 비록 당국과 문제가 있다 하더라도, 부국장은 당신의 업무복귀에 대한 결정권을 쥐고 있다고 생각해요. 부국장은 당신이 파운즈의 죽음에 관여했을 거라곤 보지 않는 것 같았어요. 적어도 직접은 말이죠. 그렇지만 가능한 용의자로 신문할 필요는 있다고 본 거죠. 신문 과정에서 당신이 조금만 참았더라면 이대로 끝날 수도 있는 일이었어요. 그들은 당신의 플로리다 얘기를 확인하겠지만 그걸로 끝나겠죠. 난 그들에게 당신이 플로리다로 간다고 나한테 말했다는 얘기까지 했어요."

"난 그들이 확인하는 게 싫었어요. 그 사람들을 끌어들이고 싶지 않아서."

"하지만 그러기엔 너무 늦었어요. 부국장은 당신이 뭔가 벌이고 있다는 걸 알아요."

"어떻게 말입니까?"

"나한테 들어오라고 전화했을 때 당신 어머니의 사건 파일에 대해 말했어요. 살인사건 파일 말예요. 당신 집에서 발견됐다고 하더군요. 그뿐만 아니라 보관하고 있던 증거물도 찾아냈다고 했어요."

"그래서요?"

"당신이 그것들을 가지고 뭘 하고 있는지 아느냐고 나한테 물었죠."

"그러면서 우리가 상담치료에서 얘기한 내용들을 불라고 했겠군요."

"간접적으로요."

"내겐 꽤 직접적으로 들리는데요. 그가 특별히 내 어머니의 사건이라고 말하던가요?"

"네, 그랬어요."

"그래서 뭐라고 했습니까?"

"의사는 상담치료에서 환자와 나눈 대화를 누구한테도 옮길 수 없다고 했죠. 그는 불만이었어요."

"아마 그랬겠죠."

또 한 차례의 침묵이 둘 사이에 끼어들었다. 히노조스의 눈길이 회의실 안을 방황했다. 보슈의 눈길은 그녀의 눈 위에 머물렀다.

"파운즈에게 일어난 일에 대해선 얼마나 알고 있습니까?"

"아주 조금."

"어빙이 당신한테는 얘기했을 텐데요. 당신도 물어봤을 거고."

"부국장은 파운즈가 일요일 저녁 자기 자동차 트렁크 안에서 발견되었다고 했어요. 그 안에 얼마 동안 있었던 것 같아요. 아마 하루쯤. 부국장 말로는 시신에 고문 흔적이 있다고 했어요. 특히 가학적인 절단이라고 하더군요. 자세한 얘기는 하지 않았어요. 절단은 파운즈가 죽기 이전에 행해졌다는 걸 알아냈다고 했어요. 엄청난 고통을 겪었을 거라더군요. 부국장은 당신이 혹 그런 짓을 할 수 있는 타입인지 알고 싶어 했죠."

보슈는 아무 말도 하지 않았다. 범죄현장을 마음속에 그리고 있던 그는 죄책감이 왈칵 되살아나며 갑자기 구역질이 나려고 했다.

"암튼 난 아니라고 대답했어요."

"뭐라고요?"

"부국장에게 당신은 그런 타입의 인간이 아니라고 했다고요."

보슈는 고개를 끄덕였다. 하지만 그의 생각은 벌써 까마득히 먼 곳을 다시 헤매고 있었다. 파운즈에게 일어난 일이 분명해지면서 그런 일이 일어나도록 만든 것에 대한 자책감이 밀려왔다. 비록 법적 책임은 없다 하더라도 도덕적 비난은 피할 수 없었다. 파운즈는 그가 경멸했던 인간이었다. 보슈는 자신이 본 어떤 살인자들보다도 파운즈를 더 나은 인간으로 평가할 수가 없었다. 그렇지만 죄책감은 그의 어깨를 무겁게 짓눌렀다. 그는 손바닥으로 얼굴을 세게 문지른 뒤 손가락으로 머리카락을 쓸어 올렸다. 찌릿한 전율이 몸속을 꿰뚫고 지나가는 느낌이었다.

"왜 그러세요?"

히노조스가 걱정스런 표정으로 물었다.

"별일 아닙니다."

보슈는 담배를 꺼내 입에 물고 BIC 라이터로 불을 붙이기 시작했다.

"해리, 참아요. 여긴 내 사무실이 아니에요."

"괜찮아요. 그는 어디서 발견됐습니까?"

"네?"

"파운즈 말이에요. 어디서 찾았습니까?"

"그의 자동차 말예요? 모르겠어요. 물어보지 않았어요."

여의사는 그를 조용히 살펴보았다. 보슈는 담배를 쥔 자기 손이 가늘게 떨리고 있다는 걸 알았다.

"떨고 있군요, 해리. 무슨 일이죠? 대체 왜 그래요?"

보슈는 그녀를 한참 바라보더니 이윽고 머리를 끄덕이며 말했다.

"이유를 알고 싶소? 그래요, 내가 했어요. 내가 그를 죽였다고요."

여자의 얼굴은 피가 튀는 살인현장을 눈앞에서 직접 본 사람처럼 하얗게 변했다. 겁에 질린 얼굴, 혐오감에 사로잡힌 표정이었다. 그리곤 보슈와의 간격을 1센티라도 더 벌일 필요가 있다는 듯 의자를 뒤로 물렸다.

"그러면 플로리다로 갔다는 얘기는…."

"아니, 내 손으로 직접 죽였다는 얘기가 아니라 내가 하는 일 때문에 죽었다는 뜻이오. 그러니까 결국 내가 그를 죽게 만든 셈이죠."

"그걸 어떻게 알아요? 당신은 확실히 알 수 없는…."

"알아요. 내 말 믿으세요. 난 알 수 있어요."

그는 여자로부터 눈길을 돌려 벽에 걸린 그림을 바라보았다. 해변의 전경을 묘사한 것이었다. 다시 히노조스를 돌아보며 그는 말했다.

"이상해요."

그렇게 운을 떼곤 머리를 절제절레 저었다.

"뭐가요?"

그는 의자에서 일어나 야자나무 화분의 흙 속에 담배꽁초를 쑤셔 박았다.

"뭐가 이상하죠, 해리?"

그는 다시 의자에 앉아 정신과 의사를 바라보며 말했다.

"이 세상의 소위 지식인들 말예요. 문화와 예술과 정치, 심지어 법 뒤에 숨어서 온갖 못된 짓을 하고 있는 사람들. 조심스레 감시해야 할 인간들은 바로 그들입니다. 그들이 얼마나 완벽한 위선의 가면을 쓰고 있는지 아세요? 그들이야말로 이 세상에서 가장 위험하고 사악한 존재들입니다."

33 외로운 사명

보슈에게 그날은 도무지 끝날 것 같지 않은 날이었다. 그 회의실에서 영영 못 나갈 것처럼 느껴지기도 했다. 닥터 히노조스가 나가자 이번엔 어빙 부국장 차례였다. 그는 조용히 들어오더니 브로크먼이 앉았던 자리에 앉아 테이블 위에 두 손을 포개놓고는 입을 꾹 다물었다. 짜증난 표정이었다. 보슈는 그가 담배냄새를 맡았기 때문이라고 생각했다. 그러거나 말거나 아랑곳 않겠지만 그의 침묵은 거북하게 느껴졌다.

"브로크먼은 안 들어옵니까?"

"갔어. 아까 내가 한 말 들었잖아. 그 친구가 신문을 망쳤다고. 자네도 거들었지만."

"어째서 그렇죠?"

"행선지를 그대로 말하면 되잖아. 그 친구가 확인하도록 했으면 간단히 끝났을 일이야. 그런데도 자넨 적을 또 하나 만들었어. 해리 보슈다운 짓이지."

"그게 부국장님과 제가 다른 점입니다. 가끔 사무실에서 나가 거리를 다녀보셔야 한다니까요. 전 브로크먼을 적으로 만든 적 없어요. 그자는 만나기도 전에 제 적이었죠. 그자들 모두가요. 그리고 말이죠, 전 그들 모두가 절 분석한답시고 제 똥구멍에 코를 쑤셔 박고 킁킁대는 데는 이제 지쳤어요. 정말 지겹다고요."

"누군가는 해야 할 일이야. 자네가 안 하니까."

"부국장님은 그것에 대해 전혀 모르십니다."

어빙은 보슈의 구차한 변명을 담배연기 쫓듯 손을 저어 물리쳤다.

"그래서 이번엔 뭡니까?"

보슈는 따지고 들었다.

"왜 들어오셨죠? 제 알리바이를 깨고 싶습니까? 브로크먼이 아웃되자 부국장님이 구원등판 하셨군요."

"자네 알리바이를 깰 필요는 없어. 이미 확인하고 대충 밝혀진 것 같으니까. 브로크먼과 톨리버에겐 다른 단서에 대한 조사를 지시했어."

"확인했다는 건 무슨 뜻입니까?"

"그쯤 해두게, 보슈. 자네 수첩에 이름들이 다 적혀 있었어."

어빙은 코트 주머니에서 수첩을 꺼내어 보슈에게 던져 주었다.

"자네와 함께 시간을 보냈다는 이 여자, 내가 납득할 만큼 충분히 설명해 주더라고. 그렇지만 자네가 직접 전화하고 싶겠지. 내 전화에 그 여자는 약간 당황한 것 같으니까. 내 설명은 너무 신중했던 것 같거든."

"감사합니다. 그렇다면 이제 전 가도 되겠군요?"

보슈는 의자에서 일어났다.

"법적으론 그렇지."

"도덕적으론 가선 안 됩니까?"

"잠시만 앉아 봐, 보슈 형사."

보슈는 두 손을 들었다. 어차피 벌어진 일이었다. 갈 데까지 가보고 끝까지 들어보자고 마음먹었다. 그래서 의자에 도로 털썩 앉으며 약간 투덜거렸다.

"하도 오래 앉아 있었더니 엉덩이가 다 얼얼하네."

어빙이 다시 시작했다.

"난 제이크 매키트릭을 잘 알아. 옛날에 할리우드 경찰서에서 함께 근무했거든. 자네도 그건 벌써 알고 있지. 옛 동료들과 연락하는 건 꽤 기분 좋은 일이지만, 내 옛 친구 제이크와 나눈 대화는 별로 즐겁지 않았어."

"부국장님도 그분께 전화하셨군요."

"자네가 히노조스와 얘기하는 동안 전화를 했지."

"그렇다면 저한테 원하는 게 뭡니까? 매키트릭 씨한테 다 들으셨다면 뭐가 또 남았죠?"

어빙은 손가락들로 테이블을 토도독 두들겼다.

"내가 원하는 것? 자네가 지금 하고 있는 것, 지금까지 해온 것이 파운즈 경위가 당한 일과는 아무 관계도 없다고 자네 입으로 말해 주기 바라네."

"그럴 순 없습니다, 부국장님. 파운즈 경위가 죽었다는 것 외엔 그에게 무슨 일이 일어났는지 알아야 말을 하든 말든 하죠."

어빙은 보슈를 한참 동안 살펴보았다. 그를 공평하게 대접하여 사건 전말을 얘기 해줄지 말지 심사숙고하는 것 같았다.

"난 자네가 즉각 부인할 줄 알았네. 자네 대답은 이미 어떤 연관성이 있을 것으로 생각하고 있다는 뜻이니까. 난 그게 무척 신경 쓰여."

"모든 게 가능하죠, 부국장님. 이런 질문을 드려볼까요? 아까 브로크먼과 톨리버가 다른 단서들을 조사하러 나갔다고 했죠. 그 단서들은 실제로 있는 겁니까? 제 말은 파운즈가 비밀스러운 생활을 영위해서 그 꼬리를 잡으러 나간 거냐고요?"

"드러난 건 없어. 브로크먼은 자넬 가장 유력한 용의자로 본 것 같아. 아직 그렇게 생각하고 있어. 자네가 청부업자를 고용하여 일을 맡긴 뒤 알리바이를 꾸미기 위해 플로리다로 날아갔다는 이론을 더 캐보고 싶어 해."

"그럴듯한 이론이죠."

"난 신뢰성이 좀 떨어진다고 봐. 그래서 그에게 당분간 접어두라고 했지. 그러니 자네도 지금 하고 있는 일을 그만 접게. 플로리다에서 만났다는 그 여자는 함께 시간을 보낼 만해 보이던데. 그러니까 비행기 타고 그 여자한테 다시 날아가게. 두어 주일 더 놀다 오란 말이야. 그때쯤은 할리우드 살인반 복귀 문제를 의논해볼 수 있지 않겠나?"

보슈는 어빙이 방금 한 말에 협박이 숨어 있는지 확신할 수가 없었다. 협박이 아니라면 뇌물일 것이다.

"제가 싫다면요?"

"싫다고 하면 바보지. 그러면 자네한테 무슨 일이 일어나든 자네 탓이야."

"부국장님은 제가 뭘 하고 있다고 생각하십니까?"

"생각하는 게 아니라 알고 있어. 쉽지. 자넨 모친의 살인 사건 파일을 꺼냈어. 왜 이런 특별한 시기에 그걸 빼내들었는지는 모르겠네만, 자네가 임의로 수사 활동을 벌인다면 우리에겐 문제가 되지. 그러니까 그만두라고, 해리. 관두지 않으면 내가 막겠네. 영원히 눌러버리겠어."

"누굴 보호하고 있는 겁니까?"

보슈는 어빙의 얼굴이 분노로 시뻘겋게 달아오르는 걸 보았다. 격노로 인해 그의 두 눈이 점점 작아지며 어두워지는 것 같았다.

"그딴 소리 함부로 지껄이지 마. 난 경찰에서 내 일생을 다 바쳐…."

"바로 당신이었어요, 아닙니까? 마저리 로우를 알고 있었고, 그녀의 시체를 발견했던 사람도 당신이었죠. 제가 뭔가를 밝혀내어 당신을 그 사건에 끌어들일까 봐 두려운 겁니다. 매키트릭이 전화로 얘기한 모든 것에 대해 당신은 이미 다 알고 있었어요."

"그런 말 같지도 않은 소릴!"

"그래요? 정말요? 전 그렇게 생각지 않습니다. 그 당시 할리우드 대로를 순찰하던 당신을 기억하고 있는 증인을 이미 만나 봤거든요."

"어떤 증인?"

"그 여자는 당신을 안다고 말했어요. 제 어머니가 당신을 알고 있었다는 것도 알고요."

"내가 보호하려는 사람은 자네뿐이야, 보슈. 그걸 모르겠나? 난 자네한테 수사를 중단하라고 명령하고 있네."

"그럴 권리 없어요. 전 이제 당신 부하가 아닙니다. 정직 상태니까요. 덕분에 전 지금 민간인 신분이고, 법을 어기지 않는 한 무슨 짓이든 할 수 있습니다."

"도난당한 살인사건 파일을 소지한 죄로 자넬 입건할 수도 있어."

"그건 도난당하지 않았어요. 게다가 무슨 죄로 입건할 건가요? 경범죄? 검찰청에서 뭐하자는 거냐며 당신을 비웃을 겁니다."

"그렇지만 자넨 일자리를 잃게 돼. 그걸 알아야지."

"그 말도 약간 늦었어요, 부국장님. 일주일 전이었다면 확실한 협박이 되었을 텐데. 저도 고민 많이 했겠죠. 하지만 이젠 개의치 않아요. 그딴 걱정 다 훌훌 털어버렸다고요. 이제 저한테는 이 문제가 가장 중요하고, 그래서 물불을 가리지 않고 할 겁니다."

어빙이 침묵 속으로 빠져들었다. 부국장은 이제 보슈가 자기 손이 미치지 않는 곳까지 나가버렸음을 깨달았다. 보슈의 일자리와 미래는 지금까지 어빙이 쥐고 있던 지렛대였다. 그걸 보슈는 마침내 부러뜨린 것이었다. 이제 자유로워진 그가 다시 차분하고 나지막한 목소리로 말했다.

"만약 부국장님이 저라면 이대로 덮어버릴 수 있겠습니까? 제 어머니를 위해, 그리고 제 자신을 위해 이 일을 하지 않는다면, 제가 경찰이라는 게 도대체 무슨 의미가 있겠어요?"

보슈는 의자에서 일어나 수첩을 윗도리 주머니에 집어넣었다.

"가겠습니다. 제 나머지 물건들은 어디 있죠?"

"안 돼."

보슈는 멈칫하며 어빙을 살펴보았다. 그의 얼굴에서 분노가 가셨음을 알 수 있었다.

"난 잘못한 일 없네."

어빙이 조용히 말했다.

"분명히 잘못하셨어요."

보슈도 조용한 목소리로 대꾸했다. 그는 테이블 위로 상체를 숙이고 자기 얼굴을 부국장 얼굴에 바짝 가져갔다.

"우리 모두가 잘못했습니다, 부국장님. 사건을 그냥 덮어버렸잖아요. 그건 범죄죠. 하지만 더 이상은 안 됩니다. 저만은 절대 못해요. 만약 저를 돕고 싶다면 연락 방법은 아시죠?"

그는 문 쪽으로 걸어갔다.

"원하는 게 뭔가?"

보슈는 그를 돌아보았다.

"파운즈에 대해 말해 주십시오. 무슨 일을 당했는지 알아야겠습니다. 그래야만 마저리 사건과의 관련성을 밝힐 수 있을 테니까요."

"그렇다면 앉게."

보슈는 문 쪽과 가까운 의자에 앉았다. 두 사람 사이에 잠시 침묵이 흐른 후 어빙이 마침내 입을 열었다.

"우린 토요일 밤부터 그를 찾기 시작했네. 그리고 일요일 오후에야 그리피스 공원에서 그의 차를 발견했지. 지진 이후 폐쇄했던 한 터널 안에 있었어. 마치 우리가 공중에서 수색할 줄 알고 터널 속에다 감춘 것처럼 보였어."

"파운즈가 죽었는지 미처 알기도 전에 왜 그를 찾기 시작했습니까?"

"그의 아내 때문이었어. 토요일 아침부터 전화를 해댔지. 금요일 밤에 전화를 받고 나갔는데 소식이 없다는 거야. 전화한 사람이 누군지는 모르지만 암튼 파운즈는 그자를 만나러 집에서 나갔어. 와이프에게 무슨 일로 나가는지도 말하지 않았고 한두 시간 후에 돌아오겠다고만 했대. 그런데 밤새 안 돌아오니까 다음 날 아침 우리한테 전화한 거지."

"파운즈의 집 전화번호는 등록이 안 되어 있을 텐데요."

"그렇지. 그래서 경찰국 내부의 사람일 가능성이 커."

보슈는 그 말을 잠시 생각해본 뒤 말했다.

"꼭 그렇진 않아요. 시내에서 전화가 연결되는 어떤 사람일 뿐이죠. 전화 한 통으로 그의 전화번호를 알게 되는 사람 말입니다. 부국장님이 명령을 내려야 해요. 자진출두해서 그 전화번호를 제출하는 사람은 모두 사면하는 겁니다. 그 전화번호에 해당되는 사람의 이름을 대는 대가로 가볍게 처리하겠다고 하세요. 그 사람이 바로 당신이 찾는 사람입니다. 그 전화번호를 제출한 사람은 무슨 일이 벌어질지 모를 가능성이 큽니다."

어빙은 고개를 끄덕였다.

"좋은 생각이야. 경찰국에는 그의 전화번호를 알아낼 수 있는 사람이 수백 명이나 될 테니까. 다른 방법이 없을 것 같군."

"파운즈에 대해 좀 더 말씀해 주시죠."

"우린 즉시 터널로 달려갔지. 일요일엔 언론사들이 우리가 뭘 찾고 있다는 소문을 다 들었어. 그래서 터널 안이 우리에겐 유리했지. 헬리콥터들이 공중에서 우릴 귀찮게 할 순 없었으니까. 우린 터널 안에 불을 환히 밝혀 놓고 작업할 수 있었어."

"그는 자동차 안에 있었습니까?"

보슈는 전혀 모르는 척 행동했다. 히노조스에게 그 자신의 비밀을 지켜주길 바란다면, 그도 그녀의 비밀을 지켜줘야만 할 것이었다.

"응, 트렁크 안에 들어 있었어. 그런데 참혹하더군. 발가벗긴 상태였는데 온몸에 구타당한 자국이 있었어. 고문을 당한 흔적들도 있었고."

보슈는 기다렸지만 어빙은 입을 꾹 다물었다.

"어떻게요? 어떻게 고문했습니까?"

"불로 지졌어. 성기와 젖꼭지, 손가락 등을. 정말 끔찍하더군."

어빙은 면도기로 깨끗이 민 정수리를 손바닥으로 문지르며 눈을 감았다. 그는 자신이 목격한 그 장면을 지워버리지 못하고 있는 것처럼 보였다. 보슈도 그 얘기를 듣고 나니 마음이 괴로웠다. 죄책감이 바위처럼 가슴을 눌러오는 기분이었다.

"놈들은 파운즈에게 듣고 싶은 것이 있었던 모양이야."

어빙이 얘기를 계속했다.

"하지만 파운즈는 말할 수가 없었어. 그게 뭔지 몰랐으니까. 그래서 놈들은 계속 고문했던 거지."

갑자기 보슈는 지진이 일어난 것처럼 약간의 진동을 느꼈다. 그는 두 손으로 테이블을 짚으며 몸의 균형을 잡았다. 어빙의 얼굴을 쳐다본 그는 진동이 없었다는 걸 알았다. 흔들린 것은 그 자신이었던 것이다.

"잠깐만요."

방이 약간 기울어졌다가 다시 바로 섰다.

"왜 그러나?"

"잠깐만요."

보슈는 의자에서 일어나 말없이 방을 나갔다. 그리곤 식수대 옆에 있는 화장실로 재빨리 걸어갔다. 누군가가 세면대 하나를 차지하고 열심히 면도를 하고 있었지만 보슈는 그를 살펴볼 겨를이 없었다. 칸막이 화장실 안으로 뛰어 들어가기가 바쁘게 변기에 대고 욱 토하고 말았다.

변기 물을 내리자마자 토기가 다시 올라왔고, 몇 차례나 계속 토한 뒤 마침내 속이 텅 비자 고문당해 죽은 파운즈의 벌거벗은 모습만 눈앞에 어른거렸다.

"그 안의 친구, 괜찮은 거요?"

칸막이 밖에서 목소리가 들려왔다.

"혼자 내버려둬요."

"미안, 그냥 물어봤을 뿐이오."

보슈는 칸막이벽에 기대어 잠시 쉬었다. 이윽고 화장지로 입을 닦고 물을 내린 다음 칸막이를 나와 세면대로 비칠거리며 걸어갔다. 면도를 하던 사내는 이제 넥타이를 매고 있었다. 보슈는 거울을 통해 사내를 힐끗 봤지만 모르는 얼굴이었다. 그는 찬물로 얼굴과 입을 씻어낸 뒤 종이 타월로 닦았다. 하지만 거울 속에 비친 자기 모습을 한 번도 쳐다보지 않았다.

"걱정해줘서 고맙소."

화장실을 나가며 그는 사내에게 말했다.

보슈가 자리를 비운 동안 어빙은 꼼짝도 않고 그 자리에 앉아 있었던 것 같았다.

"괜찮은가?"

보슈는 의자에 앉자마자 담배를 꺼내들었다.

"죄송하지만 한 대 피우겠습니다."

"벌써 피웠잖아."

보슈는 불을 붙인 뒤 길게 한 모금 빨아들였다. 그리곤 일어나서 구석에 놓인 쓰레기통으로 걸어갔다. 그 안에서 사용하고 버린 커피 컵을 하나 꺼내어 재떨이로 사용하기 위해 테이블로 가져왔다.

"딱 한 대만 피울 테니 창문 열고 공기를 바꾸려면 바꾸세요."

"흡연은 나쁜 습관이야."

"이 도시에선 호흡도 그래요. 사인은 뭐였습니까? 치명적인 상처 말입니다."

"오늘 아침 부검이 있었어. 심장마비라더군. 지나친 압박으로 심장이 나가버린 거지."

보슈는 잠시 눈을 감았다. 기운이 조금씩 회복되는 느낌이었다.

"남은 얘기도 모두 해주시죠."

"남은 게 없어. 그게 전부야. 현장엔 아무것도 없었어. 시체에도 증거가 될 만한 건 없었고, 자동차도 깨끗해서 조사할 것이 없었네."

"옷들은 어떻게 됐습니까?"

"트렁크 안에 있었지만 아무 도움도 되지 않았네. 그런데 살인자 놈이 기념품 한 가지는 챙겨갔더군."

"그게 뭡니까?"

"파운즈의 신분증. 망할 자식이 그의 배지를 가져갔어."

보슈는 고개를 끄덕이며 눈길을 돌렸다. 두 사람은 한참 동안 조용히 앉아 있었다. 보슈는 현장의 이미지들을 눈앞에서 지워버릴 수 없었고, 어빙도 비슷한 기분인 듯했다. 보슈가 마침내 먼저 입을 열었다.

"그러니까, 구타와 고문을 당해 죽은 그의 모습을 보는 즉시 저를 떠올렸단 말이군요. 의심할 여지도 없이."

"그럴 만도 하잖나. 자넨 두 주일 전에 그의 머리로 유리창을 박살낸 사람이야. 게다가 그 친구는 자네한테 협박당했다고 추가보고서까지 제출했어. 그런 판국에…."

"협박한 적 없습니다. 그건 그의…."

"협박을 했든 안 했든 상관없어. 문제는 그가 추가보고서를 올렸다는 거야. 진실이든 거짓이든 보고서를 올렸을 때는 자네한테 위협을 느꼈다는 얘기지. 우리가 어떻게 해야 하겠나? 무시해버려? 그냥 간단히 '해리 보슈가? 에이, 그럴 리가. 우리의 해리 보슈는 그럴 사람이 아니지.' 이러고 넘어갈까? 그건 좀 웃기는 소리잖아."

"네, 그건 부국장님 말씀이 옳습니다. 그런데 파운즈는 집을 나설 때 자기 부인한테 아무 말도 없었나요?"

"누가 전화를 했고 그는 아주 중요한 사람을 만나러 나가는데 한 시간쯤 걸릴 거라고만 했다는 거야. 이름은 말하지 않았대. 전화가 걸려온 시각은 금요일 밤 9시쯤이었고."

"파운즈가 말한 그대로 부인이 옮긴 말입니까?"

"그럴 거야. 왜?"

"파운즈가 그런 식으로 말했다면 꼭 두 사람이 관여한 것처럼 들려서요."

"어째서?"

"그 말대로라면 한 사람이 다른 중요한 사람과의 만남을 파운즈에게 주선한 것처럼 들리잖아요. 만약 그런 거물이 직접 전화를 했다면 파운즈는 그런 사람이 방금 전화해 와서 그를 만나러 나간다고 아내한테 말했겠죠. 무슨 얘긴지 아시겠어요?"

"알겠어. 하지만 전화한 자가 파운즈를 꾀어내기 위해 거물의 이름을 이용했을 수도 있잖아. 실제로 그 사람은 전혀 관여하지 않았을 지도 몰라."

"그럴 수도 있겠네요. 하지만 무슨 말을 했든 파운즈를 밤에 혼자 나오도록 만들 만큼 믿음직했을 겁니다."

"아마 아는 사람이었겠지."

"어쩌면요. 하지만 그럴 경우 자기 아내에게 이름을 말했겠죠."

"맞아."

"뭘 들고 나가진 않았습니까? 서류가방이나 파일 따위를요."

"우리가 알기론 없어. 사실 부인은 방에서 TV를 보느라 남편이 나가는 걸 보지도 못했대. 우린 그 여자에게 이 모든 걸 다 확인했어. 집 안도 다 체크했지만 없었네. 서류가방은 경찰서 그의 사무실 안에 있었어. 집에 가져가지도 않았단 얘기지. 더 이상 조사할 게 없더라고. 솔직히 자네가 가장 유력한 용의자였는데, 알리바이가 이렇게 완벽하니 할 말이 없군. 그래서 다시 묻겠는데, 자네가 추진해온 일이 이 사건과 무슨 관계라도 있나?"

보슈는 파운즈에게 일어난 일에 대해 자신이 알고 있는 것과 생각했던 바를 어빙에게 그대로 털어놓을 수가 없었다. 하지만 죄책감 때문은 아니었다. 그 자신에 주어진 사명을 완수하고 싶은 바람 때문이었다. 그 순간 그는 복수란 큰 소리로 떠들어서는 절대 안 되는 혼자만의 외로운 사명임을 깨달았다.

"그건 모르겠습니다. 전 파운즈한테 아무 말도 안 했어요. 그런데도 절 못 잡아먹어 안달했죠. 부국장님도 아시잖아요. 죽은 사람한테 좀 뭣한 소리지만 정말 개자식이었어요. 저에 대한 냄새를 맡으려고 코를 땅에 대고 살았을 겁니다. 지난주 제가 어슬렁거리는 걸 본 사람이 여럿 되죠. 이상한 소문을 들은 그가 여기저기 더듬었을 수도 있습니다. 그런데 수사 실력이 별로라 실수를 범했는지 모르죠."

어빙은 찌를 듯한 눈으로 그를 바라보았다. 보슈는 자신이 한 말에서 어느 정도가 사실이고 또 거짓인지 그가 가늠하려 애쓰고 있다는 걸 알았다.

"그는 아주 중요한 사람을 만나러 나간다고 말했습니다."

"그랬지."

"부국장님, 매키트릭이 저와 그곳에서 얘기했던 것에 대해 무슨 내용을 옮겼는지는 모르겠지만, 당신은 옛날 저의 어머니 피살사건에 거물이 연루되었다는 사실을 알고 있습니다. 현장에 계셨으니까요."

"그래, 거기 있었지. 하지만 첫날 이후론 수사에 관여하지 않았어."

"매키트릭이 아노 콘클린에 대해 얘기했습니까?"

"오늘은 안 했어. 옛날에 한 적이 있지. 한 번은 내가 그 사건이 어떻게 처리되고 있느냐고 물었더니 아노한테 물어보라고 하더군. 아노가 누군가를 보호하기 위해 그 일을 떠맡고 있다고 하면서."

"아노 콘클린은 거물이었습니다."

"그런데 지금은? 아직 살아 있다고 해도 노인일 뿐이야."

"아직 살아 있어요, 부국장님. 그리고 이걸 아셔야 합니다. 거물들은 자기 주위를 거물들로 에워싼다는 걸 말이죠. 절대 외톨이가 되는 법이 없어요. 콘클린은 늙었을지 모르지만 주위에 젊은 거물들을 거느리고 있을지 모르죠."

"무슨 얘길 하고 있는 건가, 보슈?"

"절 혼자 내버려두라는 겁니다. 전 이 일을 해야 해요. 저밖에 할 사람이 없어요. 브로크먼과 다른 모든 사람들을 저한테서 물려 달라고 말씀드리고 있습니다."

어빙은 오랫동안 그를 바라보았다. 보슈는 그가 이 일을 어떻게 처리해야 좋을지 모르고 있다는 판단이 들었다. 보슈가 의자에서 일어나며 말했다.

"계속 연락드리겠습니다."

"자넨 나한테 다 말하지 않았어."

"그런 상태가 더 좋습니다."

문을 열고 복도로 걸어 나간 보슈는 깜박 잊었던 걸 기억하곤 다시 회의실로 돌아와 어빙에게 말했다.

"그런데 집엔 어떻게 돌아가죠? 부국장님이 절 이곳으로 데려오셨잖아요."

어빙이 전화기를 집어 들었다.

34 교제금지법

보슈는 5층으로 내려가는 문을 통해 내사과로 갔다. 카운터 뒤에 아무도 앉아 있지 않아서 톨리버가 나타날 때까지 기다렸다. 조금 전 어빙이 그 젊은 형사에게 보슈를 집까지 태워다 주라고 직접 명령했는데도 냉큼 나오지 않고 있었다. 보슈는 그들이 또 한 차례 신경전을 벌이고 있다고 생각했다. 그렇다고 카운터를 돌아 들어가 톨리버를 찾고 싶지는 않았다. 그래서 그의 이름을 외쳐 불렀다. 카운터 뒤쪽에 문이 약간 열려 있어서 톨리버의 귀에 충분히 들렸을 것이었다.

하지만 그 문으로 정작 걸어 나온 사람은 브로크먼이었다. 그는 한참 동안 말 없이 보슈를 노려보기만 했다. 그래서 보슈가 먼저 말했다.

"브로크먼 경위님, 톨리버가 나를 집까지 태워다 주게 됐습니다. 그 외에 다른 용무는 없어요."

"그래, 그것 참 유감이군."

"톨리버나 불러주시오."

"당신 나한테 또 걸리면 그땐 끝장이야. 조심해, 보슈."

"아, 예, 조심합죠."

"그래, 언제 뒤통수를 후려칠지 몰라."

보슈는 고개를 끄덕이며 그의 등 뒤에 있는 문에서 톨리버가 나오기만을 기다렸다. 상황을 악화시키지 않고 집까지 차나 무사히 얻어 타고 가고 싶었다. 더럽고 아니꼬워 그냥 걸어 나가 택시를 잡을까 하는 생각도 했지만, 러시아워에 집까지 타고 가려면 50달러는 들 것 같았다. 수중에 그런 돈도 없었지만, 내사과 신참이 모는 차를 타고 귀가하는 것도 재미있겠다 싶어 꾹 참고 있었던 것이다.

"어이, 살인자?"

브로크먼의 목소리에 보슈는 돌아보았다. 이젠 이 자식이 슬슬 지겨워지기 시작했다.

"살인자끼리 섹스하는 기분은 어땠나? 진짜 끝내줬겠지, 뭐. 안 그러면 플로리다까지 후여후여 날아갔겠어?"

보슈는 냉정을 유지하려고 애썼지만 얼굴이 자신의 그런 의지를 배신하고 있음을 느꼈다. 왜냐하면 브로크먼이 누구에 관한 무슨 얘기를 하고 있는지 금방 알 수 있었기 때문이다.

"무슨 얘길 하고 있는 거요?"

보슈의 놀란 표정을 보자 경위는 환하게 웃으며 말했다.

"우와, 역시 그랬군! 그 여잔 당신한테 입도 뻥끗 안 했어, 그렇지?"

"뭘 뻥끗 안 해요?"

보슈는 카운터 너머로 브로크먼의 멱살을 잡아 끌어올리고 싶었지만 겉으론 끝까지 냉정을 유지했다.

"뭘 뻥끗 안 했냐고? 내가 말해 주지. 난 당신 얘기가 말짱 헛소리 같아서 팍 터트리기로 했거든. 그래야 위층의 미스터 클린이 당신을 보호하지 못하지."

"부국장은 더 이상 날 건드리지 말라고 했잖소. 난 결백하니까."

"엿이나 먹으라고 해. 결백 좋아하시네. 내가 당신 알리바이를 무너뜨리고 나면 어빙도 당신을 잘라낼 수밖에 없을걸."

톨리버가 카운터 뒤 쪽 문에서 걸어 나왔다. 손에는 자동차 열쇠가 들려 있었다. 그는 시선을 내려 깐 채 브로크먼 뒤에 서서 조용히 기다렸다. 경위가 계속 지껄여댔다.

"내가 맨 먼저 한 일이 그 여잘 컴퓨터에 넣고 돌린 거지. 그런데 놀랍게도 전과가 있더군, 보슈. 정말 몰랐나? 그 여자도 살인자였어. 당신처럼. 홀아비 사정 과부가 알아준 격이지. 환상적인 커플이야."

보슈는 그 사건에 대해 묻고 싶은 것이 천 가지는 되었지만 이 사내한테 묻고 싶지는 않았다. 재스민에 대한 감정을 버리기 시작하자 가슴 속에 커다란 구멍이 뚫리는 느낌이었다. 그러고 보니 재즈는 그에게 온갖 표시들을 보여줬지만 자신이 읽지 못했다는 사실을 깨달았다. 그런데도 가슴속으로 가라앉아 꽉 움켜잡는 것은 일종의 배신감이었다.

보슈는 일부러 브로크먼을 무시하고 톨리버를 돌아보았다.

"어이, 애송이, 날 집까지 태워줄 건가 말 건가?"

톨리버는 말 없이 카운터를 돌아나왔다. 브로크먼이 다시 말했다.

"보슈, 난 당신을 교제금지법 위반으로 고발했지만 그 정도로 만족하진 않아."

보슈는 복도 쪽으로 나가는 문을 열었다. LA 경찰국 법규에는 범죄자와 교제하는 것을 금하고 있었다. 브로크먼이 그런 법규를 이용할 것에 대해서는 눈곱만치도 걱정하지 않았다. 보슈가 복도로 나가자 톨리버도 따라 나왔다. 문이 닫히기 직전 브로크먼의 고함 소리가 들려왔다.

"그 여자한테 내 키스를 전해 줘, 살인자!"

35 고독한 형사

집으로 돌아가는 차 안에서 보슈는 톨리버 옆에 앉아 내내 침묵하고 있었다. 가슴속으로 폭포수처럼 떨어지는 생각들 때문에 내사과의 젊은 형사 따위는 무시하기로 했다. 톨리버는 무전기를 켜두었기 때문에 산발적으로 터져 나오는 교신이 차 안에서 오가는 대화처럼 느껴졌다. 그들은 시외에서 퇴근 차량 홍수에 휩쓸려 무지무지하게 느린 속도로 카후엥가 고개를 향해 기어가고 있었다.

한 시간 전의 고통스러운 구토로 보슈는 아직도 배가 살살 아팠고, 그래서 아기를 보듬은 것처럼 두 팔로 아랫배를 끌어안고 있었다. 그는 생각들을 구분해야겠다고 생각했다. 브로크먼이 재스민에 대해 암시한 내용에 대해서는 혼란과 호기심이 많을수록 뒤로 미뤄야 한다는 것을 알았다. 현시점에서는 파운즈에게 어떤 일들이 일어났는지 아는 것이 더 중요했다.

사건들의 고리를 꿰어 맞추려고 애쓰던 보슈는 명백한 결론에 도달했다. 미텔의 파티장에 무작정 뛰어들어 〈LA 타임스〉 스크랩 사본을 건네줬던 것에 대한 반응이 하비 파운즈의 살해로 나타난 것이다. 그가 파운즈라는 이름을 사칭한 탓이었다. 파티장에서 미텔에게 그 이름만 말해줬을 뿐인데, 그들은 진짜 파운즈를 추적해 내어 고문하고 죽여 버린 것이다.

파운즈를 죽음으로 내몬 것은 차량등록국에 건 전화 때문일 거라고 보슈는 짐작했다. 기금모금 행사에서 자신을 하비 파운즈라고 소개한 사내가 위협적인 신문 스크랩을 건넨 것에 놀란 미텔은 자신의 긴 촉수를 뻗어 그자의 정체와 목적이 뭔지 알아봤을 터였다. 미텔은 LA에서 새크라멘토, 워싱턴 D.C.까지 선이 닿아 있었다. 하비 파운즈가 경찰이란 사실을 알아내는 건 식은 죽 먹기였을 것이다. 미텔의 모금운동은 새크라멘토에 여러 명의 의원들을 심어 놓았다. 주도에도 선들이 닿아 있어 누가 자기를 추적하고 있는지 금방 알아낼 수 있었다. 따라서 미텔은 하비 파운즈가 LA 경찰국 경위란 걸 알았을 테고, 그 자신뿐만 아니라 다른 네 명인 아노 콘클린, 자니 폭스, 제이크 매키트릭, 클로드 에노까지도 조회했다는 사실을 확인했을 터였다.

그랬다. 이들 모두는 35년쯤 전 어떤 사건에 연루되어 함께 모의를 했다. 그들 중에서도 미텔은 그 모의의 중심에 있었기 때문에 파운즈 같은 인간이 자기 주위를 기웃거리면 뭣 때문에 그러는지 반드시 확인해야 할 입장이었다. 그 자신이 파운즈라고 생각했던 사내가 파티장에 접근했기 때문에 아마 사기꾼이나 강탈자로 판단했을 것이다. 그런 문제라면 미텔은 해결 방법을 알고 있었다. 자니 폭스가 제거되었던 것처럼.

파운즈가 고문을 당한 이유를 보슈는 알았다. 미텔은 문제가 파운즈에서 더 이상 확대되지 않도록 하기 위해 파운즈가 알고 있는 것을 다른 누가 또 알고 있는지 알아야만 했던 것이다. 그런데 진짜 문제는 파운즈가 쥐뿔도 아는 게 없었다는 사실이다. 아무리 고문을 해도 아는 게 있어야 털어놓지. 결국 심장이 멎고서야 고문은 끝났다.

보슈의 마음속에서 여전히 풀리지 않는 의문은 아노 콘클린이 이 모든 과정을 알고 있었느냐는 것이었다. 보슈는 아직 그를 만나보지 못했다. 그는 미텔에게 접근했던 남자를 알고 있었을까? 콘클린이 파운즈를 치라고 명령했을까, 아니면 순전히 미텔 혼자만의 반응이었을까?

그러자 보슈는 자신의 이론에 다듬어야 할 부분이 있다는 걸 알았다. 미텔은 기금모금 파티장에서 하비 파운즈처럼 행동하는 보슈를 직접 만났다. 파운즈가 고문을 당해서 죽었다는 사실은 그 자리에 미텔이 없었다는 얘기였다. 있었다면 졸개들이 엉뚱한 사람을 때려잡고 있다는 걸 알았을 것이다. 보슈는 늦게라도 그들이 엉뚱한 사람을 죽였다는 사실을 깨닫고 그 자신을 찾아 나서진 않았을까 은근히 걱정되었다.

곰곰이 생각해봐도 미텔이 그 자리에 없었을 거라는 추측은 정확해 보였다. 그자는 피 튀기는 일에는 끼어들 타입이 아니었다. 총잡이들을 간단히 부를 수는 있었겠지만, 총질하는 것을 보고 싶진 않았을 것이다.

보슈는 정장 차림의 서퍼와도 파티장에서 얼굴을 마주쳤던 걸 떠올렸다. 따라서 그자도 파운즈 살해에는 직접 가담하지 않은 것 같았다. 그러고 나니 보슈가 거실 창문을 통해 본 거대한 몸집에 목이 굵은 사내 하나만 남았다. 미텔이 신문 스크랩 사본을 보여줬던 험악한 인상의 남자. 보슈를 향해 진입로를 달려 내려오다가 자빠졌던 사내.

보슈는 이제 자신이 파운즈가 처했던 상황에 얼마나 가까이 다가가고 있는지 가늠조차 할 수 없다는 생각이 들었다. 손이 저절로 윗도리 주머니 속으로 들어가더니 담배를 꺼냈다. 라이터로 불을 붙이려는 순간 톨리버가 물었다.

"안 피우면 안 돼요?"

차를 탄 지 30분 만에 처음으로 내뱉은 말이었다.

"그래, 안 되겠어."

보슈는 불을 붙인 뒤 라이터를 주머니에 넣었다. 그리곤 창문을 내린 뒤 말했다.

"자, 이젠 됐지? 매연이 담배연기보다 더 해로워."

"이건 금연 차예요."

톨리버는 대시보드 재떨이 뚜껑에 붙은 플라스틱 자석을 손가락으로 톡톡 쳤다. 그것은 시가 모든 건물 내부에서 흡연을 금하고 경찰국 차량의 절반을 금연 차로 선포하는 광범위한 금연법을 통과시켰을 때 배포한 자질구레한 장식물 중 하나였다. 플라스틱 자석에는 빨간 원 안에 사선을 친 담배를 그리고 그 아래 '금연, 감사합니다.'라는 글씨가 새겨져 있었다. 보슈는 그 플라스틱 자석을 손으로 떼어내어 창밖으로 휙 던져버렸다. 그리곤 그것이 아스팔트에서 한 번 튕겨져 올라 옆 차선을 달리던 다른 차량의 문에 철썩 달라붙는 것을 지켜보았다.

"자, 이젠 아니지. 이젠 흡연 차야."

"보슈, 당신 진짜 개판인 거 알아요?"

"보고서 올려, 애송이. 자네 보스가 올린 교제금지법 위반 보고서에 첨부하라고. 난 눈도 깜짝 안 하니까."

두 사람은 다시 침묵에 빠져들었고 그들이 탄 차는 할리우드에서 좀 더 멀어졌다.

"그건 허풍이었어요, 보슈. 그 정도는 알 줄 알았는데."

"어째서?"

그는 톨리버가 상사를 배신하는 것에 놀랐다.

"뻥을 쳤을 뿐이라고요. 당신이 테이블로 친 것에 아직 화가 나 있거든요. 하지만 그 정도로 먹혀들지 않는다는 건 알아요. 옛날 사건이라.

과실치사였죠. 가정폭력으로 인한. 그 여자에겐 5년 보호관찰 명령이 떨어졌죠. 당신은 그런 여잔 줄 몰랐다고만 하면 그냥 끝날 일이에요."

그만하면 보슈도 사건 전말을 짐작할 만했다. 재스민은 실제로 고백을 통해 그에게 말했던 것이다. 처음 만난 남자와 너무 오랜 시간을 같이 보낸 것이 바로 그런 뜻이었다. 보슈는 그녀의 스튜디오에서 본 그림들을 떠올렸다. 피처럼 붉은색을 강조한 회색 초상화들. 그는 그런 생각을 떨쳐버리려고 애썼다.

"왜 나한테 그런 얘길 하는 거지, 톨리버? 왜 보스를 배신해?"

"아무리 생각해도 아닌 것 같아서요. 그리고 당신이 화장실 복도에서 한 얘기가 무슨 뜻인지 알고 싶기도 하고."

보슈는 무슨 얘기를 했는지 기억도 나지 않았다.

"나한테 아직 늦지 않았다고 했어요. 뭐가 말이죠?"

"거기서 나오는 것 말이야."

그제야 조롱하듯 던졌던 말을 떠올리며 그는 말했다.

"자넨 아직 젊어. 너무 늦기 전에 내사과를 탈출하는 게 좋아. 너무 오래 처박혀 있으면 절대 못 빠져나와. 자네 청춘을 매춘부와 마약 거래나 하는 경찰들 때려잡는 일에만 낭비할 셈인가?"

"하지만 난 본부에서 근무하고 싶고 다른 사람들처럼 10년씩 기다리긴 싫어요. 백인 남자에겐 내사과가 가장 쉽고 빠른 방법이죠."

"하지만 가치 없는 일이라고 난 말하고 있어. 내사과에서 2, 3년 근무한 사람들은 거기 말뚝을 박아야 해. 왜냐하면 아무도 그들을 원하지 않고 신뢰하지도 않기 때문이지. 문둥이 취급을 해. 그 점을 잘 생각해야 해. 파커 센터만이 최상의 일자리는 아니야."

잠시 침묵이 흐른 뒤 톨리버가 변명조로 투덜거렸다.

"누군가는 경찰을 감시해야만 해요. 많은 사람들이 그 점을 이해하지 못하는 것 같지만."

"그건 맞아. 하지만 이 경찰국에서는 경찰을 감시하는 경찰을 아무도 주시하지 않아. 그 점을 생각해 봐."

두 사람의 대화는 날카로운 벨소리 때문에 끊어졌는데, 보슈는 그 근원이 자신의 휴대전화란 걸 알았다. 뒷좌석에 수색자들이 그의 집에서 몰수했던 물건들이 실려 있었다. 어빙은 브로크먼 경위에게 그것들을 모두 돌려주라고 명령했던 것이다. 그것들 가운데 보슈의 서류가방도 있었고, 휴대전화기는 그 안에서 울리고 있었다. 그는 뒤로 손을 뻗어 가방을 열고 전화기를 꺼내 들었다.

"네, 보슈입니다."

"보슈, 러셀이에요."

〈LA 타임스〉의 케이샤 러셀 기자였다.

"난 아직 해줄 얘기가 없는데요, 케이샤. 아직 작업 중이거든."

"당신한테 할 얘기가 있어서요. 지금 어디예요?"

"차량들 홍수 속이오. 101번 도로에서 바햄 출구로 기어가고 있는 중이죠."

"그러면 전화로 얘기해야겠어요, 보슈. 내일 나갈 기사를 작성 중인데요. 당신이 자기방어를 위해 한마디쯤 하고 싶어 할 것 같아서요."

"나를 방어하기 위해?"

둔기로 한 대 얻어맞은 기분이라 '이건 또 뭐야?'라고 소리치고 싶었지만 그는 충동을 억눌렀다.

"무슨 뚱딴지같은 소리예요?"

"오늘 나간 제 기사 읽었어요?"

"아니, 그럴 시간이 없었어요. 무슨 기산데요?"

"하비 파운즈 피살에 관한 기사였어요. 오늘 그 연속기사가 나가는

데, 당신에 관한 내용이라서요, 보슈."

맙소사, 하고 보슈는 탄식했다. 하지만 그는 냉정을 유지했다. 그의 목소리에서 공포의 기미를 눈치채면 여기자는 자기가 쓰려는 기사에 확신을 품게 될 것이다. 보슈는 그녀가 거짓 정보를 입수했다는 사실을 깨닫게 해줘야만 했다. 그녀의 확신을 허물어야만 했다. 그러자 문득 보슈는 자기가 하는 말을 운전석에 앉은 톨리버도 다 듣고 있다는 생각이 들었다.

"지금 그런 얘길 하긴 좀 어려운데. 마감시간이 언제죠?"

"지금이에요. 지금 얘기해야만 해요."

보슈는 시계를 보았다. 6시가 되려면 아직 25분이나 남아 있었다.

"6시까진 기다릴 수 있죠?"

기자들을 많이 다뤄본 그는 〈LA 타임스〉의 첫 마감이 6시란 걸 알고 있었다.

"안 돼요. 6시까지 못 기다려요. 할 말이 있으면 지금 해요."

"그럴 수 없어요. 15분만 기다렸다 다시 전화해 줘요. 지금은 얘기할 수가 없어요."

잠시 침묵한 뒤 여기자는 말했다.

"보슈, 그러면 15분만 기다릴게요. 그 이상은 안 돼요."

톨리버는 바햄 출구를 향해 차를 몰았다. 보슈의 집까지 올라가는 데는 10분쯤 걸릴 터였다.

"걱정 말아요. 그동안 당신은 편집장에게 전화해서 그 기사를 빼야 할 것 같다고 미리 주의를 줘요."

"그럴 일은 없어요."

"이봐요, 케이샤, 난 당신이 무슨 소릴 하려는지 다 알고 있어요. 그건 거짓 정보요. 당신은 내 말을 믿어야 해요. 15분 후에 다 설명해 주겠소."

"그게 거짓 정보란 걸 어떻게 알죠?"

"난 다 알아요. 앤젤 브로크먼한테서 나온 정보란 것도."

보슈는 전화를 끊고 톨리버를 힐끗 돌아보았다.

"들었지, 톨리버? 이게 자네가 인생을 걸고 하고 싶은 일이야?"

톨리버는 아무 대꾸가 없었다.

"사무실로 돌아가거든 자네 보스한테 내일 아침 〈타임스〉지로는 똥구멍이나 닦으라고 전해 주게. 그 친구가 원하는 기사는 하나도 실려 있지 않을 테니 말이야. 보라고, 기자들조차 내사과 인간들을 안 믿잖아. 브로크먼 이름만 대면 그냥 끝나. 내가 상황을 설명하면 여기자는 즉시 기사를 취소할 거라고. 아무도 너희들 말을 안 믿어, 제리. 당장 거기서 나와."

"당신 말은 모두가 철석같이 믿는 줄 아십니까?"

"모두가 믿진 않겠지. 그렇지만 난 밤에 잠도 잘 자고 20년씩이나 이 짓을 하고 있잖나. 자넨 그럴 수 있을 것 같아? 이제 몇 년 됐지? 5년? 6년? 잘 가야 10년이야, 제리. 그게 한계라고. 10년 후엔 아웃이지. 그렇지만 넌 여기서 30년 굴러먹은 놈들과 똑같아 보일걸."

그의 예측에 톨리버는 무거운 침묵으로 대응했다. 이딴 녀석이 어떻게 되든 내가 무슨 상관이지. 이 녀석은 나를 곤경에 빠뜨리려고 안달하는 내사과 소속 똘마니가 아닌가. 그렇지만 젊은 경찰의 신선한 얼굴이 주는 이미지가 그에게 유리하게 작용한 듯했다.

우드로 윌슨 거리에서 마지막 모퉁이를 돌자 보슈의 집이 보였다. 그런데 노란 번호판을 붙인 하얀 자동차가 집 앞에 서 있었고, 도구상자를 든 노란 헬멧을 쓴 사내의 모습도 보였다. 시청 건축물 검사관 고디였다.

"제기랄, 이것도 내사과가 꾸민 짓인가?"

보슈가 운전석을 돌아보며 물었다.

"설마요. 만약 그렇다면 난 아니에요."

"그러시겠지."

톨리버는 입을 꾹 다물고 보슈의 집 앞에 차를 세웠다. 보슈는 돌려받은 물건들을 들고 차에서 내렸다. 그를 알아본 고디가 곧바로 다가왔다. 톨리버는 더 이상 볼일 없다는 듯 차를 돌려 내려가기 시작했다.

"당신 아직 여기서 살고 있는 건 아니겠죠?"

고디가 보슈에게 물었다.

"철거명령이 내려진 집이오. 그런데 누가 전기를 훔쳐 사용한다는 신고가 들어왔소."

"나도 그런 신고를 받았는데, 혹시 누군지 몰라요? 난 그냥 체크하러 왔소."

"거짓말 마시오, 보슈 씨. 집을 수리한 걸 다 살펴봤는데. 이걸 아셔야 합니다. 이 집은 수리할 수 없고 들어가서도 안 돼요. 당신한테 내린 철거명령은 기한이 지났습니다. 그래서 시와 계약한 회사에 작업지시를 내리고 계산서를 당신한테 보내드리지. 더 이상 기다려봤자 소용없으니 여기서 나가는 게 좋을 거요. 지금 즉시 전기선을 자르고 문을 폐쇄할 테니까."

검사관은 바닥에 놓은 도구상자를 열더니 문에다 달 스테인리스 경첩과 자물통을 꺼내들었다. 보슈가 그에게 항의했다.

"난 이 문제를 해결하기 위해 변호사를 고용했소."

"그래봐야 아무 소용없소. 미안하지만. 이제 이 집에 다시 들어가면 체포할 겁니다. 이 자물통을 파손해도 체포될 거요. 내가 북부 할리우드 경찰서로 직접 신고할 겁니다. 더 이상 당신과 장난하고 싶지 않소."

갑자기 보슈는 이 모든 짓들이 쇼에 불과하고 이 사내가 원하는 것은 돈일지도 모른다는 생각이 들었다. 그는 보슈가 경찰인 줄도 모르고 있을 터였다. 대부분의 경찰은 이곳에서 살 형편이 안 되고, 설사 능력이 있어도 살려고 하지 않을 것이다. 보슈가 이곳에서 살 형편이 된 것은 몇 년 전 그가 해결한 사건을 줄거리로 TV 영화가 만들어지는 바람에 목돈을 거머쥐게 된 덕분이었다.

"이봐요, 고디. 원하는 걸 말해 봐요. 난 이런 일엔 도통 어두워서 말이오. 당신이 부르는 대로 주겠소. 내가 원하는 건 이 집을 지키는 것뿐이니까."

고디는 그를 한참 동안 노려보았다. 그의 눈에서 모멸감을 발견한 보슈는 자신의 판단이 틀렸다는 걸 알았다.

"아무한테나 그런 식으로 지껄이다간 감옥 가기 딱 알맞소. 방금 당신이 한 소린 못 들은 걸로 해드리지. 그 대신…."

"미안합니다."

보슈는 얼른 사과한 뒤 자기 집을 돌아보았다.

"내가 가진 거라곤 이 집 하나밖에 없다보니 그만… 얘기가 그렇게 나갔소."

"집보다 더 중요한 것도 있겠죠. 당신이 생각해 보지 않아서 그렇지. 내가 한 번만 봐주겠소. 5분 동안 시간을 줄 테니 집 안으로 들어가 필요한 물건들을 전부 들고 나오시오. 그 후엔 이 자물통을 채우고 문을 폐쇄할 겁니다. 미안하지만 법이 그렇소. 만약 이 집이 산 아래로 굴러떨어지기라고 하면 그땐 나한테 감사하게 될 거요."

보슈는 고개를 끄덕였다.

"자, 시작해요. 5분이야."

보슈는 안으로 들어가서 복도의 벽장에서 여행가방을 꺼냈다. 맨 먼저 비상용 권총을 그 안에 집어넣은 뒤 침실 벽장에서 최대한 많은 옷들을 가져다 쑤셔 넣기 시작했다. 불룩해진 가방을 들고 간이주차장으로 옮긴 뒤 다른 짐들을 가지러 다시 들어갔다. 책상 서랍들을 열고 침대 위에 쏟은 뒤 시트로 싸서 어깨에 메고 나왔다. 5분이 지났지만 고디는 그를 다그치진 않았다. 그 대신 현관문에 망치질 하는 소리가 들려오기 시작했다.

10분 후 간이주차장엔 커다란 짐들이 수북이 쌓였다. 기념품과 사진들을 담은 상자, 그의 금전관계나 개인 기록이 담긴 방화 상자, 개봉하지 않은 우편물들과 지불하지 않은 청구서들, 스트레오와 그의 수집품인 재즈와 블루스 LP판과 시디들이 담긴 상자들이었다. 소지품 상자들을 보니 참담한 기분이 들었다. 무스탕에 다 처넣기는 무리지만, 이 세상에서 45년 가까이나 살아온 사내가 소유한 전 재산이라기엔 너무 초라해 보였다.

"그게 전부요?"

보슈가 돌아보니 고디였다. 한 손엔 망치를 다른 손엔 걸쇠를 들고 있었다. 허리에 찬 벨트 고리에는 열쇠와 자물쇠가 매달려 있었다.

"네, 시작하시오."

보슈는 그렇게 대답한 뒤 검사관이 문을 폐쇄하도록 뒤로 물러섰다. 망치질이 시작되자마자 보슈의 전화기가 울렸다. 케이샤 러셀에 대해서는 까맣게 잊고 있었던 것이다. 마침 전화기를 서류가방에서 윗도리 주머니로 옮겨놓길 잘했다. 그는 얼른 전화기를 열고 말했다.

"네, 보슈입니다."

"형사님, 닥터 히노조스예요."

"아… 안녕하세요?"

"뭐가 잘못됐어요?"

"아, 아닙니다. 다른 사람 전화를 기다리고 있던 중이라. 급한 일로 이 전화를 잠시 비워놔야 하거든요. 이따 제가 전화 드릴게요."

손목시계를 보니 6시 5분 전이었다.

"알았어요. 난 6시 반까지 사무실에 있을 거예요. 당신과 얘기하고 싶은 게 있고, 내가 부국장 사무실에서 나간 후 당신한테 아무 일 없었는지 알고 싶어요."

"아무 일 없었어요. 이따 전화 드리죠."

전화기를 닫자마자 벨이 다시 울렸다.

"보슈입니다."

"보슈, 거짓말을 듣기 위해 더 이상 지체할 시간은 없어요."

케이샤 러셀이었다. 이젠 자기 이름을 댈 시간조차 없는 듯했다.

"기사 내용은 하비 파운즈 피살 사건에 대한 수사 방향이 경찰 내부로 향해졌으며, 오늘 형사들이 당신과 여러 시간을 함께 보냈다는 거예요. 경찰은 당신 집 안을 수색했으며 당신을 주 용의자로 믿고 있다는 내용을 포함해서요."

"주 용의자? 우린 그런 용어 쓰지도 않아요, 케이샤. 보아하니 내사과의 사팔뜨기 한 놈을 상대하고 있는 모양인데, 그 자식들은 살인자가 제 엉덩이를 물어뜯어도 어떻게 수사해야 할지조차 모를 놈들이오."

"우리가 수집한 정보를 얕보지 마세요. 아주 간단한 얘기예요. 내일 나갈 기사에 대해 할 말이 있는지 없는지만 얘기하세요. 할 말이 있다면 그걸 기사에 포함시킬 시간은 아직 있으니까요."

"보도를 전제로는 할 말 없소."

"비보도로는요?"

"비보도를 전제로 말한다면 당신은 지금 말짱 헛짓을 하고 있다는 거요. 당신 기사는 틀렸다고요. 순 엉터리요. 난 용의자가 절대 아니거든.

방금 말한 그대로 내보냈다간 정정기사를 써야 할걸. 그리고 실수를 만회하기 위해 다른 기사를 찾아야 되겠지."

"어째서죠?"

여기자는 오만하게 물었다.

"왜냐하면 이 일은 내사과에서 엉성하게 꾸민 짓이니까. 만약 이런 기사가 내일 외부 사람들한테 읽힌다면, 그들은 당신이 헛다리를 짚었다는 걸 알고 더 이상 당신을 신뢰하지 않게 될 거요. 당신을 브로크먼 같은 앞잡이 정도로 생각할 거라고. 그러면 당신이 정보원으로 두고 싶은 어느 누구도 당신과 그런 관계를 맺길 원하지 않겠죠. 나를 포함해서. 그렇게 되면 당신은 경찰 당국이나 매체담당팀이 발표하는 보도자료나 받아 적는 기자로 추락하게 될걸. 물론 브로크먼은 자기가 이용할 사람이 또 필요해지면 다시 전화기를 집어 들고 다른 사람에게 전화를 할 거요."

여기자는 침묵에 빠져들었다. 보슈는 하늘을 쳐다보았다. 일몰이 시작되면서 하늘 전체가 벌겋게 변해가고 있었다. 시계를 보니 기사 마감 시간이 1분 남았다.

"듣고 있어요, 케이샤?"

"보슈, 당신은 날 겁주고 있어요."

"겁을 내야 해요. 큰 결정을 내리기 1분 전이니까."

"한 가지 물어볼게요. 두 주일 전에 파운즈를 공격해서 그의 머리를 유리창에 처박은 적 있어요?"

"보도 전제요, 아니오?"

"그건 중요치 않아요. 난 대답을 원해요. 빨리!"

"비보도를 전제로 그 말은 어느 정도는 정확해요."

"그렇다면 당신은 그를 죽인 용의자로 유력해 보이는데요. 내가 보기엔….”

“케이샤, 난 사흘 동안 캘리포니아 주를 떠나 있었소. 오늘 돌아왔다고요. 브로크먼이 나를 불러 한 시간 남짓 얘기했을 뿐이오. 알리바이가 다 확인되서 금방 풀려났고. 주 용의자는 무슨 얼어 죽을. 지금 내 집 앞에서 통화하고 있어요. 망치질 하는 소리 안 들려요? 목수가 내 집을 고치는 소리라고. 주 용의자라면 밤에 귀가시켜 줬겠어요?”

“그런 얘기들을 어떻게 확인하죠?”

“오늘 말이에요? 못하지. 당신은 선택해야 해요. 브로크먼이든 나든. 내일이면 어빙 부국장한테 전화해서 확인할 수 있겠죠. 그 사람이 말해줄 생각이 있다면 말이지만.”

“치이, 난 믿을 수가 없어요, 보슈. 마감시간인 지금 편집장한테 3시 회의에서 결정한 1면 기사가 엉터리라고 말한다면… 난 죽어요. 그걸 대체할 새 기사를 찾아야 할 거라고요.”

“세상엔 다른 뉴스들도 많아요, 케이샤. 1면을 채울 다른 기사들을 찾을 수 있을 거요. 길게 보면 이게 당신한테는 오히려 약이 돼요. 내가 소문을 내 주죠.”

잠시 침묵이 흐른 뒤 여기자는 결심했다는 듯 말했다.

“얘기할 시간 없어요. 들어가서 편집자를 말려야겠어요. 안녕, 보슈. 다음에 전화할 때까지 내 모가지가 붙어 있어야 할 텐데요.”

보슈가 인사를 할 사이도 없이 그녀는 전화를 끊었다.

그는 무스탕을 세워둔 곳까지 걸어 올라가서 집 앞으로 몰고 내려왔다. 고디는 빗장지르기를 끝내고 자기 자동차 후드 위에 클립보드를 올려놓고 뭔가를 기록하고 있었다. 집 양쪽 문은 이제 단단히 폐쇄되었다. 보슈는 자기가 집에서 멀리 떠날 때까지 기다릴 심산으로 검사관이 일부러 꾸물대고 있다는 걸 알았다. 그는 짐들을 무스탕에 싣기 시작했다.

그렇지만 어디로 가야 할지 생각이 나지 않았다.

집도 절도 없는 자의 서글픈 생각은 한쪽으로 밀쳐두고 케이샤 러셀에 대해 생각하기로 했다. 그녀가 마감시간 직전에 문제의 기사를 빼낼 수 있었는지 궁금했다. 어쩌면 그것은 그 자체의 생명을 획득했을지도 모를 일이었다. 신문 컴퓨터 속의 괴물처럼. 그리고 케이샤는 그것을 멈출 수 있는 힘이 전혀 없을지도 몰랐다.

짐을 모조리 싣고 난 보슈는 고디에게 손을 흔들어 보인 뒤 언덕 아래로 차를 몰았다. 카후엥가 고개를 내려가서도 어느 방향으로 가야 할지 결정하지 못했다. 갈 곳이 없기 때문이었다. 오른쪽으로 가면 할리우드, 왼쪽으로 가면 밸리였다. 그때 마크 트웨인 호텔이 생각났다. 윌콕스 역에서 몇 블록 떨어진 할리우드 내의 비교적 깨끗하고 편리한 낡은 호텔이었다. 보슈가 그 호텔을 알게 된 것은 이따금씩 증인들을 그곳에 숨겨두곤 했기 때문이었다. 그래서 욕실이 딸린 방 두 개짜리 스위트룸이 있다는 것도 알고 있었다. 그것을 하나 얻기로 작정하고 핸들을 오른쪽으로 꺾었다. 그 순간 전화벨이 울렸다. 케이샤 러셀이었다.

"당신 나한테 많은 시간 빚졌어요, 보슈. 기사는 뺐어요."

그는 안도하면서도 슬며시 짜증이 났다. 시간을 빚지긴 왜 빚져, 제길. 그건 기자들의 전형적인 사고방식이었다. 그는 재깍 반박했다.

"그게 무슨 소리요? 엉덩이 걷어 채일 걸 구해줬으니 당신이 도로 나한테 빚졌지."

"그야 두고 봐야죠. 내일까지 계속 체크할 거예요. 만약 당신이 말한 대로 밝혀지면 난 브로크먼에 대해 어빙 부국장에게 항의할 거예요. 그를 태워버리겠어요."

"방금 태웠어요."

여기자는 무의식 중에 브로크먼이 자신의 정보원임을 밝혀버린 사실을 깨닫자 어색한 웃음을 터트렸다.

"편집장은 뭐랬어요?"

"나를 멍청이로 생각해요. 그렇지만 세상엔 다른 뉴스들도 많이 있다고 말해줬죠."

"명대사요."

"그럼요. 난 그 말을 내 컴퓨터에 담아둘 생각이에요. 그런데 어떻게 돌아가고 있죠? 당신한테 갖다 준 그 신문기사들 말예요?"

"아직 조사 중이오. 아직은 아무 말도 해줄 수 없어요."

"그럴 줄 알았어요. 난 왜 당신을 계속 도와야 하는지 모르겠어요. 그렇지만 또 하나 알려드리죠. 몬테 킴에 대해 물어본 것 기억해요? 내가 드린 첫 번째 기사를 쓴 기자 말예요."

"그래요, 몬테 킴."

"그 친구에 대해 여기저기 물어보고 다녔는데 나이 먹은 기자 하나가 기억하고 있더군요. 아직 살아 있대요. 〈LA 타임스〉를 나간 후론 지방검찰청에서 얼마간 일했던 걸로 밝혀졌어요. 지금은 뭘 하고 있는지 모르지만 그의 주소와 전화번호는 알아냈어요. 밸리에 살고 있어요."

"지금 불러줄 수 있죠?"

"그럼요. 수첩에 적어뒀으니까."

"세상에, 그걸 깜박 잊고 있었군."

"당신은 훌륭한 형사일 수는 있지만 기자는 아니에요, 보슈."

여기자는 주소와 전화번호를 불러준 뒤 다시 연락하겠다며 전화를 끊었다. 보슈는 전화기를 좌석 위에 내려놓고 최근 받은 정보들을 생각하며 할리우드로 차를 몰았다. 몬테 킴이 지방검사 밑에서 일했단 말이지. 보슈는 그 검사가 누군지 충분히 알 수 있었다.

36 블루 발렌타인

증인들을 숨길 방을 빌릴 때 만났던 직원이 분명한데도 마크 트웨인의 프런트데스크 뒤에 선 사내는 보슈를 알아보지 못하는 것 같았다. 비쩍 마르고 키가 큰 카운터 직원은 무거운 짐이라도 진 것처럼 어깨가 구부정했다. 마치 아이젠하워 시절부터 프런트데스크 뒤에 서 있었던 것처럼 보였다.

"날 기억해요, 저 아래서 왔는데?"

"그럼요, 기억하고말고요. 이 일이 비밀인지 아닌지 몰라 입을 다물고 있었죠."

"비밀 아니오. 전화기 딸린 커다란 방을 하나 주시오."

"당신이 쓰실 방입니까?"

"그러니까 달라고 하지."

"이번엔 누굴 집어넣으려고요? 폭력배는 이제 안 돼요. 지난번에 그들이…."

"폭력배는 없소. 내가 쓸 방이오."

"당신 혼자서요?"

"맞아요. 난 벽에 피 칠갑을 하진 않아요. 얼마죠?"

데스크 직원은 보슈 자신이 그곳에 투숙한다는 말에 몹시 당황한 것 같았다. 간신히 정신을 차린 그는 보슈에게 선택을 하라고 말했다. 하루에 30달러, 일주일엔 2백 달러, 한 달엔 5백 달러. 모두 선불이라고. 보슈는 신용 카드로 일주일 요금을 지불한 뒤 직원이 카드를 체크하는 동안 기다렸다.

"저 바깥 하역장의 주차장 사용료는 얼마요?"

"거긴 주차하실 수 없습니다."

"난 바깥에 주차하고 싶소. 다른 손님들 차에 꽁무니를 들이박히고 싶지 않아요."

보슈는 지갑에서 50달러를 꺼내어 카운터 위로 밀어 보내며 말했다.

"주차단속반이 오면 괜찮다고 말해요."

"알겠습니다."

"당신이 지배인이오?"

"주인이기도 하죠. 27년간."

"미안해요."

보슈는 짐을 가지러 나갔다. 214호실까지 세 차례나 왕복한 뒤에야 일이 끝났다. 안쪽에 자리 잡은 그 방엔 창문이 두 개 달렸고, 골목 건너편으로 보이는 단층 건물에는 두 개의 술집과 성인영화와 기념품 가게 등이 들어차 있었다. 거기에 호텔 정원이 자리 잡고 있지 않다는 건 이미 알고 있었다. 말이 호텔이지, 벽장에 테리 직물 로브가 걸려 있거나 베개 위에 민트 초콜릿이 놓여 있는 그런 곳과는 거리가 아주 멀었다. 그저 방탄유리에 난 구멍으로 직원에게 숙박료를 건네는 곳들보다는 약간 나은 정도에 불과했다.

침실에는 서랍장과 침대가 있었는데 시트에 담뱃불 구멍이 두 개 나 있었다. 벽에 박은 철제 프레임에 텔레비전은 설치되어 있었지만 케이블이나 리모컨은 보이지 않았고 그 흔한 〈TV 가이드〉도 한 권 없었다. 다른 방에는 낡은 초록색 긴의자와 2인용 식탁 하나, 냉장고, 부착형 전자레인지, 전기레인지 등이 비치되어 있었다. 화장실은 두 방을 연결하는 복도 맨 끝에 있었는데, 하얀 타일들이 노인의 이빨처럼 누렇게 변했다.

환경이 누추하고 일시적으로만 머물 거라는 희망사항을 품고 있지만 그래도 보슈는 호텔방을 최대한 가정적으로 꾸며보려고 애썼다. 옷들을 모두 벽장 안에 걸고 칫솔과 면도기를 화장실에 내놓은 다음 비록 아무도 전화번호를 모르지만 전화기에 자동응답기를 설치했다. 내일 아침엔 전화회사에 연락해서 집으로 걸려오는 전화들을 이쪽으로 돌려 달라고 신청할 생각이었다.

그다음엔 스테레오를 서랍장 위에 설치했다. 스피커는 당분간 서랍장 양쪽 바닥에 놓아둘 수밖에 없었다. 시디 상자를 뒤적이자 '블루 발렌타인'이라는 톰 웨이츠의 시디가 손에 잡혔다. 여러 해 동안 듣지 않았던 곡이라 오랜만에 한 번 들어보고 싶어졌다.

침대에 앉아 음악에 귀를 기울이며 플로리다에 있는 재즈에게 전화하는 문제에 대해 생각해 보았다. 그런데 그녀에게 뭐라고 말해야 할지 생각이 나지 않았다. 지금은 그냥 내버려두는 게 낫겠다 싶었다. 그는 담배를 붙여 물고 창문 쪽으로 걸어갔다. 골목 안은 조용했다. 건물들 꼭대기 너머로 할리우드 스포츠클럽의 장식 탑이 보였다. 할리우드에서 가장 오래된 아름다운 건물 중 하나였다.

보슈는 곰팡내를 풍기는 커튼을 닫고 돌아서서 자신의 새 보금자리를 살펴보았다. 침대 커버를 당겨서 펴고 그 자신의 시트와 담요로 잠자리를 다시 꾸몄다. 크게 달라진 것 없다는 식의 작은 제스처에 불과하지만 그렇게라도 하고 나니 약간 덜 처량한 느낌이었다. 또한 자기 인생의 이 시점에서 무엇을 하고 있는지 분명히 알고 있다는 느낌이 들 뿐만 아니라, 하비 파운즈에 대해서도 잠시나마 잊을 수 있게 해주었다.

새로 꾸민 침대에 베개를 등에 대고 비스듬히 앉아 새 담배를 붙여 물었다. 담뱃불에 데었던 두 손가락을 살펴보니 새로 돋아난 빨간 살로 멋지게 아물어 있었다. 그는 자신의 나머지 부분도 그렇게 아물기를 바랐다. 과연 그것이 가능할까? 그는 자신에게 책임이 있음을 알고 있었다. 그리고 어떤 식으로든 그 대가를 지불해야 한다는 것도.

아무 생각 없이 보조탁자 위의 전화기를 집어 자기 가슴 위에 놓았다. 로터리 방식의 다이얼이 달린 구닥다리였다. 수화기를 들고 다이얼을 살펴보았다. 누구에게 전화하려는 거지? 무슨 말을 하려고? 수화기를 제자리에 올려놓고 벌떡 일어나 앉았다. 젠장, 아무래도 나가야겠어, 하고 그는 생각했다.

37 스크래치

몬테 킴은 셔먼 옥스 지역의 윌리스 가에 살고 있었다. 지진으로 인해 아파트 건물들마다 빨간 딱지들이 나붙어 유령마을로 변한 그 중심부였다. 킴의 아파트 건물은 두 개의 빈 건물 사이에 희끄무레한 형태로 서 있었다. 보슈는 차를 세우면서 건물들 중 한 곳에 켜져 있던 불이 꺼지는 것을 보았다. 불법거주자일 거라는 짐작이 들었다. 보슈가 그랬듯 건축물 검사관이 오는지 항상 신경을 곤두세우고 있었을 것이다.

킴이 사는 아파트 건물은 지진 피해를 전혀 입지 않았거나 이미 말끔하게 수리를 한 것처럼 보였다. 아마 후자일 터였다. 이 건물은 자연이 좀 얄궂은 폭력을 행사했거나 건축업자가 원리원칙대로 건축한 증거인 것 같았다. 주위의 다른 건물들이 모두 갈라지고 무너졌는데도 홀로 꼿꼿이 서 있었다.

출입구 양쪽이 허물어진 직육면체의 평범한 건물이었다. 그렇지만 그 한쪽으로 다가가려면 2미터 높이 전자식 문의 버저를 눌러야만 했다. 이런 문은 거주자들에게 더 안전한 느낌을 주기 때문에 경찰들은 "안전문"이라고 불렀지만 다 소용없었다. 이제 그런 문은 합법적인 방문자들을 가로막는 장해물이 되었고, 그래서 그들은 문을 타넘고 들어갈 수밖에 없었다. 안전문은 시내 어디에나 있었다.

인터콤을 통해 킴의 목소리가 흘러나왔을 때 경찰이라고 대답하자 문이 열렸다. 보슈는 8호실 아파트를 향해 복도를 내려가면서 경찰 배지를 주머니에서 꺼냈다. 킴이 문을 열자 그의 면전 15센티 지점에서 지갑을 열고 배지를 보여주었다. 물론 '경위'라고 찍혀 있는 부분은 손가락으로 살짝 가리는 걸 잊지 않았다. 그리곤 재빨리 지갑을 닫고 주머니에 도로 넣은 뒤 말했다.

"미안하지만 거기 적힌 이름을 미처 못 봤는데요."

킴은 여전히 문을 가로막은 채 말했다.

"히에로니머스 보슈라고 하지만 사람들은 그냥 해리라고 부르죠."

"화가 이름을 땄군요."

"가끔은 그 화가가 내 이름을 따지 않았을까 싶을 정도로 나 자신이 늙은 기분이 들 때도 있습니다. 오늘 밤이 바로 그런 때죠. 좀 들어가도 되겠습니까? 오래 걸리진 않을 겁니다."

킴은 의아한 표정으로 그를 거실로 맞아들였다. 긴의자와 의자 두 개, TV 옆에 가스난로가 설치되어 있는 아담하고 깨끗한 방이었다. 킴이 의자에 앉자 보슈는 긴의자 끝에 앉았다. 킴이 앉은 의자 옆 카펫 위에 하얀 푸들 한 마리가 졸고 있었다. 킴은 혈색이 좋은 불그레한 얼굴에 몸이 옆으로 퍼진 사내였다. 안경다리가 양쪽 관자놀이를 누르고 있었고, 빠지고 남은 머리카락은 갈색으로 물들인 것 같았다. 하얀 셔츠 위에 빨간 카디건 스웨터를 입고 낡은 카키 바지를 걸쳤다. 보슈는 킴이 아직 60세 미만이란 생각이 들었다. 그보다는 훨씬 늙은 사내일 거라고 예상했던 것이다.

“무슨 일이냐고 우선 물어봐야겠는데?”

“네, 그런데 무슨 얘기부터 꺼내야 할지 모르겠군요. 살인사건들을 수사하고 있는 중입니다. 도움을 주실 것 같아서 방문했습니다. 제가 먼저 몇 가지 질문을 올리도록 허락해 주시겠습니까? 그런 다음에 이유를 설명해 드리겠습니다.”

“좀 이상하게 들리긴 하지만….”

킴은 문제될 것 없다는 듯이 손을 내저었다. 그리곤 의자에서 좀 더 편안한 자세를 취했다. 그는 잠든 강아지를 한 번 살펴보더니, 그 편이 보슈의 말을 이해하고 대답하기에 더 좋다는 듯이 사팔뜨기 표정을 지어 보였다. 보슈는 한때 노인의 정수리였던 황량한 지역이 돋아난 땀으로 얇게 덮인 것을 보았다.

“예전에 〈타임스〉지 기자로 계셨죠? 얼마나 오래 하셨습니까?”

“이런, 세상에! 그건 60년대 초반 얘긴데, 어떻게 아셨소?”

“킴 선생님, 제가 먼저 질문하게 해주십시오. 어떤 기사들을 쓰셨습니까?”

“그 시절에 그들은 우릴 신참기자라고 불렀지. 난 사건취재 담당 기자였소.”

“지금은 무슨 일을 하십니까?”

“지금은 집에서 홍보 관련 일을 하고 있죠. 이층 작은 침실에 사무실을 꾸몄소. 리시더 대로에 사무실이 있었는데 건물이 불량판정을 받았어. 쩍쩍 갈라진 벽 사이로 햇빛이 들어올 지경이었지.”

그도 LA에 사는 다른 대부분의 사람들과 마찬가지였다. 지진으로 인한 피해에 대해 미리 설명할 필요를 느끼지 않았다. 말 안 해도 다 아는 사실이니까. 그가 얘기를 계속했다.

"조그마한 거래처가 몇 군데 있지. 밴 나이스의 GM 공장이 폐쇄되기 전까지는 내가 그 공장 대변인이었소. 그 후 독립해 나왔지."

"60년대 초에 기자를 그만둔 이유가 뭐였습니까?"

"그러니까… 혹시 내가 어떤 사건의 용의자요?"

"천만에요, 킴 선생님. 단지 당신에 대해 알고 싶을 뿐입니다. 질문을 받아주세요. 〈LA 타임스〉를 그만둔 이유가 뭐였나요?"

"그야, 더 좋은 일자리를 잡았으니까요. 그 당시 지방검찰총장이었던 아노 콘클린의 언론 대변인 자리를 제의받았거든. 마다할 이유가 있나. 더 많은 급료에다 사건취재 기자보다 더 흥미로운 일과 더 밝은 미래가 약속된 제의인데."

"더 밝은 미래란 어떤 의미에서죠?"

"사실 그 부분은 나의 착각이었소. 내가 그 자리를 받아들일 때는 콘클린이 승승장구할 걸로만 생각됐으니까. 그는 훌륭한 남자였소. 그와 함께하면 주지사는 물론이고 상원의원까지 무난히 따라갈 수 있을 것으로 봤지. 하지만 그렇게 되진 않았소. 난 결국 리시더 대로에 사무실을 내는 걸로 끝났지. 벽이 쩍쩍 갈라져서 바람이 씽씽 통하는 그 건물 안에다 말이오. 경찰이 왜 그런 나에게 관심을 보이는지…."

"콘클린은 그 후 어떻게 됐습니까? 왜 생각대로 안 풀렸죠?"

"글쎄, 난 그쪽 전문가가 아니라서. 내가 아는 건 68년도에 콘클린은 검찰총장이 되려고 운동하고 있었고 실제로 거의 성공할 뻔했다는 겁니다. 그런데 갑자기 물러났어요. 정치를 그만두고 법조계로 복귀하더니 1인 법률사무소를 열더라고. 정말 존경스럽더군. 내가 듣기론 변호사 활동의 60퍼센트 이상이 무료봉사였소. 대부분의 시간을 돈도 받지 않고 봉사한 거지."

"마치 속죄하듯 봉사했다는 말이군요?"

"그야 모르지."

"왜 물러났을까요?"

"모르겠소."

"당신은 핵심 인맥에 포함되지 않았습니까?"

"아니. 그는 인맥 따윈 조직하지 않았어요. 한 사람만 믿었지."

"고던 미텔 말이군요."

"그렇지. 그가 물러난 이유를 알고 싶다면 고던에게 물어야 할 거요."

그러자 킴은 보슈가 고던 미텔이란 이름을 먼저 입에 올렸다는 걸 깨달았다.

"고던 미텔에 대해 조사하고 있는 거요?"

"제가 먼저 질문하게 해 주십시오. 콘클린이 왜 물러났다고 생각하세요? 당신 나름대로 생각이 있을 텐데."

"일단 공식적으로 나선 적이 없었으니 사퇴하겠다고 발표할 필요도 없었지. 그냥 물러났을 뿐이오. 그렇지만 이런저런 소문은 많았지."

"어떤 소문 말입니까?"

"뭐, 잡다한 내용들. 그가 게이였다는 얘기. 금융 문제. 장관으로 선임되면 살해하겠다고 협박한 무리가 있었을 거라는 등의 소문들이지. 대개는 정치꾼들의 뒷방 얘기에 지나지 않았소."

"결혼은 끝까지 안 했나요?"

"내가 아는 한 안 했소. 그렇지만 그가 게이라는 어떤 증거도 나는 발견하지 못했어요."

보슈는 킴의 정수리가 땀으로 번들거리는 것을 보았다. 방 안은 더웠지만 그는 카디건을 그대로 입고 있었다. 보슈는 화제를 재빨리 돌렸다.

"좋습니다. 이젠 자니 폭스의 죽음에 대해 얘기해 주시죠."

보슈는 폭스가 누군지 알아차린 눈빛이 그의 안경 뒤에서 반짝 빛나는 것을 보았다. 그것은 곧 사라졌지만 그 정도면 보슈에겐 충분했다.

"자니 폭스라니? 그게 누구요?"

"이러지 마세요, 몬테. 다 알려진 얘깁니다. 당신이 한 일에 대해서는 아무 관심도 없어요. 난 기사의 뒷얘기를 알 필요가 있을 뿐입니다. 그것 때문에 여기 온 거예요."

"내 기자 시절 얘기를 하고 있는 거요? 기사라면 수없이 썼지만 자그마치 35년 전 얘기야. 난 병아리 기자였고. 그걸 어떻게 다 세세하게 기억합니까?"

"그렇지만 자니 폭스는 기억하잖아요. 그자는 당신이 더 밝은 미래로 가는 티켓이었으니까. 그런 일은 일어나지 않았지만 말입니다."

"이봐요, 지금 뭐 하는 겁니까? 당신은 경찰이 아냐. 고던이 보냈소? 이렇게 긴 세월이 흐른 뒤에도 당신들은 내가…."

몬테 킴은 말을 중단했다.

"난 경찰입니다, 몬테. 그리고 고던보다 내가 먼저 여기 온 건 당신에겐 행운이죠. 뭔가 미진했던 탓에 유령들이 돌아오고 있습니다. 오늘 신문에 그리피스 파크에서 경관 하나가 자기 차 트렁크에 갇힌 채 시신으로 발견되었다는 기사 읽어 보셨겠죠?"

"텔레비전 뉴스에서 봤소. 무슨 경위라고 했는데."

"그겁니다. 제 상사였어요. 옛날 사건들을 조사하고 있었죠. 자니 폭스도 그 중 하나였어요. 그런데 트렁크 속에서 끝났죠. 그러니까 제가 좀 심하다 싶어도 이해하시고 자니 폭스에 대해 말해 주시죠. 당신이 그 기사를 썼잖아요. 폭스가 살해된 뒤 당신이 그 기사를 썼고 그 후 그는 사람들의 관심에서 멀어졌어요. 당신은 콘클린의 팀에 합류했고요. 난 당신이 한 일에 대해 왈가왈부하려는 게 아니라, 단지 그 내용을 알고 싶은 것뿐입니다."

“내가 지금 위험한 처지에 빠져 있소?”

보슈는 그걸 누가 알겠느냐는 듯 양쪽 어깨를 한껏 쳐들어 보였다.

“만약 그렇다면 우리가 보호해드릴 수 있습니다. 당신이 우릴 돕지 않으면 우리도 당신을 도울 수가 없죠. 그런 규칙은 잘 아실 겁니다.”

“하느님 맙소사! 내 이럴 줄 알았어. 다른 사건들이란 또 뭐요?”

“폭스의 여자들 중 하나가 살해된 사건인데, 그가 죽기 1년 전에 살해됐었죠. 여자 이름이 마저리 로우였어요.”

킴은 머리를 저었다. 그 이름을 알아듣지 못한 눈치였다. 손을 고무 롤러처럼 사용하여 정수리의 땀을 쓰윽 문지르자 땀이 뒤통수에 남은 머리카락 속으로 흘러내렸다. 보슈는 자기 질문에 너끈히 대답할 수 있을 만큼 완벽하게 준비된 뚱보 사내를 앞에 앉혀두고 있다는 걸 알고는 사내를 다그쳤다.

“그렇다면 폭스는요? 시간이 무한정 있진 않아요.”

“이봐요, 난 아무것도 몰라. 내가 한 일이라곤 호의를 호의로 갚았을 뿐이오.”

“그 얘기라도 해봐요.”

킴은 한참 동안 자신을 진정시킨 후에야 입을 열었다.

“당신 잭 루비가 누군지 알고 있소?”

“댈러스에 있었던?”

“그렇지, 오스왈드를 죽인 사내. 자니 폭스는 바로 LA의 잭 루비였다고, 알겠소? 같은 시대 같은 부류의 사내였지. 도망친 여자들한테는 도박꾼이었고, 어떤 경관한테 뇌물을 쓰면 잘 먹히는지 다 알고 있었어. 그가 감옥에 안 들어간 건 그런 재주 덕분이었소. 아주 고전적인 할리우드의 양아치라고나 할까. 그런 놈이 살해되어 할리우드 경찰서 사건 기록부에 올라온 것을 봤지만, 난 그냥 지나쳤소. 그 자식은 쓰레기였고, 우리들은 쓰레기에 대한 기사는 쓰지 않거든. 그때 파출소에 심어둔 내 정보원 하나가 콘클린이 자니 폭스에게 급료를 지급해왔다는 정보를 제공해 왔소."

"그래서 기삿거리가 됐군요."

"그렇죠. 나는 곧 콘클린의 선거운동 본부장인 미텔에게 전화를 걸어 슬쩍 떠보았소. 그의 반응을 보고 싶었던 거지. 그 당시의 콘클린에 대해 얼마나 아는지 모르겠지만, 이미지 하나는 끝내주게 좋았소. LA 시내에서 벌어지는 모든 범죄를 소탕하는 일에 앞장서던 그가 폭력배 포주에게 급료를 지급하고 있었으니, 그야말로 특종감이었지. 자니 폭스에게 전과는 없었지만 정보 파일들은 있었고, 나는 그것들을 찾아낼 수 있었소. 미텔은 그 기사가 콘클린에게 치명타를 안길 수 있다는 걸 알았죠."

얘기가 민감한 부분에 이르자 킴은 입을 다물었다. 나머지 부분에 대해서도 알고 있지만 그 얘기까지 꺼내려면 누가 등을 떠밀어야 할 것 같았다. 보슈가 그 역할을 맡았다.

"미텔이 당신한테 거래를 제의했군요. 그 기사만 포기하면 당신을 콘클린의 주포로 만들어주겠다고."

"꼭 그러진 않았소."

"그럼 뭐였죠? 거래 내용 말입니다."

"말했다간 꼼짝없이 걸려들 것 같은데."

"그건 걱정 말아요. 나한테만 말하는 거니까. 당신과 이 강아지 외엔 아무도 모를 거요."

킴은 한숨을 훅 토해낸 뒤 얘기를 계속했다.

"그땐 선거운동 중반기라 콘클린에겐 이미 대변자가 있었소. 미텔은 선거가 끝나면 내게 부대변인 자리를 주겠다고 제의했어요. 난 밴 나이스 법원청사에서 밸리 지역 업무들을 관장하고 있었지."

"콘클린이 당선되면 말이겠죠?"

"그렇죠. 그건 약소한 제의였소. 폭스에 관한 기사가 문제를 일으키지만 않는다면 말이죠. 난 그걸 지렛대로 이용해서 버텼어요. 미텔에게 선거가 끝나면 콘클린의 대변인 자리를 달라고 했죠. 그러기 싫으면 이런 얘긴 없었던 걸로 하자고 했습니다. 그는 나중에 전화를 걸어 나의 요구를 수용하겠다고 하더군요."

"콘클린에게 승낙을 받았겠죠."

"그랬겠죠. 암튼 나는 폭스의 과거에 대한 세부사항만 뺀 기사를 일단 작성했습니다."

"그 기사는 나도 읽었어요."

"내가 한 일은 그게 전부였고 난 그 자리를 얻었죠. 그 문제는 다시 언급되지 않았소."

보슈는 킴을 잠시 가늠해 보았다. 이 사내는 허약했어. 기자가 된다는 건 경찰이 되는 것과 똑같은 사명감이 주어진다는 사실을 몰랐던 거야. 당신은 자신에게 서약을 했어. 그런데도 그걸 깨뜨리는 데 조금도 주저하지 않았던 것 같군. 보슈는 케이샤 러셀 같은 여자가 똑같은 상황에서 킴과 같은 행동을 취할 것이라곤 상상하기 힘들었다. 그는 혐오감을 드러내지 않으려고 조심하며 얘기를 계속했다.

"잘 생각해 봐요. 아주 중요한 일이니까. 당신이 미텔에게 전화해서 폭스의 배경에 대해 말했을 때, 그가 이미 그걸 알고 있다는 느낌을 받았습니까?"

"그럼요, 그는 알고 있었어요. 경찰이 그날 그에게 말해 줬는지, 전부터 이미 알고 있었는지는 모르겠지만. 그는 폭스가 죽었다는 것과 어떤 놈이었는지 다 알고 있었소. 내가 그 사실을 알고 있는 것에 몹시 놀란 것 같았고, 그 기사를 신문에서 빼내기 위해 거래하려고 안달을 하더군요. 나도 그런 식으로 일을 처리하긴 처음이었고, 어쨌든 지금은 후회하고 있소."

킴은 시선을 강아지에서 베이지 색 융단으로 떨어뜨렸다. 보슈는 그의 인생이 급커브를 그리기 시작한 것은 그 거래를 받아들인 순간부터였을 거란 생각이 들었다. 결국 흘러갈 대로 흘러간 셈이었다.

"얘기 도중에 경관 이름은 하나도 안 나왔는데요, 담당 형사 이름은 기억합니까?"

"아니. 너무 오래전 일이오. 할리우드 경찰서 살인반 형사들이었겠지. 그땐 그들이 강력사건을 담당했소. 지금은 전담반이 있지만."

"클로드 에노는요?"

"에노 형사? 그 사람은 알죠. 맞아, 그런 것 같소. 이제 기억나네. 그 친구 혼자 담당했어. 파트너가 전출했거나 은퇴해서 새 파트너를 기다리며 혼자 수사했소. 교통 사건들을 주로 맡고 있었는데, 수사하기 비교적 쉬웠거든."

"어떻게 그처럼 자세히 기억하죠?"

킴은 입술을 꽉 다물고 적절한 대답을 생각하는 듯했다.

"아까도 말했지만, 난 그런 짓을 한 걸 후회해요. 그 일에 대해 많은 생각을 했고, 그래서 기억하고 있는 것 같소."

보슈는 머리를 끄덕였다. 더 이상 질문할 것이 없었다. 그는 이미 자신이 알고 있는 내용과 킴이 제공한 정보들이 일치하는 것에 대해 생각하고 있었다. 에노 형사는 마저리 로우와 자니 폭스 피살사건 모두를 수사했고, 은퇴한 후에는 콘클린과 미텔의 명의로 된 회사봉투로 매월 1천 달러씩 25년 동안이나 받아먹었다. 에노에 비하면 킴은 너무 싸게 타결을 본 셈이었다. 이제 그만 일어날까 하는데 어떤 생각이 떠올랐다.

“미텔이 당신과의 거래나 폭스에 대해 더 이상 언급하지 않았다고 하셨죠?”

“그랬소.”

“콘클린도 그걸 입에 올린 적 없었나요?”

“없었어요. 한 번도.”

“그들과의 관계는 어땠어요? 당신을 사기꾼 취급하지 않던가요?”

“아뇨, 난 사기꾼이 아니었으니까.”

킴은 반발했지만 목소리가 공허하게 들렸다.

“난 그를 위해 일했고 잘했어요. 그도 나한테 언제나 잘해줬고.”

“당신이 쓴 폭스에 대한 기사에 그가 나오던데, 거기서 콘클린은 폭스와는 일면식도 없다고 말했어요.”

“네, 그건 거짓말이에요. 내가 만들었죠.”

보슈는 의아해졌다.

“무슨 뜻이죠? 당신이 거짓 기사를 썼단 말인가요?”

“그들이 거래를 깰 경우를 대비한 거죠. 기사에는 서로 모르는 사이라고 썼지만 나는 콘클린이 폭스를 알고 있었다는 증거를 가지고 있었어요. 그들도 그걸 알고 있었죠. 만약 선거가 끝난 뒤 약속을 지키지 않으면 나는 그 기사를 다시 꺼내어 콘클린이 폭스와 일면식도 없다고 한 건 새빨간 거짓말이었다고 까발릴 셈이었죠. 그러면 폭스를 고용했으니 그의 배경에 대해서도 알고 있었다는 추론이 가능해지겠죠. 그땐 이미 그가 당선된 후라 큰 타격은 없겠지만 이미지에 지장을 초래할 겁니다. 그건 나의 소액보험 같은 것이었소. 이해가 됩니까?”

보슈는 고개를 끄덕였다.

“그 증거라는 게 뭐였습니까?”

“사진들이었소.”

"무슨 사진?"

"선거가 있기 몇 년 전에 할리우드 프리메이슨 로지의 성 패트릭스 데이 무도회장에서 찍은 사진들이죠. 사진작가협회가 〈LA 타임스〉에 기고했던 거고. 콘클린과 폭스가 한 테이블에 앉아 있는 두 장의 스크래치예요. 그런데 어느 날 내가…."

"스크래치가 무슨 뜻이죠?"

"출판된 적이 없는 사진을 말해요. 아웃테이크라고도 하지. LA 거물들이 누군지, 그들이 누굴 달고 다니는지 알기 위해 가끔 포토랩에 들러 협회의 사진들을 살펴보곤 하거든요. 아주 유용한 정보죠. 그런데 어느 날 콘클린과 어떤 사내가 함께 찍은 사진들을 발견한 겁니다. 사내의 얼굴은 알겠는데 어디서 봤는지 기억이 안 나더라고요. 사진의 배경 때문이었죠. 거긴 폭스가 놀던 물이 아니었거든요. 그런데 폭스가 살해당하고 그가 콘클린을 위해 일했다는 얘기를 듣자 그 사진들이 생각났고, 그 사내가 누군지 기억하게 된 겁니다. 폭스였죠. 나는 돌아가서 스크래치 파일을 뒤져 그 사진들을 찾아냈어요."

"그들은 무도회장에 같이 앉아 있기만 했습니까?"

"사진에서 말인가요? 미소를 짓고 있었소. 누가 봐도 서로 아는 사이였어요. 포즈를 잡고 찍은 사진들이 아니었기 때문에 스크래치로 남아 있었던 거지. 협회 회보에 올릴 만큼 좋은 사진들은 아니었죠."

"다른 사람들은 옆에 없었나요?"

"여자들이 두엇 있었소."

"그 사진들을 가져와 봐요."

"지금은 없죠. 더 이상 필요 없을 것 같아 버렸지."

"킴, 날 속일 생각 말아요. 당신에게 그 사진들이 필요 없었던 적은 없었소. 당신이 오늘까지 살아 있는 것도 그 사진들 덕분인지 몰라. 가서 가져와요. 안 그러면 당신을 증거물 은닉죄로 연행한 뒤 수색영장을 받아와서 이 집을 발기발기 찢어놓겠소."

"알았어요! 세상에! 여기서 기다리쇼. 그 중 한 장은 여기 있으니까."

킴은 일어나서 계단으로 올라갔다. 보슈는 강아지만 응시하고 있었다. 킴은 자기가 입고 있는 스웨터와 짝을 맞춘 스웨터를 강아지한테도 입혀 놓았다. 벽장문 롤러가 굴러가는 소리와 무거운 것이 바닥에 툭 떨어지는 소리가 들려왔다. 선반에서 상자를 내려놓는 소리 같았다. 잠시 후 킴의 발자국 소리가 계단을 따라 내려왔다. 긴의자 옆을 지나온 그는 보슈에게 가장자리가 누렇게 변한 25×20센티 흑백사진 한 장을 건네주었다. 보슈는 그것을 한동안 노려보았다.

"다른 한 장은 안전금고에 보관하고 있소."

킴이 미리 말했다.

"두 장 중 더 선명한 사진이지. 그자가 폭스란 걸 알 수 있을 거요."

보슈는 아무 대꾸 없이 사진만 들여다보았다. 플래시를 터뜨려 찍은 사진이라 사람들 얼굴이 모두 눈처럼 하얗게 빛났다. 콘클린은 대여섯 개의 음료수 잔들이 놓인 테이블을 사이에 두고 폭스로 보이는 사내와 마주 앉아 있었다. 미소를 짓고 있었지만 눈꺼풀이 축 처져서 아마도 그 때문에 이 사진이 스크래치 신세가 된 것 같았다. 폭스는 카메라로부터 약간 돌아앉은 상태라 얼굴이 뚜렷하지 않았다. 사진의 얼굴을 폭스로 알아보려면 그를 알고 있는 사람이라야 가능하겠다는 생각이 들었다. 콘클린이나 폭스나 사진사의 존재에 대해서는 모르고 있는 표정들이었다. 아마도 플래시들이 사방에서 한꺼번에 터지고 있었던 것 같았다.

보슈는 두 남자 못지않게 사진 속의 두 여자도 자세히 살펴보았다. 폭스 옆에 서서 허리를 굽히고 그의 귀에 무슨 말을 속삭이고 있는 여자는 짙은 색 원피스 드레스의 허리 부분이 팽팽해 보였다. 머리카락이 정수리 위에서 소용돌이치고 있는 그 여자는 메러디스 로만이 분명했다. 그리고 테이블 맞은편 콘클린의 옆에 앉아 그의 몸에 가려 잘 보이지 않는 여자는 마저리 로우였다. 그녀를 이미 알고 있는 사람이 아니면 알아보기 힘들 것 같았다. 콘클린은 담배를 피우느라 한 손을 자기 얼굴로 들어 올린 상태였다. 그래서 그의 팔이 보슈의 어머니 얼굴을 절반쯤 가리고 있었다. 그녀는 마치 모퉁이에 있는 카메라를 살피고 있는 것처럼 보였다. 사진을 뒤집어 보니 스탬프가 찍혀 있었다. 타임스 포토, 보리스 루거비어 촬영. 날짜는 1961년 3월 17일. 그의 어머니가 피살당하기 7개월 전이었다.

"이 사진을 콘클린이나 미텔에게 보여준 적 있습니까?"

보슈가 마침내 몬테 킴에게 물었다.

"네. 사건을 이용해 콘클린의 대변자가 되었을 때 미텔에게 복사본을 한 장 건넸소. 그는 사진을 후보자가 폭스를 알고 있었다는 증거라고 생각했습니다."

또한 콘클린이 피살자를 알고 있었다는 증거도 된다는 걸 알았겠지, 하고 보슈는 생각했다. 킴은 자신이 한 짓을 모르고 있었다. 그렇지만 대변인 자리를 꿰찬 것은 놀랄 일이 아니었다. 그가 아직 살아 있는 게 다행이란 생각이 들었지만 그렇게 말하진 않았다.

"미텔은 그게 복사본이라는 걸 알았습니까?"

"물론이오. 분명히 말해 줬지. 난 바보가 아니니까."

"콘클린이 당신한테 사진 얘기를 한 적은 없었습니까?"

"없었소. 그렇지만 미텔이 그에게 얘기했겠죠. 내가 요구한 자리를 주겠다고 미텔이 나한테 다시 전화했다고 했잖소. 선거운동 본부장인 그가 누구한테 승낙을 받았겠어요? 그러니까 콘클린한테 얘기한 게 틀럼없죠.”

“이 사진은 내가 가져가겠습니다.”

보슈는 사진을 집어 들었다.

“내게도 한 장 있으니까.”

“그동안 아노 콘클린과 계속 연락하고 지냈습니까?”

“아니. 연락한지 20년은 넘었을 거요.”

“지금 전화 한 번 해보세요. 그러면 내가….”

“그가 어디 사는지도 모르는데.”

“내가 알아요. 그에게 전화해서 오늘 밤 만나고 싶다고 해요. 꼭 오늘 밤이라야 한다고. 자니 폭스와 마저리 로우 문제라고 말해요. 그리고 당신과 만난다는 얘길 아무한테도 해선 안 된다고 해요.”

“난 못해요.”

“할 수 있어요. 전화기 어디 있죠? 내가 도와드리죠.”

“아니, 내 말은, 오늘 밤 그를 만나러 갈 수 없단 말이오. 당신은 그런 식으로….”

“당신더러 오늘 밤 그를 만나라는 건 아니에요, 몬테. 내가 당신이 되어 만날 거요. 전화기 어디 있습니까?”

38 끝나지 않은 사건

파크 라브레아 노인요양소 앞 방문객용 주차공간에 보슈는 무스탕을 세웠다. 위층 창문들이 대부분 불이 꺼져 있어서 건물 전체가 컴컴해 보였다. 시계를 보니 9시 50분이었다. 그는 로비의 유리문을 향해 걸어갔다.

긴장으로 목구멍이 약간 팽팽해지는 느낌이었다. 살인사건 파일을 다 읽자마자 눈길은 곧장 콘클린에게 고정되었고 이런 결말에 도달할 줄 진작부터 알고 있었다. 이제 그는 자기 어머니를 살해하고 그의 지위와 수하들을 이용해서 혐의를 덮어버린 것으로 믿어왔던 살인자를 대면하러 가는 것이다. 보슈에게 있어 콘클린은 그가 한평생 누려보지 못한 모든 것을 상징했다. 권력, 재산, 가정, 성취감. 콘클린을 추적하는 과정에서 많은 사람들이 그를 좋은 사람이라고 말했지만 아무 소용없다. 그 좋은 사람 뒤에 숨겨져 있는 비밀을 보슈는 알고 있었다. 발걸음을 옮길 때마다 그에 대한 분노가 점점 커져갔다.

안으로 들어가니 제복 차림의 경비원이 데스크 뒤에 앉아 〈타임스 선데이 매거진〉에서 오려낸 낱말 맞추기를 풀고 있었다. 그는 마치 기다리고 있었다는 듯 고개를 들고 보슈를 쳐다보았다.

"몬테 킵입니다."

보슈는 사내에게 말했다.

"아노 콘클린이란 사람이 날 기다리고 있을 텐데."

"아, 예, 전화 주셨습니다."

경비원은 클립보드를 살펴본 뒤 볼펜과 함께 보슈에게 건네주며 말했다.

"이분한테 손님이 찾아오신 지는 오래되었네요. 여기 서명하시고 907호실로 올라가 보십시오."

보슈가 서명한 뒤 볼펜을 클립보드에 내려놓자 경비원이 말했다.

"조금 늦으셨네요. 방문은 통상 9시까집니다."

"그게 무슨 소리요? 나더러 나가란 거요? 좋소."

그는 가방을 집어 들고 말했다.

"콘클린 씨는 내일 휠체어를 타고 내 사무실로 와서 이 일을 해야 할 거요. 나는 특별히 그를 생각해서 온 거라고, 친구. 나를 올려 보내든 말든 맘대로 해요. 난 상관없으니까. 그 양반이 괴롭겠지."

"우와, 그쯤 하세요, 손님. 전 단지 약간 늦었다고 말씀드렸을 뿐인데, 다 들어보지도 않고 흥분을 하십니까? 어서 올라가 보십시오. 아무도 말릴 사람 없습니다. 콘클린 씨가 일부러 전화를 주셨고, 여긴 감옥이 아닙니다. 전 다만 방문객들이 다 돌아가셨다고 말한 것뿐이에요. 사람들은 다 잠들었고요. 조용히만 하면 됩니다. 화내실 이유가 없어요."

"907호실이라고 했소?"

"맞습니다. 손님이 올라가신다고 전화 드리죠."

"고맙소."

보슈는 사과도 없이 경비원 앞을 지나 엘리베이터로 걸어갔다. 경비원 따위는 눈앞에서 사라지자마자 그의 뇌리에서 지워졌다. 그리고 오직 한 사람과 한 가지 일만 그의 마음속을 가득 채우고 있었다.

엘리베이터는 건물 내 거주자들만큼이나 느리게 올라갔다. 마침내 9층에 도착하여 간호사 대기실 앞을 지나가며 둘러보니 텅 비어 있었다. 하지만 야간근무 간호사들은 거주자들이 찾을 경우에 대비하고 있을 것이었다. 복도를 따라 내려가던 보슈는 반대 방향으로 가고 있다는 걸 알고 돌아섰다. 벽에 칠한 페인트나 바닥에 깐 리놀륨이 모두 새것이었다. 그렇지만 이런 최고급 요양원에서도 공기 속에 감도는 지린내와 소독약 냄새, 닫힌 문 안에 감금된 느낌을 완전히 지워버리긴 어려운 모양이었다.

907호실 문을 발견한 보슈는 노크를 한 차례 했다. 그러자 안에서 들어오라는 희미한 소리가 들려왔다. 속삭임이 아니라 아파서 앓는 소리 같았다.

문을 열고 들어가자 전혀 예상치 못했던 광경이 눈앞에 펼쳐졌다. 방 안에 유일한 불빛은 침대 옆 보조탁자 위에 놓인 작은 독서용 램프에서 흘러나오고 있었다. 그 주위만 환할 뿐, 방 안의 나머지 부분은 어둠침침했다. 한 노인이 베개 세 개를 겹쳐 등에 기대고 침대 위에 앉아 있었다. 코끝에 이중초점 안경을 걸치고 연약한 손에는 책이 들려 있었다. 그런데 보슈에게 으스스한 느낌을 안겨준 것은 노인의 앞모습이었다. 앉은 자세에서 침대 커버를 허리에 감았는데, 하체가 있어야 할 아랫부분이 평평한 침대 그대로였다. 노인은 두 다리가 없었다. 충격을 더욱 강화시킨 것은 침대 오른쪽에 있는 휠체어였다. 격자무늬 담요를 덮어둔 아래로 검은 바지 차림의 두 다리가 내려왔고 간편화를 신은 두 발이 발 받침대 위에 놓여 있었다. 마치 노인의 절반은 침대 위에 있고 나머지 절반은 휠체어에 남겨둔 것처럼 보였다. 당황한 보슈의 표정을 본 노인이 침대 위에서 쇳소리로 말했다.

"의족이야. 당뇨로 두 다리를 잃었지. 내겐 남은 게 거의 없어. 늙은이의 허영심 외엔. 남들 앞에 나설 때를 위해 의족을 만들었네."

보슈는 램프 쪽으로 한 걸음 다가갔다. 노인의 피부는 벗겨낸 벽지 뒷면처럼 누렇고 희끄무레했다. 눈알은 해골 속으로 깊숙이 들어갔고, 머리카락은 양쪽 귀 주위로만 약간 남았다. 비쩍 마른 양손의 검버섯이 핀 피부에는 지렁이처럼 굵은 시퍼런 혈관들이 솟아 있었다. 이건 시체잖아, 하고 보슈는 생각했다. 삶보다는 죽음이 그를 더 강하게 움켜쥐고 있었다.

콘클린은 들고 있던 책을 램프 아래 탁자에 내려놓았다. 손을 내뻗기도 힘 드는 것처럼 보였다. 보슈는 책의 제목을 보았다. 《더 네온 레인 The Neon Rain》(제임스 리 버크의 미스터리 소설-옮긴이)'이었다.

"미스터리지."

콘클린이 말하곤 조그맣게 낄낄거렸다.

"미스터리에 푹 빠져 살아. 소설 감상에 맛을 들였지. 전엔 시간이 없어 못했거든. 어서 오게, 몬테. 날 두려워할 필욘 없어. 이젠 기운 없는 늙은이일 뿐이야."

보슈는 램프 불빛 안으로 들어갔다. 콘클린의 물기 고인 두 눈이 그를 빤히 바라보더니 몬테 킴이 아니란 걸 깨달은 듯했다. 오랜 세월이 흘렀지만 그는 아직 몬테의 얼굴을 또렷이 기억하고 있었다.

"몬테 대신 왔습니다."

보슈가 나지막하게 말했다.

콘클린의 고개가 살짝 돌아갔다. 보슈는 노인의 눈이 보조탁자 위의 비상호출 버튼을 보고 있다는 걸 알았다. 그런데 거기로 손을 다시 뻗을 기운도 기회도 없다는 걸 깨달았는지 다시 보슈를 돌아보며 물었다.

"그러는 자넨 누군가?"

"저도 미스터리를 풀고 있는 중이죠."

"형사인가?"

"네, 해리 보슈라고 합니다. 당신한테 좀 물어볼 것이…."

보슈는 하던 말을 중단했다. 두려움 때문인지 인식 때문인지는 몰라도, 콘클린의 표정이 갑자기 변했기 때문이다. 노인이 눈을 들고 보슈를 쳐다보았다. 그 순간 보슈는 콘클린이 웃고 있다는 걸 알았다.

"히에로니머스 보슈."

노인이 나지막하게 속삭였다.

"화가 이름과 같지."

보슈는 천천히 고개를 끄덕였다. 그 자신도 노인 못지않게 충격을 받았다는 걸 깨달았다.

"그걸 어떻게 아셨죠?"

"난 자네를 알고 있으니까."

"어떻게요?"

"자네 모친을 통해서. 자네와 그 특별한 이름에 대해 얘기해준 적이 있어. 난 자네 어머니를 사랑했거든."

샌드백에 가슴을 부딪친 것처럼 숨이 콱 막히는 느낌이었다. 몸이 휘청거리는 것 같아 한 손으로 침대 모서리를 짚었다.

"좀 앉게."

콘클린은 떨리는 손으로 보슈에게 침대를 가리켰다. 그는 자신이 시키는 대로 보슈가 침대에 앉자 고개를 끄덕이기까지 했다.

"아니야!"

보슈는 침대에 앉자마자 벌떡 일어서며 고함을 버럭 질렀다.

"당신은 내 어머니를 이용한 뒤 죽였어. 그리곤 돈과 권력으로 그 사실을 묻어버렸지. 그래서 내가 찾아온 거야. 그 진상을 확인하려고. 난 당신한테 진실을 듣고 싶어. 어머니를 사랑했다는 따위의 거짓말은 집어치우라고. 당신은 거짓말쟁이야!"

콘클린은 애조 띤 눈으로 보슈를 바라보다 방 안의 어둠 속으로 눈길을 돌렸다.

"난 진상을 알지 못해."

노인의 목소리는 보도 위를 나뒹구는 가랑잎 소리 같았다.

"내게도 책임이 있으니 내가 그녀를 죽였다고 해도 할 말은 없네. 그렇지만 내가 아는 유일한 진실은 그녀를 사랑했다는 걸세. 자네가 나한테 거짓말쟁이라고 해도 그건 진실이야. 만약 그걸 믿는다면 자넨 한 늙은이의 전부가 될 수 있어."

보슈는 무슨 일이 벌어지고 있는지, 자신이 무슨 말을 듣고 있는지 도무지 갈피를 잡을 수 없었다.

"그날 밤 핸콕 파크에서 내 어머니랑 같이 있었죠?"

"그랬지."

"무슨 일이 있었습니까? 무슨 짓을 했죠?"

"자네 어머닐 죽였어…. 내 말과 행동으로. 그걸 깨닫는 데 여러 해가 걸렸네."

보슈는 바짝 다가가서 노인의 정수리를 내려다보았다. 기분 같아서는 멱살을 잡아 흔들며 똑바로 말하라고 소리치고 싶었다. 하지만 아노 콘클린은 너무 허약한 노인이라 그랬다간 부스러질 것만 같았다.

"그게 무슨 소리예요? 나를 똑바로 쳐다보며 말해 봐요."

콘클린은 고개를 살짝 젓히고 침통한 표정으로 보슈를 바라보며 머리를 끄덕였다.

"우린 그날 밤 계획이 있었어. 마저리와 나 말일세. 다른 사람들의 충고와 나 자신의 현명한 판단력에도 불구하고 그녀에게 정신없이 빠져들었네. 우린 결혼할 작정이었어. 그리고 자넬 고아원에서 데려올 생각이었지. 그날 밤 많은 계획들을 세우고 우린 너무 행복해서 울기까지 했네. 그다음 날은 토요일이었어. 난 라스베이거스로 가고 싶었지. 우리 마음이 변하기 전에, 다른 사람들이 말리기 전에 차를 몰고 밤길을 달리고 싶었어. 마저리도 내 말에 동의하고 집에 가서 물건들을 챙겨오겠다고 했네. 그리곤 영영 돌아오지 않았어."

"그게 당신 얘긴가요? 나더러 그런 얘길…."

"그녀가 떠난 뒤 난 전화를 한 통 했네. 그걸로 충분했지. 가장 친한 친구한테 전화해서 희소식을 전하고 신랑 들러리를 서 달라고 부탁했어. 우리와 함께 라스베이거스로 가자고 했지. 그 친구가 뭐라고 대답했는지 아나? 내 들러리를 서는 영광을 거절했어. 그 여자와 결혼하면 난 끝장이라고 하면서. 그는 나를 그대로 두고 볼 수 없다고 했네. 그러면서 자기에게 멋진 계획이 있다고 하더군."

"고던 미텔이었군요."

콘클린은 슬프게 고개를 끄덕였다.

"그래서 미텔이 내 어머니를 죽였다는 거예요? 당신은 그 사실을 전혀 몰랐고요?"

"난 몰랐네."

노인은 자신의 허약한 두 손을 내려다보더니 조그맣게 주먹을 쥐어 담요 위에 내려놓았다. 그것들은 아무 힘도 없어 보였다. 보슈는 말없이 보고만 있었다.

"여러 해 동안 모르고 있었어. 미텔이 그런 짓을 했다고 생각하는 건도리에 어긋나는 일이었으니까. 물론 그 당시 내가 나 자신의 안위만 생각했다는 사실도 인정해야겠지. 난 도망칠 궁리만 했던 비겁자였어."

보슈는 노인의 말을 도저히 따라잡을 수가 없었다. 하지만 콘클린도 그에게 얘기하고 있는 것 같지가 않았다. 노인은 자기 자신에게 중얼거리고 있었다. 그러다 갑자기 상념에서 깨어난 듯 보슈를 멍하니 바라보며 말했다.

"언젠가는 자네가 찾아올 줄 알았네."

"어떻게요?"

"어머니를 챙길 줄 알았으니까. 다른 사람은 몰라도 자넨 올 줄 알았어. 자네가 마땅히 챙겨야지. 그녀의 아들이니까."

"그날 밤 있었던 일을 얘기해 주세요. 전부 다."

"물 좀 갖다 주게. 목이 말라. 컵은 테이블 위에 있고 식수대는 복도에 있어. 물을 너무 오래 받지 말게. 너무 차가워지면 이가 시려."

보슈는 테이블 위의 컵을 본 뒤 콘클린을 돌아보았다. 방을 1분이라도 비웠다간 그 사이에 노인이 아무 얘기도 없이 죽어버릴 것만 같은 두려움이 밀려왔다. 그러면 그날 밤 있었던 일은 영영 못 듣게 되고 말 것이다.

"다녀와. 아무 일도 없을 테니. 내가 어딜 가겠나?"

보슈가 비상연락 버튼을 쳐다보자 노인은 그의 생각을 읽고 말했다.

"난 내가 한 짓 때문에 천당보다 지옥에 더 가까이 있네. 그건 내가 침묵했기 때문이야. 그러니까 이젠 얘기를 해야 해. 그러자면 들어줄 사람이 필요하지. 고해신부보다는 자네가 나을 것 같군."

컵을 들고 복도로 나왔을 때, 보슈는 한 사내가 복도 끝 모퉁이를 돌아 사라지는 것을 얼핏 보았다. 정장 차림이었던 것 같았고, 경비원은 아니었다. 보슈는 식수대로 걸어가서 컵에 물을 받았다. 물 컵을 받아든 콘클린은 기운 없는 미소를 지으며 고맙다고 우물거렸다. 그리곤 한 모금 들이켠 뒤 보슈에게 내밀었다. 보슈는 컵을 받아 테이블 위에 올려놓고 말했다.

"자, 그날 밤 어머니가 나간 뒤 영영 돌아오지 않았다고 했는데, 그러면 무슨 일이 일어났는지 어떻게 아셨습니까?"

"그다음 날 알았어. 불길한 생각이 들어 내 사무실로 전화했지. 전날 밤 들어온 보고서들을 체크하던 도중 부하직원이 할리우드 거리에서 살인사건이 있었다고 하더군. 피살자 이름을 부르는데 그녀였어. 내 인생에서 가장 끔찍한 날이었네."

"그다음엔 어떻게 했습니까?"

콘클린은 손으로 이마를 문지른 뒤 계속했다.

"그녀는 그날 아침에 발견되었다고 하더군. 난 충격을 받았고, 그런 일이 일어났다는 사실을 믿을 수 없었어. 미텔에게 전화해서 이것저것 물어봤지만 아무 소용없었네. 그때 마저리를 나한테 소개해준 사내가 전화를 걸어왔어."

"자니 폭스 말이군요."

"맞아. 그는 경찰이 자기를 찾고 있다는 소문을 들었다면서 자긴 아무 죄도 없다고 주장했어. 그러면서 내가 자기를 보호해주지 않으면 그녀와 마지막 날 밤 같이 있었던 남자가 나였다는 걸 경찰에 까발리겠다고 협박하더라고. 그렇게 되면 내 경력은 끝장나지."

"그래서 폭스를 보호했군요."

"미텔에게 넘겼어. 그 친구는 폭스가 주장한 내용과 알리바이를 다 조사해본 뒤 틀림없다고 내게 보고해왔네. 자세한 내용은 지금 기억나지 않지만, 폭스는 그날 밤 카드게임을 했고 도박장에서 그를 목격한 증인들도 여러 명 있었던 걸로 확인됐어. 폭스가 관련되지 않았다고 확신한 나는 담당 형사들이 그를 신문하는 것에 동의했네. 폭스를 보호함으로써 나를 지키기 위해 미텔과 나는 형사들에게 폭스가 대배심 사건의 핵심 증인이라고 입을 맞추었지. 그건 즉시 효과를 발휘해서 형사들의 주의를 다른 곳으로 돌리게 만들었어. 얼마 후 내가 형사들 중 하나에게 연락하자 그는 마저리가 일종의 섹스 킬러에게 희생당한 것으로 믿어진다고 하더군. 하지만 그 당시엔 그런 놈들이 몹시 드물었지. 그 형사는 사건의 전망이 좋지 않다고 말했던 거야. 난 고던 미텔을 전혀 의심하지 않았던 것 같아. 아무 죄도 없는 여자한테 그런 끔찍한 짓을 할 줄은…. 바로 내 면전에서 일어났던 일을 그토록 오랜 세월 동안 모르고 있었다니. 난 바보였네. 허수아비였어."

"그러니까 당신도 아니었고 폭스도 아니었단 말이네요. 미텔이 당신의 정치 경력에 위협이 되는 장해물을 제거하기 위해 내 어머니를 죽였다는 얘기 아닙니까. 당신한테 얘기도 않고 말이죠. 미텔 혼자서 그런 생각들을 다 하고 제멋대로 행동에 옮겼다는 얘긴가요?"

"그래, 그런 얘기야. 난 그날 밤 미텔에게 전화했을 때 그녀는 내게 다른 어떤 것보다도 소중한 존재라고 말했네. 미텔이 나를 위해 마련한 모든 계획과 내가 나 자신을 위해 준비한 어떤 것보다도 말이야. 그러면 내 정치 경력이 끝장날 거라고 그가 말했을 때, 나는 그래도 좋다고 대답했어. 그녀와 내 인생을 다시 시작할 수만 있다면 다 받아들일 수 있다고 말했지. 난 그녀를 사랑했고, 그건 확고부동한 것이었어."

노인은 주먹으로 침대를 살짝 쳤다. 무력한 몸짓이었다.

"내 정치 경력에 미칠 타격 따위는 개의치 않는다고 나는 미텔에게 말했네. 우린 다른 곳으로 옮겨갈 계획이라고 했지. 어디로 갈지는 나도 몰랐어. 라 호야, 샌디에이고 등 몇 군데를 생각해 봤지. 어디로 갈지는 몰랐지만 생각은 완강했어. 우리 결정에 동조하지 않는 미텔에 대해 난

화를 냈어. 그래서 그를 도발했다는 걸 난 이제야 알게 됐네. 자네 어머니의 죽음을 재촉한 셈이 되고 말았지."

보슈는 콘클린을 한참 동안 살펴보았다. 노인의 고뇌는 진솔해 보였다. 두 눈은 침몰한 배의 현장처럼 퀭해 보였고, 눈동자 뒤로는 깊은 암흑만 자리 잡고 있었다.

"미텔은 자기가 한 짓이라고 당신한테 인정했습니까?"

"아니. 그렇지만 난 알아. 은연중 알고 있었는데 몇 년 전 그가 어떤 말을 꺼냈을 때 확신하게 되었지. 그것으로 우리들의 관계는 끝장나고 말았어."

"그가 무슨 말을 했는데요? 그게 언제였죠?"

"여러 해가 지난 후였어. 내가 검찰총장에 출마할 준비를 하고 있던 때였으니까. 그런 웃지도 못할 희극이 또 있을까? 거짓말쟁이에다 비겁자, 살인공모자인 내가 한 주의 법집행기관 총수가 되겠다고 설쳤다는 게 믿어지냐고? 어느 날 미텔이 나를 찾아와 선거에 대비하려면 아내가 필요하다는 거야. 단도직입적으로 그러더군. 나에 대한 괴상한 소문이 돌고 있어서 표를 깎아먹게 생겼다면서. 나는 말도 안 되는 소리라고 펄쩍 뛰면서 팜데일이나 사막 지역 촌뜨기들에게 잘 보이기 위해 결혼하진 않겠다고 잘라 말했지. 그러자 그는 내 사무실을 떠나며 가볍게 몇 마디 툭 던졌어."

콘클린은 얘기를 중단하고 물 컵으로 손을 뻗었다. 보슈가 얼른 도와주자 노인은 천천히 물을 들이켰다. 보슈는 환자가 풍기는 역한 약 냄새를 맡았다. 죽은 사람과 시체안치소를 떠올리게 하는 냄새였다. 노인이 물을 다 마시자 보슈는 컵을 받아 탁자 위에 놓으며 물었다.

"그 몇 마디가 뭐였습니까?"

"난 한 단어도 잊지 않고 또렷이 기억하고 있지. 그는 이렇게 말했다네. '난 가끔 그 매춘부 스캔들에서 당신을 구해주지 말아야 했다는 생각이 들 때가 있습니다. 그랬다면 지금 이런 문제는 생기지도 않았겠죠. 사람들이 당신을 호모로 생각하진 않을 테니까요.' 이게 미텔이 내게 했던 말이야."

보슈는 잠시 그를 바라보기만 했다.

"그건 단지 비유적 표현이었을 수도 있죠. 그는 당신이 마저리와 가까이 하지 않도록 견제함으로써 스캔들에 휩싸이지 않도록 해줬다는 뜻으로 그렇게 말했을 수도 있어요. 그것만으로 미텔이 그녀를 살해했다거나 살해하도록 지시했다는 증거가 되진 않아요. 당신은 검사였으니까 잘 아실 것 아닙니까? 그런 말은 직접적인 증거가 되지 못해요. 미텔에게 직접 따져보지 않았습니까?"

"아니, 못했어. 난 그 친구가 너무 무서웠네. 고던 미텔은 막강해져 있었거든. 나보다 더 강력했어. 그래서 한마디도 못했지. 그냥 조용히 내 선거본부를 해체하고 말았어. 그리고 공직 생활을 접고 그 이후로는 미텔과 연락하지 않았네. 25년 넘게 말이야."

"법률사무소를 열었다면서요."

"응. 나 때문에 죽은 그녀에게 속죄하는 마음으로 무료봉사를 시작했네. 그것이 내 영혼의 상처를 치유해 줬으면 좋았겠지만 그러지 못했어. 난 대책 없는 늙은이야, 히에로니머스. 자넨 날 죽이려고 왔나? 그렇다면 내가 한 얘기에 마음 약해지지 말고 처음 생각대로 하게나."

그 질문에 보슈는 깜짝 놀랐지만 곧 침묵 속으로 빠져들었다. 한참 뒤 그는 머리를 저으며 노인에게 물었다.

"자니 폭스는 어떻게 된 겁니까? 그날 밤 당신은 그자에게 코를 단단히 꿰었을 텐데요."

"그랬지. 그자는 아주 지독한 착취자였어."

"무슨 일이 있었죠?"

"난 그자를 선거운동원으로 채용하게 했네. 별로 하는 일도 없이 일주일에 5백 달러씩 지급하게 했지. 내 인생이 얼마나 웃기는 쇼가 됐는지 아나? 그 친구는 첫 번째 급료를 받기도 전에 뺑소니차에 치여 죽어버렸어."

"미텔 짓입니까?"

"그렇게 짐작되지만 그보다는 내가 연루된 모든 악행으로 인한 희생양이었음을 인정하지 않을 수 없네."

"그의 죽음이 약간 지나친 우연으로 생각되진 않았습니까?"

"나중에 알고 나니 더 분명해지더군."

노인은 슬픈 표정으로 머리를 끄덕였다.

"그 당시엔 나 자신의 행운에 짜릿한 스릴을 느꼈던 것 같아. 손에 박혀 있던 가시가 개운하게 빠져나간 느낌이었지. 그 당시 나는 마저리의 죽음이 나와 관련되어 있으리라고는 상상도 못했거든. 난 단지 폭스가 돈을 노린다고만 생각했어. 그런 놈이 교통사고로 죽었다고 하니 난 기쁠 밖에. 폭스의 배경에 대해 아는 기자의 입을 틀어막기 위해 거래가 이루어졌고, 모든 것은 잘 해결된 것처럼 보였어. 하지만 그렇게 되진 않았지. 절대로. 천재인 미텔도 내가 마저리를 극복할 수 없는 것에 대해서는 계획을 세우지 못했어. 난 아직도 극복하지 못하고 있어."

"매케이지는 어떻게 됐습니까?"

"누구?"

"매케이지 주식회사 말입니다. 에노 형사에게 급료를 지급했잖아요."

콘클린은 대답을 생각하느라 잠시 침묵했다.

"클로드 에노야 알지만 그 친구에게 급료를 지급한 적은 없어. 땡전 한 푼도."

"매케이지는 네바다 주에 등록되어 있었어요. 에노의 회사로 당신과 미텔이 임원으로 올라 있더군요. 급료를 지불하기 위한 유령회사였죠. 어딘가에서 매월 1천 달러씩 에노 앞으로 입금되었어요. 당신과 미텔 이름으로."

"아니야!"

콘클린은 고함을 버럭 질렀지만 기침소리 정도에 불과했다.

"매케이지에 대해서는 난 몰라. 미텔이 설립하고 나 대신 서명했거나 부지불식간에 서명하도록 만들었을 순 있지. 지방검사로서 내 일을 봐줬기 때문에, 그가 서명하라고 하면 난 그냥 했어."

노인이 눈을 똑바로 바라보며 얘기했기 때문에 보슈는 믿을 수밖에 없었다. 그보다 더 나쁜 일들도 이미 인정한 콘클린이 에노에게 급료를 지급한 일만 왜 부정하겠는가?

"당신이 끝났다고 하면서 선거운동 본부를 철거했을 때 미텔은 어떻게 나왔습니까?"

"그때 미텔은 이미 막강한 상태였어. 그의 법률회사는 도시 상류층 인사들을 대표했고, 그의 정치적 위상도 날로 커져가고 있었지. 그런데도 주요 인물은 여전히 나였어. 검찰총장실을 차지한 다음 주지사 저택으로 들어갈 계획이었지. 그다음엔 어떻게 될지 아무도 몰라. 그래서 미텔은… 행복하지 못했어. 난 그를 만나길 거부했지만, 우린 전화로 얘기했네. 내가 마음을 돌릴 생각이 전혀 없다는 것을 확인한 그는 협박까지 하더군."

"어떻게 말입니까?"

"내가 만약 자기 명예를 더럽히려 들면 마저리 살해범으로 기소하겠다고 했네. 그래서 나는 그자가 했다는 걸 확신하게 되었지."

"신랑 들러리에서 최대의 적으로 변신했군요. 어쩌다 그런 놈과 엮이게 되었습니까?"

"내가 보지 않고 있을 때 문을 열고 들어왔던 것 같아. 그의 얼굴을 봤을 땐 이미 너무 늦었지. 내 평생에 미텔만큼 교활한 얼굴은 본 적이 없어. 아주 위험한 사내였어. 자네 어머니를 그런 자의 주위에 데려갔던 건 정말 미안하네."

보슈는 머리를 끄덕였다. 더 이상 물어볼 것도 없고, 무슨 말을 해야 좋을지도 몰라 가만히 기다렸다. 콘클린은 잠시 무슨 생각에 잠긴 것 같더니 그를 쳐다보며 다시 말했다.

"내 생각엔 말이야, 젊은이. 자기에게 완벽하게 들어맞는 사람은 평생에 딱 한 번밖에 못 만나는 것 같아. 만약 그런 여자를 발견하면 필사적으로 잡으라고. 그 여자의 과거 따위는 중요치 않아. 그딴 건 하나도 중요하지 않다고. 잡는 것만이 가장 중요해."

보슈는 다시 고개를 끄덕였다. 그가 생각할 수 있는 것도 그 방법뿐이었다.

"어머니를 어디서 만났습니까?"

"아…. 무도장에서 만났지. 소개를 받았어. 나보다 많이 젊었기 때문에 흥미를 보이지 않을 줄 알았어. 그런데 내 생각이 틀렸어. 우린 춤을 췄고, 데이트를 했고, 난 사랑에 빠졌어."

"그분의 과거에 대해선 몰랐습니까?"

"첨엔 몰랐네. 나중에 그녀가 얘기하더군. 하지만 그땐 아무렇지도 않았어."

"폭스에 대해선요?"

"그래, 그 친구가 소개했지. 난 그에 관해서도 몰랐어. 자기를 사업가라고 하더군. 하긴 그 친구 입장에선 사업적 행동이었지. 검사에게 여자를 소개해주고 물러나 앉아 사태의 추이를 살피는 일도 말이야. 난 그녀에게 돈을 지불한 적이 한 번도 없었고, 그녀도 내게 요구한 적이 없었네. 그러다가 우린 점점 사랑에 빠지게 되었는데, 폭스는 나름대로 계산을 하고 있었겠지."

보슈는 몬테 킴에게 빼앗은 사진을 서류가방에서 꺼내어 콘클린에게 보여줄까 생각했지만, 사진의 현실감으로 노인의 기억을 자극하지 않기로 했다. 노인이 그에게 말했다.

"난 지쳤는데 자넨 아직 내 질문에 대답하지 않는군."

"무슨 질문 말입니까?"

"자네 날 죽이려고 왔나?"

노인의 얼굴과 무기력한 두 손을 본 보슈는 살의는커녕 동정심이 고개를 쳐들었다.

"무슨 짓을 할지는 나도 몰랐어요. 와야 한다는 생각밖에."

"그녀에 대해 알고 싶은가?"

"내 어머니요?"

"그래."

보슈는 그 질문에 대해 생각해 보았다. 어머니에 대한 그의 기억은 항상 멀고 희미하게만 느껴졌다. 그리고 다른 사람들로부터 어머니에 대한 얘기를 들어본 적은 거의 없었다.

"어떤 분이었나요?"

콘클린은 잠시 생각에 잠겼다.

"내 실력으론 그녀를 묘사하기 힘들어. 그냥 정신없이 끌렸거든. 그 삐딱한 미소…. 비밀을 간직한 여자처럼 보였어. 모든 사람들이 다 그렇겠지만 그녀가 풍긴 인상은 깊었어. 그런데도 생명력이 넘쳐흘렀지. 처음 만났다는 생각이 전혀 안 들었어. 나한테 그런 인상을 줬다니까."

노인은 다시 컵을 들고 남은 물을 다 들이켰다. 보슈가 물을 더 갖다 주려고 하자 손사래를 쳤다.

"내가 만났던 다른 여자들은 날 트로피처럼 흔들어 보이고 싶어 했지. 자네 어머니는 그렇지가 않았네. 선셋 대로의 클럽들을 드나드는 것보다는 집에 있거나 피크닉 가방을 들고 그리피스 공원으로 나가길 좋아하는 여자였어."

"그런 걸 어떻게 아셨죠?"

"그녀가 얘길 해줘서 알았지. 자네에 대해 얘기해 주던 날 밤에. 그녀는 나의 도움이 필요하기 때문에 진실을 얘기하고 싶다고 했어. 솔직히 난 충격을 받았지. 나 자신부터 먼저 생각하게 되더군. 나 자신을 보호해야 되겠다는 생각 말일세. 하지만 그런 얘기를 내게 털어놓은 그녀의 용기에 감탄하지 않을 수 없었지. 그리고 그땐 이미 그녀에게 깊이 빠져 있었기 때문에 돌아설 수가 없었네."

"미텔은 그걸 어떻게 알았습니까?"

"내가 얘기했어. 지금까지도 그걸 후회하고 있네."

"만약 내 어머니가 당신이 묘사한 그런 여인이라면 왜 그런 행동을 했을까요? 난 도무지 이해할 수가…."

"나도 그래. 아까 말했듯이 그녀에게 비밀이 많은 것 같았어. 그걸 나한테 다 얘기해주진 않았지."

보슈는 고개를 돌려 창밖을 바라보았다. 북쪽으로 펼쳐진 계곡들의 안개 속으로 할리우드 힐즈의 불빛들이 깜박이는 것을 볼 수 있었다.

"그녀는 자네가 제법 터프하다고 자랑하곤 했네."

콘클린의 목소리는 이제 잠긴 것처럼 들렸다. 노인은 여러 달 동안 말했던 것보다 오늘 더 많이 지껄인 것 같았다.

"언젠가 그녀는 자신에게 어떤 일이 일어나든 걱정하지 않는다고 했네. 자네가 끝까지 밝혀낼 수 있을 만큼 강인하기 때문이라고 하더군."

보슈는 아무 말 없이 창밖만 바라보았다.

"그녀의 말이 맞는가?"

노인이 물었다.

보슈의 시선은 북쪽으로 이어진 산마루 선을 따라 이동했다. 그 너머 어딘가엔 미텔의 우주선에서 밝힌 불빛들도 반짝이고 있을 것이다. 거기서 놈은 보슈를 기다리고 있을 것이다. 그는 아직도 대답을 기다리고 있는 콘클린을 돌아보았다.

"아직 결판은 안 났어요."

39 방심

보슈는 내려가는 엘리베이터의 스텐인리스 벽에 기대었다. 엘리베이터를 타고 올라갈 때의 기분과 지금 내려가면서 느끼는 기분이 그렇게 다를 수 없었다. 콘클린을 만나러 올라갈 때는 삼베 주머니에 갇힌 고양이처럼 증오가 가슴속에서 부글부글 끓었다. 그 증오의 대상인 사내를 그는 알지도 못했던 것이다. 이젠 그 사내가 불쌍해 보였다. 허약한 두 손을 담요 위에 올려놓고 죽음이 다가오기를, 그래서 자신의 비극이 그만 끝장나 주기를 바라며 기다리고 있는 반토막짜리 인간.

콘클린이 한 얘기들은 믿을 만하다고 보슈는 생각했다. 그것을 연기로 치부해 버리기엔 그가 겪었다는 고통과 일들이 너무 진실해 보였다. 무덤에 들어갈 날이 멀지 않은 노인이 허튼수작을 할 것 같지도 않았다. 더군다나 자신을 비겁자, 허수아비라고 부르지 않았던가. 그런 말은 묘비명에 새기기엔 너무 가혹하다는 느낌이 들었다.

콘클린의 얘기들이 진실이라는 것을 알고 나니, 진짜 원수는 전에 이미 대면한 적 있었다는 사실을 깨닫게 되었다. 고던 미텔이라는 사내. 전략가이자 해결사. 살인자. 허수아비를 뒤에서 조정한 자. 이제 그를 다시 만나야 한다. 하지만 보슈는 이번엔 자기 방식대로 끌고 갈 생각이었다.

그는 L 버튼을 다시 눌렀다. 그렇게 하면 엘리베이터가 더 빨리 내려가기라도 하듯. 그게 말짱 쓸데없는 짓인 줄 알면서도 그는 같은 동작을 한 번 더 반복했다.

마침내 엘리베이터 문이 열렸을 때 로비는 텅 비고 살균된 것처럼 보였다. 경비원은 데스크 뒤에서 여전히 낱말 맞추기 놀이를 하고 있었다. 멀리서 들려오는 TV 소리조차 없이 조용하기만 했다. 노인들의 고요한 삶. 보슈가 나갈 때도 서명이 필요하냐고 묻자, 경비원은 그냥 나가라는 손짓을 했다.

"아까 내가 심하게 굴어 미안해요."

보슈가 사과하자 경비원이 고개를 저으며 대꾸했다.

"아니에요, 친구. 그것이 우릴 최선으로 이끌었잖아요."

보슈는 그가 말한 그것이 뭔지 알 수 없었지만 아무 대꾸도 하지 않았다. 경비원에게 인생에서 가장 소중한 교훈을 얻었다는 듯 고개를 끄덕인 뒤 유리문을 열고 주차장으로 향했다. 기온이 차가워진 것 같아 윗도리 깃을 바짝 세웠다. 맑은 하늘에 뜬 달이 낫처럼 날카로워 보였다. 무스탕을 세워둔 곳으로 다가가자 그 옆 자동차의 트렁크가 열린 것이 보였다. 한 사내가 허리를 구부리고 뒷 범퍼에 잭을 부착하고 있었다. 혹시라도 도움을 요청해 올까 봐 보슈는 발걸음을 서둘렀다. 날씨도 춥고 몸도 지친 상태라 낯선 사람을 상대하고 싶지 않았던 것이다.

사내 옆을 지나 무스탕으로 다가간 보슈는 렌터카 키를 구분하지 못해 이런저런 열쇠를 열쇠구멍에 끼워보기 시작했다. 마침내 구멍에 들어가는 열쇠를 찾았을 때 등 뒤에서 아스팔트를 스치는 구두 소리에 이어 사내의 목소리가 들려왔다.

"실례합니다, 친구."

보슈는 그를 도와줄 수 없는 이유를 재빨리 생각하며 고개를 돌렸다. 그렇지만 그가 본 것은 사내의 팔이 내려오는 흐릿한 형체뿐이었다. 거의 동시에 시뻘건 피가 사방으로 튀는 것이 보였다.

그리곤 곧 암흑이 덮쳐왔다.

40 코요테

보슈는 다시 코요테를 쫓아가고 있었다. 그런데 이번에는 코요테가 산속 숲으로 난 길로 그를 데려가지 않았다. 코요테는 자기 영역을 벗어나 가파른 포장도로로 보슈를 끌고 갔다. 주위를 둘러본 보슈는 널따란 계곡을 가로지른 높은 다리 위에 와 있다는 걸 알았다. 멀리 지평선이 보였다. 코요테가 너무 멀리 앞질러갔기 때문에 보슈는 겁이 덜컥 났다. 열심히 쫓아갔지만 코요테는 다리 꼭대기 너머로 사라져버렸다. 이제 다리 위엔 보슈밖에 없었다. 그는 헐레벌떡 다리 꼭대기까지 달려가 사방을 둘러보았다. 핏빛으로 붉은 하늘이 심장 뛰는 소리와 함께 빙빙 돌고 있었다.

보슈는 사방팔방으로 살펴보았지만 코요테의 모습은 보이지 않았다. 그는 혼자였다.

그러나 갑자기 그는 혼자가 아니었다. 보이지 않는 사람의 두 손이 뒤에서 그를 붙잡고 다리 난간으로 밀어댔다. 보슈는 필사적으로 저항했다. 두 팔을 사납게 흔들며 구두 뒤축을 땅에 박고 난간으로 밀려가지 않으려고 버텼다. 도와달라고 고함을 질렀지만 목소리가 전혀 나오지 않았다. 계곡 아래로 흐르는 물이 생선 비늘처럼 반짝였다.

그러자 처음 붙잡았을 때처럼 재빠르게 두 손이 사라졌고, 그는 다시 혼자가 되었다. 돌아서서 살펴보니 아무도 없었다. 뒤쪽에서 문 닫히는 소리가 날카롭게 들렸다. 다시 돌아봤지만 역시 아무도 없었다. 뿐만 아니라 문도 없었다.

41 복수의 끝

보슈는 어둠 속에서 깨어나며 고통스런 비명을 질렀지만 입을 틀어막은 것처럼 소리가 터져 나오지 않았다. 처음엔 딱딱한 바닥에 달라붙은 몸을 움직이기조차 힘들었다. 겨우 손을 움직여 바닥을 만져본 그는 카펫 위에 누워 있다는 걸 알 수 있었다. 실내로 운반되어 바닥에 던져진 상태였던 것이다. 넓은 어둠 건너편으로 희미한 불빛이 가느다란 선처럼 스며들고 있었다. 그것을 초점으로 응시하고 있던 그는 문 아래쪽 틈 사이로 스며드는 빛이란 걸 알 수 있었다.

그는 억지로 몸을 일으켜 앉은 자세를 취했다. 그러자 오장육부가 온통 달리의 초현실주의 그림처럼 무너지고 녹아내리는 것 같았다. 갑자기 구역질이 올라와서 보슈는 한참 동안 눈을 감고 가라앉기를 기다렸다. 통증이 느껴지는 옆머리로 손을 가져가자 머리카락이 찐득하게 달라붙은 것이 만져졌고 피 냄새가 물씬 풍겼다. 달라붙은 머리카락 위를 손가락으로 조심스레 더듬자 5센티 가량 찢어진 상처가 느껴졌다. 딱지가 앉았는지 피는 더 이상 흐르지 않았다.

일어설 수 있을 것 같지가 않아 그는 문 쪽으로 엉금엉금 기어갔다. 꿈속에서 본 코요테가 눈앞에 불쑥 나타났다가 새빨간 통증 속으로 사라졌다.

문은 잠겨 있었다. 그건 놀랄 일이 아니지만 기를 쓰고 기어왔더니 탈진할 지경이었다. 그는 벽에 등을 기대고 눈을 감았다. 속에서는 도망칠 방법을 찾아야 한다는 본능과 드러누워 쉬고 싶다는 욕망이 서로 싸우고 있었다. 그 싸움은 어디선가 들려온 목소리로 인해 중단되었다. 하지만 그 목소리들은 가까운 문 반대편 방에서 들려온 것은 아니었다. 그보다는 먼 곳에서 들려왔지만 내용을 알아듣기엔 충분할 만큼 크게 들렸다.

“멍청한 놈!”

“미치겠네, 정말! 서류가방 얘긴 한 적도 없었잖아요. 당신은….”

“서류가방이 있을 게 당연하잖아. 머리가 그렇게도 안 돌아가?”

“당신은 그 새끼를 끌고 오라고만 했소. 난 끌고 왔고. 서류가방을 가져오라면 자동차로 돌아가서 찾아오죠. 그렇지만 당신은 그런 소릴….”

“지금은 갈 수 없어, 이 머저리! 경찰들이 거기 쫙 깔렸을 텐데. 그자의 자동차와 서류가방도 이미 찾아냈을 거야.”

“서류가방은 보지도 못했어요. 그 새끼가 안 가져왔을 수도 있지.”

“그렇다면 다른 놈의 힘을 빌려야 할지도 모르겠군.”

보슈는 그들이 자신에 대한 얘기를 하고 있다는 걸 알았다. 그리고 화난 목소리의 주인은 고던 미텔이란 것도 알 수 있었다. 딱딱하고 오만한 그 말투는 보슈가 모금 파티장에서 만났던 그 사내가 분명했다. 욕을 얻어먹고 있는 상대방 남자는 목소리를 들은 적은 없지만 누군지는 알 만했다. 미텔에게 다소곳하게 변명을 늘어놓고 있지만 목소리에 불량기가 뚝뚝 흘렀다. 저 자식이 날 공격했군. 보슈는 짐작했다. 그날 파티장에서 미텔과 함께 거실에 앉아 있었던 바로 그놈일 거라는 생각이 들었다.

두 사내가 무슨 일로 열을 내고 있는지 파악하기까지는 시간이 약간 걸렸다. 서류가방 때문이었다. 그의 서류가방. 차에 두지 않았다는 건 분명했다. 그렇다면 깜박 잊고 콘클린의 방에 그냥 두고 나왔다는 얘기였다. 노인이 거짓말을 할 경우 보여주기 위해서 몬테 킴이 준 사진과 에노 형사의 안전금고에서 꺼낸 예금거래 증명서들을 챙겨 갔던 것이다. 하지만 노인은 거짓말을 하지 않았고, 보슈의 어머니를 부인하지도 않았다. 그래서 사진과 예금거래 증명서 따윈 필요하지 않았다. 서류가방은 침대 아래 바닥에 놓아둔 채 잊혀졌다.

보슈는 미텔이 마지막으로 한 말을 다시 떠올렸다. 지금은 경찰이 쫙 깔렸기 때문에 그곳으로 돌아갈 수 없다고 했다. 그 말이 이해가 되지 않았다. 그를 공격하는 현장을 목격하고 신고한 사람이 있었다면 모를까. 혹시 거기 경비원이? 보슈는 그런 기대를 잠시 품어봤지만 곧 다른 가능성이 그것을 밀어냈다. 미텔은 서류가방이 있을 만한 곳을 모조리 확인하고 있었고, 콘클린도 그 대상에 포함되었을 것이었다. 보슈는 벽에 기댄 채 허물어졌다. 그는 이제 자신이 마지막 남은 확인 대상이란 걸 알았다. 침묵이 잠시 흐른 뒤 미텔의 목소리가 다시 들려왔다.

"그 친구한테 가 봐. 밖으로 끌고 나가라고."

계획을 세울 겨를도 없이 보슈는 처음 누워 있던 자리로 급히 돌아가야만 했다. 묵직한 것에 몸을 부딪친 그는 손을 올려 더듬어 보았다. 포켓볼 테이블이었다. 재빨리 손을 모퉁이로 옮겨 포켓 속으로 집어넣자 당구공이 잡혔다. 한 알을 꺼내며 감출 만한 곳을 얼른 생각해 보았다. 마침내 스포츠 상의 안으로 집어넣은 뒤 왼쪽 소매로 굴려 팔꿈치 안쪽에 머물게 했다. 당구공 한 개쯤 감추기엔 충분한 공간이었다. 권총을 뺄 때 걸리지 않도록 그는 항상 풍덩한 윗도리를 즐겨 입었다. 그래서 소매 부분이 넉넉했고, 팔을 굽히고 있으면 묵직한 당구공을 가둬둘 수 있을 것 같았다.

문에서 자물쇠 소리가 들리자 보슈는 오른쪽으로 드러누워 눈을 감고 기다렸다. 자신이 사내가 맨 처음 내팽개쳤던 자리에서 많이 벗어나지 않았기를 바랐다. 문 열리는 소리가 나더니 불이 켜지며 눈꺼풀이 환해졌다. 그런데 한참 동안 아무 기척이 없었다. 죽은 듯 기다리고 있는데 사내의 목소리가 들려왔다.

"꿈 깨, 보슈. 그런 건 영화에서나 나오지."

보슈는 움직이지 않았다.

"이것 봐. 카펫 위에 온통 피 칠갑을 해 놓았잖아. 문손잡이에도 피가 묻었네."

보슈는 문까지 갔다 오면서 핏자국을 여기저기 남겼다는 걸 알았다. 사내를 역습하려던 어설픈 계획은 물거품으로 변했다. 눈을 뜨니 천장에 매달린 전등이 머리 위에서 환하게 빛나고 있었다.

"좋아, 원하는 게 뭐지?"

그는 자기를 납치해온 사내에게 물었다.

"일어나. 가자고."

보슈는 천천히 몸을 일으켰다. 실제로도 일어나기 힘들었지만 그는 약간 더 과장했다. 간신히 일어나서 보니 포켓볼 테이블의 초록색 펠트 범퍼에도 피가 묻어 있었다. 그는 재빨리 그 지점을 손으로 짚으며 비틀거리는 몸을 지탱하는 척했다. 거기에 피가 이미 묻어 있었다는 것을 사내가 눈치채지 못했기를 바라면서.

"그 손 치워, 제기랄. 자그마치 5천 달러짜리 테이블이야. 피 묻었잖아, 빌어먹을."

"미안, 내가 변상하지."

"지옥에 가서? 빨리 나가기나 해."

보슈는 사내 얼굴을 알아보았다. 역시 짐작했던 대로였다. 파티장에서 본 미텔의 수하. 얼굴 생김새도 그의 목소리와 딱 어울렸다. 거칠고 강인한 그 상판대기로 판자 몇 장쯤은 박살냈을 법했다. 불그레한 얼굴에 단추만 한 갈색 눈동자가 절대로 깜박하지 않을 것처럼 단단히 박혀 있었다.

사내는 이번엔 정장 차림이 아니었다. 새것처럼 보이는 풍덩한 푸른색 점프슈트를 입고 있었는데, 스플래터 슈트라 불리는 것이었다. 프로 킬러들이 가끔 그런 옷을 입는다는 걸 보슈는 알고 있었다. 일을 끝낸 뒤 처리하기가 쉽고 자신의 정장을 더럽힐 염려도 없다. 스플래터 슈트의 지퍼를 열고 벗어던진 뒤 제 갈 길을 가면 되는 것이다.

보슈는 간신히 일어나서 한 걸음을 내딛자마자 앞으로 허리를 푹 꺾으며 두 팔로 배를 끌어안았다. 그렇게 하는 것이 소매 속에 감춘 무기를 들키지 않을 최상의 방법이라고 생각했기 때문이었다.

"날 제대로 쳤군, 형씨. 균형을 못 잡겠어. 아무래도 토할 것 같아."

"토하기만 해 봐. 고양이 새끼처럼 그걸 모두 핥게 만들어 줄 테니."

"그럼 토하면 안 되겠네."

"웃기는 새끼 아냐? 빨리 나가자고."

사내는 문에서 한 걸음 물러나 보슈에게 손짓을 했다. 그러자 옆구리에 찬 권총이 드러났다. 베레타 22구경처럼 보였다.

"무슨 생각하는지 알아."

사내가 말했다.

"겨우 22구경이냐, 이거지. 두세 방 먹고도 날 때려눕힐 수 있겠다고 생각하는 모양인데, 꿈 깨라고. 할로우 포인트(꼭지 부분에 홈을 파서 파괴력을 확대한 탄환―옮긴이)를 장전했기 때문에 한 방에 보낼 수 있어. 네놈 등을 뚫고 나올 때는 접시만 한 구멍이 생길걸. 내 말 명심하고 얌전하게 앞장서."

권총을 소지하고 있는데도 사내는 영리하게 2미터 이내로는 접근하지 않았다. 보슈가 문밖으로 나가자 그는 방향을 가리켰다. 그들은 복도를 내려가서 거실처럼 보이는 곳을 지난 다음 보슈의 기준으로는 또 다른 거실처럼 보이는 방을 통과했다. 그런데 두 짝 유리문과 창문들을 보니 그 방을 본 기억이 났다. 마운트 올림퍼스에 있는 미텔의 저택에서 잔디밭 너머로 본 거실이었다.

"그 문으로 나가. 그분이 밖에서 기다리고 계셔."

"뭐로 날 후려쳤나, 형씨?"

"쇠 지렛대. 골이 빠개지라고 쳤지만 이젠 아무래도 상관없어."

"그런데 빠개진 것 같아. 축하해, 형씨."

보슈는 유리문 앞에 서서 그것이 열리기를 기다렸다. 파티를 위해 잔디밭 위에 설치되어 있던 천막은 보이지 않았다. 돌출한 절벽 가장자리에 미텔이 등을 돌리고 서 있는 모습이 눈에 들어왔다. 아래쪽에서 무한대로 뻗어나가는 도시의 불빛 속에서 실루엣으로 보였다. 뒤에서 사내가 명령했다.

"유리문을 열어."

"아, 미안. 난 또…."

"신경 끄고 나가기나 해. 밤이 무한정 긴 줄 아나?"

잔디밭으로 걸어 나가자 미텔이 돌아섰다. 보슈는 그가 양손에 들고 있는 것을 보았다. 한 손엔 그의 신분증이 든 지갑, 다른 손엔 파운즈 경위의 배지를 들고 있었다. 베레타를 든 사내가 보슈의 어깨를 잡아 걸음을 멈추게 한 뒤 다시 2미터 뒤로 물러섰다.

"그러니까 보슈가 진짜 이름인가?"

보슈는 미텔을 바라보았다. 전직 검사에서 정치가 뒷배로 전향한 사내는 미소를 지었다.

"그렇소. 진짜 내 이름이오."

"아, 그렇다면 안녕하신가, 보슈 씨?"

"사실은 형사죠."

"사실은 형사란 말이지. 그런데 그게 좀 미심쩍단 말씀이야. 이 신분증을 보면 그런 것 같은데, 이 배지는 영 딴 소리를 하고 있거든. 형사가 아니라 경위래. 이상하기도 하지. 내가 신문에서 본 피살자가 경위 아니었나? 배지가 없어졌다고 했지 아마. 그래, 틀림없이 그랬어. 피살자 이름은 하비 파운즈라고 했는데, 그건 전날 밤 자네가 여기 왔을 때 온통 떠들고 다녔던 이름 아닌가? 내 기억이 틀렸다면 좀 고쳐주지 않겠나, 보슈 형사."

"설명하자면 좀 깁니다, 미텔. 하지만 난 LAPD 소속 형사요. 감방에서 몇 년간 푹 썩고 싶지 않다면 권총을 가진 이 깡패 녀석을 즉시 물러가게 하고 앰뷸런스를 불러 주시오. 난 지금 뇌진탕 증세를 느끼고 있습니다. 더 악화될지도 몰라요."

미텔은 대답하기 전에 배지를 한쪽 주머니에 넣고 지갑은 다른 주머니에 넣었다.

"싫은데. 우린 자넬 위해 전화하진 않겠어. 그런 인도적 행동을 하기엔 사태가 너무 심각해진 것 같네. 인간적으로 말하자면 전날 밤 자네가 여기서 취한 행동으로 인해 무고한 사람이 생명을 잃었다는 건 부끄러운 일이야."

"그건 당신들이 무고한 사람을 살해한 범죄행위였죠."

"난 그 원인을 추적해본 결과 그를 죽인 자는 자네라는 결론을 얻었네. 자네에게 전적으로 책임이 있다는 뜻이야."

"검사 출신답게 책임전가를 잘 하시는군요. 정치를 멀리 했어야 하는 건데. 법조계를 고수하세요, 미텔. 이제 곧 당신을 주제로 한 TV 광고도 나오겠는데요, 뭐."

고던 미텔은 싱긋 웃었다.

"그래서 어쩌라고? 이걸 모두 포기하라는 건가?"

그는 두 팔을 벌려 저택과 멋진 경관을 가리켰다. 보슈는 그의 손을 따라 저택을 돌아보는 척했지만 사실은 권총을 가진 사내의 위치를 정확히 가늠하기 위해서였다. 사내는 권총을 들고 그의 뒤쪽 1.5미터 거리에 서 있었다. 보슈가 동작을 취하기엔 아직 너무 먼 거리였다. 특히 지금의 몸 컨디션으로는 모험이었다. 팔을 약간 움직여서 팔꿈치 안쪽에 박힌 당구공을 느껴 보았다. 안심이 되었다. 그건 지금 그가 가진 전부였다.

"법은 바보들이나 지키는 거야, 보슈. 그렇지만 착각하진 마. 난 자신을 정치가로 생각진 않아. 단지 해결사일 뿐이지. 누구를 위한 어떤 문제든 다 해결해 주는 사람. 정치적 문제의 해결은 우연히 나의 장점이 되었을 뿐이야. 그렇지만 지금은 자네도 알다시피 정치적 문제도 다른 누군가의 문제도 아니잖나. 이건 바로 내 문제라고."

미텔은 자신도 믿기 힘들다는 표정으로 눈썹을 치켜 올렸다.

"바로 그런 이유로 자넬 여기 초대한 거야. 조나단에게 자넬 모셔오라고 했지. 아노 콘클린만 감시하고 있으면 전날 밤 우리 파티를 망친 장본인이 언젠가는 나타날 거라고 생각했거든. 역시 자넨 날 실망시키지 않았어."

"아주 영리하군요, 미텔."

보슈는 머리를 약간 돌려 조나단이 시야 가장자리에 들어오도록 했다. 그는 여전히 손이 닿지 않는 거리에 있었다. 보슈는 그를 가까이 끌어들여야 한다는 걸 알았다.

"소신껏 처리해, 조나단."

미텔이 수하에게 지시했다.

"보슈 씨는 별로 시끄러울 일도 없는 자야. 약간 불편한 일이야 생기겠지."

"마저리 로우처럼 말이지, 안 그렇소? 그 여자도 약간 불편할 뿐이었어. 아무도 중요하게 생각하지 않는 그런 존재였지."

"이런, 아주 재미있는 이름을 입에 올렸군. 이게 다 그 여자 때문인가, 보슈 형사?"

보슈는 너무 화가 나 말도 못하고 미텔을 노려보기만 했다.

"그래, 내가 인정할 수 있는 건 그 여자의 죽음을 이용했다는 사실뿐이야. 나는 그것을 기회로 봤다는 얘기지."

"나도 다 알고 있소, 미텔. 당신은 콘클린을 조종하려고 그 여자를 이용했어. 그렇지만 콘클린도 마침내 당신의 거짓말을 간파했지. 이젠 끝났소. 당신이 여기서 날 어떻게 처리하든 상관없어. 지금쯤 형사들이 오고 있을 테니까. 그 점을 감안해야 할 거요."

"그런 낡은 술책으론 안 되지. 이 배지가 말해주고 있어. 자넨 월권으로 이런 짓을 하고 있다고. 경찰에서 얘기하는 비공식적 수사란 거지. 게다가 자네가 전날 밤 남의 이름을 사용하고 이젠 죽은 그 사람의 배지를 몸에 지니고 있는 걸 보면 알 만하지. 형사들은 오고 있지 않아, 그렇지?"

보슈는 속으로 찔끔했지만 태연한 얼굴을 유지했다.

"자넨 냄새를 맡고 푼돈이나 뜯어내려고 굴러든 똘마니 같아. 그래서 푼돈이나 좀 집어주고 보낼 생각이야, 보슈 형사."

"내가 아는 내용을 알고 있는 사람들이 있소, 미텔."

보슈는 불쑥 내뱉었다.

"그들은 어쩔 참이오? 나가서 다 죽일 거요?"

"그 말은 충고로 받아들이지."

"콘클린은 어떻게 할 거요? 그는 내용 전체를 알고 있소. 나한테 무슨 일이 생기면 그는 어김없이 경찰에 신고할 거요."

"말이 나왔으니 말인데, 아노 콘클린은 지금쯤 경찰과 함께 있을 거야. 하지만 그렇게 많이 지껄이진 못할 것 같은데."

보슈는 머리를 숙이며 약간 휘청거렸다. 콘클린이 이미 죽었을 거란 짐작이 들었지만 제발 그 생각이 틀렸기를 빌었다. 그는 소매 속의 당구공이 움직이는 것을 느끼곤 그것을 감추기 위해 팔짱을 단단히 끼었다.

"분명 그럴 거야. 지방검사였던 그 노인은 자네가 다녀간 뒤 곧장 창문 밖으로 뛰어내렸다고 하더군."

미텔이 옆으로 한 걸음 비켜나며 아래쪽 불빛들을 가리켰다. 보슈도 파크 라브레아의 건물들이 뿜어내는 불빛들을 볼 수 있었다. 그 건물들 중 한 곳 앞에서 빨갛고 파란 경광등이 반짝거렸다. 콘클린이 들어 있던 건물이었다.

"충격이 너무 컸던 모양이야."

미텔이 계속했다.

"착취에 굴복하느니 차라리 죽음을 택했던 거지. 끝까지 원칙에 충실했던 사람이었네."

"그 사람은 늙은이일 뿐이야!"

보슈는 분노를 터트렸다.

"빌어먹을, 왜 죽였지?"

"보슈 형사, 목소리를 낮춰. 그러지 않으면 조나단이 낮춰줄 걸세."

"당신들 이번엔 못 빠져나가."

보슈는 절제된 목소리로 나지막하고 확실하게 말했다.

"콘클린에 관한 한, 최종 판결은 자살로 날 것 같은데. 노인이 많이 아팠잖아, 안 그래?"

"맞아. 다리도 없는 늙은이가 창문까지 걸어가서 밖으로 뛰어내렸단 말이지."

"글쎄, 경찰이 그걸 못 믿겠으면 다른 시나리오에 도달하겠지. 방 안에서 자네 지문이 발견되면 말이야. 고맙게도 자네가 몇 개쯤은 남겨두지 않았을까?"

"내 서류가방과 함께 말이지."

그 말에 고던 미텔은 귀싸대기를 호되게 얻어맞은 표정이 되었다.

"그래. 내가 거기 두고 나왔다고, 미텔. 그 안에 든 증거물들을 보면 경찰들이 맨 먼저 이 산으로 달려올 거야. 당신을 잡으려고 말이야!"

"조나단!"

미텔이 수하를 돌아보며 고함을 질렀다. 그 순간 보슈는 오른쪽 어깨 부위에 강한 타격을 느꼈다. 털썩 무릎을 꿇으면서도 팔꿈치 안쪽에 낀 당구공을 빠뜨릴까 봐 굽힌 팔을 펴지 않았다. 그는 천천히, 필요 이상으로 천천히 일어섰다. 타격이 오른쪽 어깨로 왔으므로 조나단이 권총 손잡이로 가격한 것이 분명했다.

"서류가방이 있는 곳을 말했으니 가장 중요한 질문엔 이미 대답한 셈이군."

미텔이 말했다.

"그다음 질문은 서류가방에 든 내용물과 내가 무슨 상관이 있느냐는 거지. 그런데 문제는 지금 서류가방도 없고 그걸 찾아올 방법도 없으니 자네가 하는 말의 진실성을 확인할 수 없다는 거야."

"그러니 당신은 끝난 것 같군."

"아니지. 오히려 자네 입장을 더 정확히 설명해 주는 것 같은데. 암튼 자넬 보내기 전에 한 가지만 더 물어보겠네. 왜 그랬지, 보슈 형사? 뭣 때문에 그렇게 오래되고 무의미한 사건을 캐고 다녔냐고?"

보슈는 그를 한참 동안 바라본 뒤 대답했다.

"모든 사람이 다 중요하기 때문이오, 미텔. 모든 사람들이."

미텔이 조나단 쪽으로 고개를 끄덕이는 것을 보슈는 보았다. 얘기는 다 끝났다. 이젠 연기를 해야 할 때였다.

"도와줘요!"

보슈는 목청이 터져라고 고함을 질러댔다. 그는 조나단이 즉시 달려올 줄 알았다. 권총 손잡이로 오른쪽 어깨를 똑같이 가격할 것임을 예상한 보슈는 몸을 오른쪽으로 획 돌렸다. 그와 동시에 왼쪽 팔을 쭉 펴서 당구공이 소매 끝으로 굴러가게 했다. 손아귀에 들어온 당구공을 꽉 움켜쥔 그는 연속동작으로 왼팔을 번쩍 들며 뒤를 돌아보았다. 베레타를 움켜쥔 조나단의 손이 허공을 가르며 아래로 내려왔다. 그 짧은 순간 보슈는 헛손질로 균형을 잃고 당황하는 조나단의 표정도 보았다.

균형을 잃고 무방비 상태가 된 조나단의 얼굴을 향해 당구공을 움켜쥔 보슈의 주먹이 포물선을 그리며 날아갔다. 조나단은 마지막 순간 왼쪽으로 몸을 피했지만 그래도 보슈의 손아귀에 든 당구공은 놈의 오른쪽 관자놀이를 비스듬히 때렸다. 전구가 터질 때처럼 팍 하는 소리가 났다. 놈은 풀밭에 머리를 처박았고, 권총을 든 손이 몸뚱이 아래로 깔렸다.

사내가 즉시 몸을 일으키려고 하자 보슈는 놈의 옆구리를 사정없이 걷어차 버렸다. 조나단이 들고 있던 권총이 옆으로 굴렀다. 보슈는 두 무릎으로 놈의 몸뚱이를 찍어 누른 뒤 뒤통수와 목덜미를 주먹으로 두 번씩 더 내려쳤다. 그러고 나서야 손아귀에 당구공을 아직도 쥐고 있다는 걸 알았고, 이만하면 충분히 박살냈다는 생각이 들었다.

숨이 차서 헐떡거리며 주위를 둘러보던 보슈의 눈에 권총이 들어왔다. 재빨리 집어 들고 미텔을 찾았지만 어디 갔는지 보이지 않았다. 그때 풀밭 위를 달리는 가벼운 소리가 귀에 들어왔다. 북쪽으로 멀리 이어진 풀밭으로 시선을 돌렸을 때 미텔의 그림자를 얼핏 본 것 같았다. 하지만 잘 깎아놓은 평평한 잔디밭이 끝나고 언덕의 잡목 숲으로 들어가는 캄캄한 지점에서 놈은 사라져버렸다.

"미텔!"

보슈는 벌떡 일어나 추격하기 시작했다. 미텔이 사라진 지점에 이르자 잡목 숲 속으로 이어진 오솔길이 나타났다. 처음엔 코요테가 다니던 길이었지만 나중에 사람들이 왕래하며 넓혀 놓은 것이었다. 오솔길을 따라 달려가 보니 도시를 내려다보는 절벽에 이르렀다.

미텔의 그림자는 찾을 수 없었고, 절벽 가장자리를 따라 이어진 오솔길을 한참 걸어 들어가니 등 뒤로 보이던 집들도 더 이상 보이지 않았다. 미텔이 이 길을 따라 여기까지 왔는지 흔적을 찾지 못한 그는 마침내 걸음을 멈추었다.

숨이 차고 상처 입은 머리가 쿡쿡 쑤셨다. 오솔길 옆으로 솟은 가파른 벼랑에 도달한 보슈는 주위에 맥주병들과 쓰레기가 쌓인 것을 보았다. 그 벼랑은 초소로 사용되던 곳이었다. 그는 권총을 허리춤에 꽂고 두 손을 이용하여 몸의 균형을 잡아가며 3미터쯤 되는 벼랑 꼭대기로 올라갔다. 거기서 사방팔방을 돌아봤지만 미텔의 모습은 보이지 않았다. 귀를 기울여 봐도 도시의 자동차 소음 때문에 미텔이 숲 속에서 움직이는 소리를 잡아낼 가능성은 거의 없었다. 보슈는 포기하고 저택으로 돌아가서 미텔이 이곳을 벗어나기 전에 공중지원팀을 부르기로 했다. 헬리콥터가 빨리 도착하기만 하면 스포트라이트로 그를 찾아낼 수 있을 것 같았다.

보슈가 조심스레 벼랑을 내려오고 있을 때 미텔이 갑자기 어둠 속에서 튀어나왔다. 잡목과 물수선들 뒤에 숨어 있었던 모양이었다. 눈 깜짝할 사이에 어깨로 보슈의 배를 들이받아 오솔길 위로 나가떨어지게 한 뒤 그의 몸 위로 올라탔다. 보슈는 허리춤에 꽂힌 권총으로 다가가는 미텔의 손을 느꼈다. 기습은 그의 마지막 카드였던 것이다. 그렇지만 보슈는 그보다 더 젊고 강했다. 두 팔로 그의 몸을 붙잡고 왼쪽으로 획 뒤집었다. 갑자기 몸이 가벼워진 느낌이었고, 미텔은 어디론가 사라지고 없었다.

보슈는 일어나 앉아 주위를 살펴보았다. 허리춤에서 베레타를 뽑아 들고 벼랑 가장자리로 기어가서 아래쪽을 내려다보았다. 삐쭉삐쭉한 언덕 경사면에는 칠흑 같은 어둠뿐이었다. 150미터쯤 더 아래로 주택의 사각 지붕들이 보였다. 할리우드 대로와 페어팩스 가의 구불구불한 도로를 따라 지은 집들이었다. 보슈는 정반대편으로 돌아가서 내려다보았다. 미텔은 어디에도 없었다.

눈 아래 펼쳐진 야경을 전체적으로 바라보고 있던 보슈는 절벽 바로 아래쪽에 있는 한 주택의 뒤뜰에서 불이 반짝 켜지는 것을 발견했다. 그러자 집 안에서 한 사내가 라이플처럼 생긴 것을 들고 나오는 것이 보였다. 사내는 라이플을 앞으로 겨누고 동그란 뒤뜰의 온천탕을 향해 천천히 다가갔다. 온천탕 가장자리에 도착하자 옥외 전기 상자처럼 보이는 것으로 한 손을 뻗었다.

욕조에 불이 켜지자 파란 동그라미 속에 둥둥 떠 있는 사내의 시체가 드러났다. 절벽 위에 있는 보슈의 눈에도 미텔의 몸에서 흘러나온 피가 물속으로 퍼지는 것이 보였다. 그러자 라이플을 든 사내의 목소리가 절벽 꼭대기까지 또렷이 들려왔다.

"린다, 나오지 마! 빨리 경찰에 전화해. 우리 온천탕에 시체가 있다고 신고해."

사내는 그렇게 소리친 뒤 절벽 위를 획 쳐다보았다. 보슈는 얼른 고개를 숙이며 뒤로 물러났다. 그러자 즉시 왜 본능적으로 몸을 숨겼을까 하는 의구심이 고개를 쳐들었다.

그는 오솔길을 따라 천천히 미텔의 집으로 걸어갔다. 밤을 밝히고 있는 도시의 불빛들을 바라보며 아름답다고 생각했다. 콘클린과 파운즈를 떠올리며 그들에 대한 죄책감을 떨쳐버리려고도 애썼다. 그들이 옛날에 저질렀던 범죄는 오늘 미텔의 죽음으로 일단락된 셈이었다. 보슈는 몬테 킴의 사진 속에 담겨 있었던 어머니의 모습을 떠올렸다. 콘클린의 팔에 가려 잘 보이지도 않던 얼굴. 복수가 끝나면 찾아올 줄 알았던 승리감과 만족감을 그는 전혀 느낄 수 없었다. 오직 공허감과 짙은 피로감만 밀려왔다.

미텔의 완벽한 저택과 완벽한 잔디밭에 돌아와 보니 조나단이라 불리던 사내는 어디론가 사라지고 없었다.

42 코요테의 눈물

어빈 S. 어빙 부국장은 진찰실 문간에 서서 보슈를 바라보았다. 그는 테이블 가장자리에 걸터앉아 아이스 팩을 머리에 대고 있었다. 의사가 머리의 상처를 바늘로 꿰맨 뒤 그것을 대고 있으라고 했던 것이다. 얼음주머니의 위치를 손으로 조정하던 보슈는 문간에 서 있는 어빙을 발견했다.

"기분은 어떤가?"

"안 죽을 것 같은데요. 의사들도 그랬고요."

"하긴 미텔에 비하면 약과지. 그 친구는 제대로 다이빙을 했더군."

"네. 또 한 놈은 어떻게 됐습니까?"

"아직 소식 없어. 그렇지만 이름은 알아냈지. 미텔이 그 친구를 조나단이라 불렀다고 자네가 경관들에게 말했다며. 그래서 그자는 조나단 본일 거라는 얘기지. 미텔 밑에서 오랫동안 일했던 자야. 지금 병원들을 뒤지고 있어. 자네 말에 의하면 병원 신세를 져야 할 만큼 심하게 다친 것 같으니까."

"본이었군요."

"그의 배경을 조사하고 있네. 그런데 별로 나온 게 없어. 전과가 없는 놈이야."

"미텔과는 얼마나 오래 일했습니까?"

"그걸 모르겠어. 로펌에 있는 미텔의 직원들과 얘기해 봤는데, 별로 협조적이 아니야. 그렇지만 본은 처음부터 있었다더군. 다들 그를 미텔의 몸종처럼 얘기하더라고."

보슈는 고개를 끄덕였다.

"운전사도 있었어. 서퍼 나부랭인데, 연행해서 신문해도 입을 잘 열지 않아. 열고 싶어도 열 수가 없지만."

"그게 무슨 말입니까?"

"턱뼈가 나갔어. 꽉 잠겨버린 거지. 그 이유도 설명 안 해."

보슈는 다시 고개를 끄덕인 뒤 부국장을 살펴보았다. 뭘 감추고 말한 것 같지는 않았다.

"그리고 자네 머리 말이야. 의사 말로는 뇌진탕 증세가 있지만 뇌에 금이 가진 않았다더군. 피부만 약간 찢어졌대."

"자칫하면 속겠네요. 그런데도 제 머리가 왜 구멍 난 굿이어 비행선처럼 느껴지죠?"

"몇 바늘 꿰맸나?"

"열여덟 바늘이라 한 것 같은데요."

"의사 말로는 두통과 부기가 며칠 이어질 거라 하더군. 눈의 충혈은 보긴 좀 흉하지만 심각한 건 아니라고 했네."

"의사가 환자의 증상을 다른 사람한테 얘기했단 걸 알게 되어 다행이네요. 저한테는 한마디도 안 했거든요. 간호사들만 말해줬죠."

"의사는 이제 곧 올 거야. 자네가 좀 더 회복될 때까지 기다리느라 그랬겠지."

"무슨 회복 말입니까?"

"우리가 거기 도착했을 때 자넨 약간 멍한 상태였어, 해리. 정말 지금 그 얘기를 하고 싶은 건가? 나중에 해도 돼. 자넨 지금 먼저 안정부터 취해야…."

"전 괜찮아요. 지금 얘기하고 싶다고요. 파크 라브레아 현장에 직접 가셨습니까?"

"그럼, 갔었지. 마운트 올림퍼스에서 신고가 들어왔을 때 나도 함께 나갔어. 그런데 자네 서류가방을 내 차에 보관하고 있네. 자네가 거기 둔 거지? 콘클린의 집에?"

보슈는 머리를 끄덕이려다 중지했다. 현기증이 밀려왔기 때문이다.

"잘됐네요. 그 안에 제가 간직하고 싶은 것이 있어요."

"사진 말인가?"

"벌써 뒤져보셨군요?"

"보슈! 맛이 간 거야? 범죄현장에서 발견된 가방이잖아."

"예, 알죠. 죄송합니다."

그는 두 손 들고 한 발 물러났다. 지금 그런 문제로 다투기엔 너무 지쳐 있었다.

"언덕 위에서 일하고 있는 직원들이 이미 나한테 상황보고를 해왔어. 최소한 물리적 이론을 기초로 한 초기 상황에 대해선 말이지. 내가 아직 이해 못한 부분은 자네가 왜 거기 올라가 있었느냐는 거야. 자넨 이 모든 걸 알고 있어. 지금 다 털어놓을 텐가, 아니면 내일까지 기다릴 텐가?"

보슈는 고개를 한 번 끄덕인 뒤 정신이 맑아지길 잠시 기다렸다. 아직 사건 전체를 종합적으로 정리할 기회를 갖지 못했다. 그는 생각을 좀 더 간추린 뒤 마침내 말했다.

"말씀드리죠."

"좋아, 자네의 권리를 먼저 읽어 주지."

"또요?"

"우리끼리 봐주는 것처럼 보이지 않기 위한 절차일 뿐이야. 자넨 오늘 두 곳에 있었는데, 그 두 곳에서 모두 사람이 추락사했어. 심상치 않은 일이지."

"전 콘클린을 안 죽였어요."

"나도 알아. 경비원의 진술도 들었고. 자넨 콘클린이 다이빙을 하기 전에 건물을 떠났다고 하더군. 그러니까 아무 문제도 없겠지. 혐의는 없지만 난 절차대로 할 걸세. 그래도 계속하고 싶은가?"

"제 권리를 포기합니다."

그래도 어빙은 카드를 꺼내 들고 권리를 읽어주었고 보슈는 다시 포기했다.

"좋아. 권리포기 양식은 지금 없으니까 나중에 서명하면 돼."

"제가 얘기하길 바라십니까?"

"그렇지. 자네가 얘기해 주길 바라네."

"좋습니다. 그러죠."

하지만 막상 얘길 하자니 금방 나오지 않아 그는 잠시 뜸을 들였다.

"해리?"

"알았어요. 그러니까 1961년도에 아노 콘클린은 마저리 로우를 만났습니다. 자니 폭스란 놈이 소개했는데, 그런 짓을 해서 먹고사는 포주였죠. 처음 만난 장소는 카후엥가의 프리메이슨 로지에서 열렸던 성 패트릭스 데이 무도회장이었습니다."

"사진에 찍혀 있던 그곳이로군, 그렇지?"

"맞아요. 처음 만났을 때는 마저리가 직업여성이고 폭스가 포주란 사실을 몰랐다고 콘클린은 주장했는데, 전 그 말을 믿습니다. 폭스가 그녀를 소개했을 땐 어떤 기회를 노리고 있었기 때문이죠. 그게 돈 주고 여자를 사는 일임을 콘클린이 알았다면 그는 피했을 겁니다. 그 당시 그는 카운티 도덕특공대 대장이었거든요."

"그렇다면 그는 폭스가 누군지도 몰랐단 말인가?"

어빙이 물었다.

"그가 그렇게 말했어요. 자긴 결백하다고 했죠. 그 말을 믿기가 힘들면 다른 가정은 더 힘듭니다. 즉, 지방검사인 그가 그런 양아치들과 공개적으로 어울렸다는 가정 말입니다. 그래서 전 콘클린의 말을 믿습니다. 그는 몰랐어요."

"좋아, 그는 자기가 이용당하는 줄 몰랐다고 해. 그러면 폭스와… 자네 어머니는 무슨 목적으로 그랬을까?"

"폭스의 목적은 단순해요. 콘클린이 일단 그녀를 물기만 하면 폭스는 낚싯바늘을 슬슬 잡아당겨 자기가 원하는 대로 끌고 다닐 수 있겠죠. 마저리의 경우는 좀 다른 것 같은데, 아무리 생각해봐도 명확치가 않아요. 하지만 이런 식으로 생각해 볼 순 있죠. 그런 생활을 하고 있는 여자들은 탈출구를 항상 찾고 있겠죠. 그녀가 폭스의 계획에 따랐던 것은 그녀 자신의 계획이 따로 있었기 때문이에요. 그런 생활에서 탈출하는 것이죠."

어빙은 고개를 주억이곤 그 가정에 주석을 달았다.

"그녀에겐 고아원에 맡겨둔 아들이 하나 있었지. 데려오고 싶어 했는데, 콘클린이라면 도와줄 수 있었을 거야."

"바로 그겁니다. 문제는 그들 세 사람이 상상도 못했던 일이 벌어진 거예요. 두 사람이 사랑에 빠졌어요. 적어도 콘클린은 분명히 빠졌던 것 같아요. 그는 마저리도 그랬다고 믿고 있었습니다."

어빙은 구석에 있는 의자에 앉더니 다리를 접고 보슈를 곰곰이 살펴보았다. 그는 아무 말도 하지 않았다. 보슈의 얘기에 완전히 빠져서 그대로 믿고 있다는 것 외에는 어떤 표정도 보이지 않았다. 보슈는 머리 위의 얼음주머니를 잡고 있는 팔이 점점 아파 와서 그만 드러눕고 싶었다. 그렇지만 진찰실에는 지금 그가 걸터앉아 있는 테이블과 어빙이 앉은 의자밖에 없었다. 그는 얘기를 계속했다.

"사랑에 빠진 두 사람의 관계가 지속되던 어떤 시점에서 그녀는 콘클린에게 자신의 처지를 고백하게 됩니다. 아니면 미텔이 뒷조사를 해서 그에게 보고했을 수도 있겠죠. 그건 중요하지 않아요. 중요한 건 어떤 시점에서 콘클린이 사실을 알았다는 거죠. 한 발 더 나아가 그는 모든 사람들을 놀라게 합니다."

"어떻게?"

"1961년 10월 27일, 그는 마저리에게 청혼을…."

"콘클린이 그렇게 말했나? 자네한테 그렇게 말했어?"

"그가 오늘 밤 저한테 했던 말입니다. 그녀와 결혼하길 원했다고요. 그녀도 그와 결혼하고 싶어 했고요. 그날 밤 그는 자신이 가장 원하는 것을 얻기 위해 그가 가진 모든 것을 잃어버릴 각오를 했던 겁니다."

보슈가 테이블 위에 던져둔 윗도리 주머니에서 담배를 꺼내자 어빙이 말했다.

"그건 좋은 생각이 아닌 것 같지만, 상관없어. 피우게."

보슈는 라이터로 담배에 불을 붙였다.

"그건 콘클린의 생애에서 가장 용감한 행동이었어요. 믿어집니까? 그런 결단을 내리려면 모든 걸 잃어도 좋다는 배짱이 있어야 해요. 하지만 그는 실수를 범했죠."

"무슨?"

"자기 친구 미텔한테 전화해서 그들과 함께 라스베이거스로 가서 신랑 들러리를 서 달라고 부탁했던 겁니다. 미텔은 거절했어요. 그런 여자와 결혼하면 전도유망한 콘클린의 정치 생명은 끝장날 뿐만 아니라, 그 자신까지도 끝날지 모른다고 생각하고 발을 뺀 겁니다. 그는 들러리를 거절한 것에서 한 걸음 더 나아갔어요. 콘클린을 자기가 타고 성으로 들어갈 백마 정도로 생각했던 거죠. 자신과 콘클린을 위해 커다란 계획을 세워뒀는데 할리우드 창녀 하나가 그것을 절단 내는 걸 가만히 두고 볼 수만은 없었습니다. 콘클린의 전화를 받은 미텔은 여자가 짐을 꾸리기 위해 집으로 갔다는 걸 알았죠. 그래서 그녀의 집으로 가서 가로챘을 겁니다. 아마 콘클린이 보내서 왔다고 둘러댔겠죠. 자세한 내용은 저도 모르겠지만."

"그자가 마저리를 죽였군."

보슈는 머리를 끄덕였다. 그런데 이번에는 현기증이 일지 않았다.

"어디서 죽였는지는 몰라도, 아마 자기 차 안에서 그랬겠죠. 놈은 그녀의 목에 벨트를 매고 옷을 찢어 마치 성범죄처럼 보이게 했습니다. 그 정액은… 원래 있었던 겁니다. 왜냐하면 콘클린과 함께 있었으니까요. 그녀를 죽인 뒤 미텔은 시체를 할리우드 대로의 뒷골목 쓰레기통에 버렸어요. 그 후 오랜 세월 동안 이 모든 사실들은 비밀 속에 파묻혀 있었습니다."

"자네가 나타날 때까지 말이지?"

보슈는 대답하지 않았다. 그는 담배맛과 사건종결의 느긋함을 즐기고 있었다.

"폭스는 어떻게 된 건가?"

어빙이 다시 물었다.

"아까 말씀드렸듯 폭스는 마저리와 콘클린이 그런 사이란 걸 알고 있었어요. 그리고 마저리가 그 골목에서 시체로 발견된 전날 밤 두 사람이 함께 있었다는 것도 알고 있었죠. 그런 것을 알고 있다는 사실은 콘클린에 대한 폭스의 영향력을 키워줬어요. 설사 콘클린이 아무 죄도 범하지 않았다 하더라도 말이죠. 폭스는 그걸 이용했습니다. 어떤 식으로 얼마나 이용했는진 알 수 없지만요. 1년 후 그는 콘클린의 선거운동원으로 등록됩니다. 콘클린에게 거머리처럼 달라붙어 피를 빨아먹는 놈이 된 거죠. 마침내 해결사인 미텔이 나섰어요. 폭스는 콘클린의 선거운동 전단을 뿌리다 뺑소니 사고로 사망했습니다. 사고처럼 보이게 꾸미고 운전사는 도망쳐 버리면 되니 계획 세우기가 쉬웠을 겁니다. 그건 놀랄 일이 아니에요. 마저리 로우 사건을 담당했던 바로 그 형사가 이 뺑소니 사고도 처리했습니다. 결과는 똑같았죠. 체포된 사람은 아무도 없었습니다."

"매키트릭이었나?"

"아뇨. 클로드 에노였습니다. 오래전에 죽었죠. 비밀을 그대로 간직한 채. 하지만 미텔은 그에게 25년간이나 급료를 지급해왔습니다."

"서류가방에 든 예금거래 증명서가 그건가?"

"네. 그걸 추적해 보면 미텔과 연결되어 있을 겁니다. 콘클린은 그런 사실에 대해 모른다고 했고, 전 그 말을 믿습니다. 미텔이 지난 여러 해 동안 관여했던 선거들을 조사해 봐야만 해요. 그러면 닉슨 정부에서 그자가 저지른 추악한 부정들이 드러날 겁니다."

보슈는 테이블 옆에 놓인 휴지통 옆면에 담뱃불을 비벼 끈 후 꽁초를 안에 던져 넣었다. 그러자 추운 느낌이 들어 흙과 피가 말라붙은 윗도리를 다시 입었다.

"그걸 입으니 아주 지저분해 보이는데, 해리. 차라리…."

"추워서요."

"좋아."

"그자는 비명도 안 질렀어요."

"뭐라고?"

"미텔 말입니다. 절벽 아래로 떨어질 때 비명도 안 질렀다고요. 그래서 전 떨어진 줄도 몰랐어요."

"알 필요도 없지. 그건 단지…."

"전 그를 밀지 않았어요. 잡목 숲에서 갑자기 튀어나와 절 들이박았고, 둘이 함께 구르다가 저절로 떨어져 나갔습니다. 그는 비명도 지르지 않았어요."

"알았어. 아무도 그 문제에 대해선…."

"전 단지 죽은 내 어머니에 대해 질문들을 던졌을 뿐인데 사람들이 죽어가기 시작한 겁니다."

보슈는 건너편 벽에 붙은 시력검사표를 응시하고 있었다. 그런데 응급환자 진찰실에 왜 그런 것이 걸려 있는지 이해가 되지 않았다.

"맙소사…. 파운즈는… 제가…."

"그래, 나도 무슨 일이 있었는지 알아."

어빙이 끼어들자, 보슈는 멍한 눈으로 그를 쳐다보았다.

"아신다고요?"

"형사과 직원 모두와 면담을 했어. 에드거는 자네 부탁으로 폭스에 대한 컴퓨터 조회를 했다고 보고했어. 나 혼자 내린 결론이지만 파운즈는 그 말을 엿들었거나 소문으로 들었던 것 같아. 그래서 자네가 상담치료실로 간 뒤 자네 친구들이 뭘 하고 있는지 체크를 해봤겠지. 그러다 한 걸음 더 나아갔던 게 그만 미텔과 본을 마주치게 됐던 게지. 파운즈는 차량등록국의 자료를 통해 관련자들을 추적했던 모양인데, 내 생각엔 그 정보가 미텔에게 들어갔던 것 같아. 미텔은 위험을 통보해 주는 커넥션을 가지고 있었거든."

보슈는 침묵했다. 어빙이 그 시나리오를 정말 믿고 있는지, 아니면 실제 있었던 일을 알고 있으니 그냥 넘어가자는 건지 구분하기 어려웠다. 그건 중요하지 않았다. 어빙에게 문책을 받든 경찰 당국의 처벌을 받든, 이대로 덮어둔 상태론 양심상 살아갈 수가 없었다.

"젠장, 그는 저 때문에 죽었어요."

그는 불쑥 말했다. 그러자 갑자기 몸이 떨리기 시작했다. 입 밖으로 크게 내뱉은 그 말이 마치 악령이라도 불러온 것 같았다. 머리에 대고 있던 얼음주머니를 떼어내어 휴지통에 던지고 두 팔로 몸을 감싸 안았지만 떨림은 멈추지 않았다. 이제 떨림은 일시적 고통이 아니라 영구적인 그의 일부가 되어 다시는 따뜻해질 수가 없을 것처럼 느껴졌다. 입에서 짭조름한 눈물 맛이 느껴져서, 그는 자신이 울고 있다는 걸 알았다. 그래서 어빙에게서 얼굴을 돌리며 이제 그만 돌아가 달라고 말하려 했지만, 도무지 입이 떨어지지 않았다. 턱이 주먹처럼 단단하게 굳어져 있었다.

"해리?"

어빙의 목소리가 들려왔다.

"해리, 괜찮아?"

보슈는 간신히 머리를 끄덕이면서도, 자신의 몸이 떨리고 있는 것을 어빙이 어떻게 모를 수 있는지 의아하기만 했다. 그는 두 손으로 윗도리 주머니들을 뒤졌다. 왼쪽 주머니에서 무언가가 손에 집히자 무의식적으로 꺼내기 시작했다. 어빙이 걱정스런 표정으로 말했다.

"자네 감정이 격앙될 수 있으니 조심해야 한다고 의사가 말했네. 머리의 충격 때문에… 그자들이 자네에게 정말 끔찍한 짓을 했어. 하지만 걱정하지 말게, 해리. 자네 정말 괜찮은 건가? 얼굴이 하얘졌어. 나가서 의사를 불러오지."

돌아서려던 어빙은 보슈가 주머니에서 무언가를 꺼내자 동작을 멈췄다. 보슈가 한 손을 쳐들었다. 떨리는 손아귀에 잡혀 있는 것은 새까만 당구공이었다. 온통 피가 묻어 있었다. 어빙은 그의 손가락들을 억지로 펴다시피 하여 당구공을 빼낸 뒤 그에게 말했다.

"의사를 데려올게."

보슈는 병실에 혼자 남아 누군가가 와서 악마를 쫓아주기를 기다리고 있었다.

43 온전한 진실

뇌진탕 증세로 보슈의 동공은 확장되었고 그 아래 흰자위는 자주색으로 충혈되어 있었다. 끔찍한 두통과 함께 체온이 섭씨 38도를 오르내렸다. 응급실 의사는 예방조치로 새벽 4시까지 환자에게 잠을 재우지 말고 수시로 체크하라는 지시를 내렸다. 보슈는 신문을 읽거나 토크쇼를 보며 시간을 보내려고 했지만 두통만 더 악화시켰을 뿐이었다. 마침내 멍하니 벽만 바라보고 있을 때 간호사가 들어와 체크를 하더니 이제 취침해도 좋다고 말했다. 그런 다음에도 간호사들은 두 시간 간격으로 들어와서 그를 흔들어 깨웠다. 그들은 그의 눈을 들여다보고 체온을 잰 뒤 괜찮으냐고 물어보곤 했다. 두통에 대해서는 어떤 처방도 해주지 않고 그냥 자라고만 했다. 보슈가 그 토막잠들 속에서 코요테나 다른 어떤 것에 대한 꿈을 꾸었다 하더라도, 그의 기억엔 잔상이 전혀 남아 있지 않았다.

정오 무렵 보슈는 마침내 일어났다. 처음엔 두 다리가 휘청거렸지만 균형 감각이 재빨리 살아났다. 그는 욕실로 가서 거울에 자기 꼴을 비춰보았다. 그러자 웃을 일이 전혀 아닌데도 불구하고 웃음이 터져 나왔다. 언제라도 그 꼴을 보면 웃거나 울거나 아니면 그 두 가지를 동시에 해야 할 것처럼 보였던 것이다.

머리카락을 밀어버린 두개골 부위에는 L자 모양으로 기운 자국이 보였다. 손으로 더듬으니 아픈데도 웃음이 자꾸 비어져 나왔다. 그는 손으로 다른 쪽 머리카락을 빗어 상처 부위를 살짝 가렸다.

두 눈도 가관이었다. 빨간 혈관이 돋아나고 눈동자가 풀려서 두 주일쯤 술만 마시다 나온 사람의 눈알 같았고, 가장자리로는 자주색의 삼각형 충혈이 덮고 있었다. 양쪽 눈이 다 시퍼렇게 멍든 꼴은 처음 보는 것 같았다.

병실로 돌아와 보니 그의 서류가방이 병상 탁자 위에 놓여 있었다. 어빙이 두고 간 것이었다. 그것을 집으려고 몸을 구부리던 보슈는 균형을 잃고 비틀거리다가 병상 모서리를 잡고 간신히 버텼다. 가방을 안고 병상으로 가서 내용물을 점검해 보았다. 어떤 목적이 있어서가 아니라 뭐든 하고 싶어서였다.

수첩을 꺼내 넘겨봤지만 정신을 집중할 수가 없었다. 그래서 지금은 캐서린 리지스터로 개명한 메러디스 로만이 5년 전에 보내준 크리스마스카드를 다시 꺼내 읽어 보았다. 그러자 그녀에게 전화할 필요가 있다는 걸 알았다. 그동안 일어났던 일들을 그녀가 신문에서 읽거나 텔레비전 뉴스로 듣기 전에 알려주고 싶었다. 수첩에서 그녀의 전화번호를 찾아 다이얼을 눌렀다. 그러자 자동응답기가 대신 대답했다. 보슈는 메시지를 남겼다.

"메러디스, 아니 캐서린… 해리 보슈예요. 시간이 있으면 얘기 좀 하고 싶습니다. 그동안 무슨 일이 좀 있었는데, 당신이 들으면 기분이 좋아지실 것 같아서요. 그러니까 아무 때나 전화를 주세요."

보슈는 테이프에다 휴대전화 번호와 마크 트웨인 호텔방 전화번호, 병실 전화번호까지 모두 남기고 전화를 끊었다.

그는 서류가방 뚜껑 부분에 있는 아코디언 식 주머니를 열고 몬테킴에게서 빼앗은 사진을 꺼냈다. 그리곤 자기 어머니의 얼굴을 한참 동안 들여다보며 생각에 잠겼다. 그러자 마침내 한 가지 의문이 떠올랐다. 마저리 로우를 사랑했다는 콘클린의 말에 대해서는 보슈도 의심하지 않았다. 그렇지만 그녀도 과연 콘클린을 사랑했을까? 보슈는 그녀가 맥클라렌 고아원에 찾아왔던 때를 떠올렸다. 그녀는 그를 꼭 데리러 오겠다고 약속했다. 법적인 노력은 그 당시 별 효과가 없었기 때문에 그녀는 법원을 믿지 않았다. 그녀가 그런 약속을 했을 때는 법을 믿은 게 아니라 그것을 우회하고 조종할 생각이었던 것이다. 그래서 보슈는 그녀가 피살되지만 않았다면 그 방법을 기어이 찾아냈을 거라고 믿었다.

보슈는 사진을 들여다보며 콘클린은 단지 그 약속의 한 부분이었을지도 모른다는 생각이 들었다. 그들의 결혼 계획은 그녀가 아들을 고아원에서 데리고 나오기 위한 수단이었다. 전과가 있는 미혼모에서 힘 있는 남자의 아내가 되는 것. 콘클린이라면 마저리 로우의 양육권을 되찾아줄 수 있었을 것이다. 콘클린의 사랑은 그녀에게 별 의미가 없었고 단지 아들을 찾기 위한 기회였을 뿐이라는 생각이 들었다. 맥클라렌에 여러 차례 찾아왔지만 그녀의 입에서 콘클린이나 다른 어떤 남자의 이름도 들어본 적이 없었다. 만약 진심으로 콘클린을 사랑했다면 자기 아들에게도 한 번쯤은 얘기하지 않았을까?

그런 생각에 잠겨 있던 보슈는 아들을 구해내려던 어머니의 노력이 결국은 당신을 죽음으로 몰아넣었다는 사실을 깨달았다.

"왜 그러세요, 보슈 씨?"

간호사가 방 안으로 급히 들어오더니 음식 쟁반을 탁자 위에 털썩 놓았다. 보슈는 대답하지 않았다. 간호사의 존재를 느끼지도 못한 것 같았다. 간호사가 쟁반에서 냅킨을 집어 그의 뺨에 흘러내린 눈물을 닦아주며 달랬다.

"괜찮아요. 이젠 괜찮아요."

"그럴까요?"

"외상이니까 겁먹을 거 없어요. 머리 외상은 정서적 혼란을 초래하죠. 한바탕 울고 나면 금방 웃기도 하죠. 이 커튼을 좀 열게요. 그러면 기분이 한결 좋아질 거예요."

"그냥 나 혼자 있게 해주면 좋겠소."

간호사는 그의 말을 무시하고 커튼을 열어 젖혔다. 경치라고 해야 20미터쯤 떨어진 곳에 서 있는 다른 건물 하나가 전부였다. 경치가 하도 나빠 웃음이 나왔지만 그래도 보슈는 기분이 조금 좋아졌다. 자신이 지금 시더스 사이나이 병원에 와 있다는 것을 알았고, 다른 병동들도 알아볼 수가 있었다.

간호사는 탁자를 병상 쪽으로 굴려가기 위해 그의 서류가방을 닫았다. 쟁반에는 솔즈베리 스테이크와 홍당무, 감자가 담긴 접시가 놓여 있었다. 전날 밤 그의 주머니에서 발견한 당구공보다 더 단단해 보이는 롤빵 한 개와 비닐에 싸인 빨간 디저트 같은 것도 보였다. 쟁반과 그것이 풍기는 냄새가 욕지기를 불러 일으켰다.

"이건 못 먹겠는데. 콘플레이크 같은 건 없소?

"제대로 된 음식을 드셔야죠."

"난 방금 일어났어요. 당신들이 밤새 못 자게 했잖아. 이건 삼킬 수 없을 것 같소. 토할 것 같아요."

간호사는 재빨리 쟁반을 들고 문 쪽으로 걸어가며 말했다.

"알아볼게요. 콘플레이크 말예요."

간호사는 미소를 지어 보이며 말했다.

"힘내세요."

"그럼요. 그게 처방인데."

보슈는 무얼 할지 몰라 마냥 기다리며 시간을 보냈다. 그는 미텔과 만났던 일과 그와 주고받았던 말들에 대해 생각했다. 그 속에서 뭔가 그의 신경을 건드리는 것이 있었다.

병상 옆 패널에서 터져 나온 버저 소리에 그의 생각은 끊어졌다. 아래쪽으로 내려다보니 전화기가 울리고 있었다.

"여보세요?"

"해리?"

"그런데요."

"나 재즈예요. 괜찮아요?"

긴 침묵이 끼어들었다. 보슈는 아직 그녀와 얘기할 준비가 되어 있지 않았다. 그렇지만 이젠 피할 수 없게 되었다는 생각이 들었다.

"해리?"

"난 괜찮소. 그런데 어떻게 날 찾아냈죠?"

"어제 나한테 전화한 사람이 알려줬어요. 어빙 뭐라고 했는데."

"어빙 부국장입니다."

"네, 그분이 전화해서 당신이 다쳤다고 했어요. 이 전화번호도 알려줬고요."

그 부분이 좀 짜증스럽지만 보슈는 티 내지 않으려고 애썼다.

"난 괜찮지만 아직 말을 제대로 할 수 없어요."

"그래, 무슨 일이에요?"

"얘기하자면 길어요. 지금은 말하고 싶지도 않고."

그러자 이번엔 재스민이 조용해졌다. 둘 다 침묵의 의미를 헤아리며 아직 말하지 않고 있는 부분에 대해 생각하고 있었다.

"알고 있군요. 그렇죠?"

"왜 말하지 않았죠, 재스민?"

"난…."

다시 긴 침묵.

"지금이라도 얘기해 줘요?"

"글쎄…."

"그가 뭐라고 했는데요?"

"누구?"

"어빙 말예요."

"그에게 들은 말이 아닙니다. 그는 몰라요. 다른 사람한테서 들었죠. 나를 해치려는 사람."

"아주 오래전 얘기예요, 해리. 당신한테 다 얘기하고 싶지만… 전화로는 싫어요."

보슈는 눈을 감고 잠시 생각해 보았다. 재스민의 목소리만 들어도 그녀와의 관계가 새롭게 되살아나는 느낌이었다. 그렇지만 그 속으로 다시 빠져들 것인지는 엄격히 자문해 봐야만 했다.

"나도 잘 모르겠어요, 재스민. 생각 좀 해봐야겠소."

"이봐요, 내가 어떻게 했어야만 했죠? 첨부터 이마에 써 붙이고 당신을 멀리 쫓아버려야 했나요? 당신이 말해 봐요. 언제가 당신한테 가장 말하기 좋았죠? 첫 번째 레모네이드를 건넨 직후? 당신이 잔을 내려놓자마자, '아, 그런데 말이죠. 6년 전 나는 동거 중인 남자가 하룻밤에 두 번씩이나 강간하려고 해서 죽여 버렸어요.'라고 말했어야 했나요? 그게 가장 적절했을까요?"

"재즈, 그만해요."

"뭘 그만해요? 형사들은 여기서 내가 한 얘기를 믿지 않더군요. 당신한테는 뭘 기대할 수 있죠?"

보슈의 귀에 들릴 정도는 아니지만 그녀는 울고 있는 게 분명했다. 목소리에 고통과 외로움이 가득한 걸 느낄 수 있었다.

"당신이 의미 있는 말을 하기에 난…."

"재즈, 우린 주말을 함께 보냈을 뿐이에요. 그걸 너무 확대해석하는 것 같은데."

"어쩜 이럴 수가! 그게 아무 의미도 없었다곤 말하지 말아요."

"당신 말이 옳아요. 미안해요…. 하지만 지금은 그런 얘길 할 때가 아니죠. 지금 내 처지가 너무 복잡해요. 나중에 전화할게요."

여자는 아무 말도 없었다.

"알겠죠?"

"알았어요, 해리. 전화해요."

"그래요. 안녕, 재즈."

보슈는 전화를 끊고 눈을 감은 채 한동안 그대로 있었다. 희망이 깨어진 뒤의 허탈감으로 기분이 멍했고, 그녀와 다시 얘기할 수나 있을지 의심스러웠다. 그런 생각들을 곰곰이 하고 있노라니 사람들이 모두 엇비슷해 보였다. 그래서 내막이야 어떻든 재스민이 한 짓이 두려운 게 아니라, 정말 그녀에게 전화를 하고 그 자신보다 응어리가 더 많은 사람과 얽히는 것이 더 두려웠다.

그는 눈을 뜨고 잡념을 떨쳐냈다. 그러나 생각은 금방 재스민에게로 돌아갔다. 수많은 여자들 중 하필 그 여자를 만났다는 것이 놀라웠다. 재스민이 냈다는 신문광고. 그 내용이 혹시 '외톨이 백인 살인자가 똑같은 짝을 찾습니다'라는 것이었던가? 그는 소리내어 웃었지만 재미는 하나도 없었다.

기분전환을 위해 텔레비전을 틀었더니 토크쇼 진행자가 여자들과 인터뷰를 하고 있었다. 그런데 그들은 자신들의 가장 친한 친구의 남자를 훔친 여자들이라고 했다. 남자를 도둑맞은 그들의 가장 친한 친구들도 참석하여 질문이 나올 때마다 요란한 입씨름을 벌이곤 했는데, 난리도 그런 난리가 없었다. 보슈는 볼륨을 내리고 고요 속에서 여자들의 성난 얼굴들이 뒤틀리는 걸 10분쯤 지켜보았다.

잠시 후 그는 TV를 끄고 간호사 대기실로 전화해서 콘플레이크는 어떻게 되었느냐고 물었다. 전화를 받은 간호사는 점심시간에 아침 식사를 찾는 그의 요구를 전혀 이해하지 못했다. 메러디스 로만에게 다시 전화했지만 자동응답기 소리가 흘러나와 끊었다.

이젠 배가 고파 솔즈베리 스테이크라도 다시 가져오라고 전화하고 싶어졌을 때 간호사가 다른 음식 쟁반을 들고 들어왔다. 거기엔 바나나와 오렌지 주스, 콘플레이크가 담긴 플라스틱 그릇, 우유 한 팩이 담겨 있었다. 그는 간호사에게 고맙다고 말한 뒤 콘플레이크를 먹기 시작했다. 다른 것들은 먹고 싶지 않았다.

대충 허기를 면하자 그는 전화기를 들고 파커 센터 대표전화를 눌러 어빙 부국장실로 돌려달라고 부탁했다. 전화를 받은 비서는 어빙이 국장과 회의 중이라 바꿀 수 없다고 대답했다. 보슈는 전화번호를 남기고 끊었다.

그다음엔 케이샤 러셀의 사무실로 전화를 걸었다.

"보슈요."

"보슈, 어디 있었어요? 전화기는 아예 꺼놨어요?"

보슈는 서류가방에서 전화기를 꺼내어 살펴보았다. 배터리가 꺼져 있었다.

"미안, 배터리가 나갔소."

"잘하시네. 도무지 도움이 안 되는군요. 내가 드린 기사에 나온 두 거물이 어젯밤 죽었는데도 전화 한 통 안 해요? 약속했잖아요."

"지금 전화하고 있잖소."

"그럼 뭐가 있어요?"

"그 전에 뭘 알아냈죠? 그들은 뭐라고 말하고 있죠?"

"그들은 입도 뻥긋 안 해요. 그래서 당신 전화만 눈 빠지게 기다리고 있었죠."

"그들이 실제로 뭐라고 얘기하고 있어요?"

"정말 아무 말도 안 했어요. 그냥 두 사람의 죽음에 대해선 수사 중이고, 분명한 연관성은 없어 보인다라고만 했어요."

"다른 남자에 대해서는? 본은 찾아냈대요?"

"본이 누구예요?"

보슈는 무슨 일이 벌어지고 있는지, 왜 사건을 은폐하고 있는지 알 수가 없었다. 어빙이 설명해줄 때까지 참고 기다려야 한다는 건 알지만, 분노가 목구멍으로 꾸역꾸역 밀고 올라왔다.

"보슈? 듣고 있어요? 본이 누구죠?"

"나에 관해서는 뭐라고 얘기하고 있지?"

"당신에 대해서요? 아무 얘기 없었어요."

"다른 남자의 이름은 조나단 본이오. 그자도 거기 있었어요. 전날 밤 미텔의 저택에."

"어떻게 알죠?"

"나도 거기 있었거든."

"보슈, 당신도 거기 있었다고요?"

보슈는 눈을 감고 생각해 보았지만 경찰 당국이 사건 위에 쳐놓은 장

막을 뚫고 들어갈 수가 없었다.

"해리, 우린 거래를 했잖아요. 사건 내막을 얘기해 줘요."

성만 부르던 케이샤가 처음으로 이름을 불렀다는 걸 그는 알았다. 밖에서 과연 무슨 일이 벌어지고 있는지, 여기자에게 얘기해줬을 경우 어떤 결과가 나타날지 생각하며 잠시 더 시간을 끌었다.

"보슈?"

다시 성으로 돌아갔다.

"좋아요. 볼펜 가지고 있죠? 당신이 시작할 수 있을 만큼 얘기해 주지. 나머지는 어빙한테서 받아내야 할 거요."

"부국장한테 계속 전화했지만 받지도 않았어요."

"당신이 내막을 알고 있다는 생각이 들면 받을 거요. 안 받곤 못 배길 테니."

케이샤 러셀 기자에게 대강의 얘기를 해주고 나자 보슈는 피곤하고 두통도 더 심해진 것 같았다. 이젠 잠을 자야겠다고 생각했다. 잠이 와 주기만 한다면. 그는 모든 것을 잊고 오직 잠들고 싶었다. 여기자가 위로랍시고 한마디 했다.

"정말 엄청난 얘기군요, 보슈. 어머님 일은 정말 유감이에요."

"고마워요."

"파운즈는 어떻게 된 거예요?"

"어떻게 되다니?"

"사건과 관련 있어요? 어빙이 그 수사를 지휘하고 있었는데, 이젠 이 사건을 맡고 있군요."

"당신이 직접 물어 봐요."

"전화를 받기만 하면요."

"거기 전화할 때 부관에게 마저리 로우에 관한 일로 부국장과 얘기하고 싶다고 말해요. 그 말만 들으면 틀림없이 전화를 받을 거요. 내가 보장하지."

"알았어요, 보슈. 마지막으로 한 가지. 처음부터 이런 얘긴 없었지만 물어볼게요. 당신 이름을 정보제공자로 사용해도 될까요?"

보슈는 그 문제에 대해 생각해 보았지만 오래 걸리진 않았다.

"좋아요. 사용해요. 당신이 사용하는 걸 빼고 내 이름이 또 어디 내놓을 가치가 있겠소."

"고마워요. 다음에 만나요. 당신 정말 멋져요."

"맞아, 나는 멋져요."

보슈는 전화기를 내려놓고 눈을 감았다. 그리고 얼마나 오래 지났는지 몰라도 깜박 졸았던 것 같았다. 전화벨 소리에 정신이 들었던 것이다. 어빙이 화난 소리로 물었다.

"자네 무슨 짓을 한 거야?"

"무슨 말씀입니까?"

"방금 여기자 하나가 전화를 해왔어. 마저리 로우에 관해 질문할 게 있다고 하더군. 자네 이 문제를 기자들한테 말한 건가?"

"한 사람에게만 말했습니다."

"무슨 얘기를 했나?"

"부국장님이 덮어버릴 수 없을 만큼 충분히 말해줬죠."

"보슈…."

어빙 부국장은 말을 끝내지 못했다. 침묵이 길어지자 보슈가 먼저 입을 열었다.

"부국장님은 그 사건을 덮어버리려고 했어요, 아닙니까? 피살자와 함께 쓰레기통에 처넣었죠. 그동안 온갖 일들이 다 일어났지만 그녀는 여전히 중요하지 않았어요."

"자넨 무슨 소릴 지껄이고 있는지도 모르고 있군."

보슈는 일어나 앉았다. 화가 치밀어 올랐다. 갑자기 현기증이 일어났다. 그는 눈을 감고 그것이 가라앉기를 기다렸다.

"그러시다면 제가 뭘 모르고 있는지 좀 알려주시죠. 네? 부국장님. 당신이야말로 무슨 소릴 지껄이고 있는지 모르고 있는 것 같은데요. 거기서 어떻게들 하고 있는지 다 들었습니다. 콘클린과 미텔은 서로 관련이 없는 것 같다고요? 어떻게 그런… 제가 그런 소릴 듣고도 여기 가만히 앉아 있을 줄 아십니까? 조나단 본 얘기는 나오지도 않더군요. 스플래터 슈트 차림의 살인기계 말예요. 그 자식은 콘클린을 창밖으로 내던졌고 저를 땅속에 파묻으려고 했습니다. 파운즈를 죽인 놈도 그자인데 당신들은 그 자식 이름도 입에 안 올려요? 그러니까 부국장님, 제가 뭘 모르고 있는지 말씀 좀 해주시겠어요?"

"보슈, 내 말 좀 들어봐. 진정하고 내 말 좀 들어보라고. 미텔이 누구 부하였나?"

"몰라요. 알고 싶지도 않습니다."

"그는 막강한 사람들 밑에 있었네. 이 주에서 가장 막강한 사람들, 이 나라에서 가장 막강한 사람들이었어. 게다가…."

"알고 싶지 않다고요!"

"시의원 대다수를 알고 있다고."

"그래서요? 저한테 무슨 얘길 하시는 겁니까? 시의원과 주지사, 상원의원, 그 밖의 모든 사람들도 이 사건에 연루되어 있다는 겁니까? 부국장님은 그들의 엉덩이까지 다 가려주고 있었나요?"

"보슈, 제발 진정하고 이성적으로 생각하게. 자신에게 귀를 기울여봐. 물론 그런 얘기는 아니야. 내가 자네한테 말하고 싶은 건 만약 자네가 미텔을 때리면 그건 그와 관련되어 있거나 그의 서비스를 받고 있는 많은 권력자들을 때리는 것이 된다는 거야. 그렇게 되면 자네와 나뿐만 아니라 이 LA 경찰국에도 엄청난 역풍이 몰아칠 거라고."

바로 그 때문이었군. 보슈는 생각했다. 실용주의자인 어빙은 어쩌면 경찰국장과 함께 진실보다는 경찰국과 자신들의 안위를 먼저 보살피기로 작정했던 것이다. 사건의 진상은 썩어가는 쓰레기처럼 악취를 풍기고 있었다. 보슈는 심한 피로감이 온몸으로 밀려오는 느낌이었다. 그는 그 속으로 깊이 빠져들었다. 이제 그만하면 충분해.

"그것을 막아주면 부국장님은 그들을 엄청나게 도와주는 것이 되겠군요, 그렇죠? 보아하니 당신과 국장님은 오전 내내 전화통을 붙잡고 막강한 사람들에게 이 사실을 일일이 알려줬겠군요. 이제 그들은 모두 당신에게 빚을 졌군요. LA 경찰국에도 큰 빚을 졌고요. 굉장한데요, 부국장님. 엄청난 거래잖아요. 사건 속에서 진실을 찾아내는 일 따위는 하나도 중요하지 않을 것 같군요."

"보슈, 그 여기자한테 다시 전화하게. 머리를 심하게 다쳐 헛소리를 했다고…."

"아뇨. 그럴 수 없습니다. 너무 늦었어요. 이미 다 얘기해버렸는데요, 뭐."

"다 얘기하진 않았잖아. 다 까발리면 자네도 다쳐. 안 그래?"

그랬다. 어빙도 알고 있었다. 보슈가 파운즈의 이름과 계급을 사칭했고 결국 그의 죽음에 책임이 있다는 걸 부국장은 알고 있거나 짐작하고 있음이 분명했다. 그것은 이제 보슈에 대한 그의 무기가 되었다. 그가 오금을 박았다.

"이걸 내가 막지 못하면 자넬 처넣어야 할지도 몰라."

"상관없어요."

보슈는 조용히 말했다.

"부국장님 마음대로 하시죠. 그래도 기사는 꼭 나올 겁니다. 진실 말이에요."

"그게 과연 진실이긴 한가? 온전한 진실이냐고? 난 의심스러워. 자네도 속으론 미심쩍어 한다는 걸 난 알아. 온전한 진실은 절대 알 수 없을 거라고."

침묵이 뒤따랐다. 보슈는 그가 더 얘기하길 기다렸지만 침묵이 이어지자 전화기를 내려놓았다. 그리곤 전화선을 뽑아버린 뒤 마침내 잠을 청했다.

44 안녕, 코요테

다음 날 아침 6시에 보슈는 잠에서 깨어났다. 간밤에 간호사들이 끔찍한 저녁 식사를 들고 오거나 체온기를 들고 들락거리며 잠을 방해했던 기억이 흐릿하게 떠올랐다. 머리는 묵직했다. 상처 난 곳을 손가락으로 살짝 건드려봤더니 전날보다는 덜 민감하게 느껴졌다. 일어나서 병실 안을 이리저리 걸어보았다. 균형감각도 정상으로 돌아온 것 같았다. 욕실로 들어가 거울을 보니 눈두덩은 아직 푸르죽죽한데 눈동자는 제대로 박혀 있었다. 가야 할 시간이라고 그는 생각했다. 대충 옷을 챙겨 입은 뒤 서류가방을 들고 더러워진 윗도리는 다른 팔에 걸친 채 병실을 나섰다.

간호사 대기실 앞에서 보슈는 엘리베이터 버튼을 누르고 기다렸다. 그는 카운터 뒤의 간호사들 중 하나가 자신을 주시하고 있다는 걸 알았다. 사복을 입고 있는 그를 그녀는 확실히 알아보지 못한 듯했다.

"실례지만 제가 도와드릴 일이라도?"

"아니, 괜찮소."

"환자 분이세요?"

"그랬죠. 퇴원하는 겁니다. 419호실의 보슈예요."

"잠깐만요, 선생님. 뭘 하시려는 거죠?"

"퇴원한다니까. 집에 가는 거요."

"뭐라고요?"

"계산서만 보내 주시오."

엘리베이터 문이 열리자 그는 안으로 들어갔다.

"그러시면 안 돼요."

간호사가 소리쳤다.

"의사 선생님께 여쭤봐야 해요."

보슈는 안녕 하고 손을 흔들었다.

"기다려요!"

엘리베이터 문이 닫혔다.

그는 로비에서 신문을 한 부 구입한 뒤 밖으로 나가 택시를 잡았다. 운전사에게 파크 라브레아로 가자고 했다. 가는 동안 케이샤 러셀이 쓴 기사를 읽어보았다. 1면에 실린 그 기사는 전날 그 자신이 케이샤에게 들려준 얘기를 압축한 것에 불과했다. 대부분의 알맹이는 아직 수사 중이라는 말로 얼버무려져 있었지만 그만하면 읽을 만했다.

기사에서 보슈란 이름은 제보자로 여러 차례 언급되었고 기사의 주인공처럼 부각되어 있었다. 어빙도 제보자로 이름이 올랐다. 어차피 보슈가 터트린 이상, 부국장도 결국 진실을 밝히거나 진실에 가까운 쪽으로 털어놓을 각오를 한 것처럼 보였다. 역시 실용주의자다운 발상이었고, 그렇게 함으로써 그 자신이 주도하는 것처럼 보였다. 기사에서 그는 보수적인 목소리를 내고 있었다. 보슈의 진술 뒤엔 항상 어빙의 주의가 이어졌는데, 수사가 아직 초기 단계이므로 최종 결론이 내려진 건 없다는 말이었다.

기사에서 보슈의 마음에 가장 드는 부분은 시의원들을 포함한 여러 명의 주의원들이 미텔과 콘클린의 죽음에 놀라움을 금치 못하며, 그들과 은폐된 살인사건과의 관련성에 의문을 표했다는 내용이었다. 기사는 또한 미텔의 수하였던 조나단 본이 살인 혐의로 경찰의 추적을 받고 있다는 사실도 언급하고 있었다.

파운즈에 관한 내용은 미미했다. 보슈가 그의 이름을 사칭하고 다녔고, 그로 인해 그를 죽음에 몰아넣은 혐의가 있다는 식의 언급은 발견할 수 없었다. 단지 어빙이 사건과 파운즈와의 관련성은 아직 수사 중이지만, 파운즈도 우연히 보슈가 걸어간 길로 들어섰던 것처럼 보인다고 말했을 뿐이었다.

어빙은 보슈에게 협박을 한 뒤에도 케이샤 러셀에게 말할 때는 그 부분을 감췄던 것 같았다. 그것은 LA 경찰국의 치부를 신문에 드러내고 싶지 않은 부국장의 욕심일 뿐이라고 보슈는 생각했다. 진실이 밝혀지면 보슈도 다치겠지만 LA 경찰국도 타격을 받을 수 있었다. 만약 어빙이 보슈에게 어떤 행동을 취할 생각을 한다면, 그 범위는 경찰국 내부로 국한될 것이었다. 그러면 비밀은 유지된다.

보슈가 렌트한 무스탕은 아직 라브레아 노인요양소 주차장에 있었다. 택시 운전사에게 요금을 지불하고 무스탕으로 다가갔다. 운 좋게도 자동차 키는 조나단 본에게 습격당하기 직전 문에 꽂아두었던 그대로 있었다.

마크 트웨인 호텔로 돌아가기 전에 마운트 올림퍼스를 한 바퀴 돌아보기로 했다. 휴대전화 배터리를 충전하기 하기 위해 플러그를 라이터에 꽂은 뒤 로럴 캐니언 대로로 차를 몰았다.

허귤러스 드라이브에 도착하자 그는 속력을 줄여 미텔의 지상 우주선 대문 옆으로 슬슬 굴러갔다. 노란 폴리스 라인 테이프를 둘러친 채 대문은 닫혀 있었다. 진입로에 차들은 보이지 않았고 조용하고 평화로워 보였다. 그는 가속 페달을 밟았다. 미텔의 저택은 더 이상 보고 싶지가 않았다.

15분쯤 뒤 보슈는 우드로 윌슨 거리의 낯익은 모퉁이를 돌자마자 낯선 광경과 마주쳤다. 그의 집이 없어졌다. 집이 사라진 광경은 마치 이빨 빠진 미소처럼 휑해 보였다. 집 앞의 도로 가에는 박살난 유리와 목재, 구겨진 금속 등 집의 잔해들이 가득 담긴 커다란 건축물 쓰레기통 두 개가 놓여 있었다. 그 옆에는 이동식 컨테이너도 하나 있었는데, 집을 허물기 전에 쓸 만한 것들을 추려서 모아놓은 듯했다.

그는 차를 세워놓고 현관문이 있던 쪽으로 이어진 판석 깔린 길을 따라 걸어 올라갔다. 집터에 남은 거라곤 비석처럼 솟아 있는 여섯 개의 철제기둥뿐이었다. 원한다면 그 위에다 집을 다시 지을 수도 있을 것 같았다.

철제기둥 밑둥치 부근의 아카시아 숲에서 무엇이 움직인 것 같았다. 갈색이 얼핏 지나가더니 잡목 속으로 천천히 들어가는 코요테의 머리가 보였다. 보슈가 서 있는 쪽은 거들떠보지도 않았다. 코요테는 곧 사라졌다. 보슈의 눈길은 숲 속의 코요테를 놓쳐버렸다.

담배를 피우며 10분쯤 더 기다려 보았지만, 가버린 놈은 다시 돌아오지 않았다. 보슈는 이 장소에 대해 조용히 작별을 고했다. 그 자신도 이곳에 다시는 돌아올 것 같지 않았다.

45 지문 카드

마크 트웨인 호텔에 도착했을 무렵 도시의 아침이 밝아오기 시작했다. 쓰레기차가 골목을 지나가며 지난 한 주일 동안의 쓰레기를 치우는 소리가 호텔방까지 들려왔다. 그러자 보슈는 대형 쓰레기통 두 개를 가득 채웠던 그의 집 잔해들이 떠올랐다.

고맙게도 사이렌 소리가 그의 주의를 흩어 주었다. 소방차의 사이렌과는 구분되는 경찰 순찰차의 사이렌 소리였다. 거리 바로 아래쪽에 있는 경찰서에서 자주 울려대는 바람에 귀에 익은 편이었다. 그는 초조한 기분으로 두 개의 호텔방을 들락날락했다. 이런 곳에 처박혀 있는 사이에 인생이 다 끝나버릴 것만 같았다. 집에서 건져온 커피 기계로 커피를 만들어 마셔 보았지만 초조감만 더했을 뿐이었다.

신문을 다시 펼쳐들고 읽어 보았다. 그러나 1면에서 이미 읽은 기사 이외에는 흥미를 끄는 것이 없었다. 얄팍한 메트로 섹션을 뒤적이자 카운티 위원회에서는 미치광이가 뛰어들어 총탄을 뿌려댈 경우에 대비하여 방탄유리 데스크를 구비했다는 기사가 실려 있었다. 그는 메트로 섹션을 옆으로 밀치고 프론트 섹션을 다시 펼쳤다.

보슈는 자신의 수사에 관한 기사를 다시 읽으며 무언가가 잘못 되었다는 느낌, 무언가를 놓쳤거나 불완전하게 처리했다는 느낌을 떨칠 수가 없었다. 케이샤 러셀의 기사는 좋았다. 아무 문제도 없었다. 문제는 그것을 단어로, 인쇄물로 보는 것이었다. 그것은 그가 케이샤나 어빙, 혹은 그 자신에게 설명했을 때보다 확신이 없어 보였다.

보슈는 신문을 내던지고 침대에 기대 누워 눈을 감았다. 그리곤 사건들을 차례로 다시 떠올리다가 마침내 자신의 속을 갉고 있는 문제는 신문에 있는 것이 아니라 미텔이 그에게 했던 말 속에 있다는 사실을 깨달았다. 그는 그 부유한 사내의 저택 뒤쪽 잘 손질된 잔디밭에서 주고받았던 얘기들을 기억해내려고 애썼다. 거기서 실제로 무슨 얘기들을 했더라? 미텔은 어떤 걸 인정했지? 그 순간 미텔의 위치는 확고부동했다. 부상당한 보슈는 그의 앞에 잡혀 와서 죽을 때만 기다리고 있었고, 그의 맹견인 본은 총을 들고 보슈의 뒤에 서 있었다. 그런 상황이 되면 미텔처럼 자존심 강한 인간은 거리낄 것이 없는 법이다. 실제로 그는 더 이상 감추지도 않았다. 오히려 콘클린과 다른 사람들을 조종했던 자신의 술책을 자랑하지 않았던가. 그래서 간접적이긴 하지만 자유롭게 그 자신이 콘클린과 파운즈의 죽음을 유도했다는 사실을 인정했다. 하지만 그런 인정에도 불구하고 미텔은 마저리 로우의 죽음에 대해서는 끝내 인정하지 않았던 것이다.

그날 밤의 조각난 이미지들을 통해 정확히 어떤 말들이 오갔는지 떠올리려고 애써 봤지만 보슈의 머릿속은 가물가물하기만 했다. 하지만 시각적 회상은 양호한 편이었다. 환한 빛이 쏟아지는 앞에 서 있는 미텔의 모습이 선명하게 떠올랐다. 그런데 말소리는 들리지 않았다. 미텔의 입술이 움직이는 건 보이는데 말은 알아들을 수가 없었다. 그러나 마침내, 한참 동안이나 끙끙거린 후에야 그 말이 인식되었다. 기회. 미텔은 마저리의 죽음을 기회라고 불렀다. 그는 자기 과오를 인정했던 걸까? 그 말은 자신이 그녀를 죽이거나 죽이도록 명령했다는 뜻이었을까? 아니면 단순히 그녀의 죽음이 그에게 유리한 기회를 제공했다는 말일까?

보슈는 알 수가 없었고, 그 때문에 가슴이 바윗돌을 올려놓은 것처럼 묵직하게 느껴졌다. 그런 기분을 몰아내려고 애쓰다가 그는 마침내 잠속으로 빠져들기 시작했다. 바깥에서 들려오는 도시의 소음과 사이렌 소리까지도 이젠 편안하게 느껴졌다. 비몽사몽간을 한참 헤매던 그는 갑자기 눈을 번쩍 뜨며 소리쳤다.

"지문!"

30분 후 샤워와 면도를 하고 새 옷으로 갈아입은 보슈는 시내로 차를 몰고 있었다. 선글라스를 쓴 눈으로 거울을 슬쩍 들여다보니 푸르스름하게 멍든 눈꺼풀은 완벽히 가려져 있었다. 손가락에 침을 발라 머리의 휑맨 부분을 머리카락으로 잘 가렸다.

카운티 USC 메디컬 센터에 도착한 그는 로스앤젤레스 카운티 검시관실의 뒤쪽 차고에서 가장 가까운 주차장에 차를 세웠다. 열린 차고문으로 걸어 들어가며 경비원에게 손을 흔들자 상대방은 그를 알아보고 고개를 끄덕였다. 수사관들은 뒷길로 들어갈 수 없게 되어 있었지만 보슈는 벌써 여러 해째 그러고 있었다. 누군가가 그것을 연방사건으로 만들지 않는 한 그는 그만둘 생각이 없었다. 쥐꼬리만 한 급료를 받고 있는 경비원이 그런 짓을 하겠다고 나설 것 같진 않았다.

수사관 휴게실이 있는 2층으로 올라가면서 보슈는 자기가 잘 아는 사람, 기왕이면 지난 여러 해 동안 소원하게 지내지 않았던 사람을 만날 수 있길 바랐다. 문을 열자 향긋한 커피 냄새가 콧속을 파고들었다. 하지만 그의 희망은 물거품처럼 꺼졌다. 휴게실 안에는 래리 사카이 혼자만 테이블에 앉아 신문을 펼쳐들고 있었다. 검시반 수사관인 그를 보슈는 한 번도 좋게 본 적이 없었고, 상대방도 보슈를 같은 감정으로 대했다.

"보슈 형사님 아닌가요."

사카이가 신문에서 눈을 들고 바라보며 말했다.

"호랑이도 제 말 하면 온다더니, 지금 형사님 얘길 신문에서 읽고 있는 중이죠. 그런데 병원에 있다는 사람이 여긴 웬일이죠?"

"병원은 무슨. 여기 있잖아, 사카이. 내가 안 보여? 혼첼과 린치는 어디 있나? 이 근방에 있어?"

혼첼과 린치는 보슈가 잘 아는 수사관들로, 무슨 부탁을 하면 계산하지 않고 들어주는 좋은 친구들이었다.

"아뇨. 증거물을 수집하러 나갔죠. 아침부터 바빠요. 분위기가 다시 고조되는 느낌이랄까."

보슈는 지진으로 붕괴된 한 아파트 건물 속의 희생자들을 옮기는 과정에서 사카이가 카메라를 들고 들어가 천장이 무너져 깔려 죽은 침대 위의 시체들을 찍었다는 소문을 들었다. 그리곤 가명으로 그 사진을 타블로이드 신문사들에 팔아넘겼다는 얘기였다. 사카이는 그런 사내였다.

"다른 사람도 없나?"

"없어요, 보슈 형사님. 나밖엔. 왜 그러는데요?"

"아무것도 아니야."

보슈는 돌아서서 문 쪽으로 걸어가다 머뭇거렸다. 당장 지문을 비교해봐야 하는데 잠시도 기다리고 싶지가 않았다. 그는 사카이를 돌아보며 말했다.

“자네 도움이 필요한데, 사카이. 날 좀 도와주겠나? 그러면 빚을 하나 지는 거야.”

사카이는 의자에서 상체를 내밀었다. 그의 입술 사이로 이쑤시개 끝이 비죽 나와 있었다.

“글쎄요, 보슈 형사님이 나한테 빚을 진다는 건 에이즈 걸린 늙은 창녀가 나중에 공짜로 한 번 해주겠다는 말이나 다름없이 들리는데요.”

사카이는 자신이 생각해낸 비유가 재미있어 죽겠다는 듯 깔깔 웃어댔다.

“알았어.”

보슈는 분노를 억누르고 돌아서서 문을 밀고 복도로 나갔다. 두 발짝을 떼어놓았을 때 뒤에서 사카이가 부르는 소리가 들려왔다. 네놈이 그럴 줄 알았지. 그는 심호흡을 들이켠 다음 다시 휴게실로 들어갔다.

“진정해요. 내가 언제 돕지 않겠다고 했어요? 이렇게 형사님에 관한 기사를 읽으며 얼마나 고생하는지 알고 있다고요.”

그래, 이 새끼야. 보슈는 속으로 욕하며 겉으로는 진지하게 말했다.

“고마워.”

“필요한 게 뭔데요?”

“냉동실 안에 있는 손님들 중 하나의 지문이 필요해.”

“누구 말이에요?”

“미텔.”

사카이는 고개를 끄덕인 뒤 들고 있던 신문을 테이블 위에 던졌다.

“바로 그 미텔 말이군요?”

“그놈밖에 없어.”

사카이는 어떻게 할지 생각하느라 잠시 침묵했다.

"지문은 살인담당 수사관들한테만 제공한다는 건 알죠?"

"잡소리 마, 사카이. 그걸 모르는 놈이 있나. 신문 봤으면 내가 담당 형사 아니란 건 알 것 아냐. 암튼 난 그 지문이 필요해. 도와줄 거야, 말 거야?"

사카이는 의자에서 일어났다. 일단 말을 꺼내놓고 이제 와서 꼬리를 사렸다간 사내들의 세계에서 이뤄지는 온갖 거래와 인간관계에서 보슈보다 불리해진다는 걸 사카이도 잘 알고 있었다. 하지만 내뱉은 말을 주워 담지 않고 지문을 제공한다면 큰소리는 당연히 사카이가 치게 될 것이었다.

"열 좀 식혀요, 보슈 형사님. 지문을 떠 올 테니까. 저기 앉아 커피나 한 잔 하는 게 어때요? 박스에 동전 하나만 넣으면 돼요."

보슈는 사카이한테 신세지긴 정말 싫었지만 이건 참을 만한 가치가 있다고 생각했다. 미텔의 지문은 이 사건을 끝낼 수 있는 유일한 단서였다. 아니면 완전히 까발릴 수 있는 단서이거나.

커피를 마시며 15분쯤 기다리자 검시반 수사관이 아직 마르지 않은 지문 카드를 흔들어대며 돌아왔다. 그는 그것을 보슈에게 건네준 다음 카운터로 돌아가서 또 한 잔의 커피를 컵에 따랐다.

"고던 미텔의 지문이 틀림없겠지?"

"그럼요. 발가락에 매달린 꼬리표에 그렇게 적혀 있었으니까. 그런데 그 친구, 추락하면서 엄청 심하게 망가졌던데요."

"듣던 중 반가운 소리야."

"그런데 말이죠, 형사님이 여기서 그 친구 지문을 얻으려고 어슬렁거리는 걸 보면 신문에 난 기사가 LAPD 친구들이 주장하는 것처럼 그렇게 확실하진 않은 모양이네요."

"기사는 확실해, 사카이. 걱정하지 마. 그리고 내가 지문 얻어간 걸 확인하려고 기자들이 나한테 전화하는 일이 없으면 좋겠어. 만약 그런 일이 있으면 돌아오지."

"쓸데없는 속 끓이지 말아요. 그 지문 가지고 꺼져버리고. 호의를 베푼 사람의 기분을 잡치려고 안달하는 놈은 한 번도 본 적이 없어요."

보슈는 빈 커피 컵을 쓰레기통에 던져놓고 문 쪽으로 걸어갔다. 문 앞에서 걸음을 멈추고 그는 사카이를 돌아보며 말했다.

"고맙네."

그 말을 하고나니 속에서 똥물이 올라왔다. 망할 놈의 자식!

"잊지 마요, 보슈 형사님. 나한테 빚이 있다는 거."

보슈는 커피에 크림을 넣고 젓고 있는 사카이를 잠시 노려보았다. 그는 주머니에 손을 꽂고 카운터 앞으로 돌아갔다. 그리곤 동전 한 개를 꺼내어 커피 기금 깡통 속으로 집어넣은 뒤 사카이에게 말했다.

"자, 이건 자네 커피 값으로 넣은 거야. 그러니까 이제 빚은 갚은 셈이지."

그는 뒤도 안 돌아보고 복도로 걸어 나왔다. 휴게실에서 사카이가 "개애새끼!"라고 욕하는 소리가 복도까지 들려왔다. 보슈에게 그 말은 세상이 제대로 돌아가고 있다는 신호나 다름없었다. 적어도 그의 세계에서는.

15분 뒤 파커 센터에 도착했을 때 보슈는 문제가 하나 있음을 깨달았다. 어빙이 아직 그의 신분증을 돌려주지 않았던 것이다. 왜냐하면 그것은 온천탕에 둥둥 떠 있던 미텔의 윗도리 주머니에서 발견된 증거물의 일부였기 때문이다. 건물 앞에서 배회하고 있는데 형사들과 사무원처럼 보이는 사람들이 시청 별관에서 건물 쪽으로 걸어가는 것이 보였다. 그들이 출입문을 돌아 안으로 들어갈 때 보슈는 그 꽁무니에 슬쩍 따라붙어 당직 경관 앞을 통과했다.

잠재지문반의 브래드 허쉬는 자기 컴퓨터 앞에 앉아 있었다. 보슈는 그에게 벨트 버클에서 추출한 지문 카드를 아직 보관하고 있느냐고 물었다.

"그럼요. 당신이 찾아가길 기다리고 있었죠."

"그것과 비교해 볼 지문을 가져왔소."

허쉬는 그를 잠시 쳐다보더니 더 이상 망설이지 않았다.

"어디 봅시다."

보슈는 사카이가 만들어준 지문 카드를 가방에서 꺼내어 건네주었다. 허쉬는 그것을 잠시 들여다보더니 불빛에 잘 비치도록 돌려 보았다.

"지문들이 아주 깨끗하군요. 기계가 필요 없겠어요. 전에 가져왔던 지문과 바로 비교해 봐도 되겠어요."

"잘됐군요."

"네, 잠깐 기다려주시면 당장 비교해 보겠습니다."

"기다리죠."

허쉬는 책상 서랍에서 지문 카드를 꺼내더니 보슈가 가져온 지문 카드와 함께 작업대에 올려놓고 확대경을 들이댔다. 보슈는 허쉬의 눈이 테니스 공을 쫓아가듯 양쪽 지문 카드를 왔다 갔다 하는 것을 지켜보았다. 보슈는 허쉬가 고개를 들고 자기를 돌아보며 두 개의 지문 카드가 정확히 일치한다고 말해 주길 진심으로 빌었다. 그는 이 수사를 이제 그만 끝내고 싶었다. 그리고 멀찌감치 치워버리고 싶었다.

5분쯤 침묵이 흐른 뒤 테니스 시합은 마침내 끝났고, 허쉬는 그를 돌아보며 스코어를 알려주었다.

46 모든 것을 함께 나누는 사이

카르멘 히노조스는 대기실 문을 열었을 때 소파에 해리 보슈가 앉아 있는 것을 발견하곤 놀랍고 반가운 표정을 지었다.

"해리! 괜찮은 거예요? 오늘 여기 나오실 줄은 몰랐는데."

"왜 안 나와요? 진료시간이 잡혀 있는데."

"그렇지만 시더스에 입원했다는 신문 기사를 읽었거든요."

"퇴원했어요."

"정말 그래도 돼요? 얼굴이…."

"끔찍해요?"

"그렇게 말하고 싶진 않네요. 들어와요."

두 사람은 사무실 안으로 들어가 항상 앉던 자리에 앉았다.

"실은 겉보다 속이 더 참담해요."

"왜요? 이유가 뭐죠?"

"모든 게 물거품으로 돌아갔거든요."

그의 말에 히노조스는 혼란스런 표정을 지었다.

"무슨 뜻이죠? 오늘 기사를 보니 어머님 문제를 포함해서 살인사건도 모두 해결되었다고 하던데. 그래서 보다 밝은 표정을 보여줄 줄 알았어요."

"그러니까 신문에 났다고 다 믿진 말아요, 박사님. 분명하게 설명해드리죠. 내가 사명으로 여겼던 그 일 때문에 두 사람이나 살해됐고, 내 손으로 또 한 명을 죽이게 생겼습니다. 나는 그러니까 하나, 둘, 셋, 살인사건을 세 건이나 해결했어요. 그건 좋았어요. 하지만 정작 내가 풀려고 했던 살인사건은 해결하지 못했다고요. 바꿔 말하면 엉뚱한 데를 뱅뱅 돌며 사람들만 죽게 만들었단 얘깁니다. 그러니, 그런 나를 치료한들 뭘 기대할 수 있겠습니까?"

"술 마셨어요?"

"점심 먹을 때 맥주 두어 잔 했습니다. 하지만 푸짐한 음식과 함께 마신 두 잔의 맥주는 방금 말씀드린 것을 생각하는데 필요했죠. 절대 취하진 않았어요. 게다가 근무 중도 아닌데 뭐가 문제죠?"

"치료기간엔 금주하기로 동의했던 것 같은데."

"오, 젠장. 여긴 현실 세계예요, 박사님. 당신이 그렇게 말하지 않았습니까? 현실 세계라고. 지난 상담 시간부터 지금 사이에 나는 사람을 죽였소. 그런데 당신은 나한테 금주를 얘기하고 있군요. 다른 어떤 것보다도 중요한 것처럼."

보슈는 담배를 꺼내어 한 대 붙여 물었다. 그리곤 담배 갑과 라이터를 팔걸이 위에 올려 놓았다. 카르멘 히노조스는 한참 동안 그를 지켜본 뒤 다시 입을 열었다.

"당신 말이 옳아요. 미안해요. 그러면 문제의 핵심으로 들어가죠. 당신은 자신이 풀려고 했던 살인사건은 해결하지 못했다고 했어요. 그건

물론 당신 어머님에 대한 사건이고요. 오늘자 〈LA 타임스〉에서 내가 읽은 바에 의하면 그녀를 살해한 자는 고던 미텔이라고 했어요. 당신은 지금 그 주장이 반박할 여지없이 틀렸다는 건가요?"

"그렇습니다. 그 주장은 반박할 여지없이 틀렸어요."

"어째서요?"

"간단해요. 지문 때문이죠. 시체안치소에 가서 미텔의 지문을 떠다가 살인무기인 벨트에서 채취했던 지문과 비교해 봤어요. 일치하지 않았습니다. 미텔은 죽이지 않았어요. 현장에 있지도 않았고요. 그렇지만 오해하진 마세요. 난 미텔에 대해 죄책감을 느끼고 있진 않습니다. 그자는 어떤 사람을 죽일지 결정한 다음 수하를 시켜 죽이는 놈이었어요. 내가 아는 것만도 두 번이나 되고 나도 죽이려고 했어요. 그래서 난 그런 놈은 죽어 싸다고 생각합니다. 그렇지만 파운즈와 콘클린의 죽음에 대해서는 오래오래 괴로워할 것 같아요. 어쩌면 영원히. 그리고 어떤 식으로든 대가를 치를 거예요. 좋은 핑계거리라도 있으면 죄책감이 좀 덜하련만. 무슨 뜻인지 알겠어요? 핑계거리가 없다는 뜻이에요. 더 이상은요."

"이해해요. 얘기를 어떻게 진행해야 할지 모르겠네요. 파운즈와 콘클린에 대한 당신의 감정에 대해 얘기하고 싶은가요?"

"아뇨. 그 문제는 이미 충분히 생각했어요. 두 사람 다 결백하진 않아요. 빌미를 제공했죠. 하지만 그런 식으로 죽을 만큼은 아니었습니다. 특히 파운즈는요. 아, 젠장. 그 얘긴 못 하겠어요. 생각도 하기 싫어."

"그러면 어떻게 하실 참예요?"

"모르겠어요. 대가를 치를 거라 했잖아요."

"경찰 당국에선 어떻게 나올 것 같아요?"

"모르겠어요. 신경 쓰고 싶지도 않고. 경찰국에서 결정하긴 너무 크죠. 난 속죄해야만 해요."

"해리, 그게 무슨 말예요? 걱정 돼요."

"염려 말아요. 벽장으로 가진 않을 테니까. 난 그런 타입은 아닙니다."

"벽장으로 가요?"

"권총을 입에 물진 않을 거라고요."

"당신이 오늘 여기서 말한 것을 통해 당신은 이미 그 두 사람에게 일어났던 일에 대해 책임을 인정했어요. 정면으로 맞서고 있다고요. 실제로 부인하기를 거부하고 있는 거죠. 당신은 거기서부터 시작할 수 있어요. 난 속죄란 말이 맘에 걸려요. 당신은 계속 밀고 나가야 해요, 해리. 당신 자신에게 어떤 벌을 가하든 그 두 사람을 데려오진 못해요. 그러니까 당신이 할 수 있는 최선의 일은 계속 밀고 나가는 거예요."

보슈는 아무 말도 하지 않았다. 갑자기 그녀의 모든 충고와 간섭이 지겹게 느껴졌다. 분노와 좌절감이 그를 사로잡기 시작했다.

"오늘 상담은 그만 끝내면 안 될까요? 기분이 별로라서…."

그의 말에 정신과 의사는 동의했다.

"알았어요. 그래도 좋아요. 그렇지만 약속을 하나 해주셔야겠어요. 무슨 결정을 내릴 때는 나와 반드시 상의하겠다고요."

"속죄 얘긴가요?"

"그래요, 해리."

"알았어요. 약속하죠."

그는 일어나며 미소를 지으려고 했지만 오히려 찡그린 표정이 되고 말았다. 그러자 갑자기 기억나는 것이 있었다.

"전날 밤 당신이 전화했을 때 나중에 전화한다고 해놓고 못해서 미안해요. 그때 전화를 기다리고 있던 중이라 얘기할 수가 없었는데, 그만 잊어버리고 말았죠. 내가 어떻게 하고 있는지 궁금해서 전화하셨던 모양인데, 중요한 일이 아니었으면 좋겠어요."

"그건 걱정 말아요. 나도 잊어버렸으니까. 어빙 부국장과 오후 시간을 어떻게 보냈는지 알고 싶어 전화했죠. 당신이 사진에 대해 얘기하고 싶은지도 알고 싶었고요. 이젠 중요하지 않잖아요."

"그 사진들을 보셨습니까?"

"네. 몇 가지 얘기할 게 있었는데 이젠…."

"좀 들어봅시다."

보슈는 다시 의자에 앉았다. 카르멘 히노조스는 그의 저의를 가늠하듯 잠시 바라보더니 얘기하기로 작심한 듯했다.

"이 안에 있어요."

그녀는 책상 맨 아래 서랍에 든 봉투를 꺼내려고 허리를 굽혔다. 책상 아래로 거의 사라졌다가 잠시 후 일어나더니 보슈에게 봉투를 건네주며 말했다.

"이건 도로 가져가야 할 것 같군요."

"어빙이 살인사건 파일과 증거물 상자를 모두 가져갔어요. 내게 남은 건 이 사진들밖에 없는 셈이죠."

"그게 마음에 안 드는 것처럼 들리는데요. 부국장을 믿을 수 없다는 말처럼 들리기도 하고. 그건 변화로군요."

"나더러 아무도 믿지 못한다고 말한 사람은 당신 아니었던가요?"

"왜 그를 믿지 못하죠?"

"모르겠어요. 난 용의자를 잃어버렸습니다. 고던 미텔은 범인이 아니었으니, 난 처음부터 다시 수사해야 해요. 그래서 확률에 대해 생각하고 있습니다."

"확률이라고요?"

"정확한 수치는 모르지만 살인사건의 상당 부분은 살인자 자신이 신고한다는 통계가 있습니다. 자기 아내가 실종되었다고 울부짖으며 신고하는 남편들 있잖아요. 그들은 종종 어설픈 연기를 했을 때가 많아요. 자기가 아내를 죽여 놓고는 경찰에 신고하면 남들이 의심을 덜 하겠지 생각하는 겁니다. 메넨데스 형제들을 보세요. 한 녀석이 엉엉 울면서 엄마 아빠가 죽었다고 신고했는데, 조사해 보니 결국 아들놈이 샷건으로 쏴 죽인 걸로 드러났습니다. 몇 년 전 로럴 캐니언에서도 한 소녀가 실종된 사건이 있었어요. 신문에도 나고 TV에서도 떠들어댔는데, 마침내 그 지역 사람들이 수색대를 조직하여 소녀를 찾아 나섰죠. 며칠 후 함께 수색에 참여했던 소녀의 이웃인 10대 소년이 룩아웃 산 근처 통나무 아래서 시체를 찾아냈어요. 바로 그 소년이 살인자였다는 게 밝혀졌죠. 난 녀석의 자백을 받아내는 데 15분밖에 안 걸렸어요. 수색이 진행되는 동안 난 소녀의 시체를 찾아내는 놈이 나타나기만 기다렸어요. 확률을 생각했던 거죠. 누군지는 나도 모르지만 시체를 찾아내는 놈은 일단 용의자로 보는 겁니다."

"당신 어머니 시신을 발견한 사람은 어빙이었잖아요."

"네. 그전부터 어머니를 알고 있었고요. 나한테 그렇게 얘기한 적 있어요."

"그렇다고 용의자로 보기는 좀 지나친 것 같아요."

"네. 아마 미텔에 대해서도 대부분이 그렇게 생각했을 겁니다. 그의 시체를 온천탕에서 건져내기 전까진 말이죠."

"다른 시나리오도 있잖아요? 맨 처음 사건을 담당했던 형사들이 제시했던 시나리오 말예요. 즉, 섹스 킬러가 저지른 범행인데 범인을 추적할 단서가 전혀 없다는 그들의 주장이 옳을 수도 있지 않나요?"

"다른 시나리오들은 항상 있습니다."

"그렇지만 당신은 언제나 권력층이나 지배층의 사람들을 비난하고 싶은가 봐요. 하지만 이 경우는 아닐 수도 있다는 거죠. 어쩌면 당신 어머니에게 일어났던 일에 대해 이 사회를 질책하고 싶은 당신의 감정일 수도 있어요. 그리고 당신 자신에게 일어났던 일에 대해서도 그런 감정을 품고 있을 수 있고요."

보슈는 머리를 살래살래 저었다. 그런 소린 듣고 싶지 않았다.

"그런 심리학적 이론들은 좀… 잘 모르겠어요. 이제 그만 사진 얘기나 들어볼까요?"

"미안해요."

정신과 의사는 안에 담긴 사진들을 들여다보듯 봉투를 뚫어지게 내려다보았다.

"나도 이 사진들을 들여다보기가 몹시 힘들었어요. 법의학적 가치는 그다지 많아 보이지 않았지만, 사진들 자체는 실로 살인 선언서라고 부를 만하더군요. 피살자의 목을 조이고 있는 벨트는 살인자가 자신이 한 일이 고의였으며 피살자를 완전히 통제하고 있었다는 사실을 경찰에게 알리고 싶어 한 것처럼 보였어요. 장소 선택도 의미심장하다는 생각이 들어요. 그 쓰레기통은 뚜껑이 없었어요. 열려 있었죠. 거기에 시체를 버렸다는 건 감출 생각이 없었다는 뜻이에요. 동시에…."

"피살자를 쓰레기로 봤다는 뜻이죠."

"맞아요. 그것도 선언이죠. 시체를 버리는 것이 목적이라면 그 골목 아무데나 던져버렸겠죠. 하지만 범인은 뚜껑이 없는 쓰레기통을 택했어요. 의식적이든 아니든, 그녀에 대해 선언을 한 겁니다. 누군가에 대해 그런 선언을 하려면, 그 사람에 대해 어느 정도 알아야만 해요. 범인이 그녀에 대해 알고 있었다는 얘기죠. 매춘부라는 걸 말예요. 그녀를 심판할 만큼 알고 있었단 뜻이죠."

어빙이 다시 머릿속에 떠올랐지만 보슈는 아무 말도 하지 않았다. 대신 이렇게 말했다.

"혹시 모든 여성들에 대한 선언으로 볼 여지는 없습니까? 일테면 모든 여자들을 증오하는 미치광이나 여자를 쓰레기로 생각하는 어떤 멍청이가 한 짓일 가능성 말입니다. 그런 경우라면 범인이 피살자를 몰랐을 수도 있죠. 어쩌면 단순히 매춘부를 죽이고 싶었거나, 아무 매춘부나 죽여 그들에게 선언을 하고 싶었던 놈이었는지도 모르죠."

"물론 그럴 수도 있죠. 하지만 나도 당신처럼 확률을 보거든요. 우리가 사이코패스라 부르는 역겨운 인간들은 특별한 여자나 특별한 목표물에 초점을 맞추는 인간들에 비해 몹시 드물어요."

보슈는 실망스러운 듯 고개를 저은 뒤 시선을 창밖으로 돌렸다.

"왜 그래요?"

"그냥 실망스러워서요. 살인사건 파일에는 그녀의 주위 인물이나 이웃에 대해 주시하는 인간들에 관해서는 전혀 언급이 없었거든요. 지금은 그런 조사를 할 수가 없잖아요. 그러니 희망이 없는 것 같습니다."

그는 메러디스 로만을 떠올렸다. 그녀를 찾아가서 어머니의 친구들이나 손님들에 관해 물어볼 수는 있겠지만, 그녀의 삶에서 그 부분을 다시 떠올리게 할 권리가 그 자신에게 있는지 의문스러웠다.

"이걸 잊으면 안 되죠."

히노조스가 말했다.

"1961년도에는 이런 사건이 해결 불가능한 것처럼 보였을 거예요. 어디서 시작해야 할지조차 몰랐을 걸요. 요즘처럼 자주 일어나는 사건이 아니었을 테니까요."

"이런 사건은 요즘도 해결이 불가능합니다."

두 사람은 잠시 침묵에 빠져들었다. 보슈는 살인자가 재빨리 치고 빠졌을 가능성에 대해 생각했다. 시간의 암흑 속으로 사라진 지 오래인 연쇄살인자. 그렇다면 보슈의 개인적인 수사는 실패로 끝난 셈이었다.

"사진에서 다른 건 발견하지 못했습니까?"

"그게 전부예요. 잠깐, 한 가지 또 있었지. 당신은 이미 알고 있을지 모르지만."

히노조스는 봉투를 집어 들고 속에 든 사진을 꺼내기 시작했다.

"난 보고 싶지 않아요."

보슈가 재빨리 말했다.

"그녀의 사진이 아니에요. 테이블 위에 놓인 그녀의 옷인데, 봐도 되겠어요?"

의사는 사진을 봉투에서 절반쯤 빼낸 상태로 그에게 물었다.

"그 옷들은 벌써 봤는데."

"그렇다면 당신도 이걸 생각했을지 모르겠네요."

히노조스가 사진을 테이블 가장자리로 밀어 보내자 보슈는 고개를 숙이고 들여다보았다. 봉투 속에 담겨 있었는데도 오랜 세월로 누렇게 변한 컬러 사진이었다. 그가 증거물 상자에서 본 옷들이 테이블 위에 여자의 체형으로 펼쳐져 있었다. 마치 여자가 옷을 입기 전에 침대 위에 꺼내 놓은 것 같았다. 보슈는 그걸 보자 가위로 오려낸 종이 인형이 떠올랐다. 피살자의 목을 졸랐던 조가비 장식 버클이 달린 벨트도 블라우스와 까만 스커트 사이에 놓여 있었다.

"내가 이 사진에서 이상하게 본 것은 이 벨트예요."

정신과 의사가 말했다.

"살인무기였죠."

"네. 그런데 보세요. 버클은 커다란 은빛 조가비로 만들고 작은 은빛 조가비들로 장식을 했어요. 꽤나 현란하잖아요."

"그렇군요."

"그런데 블라우스 단추들은 금빛이에요. 그리고 시신을 찍은 사진들을 보면 그녀는 눈물방울 금귀고리를 달고 금빛 목걸이를 걸었어요. 팔찌도 금빛이고요."

"맞아요. 증거물 상자에 담겨 있는 걸 봤어요."

보슈는 히노조스가 무슨 얘길 하려고 하는지 감이 잡히지 않았다.

"해리, 내가 이런 얘기 꺼내는 걸 망설인 이유는 공통적인 법칙이나 철칙이 아니기 때문이에요. 그렇지만 대개의 여자들은 금붙이와 은빛 장신구를 같이 사용하지 않아요. 그리고 당신 어머니는 이날 밤 정장을 했던 것처럼 보여요. 보석류도 블라우스 단추들과 맞췄고요. 코디를 하고 스타일도 갖췄단 얘기죠. 하지만 이런 옷차림과 장신구에 저런 벨트를 차진 않았을 거란 말예요. 이건 은빛이고 너무 현란해요."

보슈는 아무 말도 하지 않았다. 끝이 뾰족한 무엇이 그의 속을 예리하게 찌르고 들어오는 느낌이었다.

"그리고 스커트 엉덩이 부분의 이 단추들 말예요. 이런 스타일은 아직도 유행이라 비슷한 스커트가 내게도 하나 있어요. 허리 밴드가 넓어 벨트를 찰 수도 있고 안 찰 수도 있어 편리하죠. 그래서 고리들이 없잖아요."

보슈는 사진을 살펴보았다.

"고리들이 없군요."

"그렇다니까요."

"그렇다면 당신이 하고 싶은 말은…."

"이 벨트는 그녀의 것이 아닐지도 모른다는 거죠."

"하지만 맞아요. 이 조가비 벨트는 나도 기억합니다. 어머니의 생일 선물로 내가 사드렸거든요. 그녀의 사망 소식을 전하려고 매키트릭 형사가 고아원으로 나를 찾아왔을 때도 저 벨트를 확인해 줬었죠."

"그 애기는 내가 하려던 말을 모두 막아버리는군요. 나는 그녀가 아파트로 돌아왔을 때 살인자는 이미 그것을 들고 기다리고 있었을 거라는 생각이 들었거든요."

"아니에요. 아파트에선 그런 일이 일어나지 않았습니다. 경찰이 조사했지만 그런 흔적이 전혀 없었어요. 이 벨트가 어머니의 것이든 아니든 상관없이 하려던 얘기나 끝까지 해보세요."

"글쎄요, 모르겠네요. 이론적인 얘기일 뿐이지만 이 벨트가 다른 여자의 물건이었을 경우 살인자의 행동을 부른 동기가 되었을 가능성도 있다는 거죠. 전문용어로 공격성 전이라고 불러요. 당신이 선물한 것이라니 이젠 불필요한 이론이지만 그럴듯한 사례들도 있어요. 이전에 사귀었던 여자 친구의 스타킹을 가진 한 사내가 그걸로 다른 여자의 목을 조른 사례도 있었죠. 마음속으로는 자기 여자 친구의 목을 졸랐던 겁니다. 그처럼 이 사건에서도 나는 혹시 벨트가 그런 동기를 제공하진 않았을까 생각해 봤어요."

그러나 보슈는 이미 더 이상 듣고 있지 않았다. 고개를 돌리고 창밖을 바라보고 있었지만 아무것도 눈에 들어오지 않았다. 그는 마음속의 눈으로 비늘들이 하나 둘 떨어져 나가는 것을 보고 있었다. 은빛 금빛 비늘들, 닳은 구멍이 두 개 뚫어진 벨트, 자매처럼 가까운 두 친구. 없이는 죽고 못 살 것 같았던 사이.

그러다 한 여자가 다른 여자를 떠나게 되었다. 백마 탄 기사를 만났던 것이다.

한 여자는 뒤에 남게 되었다.

"해리, 무슨 생각을 해요?"

그는 히노조스를 돌아보았다.

"당신이 방금 해낸 것 같아요."

"뭘 해내요?"

보슈는 서류가방을 들어 올려 그 속에서 30년도 더 전에 성 패트릭스 데이 무도회장에서 찍은 사진을 꺼냈다. 멀리서 찍은 사진인 줄은 알지만 일단 확인해 볼 필요가 있었다. 보슈는 이번엔 자기 어머니를 살펴보지 않았다. 그 대신 자니 폭스 뒤에 서 있는 메러디스 로만을 살펴보고 있었다. 그리고 그제야 비로소 그녀가 은빛 조가비 버클을 단 벨트를 허리에 매고 있는 것을 발견했다. 친구에게서 빌려 맨 것이 분명했다.

그러자 보슈는 기억이 떠올랐다. 어머니의 생일선물로 그 벨트를 골라준 사람이 바로 메러디스 로만이었다. 그녀는 그의 어머니가 그 벨트를 좋아할 거라고 생각해서 골라준 것이 아니라, 그녀 자신이 좋아해서 결국 그녀가 사용하게 될 것을 예상하고 어린 해리에게 권했던 것이다. 두 친구는 모든 것을 함께 나누는 사이였다.

보슈는 사진을 서류가방에 다시 넣고 의자에서 일어섰다.

"가봐야겠어요."

47 마지막 비밀

보슈는 지난번에 써먹었던 수법으로 파커 센터에 다시 들어갔다. 4층에서 엘리베이터 문이 열리자 마침 내려가려고 기다리고 있던 브래드 허쉬와 마주쳤다. 그는 젊은 지문 기술자의 팔을 잡고 복도로 끌고 갔다.

"퇴근하는 길이오?"

"그런데요."

"한 가지만 더 부탁합시다. 점심이든, 저녁이든 사겠소. 아니, 부탁만 들어주면 당신이 원하는 걸 대접하지. 아주 중요한 일인데 오래 걸리지도 않소."

허쉬는 그를 바라보았다. 보슈는 그가 처음부터 엮여들지 말았어야 했는데, 하고 후회하고 있다는 걸 알 수 있었다.

"남자가 일단 시작했으면 끝장을 내야지. 안 그렇소, 허쉬?"

"글쎄요."

"글쎄요는 무슨."

"오늘 밤엔 여자 친구와 저녁 먹기로 했거든요. 그래서 지금…."

"멋지군. 이 일은 그렇게 오래 걸리지 않을 거요. 약속 시간에 늦을 리는 없어요."

"좋습니다. 뭘 원해요?"

"허쉬, 당신은 나의 멋진 영웅이야, 그거 알아요?"

보슈는 그에게 여자 친구가 있는지조차도 의심스러웠다. 두 사람은 함께 연구실로 들어갔다. 오후 5시가 가까운 시각이라 방 안은 텅 비어 있었다. 보슈는 빈 책상 위에 서류가방을 올려놓고 열었다. 그리곤 크리스마스카드를 찾아 두 손가락으로 모퉁이를 잡아 꺼낸 다음 허쉬에게 보여주며 말했다.

"5년 전에 받은 크리스마스카드요. 여기서 지문을 채취할 수 있을까? 발송인의 지문 말이오. 내 지문도 틀림없이 묻어 있을 거요."

허쉬는 눈살을 찌푸리고 카드를 살펴보았다. 새로운 도전을 생각하느라고 그런지 아랫입술이 앞으로 삐죽 나왔다.

"일단 해 봐야죠, 뭐. 종이에 찍힌 지문은 꽤 오래가요. 특히 기름기는 증발이 된 뒤에도 오랫동안 지문을 남기죠. 이게 봉투 안에 들어 있었나요?"

"그렇지. 5년 동안. 지난주에 꺼내 봤소."

"가능성이 있군요."

허쉬는 조심스레 보슈로부터 카드를 받아 작업대로 가져가더니 보드에 끼웠다.

"카드 안쪽을 볼 겁니다. 항상 안쪽이 양호하거든요. 아무래도 손이 덜 닿으니까. 그리고 카드를 쓰는 사람도 항상 안쪽을 손으로 누르죠. 이거 좀 망가져도 상관없나요?"

"당신이 하고 싶은 대로 해요."

허쉬는 확대경으로 카드를 살펴본 뒤 표면을 살짝 불었다. 그리곤 작업대 위 선반에서 '닌하이드린'이라 찍힌 스프레이 병을 내리더니 카드 표면에다 살짝 뿌렸다. 몇 분 지나자 카드 가장자리가 보라색으로 변하기 시작하면서 희미한 무늬들이 꽃처럼 피어나기 시작했다. 지문들이었다.

"이것들을 좀 옮겨야겠네요."

허쉬는 보슈보다는 그 자신에게 말하고 있었다. 선반 위의 시약들을 죽 훑어보던 그의 눈이 찾던 약병 위에서 멎었다. '염화아연'이라 적힌 병이었다. 그는 그것을 카드 위에 뿌렸다.

"이걸 뿌리면 폭풍우 구름을 일으키죠."

지문들이 소나기구름처럼 짙은 보라색으로 변했다. 그러자 허쉬는 보슈도 현상액으로 알고 있는 'HD'라 적힌 병을 선반에서 내렸다. 현상액을 거치자 지문들은 거무스름하게 변하면서 더 또렷해졌다. 허쉬는 확대경으로 살펴본 뒤 말했다.

"이 정도면 꽤 양호한대요. 레이저는 필요 없겠어요. 자, 보세요, 형사님."

허쉬는 메러디스 로만의 서명 왼쪽에 있는 엄지 지문처럼 보이는 것과 그 위에 찍힌 두 개의 작은 지문들을 가리켰다.

"카드를 작성한 사람이 움직이지 않게 단단히 누른 자국 같아요. 혹시 당신이 이런 식으로 눌렀을 가능성이 있나요?"

허쉬는 카드에 지문들을 남긴 손과 같은 각도로 자기 손을 가져가 보았다. 보슈가 고개를 저으며 대답했다.

"난 그냥 카드를 열고 읽었을 뿐이에요. 이것들은 내가 찾고 있는 지문 같소."

"좋아요. 다음은 뭐죠?"

보슈는 서류가방을 열고 전날 허쉬가 돌려줬던 지문 카드를 꺼냈다. 그는 그 지문 카드에 조가비 버클이 달린 벨트에서 채취한 지문들이 담겨 있다는 것을 알고 있었다.

"여기 담긴 지문과 크리스마스카드에서 채취한 지문을 비교해 봐요."

"이걸 가져왔군요."

허쉬는 동그란 전등이 달린 확대경을 머리에서 끌어내려 양쪽 지문을 비교하기 시작했다.

보슈는 어머니와 친구 사이에서 과연 어떤 일이 일어났는지 상상해 보려고 애썼다. 마저리 로우는 아노 콘클린과 결혼하기 위해 라스베이거스로 가려고 했다. 그 생각 자체만으로도 그녀에겐 너무 멋졌을 것이다. 그녀는 집으로 가서 짐을 꾸려야만 했다. 차를 몰고 야간여행을 할 계획이었으니까. 콘클린이 신랑 들러리를 데려갈 생각이었다면, 마저리도 신부 들러리를 데려갈 생각을 했을 것이다. 그녀는 메러디스에게 부탁하기 위해 위층으로 올라갔을 것이다. 아니면 아들이 선물한 벨트를 돌려받기 위해 올라갔거나. 혹은 작별 인사를 하러 올라갔을지도 모른다.

하지만 마저리가 거기 올라갔을 때 어떤 일이 벌어졌다. 그리고 그녀의 가장 행복한 날 밤에 메러디스는 그녀를 죽였다.

보슈는 살인사건 파일에서 읽은 면담 보고서에 대해 생각해 보았다. 메러디스는 매키트릭과 에노 형사에게 진술하기를 마저리가 피살된 날 밤에 그녀의 데이트를 주선한 사람은 자니 폭스였다고 했다. 그렇지만 메러디스 자신은 그 전날 밤 폭스에게 폭행을 당해서 마저리와 함께 파티에 참석할 수 없었다고 말했다. 형사들은 그녀의 얼굴에 멍이 들었고 입술이 찢어져 있었다고 보고서에 기록했다.

담당형사들은 왜 그때 그것을 몰랐을까. 메러디스는 마저리를 살해하는 과정에서 그 상처들을 입었다. 마저리의 블라우스에 떨어졌던 핏방울은 메러디스가 흘린 것이었다.

하지만 담당형사들이 그것을 보지 못한 이유를 보슈는 알 수 있었다. 수사관들은 메러디스가 여자란 이유만으로 범인일 수 있다는 가정은 아예 하지도 않았던 것이다. 게다가 폭스가 그녀의 진술을 뒷받침했다. 그는 메러디스를 폭행한 것이 사실이라고 시인했다.

보슈는 이제 자신이 믿고 있는 것이 진실임을 알 수 있었다. 메러디스가 마저리를 죽였고, 몇 시간 후 카드 도박장에 있는 폭스에게 전화하여 사실을 알렸다. 그녀는 폭스에게 시체를 치우고 자신의 범죄행위를 감춰 달라고 애원했다.

폭스는 거기서 더 큰 그림을 보았기 때문에 기꺼이 그녀의 청을 들어주었고, 한 걸음 더 나아가 그녀를 폭행했다는 거짓 진술까지 했다. 마저리가 죽어 수입원이 줄긴 했지만 그 대신 살인사건을 콘클린과 미텔에 대한 지렛대로 이용할 수 있어서 위안이 되었을 것이다. 사건이 해결되지 않도록 그대로 두는 편이 그에겐 더 나았다. 그래야만 콘클린과 미텔이 그를 두려워할 테니까. 그는 언제든 경찰서로 찾아가 자기가 알고 있는 사실을 불어 콘클린을 곤경에 빠뜨릴 수 있었다.

폭스가 한 가지 깨닫지 못했던 것은 미텔도 그 자신 못지않게 교활하고 사악하다는 사실이었다. 그는 1년 뒤에야 라브레아 대로에서 그것을 알게 되었다.

폭스의 동기는 분명했다. 그렇지만 메러디스의 동기에 대해서는 보슈도 확신할 수가 없었다. 과연 그가 마음속으로 생각하고 있는 그런 이유로 메러디스가 자기 친구를 죽일 수도 있었을까? 친구에게 버림받았다고 해서 살인을 저지를 만큼 그녀는 분노했던 걸까? 거긴 어떤 다른 이유가 남아 있을 거라고 보슈는 믿었다. 아직 다 모르고 있을 뿐이었다. 마지막 남은 비밀은 메러디스 로만이 간직하고 있었고, 보슈는 이제 그것을 알아내기 위해 그녀를 찾아가지 않을 수 없었다.

그런 의문들 사이로 이상한 생각이 하나 불쑥 솟아올랐다. 마저리 로우의 사망시각은 자정 무렵이었다. 폭스가 전화를 받고 카드 도박장을 나간 시각은 그보다 자그마치 네 시간이나 지나서였다. 보슈는 이제 살인현장을 메러디스의 아파트로 짐작하고 있었다. 그렇다면 메러디스는 자신의 가장 친한 친구가 시체로 변해 누워 있는 그곳에서 네 시간 동안이나 뭘 하고 있었던 걸까?

"형사님?"

보슈가 정신을 차리고 돌아보니 허쉬가 책상에 앉아 머리를 끄덕이고 있었다.

"뭐가 나왔소?"

"똑 소리가 났어요."

보슈는 고개만 끄덕였다. 양쪽 지문이 일치한 것은 그 이상의 확신을 그에게 안겨 주었다. 지금까지 살아오면서 진실이라 믿었던 모든 것들이 메러디스 로만처럼 거짓일 수도 있다는 것이었다.

48 빠뜨린 것

하늘은 하얀 종이 위에 핀 닌하이드린 꽃 색깔이었다. 석양 지는 구름 한 점 없는 하늘은 짙은 보랏빛으로 변해가고 있었다. 그것을 보자 보슈는 로스앤젤레스의 석양에 대해 재즈에게 했던 말이 떠올랐다. 석양이 마치 도시 위로 흘러내리는 용암처럼 보인다고, 보고만 있어도 많은 걸 용서하고 많은 걸 잊게 해준다고 했던가? 그것까지 거짓말이었음을 그는 깨달았다. 모든 것이 거짓이었다.

무스탕을 캐서린 리지스터의 집 앞 도로에 세웠다. 거기에도 거짓말이 또 하나 있었다. 이 집에서 살고 있는 여자는 메러디스 로만이었다. 이름을 바꾼다고 해서 그녀가 한 짓이 달라지거나, 유죄가 무죄로 변하진 않는다.

거리에서는 집 안의 불빛도 사람의 그림자도 보이지 않았다. 그는 기다릴 준비도 되어 있었지만, 차 안에 혼자 앉아서 집 안으로 들어가려는 생각과 실랑이를 하고 싶진 않았다. 차에서 내려 잔디밭을 가로질러 현관에 도달한 그는 문을 노크했다.

사람이 나오길 기다리며 담배를 빼물고 라이터를 켜려던 그는 갑자기 동작을 멈추었다. 자신의 이런 동작이 오래된 시체가 있는 살인현장에 갔을 때마다 나왔던 끽연충동임을 알아차렸기 때문이다. 그의 육감은 집 안에서 새어나오는 냄새를 맡기도 전에 무의식적으로 작용했다. 문밖에서는 거의 느낄 수 없었지만, 냄새는 분명 새어나오고 있었다. 그는 거리 쪽을 돌아보고 아무도 없음을 확인했다. 문의 손잡이를 잡고 살며시 돌려보았다. 돌아갔다. 문을 열자 싸늘한 공기가 확 달려들며 악취가 그를 맞았다.

메러디스의 침실 창문으로 들려오는 에어콘 소리 외에는 집 안 전체가 고요했다. 그녀는 침실에 있었다. 보자마자 죽은 지 이미 여러 날 지났음을 알 수 있었다. 침대에 드러누운 채 시트를 목까지 끌어당겨 덮고 얼굴만 내놓고 있었다. 보슈의 눈은 그 모습 위에 오래 머물지 않았다. 부패 상태가 심한 걸 보고 그는 자신이 그녀를 방문했던 바로 그날 죽은 것 같다고 생각했다.

침대 옆의 테이블 위에는 두 개의 빈 잔과 반쯤 마신 보드카 병, 빈 약병 등이 놓여 있었다. 보슈는 약병을 집어 들고 거기 붙은 딱지를 읽어 보았다. 매일 밤 잠자리에 들기 전에 한 알씩 먹도록 캐서린 리지스터에게 처방한 수면제였다.

메러디스는 자신의 과거와 대면하자 스스로 속죄의 길을 걸어갔다. 푸른 카누를 타고 저승으로. 보슈는 자신을 위해 그녀가 자살하진 않았다는 걸 잘 알지만, 어쩐지 그렇게 보였다. 그는 클리넥스가 있던 것으로 기억되는 화장대로 걸어갔다. 티슈를 사용해서 자신이 다녀간 흔적을 지우고 싶었던 것이다. 그러나 화장대 위에는 금박 물린 사진 액자들과 함께 그의 이름이 적힌 봉투 하나가 놓여 있었다.

보슈는 그 봉투와 함께 티슈 몇 장을 뽑아 들고 거실로 나갔다. 악취로부터 최대한 멀리 떨어진 곳에서 봉투를 살펴보니 뚜껑 부분이 뜯겨져 있었다. 봉투가 이미 개봉되었다는 얘기였다. 그는 메러디스가 봉투를 다시 열고 자신이 쓴 글을 한 번 더 읽어본 모양이라고 짐작했다. 어쩌면 자신이 하는 짓을 재고해 봤을지도 몰랐다. 보슈는 그런 의문을 무시하고 편지 알맹이를 꺼내 보았다. 날짜는 일주일 전이었다. 수요일. 보슈가 방문했던 그다음 날에 쓴 편지였다.

친애하는 해리,

자네가 이 편지를 읽을 때는 자네가 알까 봐 내가 그토록 두려워했던 진실이 다 밝혀졌겠지. 그렇다면 오늘 밤 내가 내린 이 결정이 옳았던 게 분명하니까 난 후회할 것도 없을 것이고. 나는 진실을 알게 된 자네 얼굴을 대하는 것보다 염라대왕을 만나는 편이 훨씬 나을 것 같아.

내가 자네한테서 빼앗은 게 뭔지 난 잘 알아. 평생 동안 잊은 적이 없지. 이제 와서 사과를 한들 변명을 한들 아무 소용없다는 것도 알아. 그렇지만 통제 못한 한순간의 분노가 사람의 인생을 영원히 바꿔버린 것에는 아직도 놀라고 있어. 나는 그날 밤 온통 행복과 희망에 들떠 들어온 마저리를 봤을 때 화가 머리끝까지 치밀어 올랐어. 그녀는 나를 버리려 하고 있었지. 아들인 자네와 함께 살기 위해서. 그리고 그 남자와 함께 살기 위해서. 우리들에겐 꿈속에서나 가능한 그런 삶을 꾸리기 위해서 말이야.

질투심에 사로잡혀 못된 짓을 저질러 놓고 무슨 넋두리냐고? 그래, 난 질투와 분노로 그녀를 후려쳤어. 그리고는 내가 한 짓을 가리려고 나름 애를 썼지. 미안해, 해리. 자네한테서 엄마를 빼앗고, 그로 인해 자네에게 주어질 수 있는 많은 기회들을 빼앗았어. 그때부터 날마다 죄책감을 짊어지고 살았는데, 이제 그것을 가지고 가는 거야. 오래전에 죗값을 치렀어야 했는데, 나를 설득하며 도와준 사람이 있었어. 이젠 그런 사람도 남아 있지 않단다.

자네에게 용서를 바라진 않겠네, 해리. 그건 모욕이 될 테니까. 한 가지 바랄 것이 있다면 내가 몹시 후회했다는 것, 그리고 어떤 사람은 떠나도 정말 떠난 것이 아닐 때가 있다는 걸 자넨 알았으면 좋겠어. 난 몰랐거든. 그때도 몰랐고, 지금도 몰라. 안녕.

메러디스

보슈는 유서를 처음부터 다시 읽어본 뒤 깊은 생각에 빠져들었다. 한참 후 그는 편지를 접어 봉투 속에 다시 넣고 벽난로 앞으로 걸어갔다. 그리곤 빅 라이터로 봉투에 불을 붙인 다음 쇠살대 위로 던져버렸다. 그는 편지 봉투가 불타면서 오그라들고 마침내는 검은 장미처럼 피었다 사그라지는 걸 지켜보았다.

그다음엔 부엌으로 들어가 전화기 손잡이를 티슈로 싸서 집어 들었다. 그것을 카운터 위에 올려놓고 911을 누른 뒤 현관 쪽으로 걸어갈 때 수화기에서 작은 목소리가 흘러나왔다. 산타모니카 경찰 교환원이 전화를 건 사람이 누군지, 무슨 문제가 있는지 묻는 소리였다.

보슈는 문을 열고 현관으로 걸어 나간 뒤 손잡이 부분을 티슈로 잘 닦았다. 그때 등 뒤에서 사내의 목소리가 들려왔다.

"그 여자 편지 한번 잘 쓰더군, 안 그래?"

보슈는 뒤로 돌아섰다. 현관에 놓인 등나무 의자에 조나단 본이 앉아 있었다. 손에 든 권총은 이번에도 베레타 22였다. 지난번 것과는 다른 베레타처럼 보였다. 외양도 멀쩡해 보였다. 보슈처럼 눈이 시퍼렇게 멍들지도 않았고 머리에 꿰맨 자국도 없었다.

"본."

보슈는 다른 말은 하나도 생각나지 않았다. 본이 어떻게 알고 찾아왔는지 짐작조차 할 수 없었다. 겁도 없이 파커 센터 주위를 어슬렁거리다 거기서부터 미행해 온 것일까? 보슈는 거리를 살펴보며 경찰 교환원이 911 신고를 해온 주소를 컴퓨터로 알아내어 경찰차를 여기까지 출동시키려면 시간이 얼마나 걸릴까 하고 생각했다. 비록 전화기에 대고 한 마디도 안 했지만, 경찰은 반드시 차를 보내 확인한다는 것을 그는 알고 있었다. 그는 그들이 메러디스의 시체를 발견하길 바라고 전화한 것이었다. 그럴 시간이 있다면 보슈 자신도 발견하게 될 것이다. 이제 그가 해야 할 일은 조나단 본을 최대한 오래 붙잡아 두는 것뿐이었다.

"그래, 멋진 유서였어."

총을 든 사내가 말했다.

"그런데 빠뜨린 것이 있더군. 그렇게 생각 안 해?"

"빠뜨린 것?"

본은 그의 말을 듣고 있는 것 같지 않았다.

"재미있어. 그 여자한테 아이가 하나 있다는 건 알고 있었지. 하지만 난 자넬 본 적도 만난 적도 없어. 그 여자가 나한테서 멀찌감치 떼어놨기 때문이야. 내가 별로 좋은 놈이 아니라서 그랬겠지."

사내를 계속 응시하던 보슈는 그제야 모든 것이 제자리를 찾아가는 느낌이었다.

"자니 폭스."

"바로 그분이시지."

"이상하네. 미텔이…."

"미텔이 나를 죽였다고? 아니야, 그건 사실이 아니지. 내가 나를 죽였다는 편이 아마 옳을 거야. 오늘 신문에 떠들어 놓은 것 나도 다 읽었어. 하지만 다들 잘못 알고 있더군. 대부분은 말이야."

보슈는 고개를 끄덕였다. 이제야 알 수 있었다.

"메러디스가 자네 어머닐 죽였어, 친구. 그건 정말 유감이야. 난 일이 끝난 뒤에 메러디스를 약간 도와줬을 뿐이라고."

"그런 다음 그 죽음을 이용해서 콘클린을 협박했겠지."

보슈는 폭스의 확인이 필요한 게 아니었다. 어떻게든 시간을 끌어야만 했다.

"그렇지. 처음엔 콘클린을 잡을 계획이었어. 상당히 효과도 있었지. 날 하수구에서 끌어내 줬거든. 단지 실세는 미텔이란 사실을 내가 너무 빨리 알아버린 거지. 두 사람 중 끝까지 갈 수 있는 쪽은 미텔로 보였거든. 그래서 난 그쪽으로 붙었어. 미텔은 골든 보이를 꼭 붙잡아두고 싶어 했어. 소매 속에 에이스를 감춰두고 싶었던 거지. 그래서 내가 도와준 거야."

"당신 자신을 죽이면서까지? 도무지 이해할 수가 없군."

"미텔이 말하기를 상대방에 대한 나의 치명타는 내가 그걸 사용하기 전엔 상대방이 모른다고 하더군. 이보게, 보슈. 미텔은 콘클린이 자네 어머니를 죽였다는 것에 대해 항상 의문을 품고 있었어."

보슈는 머리를 끄덕였다. 그가 무슨 얘길 하려는 건지 짐작이 갔다.

"그런데도 당신은 미텔에게 콘클린이 살인자가 아니란 말을 끝내 하지 않았겠지."

"맞아. 난 그에게 메러디스에 관한 얘긴 입도 뻥긋 안 했어. 이제 그걸 알았으니 미텔의 입장에서 한번 보자고. 미텔은 만약 콘클린이 살인자이고 내가 죽은 걸로 믿고 있다면 그의 마음이 아주 편안해질 거라고 생각했지. 콘클린을 엮어 넣을 수 있는 유일한 증인이자 단서가 나였거든. 미텔은 콘클린의 마음을 개운하게 해주고 싶었어. 그의 마음이 편안하길 바랐지. 그가 야망과 추진력을 잃는 걸 미텔은 원치 않았거든. 전도유망한 청년이 하찮은 일로 머뭇거려서는 안 된다고 생각했지. 그러면서도 소매 속에 에이스를 감춰두고 콘클린이 이탈을 꾀할 때마다 제자리로 끌어들일 수 있기를 바랐어. 그 에이스가 바로 나였다고. 그래서 우리가 짜낸 아이디어가 그 뺑소니 사건이었어. 미텔과 내가 말이지. 중요한 건 미텔이 콘클린에게 한 번도 에이스를 사용하지 않았단 사실이야. 그 사건 이후 콘클린은 여러 해 동안 미텔에게 잘해줬으니까. 그가 검찰총장직에서 물러날 무렵엔 미텔도 각계각층으로 발을 넓히고 있었지. 그의 고객 리스트에 오른 사람들을 보면 상원의원 하나, 하원의원 하나, 지역 경찰의 4분의 1이 포함되어 있었어. 그만하면 콘클린의 어깨 위에 올라탔다고 말할 수 있지. 그는 더 이상 콘클린이 필요하지 않았어."

보슈는 다시 고개를 끄덕인 뒤 그 시나리오에 대해 생각해 보았다. 그 여러 해 동안, 콘클린은 미텔이 그녀를 죽인 걸로 믿고 있었고 미텔은 콘클린이 죽인 줄로만 알았다. 그런데 둘 다 아니었던 것이다.

"그렇다면 당신이 치어 죽인 사람은 누구지?"

"오, 그저 그런 놈이야. 중요하지도 않아. 자원봉사자라고 해두지. 미션 스트리트에서 주워 싣고 왔어. 그는 콘클린의 선거 전단을 뿌리고 있었어. 나는 그에게 준 가방 밑바닥에 내 신분증을 심어 놓았지. 그는 무엇에 왜 받쳤는지도 몰랐을 거야."

"그 사건을 어떻게 처리할 수 있었지?"

보슈는 그에 대한 대답도 이미 짐작하고 있었지만 시간을 끌어야만 했다.

"미텔이 에노 형사에게 전화를 걸었지. 미리 짰기 때문에 사건이 터진 바로 다음에 전화를 걸었던 거야. 에노가 모든 일을 다 처리해 줬고, 미텔은 에노를 돌봐줬겠지."

보슈는 그 일 때문에도 폭스가 미텔에게 어느 정도의 영향력을 행사할 수 있었겠다는 생각이 들었다. 그래서 그 이후론 줄곧 미텔과 함께 공생해 왔겠지. 성형수술로 얼굴을 약간 뜯어 고치고, 멋진 옷을 차려입은 후 조나단 본으로 행세했단 말이지. 탁월한 정치 전략가이자 사업가인 고던 미텔의 조수로.

"그런데 내가 여기 올 줄은 어떻게 알았지?"

"메러디스에 대한 정보는 계속 체크하고 있었어. 여기서 혼자 살고 있다는 걸 알았으니까. 전날 밤 언덕 위에서 약간의 충돌이 있은 후 난 이곳으로 와서 숨었어. 자네한테 얻어맞은 머리가 너무 아팠지. 도대체 뭐로 친 거야?"

"당구공."

"자넬 그 방에 처넣을 때 그 생각을 했어야 했는데. 암튼 침대 위에 저런 꼴로 누워 있는 여잘 발견했어. 그 편지를 읽어보고 자네가 누군지 알게 됐지. 그리고 다시 돌아올 거란 생각이 들더군. 특히 자네가 어제 남긴 그 메시지를 듣고 나선 말이야."

"그러니까 시체 썩는 냄새를 맡으며 여기서 줄곧…."

"익숙해지게 되어 있어. 에어콘을 최대한으로 틀고 문들을 꼭 닫았지. 참을 만하더라고."

보슈는 그 상황을 상상해 보았다. 가끔 그 냄새에 익숙해져 있다고 믿을 때도 있지만, 절대 그렇지 않다는 걸 그는 알고 있었다.

"메러디스가 유서에서 빠뜨린 게 뭐야, 폭스?"

"그녀 자신이 콘클린을 원했던 부분. 내가 콘클린에게 맨 처음 붙여준 여자는 메러디스였거든. 그런데 잘 안 됐어. 그래서 마저리와 붙여줬더니 세상에나! 불꽃이 팍팍 튀더군. 그렇지만 설마 콘클린이 그런 여자와 결혼까지 하겠다고 나올 줄은 아무도 예상 못했지. 메러디스는 말할 것도 없고. 백마 탄 기사의 앞자리엔 한 여자밖에 앉을 수가 없는데,

그녀가 바로 마저리였지. 메러디스는 참을 수 없었을 거야. 아마 미친 듯이 싸웠겠지."

보슈는 아무 말도 하지 않았다. 그렇지만 진실은 뜨거운 햇볕처럼 그의 얼굴을 태웠다. 결국 그렇게 되었던 것이다. 두 매춘부의 혈투로.

"이제 자네 차로 가지."

자니 폭스가 말했다.

"왜?"

"자네 집으로 갈 필요가 있거든."

"뭣 때문에?"

폭스는 끝내 대답할 수 없었다. 보슈가 그 질문을 마치자마자 산타모니카 순찰차가 집 앞으로 굴러 와서 멈췄기 때문이다. 경관 두 명이 내리기 시작했다.

"얌전히 굴어, 보슈."

폭스가 조용히 말했다.

"조금이라도 더 오래 살고 싶으면 얌전히 굴라고."

보슈는 폭스가 다가오는 경관들을 향해 총구를 돌리는 걸 보았다. 현관 앞을 따라 무성한 부겐빌레아에 가려 그들은 총구를 볼 수 없었다. 경관 하나가 소리쳤다.

"어느 분이 911로 전화를…."

보슈는 두 걸음을 내딛은 다음 난간을 넘어 잔디밭으로 뛰어내리며 고함을 질렀다.

"총을 가졌어! 총을 가졌다고!"

잔디밭에 떨어진 그는 폭스가 현관의 목재 데크 위를 달리는 소리를 들었다. 문 쪽으로 달아나는 것 같았다. 그때 첫 번째 총성이 들렸다. 등 뒤에서 들려온 것으로 보아 폭스가 쏜 것이 분명했다. 그러자 두 경관도 일제사격을 퍼부었다. 도대체 몇 발이나 쐈는지 알 수 없을 정도였다. 보슈는 잔디밭에 납작 엎드린 채 총알이 자기 쪽으로 날아오지 않기만을 빌었다.

기껏해야 10초도 안 되어 총성은 멎었다. 주위가 고요해지자 보슈는 다시 고함을 질렀다.

"난 비무장이야! 경찰이라고! 비무장 경찰이야!"

잠시 후 그는 뜨거운 총구가 목덜미에 닿는 걸 느꼈다.

"배지는 어디 있소?"

"오른쪽 안주머니에."

그러자 배지를 아직 돌려받지 못했다는 걸 알았다. 경찰의 손이 그의 어깨를 잡았다.

"당신을 돌려 눕히겠소."

"잠깐, 지금은 그게 없소."

"무슨 소리야? 돌아누워."

보슈는 명령에 복종했다.

"그건 없지만 다른 신분증이 있소. 왼쪽 안주머니에."

경관은 그의 윗도리를 뒤지기 시작했다.

"난 여기서 나쁜 짓을 하지 않았소."

"조용히 있어."

경관은 보슈의 지갑을 꺼내어 말간 비닐 속에 든 운전면허증을 들여다보았다.

"그 친구는 어때, 지미?"

다른 경관이 소리쳤다. 보슈의 눈에는 그가 보이지 않았다.

"경찰이라는데 배지가 없어. 운전면허증만 있고."

그렇게 대답한 경관은 보슈의 몸을 여기저기 툭툭 치며 무기가 있는지 점검했다.

"무기는 없소."

"좋아, 돌아누워."

보슈가 시키는 대로 돌아눕자 경관은 두 손을 등 뒤로 돌려 수갑을 채웠다. 그러자 다른 경관이 무전기로 지원팀과 앰뷸런스를 요청하는 소리가 들렸다.

"좋아, 이제 일어나."

보슈는 일어났다. 그러자 현관의 상황이 눈에 들어왔다. 다른 경관이 현관문 앞에 쓰러진 폭스의 몸에 권총을 겨누고 있었다. 보슈는 현관으로 이어진 계단을 올라갔다. 그는 폭스가 아직 살아 있다는 걸 알 수 있었다. 가슴이 심하게 오르내렸고, 두 다리와 배에 총상을 입고 있었다. 총알 하나는 그의 양쪽 볼을 관통했는지 턱이 떡 벌어져 있었다. 그래도 두 눈을 더 커다랗게 뜨고 죽음이 자기에게 다가오는 것을 응시하고 있는 듯했다.

"난 당신이 총을 쏠 줄 알았어, 멍청하긴."

보슈는 폭스에게 말했다.

"이젠 그만 죽어버려."

"닥치시오, 당장."

지미라고 불렸던 경관이 말했다.

다른 경관이 그를 현관에서 끌고 나갔다. 거리로 나온 보슈는 이웃 주민들이 서너 명씩 모여 드는 것을 보았다. 자기 집 현관에서 내다보는 사람들도 있었다. 교외에서 사람들을 모으는 덴 총성만 한 것도 없지, 하고 그는 생각했다. 공기 속에 섞인 화약 냄새는 바비큐 냄새보다 더 향기롭게 느껴졌다.

젊은 경관이 보슈의 얼굴 앞으로 바싹 다가왔다. 그의 이름표에 S. 스팍스라고 새겨져 있었다.

"여기서 대체 무슨 일이 벌어진 거요? 경찰이라면 우리한테 설명해 보시오."

"당신들 둘은 영웅이오. 그게 여기서 벌어진 일이지."

"얘기를 해보라니까. 헛소리 들을 시간이 없소."

보슈는 사이렌 소리가 가까워 오는 걸 들었다.

"내 이름은 보슈요. LAPD 소속. 당신들이 쏜 이 사내는 이 카운티의 전직 지방검사였던 아노 콘클린과 LAPD 경위 하비 파운즈를 죽인 용의자라고. 그 사건에 대해서는 들어봤을 거라고 믿어요."

"짐, 방금 그 말 들었어?"

스팍스는 보슈에게 다시 물었다.

"배지는 어디 있소?"

"도둑맞았소. 전화번호 줄 테니 연락해 봐요. 어빙 부국장한테 물어보면 대답해 줄 거요."

"그건 걱정 마시오. 저 친군 여기서 뭐하고 있었죠?"

폭스를 가리키며 그가 물었다.

"숨어 있었다고 하던데. 오늘 아침 이곳으로 오라는 전화를 받았는데, 저 친구가 나를 기다리고 있다가 습격했소. 내가 그를 알아보자, 그는 나를 데리고 나가야만 했지."

경관은 폭스를 내려다보며 그런 황당한 말을 믿어야 할지 난감한 표정을 지었다.

"당신들이 제때 도착한 거요. 이자는 나를 죽이려고 했어."

스팍스는 고개를 끄덕였다. 보슈의 얘기가 차츰 마음에 들기 시작하는 모양이었다. 하지만 걱정스런 눈으로 물었다.

"911은 누가 눌렀어요?"

"내가 눌렀소. 여기 와보니 문이 열려 있었어요. 안으로 들어가서 911로 전화하는데 이자가 달려들었죠. 난 당신들이 올 줄 알고 전화기를 그냥 놓았소."

"이자가 아직 달려들지 않았는데 왜 911로 전화하려고 했습니까?"

"침실에 있는 것 때문이오."

"뭔데요?"

"침대에 부인이 하나 누워 있소. 죽은 지 일주일쯤 된 것 같더군."

"그 여자가 누군데요?"

"나도 몰라요."

49 속죄의 방법

“그 여자가 당신 어머니를 죽인 살인자라고 왜 밝히지 않았어요? 왜 거짓말을 했죠?”

“모르겠어요. 그냥 생각 없이 말했던 것 같아요. 그 여자가 쓴 유서나 마지막 행동에서 뭐랄까… 모르겠네요. 그냥 그 정도로 충분하다는 느낌이 들었어요. 그래서 그대로 지나가게 두고 싶었어요.”

카르멘 히노조스는 이해한다는 듯 머리를 끄덕였지만, 보슈는 자신이 정말 이해하고 있는지 확신이 서지 않았다.

“그건 잘한 결정 같아요, 해리.”

“그래요? 다른 사람은 아무도 잘한 결정이라고 안 할 것 같은데요.”

“나는 절차나 범죄의 정당성을 얘기하는 게 아니에요. 인간성을 얘기하고 있는 거죠. 난 당신이 옳은 일을 했다고 생각해요. 당신 자신을 위해서.”

“내 생각엔….”

"그렇게 한 것이 좋게 느껴져요?"

"꼭 그렇다기보다는… 하지만 당신이 옳았어요."

"뭐가요?"

"내가 살인자를 찾아내는 것에 대해 그랬잖아요. 나한테 이롭기보다 더 해로울 수도 있다고. 그건 부드럽게 말한 거죠. 내가 나 자신에게 부여한 사명이었어요, 그렇죠?"

"내 말이 옳았다면 유감이네요. 그렇지만 내가 지난번 상담치료 시간에 말했듯이, 그 남자들의 죽음은 이제…."

"그들에 대해 또 얘기하자는 게 아니에요. 이건 다른 얘기죠. 난 이제 어머니가 고아원에서 나를 구해내려고 애썼다는 걸 알아요. 그날 담장 밖에서 나한테 약속했다고 언젠가 당신한테도 얘기했었죠? 콘클린을 사랑했든 안 했든 어머니는 나를 생각하고 있었어요. 아들을 고아원에서 데려나오기 위해서는 그의 힘이 필요했죠. 그러니까 결국 어머니는 나 때문에 돌아가신 겁니다."

"오, 자신을 그렇게 학대하면 안 돼요! 말도 안 되는 소리예요!"

보슈는 그녀의 목소리에 서린 분노가 진심임을 알았다. 정신과 의사는 말을 계속했다.

"그런 논리를 택한다면 어머님이 피살된 것에 대해 어떤 이유든 끌어댈 수가 있죠. 그녀를 죽음으로 이끈 당신 자신의 출생 환경을 탓할 수도 있어요. 얼마나 어리석은 논리인지 아시겠죠?"

"잘 모르겠어요."

"전날 당신이 책임감 없는 사람들을 비난하던 것과 똑같은 논리죠. 그것과 정반대는 너무 지나치게 책임감을 느끼는 사람들이에요. 당신이 거기에 속해요. 그냥 흘려보내요, 해리. 흘러가게 두라고요. 다른 사람들이 다른 이유로 약간의 책임감을 느끼도록 해요. 설사 다른 사람이 죽더라도 말예요. 죽는다고 그들의 죄가 다 사해지는 건 아니에요."

그는 히노조스의 호된 질책에 주눅이 들었다. 그래서 한참 동안 멍하니 그녀를 바라보고만 있었다. 그녀의 폭발은 상담치료가 끝났다는 자연스런 신호임을 알 수 있었다. 그의 죄의식에 대한 토론은 끝났다. 그녀가 그것을 끝냈고, 보슈는 그녀의 지시를 받았다.

"목청을 높여 미안해요."

"괜찮습니다."

"해리, 경찰국에서 아무 얘기 없었어요?"

"없었는데. 어빙의 연락을 기다리고 있어요."

"무슨 뜻이에요?"

"신문 기사를 보니 그는 내가 범한 과실을 뺐더라고요. 이젠 행동을 취할 차례인데, 파운즈를 사칭한 죄를 물어 내사과로 넘기거나 아니면 그냥 덮고 넘어가겠죠. 나는 후자에다 배팅할 겁니다."

"왜요?"

"LAPD가 안고 있는 한 가지 문제는 자책할 줄 모른다는 겁니다. 무슨 뜻인지 아세요? 이 사건은 대중성이 아주 강해요. 그래서 나를 처벌하면 위험이 뒤따르고 결국 경찰국만 멍들게 된다는 걸 그들은 알고 있죠. 어빙은 LA 경찰국의 이미지 보호자로 자처하는 사람이에요. 나를 깔아뭉개는 것보다 이미지를 더 우선적으로 생각하죠. 게다가 이제 그에겐 나를 조종할 지렛대까지 생겼잖아요. 그도 그런 생각을 할 거란 얘기죠."

"어빙과 경찰국 속을 빤히 들여다보고 있는 것 같군요."

"왜요?"

"오늘 아침 어빙한테서 전화가 왔어요. 당신에 대한 긍정적 상담치료 평가보고서를 가급적 빨리 사무실로 보내달라고 부탁하더군요."

"그래요? 긍정적인 평가보고서를 원했단 말예요?"

"그랬다니까요. 당신 자신도 준비가 되었다고 생각하세요?"

그는 잠시 생각해 보았지만 대답하진 않았다.

"전에도 그런 적 있나요? 누군가를 어떻게 평가해 달라고 부탁한 적 있었냐고요."

"아뇨. 처음이에요. 그래서 고민이죠. 그가 원하는 대로 해줬다간 이곳에서의 내 위치가 흔들려요. 그렇다고 당신을 가운데 끼고 씨름하고 싶진 않으니까 내겐 딜레마죠."

"부국장이 그런 부탁을 하지 않았다면 당신의 평가는 어느 쪽입니까? 긍정적인가요, 부정적인가요?"

히노조스는 그 질문에 대해 생각하며 연필로 책상을 톡톡 두들겼다.

"거의 다 되어가지만 아직 시간이 좀 더 필요하다고 생각해요, 해리."

"그렇다면 하지 마세요. 그에게 굴복하지 말라고요."

"이건 큰 변화군요. 일주일 전까지만 해도 업무 복귀 타령만 하셨잖아요?"

"그건 일주일 전이었죠."

그의 목소리에 슬픔이 어려 있었다.

"너무 자책하지 마세요. 과거라는 몽둥이로 자기 머리를 계속 후려치면 심각한 치명상을 입게 돼요. 그만하면 된 것 같으니까. 암튼 난 당신이 선량하고 깨끗하고 궁극적으로 친절한 남자라고 생각해요. 그러니까 당신 자신에게 그러지 말아요. 당신이 지닌 것, 이런 생각을 하는 당신 자신을 파괴하지 말라고요."

보슈는 알겠다는 듯 고개를 끄덕였지만 그녀의 말을 듣자마자 흘려보냈다.

"지난 며칠 동안 많은 생각들을 했습니다."

"무엇에 대해서요?"

"모든 것에 대해서."

"어떤 결정이라도 내렸나요?"

"그런 셈이죠. 사직서를 내고 경찰국을 떠날 생각입니다."

히노조스는 팔짱을 끼며 상체를 테이블 위로 내밀었다. 눈가의 주름살이 심각한 표정을 만들었다.

"해리, 무슨 소릴 하시는 거예요? 이건 당신답지 않아요. 당신 직업과 당신 인생은 같은 거잖아요. 잠시 간격을 두는 건 좋지만 결별은 안 돼요. 난…."

그녀는 갑자기 어떤 생각을 떠올리곤 보슈를 바라보았다.

"해리, 그동안 일어난 일들에 대한 속죄 방법으로 그런 생각을 한 거예요?"

"모르겠어요…. 어떤 식으로든 내가 한 짓에 대한 대가를 치러야 할 것 같아요. 어빙은 아무 조처도 취하지 않을 테니, 내가 해야겠다는 거죠, 뭐."

"해리, 그건 오판이에요. 심각한 오판이죠. 당신 스스로도 자신이 가장 잘한다고 생각하는 유일한 일이잖아요. 그런 경력을 송두리째 팽개치겠다고요?"

보슈는 고개를 끄덕였다.

"사직서 양식을 뽑았어요?"

"아직요."

"뽑지 말아요."

"왜요? 더 이상 이 짓은 못하겠어요. 마치 수갑을 차고 유령들 주위를 걸어 다니는 기분입니다."

보슈는 메러디스 로만의 집에 들어갔던 날 밤 이후부터 지난 이틀 동안 줄곧 그 생각만 하고 있었다고 말했다. 정신과 의사는 머리를 흔들고 나서 그에게 말했다.

"시간을 두고 좀 더 생각해 봐요. 당신은 지금 유급 정직 상태예요. 그걸 최대한 이용하자고요. 시간을 버는 거죠. 나는 어빙에게 전화해서 아직 평가보고서를 올릴 때가 안 되었다고 하겠어요. 그 사이에 당신은 시간을 가지고 신중히 생각해 보는 거예요. 어디 해변으로라도 가시든지. 암튼 사직서를 제출하기 전에 생각할 시간을 가지세요."

보슈는 항복했다는 듯 두 손을 들었다.

"제발, 해리. 그러겠다고 말해요."

"알았어요. 좀 더 생각해 보겠습니다."

"고마워요."

그녀는 그의 동의에 무게를 싣듯 잠시 침묵한 뒤 조용히 물었다.

"지난 주 도로에서 코요테를 본 것에 대해 얘기했던 거 기억해요? 마지막 코요테 같다고 하셨잖아요."

"기억하죠."

"그때 당신 기분을 알 것 같아요. 나도 마지막 코요테를 보고 있다고 생각하면 정말 싫을 것 같군요."

50 필사적으로 잡아

보슈는 공항에서 프리웨이를 타고 아르메니아 거리로 나간 다음 남쪽 스완 도로로 꺾어 들었다. 렌터카 지도도 필요 없었다. 스완 도로를 동쪽으로 달려 하이드 파크로 들어간 다음 사우스 대로를 내려가니 그녀의 집이 나왔다. 도로 끝 지점에서 햇빛에 반짝이는 만이 보였다.

계단 꼭대기에 오르자 문이 열려 있었다. 그는 닫혀 있는 스크린도어를 노크했다.

"들어와요. 열렸어요."

그녀의 목소리였다. 보슈는 스크린도어를 거실 쪽으로 밀었다. 그녀는 거실에 없었다. 그렇지만 맨 처음 그의 눈을 사로잡은 것은 이전에 못대가리만 남아 있던 벽에 걸린 그림이었다. 그늘 속의 남자를 그린 초상화였다. 남자는 테이블에 혼자 앉아 있었다. 팔꿈치를 테이블에 괴고 두 손으로 양쪽 볼을 감싼 채 깊숙한 두 눈을 그림의 초점으로 보이게 만들었다. 보슈가 잠시 그림을 응시하고 있을 때 그녀의 목소리가 다시 들려왔다.

"여보세요? 나 여기 있어요."

그는 스튜디오 문이 한 뼘쯤 열려 있는 걸 보았다. 다가가서 문을 밀자 재스민이 이젤 앞에 서 있었다. 손에 들린 팔레트에 짙은 황토색 오일이 풀려 있었고, 그 색깔은 그녀의 오른쪽 뺨에도 선을 하나 그어 놓았다. 여자가 미소를 활짝 지어 보였다.

"해리."

"안녕, 재스민."

그는 안으로 들어가 그녀에게 다가갔다. 이젤에는 방금 시작한 듯한 초상화가 걸려 있었는데, 그녀는 눈부터 그리기 시작했다. 똑같은 눈을 가진 초상화 한 점이 다른 벽에 걸려 있었다. 똑같은 눈을 그는 거울 속에서도 보았다.

재스민은 머뭇거리며 그에게 다가왔다. 그녀의 얼굴에 부끄러움이나 어색한 기색은 없었다.

"당신을 그리고 있으면 돌아올 거라고 생각했어요."

여자는 들고 있던 붓을 이젤에 고정시킨 커피 캔에 꽂았다. 그리곤 그에게 더 가까이 다가와 포옹했다. 두 사람은 조용히 키스했다. 처음엔 부드러운 재회였지만, 그는 곧 두 손으로 여자의 등을 힘껏 끌어당겨 자기 가슴에 밀착시켰다. 한참 후 여자는 두 손을 들어 올려 그의 얼굴을 감싸며 말했다.

"어디 봐요. 내가 당신 눈을 제대로 봤는지."

그녀는 보슈의 선글라스를 벗겨냈다. 그는 히죽 웃었다. 눈두덩의 시퍼런 멍은 사라졌지만 불그레한 테두리와 시뻘건 충혈은 아직 남아 있다는 걸 알기 때문이었다.

"세상에, 충혈이 심하군요."

"사연이 좀 길어요. 나중에 얘기할게요."

"이걸 다시 써요."

재스민은 선글라스를 다시 씌워주며 깔깔 웃었다.

"웃을 일 아니라니까. 아파요."

"그게 아니라, 당신 얼굴에 페인트를 묻혔어요."

"그럼 잘됐네. 외롭지 않게 됐으니."

그는 여자의 얼굴에 묻은 페인트를 손가락으로 만졌다. 둘은 다시 포옹했다. 얘기는 나중에 해도 된다고 보슈는 생각했다. 지금은 그저 그녀를 안고 그녀의 냄새를 맡으며 그녀의 어깨 너머로 반짝이는 푸른 만을 바라보는 것으로 충분했다. 그러자 침대에 누워 있던 노인이 그에게 해준 말이 생각났다. 자네에게 맞다고 생각되는 여자를 발견하면 필사적으로 잡아. 보슈는 그녀가 자기에게 맞는지는 알 수 없었다. 하지만 이 순간 그는 남아 있는 힘을 다해 여자를 꽉 붙잡았다.

〈끝〉

코요테의 울음소리 들어보신 적 있나요?

스릴러를 읽으며 울어본 적 있나요? 아니, 그보다는 가슴으로 읽히는 스릴러를 만나본 적 있느냐고 물어봐야 할 것 같군요. 마이클 코넬리의 네 번째 작품《라스트 코요테》에서 제가 좀 묘한 경험을 한 것 같아 해본 소리입니다. 글쎄, 무슨 스릴러가 이렇게 사람을 울리기도 하는지 말이죠. 사람을 울리려면 일단 감동을 줘야 하잖아요. 하지만 위선이나 작위로 준 감동은 나중에 오히려 분노를 불러일으키죠. 거짓으로 사람을 울린 것에 대한 배신감 때문에요. 그렇지만 어떤 사람이 자신의 가장 부끄럽고, 남루하고, 비참한 내면을 다 드러내며 진실을 얘기할 때, 그리고 그 진실이 너무 인간적이어서 당신 자신도 깊이 공감하게 될 때, 그로 인한 감동의 눈물은 좀 무겁고 오래 가지 않나요? 이 작품을 끝낸 뒤의 제 마음이 좀 그랬습니다.

이 앞의 작품인《콘크리트 블론드》에서도 해리 보슈의 인간적인 모습이 일부 드러났지만, 이《라스트 코요테》에서는 그의 벌거벗은 진솔한 모습을 남김없이 보여줍니다. 매춘부의 아들로 태어나 형사로 운명 지어진 한 사내가 자신의 모든 것을 걸고 어머니를 죽인 살인범을 찾아 나서면서도 결코 비굴하거나 움츠리는 모습을 보이지 않습니다. 권력과 타협하지도 않고 폭력에 굴복하지도 않습니다. 자신과 어머니에게 주어진 운명을 탓하지도 않고 현실에 좌절하거나 순응하지도 않습니다. 그가 하는 행동들은 더 이상 잃을 것이 없는 자의 마지막 배팅처럼 느껴집니다만 어디까지나 정의를 위한 배팅입니다. 그래서 마치 살얼음판 위를 걷는 것처럼 보는 이들의 가슴을 졸이게 만들면서도 한편으론 십년 묵은 체증이 확 뚫리는 후련한 카타르시스를 선사해 줍니다.

그가 하는 사랑은 또 어떤가요? 한마디로 눈물겹습니다. 형사라는 직업 정말 할 짓이 못 된다는 생각이 절로 든다고요. 어떤 여자가 제대로 붙어 있겠는가 싶다니까요. 이 세상의 온갖 사악한 괴물들을 다 상대하다 보니 결국 그 자신도 똑같은 괴물이 되고 맙니다. 가끔은 살인자를 죽인 피 묻은 손으로 사랑하는 여자를 어루만져야 하니 어떤 애인이 끝까지 붙어 있겠습니까? 그래서 보슈의 여자들은 왔다가는 가고, 그러면 또 다른 여자가 오곤 합니다. 하지만 그 누구도 오래 깃들지는 못해요. 그런데도 말입니다, 그들의 사랑이 얼마나 진지한지 아세요? 그렇게도 짧고, 간헐적이고, 허망하게 끝나버리는 사랑이지만, 서로의 마음과 감정이 통해서 뜨겁게 불타오르는 그 순간만큼은 진짜 순수하고 거룩하게까지 느껴진다니까요. 결혼을 전제로 이것저것 재며 달아보며 계산하는 그런 사랑과는 차원이 다릅니다. 그게 어디 사랑입니까? 거래죠.

코요테는 멸종 직전입니다. 인간들에게 숲을 다 내어주고 이젠 발붙일 곳이 없습니다. 마지막 코요테는 희귀동물이 되었지만 결코 기죽는 법이 없어요. 처지가 외롭고 처량하지만 우아하고 꿋꿋함을 끝까지 잃지 않습니다. 우리가 보슈에게 강하게 끌리는 것은 그가 바로 마지막 코요테이기 때문이죠. 마이클 코넬리의 소설은 우리에게 세상을 어떻게 살아야 하는지를 가르쳐줍니다. 어떻게 살지 말아야 하는지도 가르쳐주는 것 같습니다.

아, 그리고 반전에 반전을 거듭하다 마지막 뒤집기 한판으로 끝내는 그 눈물겨운 반전이라니….

2010년 겨울, 이창식

라스트 코요테_해리 보슈 시리즈 Vol.4

1판 1쇄 발행 2010년 12월 31일
1판 3쇄 발행 2014년 8월 29일
2판 1쇄 인쇄 2015년 1월 22일
2판 1쇄 발행 2015년 1월 30일

지은이 마이클 코넬리
옮긴이 이창식

발행인 양원석
본부장 송명주
편집장 김지연
해외저작권 황지현, 지소연
제작 문태일, 김수진
영업마케팅 김경만, 정재만, 곽희은, 임충진, 이영인, 장현기, 김민수,
임우열, 윤기봉, 송기현, 우지연, 정미진, 이선미, 최경민

펴낸 곳 ㈜알에이치코리아
주소 서울시 금천구 가산디지털2로 53, 20층(가산동, 한라시그마밸리)
편집문의 02-6443-8846 **구입문의** 02-6443-8838
홈페이지 http://rhk.co.kr
등록 2004년 1월 15일 제2-3726호

ISBN 978-89-255-5522-5 (04840)
978-89-255-5518-8 (set)